Götterfunkenverlag

Bankenkrise. Wirtschaftskrise. Internationaler Terrorismus. Rezession, Inflation und Massenarbeitslosigkeit. Wo liegen die Wurzeln, was kann man dagegen tun? Sind womöglich unsere Kinder daran schuld? Der Erfinder Greg Crane macht bei der Beobachtung von Kindern eine sensationelle Entdeckung, die die Welt nicht mehr die alte sein läßt. Er entwickelt daraus ein neues Produkt, das Chooquatacka, mit dem er der Menschheit einen Weg in eine bessere Zukunft ebnen will.

Anna Maria Fusaro
07.03.1988 geboren in München, studierte Kunst in Florenz und arbeitet als freischaffende Künstlerin

Jerzy Fusaro
23.02.1957 geboren in München, studierte Philosophie, Psychologie und Theologie in München

Götterfunkenverlag

Chooquatacka

ROMAN

Anna Maria Fusaro
Jerzy Fusaro

www.chooquatacka.de

Ungekürzte Ausgabe
2010
1. Auflage
Götterfunkenverlag
www.goetterfunkenverlag.com
www.chooquatacka.de

Korrespondenzadresse:
Anna Maria Fusaro und Jerzy Fusaro
Marsstr. 4
80335 München
anna.maria.fusaro@gmail.com
jerzy023@gmail.com
ISBN 978-3-033-02420-5

Für all die Menschen, die den Willen haben, sich und die Welt zu verändern

2010

Prolog

San Francisco, Kalifornien
April

Es war an einem wunderschönen Morgen im kalifornischen Frühling. Viele Kinder spielten auf einem Spielplatz, nur ein Mädchen blickte ganz gebannt auf einen kleinen hellblauen Schmetterling, der sich mit einem Mal emporschwang. Das Kind lief ihm begeistert hinterher, bis er schließlich auf einer Hibiskusblüte landete, wo er wegen seiner wunderschönen Flügel von diesem Mädchen weiterbewundert wurde. Doch plötzlich bemerkte es im Gebüsch vor sich eine Bewegung. Es schlich sich näher heran, um zu schauen, was dort war, und lief dann erschrocken weg.

Charis Oppenheimer hatte gerade noch frisches Brot und die Lieblingsmarmelade ihrer Tochter Unique im Supermarkt gekauft. Auf dem Rückweg holte sie das Kind vom Spielplatz ab.

„Mami, Mami, ein Dieb!" rief das kleine Mädchen entsetzt, ihrer Mutter entgegenlaufend.

„Wo?" Charis Oppenheimer blickte suchend durch die Gegend.

„Da!" wies es entschlossen in Richtung Spielplatz.

„Was ist geschehen?" Sie duckte sich zu ihrem Kind und blickte es fragend an.

„Er hat sich versteckt – dort in den Büschen!" Der erste Teil der Aussage war geflüstert, doch den zweiten stieß Unique um so lauter aus sich heraus. Dann sprang sie Schutz suchend hinter die Mutter: „Mami, siehst du ihn nicht? Da ist er doch!"

„Nein ..., wo denn? Ich sehe nichts!"

Charis Oppenheimer begab sich auf die Suche. Trotz aller Anstrengung konnte sie jedoch den vermeintlichen Dieb nicht finden. Sie suchte überall – hinter den nahegelegenen Garagen und im

Vorgarten des Nachbarn. Doch da war nichts. Dann begann sie die Büsche zu durchforsten, die den Spielplatz umgaben. Plötzlich stieß sie geistesabwesend gegen etwas, das sich ganz wie ein menschliches Wesen anfühlte. Das mußte er sein, sie hatte ihn gefunden.

„Haben Sie mich aber erschreckt! Sie sehen aber nicht so aus wie ein Dieb! Eher wie ein ganz gewöhnlicher Mensch!" Charis Oppenheimer ließ einfach die Worte der Verwunderung aus sich herausfließen, als sie den in der Hocke sitzenden Fremden erblickte. Doch dann stellte sie ihren Irrtum fest. Er sah tatsächlich eigenartig aus – ein Mann, vielleicht Ende dreißig, elegant im Retro-Look gekleidet, mit einem dunkelbraunen Kinnbart und einem schlichten Dreispitzhut auf dem Kopf.

Greg Crane antwortete ohne zu zögern: „Ich habe die Kinder beobachtet, wie sie spielen. Dabei ist mir ein seltsames Phänomen aufgefallen."

„Was meinen Sie denn?" Charis Oppenheimer beugte sich etwas vor, um den Worten des Mannes besser lauschen zu können.

„Kinder sehen Dinge, die uns Erwachsenen verschlossen sind." Crane wies Charis Oppenheimer an, sich neben ihn hinzuducken.

„Ja ...?" Die Frau folgte seiner Aufforderung.

„Sie haben Phantasie." Er deutete durch die Büsche auf zwei vor lauter Laufen lachende Kinder. „Und ihre Phantasie kreiert die Realität, in der sie sich wiederfinden. Ohne diese kindliche Realität, die uns so fremd erscheint, könnten sie niemals ein Teil von dem werden, was für uns einen absoluten Wert darstellt: die Welt der Erwachsenen."

„Ja aber ... unsere Welt, ich meine die Realität der Erwachsenen, ist real und die der Kinder ... ist halt nur eine kindliche Realität, die so gar nicht existiert." Sie beobachtete einige Zeit die Kleinen und blickte dann wieder den Fremden an, der geheimnisvoll antwortete:

„Ja ... und nein."

„Was heißt das?" Charis Oppenheimer schaute ihn verwundert an.

„Es ist alles nur eine Frage des Eindrucks, zumindest bei uns Erwachsenen. Es ist der Eindruck, der die Realität erschafft – die

Menschen haben eben keine Phantasie!"

„... eine Frage des Eindrucks?" Charis Oppenheimer runzelte die Stirn.

„Ja, des Eindrucks. Um es kraß auszudrücken: Die Frage, wie viele Menschen Sie umbringen." Mit diesen Worten schaute er ihr direkt in die Augen.

„Wie viele Menschen ich umbringe?" Die Frau war dermaßen verwundert, daß sie das Gefühl bekam, einen dieser Schriftsteller dekadenter Werke wie Charles Baudelaire vor sich zu haben.

„Ja, so ist es leider. Töten verschafft einen nachhaltigen Eindruck. Und diesen Eindruck nennen wir dann Realität."

Charis Oppenheimer war schockiert. Noch vor ein paar Minuten machte sie sich Sorgen um ihre Tochter und jetzt – jetzt war sie ganz hilflos. Töten und Realität, wie mochte das wohl zusammenpassen?

Greg Crane fuhr jedoch entschlossen fort: „Schauen Sie: Normalerweise verändert sich gar nichts. Ab und zu tauchen kluge Köpfe auf, doch sie werden nur ausgelacht, wenn überhaupt jemand von ihnen Kenntnis nimmt. Um etwas verändern zu können, müssen Sie die Realität der Menschen verändern. Und um die Realität von Erwachsenen zu verändern, müssen Sie für gewöhnlich einen Krieg führen, und in einem Krieg werden Menschen umgebracht, und das macht einen nachhaltigen Eindruck auf die Menschen, was dazu führt, daß sie die ‚neue Realität', wegen der der Krieg geführt wird, akzeptieren. Also könnte man diese Beobachtung in der Formel zum Ausdruck bringen: Je mehr Menschen ich töte, desto realer wird das, wofür ich mich einsetze."

„Soll das heißen, daß es ohne Krieg keinen Fortschritt gibt?" Charis Oppenheimer blickte ihrem Gesprächspartner fragend in die Augen.

„Zumindest nicht, wenn es um uns Erwachsene geht. Bei Kindern ist es anders, denn sie haben Phantasie und sie müssen keine Kriege führen, wenn sie etwas verändern wollen." Greg Crane strahlte die spielenden Kinder an.

„Warum?" fragte die Frau voller Interesse.

„Weil Phantasie eine Realität kreiert, die nicht von dieser Welt ist und nicht von ihr kontrolliert werden kann, die nur von dem beherrscht wird, der sie erschafft."

War Charis Oppenheimer am Anfang noch schockiert, so war sie jetzt verwirrt. „Wozu sollte jemand ein Interesse daran haben, die Welt zu kontrollieren?" fragte sie weiter.

„Weil Kontrolle gleichzusetzen ist mit Geld oder Macht. Wer die Kontrolle hat, der besitzt die Welt. Wenn Kinder durch die Phantasie ihre eigene Realität im Spiel erschaffen, besitzen sie die Welt, zumindest ihre kindliche Welt. Das darf uns Erwachsenen nicht passieren. Was glauben Sie, was geschehen würde, wenn wir Erwachsene anfangen würden, mit unserer Realität die Welt zu erschaffen ..."

Der Aufbau

New York City
2. Juni

Es duftete wie immer angenehm nach Kräutern in Lilian Sisleys Haus. Auf einem Tablett brachte sie drei Tassen Tee. Greg sog den aromatischen Duft des Gebrauten ein und nahm einen Schluck. Dann blickte er sich im Wohnzimmer um. Er liebte die Schwingung dieses Raumes, zu der die antiken Holzmöbel, viele Pflanzen und die großen Fenster beitrugen.

„Der Tee ist gut für den Kreislauf." kam ihm Lilians sanfte Stimme entgegen.

Ein siebzehnjähriger Junge stürzte ins Zimmer, begrüßte Greg mit einem Lächeln und setzte sich neben ihn hin. Er beobachtete Crane, wie er an seinem Tee nippte, und fragte munter: „Was gibt's Neues?" Greg lächelte, und schon las der Junge aus seinen Mundwinkeln: „Verreist du wieder, oder hast du eine neue Idee?"

„Du hast es erfaßt. Ich kaufe heute eine Lokomotive!" sagte der Mann, Lilian jedoch spürte seine verborgene Unsicherheit.

„Eine Lokomo...?" Aden lachte auf, und guckte dann seine Tante, die er wie seine Mutter behandelte, an. „Eine Lokomotive – das ist wohl das Merkwürdigste, was ich je gehört habe. Willst du dem Busverkehr Konkurrenz machen?" fragte er Crane.

„Aden, laß das!" sagte Lilian streng und fuhr fort: „Es geht um etwas anderes – einen Job für dich!" Sie wußte, sie hatte ihren dunkelhaarigen Neffen bereits wie einen Fisch am Haken. Er lebte schon seit sieben Jahren bei ihr, seitdem ihre ältere Schwester durch einen Unfall in den Bergen ums Leben gekommen war.

„Für mich?" Wie ein Radio war Aden nun empfänglich für jegliche Klangwelle.

„Diese Lokomotive sollst du bemalen! Und sie soll bunt sein, sehr bunt sogar und ...“ Mit eindringlicher Stimme hielt sie ihren Neffen auf, vor lauter Vorfreude in die Luft zu springen. „Farblich muß alles zueinander passen!“

„Wie viele Waggons?“ fragte Aden eifrig.

„Zwei.“ Greg schaute den inspirierten Jungen stirnrunzelnd an.

„Ich ... Entschuldigt mich bitte!“ Er sprang auf. „Ich gehe einen Entwurf machen, und dann spreche ich mit meinen Freunden.“ Die letzten Worte vernahmen sie nur noch von der Treppe der zweistöckigen Wohnung, und schon war Aden in sein Zimmer hochgehuscht.

„Was meinst du, soll ich es wagen?“ Der Klarheit Licht suchend blickte Crane in Lilians grüne Augen.

„Mach es! Es ist eine phantastische Idee!“ Ihre Stimme begleitete eine sonnige Wärme.

„Aber, denkst du nicht, daß ich ein wenig in den Wolken schwebe? Ich meine, es war nur so eine verrückte Eingebung eines siebenunddreißigjährigen schrillen Mannes ...“ Ihn überkamen Zweifel, die seine Augen erblassen ließen.

„Greg, es war deine Intuition. Wenn nicht auf sie, auf was willst du dann hören? Nimm jetzt deine Ersparnisse und kauf die Lokomotive! Aden wird liebend gerne deine neue Investition für dich bemalen.“ Aus ihrer durchdringenden Seele floß eine unheimliche Kraft, und Crane spürte, wie sie in sein Herz fühlte. Er umarmte sie und bedankte sich bei ihr.

Sie unterhielten sich noch eine Weile, dann verabschiedete sich Greg und machte sich auf den Weg, um seiner Eingebung zu folgen.

New York City
15. Juni

Peter Jones arbeitete bei einer renommierten Werbeagentur. Jeden Tag stand er um fünf Uhr früh auf, um sich anschließend seinen morgendlichen Kaffee zu kochen und zu den üblichen Tätigkeiten überzugehen wie Duschen, Zähneputzen, Rasieren. Punkt sechs Uhr fuhr er mit seinem schwarzen Sportwagen aus der Garage in Richtung Büro. Obwohl sein Arbeitstag erst um acht Uhr anfing, war er bereits um halb acht Uhr dort, um den Staub von seinem Schreibtisch abzuwischen, der sich dort während der Nacht angesammelt hatte, danach, um der Sekretärin ein paar Anweisungen zu geben, und zu guter Letzt, um den Direktor wie jeden Tag mit einem herzlichen „guten Morgen“ zu begrüßen.

Doch heute verlief alles anders als gewöhnlich, denn gleich, als der Direktor zu Peter Jones’ Arbeitsplatz kam, stürzte er förmlich herein. Da ihn beim Gehen sein runder Bauch, der mit Vorliebe bei jeglichen Gesprächen vor sich hin brummte, störte und sich seine kurzen Beine noch dazu in einem Kabel verfangen hatten, das ein Elektriker am Vortag vergessen hatte wegzuräumen, fiel er fast hin.

„Kommen Sie bitte sofort in mein Büro“, sagte er kurz und wirbelte wieder hinaus.

Als Peter Jones sich ihm gegenüber an den kostbaren Marmortisch setzte, gurgelte der Bauch des Vorgesetzten auch heute an diesem herrlichen Frühsommermorgen.

„Mr. Jones, wie Sie wissen, hat jeder in dieser Firma gewisse Aufgaben zu erfüllen ...“

Das konnte nur eines bedeuten – eine Gehaltserhöhung, freute sich Peter.

Der Direktor strich sich über seine schwarzgrauen Kräuselhaare, danach kratzte er sich am Bart und fuhr fort: „Und manche erfüllen ihre Aufgaben besser, manche schlechter, so ist das nun mal.“

‚Das ist mein Glückstag.‘ dachte sich Jones innerlich strahlend.

„Und wenn es anfängt, an Kunden zu mangeln, und das Geld aufhört zu fließen, muß es zu gewissen Sparmaßnahmen kommen. Sie sind sich doch dessen bewußt, Mr. Jones?"

„J...a" stotterte Peter. Was dies wohl zu bedeuten hatte, fragte er sich.

„Ich will es klar zum Ausdruck bringen, ohne um den heißen Brei herumzureden: Sie sind gefeuert!" Nach diesen Worten zündete sich der Direktor eine Zigarre an.

„Was?! Nach so vielen Jahren? Ich habe doch eine Frau, zwei Kinder, einen Hund ... Wie soll ich sie jetzt ernähren? Was ist mit meinem Arbeitsvertrag? Das können Sie mir doch nicht antun!" Jones war total verzweifelt.

„Natürlich kann ich das. Ich bin schließlich der Boß!"

Ratlos irrte Peter durch die Straßen von New York. Er ging und ging, so lange, daß er gar nicht bemerkte, daß er mitten im riesigen Central Park angekommen war. Und auch dort bemerkte er nicht, daß er es nicht bemerkte. Er grübelte nur die ganze Zeit darüber nach, wie er seiner Frau beibringen sollte, daß er seinen Job verloren hatte. Der Gedanke ans Nachhausekommen bereitete ihm unheimliche Angst. Letztendlich beschloß er, erstmal auf ein Glas Bier in seine Lieblingsbar zu gehen. Plötzlich war er wieder in der Realität zurück. Er entdeckte, daß er längst die belebten New Yorker Straßen verlassen hatte und im Central Park angekommen war, wo er eigentlich nur im Sommer mit seinem Hund und seiner Familie hinfuhr. Und nun fiel ihm noch etwas auf, etwas ganz Ungewöhnliches, was ihm normalerweise gleich ins Auge gestochen wäre. Eine Gruppe von Menschen machte einen unheimlichen Lärm.

„Ich will auch ein Chooquatacka!"

„Und ich!"

„Bitte drängeln Sie nicht, ich war zuerst hier!"

Und andere Sätze wie diese rief die Menschenmenge aus, dabei kämpfte sie untereinander, sich in eine Richtung orientierend. Peter wunderte sich, weswegen die Leute an diesem herrlichen Morgen solch einen Lärm machten. Dann sah er, daß sie sich vor einer Lokomotive mit zwei Waggons angestellt hatten. Aber sie standen nicht ruhig da, sondern drängelten sich mit lautem Gebrüll an den Anfang der Schlange. Das wäre ja nicht so tragisch gewesen, wäre es nur eine Lokomotive gewesen. Sie war aber noch dazu bunt! Das entsprach überhaupt nicht Peter Jones' Weltbild. Grelle Farben, die nicht zu den Bäumen im Park paßten, dachte er sich.

Am außergewöhnlichsten war aber der Mann im Verkaufsfenster des mittleren Waggons, der den Leuten zurief: „Zwanzig Dollar das Stück!" Er schien im gleichen Alter wie Peter zu sein. Seine Haare waren dunkelbraun und etwas zerzaust, wie bei Beethoven. Eine Eigentümlichkeit war aber sein Kinnbart, der ihn wie einen Mann aus dem neunzehnten Jahrhundert erscheinen ließ. Seine Augen leuchteten dunkelblau und lebendig durch die Gegend. Das alles gab ihm einen sehr cleveren und doch weisen Ausdruck.

Plötzlich sprang ein junger Mann aus der Menschenmenge hervor und schrie: „Jjjuuuhuuu! Ich hab ein Chooquatacka! Ein Tarzan-Chooquatacka!" Er winkte mit einem grünen Schild in der Hand, wobei er ein paarmal in die Luft sprang „Ich darf Tarzan sein!" Nach diesen Worten riß er sich die Kleider vom Leibe, so daß er nur noch in seiner Unterhose dastand, und kletterte auf die nächstliegende Eiche. An der Spitze angelangt sprang er immer weiter von Baum zu Baum in die Ferne, bis schließlich auch nichts mehr von dem Gorillagebrüll, das er von sich gab, zu hören war.

Greg Crane blickte „Tarzan" nach und lächelte zufrieden. Seine Erfindung war ein Riesenerfolg.

Central Park, New York City
20. Juni

Auch noch nach ein paar Tagen zogen die Leute neugierig an der Lokomotive vorbei. Einige blieben stehen und gingen nach einer Weile weiter. Wiederum andere waren von Cranes ungewöhnlicher Aufmachung und seiner magischen Anziehungskraft fasziniert und blieben daher längere Zeit stehen, um ihn zu beobachten. Greg ließ sich davon jedoch nicht beirren und setzte seine Präsentation konsequent fort.

„Chooquatackas! Chooquatackas!“ rief er, wobei er die farbigen Schilder, die überall im Verkaufsfenster herumhingen, darbot. „Kaufen Sie sich ein Chooquatacka, und seien Sie, wer auch immer Sie sein wollen! Chooquatackas! Chooquatackas! Kaufen Sie ein Chooquatacka, und werden Sie zur der Person, die Sie schon immer sein wollten. Chooquatackas! Chooquatackas!“ forderte er die Passanten zum Kauf auf.

Sichtlich beeindruckt von der Darbietung blieb ein junges Paar stehen. Jeannette blickte Martin neugierig an, als er nach einigen Sekunden des Überlegens zu Gregs Verkaufsfenster ging und fragte: „Wie geht das mit diesen Chooquatackas? Und was kosten die denn? Ah ja und was ist, wenn ich Elvis Presley sein möchte?“ Er lachte argwöhnisch. „Geht das etwa auch?“

„Es ist ganz einfach!“ erklärte der Chooquatacka-Verkäufer munter. „Sie stellen sich bildlich die Person vor, die Sie sein möchten, nehmen dann mein Chooquatacka in die Hand und schon kann es losgehen! Der Preis beträgt zwanzig Dollar.“

„Und wie schaut so ein Chooquatacka aus, und was ist da drinnen?“ fragte der junge Mann neugierig.

Greg Crane wies auf die hinter ihm sowie rechts und links über ihm hängenden ovalen Schilder mit einem Durchmesser von etwa elf mal fünfzehn Zoll. „Chooquatackas sind diese bunten Schilder mit den seitlichen Öffnungen, die als Handgriffe dienen. Der Inhalt und die Funktionsweise sind mein Geheimnis. Deswegen kann ich Ihnen das leider nicht verraten." Der Verkäufer lächelte.

„Aber woher weiß ich dann, daß so ein Chooquatacka funktioniert?" Martin begutachtete skeptisch die vor sich hin baumelnden, mit ihrer Farbenfroheit zur Lokomotive passenden Chooquatackas.

„Sie werden es schon merken", entgegnete Crane.

„Und wenn es nicht klappt, bin ich meine zwanzig Dollar los?" Der junge Mann schien der Sache nicht ganz zu trauen.

„Sie brauchen keine Bedenken zu haben! Sie zahlen erst, wenn Sie zu hundert Prozent zufrieden sind. Und all die Menschen hier ringsherum werden Zeugen sein, daß es funktioniert!" rief Greg Crane, damit es alle Umstehenden auch hören konnten.

„Also gut, dann will ich es versuchen", entgegnete Martin nun entschlossen.

Seine Freundin kam letztendlich nach, klopfte ihm auf die Schulter und pikste ihn mit ihren Fingern in die Hüfte. Er begann zu lachen und lächelte Jeannette an. „Du mußt aber auch immer alles Neue sofort ausprobieren!" neckte sie ihn.

Crane fragte den jungen Mann nach der Farbe des Chooquatacka-Schildes. Nach kurzer Beratung mit seiner Freundin wählte Martin ein rotes aus. Greg schrieb mit einem schwarzen Stift „Elvis Presley" drauf und reichte es seinem Kunden.

„Nun geht es gleich los, junger Mann! Es ist wichtig, das Chooquatacka in einem bestimmten Abstand vor der Brust in den Händen zu halten." Martin folgte den Anweisungen. Als Crane feststellte, daß er das Schild falsch hielt, verbesserte er ihn: „Wobei Sie es an den Griffen halten müssen!" Dann fügte er hinzu: „Und dabei müssen Sie sich die Person, die Sie sein möchten, vorstellen."

Martin tat dies zunächst schüchtern und zurückhaltend. In seiner Unbeholfenheit vergewisserte er sich bei Crane: „Mache ich alles richtig?"

„Sie müssen darauf achten, daß das Chooquatacka in einer Entfernung von circa sieben Zoll in Brusthöhe gehalten wird." Dabei half Greg, sich aus seiner Theke beugend, seinem Kunden, das Chooquatacka auszurichten.

„Ja, jetzt halten Sie es richtig. Nun müssen Sie anfangen, Ihren Wunsch zu visualisieren."

„Was heißt, meinen Wunsch zu visualisieren?" fragte der junge Mann verständnislos.

„Denken Sie einfach an Ihren Wunsch, denken Sie einfach an Elvis Presley!"

„Gut, das mache ich jetzt."

„Sie werden gleich bemerken, daß das Chooquatacka-Schild zu schwingen anfängt, sobald Sie Ihren Wunsch visualisieren, das heißt, sobald Sie anfangen, an Elvis zu denken."

„Aber ... es passiert nichts", bemerkte er dumpf.

Die umherstehenden Menschen begannen zu murmeln. Es war sogar verhaltenes spöttisches Gelächter zu hören.

Doch unversehens mischte sich Jeannette ein: „Eh Mann, du checkst ja auch rein gar nichts, komm, laß mich das machen!" Sie schubste Martin auf die Seite, riß das Chooquatacka-Schild an sich, nahm Gregs Stift, strich „Elvis Presley" durch und schrieb einen neuen Namen darauf. Dann kletterte sie auf die Lokomotive, drehte sich zur Menge hin und begann zu singen: „Like a virgin, touched for the very first time ..." Dabei war sie so überzeugend, daß die sie umringenden Personen zu klatschen und applaudieren begannen, als hielten sie Jeannette wirklich für Madonna.

Die Menschen waren so begeistert, daß sie sofort anfingen zu drängeln, um auch ein Chooquatacka-Schild zu bekommen.

Central Park, New York City
30. Juni

Als Greg aufstand und sich für den neuen Tag rüstete, war es fünf Uhr morgens, und es begann zu dämmern. Nach einem kurzem

Jogginglauf mit anschließendem Frühstück in seiner Lokomotive begann Crane seine Schilder zu zählen und mit Hilfe von Schnüren aufzuhängen. Er legte sich zurecht, wie er an diesem Tag sein Geschäft betreiben wollte. Zunächst mußte er seine neuen Werbebanner über der Lokomotive anbringen, und auch einige Meter vor der Lokomotive wollte er heute ein paar Hinweisschilder aufstellen.

Er machte sich ferner philosophische Gedanken darüber, was es für die Menschen bedeuten würde, wenn sie die Erfahrung machten, etwas zu erleben, was sie sich zwar schon immer innigst gewünscht hatten, von dem sie aber zutiefst überzeugt waren, daß sie nicht die Fertigkeit dazu besaßen. Im Menschen mußte ein Mechanismus eingebaut sein, der diesen offensichtlichen Widerspruch aufrechterhielt. Würde man diesen Widerspruch aufheben können, dachte sich Crane, dann wäre den Menschen alles möglich, und sie könnten all ihre Ziele erreichen. Noch bevor sich der Chooquatacka-Verkäufer weitere Gedanken über diese Problematik machen konnte, machten sich anscheinend die ersten Kunden bemerkbar.

„Guten Tag“, grüßte ihn ein hochgewachsener Mann mit Brille, dem sich zwei weitere Leute mit Ausrüstung anschlossen.

„Guten Tag“ entgegnete Crane. „Sie wünschen ein Chooquatacka?“

„Nein, wir wollen filmen.“ entgegnete der Ankömmling. Das schien ein Zeichen zu sein, denn seine Mitarbeiter begannen, ihre Ausrüstung auszupacken und aufzustellen. „Mein Name ist Jeff Burger vom lokalen Fernsehen, wir wollen für morgen einen kurzen Bericht über Sie drehen.“ In der Zwischenzeit hatte der Kameramann ungefragt seine Kamera auf Crane gerichtet. Der Tontechniker mit seinem Galgenmikrophon stand auch schon vorbereitet seitlich neben seinem Kollegen.

„Oh, das ist sehr interessant, daß Sie einen Bericht über mich bringen möchten. Ich begrüße es, zumal dies sicher auch eine gute Werbung für mich ist.“ entgegnete Greg Crane erfreut.

„Prima“ sagte Jeff Burger. „Dann zeigen Sie uns, was Sie hier tun.“

„Am besten wäre es, wenn wir einen Kunden hätten, der sich für meine Chooquatackas interessiert. Dann könnte ich Ihnen live zeigen, wie es funktioniert." erklärte der Chooquatacka-Verkäufer.

Und es dauerte auch nicht lange, bis sich jemand für die Chooquatackas interessierte, denn die bunte Lokomotive und das betriebsame Kamerateam begannen die Leute förmlich anzuziehen.

Crane stieg von hinten in den ersten Waggon, stemmte den Fensterladen nach oben und sprach zu der Menschenmenge: „Liebe Leute, heute ist Wunscherfüllungstag, gibt es unter Ihnen jemanden, der sich schon immer etwas wünschte, das aber nie in Erfüllung ging? Jetzt haben Sie die Chance. Kaufen Sie sich ein Chooquatacka und Ihre Träume werden wahr."

Ein zwölfjähriger Junge zog seine Katze an der Leine und lief auf Crane zu. „Ich! Ich habe einen Wunsch!"

Crane blickte zu dem Kind hinunter. „Und dieser wäre?"

„Ich möchte ein Luftballonverkäufer sein", sagte er ganz leise, denn das war sein Geheimnis, und er wollte nicht, daß es seine Mutter erfährt, die sechzig Fuß weiter stand.

„Zwanzig Dollar" sagte Crane, schrieb „Luftballonverkäufer" auf ein blaues Chooquatacka-Schild, das sich der Junge zuvor ausgesucht hatte, und reichte es ihm.

Der kleine nahm seine Katze auf den Arm und kuschelte sie kurz. Dann setzte er sie auf den Boden und faßte mit beiden Händen das Chooquatacka, so wie es ihm Greg Crane vorgemacht hatte.

„Alex! Komm sofort her! Habe ich dir erlaubt, zu diesem Verkäufer zu gehen?" rief seine Mutter etwas gestreßt.

„Mum! Ich habe mir nur was von meinem eigenen Taschengeld gekauft!" nörgelte der Kleine. „Darf ich es wenigstens ausprobieren?"

„Ja, ja, ist schon o. k.", und die Mutter wandte sich wieder an den Mann mit dem sie gerade eben noch gesprochen hatte. Doch nicht für lange.

Alex drückte das Chooquatacka mit seinen kleinen Händen an sich und begann, seinen Wunsch zu manifestieren. Auf einmal drehte er sich um seinen linken Fuß, hielt die Umdrehung mit einem Sprung an und begann an die umstehenden Menschen imaginäre Luftballons zu verkaufen. Das Sonnenlicht verfing sich in seinem lockigen Haar wie in einem Spinnennetz, und Crane fiel auf, daß sich auch dort, wo sich die vorgestellten Luftballons befanden, das Licht verflochten hatte. Er kniff verwundert kurz die Augen zu.

Alex hatte mittlerweile schon einige Dollar verdient, als seine Mutter das, was geschah, zur Kenntnis nahm. Mit gehobenen Augenbrauen schaute sie ihren lockigen Sohn verwundert an. Er überreichte einer älteren buckeligen, aber glücklich aussehenden Dame voller Grazie mit einer Verbeugung einen Phantasieluftballon. Diese nahm einen Ein-Dollar-Schein aus ihrem Geldbeutel und bezahlte dafür.

Nun trat der Junge mit der heiteren Bewegung eines Zirkusclowns zum Gesprächspartner seiner Mutter, und auch dieser kaufte einen seiner Luftballons. Seine Mutter konnte sich nicht entscheiden, ob sie einen blauen oder lilafarbenen nehmen sollte. Schließlich entschied sie sich nach langem Auswählen sichtlich erfreut für den blauen, der ihr von ihrem Sohn angeboten wurde.

Die Filmleute waren begeistert. Dieser Typ machte ja aus allen Menschen Narren! Und keiner merkte etwas, dachte sich Jeff. Auf jeden Fall war das ein guter Stoff für eine Reportage.

New York City
1. Juli

Die Fernsehreporterin des lokalen Fernsehens machte sich bereit für den nächsten Beitrag, den sie ankündigen sollte. Nach wenigen Augenblicken begann sie zu sprechen.

„Unseren nächsten Bericht haben wir gestern im Central Park gedreht, wo wir einen schrägen Typen entdeckt haben, der entweder die Spaziergänger veräppelt oder vollkommen durchgeknallt ist. Aber schauen Sie doch selbst ..."

Nach einem kurzen Vorspann tauchte ein spargeldünner Mann auf, der umgeben von Grün anfing zu sprechen: „Mein Name ist Jeff Burger vom Lokalsender. Wir haben hier im Central Park eine recht außergewöhnliche Sache entdeckt, und zwar einen Typen, der den Menschen sonderbare Illusionen verkauft, das Beunruhigende jedoch ist, daß er auch noch Geld dafür nimmt."

Nun wurden Ausschnitte aus dem Material, das Jeff und sein Kamerateam aufgezeichnet hatten, gezeigt.

„Hier sehen wir einen Jungen, der den umstehenden Menschen nichts verkauft und doch Geld dafür kassiert." Im Bild sah man den lockigen Alex, wie er imaginäre Luftballons verkaufte.

„Geht die Magie dieses Illusionisten etwa von einem Menschen auf den nächsten über? Der Junge war kein Ausnahmefall. Denn ein weiterer", es wurde ein sehr derber Mann gezeigt, „ist dank dieser Wunderdinger zum Macho geworden und hat mit zwei Mädchen den Central Park verlassen." Die Zuschauer im Fernsehen konnten die Verwandlung des Burschen sehen.

„Am eigenartigsten war wohl doch der Fall einer Lady, die", jetzt wurde eine Frau mit roten Locken und Brille gezeigt, „angefangen hat zu jodeln. Was hat das zu bedeuten?" Der Fernsehzuschauer konnte nun Jeff und im Hintergrund die Lokomotive sehen.

„Die Dinger nennen sich Chooquatackas und sollen laut Verkäufer den Menschen die Möglichkeit geben, das zu sein, was sie schon immer sein wollten. In Wirklichkeit sind es aber nur Plastikscheiben mit zwei Öffnungen für die Hände. Ihr Wert beläuft sich auf maximal einen Dollar, bezahlen muß man aber zwanzig. Entweder ist dieser Lokomotivführer ein Hypnotiseur, ein Massenhypnotiseur, oder alles ist nur ein abgekartetes Spiel!" Es war wieder der Junge mit den Luftballons zusammen mit dem Reporter Jeff zu sehen. Der Kleine übergab dem „Fernsehmann" gerade einen virtuellen Luftballon, für das Jeff Burger einen Dollar zahlte.

Der Regieraum des Senders schaltete wieder ins Studio, die Fernsehreporterin schaute gerade geistesabwesend auf den Monitor.

„Sie sind wieder im Bild!“ konnte sie eine Stimme aus dem Hintergrund vernehmen.

Die Reporterin zuckte kurz und war wieder voll und ganz da. „Wir müssen uns also in acht nehmen vor derartigen Verrückten, die uns mit einem Psychotrick ins Tal kindlicher Phantasien schicken und uns vergessen lassen, was Realität ist. Und nun das Wetter!“

Central Park, New York City
4. Juli

Eines schönen Morgens, es war ein Montag, wachte Greg Crane kurz vor Sonnenaufgang auf. Er hatte einen sehr merkwürdigen Traum, der langsam seinem Gedächtnis entfloh und nur ein komisches Gefühl des Ungewissen hinterließ. Er konnte nicht mehr schlafen, also stand er auf und wusch sich das Gesicht. Plötzlich verlor sich ein kleiner goldener Sonnenstrahl im mickrigen Fenster, das sich direkt unter der Decke des Bades befand und fiel auf den Spiegel, so daß er Crane blendete. Greg stellte sich auf die Zehen und blickte neugierig aus dem Fenster. Der Central Park erwachte ebenfalls langsam aus dem nächtlichen Schlaf. Die ersten Vögel begannen munter im Geäst zu zwitschern.

Der Mann verließ leise seine Lokomotive und ging ein wenig spazieren. Er bewunderte die Bäume und die Natur. Ein kleines Eichhörnchen lief an ihm vorbei und streifte fast seine braunen, mit Mustern verzierten Schuhe. Es lief weiter bis zum nächsten Baum und kletterte hinauf. Langsam wurde es heller, und leuchtend weißes Licht bedeckte den Boden. Dann sah Crane, wie eine Gestalt aus der Ferne anscheinend auf ihn zukam. Ja, diese Gestalt steuerte direkt auf ihn zu.

„Sind Sie Greg Crane?“ fragte der Mann, und der Chooquatacka-Verkäufer erkannte an seinem Anzug, daß es ein Polizist war.

„Ja."

„Ich bin beauftragt worden, Sie zu verhaften – wegen illegaler Handelstätigkeit und Wohnens im Park."

Greg hob verdutzt die Augenbrauen: „Ja, gut, wenn Sie meinen."

Der Polizist bewegte sich aber nicht und sagte anstatt dessen: „Dazu wurde ich beauftragt. Wenn Sie jedoch Ihre Verkaufstätigkeit legalisieren und den Park nicht mehr als Wohnstätte mißbrauchen, dann könnte ich noch einmal ein Auge zudrücken."

„Noch einmal ein Auge zudrücken ...?" Cranes blaue Augen leuchteten verständnislos.

„Ich hätte Sie ja nicht antreffen müssen. Verstehen Sie? Wie lange verkaufen Sie denn schon Ihre Ware?"

„Ich weiß nicht, so ungefähr einen Monat." Greg begutachtete die Schuhe seines Gesprächspartners, dann blickte er ihn wieder an.

„Mr. Crane, wissen Sie nicht, was das bedeutet?" erwiderte der Polizist aufgeregt, senkte seine Stimme und beugte sich zu ihm vor. „Sie haben doch genug verdient, und wenn nicht, dann können Sie noch genug verdienen." Er war noch sehr jung und gehörte zu den Menschen, die sich mit Vorliebe für alles Neue begeisterten. „Gründen Sie so schnell wie möglich eine Firma, suchen Sie sich ein Gebäude für Ihre Fabrik, und ich werde mich um die entsprechenden Formalitäten kümmern. Wenn alles geregelt ist, fangen Sie mit der vollen Produktion an." Er schaute in die Richtung, woher er gekommen war, und flüsterte: „Das, was Sie hier verkaufen, ist einfach so genial, daß mehr Menschen davon profitieren sollten. Diese Dinger sind ein Wunder des neuen Jahrtausends." Der junge Polizist blickte begeistert zum Himmel auf, dann wurde er plötzlich wieder ernst und sagte mit ruhiger, lauter Stimme: „Und merken Sie sich, befolgen Sie meinen gutgemeinten Rat! Ansonsten werden Sie sich für Ihre Uneinsichtigkeit verantworten müssen." Dann flüsterte er noch: „Ich komme heute Abend mit den Formularen zu Ihnen." Und schon war er wieder weg.

Greg sah nur noch wie er sich zwei anderen Polizisten anschloß, die er in der Ferne traf.

New York City
5. Juli

„Bei dieser Sache mit den Chooquatackas ist mir noch einiges unklar. Ich weiß nicht, wie ich weitermachen soll. Ich war schon in der öffentlichen Bibliothek und habe verschiedene alte Bücher gewälzt, aber es gibt nur Andeutungen für das, was mir vorschwebt."

Lilian antwortete, wobei sie Greg eine Tasse ayurvedischen Tee hinstellte: „Wie bist du überhaupt auf die Idee mit den Chooquatackas gekommen?"

„Ah die, die ist mir sozusagen zugeflogen. Einfach so."

„Und wie hast du die ursprüngliche Idee dann umgesetzt?"

„Ja ... ich hab mal dies, mal jenes ausprobiert. Dann hat es sich einfach so weiterentwickelt und ergeben." Natulia sprang auf Cranes Schoß und begann zu schnurren. „Weißt du, das Merkwürdigste aber ist, daß mir gestern morgen ein junger Mann gesagt hat, ich soll eine Firma gründen und eine Fabrik kaufen." Er streichelte die Katze, die begann, es sich gemütlich zu machen.

Lilian blickte ihn aufmerksam an, die Kerzen über dem alten Klavier flackerten kurz auf, und dann sprach sie: „Dieser junge Mann ist ein Zeichen, ein Wegweiser. Hat er in dir negative Emotionen geweckt?"

„Nein, aber er ist doch noch sehr jung, er hat ja keine Ahnung von der Welt. Im Alter von fünfundzwanzig hatte ich auch verrückte Ideen!" argumentierte Greg.

Lilian lächelte: „Du hast bis heute verrückte Ideen!" stand auf und holte Obst aus der Küche. Sie stellte es auf den Kristalltisch im Wohnzimmer und fuhr fort: „Und das ist auch gut so. Nur die Abgehobenen können etwas verändern. Meinst du, Benjamin Franklin hätte den Blitzableiter erfinden können, wäre er nicht verrückt genug gewesen, mit einem Drachen ins Gewitter zu ziehen?" Beide lachten herzlich auf.

„Ja, das ist eine meiner Lieblingsgeschichten." Greg blickte verträumt auf die mehrfarbige Katze, die sich von seinen Streicheleinheiten verwöhnen ließ. „Eigentlich könnte ich mir es langsam leisten, eine Firma zu gründen, die Schilder verkaufen sich einfach nur hervorragend. Aber ich möchte in diese neue Generation wechseln, die ich dir gezeigt habe. Ich will sehen, ob sie sich auch so gut verkaufen läßt."

„Probiere es aus! Dann hast du eine Bestätigung von außen, ob es tatsächlich funktioniert."

Greg nickte langsam und streichelte ein paarmal die schnurrende Natulia, die sich genüßlich in die Länge zog. „Nur eines kann ich nicht begreifen", griff Crane das vorherige Thema wieder auf, „irgendwie mußte dieser Polizist ahnen, daß ich eine neue Generation entwickelt habe."

„Intuition!"

„Ja, ich weiß." Er streichelte weiterhin Natulia, dann kam ihm ein Gedanke, und er fragte: „Kannst du mir nicht sagen, was das Beste wäre – wie es weitergehen wird?"

Lilian erwiderte ruhig und Greg aufmerksam in die Augen blickend: „Du wirst diesen Jungen beobachten, und dann wirst du seine Absicht spüren, wenn sie gut ist, laß dich von ihm leiten!"

Central Park, New York City
6. Juli

Am späten Abend, nach einem erfolgreichen Verkaufstag, klopfte es an der Waggontür. Crane saß gerade auf seinem Bett am Fenster und las ein Buch. Er öffnete die Tür, und der junge Polizist von neulich trat strahlend hinein.

„Hallo, da bin ich! Es tut mir leid, daß ich nicht früher kommen konnte, aber ich hatte zweimal hintereinander Nachtschicht und dann sind noch andere Dinge dazwischengekommen. Außerdem wollte ich ja nicht mit leeren Händen kommen. Ich habe mich auch noch nicht vorgestellt – mein Name ist Andrew Graddington."

„Schön Sie kennenzulernen, Andrew! Meinen Namen kennen Sie ja schon." Der Lokomotivbesitzer zwinkerte mit dem linken Auge.

Die beiden reichten sich die Hände, und Crane wies dem jüngeren den Platz auf einem Hocker zu, denn für einen Stuhl gab es in diesem Waggon keinen Raum mehr. Sein Zuhause bestand lediglich aus einem Bett, einem kleinen Schrank und einem Nachttisch, auf dem Bücher lagen. Ansonsten war da noch ein Fenster und die Türen, die in ein kleines Badezimmer und nach draußen führten. Im großen und ganzen war es sehr eng. Dennoch strahlte die Wohnstätte eine Wärme aus, die dem Gast das Gefühl von Gemütlichkeit vermittelte.

„Ich habe alles für Sie abgecheckt, morgen werde ich nach der zuständigen Behörde suchen, in der wir dann die Firma anmelden können." Der junge Polizist lächelte stolz.

„Wieso machen Sie das alles für mich, Andrew?" fragte der Gastgeber neugierig.

„Weil ich der erste sein will, den Sie einstellen!" erwiderte der junge Mann erregt. „Denn so toll und aufregend finde ich meine Arbeit als Polizist nun wieder auch nicht!" Für einen Moment verschwand das Lächeln aus Andrews Antlitz, und Greg dachte bei sich, daß ihm dieser Mensch wirklich sympathisch war. Irgend etwas sagte ihm, daß Lilian recht hatte. „Nur, es gibt eine Sache die mich quält." gestand der Polizist.

„Die da wäre ...?"

„Mr. Crane, könnten Sie nicht mehr aus den Chooquatackas herausholen?"

„Was meinen Sie mit mehr?" Greg war sehr verwundert über die Frage seines Gastes.

„Ich habe nämlich darüber nachgedacht, und da ist mir aufgefallen, daß es sich nicht lohnen würde, allein wegen dieser Schilder eine Firma zu gründen. Außerdem hat ja das Schild nur dann eine Wirkung, wenn Sie, Mr. Crane, dabei sind. Sie müßten also irgend etwas, basierend auf Ihren Schildern, schaffen, das jeder Mensch unabhängig nutzen kann!"

Greg lächelte: „Sie melden sich bei mir und regeln alles für mich, damit ich eine Firma mit einer dazugehörigen Fabrik gründen kann, obwohl Sie meinen, daß ich nichts habe, das es sich lohnen würde zu verkaufen?" Das Gesicht seines Gastes verfinsterte sich, doch der Chooquatacka-Erfinder fuhr fort: „Und hier haben wir es mit einer Synchronizität zu tun, denn gerade in den letzten Tagen ist es mir gelungen, hinsichtlich der Chooquatackas eine neue Entdeckung zu machen. Es ist unglaublich, aber dies ist die nächste Generation – nach den Schildern! Ich war auch schon mehrmals in der Bibliothek, um nachzuschauen, ob ich nicht einfach etwas geschaffen habe, was womöglich schon zuvor von jemandem erdacht wurde, um sich später als Fiasko herauszustellen. Ich fand jedoch nichts, außer einigen spirituellen Büchern über Gedankenformen aus dem neunzehnten Jahrhundert." Er zeigte auf die auf dem Nachttisch liegenden Bücher.

„Wovon sprechen Sie? Ich begreife nicht ..." Verwunderung zeichnete sich in Andrews Gesicht ab.

„Ich werde es Ihnen zeigen, Sie müssen jedoch dann gleich morgen bei Ihrem jetzigen Arbeitgeber kündigen, denn ich will Sie unter Vertrag nehmen."

„O. k., das mache ich!" Andrew war begeistert, und die Männer reichten sich die Hände.

Dann sagte der Gastgeber gebannt: „Kommen Sie!"

Crane geleitete seinen Gefährten nach draußen. Es war ziemlich kühl, und die Sterne leuchteten zwischen den Ästen der Bäume. Es war eine mondlose Nacht. Der ältere nahm nun den Schlüssel für die Lokomotivtür aus seiner Hosentasche. Andrew war sehr neugierig und gespannt darauf, was er nun erblicken sollte. Greg öffnete schließlich die Tür, und ein leichtes Leuchten kam aus dem Führerraum. ‚Kosmisch' dachte sich der Gast und war froh, daß er sich für diesen neuen Lebensweg entschieden hatte. Da schwebte über dem Sitz ein merkwürdiger Gegenstand. Es war ein Luftballon. Er war orange und durchsichtig, und es schien, als wäre er aus purem Licht.

Der junge Mann bedeckte seinen offenen Mund mit der rechten Hand und blicke zu Crane, dessen tiefblaue und ernste Augen vom Schein des Luftballons glitzerten. „Was ist das?“ fragte Andrew erstaunt.

„Das ist das, was wir in Zukunft als Chooquatackas verkaufen werden.“ erwiderte Crane wie ein Magier, wobei er das Wort „wir“ nachdrücklich betonte.

„Kann ich es anfassen?“

„Versuchen Sie es!“ Greg lächelte geheimnisvoll.

Andrew bewegte langsam seine rechte Hand in die Richtung des Luftballons, er war ganz aufgeregt, was passieren würde. Doch es geschah nichts. Seine Hand glitt durch das Chooquatacka wie durch Luft. „Unglaublich, ein Hologramm ...! Wie, wie um alles in der Welt ist das möglich?“ Er blickte Crane erstaunt und zugleich ehrfürchtig an.

„Das werden Sie noch herausfinden. Vor allem sollten wir jetzt aber schnell einen Sitz für die Firma suchen!“

„Da gibt es nur eines: Los Angeles!“ rief Andrew mit einer lebhaften Handbewegung.

„Wieso Los Angeles?“

„Ja, da wollte ich doch schon immer hin! Doch mit meinem mickrigen Polizistengehalt konnte ich mir das nie leisten.“

Central Park, New York City
7. Juli

Am Nachmittag des nächsten Tages war Aden bei Crane zu Besuch, um eventuell noch Korrekturen an der Lokomotive vorzunehmen. Er fand aber nichts, woran er noch hätte arbeiten können, also saß er mit Crane gemütlich auf zwei Klappstühlen vor der Lokomotive, und sie unterhielten sich ein wenig über Kunst.

Nach einiger Zeit kam ihnen Andrew entgegen und sagte lächelnd: „Greg, ich habe gekündigt!“ er wandte sich dann an den Jungen und sagte: „Andrew!“, schüttelte seine Hand, worauf Aden sich ebenfalls vorstellte.

„Das ist der Neffe einer sehr guten Freundin von mir“, erklärte Crane.

„Sehr gute Freundin, sonst nichts?“ fragte Andrew und blickte Aden fragend an, der zuckte nur die Schultern.

Greg ließ sich nichts anmerken und sagte: „Andrew ist mein erster Mitarbeiter, mein Assistent und Produktmanager!“

„Wow! Gleich zu Beginn eine so hohe Position!“ Andrew strahlte stolz die Baumkronen an.

„Was würdet ihr davon halten, wenn ich euch beibringe, wie man diese neuen Chooquatackas macht?“ fragte Crane nach kurzem Überlegen. „Schließlich wollen wir diese massenweise produzieren und die Weltmärkte damit erobern!“ Mit den letzten Worten stand Greg auf. Alle lachten. Andrew und Aden nickten beistimmend. „Wer möchte anfangen?“ fragte der Chooquatacka-Erfinder.

„Also, ich gebe Aden den Vortritt!“ erwiderte Andrew.

„Gut Aden, was möchtest du denn gerne als Chooquatacka herstellen?“

„Hm ...“ Lilians Neffe überlegte eine Weile, dann fiel ihm seine letzte Zeichnung ein, und er sagte: „Eine Orchidee.“

„Dann fang mal an!“ forderte ihn Crane auf.

Der Junge stand auf: „Wie, wo, was? Womit soll ich anfangen?“ Aden drehte sich mit ratlos ausgestreckten Armen zu Andrew, der sich schnell auf seinen Klappstuhl gesetzt hatte.

„Ja mit deinem Orchideenchooquatacka! Hast du es vor deinen Augen?“

„Vor meinen Augen?“ Der Junge runzelte die Stirn.

„Ja, weißt du, wie es aussieht?“ fragte Greg.

„Ich habe es nur in meinem Kopf als Idee!“

„Und wie sieht die Idee aus?“

„Also ... es ist eine dreidimensionale Orchidee – in hellem Rosa!" beschrieb Aden seine Vorstellung.

„Dann mach jetzt deine Augen zu. Zeig mir mit deinem Finger, wo diese Orchidee ist!"

Der Junge zeigte mit seinem Finger direkt auf seinen Kopf.

„Siehst du die Orchidee nur in deinem Kopf?" fragte Greg verwundert.

„Ja, nur im Kopf."

„Das verstehe ich nicht. Wieso siehst du sie nicht außerhalb?" Der Chooquatacka-Verkäufer runzelte die Stirn und strich sich nachdenklich den Spitzbart.

„Ich denke ja schließlich mit meinem Kopf, also muß sie ja auch logischerweise drinnen sein!" Aden begann leise zu lachen.

„Hm ... in deinem Kopf, sagst du?"

„Ja" erwiderte der Junge.

„Kannst du jetzt die Vorstellung aus deinem Kopf rausholen und vor dich hinsetzen?"

„Ich kann es ja mal versuchen." Aden schloß die Augen und öffnete sie nach kurzer Zeit wieder. Dann fragte er: „Was jetzt?"

„Gut." lobte ihn der Chooquatacka-Erfinder. „Das weiß ich noch nicht so recht." sagte er dann, dachte eine Weile nach und richtete sich an Andrew: „Andrew, was für ein Chooquatacka möchtest du herstellen?"

„Vielleicht am Anfang etwas Einfaches. Ein Tassenchooquatacka."

„Gut. Dann stell es dir vor. Wie sieht es aus?"

„Es ist eine rote Tasse." sagte Andrew mit geschlossenen Augen.

„Fühlst du dieses Chooquatacka?" fragte Greg.

„Wie? Was meinst du mit Fühlen? Ich kann Liebe fühlen, wenn meine Eltern zu Besuch kommen, aber doch keine Tasse!" Andrew versuchte nachzuvollziehen, was Crane meinte.

„Gut." Der Erfinder dachte wieder eine Weile nach, und dann sagte er mit sorgloser Stimme: „Ich danke euch, daß ihr mir geholfen habt, dieses Experiment durchzuführen." Doch tief in seinen Gedanken begann er zu grübeln.

New York City
10. Juli

Crane trat in ein altes Treppenhaus, das wahrscheinlich noch aus dem neunzehnten Jahrhundert stammte. Er machte sich Stufe um Stufe auf den Weg nach oben. Im ersten Stockwerk waren alte, zerkratzte Türen mit Brettern verschlagen. Die grüngestrichene Holztreppe knackste unter seinen Schritten, er ließ jedoch nicht davon ab, im düsteren Treppenhaus hochzusteigen. Durch ein altes Fenster mit zerschlagenen Scheiben leuchtete ihm weißes Sommerlicht entgegen. Er musterte ein kleines Lokomotivchooquatacka, wie sich das Licht in ihm verfing, während es durchsichtig über seiner Handfläche schwebte. Einige Stockwerke höher drang ihm der Klang eines Schleifgeräts in die Ohren.

Er war im fünften Geschoß angelangt, als er eine Tür mit hellblauer, abblätternder Farbe als Quelle des Lärms vernahm. Er legte sein Ohr an das gestrichene Holz, um sich noch zu vergewissern, und betätigte danach die Klingel. In den Räumen hinter der Tür änderte sich jedoch nichts, der Lärm drang nach wie vor unerträglich aus einem der Zimmer. Nach einigen weiteren Klingelversuchen, probierte es Crane mit Klopfen. Wiederum vergebens – also legte er die Hand auf die Türklinke und ließ sich selbst in die Wohnung hinein.

Der Lärm überfiel ihn schallend und ohrenbetäubend. Greg ließ die schwebende Lokomotive im Korridor, um sich mit beiden Händen die Ohren zuzuhalten. Dann schaute er sich um. Überall lagen die merkwürdigsten Gegenstände herum. Metallrohre, Schrauben und Bretter waren nichts im Vergleich zu den diversesten Konstruktionen, die an Maschinen erinnerten. Schließlich fand der Chooquatacka-Erfinder die Quelle des Lärms – zwei Menschen in Overalls ließen in einem großem Zimmer Tausende feuerrote Funken in die Höhe schießen. Sie arbeiteten an einem Gerät, das an ein etwas entstelltes Auto erinnerte.

Einer der beiden bemerkte Crane und machte den anderen darauf aufmerksam. Beide schalteten ihre Schweißbrenner aus. Der erste nahm seinen Schutzhelm ab, dabei kamen seine leicht gräulichen Haare zum Vorschein. Er war Mitte vierzig.

„Was haben Sie hier zu suchen?“ fragte er abweisend, der andere machte sich an die Schrauben des seltsamen Gerätes.

„Sind Sie ‚Kicksley and Moore‘?“ Greg Crane bewahrte die Ruhe und achtete nicht auf die Unhöflichkeit seines Gesprächspartners.

„Ja ... woher wissen Sie das überhaupt?“ fragte der Mann verdutzt.

„Ich komme in einer privaten Angelegenheit. Ich habe lange nach Ihnen gesucht.“ er strahlte. „Darf ich mich vorstellen: Greg Crane!“ Er reichte dem Mann die Hand.

Dieser formte jedoch nur seine Augen mißtrauisch zu einem Schlitz und fragte: „Sind Sie vom FBI?“

„Machen Sie sich so schnell wie möglich aus dem Staub!“ schallte eine rauchige und tiefe Frauenstimme von der Maschine. „Sie sind hier unerwünscht!“

Crane blickte verwundert zu dem zweiten Mann im Overall, der sich als Frau herausstellte.

„Na los, verschwinden Sie!“ Ihre Stimme wurde schärfer.

Als der Chooquatacka-Erfinder keine Reaktion zeigte, riß sie ihren Helm ab, ein Meer graublonden Haars ergoß sich auf ihre Schultern, und ein verstaubtes Gesicht kam zum Vorschein. Dann ging sie direkt auf Greg zu und deutete mit drohendem Finger auf seine Brust.

„Es geht Sie überhaupt nichts an, was wir hier tun, Sie haben kein Recht dazu, sich hier einzumischen! Das ist unsere eigene Angelegenheit. Ich werde Sie verklagen, sollten Sie es noch einmal wagen, hier rumzuschnüffeln! Das ist eine Privatwohnung, und weder die Polizei, noch das FBI, noch sonst ein Teufel kann sich einfach das Recht herausnehmen, hier einfach hereinzuspazieren. Na los!“ schrie sie mit Nachdruck.

All das hatte aber keine Wirkung auf Crane, er war zwar etwas verwirrt, ließ es sich aber nicht anmerken. „Sie wurden mir von Lilian Sisley empfohlen.“ erwiderte er gesetzt.

Die Frau drehte sich um, hob ihre Hände fassungslos in die Höhe, setzte sich auf das Gerät und zündete sich eine Zigarette an. „Na dann schießen Sie mal los!"

Ihr vermeintlicher Ehemann beobachtete die beiden und zog es vor, erst einmal im Hintergrund zu bleiben.

„Also ..." Crane blickte sich um, ob nicht noch jemand da war, um sich ebenfalls auf ihn zu stürzen, dann ergriff er selbstsicher das Wort: „Mein Name ist Greg Crane." Er begrüßte die beiden mit einem Händedruck.

„Zak Kicksley."

„Paula Moore."

„Ich wollte bei Ihnen Maschinen bestellen ..."

New York City
12. Juli

„Mit deinem ‚mickrigem Polizistengehalt' konntest du dir Los Angeles nicht leisten, weißt du überhaupt, was du bei mir verdienen wirst?"

„Nein, das weiß ich nicht", sagte Andrew mit kindlicher Neugier.

„Bei mir wirst du ... nichts verdienen! Zumindest am Anfang nicht." Crane war auf alles gefaßt, auch darauf, daß es sich der junge Mann anders überlegt.

„Äh ... – das ist nicht so schlimm." entgegnete Andrew mit verhaltener Begeisterung und fügte lächelnd hinzu: „Ich hab da noch Ersparnisse von meiner Oma, sie war immer so gut zu mir und sagte: Das ist für dich mein Kind, wenn du es mal schwer im Leben haben solltest."

„Sie können jetzt eintreten." sagte die junge Sachbearbeiterin mit pfiffigen roten Haaren und lächelte Andrew so offen an, daß er verlegen wurde.

Die Männer standen auf und verließen der jungen Frau folgend das Wartezimmer. Sie setzten sich alle an einen Tisch, der mitten in dem kleinen Büro stand.

„Wir möchten eine Firma gründen", sagte Greg Crane entschlossen.

„Was für eine Firma?" fragte sie.

„Eine Firma, die sich mit dem Verkauf von ..."

„Ich wollte nicht wissen, mit was sich die Firma befaßt, sondern, was für eine Firma es sein soll – welche Rechtsform!" entgegnete die Lady ungeduldig.

„Welche Rechtsform?" wiederholte der Chooquatacka-Erfinder fragend.

„Das müssen Sie schon selber wissen, ich bin kein Beratungsbüro für Jungunternehmer!"

„Welche Rechtsform?" Crane war ratlos.

„Mann, Sie halten hier den ganzen Verkehr auf, welches Formular wollen Sie denn haben?" Sie wippte ungeduldig mit dem Kugelschreiber zwischen ihren Fingern.

„Ah ..., junge Lady, haben Sie verschiedene Arten von Formularen?" fragte der Antragsteller verwirrt.

Die Sachbearbeiterin wurde langsam ungeduldig und zunehmend frecher: „Wir haben rosa Formulare, gelbe Formulare, grüne und blaue. Welche Farbe darf es denn sein?"

„Oh, das finde ich aber sehr interessant, das funktioniert also hier nach Farben? Ja? So kompliziert hab ich mir das nicht vorgestellt!" sprach Crane mit naiver Stimme.

„Das ist doch nicht zu fassen! Jetzt entscheiden Sie sich doch endlich!" Die Frau mußte sich Mühe geben, damit ihre Stimme nicht zu laut wurde.

Greg hingegen, war ganz gelassen. „Wozu würden Sie mir denn raten?"

„Ich habe Ihnen doch schon versucht zu erklären, daß dies hier keine Rechtsberatung ist!" erwiderte die rothaarige forsch.

„Wir wollen so eine Art Träume vermarkten, ja man könnte sagen, wir wollen eine Traumfabrik gründen." Crane faltete die Hände.

„O. k., ausnahmsweise, aber bei der nächsten Firmengründung

werde ich Ihnen garantiert nicht helfen.“ Die junge Frau nahm einen Kugelschreiber und zog ein Formular aus einem Fach heraus. „Name.“ sagte sie trocken.

„Crane.“

„Vorname!“

„Greg.“

„Was ist der Gegenstand der Unternehmung?“

„Äh ...“

„Na womit befaßt sich Ihre Firma noch einmal?“ sagte sie etwas ungeduldig.

„Ah ja, das ist die Herstellung und der Vertrieb von ... Chooquatackas!“ erwiderte Crane nach seiner kleinen Verwirrung.

„Ich dachte, das soll eine Traumfabrik werden?“ stellte die Dame verwundert fest.

„Ja ..., eigentlich sind es Chooquatackas ...“

„Chooqua-was?“ Sie guckte Greg eindringlich an.

„Am besten ich buchstabiere es Ihnen.“ Crane buchstabierte jeden einzelnen Buchstaben, dieses für die Beamtin mysteriösen Wortes.

Dann fuhr sie mit ihren Fragen fort: „Ihren Wohnort habe ich oben noch vergessen.“

„New York.“

„Straße?“ fragte sie wieder trocken.

„Central Park.“

Die junge Frau verdrehte ihre Augen und schaute Crane vorwurfsvoll an, als hätte dieser sie persönlich beleidigt. „Central Park ist keine Straße!“

„Aber da wohne ich. In einer Lokomotive.“ erklärte der Chooquatacka-Verkäufer stoisch.

Der Sachberaterin war dies zuviel, sie zerriß den Fragebogen und warf ihn in den Müll. Als nächstes stand sie auf, öffnete die Tür und wartete, bis die beiden Männer den Raum verlassen hatten. An ihre Bürotür hängte sie ein Schild „Zur Zeit geschlossen“ und verschwand wieder in ihrem Zimmer.

Crane schaute seinen Gefährten verwundert an. „Was ist passiert?“

„Ich glaube, das konnte sie nicht länger ertragen. Greg, das sind Beamte, die funktionieren etwas anders als du!"

„Was hat sie noch einmal gesagt? Wir sollten rechtlichen Rat einholen, ja?" fragte Andrew, als sie sich anschickten, das Gewerbeamt zu verlassen.

„Ja, das wäre nicht schlecht." Greg nickte. „Am besten, wir gehen zu einem Rechtsanwalt, der sich auf Firmengründung spezialisiert hat."

Während die beiden Männer durch den Ausgang gingen, fiel Andrew ein Anschlagbrett auf, auf das sie sich gerade zubewegten. „Greg, schau mal!" rief er plötzlich. „„Rechtsanwaltskanzlei Miller and Bered – Ihre Firma in guten Händen. Gründung, Beratung und Betreuung."' las er den Text im Werbeplakat vor, das seine Aufmerksamkeit vollständig eingenommen hatte. „Das ist genau das, was wir brauchen, und es ist gleich hier um die Ecke!"

Die beiden Männer gingen auf die Straße hinaus, wo sie vom Klang des New Yorker Autoverkehrs begrüßt wurden. Sie spazierten den großen Boulevard entlang bis zur 49. Straße, in die sie rechts einbogen, und schon sahen sie ein elegantes Hochhaus mit der Nummer 189. Sie gingen hinein.

Greg und Andrew standen in einer exklusiven Marmorhalle, ein eleganter Mann bewegte sich auf sie zu und sagte: „Bitte folgen Sie mir zur Rezeption."

An der Rezeption saß eine schmucke Empfangsdame die mit freundlicher Stimme fragte: „Was kann ich für Sie tun?"

„Wir wollen zu ‚Miller and Bered'." sagte Crane. „Es geht um eine Firmengründung."

„Alles klar!" entgegnete die Empfangsdame und sagte zu dem Mann, der die beiden zu ihr gebracht hatte: „Sir, bringen Sie die Herrschaften in den zwölften Stock zu Rechtsanwalt Anderson."

Dieser beantwortete die Anweisung der Dame gehorsam mit einem „ja" und wandte sich anschließend an die beiden Ankömmlinge: „Bitte folgen Sie mir."

Und so fuhren sie alle gemeinsam mit einem Aufzug in den zwölften Stock, wo sie gebeten wurden, kurz auf den bordeauxfarbenen Ledersesseln Platz zu nehmen. Nach einer Weile kam ein attraktiver, edel gekleideter und zugleich sportlicher Mann um die vierzig ins Wartezimmer, in dem Greg und Andrew warteten, und bat sie in sein Büro.

„Mein Name ist Sean Anderson." fing der Mann an und sprach danach voller Finesse und Hingabe: „Ich habe gehört, daß Sie eine Firma gründen wollen. Da sind Sie bei uns natürlich am richtigen Ort. Wir sind nicht nur die Profis für kompetente Firmengründungen, sondern bei uns geht eine solche auch ganz besonders schnell, und es ist in Anbetracht des Serviceumfanges, den wir zu bieten haben, auch noch ausgesprochen preisgünstig. Die Rechtsanwaltskanzlei ‚Miller and Bered' gibt es schon seit über hundert Jahren, und ich bin ganz besonders stolz darauf, genauso wie schon mein Vater in dieser Kanzlei zu arbeiten. Kurz zu mir: Ich habe an der Yale-Universität studiert, in Harvard promoviert und neben meiner erfolgreichen Tätigkeit für diese Kanzlei auch noch mehrere berufsbegleitende Auslandsaufenthalte in diversen Jurisdiktionen erfolgreich absolviert. Sie sehen also, Sie sind bei mir in den besten Händen." Mr. Anderson faltete bedacht und voller Hochmut die Hände, dabei ließ er kurz seine Augen zwinkern und schaute auf das Gemälde, das auf der gegenüberliegenden Wand hing.

Es war moderne Kunst – ein Tohuwabohu aus Strichen und Linien, chaotisch in düsteren Farben auf einer Leinwand verteilt. Crane und Andrew folgten andächtig dem Blick des Advokaten, welcher mit feierlicher Stimme erklärte: „Das ist große Kunst. Es ist ein abstraktes Portrait meines Vaters! Er war ein ganz besonderer Mensch."

Andrew machte einen Gesichtsausdruck als hätte er eine Zitrone im Mund, sagte aber nichts.

„Aber bitte, bitte setzen Sie sich doch." munterte Mr. Anderson seine Kundschaft auf.

Die beiden Männer nahmen in vornehmen schwarzen Sesseln aus

feinstem Nappaleder Platz, in die sie wie in eine Badewanne mit warmem Wasser hineinsanken.

„Machen Sie es sich gemütlich, ich bestelle Ihnen eine Tasse Kaffee, ja?" Noch bevor Crane und Andrew antworten konnten, drücke Mr. Anderson auf einen Knopf und bestellte drei Kaffee.

„Sie sehen, meine Herren, bei uns in der Kanzlei geht es ganz menschlich zu. Business ist Business, aber was wäre das Leben ohne schöne Dinge wie zum Beispiel die Kunst. Wie viele Millionen dachten Sie als Grundkapital anzulegen?"

„Wie viele Millionen wir ..." Greg versuchte dem Gedankengang von Mr. Anderson zu folgen.

„Sie haben recht, Mr. Crane, ich falle mit der Tür ins Haus! Fangen wir doch erst einmal mit Ihrer Geschäftsidee an. Womit soll sich denn Ihre Firma befassen?"

„Wir haben es mit ..." wollte der Chooquatacka-Erfinder schon anfangen, doch der Rechtsanwalt unterbrach ihn aufgeregt:

„Nein, lassen Sie es mich erraten. Ich habe eine sehr gute Menschenkenntnis. Immobilienfonds?"

„Nein ..."

„Eine Holding für Warenketten?"

„Nein, nein ..."

„Nicht? Dann wird es wohl etwas Innovativeres sein?"

„Ja! Da liegen Sie genau richtig." Greg lächelte erleichtert.

„Phantastisch! Ich liebe Innovation!" Anderson klatschte in die Hände und fuhr mit seinem gekünstelten Gerede fort: „Im übrigen glaube ich, daß der Innovation die Zukunft gehört. Ich wollte schon immer wissen, was nach der industriellen Revolution und dem Informationszeitalter auf uns zukommt." Anderson begann in freudiger Erwartung dessen, was er nun erfahren würde, zu lächeln.

„Träume." erwiderte Crane.

„T-R-Ä-U-M-E ..." murmelte Mr. Anderson nachdenklich. „Eine phantastische Idee! Darauf hätte ich eigentlich auch schon kommen können. Ich habe mir nämlich überlegt, daß durch die Informationstechnologie bald Maschinen die menschliche Arbeit vollständig ersetzen werden, und ich habe mich immer gefragt, was der Mensch dann mit seiner Freizeit machen wird. Und Sie haben recht, Mr. Crane, der Mensch wird endlich Zeit haben für seine Träume! Dafür, wofür er immerzu nur gearbeitet hat. Mr. Crane, ich gratuliere Ihnen – eine geradezu geniale Idee! Bahnbrechend, revolutionär! Wow!“ Mr. Anderson war nahezu ekstatisch, dann fügte er mit enttäuschter Stimme hinzu: „Warum bin ich nur selbst nie darauf gekommen?“

Greg schaute zu Andrew und beide lachten sich erleichtert an, wie wenn eine große Last von ihren Schultern genommen worden wäre. So einfach hatten sie sich eine Firmengründung nicht vorgestellt. Eine Sekretärin betrat den Raum und servierte den Kaffee.

„Haben Sie schon einen Vertrag mit einem tüchtigen Softwareentwickler, ich hätte da einige talentierte Profis an der Hand. Unter unseren Klienten ist da beispielsweise die Firma ‚Toll Gates‘, ein Milliardenunternehmen, dessen Gründer sich längst in jungen Jahren zur Ruhe gesetzt hat und sich derweil die Zeit vertreibt, indem er mit Staatsoberhäuptern Kaffee trinkt und über humanitäre Ziele diskutiert.“ prahlte der Rechtsanwalt.

„Nein, nein! Wir brauchen keine Softwarefirma, es ist alles schon fertig.“ korrigierte Crane.

„Wie? Was ist schon alles fertig?

Andrew sagte darauf: „Die Choo...“

Doch Greg unterbrach ihn: „Wir möchten, daß für den Menschen Träume wahr werden.“

„Ja, ja. Das habe ich schon verstanden, Mr. Crane! Ist es eine Maschine, die Sie verkaufen möchten, ein Produkt, eine Ware?“

„Ja, genau, das ist es: eine Ware und ein Produkt!“ sagte der Chooquatacka-Erfinder. ‚Nun kommen wir langsam auf den Punkt‘, freute er sich im Stillen.

„Und wie soll dieses Produkt aussehen?“

„Es ist beliebig, der Phantasie sind keine Grenzen gesetzt, es kann alles sein!“

„Wie alles sein?“ fragte der Advokat verständnislos.

„Es kann theoretisch alles sein“, sagte Crane und nickte glaubwürdig mit seinem Kopf, indem er Anderson in die Augen schaute.

„Es kann theoretisch alles sein? Sind Sie ein Erfinder oder so etwas?“ vergewisserte sich der Rechtsanwalt.

„Ja, genau – ich bin ein Erfinder!“

„Ah, jetzt verstehe ich! Es geht um die Vermarktung von Patenten! Hervorragend!“ Mr. Anderson freute sich einen Schritt weitergekommen zu sein.

„Von Patenten?“ Crane und Andrew schauten sich fragend an, und dann fuhr der ältere von beiden fort: „Das ist eine gute Frage. Darüber habe ich mir noch keine Gedanken gemacht!“

„Kein Problem, dazu sind wir ja schließlich da! Alles aus einer Hand!“ Mr. Anderson drückte wieder einen Knopf und sprach ins Mikrophon: „Schicken Sie mir einen unserer Patentanwälte. Aber bitte sofort!“ Nun wandte er sich wieder an seine Klienten: „Natürlich müssen Sie Ihre Erfindung schützen Mr. Crane, das ist ganz klar!“

Wenige Augenblicke später trat ein grauhaariger, schnurrbärtiger Mann mit einer Lehrernase, auf der sich mit Anmut eine goldumrahmte Brille präsentierte, ein. Seine Augenbrauen sprachen von seiner Intelligenz mit den Worten der Falten auf seiner Stirn.

„Guten Tag, mein Name ist Woolf, wie der Wolf. Allerdings mit zwei Os.“ sagte er und schüttelte erst Andrew dann Greg die Hand. „Und ich habe die Freude, mit Ihnen ein Patent anzumelden, ja?“

„Ja, so ist es.“ bestätigte Crane.

„Nun, was soll denn Gegenstand des Patents sein?“

„Eine Erfindung.“

„Eine Erfindung! Natürlich! Eine Erfindung, wie könnte es auch anders sein. Dann beschreiben wir einmal die Erfindung. Worin soll denn die Erfindung bestehen?“ fragte der Patentanwalt, wie ein Lehrer der gerade seinen Schüler abfragt.

„Es ist ein Choo...“ Greg legte seine Hand auf Andrews Arm, um ihn zu stoppen, dann sagte er: „Es ist so: Wenn Sie einen Gegenstand sehen, dann stellt sich die Frage, was Sie eigentlich sehen.“

„Das verstehe ich nicht“, sagte Mr. Woolf. Er wollte noch etwas hinzufügen, aber er beließ es dann nur bei einigen Auf- und Abbewegungen seiner gelehrten Augenbrauen.

„Die Frage ist, sehen wir den Gegenstand, oder sehen wir ein Bild von einem Gegenstand“, versuchte Crane zu erläutern.

„Interessant, das ist aber eine philosophische Frage.“ Die Augenbrauen von Woolf verharrten bewegungslos im Raum.

„Ich möchte Gegenstände entstehen lassen.“

„Das klingt schon konkreter. Sie wollen also einen Herstellungsprozeß patentieren?“

„Ja, ja – genau das ist es!“

„Prima!“ Woolf holte einen Notizblock hervor und begann zu schreiben, wobei er laut vor sich her sprach: „Herstellungsverfahren zur Produktion von ...“

„Chooquatackas!“ brach es wie ein plötzlicher Sommerregen aus Andrew hervor.

„Choo-qua-tak-ka, ja.“ Woolf klopfte mit der Spitze seines Bleistifts auf den Notizblock.

Mr. Anderson bemerkte weltklug: „Chooquatackas, darüber habe ich neulich etwas in der Financial Times gelesen. Daran wird von führenden Wissenschaftlern seit geraumer Zeit gearbeitet. Ja, ja, ich glaube ich weiß, worum es sich dabei handelt.“

Woolf unterbrach den Berater: „Mr. Anderson, darf ich kurz Ihren Laptop benutzen?“

„Aber natürlich, ja!“ Der Rechtsanwalt zeigte ein Puppenlächeln und schob Woolf den Komputer hin.

Der Patentanwalt beugte sich über den Laptop und gab hastig ein paar Begriffe ein. Dabei runzelte er ab und zu die Stirn und schien im Zwiegespräch mit sich selbst einige Dinge abzuklären. Nach einer Weile stellte er laut vernehmbar für alle folgendes fest: „Das Wort Chooquatacka befindet sich weder in einer Patentdatenbank, noch konnte ich es mit einer Suchmaschine im Internet finden.“

„Wie ich es schon erwähnt habe, die Wissenschaftler arbeiten noch daran und wir sind die ersten!“ rechtfertigte sich Mr. Anderson von seiner Geschicktheit überzeugt. „Ich gratuliere!“

„Nun gut. Was ist ein Chooquatacka?“ kehrte Woolf zum Kern des Gespräches zurück.

„Ein Chooquatacka könnte theoretisch betrachtet alles mögliche sein.“ antwortete Crane.

„Alles mögliche?“ fragte der Patentanwalt. „Wie meinen Sie das?“

„Vom Potential her – so, wie ich es gesagt habe.“

„Was zum Beispiel?“ Woolf versuchte das trübe Gewässer zu verlassen und ins klare zu kommen.

„Ein Luftballon!“ stieß Andrew hervor.

„Ein Luftballon, so, so ... Wie soll ich mir das vorstellen?“

„Haben Sie noch nie einen Luftballon gesehen?“ fragte Gregs Begleiter sehr verwundert.

Der Patentanwalt blickte den jungen Mann eine Weile an, setzte seine Brille fester auf die Nase und begann, als nichts geschah, laut sprechend zu schreiben: „Herstellungsverfahren für die Produktion von Luftballons.“

„Nein, das war doch nur ein Beispiel.“ erwiderte Crane.

„Was können die Chooquatackas denn noch, außer ein Luftballon zu sein?“ fragte Mr. Woolf etwas desorientiert.

„Ja, zum Beispiel ...“ Andrew blickte nachdenklich im Zimmer umher. „Eine Porzellanschüssel!“

„Ein Ball, eine Blume, eine Kerze.“ fügte Greg hinzu.

Ohne nachzudenken, notierte der Patentanwalt weiter: „Herstellungsverfahren zur Produktion von Luft-bal-lons, Por-zel-lan-schüsseln, Bäl-len, Blu-men und ... Ker-zen.“

„Nein, das sind doch nur Beispiele! Es könnten auch ganz andere Dinge sein wie zum Beispiel: Autos, Flugzeuge, Schiffe!“ erwiderte Andrew aufgeregt.

„Au-tos, Flug- zeu-ge, Schif-fe“ schrieb Woolf.

„Autos, Flugzeuge, Schiffe.“ wiederholte Anderson.

„Mit einem und demselben oder verschiedenen Herstellungsverfahren?“ fragte der Patentanwalt.

Wieder schauten sich Crane und Andrew an und antworteten dann simultan: „Mit einem!“

„Sie wollen mit einem und demselben Herstellungsverfahren sowohl Luftballons als auch Porzellanschüsseln, Bälle, Blumen, Kerzen, Autos, Flugzeuge und Schiffe herstellen? Wie soll das denn funktionieren?“ fragte Mr. Woolf fassungslos die Nase rümpfend.

„Im Prinzip ist das ganz einfach, wie schon Mr. Anderson zuvor feststellte, als Sie noch nicht da waren: Wir leben im Informationszeitalter, sobald die Information vorhanden ist, läßt sich alles herstellen.“ Greg strahlte.

„Aber doch nicht mit einem und demselben Herstellungsverfahren?! Das kann doch nicht funktionieren!“ Woolf kratzte sich nervös am Kopf. Dann wandte er sich an seinen Kollegen: „Mr. Anderson, wenn wir das schreiben, machen wir uns lächerlich, wir sind eine renommierte Kanzlei, das können wir uns doch nicht leisten!“

„Meine Herren, ich befürchte, Ihre Idee ist noch nicht ganz ausgegoren!“ Anderson nahm einen arroganten Ton an. „Was halten Sie davon, wenn Sie sich darüber ein paar Gedanken machen und sich gegebenenfalls am besten in einer Woche oder zehn Jahren bei uns wieder melden, sobald Ihre Erfindung die Produktionsreife erreicht hat. Wir werden unsererseits, wenn Sie nichts dagegen haben, noch ein wenig weiterrecherchieren, und uns bei Bedarf an Sie wenden. Wie gesagt, wir leben im Informationszeitalter, und da haben Kontakte eine wichtige Rolle. Nicht, daß Sie uns falsch verstehen, wir sind begeistert von Ihrer Idee. Nicht wahr, Mr. Woolf?“ Der Patentanwalt nickte verständig. „Aber im Augenblick können wir leider nichts für Sie tun. Vielleicht geben Sie uns Ihre Visitenkarte.“

„Wir haben keine Visitenkarte.“ erwiderte Andrew verdutzt.

„Vielleicht können Sie uns einfach die Adresse notieren, unter der Sie erreichbar sind.“ Anderson lächelte schelmisch.

Andrew notierte seine Adresse auf einem Blatt Papier, die Herren Erfinder und Firmengründer verabschiedeten sich, und die Versammlung löste sich in Wohlgefallen auf.

„So eine Unverschämtheit, also wirklich!“ Andrew war immer noch, nachdem sie in Cranes Waggon ankamen, sehr wütend: „So etwas habe ich in meinem ganzen Leben noch nicht erlebt. Die haben uns noch nicht einmal ernst genommen."

„Andrew, alle Wege führen nach Rom! Heute haben wir versucht, nur zwei zu betreten, dabei gibt es noch viele andere, den richtigen werden wir noch finden!" Greg war voller Zuversicht, dann hielt er inne, denn es kam ihm so vor, als würde er ein leises Klopfen vernehmen.

„Da, da ist jemand am Fenster!" Andrew deutete auf das kleine Fenster, und tatsächlich – da hüpfte jemand mit roten Löckchen, die aussahen wie Spiralen, auf und ab.

Crane ging zur Tür und öffnete diese. „Hier ist der Eingang!" sagte er.

Die Lady unterbrach ihren merkwürdigen Tanz und betrat Gregs kleines Zuhause. Nun erkannten sie die freche, feuerrothaarige Frau vom Gewerbeamt.

Andrew warf ihr einen leicht boshaften Blick zu und fragte spöttisch: „Konnten Sie den Weg nach Hause nicht finden?"

Crane ließ diese Bemerkung nicht ausklingen und gab der jungen Frau zu verstehen, sie möge sich setzen. „Tut mir leid. Stühle habe ich nicht. Machen Sie es sich am Bettrand bequem."

Die junge Lady war etwas verwirrt über das Verhalten der beiden Männer. Deswegen flog sie mit ihren graugrünen Augen zerstreut durch den Raum. „Ich ...", sagte sie schüchtern, faßte jedoch schnell wieder Mut, „ich ... mein Name ist Caroline Winter, und ich habe Ihnen, soweit ich konnte, Ihr Formular ausgefüllt. Eigentlich müssen Sie nur noch unterschreiben, denn es ist alles schon fertig."

„Wie denn das?" fragte Greg verwundert.

„Ich habe mir gedacht, weil mich diese Chooquatackas ..." Sie wurde immer mutiger und setzte sich auf den ihr von Crane zugewiesenen Ort. „Sehen Sie, ich habe fünfzehn Minuten geübt, um das Wort ‚Chooquatacka' richtig auszusprechen." Sie machte eine kurze Pause und fuhr fort: „Was ich mir aber gedacht habe, war, daß das mit dem Träumeerfüllen doch etwas Wunderbares ist. Sie haben Farbe in mein alltägliches, und ich muß gestehen, auch langweiliges

Berufsleben gebracht!" Nachdem sie nun einmal angefangen hatte zu reden, sprudelten aus ihr mit einem reichen Spektrum an Gesten alle Sorgen und Gedanken wie das Wasser aus einer Quelle.

Die beiden Männer hörten ihr aufmerksam zu.

„Und noch dazu haben Sie mir so leid getan." Bei diesem Satz lächelte sie Andrew mit leicht aufblitzenden Augen an. „Es gibt, wissen Sie, meiner Meinung nach Dinge, die unwichtig sind, aber Freude bereiten, wie Kino, Lesen usw. Dann gibt es wichtige Dinge wie der Beruf, jemandes Geburtstag, eine Hochzeit und, ja, am Ende die allerwichtigsten Dinge, die aber auch am seltensten auftreten, das sind: Ideale im Leben umzusetzen, Träume zu erfüllen, die Liebe ..." Hier erlaubte sie sich eine Pause und verließ für einen kurzen Augenblick die Realität, kam dann aber sekundenschnell mit noch mehr Energie zurück: „Und da ich mich viel besser als Sie in Sachen Administration auskenne, habe ich beschlossen, das Formular für Sie auszufüllen! Bitte unterzeichnen Sie es! Ich gebe es für Sie morgen früh, wenn ich zur Arbeit komme, ab."

Sie reichte Crane das Formular, und während er unterzeichnete, holte Caroline ein paar Stempel aus der Tasche, um es anschließend abzustempeln und ihrerseits zu signieren.

„So, das wäre erledigt."

New York City
19. Juli

„Wir sind an der Green Lane." sagte Andrew aufgeregt.

„Jetzt brauchen wir die Nummer acht", entgegnete Caroline am Lenkrad und blickte durch den Rückspiegel zum ehemaligen Polizisten hinüber.

Crane saß ruhig und anmutig auf dem Beifahrersitz. Er hätte nie gedacht, daß er zwei so hilfreiche Menschen treffen würde, als er mit dem Chooquatacka-Verkauf im Central Park begann. Für den Augenblick zog er es jedoch vor zu schweigen, um so mehr, als er das riesige Gebäude erblickte, das vielleicht der Sitz seiner Firma und Fabrik sein würde. Caroline parkte vor der Immobilie.

„Da sind wir." stellte sie fest. „Wollen wir reinschauen?" Sie blickte Greg fragend an.

Das Gebäude war aus roten Ziegeln, wie man sie im neunzehnten Jahrhundert baute, hatte große Fenster, streckte sich sehr in die Breite und war von einer Kette Unkraut umgeben.

„Das war einmal die Emailfabrik vom Großvater meiner Freundin, der aber dann pleitegegangen ist, also Konkurs anmelden mußte." erzählte sie, nachdem alle ausgestiegen waren und sich in Richtung Eingangstür bewegten. „Das Unkraut müßte mal unter die Schere eines Gärtners kommen!" lachte sie, als sie sich durch einen Dschungel aus Gräsern und anderen Pflanzen kämpften. „Ein paar Blumen, Sträucher – das wäre doch schön!"

Crane und Andrew lächelten. „Es scheint ihr hier besser zu gefallen als dir", flüsterte der jüngere, damit Caroline Winter es nicht hören konnte.

„So, meine Freundin hat mir gesagt, es gibt hier vier Eingänge. Der Haupteingang ist dieser da." Sie holte einen Schlüsselbund aus ihrer Handtasche hervor und öffnete die Tür.

Sie gelangten in ein staubiges Vorzimmer. Es war ein kleiner Wintergarten mit großen verschmutzten Fenstern. Hie und da standen ein paar handgemachte Blumentöpfe aus Ton mit vertrockneten Pflanzen herum.

„Der Zimmerservice muß dieses Vorzimmer hier vergessen haben", sinnierte Andrew laut.

Caroline ließ seinen Kommentar von sich abprallen und bemerkte: „Schaut her, draußen wuchsen hier einmal Schlingpflanzen!" Dann öffnete sie die Durchgangstür, und sie gelangten in einen langen, dunklen Korridor. Die Frau tastete nach einem Lichtschalter. Als sie ihn fand, sagte sie: „Das hier müssen wohl die Verwaltungsräume der Fabrik gewesen sein." Sie deutete auf die Türen links und rechts.

„Schauen wir mal ...“ Dann suchte sie im Schlüsselbund nach dem passenden Schlüssel für die erste Tür rechts.

Greg wartete geduldig, Andrew hingegen spazierte ruhig weiter und versuchte es, jede Tür, eine nach der anderen, zu öffnen. Schließlich gelang es ihm, nach einigen Versuchen, nur bei einer einzigen, die er aber dann sofort wieder schloß.

„Toilette“ würgte er aus sich heraus und machte eine Grimasse wie ein kleines Kind. „Die Putzkolonne muß diesen Ort auch schon längst vergessen haben!“

Letztendlich fand Caroline den richtigen Schlüssel und öffnete die Tür. Staubkörnchen flogen verträumt durch die hereinfallenden Sonnenstrahlen.

„Das muß das Büro des Großvaters meiner Freundin gewesen sein!“ sagte die Frau begeistert.

Ein paar mächtige Mahagonischränke standen teils gut erhalten, teils schief und ohne Türen, spinnwebenbedeckt im Raum. Mitten drinnen war ein schwerer und massiver Schreibtisch derselben Holzart. Greg sah sich mit seinem geistigen Auge an diesem Schreibtisch sitzen, umgeben von Papieren, renovierten Möbeln und Chooquatackas.

„Es gefällt dir?“ stellte Caroline eher fest, als daß sie fragte.

Als sie das Büro verließen, blickte sich die Rothaarige im Korridor um und sagte: „In diesem Gang gibt es ja keine Fenster! Das Wartezimmer müßten wir dann im Wintergarten anlegen.“ Sie kehrte kurz zum Vorzimmer zurück und rief von dort entzückt: „Eine kleine weißgestrichene Bank aus den Fünfzigern würde hier wirklich nett reinpassen!“

Andrew überkam ein inneres Kichern der Freude.

Als sie wieder zurück war, beschlossen sie erst einmal den Korridor entlangzugehen. Nach einigen Türen bog dieser nach links und nach rechts ab. Sie gingen erst einmal in die linke Richtung.

„Ah, ja. Das hier ist die Kantine, hier wurde jeden Tag gegessen und manchmal wohl auch gefeiert.“

Sie kamen in einen großen Saal mit kaputten Bänken und einem

Holzfußboden, der aussah, als hätte er den Ein- und Ausmarsch einer riesigen Artillerie überstanden. Die Wände stellten kein besseres Bild dar. Es lag hier genauso viel Staub herum wie in den anderen Räumen.

„Dort hinten ist ein Raum, der als Küche verwendet wurde. Da muß auch der zweite Eingang sein."

„Das wird aber viel Arbeit werden! Also ich würde am liebsten gleich morgen anfangen, diesen Fußboden auszureisen." sagte Andrew spielerisch. Er hätte niemals gedacht, daß beim Aufbau einer Firma so viele Details zu beachten waren.

Schließlich begaben sie sich in den rechten Flügel des Gebäudes. Dort war eine riesige Halle mit alten Anlagen.

„Das ist gut! Hier ist sehr viel Platz – nur die Anlagen müssen raus." Crane war sich schon so ziemlich sicher, daß dies das richtige Gebäude für seine Fabrik war.

„Es gibt noch zwei weitere Hallen dieser Art." Caroline zeigte geradeaus auf ein bogenförmiges Durchgangstor als Wegweiser für die Richtung, in die sie sich begeben sollten. „Und diese Tür rechts müßte zum Lager führen." Beim Vobeigehen deutete sie auf eine Flügeltür.

„Vieeel Platz!" sagte Andrew mit großen Augen, die Ecken und die Decke ausfindig machend. Die Riesenfenster erfüllten die Räume mit sanftem Licht.

„Stellt euch nur vor, wie schön es hier sein wird, sobald die Fenster gereinigt sind und noch mehr Licht durchlassen!" Caroline blieb nun in der Mitte der zweiten Halle stehen und streckte ihren rechen Arm aus. „Dort!" Sie zeigte auf ein verriegeltes Tor. „Von dort können dann die Lastwagen die Chooquatacka-Ladungen abholen.

Andrew lächelte verstohlen und murmelte: „Lastwagen für die Schiffchooquatackas ..."

Greg blickte auf den ehemaligen Polizisten, und seine Augen blitzten auf.

Caroline war schon am anderen Ende der Halle und verschwand rechts hinter dem bogenförmigen Durchgang. Crane und Andrew folgten ihr. Auch dort waren die verschmutzen Fenster sehr hoch gelegen.

„Diese Halle sieht fast genauso aus wie die erste“, sagte sie, mit der Hand über eine der verstaubten Anlagen streifend. Dann lächelte sie das erste Mal verschmitzt: „Die Kamine werden wohl nur zur Verzierung dienen.“ Sie blickte Andrew wie ein kleines Mädchen frech an und sagte: „Es sei denn, ihr wollt die Schiffchooquatackas in einem Ofen backen!“

Wieder draußen angekommen begrüßte sie erquickend die frische Luft. „Caroline, und wie sieht es mit den Kosten aus?“ fragte Crane, jetzt an das Finanzielle denkend.

Ms. Winter strahlte: „Meine Freundin hat dieses Gebäude mitsamt Grundstück geerbt und will es so schnell wie möglich loswerden, das hat sie mir gesagt. Sie wäre sogar bereit, sich den Kaufpreis ratierlich zurückzahlen zu lassen. Ich glaube, das würden wir locker schaffen!“ Mit einer Handbewegung streifte sie sich ihr feuerrotes Haar aus dem Gesicht. „Bei einer derartigen Chooquatacka-Nachfrage ...“

Als Crane am Abend mit der Besitzurkunde für eine Fabrik in der Hand und Freude im Gesicht wieder zu seinem Zuhause im Centralpark spazierte, machte er eine Menge von Menschen vor seiner geliebten Lokomotive aus. Alle stürzten sich wild auf den Ankömmling.

„Da sind Sie ja!“ rief eine Hausfrau erleichtert.

„Haben Sie schon die vier Rosenstrauchchooquatackas für das Büro meines Chefs fertiggestellt?“ fragte ein junger Mann.

„Wo waren Sie denn so lange?“ sagte ein junges Mädchen ungeduldig.

Viele andere Stimmen vermischten sich mit dem Getöse der Menge. An die dreißig Personen waren es.

„Einen Moment, einen Moment. Es tut mir leid, daß Sie so lange warten mußten, das wird nicht wieder vorkommen“, sagte der Chooquatacka-Erfinder und bahnte sich einen Weg in Richtung Lokomotive. Die Menschen wollten aber nichts von Erklärungen hören und stellten sich in einer Schlange hinter Cranes Tür an.

Nach zweieinhalb Stunden ging auch der letzte Kunde zufrieden mit einem Pyramidenchooquatacka fort. Mittlerweile war es schon dunkel geworden. Es wurde wirklich allmählich Zeit, daß Crane mit der Firma in die Fabrik umzog und eine Sekretärin einstellte.

Central Park, New York City
23. Juli

Es war ein angenehmer Samstag. Der Himmel war zwar bewölkt, aber es regnete nicht, und die Luft war warm. Ein kleines Mädchen zeigte auf eines der grünen Drachenchooquatackas, ihr Vater zahlte, nahm das Kind auf den Arm und ging fort. Das funkelnde Chooquatacka tanzte heiter über den beiden.

Greg lächelte Lilian zufrieden zu, die neben ihm hinter der Theke der Lokomotive stand und den nächsten Kunden bediente. Die Lokomotive besuchten merkwürdigerweise immer seltener Menschen, um nach den Schildern zu fragen. Sie alle wollten eines dieser neuen Hologrammchooquatackas haben. Lilian stupste Greg gegen die Schulter und deutete in die Menge. Da erblickte der Chooquatacka-Erfinder plötzlich Andrew ganz außer sich durch den Central Park rennen.

„Greg! Greg! Ich habe einen Brief von der Kanzlei erhalten!“ rief er mit dem letzten Rest Luft, der ihm übriggeblieben war, und winkte mit einem Briefumschlag in der rechten Hand.

„Übernimmst du bitte die Kunden?“ bat Crane. Lilian nickte, und er stieg von hinten aus seiner Lokomotive, die frische Parkluft einatmend. Er streckte die Hand aus, um den Brief entgegenzunehmen. Dann öffnete er ihn und war ob des obskuren Inhalts vollkommen überwältigt. Andrew musterte ihn erwartungsvoll.

„*„Rechnung Nummer 1.666 – patentrechtliche Überprüfung des*

Herstellungsverfahrens von Kerzen‘ ist gleich *‚2.800 US-Dollar, patentrechtliche Überprüfung des Herstellungsverfahrens von Luftballons‘* ist gleich *‚2.800 US-Dollar ... von Autos ... Schiffen ... Zwischensumme 22.400 US-Dollar ... Rechtsberatungskosten für die Gründung einer Aktiengesellschaft 8.300 US-Dollar‘* ... und so geht das weiter und weiter. *‚Endbetrag 38.800 zuzüglich Steuern‘*!“ Crane traute beim Durchlesen seinen eigenen Augen nicht. Er schaute Andrew wortlos an.

Nach einer Weile fragte der junge Mann: „Und der Kaffee – ist der auch aufgeführt?“

„Nein, der ist nicht auf der Rechnung, den haben wir anscheinend umsonst bekommen.“

„Das ist ein starkes Stück!“ entrüstete sich Andrew. „Die Rechnung werden wir nicht bezahlen! Wir wollten uns doch nur informieren!“

„Wir wären nicht einmal imstande, das zu bezahlen – das ist das Problem!“

„Dann zahlt es einfach nicht!“ sagte Lilian, die sich wie eine Katze an die beiden angeschlichen hatte und über Cranes Schulter die Rechnung begutachtete. „Damit es keine Probleme gibt, ziehst du einfach um, Andrew.“

„Das können die uns doch nicht antun, sie haben doch noch gar nichts für uns getan!“ klagte der junge Mann voller Verzweiflung.

„Das ist ein rechtliches Problem“, entgegnete Crane. „Am besten wir leiten den Brief weiter an die Rechtsabteilung unserer zu gründenden Aktiengesellschaft.“ Er grinste und stieg in die Lokomotive zurück.

New York City
28. Juli

„Und hier werden sich die Produktionshallen befinden." Crane breitete seine Arme aus und blickte Lilian stolz an. „Da werden die Maschinen von ‚Kicksley and Moore' stehen."

Sie bewunderte mit Neugier und Begeisterung die Halle, die von den Wellen des Schattenmeeres, das die Blätter der Bäume hinter den großen Fenstern ins Innere warfen, umhüllt war. „In diesen Räumen kannst du sehr schnell eine positive Schwingung schaffen. Sie sind sehr empfänglich dafür." sagte sie sanft.

„Deswegen wollte ich eigentlich, daß du früher herkommst, damit du mir mit Rat und Tat beistehst. Aber du meintest, das sei nicht so wichtig." Greg führte sie langsam in die zweite Produktionshalle.

„Gleich als du mir davon zum ersten Mal erzähltest, wußte ich, daß das der richtige Ort für dein Projekt ist." Die Sommersonne erhellte den mittleren Teil des Raumes und bildete mit dem flirrenden Staub und der warmen Luft magische Gebilde. Lilian fixierte ihren Blick auf einen Punkt in der Leere der Halle und fügte hinzu: „Du erlaubst, daß ich ein wenig an den Energiefeldern arbeite, bevor die Maschinen kommen?"

Crane nickte.

Im gleichen Augenblick kam Caroline Winter forschen Schrittes auf die beiden zu: „Ist das nicht phantastisch?" Sie stellte sich Lilian vor und schaute sich mit einem wachen Blick um. „Morgen kommt eine Putzkolonne. Bei soviel Staub kannst du mit der Produktion nicht beginnen, Greg." stellte sie entschieden fest.

„Wenn ihr schon eine Putzkolonne beantragt, dann solltet ihr euch zugleich auch noch um ein paar Bauarbeiter kümmern, die die Löcher hier in den Wänden zukleben, andernfalls könnte es Probleme mit Ratten, Staub und anderem Zeug geben." erwiderte Lilian sorgenvoll.

„All die alten Anlagen sind schon draußen. Die ganzen Regale sind auch schon weg. Es kommen dann neue rein, die für die Chooquatacka-Lagerung geeignet sein werden.“ Caroline schilderte der aufmerksam zuhörenden Lilian alles, was hier umgebaut werden sollte.

„Die Chooquatackas werden ja ökologisch hergestellt, also könntet ihr auch ein paar Birkenfeigen hinstellen. Die werden dann dafür sorgen, daß die produzierenden Mitarbeiter eine gute Luft zum Atmen haben.“ stellte Lilian fest.

Caroline strahlte, sie hatte eine Seelenschwester gefunden. „Komm, ich zeige dir die Kantine, Greg ist sich da nicht so sicher, aber vielleicht weißt du, was für ein Fußboden der beste wäre!“

Die Frauen verließen sich intensiv unterhaltend die Räumlichkeiten, und Crane folgte ihnen verstohlen.

New York City
30. August

Es herrschte Stille in der alten Fabrikkantine an der Green Lane. Viele Menschen saßen erwartungsvoll auf Stühlen, die in mehreren Reihen aufgestellt waren. Ganz vorne stand eine Tafel, die auf jemanden wartete, der sie beschreiben würde. Nur etwas weniger als die Hälfte der Kantinenwände war bereits renoviert. Eigentlich sah es so aus, als hätten sich die Bauarbeiter für die Zeit des geplanten Treffens eine Pause gegönnt.

Die letzten Ankömmlinge setzten sich auf die noch zahlreich freien Stühle, als ein merkwürdig gekleideter Mann den Raum betrat und sich vor die Tafel stellte. Unter dem langen Einreiher trug er eine goldverzierte Weste, seine Schuhe hatten leichte Absätze und goldene Klammern. Sein etwas längeres Haar war locker zur Seite gekämmt. Allgemein erinnerte er an jemanden aus einer anderen Epoche, besonders der Ausdruck seines Gesichtes unterstrich diesen Eindruck. Seine Präsenz ließ ihn für viele in der Kantine wie einen Lokomotivbauer des neunzehnten Jahrhunderts erscheinen. Das konnte jedoch auch daran liegen, daß diejenigen, die diese Beobachtung machten, ein farbiges Dampffahrzeug am Eingang in die Fabrik im Vorgarten wahrgenommen hatten.

„Mein Name ist Greg Crane." hallte es durch den alten Raum. „Sie sind heute alle hierhergekommen, weil Sie auf der Suche nach einem neuen Job sind, und ich möchte mich gleich am Anfang für die Zeit bedanken, die Sie sich dafür genommen haben."

Die Menschen klatschten würdig.

„Unsere Firma befaßt sich mit einem vollständig neuen Produkt, das erklärungsbedürftig ist." Crane hielt inne, blickte in die Menge, atmete langsam ein und fuhr fort: „Wir befassen uns im weitesten Sinne mit den Träumen der Menschen. Man könnte sogar sagen, wir sind so eine Art Traumfabrik."

In diesem Augenblick kam Caroline hinzu und brachte ein Blumenchooquatacka, das nun neben Greg durchsichtig leuchtend schwebte. Man konnte eine Welle der Verwunderung in der Menge vernehmen. Einige waren aber auch schon mit den Chooquatackas vertraut und hörten weiterhin aufmerksam Cranes Worten zu.

„Wir nehmen ein Bild von etwas und lassen es in der Materie erscheinen, das klingt wie Science-fiction, aber das ist tatsächlich das, womit wir uns befassen. Sie werden fragen: ‚Wie ist das möglich?' Und da muß ich ein wenig ausholen, um Ihnen dies zu erklären. Wir müssen uns nämlich zunächst fragen, was überhaupt Realität ist. Dank der Erkenntnisse in der Quantenphysik wissen wir, daß es so etwas wie Materie gar nicht gibt, zumindest nicht so, wie wir es uns bisher vorgestellt haben."

Nun wandte sich Crane der Tafel zu. „Alle materiellen Dinge bestehen aus Atomen. Das weiß bereits jedes Kind." Er zeichnete das Modell eines Atoms auf die Tafel und kennzeichnete Proton und Elektron mit einem Plus- und einem Minuszeichen.

Die Menge fühlte sich wieder in ihre Schuljahre zurück versetzt, aber nicht für lange.

„Bohr hatte eine Theorie aufgestellt, in der das Atom durch die Polarität seiner Bestandteile als ganzes wirkt. Und tatsächlich stimmt das auch in gewisser Hinsicht. In allem finden Sie etwas Gutes und Böses, Plus und Minus. Jede Geschichte, die Sie zu hören bekommen, wird Richtiges und Falsches enthalten, weil diese Welt so konstruiert ist. Es gibt hier aber einen noch viel wichtigeren Aspekt zu berücksichtigen: Es gibt eine Macht, die über allem steht. Ich nenne diese Macht ‚Wahrheit'. Wenngleich die Bewertung, ob etwas falsch oder richtig ist, sich im Denken des Menschen befindet, steht die ‚Wahrheit' über dem Denken. Wahrheit kann man nicht verstehen, denn Wahrheit ist. Sie können sie nur leben oder erleben."

Viele in der Menge blickten Crane verständnislos an.

„Wahrheit ist, daß Sie das Atom nur mit positiv und negativ umschreiben, um es als ganzes zu behalten. Wenn Sie aber weiterforschen, dann werden Sie wie gesagt auf die Erkenntnisse der Quantenphysik stoßen, und zwar, daß diese Realität gar nicht existiert. Die Polarität ermöglicht Ihnen ein begrenztes Weltbild, aus dem Sie herauskommen, sobald Sie sich der Wahrheit nähern, und diese wäre: Das Atom existiert nicht!" Crane machte eine kleine Handbewegung und fuhr fort: „‚Was macht es aber existent?' werden Sie jetzt fragen. Weswegen sehen Sie es, dieses Atom, in Form von Stühlen, Tischen, Lampen und so weiter, wenn es gar nicht vorhanden ist? Ja, und das ist der Trick dieses Universums! Sie selbst sind es, die jeden Augenblick neu erschaffen! Das, was Sie sehen, wird von Ihnen selbst kreiert! Und das ist das, womit wir uns hier in der Fabrik befassen werden, mit dem Erschaffen von Dingen in holographischer Form." Er breitete seine Arme leicht aus und fragte: „Haben Sie irgendwelche Fragen?"

Einige Personen verließen kopfschüttelnd die Kantine, einige mehr blieben, um noch mehr über dieses neue und revolutionäre Konzept zu erfahren. Die wenigsten beteiligten sich an der Diskussion. Es entschlossen sich aber nur diejenigen für die Arbeit in der Fabrik, die sich durch eine unbeschreibbare Kraft von der Chooquatacka-Idee angezogen fühlten.

Die Hologrammchooquatackas

Allerlei-Shop, New Jersey
1. Oktober

„Guten Morgen" entgegnete die ältere, nach Lebkuchen duftende Dame hinter dem Ladentisch der Geschenkboutique auf den Gruß der jungen fünfzehnjährigen Lynn, die mit Glockenklang des Windspiels, das über der Türe hing, hereinkam.

„Ich suche ein Geschenk für meine Freundin, sie feiert nämlich bald Geburtstag. Was würden Sie mir empfehlen?" fragte das Mädchen und begutachtete auf Zehenspitzen die kleinen Schmuckdosen, die ganz oben in einem der Regale ausgestellt waren.

„Ja, das ist was Nettes und für jedes Mädchen." erwiderte die Verkäuferin.

Die Kundin runzelte die Stirn: „Jane hat ihr schon eine Schmuckdose gekauft, fällt mir gerade ein."

„Hm ..., dann laß mich mal überlegen. Vielleicht eine dieser Ketten?" Die alte Dame öffnete eine Schublade, doch Lynn wies den ganzen Schmuck mit einer entsprechenden Handbewegung zurück.

„Davon hat sie schon genug, außerdem habe ich ihr schon letztes Jahr Schmuck geschenkt."

„Was hältst du von diesen Windspielen, die sind doch nett!"

„Haben Sie nichts Spezielles? Etwas Besonderes? Ich suche wirklich etwas Außergewöhnliches, das ihr keiner schenken wird!"

Die Frau lächelte, ging zu einem Fach hinüber, und deutete auf das Dargebotene: „Und was sagst du dazu? Es nennt sich Chooquatacka und ist die neueste Erfindung." Sie präsentierte der jungen Kundin schwebende, leuchtende und zugleich durchsichtige Gegenstände.

„Die sind aber schön! Wieviel kostet eines dieser Herzchen?"

„Zwanzig Dollar."

„Und der kleine Engel, der so mit den Flügeln flattert?" Das Mädchen schaute sich den Gegenstand entzückt an.

„Sechzig Dollar."

„Der ist aber teuer." Lynns Gesicht brachte ihre Enttäuschung zum Ausdruck.

„Diese Dinger halten aber ewig, außerdem hat Besonderes seinen Preis." Die Frau lächelte verträumt.

„Hm, ich könnte Simon und Minnie fragen, ob wir nicht gemeinsame Sache machen und sie zu diesem Engel beisteuern." Das Mädchen telefonierte sofort per Handy mit ihren Freunden, die ihren Vorschlag durchaus begrüßten. „Also gut. Ich nehme ihn." Lynn sah sehr zufrieden aus. „Wie kann ich es nehmen?" Diese absurd klingende Frage war berechtigt, denn, als das Mädchen versuchte, den Gegenstand zu fassen, war es so, als wäre da nur Luft.

Die Verkäuferin nahm ihre Hand und sagte „Du mußt deine Handfläche circa acht Zoll unter dem Engel halten und ihn einfach so mit dir herziehen. Wie wenn deine Hand ein Magnet wäre."

Lynn hüpfte vor Begeisterung hin und her, als es klappte. Dann trug die Frau das Chooquatacka mit der Hand darunter zum Ladentisch.

„Ich packe es dir in eine magnetische Spezialverpackung des Herstellers ein, damit du es in deine Tasche stecken kannst."

„Engelchooquatacka!" wiederholte das Mädchen kopfschüttelnd mit einem süßen Lächeln beim Verlassen des Geschäftes.

Montana
9. Oktober

In der „Facelook Bar" war es nicht sehr, aber doch ein wenig voll. Relaxende Lounge-Musik drang wie der Rauch eines Räucherstäbchens aus den Lautsprechern. Und junge Leute begannen, sich hier zum Zwecke des gesellschaftlichen Beisammenseins zu versammeln. Jeder, der hereinkam, bestaunte das tolle Lichterspiel in Form einer Ananas. Das war auch der Grund, warum die meisten Jugendlichen gekommen waren. Bekannte hatten ihnen von der Sensation erzählt, die unter der Decke angebracht war und dem ganzen einen utopischen Eindruck verlieh.

Ein junger Mann kam an die Theke und fragte: „Von wo aus wird die Ananas bestrahlt? Ich sehe keine Scheinwerfer."

Die Kellnerin lachte: „Von nirgendwo!"

„Warum lachst du?" fragte der junge Mann mißtrauisch.

„So halt." Sie beruhigte sich wieder.

Die Ananas begann sich langsam um ihre eigene Achse zu drehen und wurde wie von Geisterhand in Stücke geschnitten, die sich anschließend dem Boden näherten und in funkelnde, sich langsam auflösende Lichtfunken umwandelten.

„Wie funktioniert es dann?"

„Es leuchtet und bewegt sich von selbst."

„Das, das ist doch nicht möglich! Ich meine die Sonne, die ja, aber, aber das ..." Die Verwirrung des Mannes ließ ein Faltenmeer der Verwunderung auf seiner Stirn rauschen, tosen und toben.

„Also, du mußt mir nicht glauben." Die Kellnerin lächelte, und aus der Ananas kam eine Lichtströmung grüngelben Lichts, dann verschwand sie in einer Verbeugung hinter der Theke und erschien gleich wieder mit einer Visitenkarte, die sie dem jungen Mann reichte. „Bitte schön, das ist die Visitenkarte von dem Geschäft, in dem wir sie bestellt haben." Danach fügte sie hinzu: „Da kannst du mehr davon sehen."

Auf der Straße, Arizona
22. Oktober

„Weißt du, was momentan total in ist?“ fragte der cool gekleidete Dan seinen Kumpel Kevin, der gerade vom Motorrad stieg und nach einem Handgruß den Helm abnahm.

„Lederhosen!“ entgegnete Kevin nach einigen Sekunden selbstsicher.

„Nein.“

„Doch.“

„Nein.“

„Doch.“

„Nein.“

„Doch!“ Der Motorradfahrer strich mit seiner Hand über seine Lederjacke und fuhr anschließend mit ihr durchs Haar.

„Soll ich´s dir sagen?“ ließ Dan nicht nach.

„Hm ...“ murmelte Kevin das Motorrad absperrend.

„Chooquatackas!“

„Ja, das auch.“ Kevin wandte sich vom Motorrad ab und zeigte drei goldene Zähne.

„Wußtest du das?“

„Natürlich, ich wollte dich nur testen, ob du es auch weißt!“

Chooquatacka-Fabrik, New York City
25. Oktober

Crane wollte gerade den Eingangsbereich, der zu seinem Büro führte, betreten, als er plötzlich den Klang vielstimmigen Gelächters vernahm. Er ging zum Lieferplatz hinüber und sah, wie einer seiner Mitarbeiter ein riesiges, mindestens acht Fuß hohes Chooquatacka, das an einen bunten, sich drehenden Kreisel erinnerte, ins Innere eines Lastwagens schweben ließ. Er schloß die Tür hinter dem Chooquatacka, blickte unsicher zu den anderen Mitarbeitern, die sich am Eingangstor versammelt hatten, um das ganze zu beobachten, und gab dem Lastwagenfahrer ein Zeichen zum Losfahren. Der arme Mann, nun erkannte Crane, daß es Rudolph Tone war, faltete seine Hände wie zum Gebet. Der Chooquatacka-Erfinder schaute auf den losfahrenden Lastwagen, und das, was geschah, verwunderte sogar ihn. Das Chooquatacka kam durch die Wand des Lastwagens wieder zum Vorschein – kurz, es rührte sich einfach nicht vom Fleck. Alle versammelten Mitarbeiter lachten ein weiteres Mal auf. Rudolph blickte nur verzweifelt auf das Chooquatacka, das sich weiterhin unversehrt im Kreise drehte und ein Muster aus Farben bildete. Auch Greg konnte sich ein Lachen nicht verkneifen.

„Ich glaube, wir werden ein Problem mit der Lieferung für den Freizeitpark haben." gab sich der arme Rudolph geschlagen.

Einige der Mitarbeiter schauten ihn bemitleidend an. Dann zeigte jemand auf Crane, der nun zur Menge hinzugetreten war.

„Greg, ich glaube, es wird jemand mitfahren müssen." sagte Rudolph, er streifte sich den Schweiß von der Stirn. „Eine Person pro Chooquatacka, weil sie sich unverpackt ohne Menschenhand nicht von der Stelle bewegen lassen."

„Hm ..." Crane überlegte eine Weile. „Legt den Innenraum einfach mit unseren magnetischen Spezialkartons aus, die wir für die Chooquatacka-Lieferung verwenden. Ich werde Emma bitten, wegen der möglichen Verzögerung beim Freizeitpark anzurufen." sagte er schließlich und schritt pflichtbewußt in sein Büro.

Michigan
7. November

Joshua Botha – türkisch-jüdischer Abstammung, dunkelhaarig
Nick – mit blonder Elvisfrisur und weißen Zähnen, will seinem Freund imponieren

Die Tische im exklusiven Diamond Hall Restaurant waren klein, rund und aus Glas. Jeden Tisch umringte ein langes, rundes, dunkelrot bezogenes Sofa, das sehr gemütlich aussah.

Joshua Botha wies seinem Freund an, sich zu setzen. „Wie geht es deiner Goldperle, Nick?" fragte er neugierig.

„Ja, wie immer – hervorragend!"

Der Kellner unterbrach das kaum begonnene Gespräch, und die beiden jungen Männer bestellten sich einen Drink und Kaviarhäppchen.

„Josh, verrat mir mal, wie bei dir die Geschäfte laufen?" wollte Nick mit gespielter Neugierde wissen. Er war sich sicher, daß er dieses Mal im Vorteil war. Das hätte sein Freund türkisch-jüdischer Abstammung auch an seinem neuen Designermantel und Anzug erkennen können. Auch junge Frauen schauten wegen seiner originellen Frisur neugierig in seine Richtung – ein bißchen Elvisstil, nur in blond. Nick blinkte Joshua mit seinen weißen Zähnen an, als Aufforderung zu antworten.

„Gut" entgegnete Botha mit einem geheimnisvollen Lächeln, das sein Gesprächspartner zunächst als Rückzug interpretierte.

Deshalb begann Nick selbstsicher zu prahlen: „Bei mir läuft das Geschäft zur Zeit einfach großartig! Ich habe letztens meiner geliebten Perle drei Pelzmäntel für je zehntausend Dollar gekauft. Und endlich können wir die längst geplante Weltreise machen." Er wähnte sich im siebten Himmel und schmeckte bereits den Geschmack des Triumphs auf seiner Zunge. „Ich habe mittlerweile sechs Villen. Dann habe ich mir noch den neuesten Jaguar gekauft und einen Bentley." Nick las seinen vermeintlichen Sieg aus dem steinernen

Gesicht seines Gesprächspartners. „Man gönnt sich ja sonst nichts." Er zwinkerte den Damen am Nebentisch zu.

Es schien nicht einmal eine Sekunde vergangen zu sein, als sich der steinerne Gesichtsausdruck von Joshua als die Miene eines Pokerspielers entlarvte, da er nun wußte, daß er mit seinem Full House den Karten seines Gegners überlegen war. „Und wie viele Chooquatackas hast du jetzt eigentlich?" fragte der dunkelhaarige, und auf seinem Gesicht zeigte sich ein breites Grinsen.

Nick fühlte sich, als wäre er gegen ein Schaufensterglas gestoßen: „Was sind ‚Choochackas'? Sag mir, was ich haben muß, was ich noch nicht besitze!"

Cobo-Hall, Detroit
14. November

Präsentation des neuen „Galaxy Superdrive"

„Meine sehr verehrten Damen und Herren, bevor ich jetzt in wenigen Augenblicken das Geheimnis lüfte", der Sprecher blickte auf den mit schwarzem Samt bedeckten neuen „Galaxy Superdrive", „möchte ich Ihnen kurz die Entstehungsgeschichte dieses bahnbrechenden neuen Fahrzeugs erzählen." Er hielt inne und begann: „Am Anfang war das Auto ..."

„Wow!" Die Menge blickte staunend auf das vermeintlich erste Auto in der Automobilgeschichte, das über dem noch nicht enthüllten „Galaxy Superdrive" erschien und zu schweben begann. Es war ein Chooquatacka, das in vollster Pracht dieses Auto darstellte.

„1916 brachte unser Konzern sein erstes Modell heraus."

Das erste Chooquatacka verschwand, und es erschien wie aus dem Nichts ein neues – das erste Modell in der Firmengeschichte, das nun die Zuschauer begeisterte.

„In den darauffolgenden Jahrzehnten setzten wir Maßstäbe im

Automobilbau. Jedes Jahrzehnt war zugleich ein Meilenstein der Technik. Das hier ist das letzte Modell des vergangenen Jahrhunderts."

Ein grüner Wagen, der metallisch glänzte, schwebte nun über den staunenden Zuschauern.

„Und das, meine Herrschaften, ist das Fahrzeug für das einundzwanzigste Jahrhundert!"

Das vorhergehende Autochooquatacka verschwand und das laute Aufheulen eines Sportwagenmotors begleitet mit weißen Rauchwolken entzückte die Zuschauer. Ein übergroßes Exemplar des „Galaxy Superdrive" erschien und begann über den Köpfen der versammelten Menge zu kreisen. Gleichzeitig zog der Sprecher den schwarzen Samt herunter und enthüllte das Originalfahrzeug für die Zuschauer. Die Menschenmenge begann zu jubeln und laut zu klatschen. Hostessen mit Champagnergläsern auf Tabletts betraten von allen Seiten den Präsentationsraum.

Der Sprecher verkündete: „Meine sehr verehrten Damen und Herren, lassen Sie uns unser neuestes Modell gebührend feiern!" Er nahm ein Glas Champagner und prostete den Besuchern zu.

Das „Galaxy Superdrive"-Chooquatacka schwebte in weiten Kreisen über den versammelten Gästen. Nach jeder der langsamen Runden wechselte es seine Farbe: erst Rot, dann Schwarz und zuletzt Silber.

Missouri
4. Dezember

„Also ..." Einer von Cranes Außendienstmitarbeitern öffnete mit einem Schlüssel die Tür und führte Dina, die neue Franchisenehmerin, ins Innere des Geschäfts. Ein Dutzend Regale war nach einem logischen Muster im ganzen Raum aufgestellt. Sie alle führten zu einem aus Holz gefertigten Ladentisch.

„Das ist Ihre Chooquatacka-Boutique." sagte er zu Dina, die mit ihrer Hand über die Fächer strich. Das Sonnenlicht streichelte ihre Finger. „Morgen kommt die erste Lieferung, und damit beginnt auch der erste Tag in Ihrem Franchiseunternehmen. Sie sagten, Sie hätten bereits drei Verkäufer eingestellt, nicht wahr?" fuhr der Außendienstmitarbeiter fort.

Danach brachte ein junger Mann einen Karton ins Geschäft. „Wir haben heute einen der magnetischen Lieferkartons dabei, um Ihnen zu zeigen, wie das alles zusammen funktioniert."

Dina nickte aufmerksam und drehte sich in Richtung Karton. Der Außendienstmitarbeiter öffnete ihn mit einem Messer und ließ sie hineinschauen. Innen flirrten leuchtende Skulpturchooquatackas.

„Dieser Karton ist eine Spezialanfertigung – den dürfen Sie niemals wegschmeißen", erklärte er. „Die bleiben im Lager und werden bei der nächsten Lieferung wieder abgeholt, verstehen Sie?"

Dina nickte.

Der Mann griff mit der Hand in die Karton, schob sie unter eines der Chooquatackas und holte es heraus. Es war eine kleine Reproduktion der Venus. Er trug sie, insoweit man diese Tätigkeit als Tragen bezeichnen konnte, denn das Chooquatacka schwebte einfach über seiner Handfläche, zu einem der Fächer, wo er es dann ruhen ließ.

„Sie werden nicht herunterfallen, sie unterliegen keinem physikalischen Gesetz und können nur durch Ihren Willen verschoben werden. Sie werden also wenig Arbeit mit dem Staubwischen haben." Er zwinkerte mit seinem Auge, wartete auf ein kleines Lächeln von Dina und fuhr sodann wieder fort: „Zusätzlich bekommen Sie eine Ladung von magnetischen Verpackungen. Denn nicht jeder trägt gerne mit seiner vollen Konzentration ein Chooquatacka vor sich her, ständig darauf achtend, daß es nicht irgendwo hängenbleibt. Diese Verpackungen ermöglichen es dem Kunden, die Chooquatackas in der Tasche zu tragen." Er holte eine der Verpackungen aus dem Karton und ließ Dina ein Chooquatacka verpacken. Danach lächelte er zufrieden und führte sie zum Lager.

Bellevue, Washington
8. Dezember

„Jack, ich sag's dir, das ist das Geschäft des einundzwanzigsten Jahrhunderts!" Larry starrte seinen Kollegen mit einem Blick an, als würde dieser alle Argumente in sich tragen. „Als Chooquatacka-Vermittler kann man ein Riesengeschäft machen."

Jack runzelte skeptisch die Stirn, und Larry versuchte ganz aufgeregt, seinen Freund aller Zweifel zu entledigen.

„Das ist keine Eintagsfliege wie ‚Atropis' mit seinem Strukturvertrieb." Bei dieser Erinnerung hüpfte Larrys Magen auf und ab, dann sagte er aber um so selbstsicherer: „Eins ist absolut klar: Die Chooquatacka-Verkaufszahlen steigen von Tag zu Tag. Und da sich noch kein Großkonzern diese Firma geschnappt hat, ist das unsere Chance!"

„Hast du dir schon mal überlegt, weswegen sich kein Konzern für die Chooquatacka-Produktion interessiert? Es muß doch einen Grund geben!" Jacks Mißtrauen ließ einfach nicht nach.

„Ja, das läßt der Eigentümer der Chooquatackas einfach nicht zu, der ist viel zu clever dafür! Aber egal, wie du dazu stehst! Bei so etwas kann kein Mensch einfach widerstehen und ohne eines nach Hause gehen, wenn er es nur einmal gesehen hat. Schau mal ..." Larry führte seinen Kollegen ins Wohnzimmer und war zu Eis gefroren als, er hineinkam. Er stotterte nur: „Wwwo ...? Wwwo?" Dann begann er verzweifelt, durch das ganze Zimmer zu rennen und alle Schränke sowie den Spalt zwischen Sofa und Fußboden zu durchsuchen. Tatsächlich schaute er sogar unter den Teppich. Ganz verstört setzte er sich auf seinen Sessel: „Das kann doch nicht sein ..."

Jack blickte ihn nur teilnahmslos an.

Plötzlich kam eine Frau mit einem Lampenchooquatacka hereinspaziert. „Larry, was läßt du doch deinen Gast stehen!" Sie brachte das Lampenchooquatacka einen Fuß über einem Beistelltisch an, das nun sanft leuchtend im Zimmer schwebte.

Larry blickte erst sie, dann die Lampe und dann wieder sie an. „Ich dachte schon, jemand hat sie gestohlen, und ich würde dieses Chooquatacka nie wieder sehen!" sagte er unter starkem Schock.

„Ja, Liebling, ich wollte es meiner Nachbarin zeigen, weil sie es mir nicht geglaubt hat, daß Chooquatackas auch Räume erhellen können."

Utah
13. Dezember

„Das geheime Herstellungsverfahren
Ein Artikel von Rowan Gonzales

Interessant ist es schon, was es mit den Chooquatackas eigentlich auf sich hat. Hätte ich jemanden vor vier Monaten gefragt, ‚Was sind Chooquatackas?' wäre er schulterzuckend weitergegangen. Doch heute kennen sie wahrscheinlich alle Bürger der Vereinigten Staaten.

Was macht aber diese Wunderdinger eigentlich aus? Das frage ich mich, genauso wie sich jeder rechtschaffene Amerikaner die Frage stellt: Ist das hier ein Fall von Massenhypnose, oder steckt doch ein wahrer Kern darin. Nun, die offiziellen Stellen halten sich bedeckt. Es sei ja nicht ihr Zuständigkeitsbereich, so etwas wie eine Behörde für Chooquatackas gäbe es ja nicht, und die renommierten Wissenschaftler geben entweder keine Kommentare ab oder halten dieses Phänomen nicht für untersuchungswürdig. Was machen aber wir? Wir normalen Amerikaner, die sich einen Reim darauf machen müssen?

Das Geheimnis um das Herstellungsverfahren wird weiterhin vom Eigentümer der Chooquatacka-Firma sehr penibel gehütet, und er läßt nichts durchsickern, was die Zusammensetzung angeht. Kein Wunder, auch Coca-Cola würde es nie zulassen, daß jemand das genaue Rezept erfährt, und dank dieses Umstandes ist diese Firma bis heute der Marktführer und nicht wegzudenken.

Aber hier geht es nicht um ein Getränk, sondern um etwas noch nie Dagewesenes. Und da ist uns jemand eine Antwort schuldig! Wie soll das ein Otto Normalverbraucher verstehen, wenn allein schon die Wissenschaftler passen? Müssen wir anfangen, an Hexerei zu glauben, oder will uns jemand weismachen, daß die Hersteller der Chooquatackas sich einfach alles aus den Fingern saugen? Vielleicht besitzen sie ja hochqualifizierte Techniker, die diese Hologramme mit Laserstrahlen zeichnen? Und woher kommen die hohen Produktionsraten, die unweigerlich von Tag zu Tag steigen?

Es scheint, einiges bleibt uns verschleiert, denn der Drache hütet seinen Schatz gut! Währenddessen vergnüge ich mich am Anblick wildgewordener Menschen, die sich wie eine verrückte Kuhherde auf die Attraktion des Jahrhunderts schmeißt: ein dreidimensionales Bild, dessen Substanz nicht erklärt werden kann. Vielleicht ist Amerika ja nach all den Schicksalsschlägen der jüngsten Geschichte tatsächlich wahnsinnig geworden."

Café Royal, Kalifornien
17. Dezember

Charles wartete auf seinen ehemaligen Schüler im Café Royal. Es war eine regnerische Nacht. Da kam er auch, der frischgebackene Regisseur. Winston trug einen schwarzen Mantel, hatte dunkelbraunes, schulterlanges Haar und trug einen Bart, der ihn um einige Jahre älter aussehen ließ. Er hatte eine hellbraune Mappe in der Hand. Wahrscheinlich sein neuestes Stück, dachte sich Charles. Schon in der Schauspielschule schrieb Winston seine eigenen Texte. Sein Lehrer wußte, daß auf den jungen Mann eine große Zukunft wartete.

„Hallo, mein Lieber! Und wie läuft es in der Welt der Erwachsenen nach deinem erfolgreichen Abschluß? Meine Lehrerkollegen schwärmen noch heute von deiner Diplomarbeit." Charles strich sich über die weißen Haare und lächelte Winston herzlich zu.

Er sagte zwar „Ich fühle mich geschmeichelt.“, dem war aber nicht so. Sein Ehrgeiz machte den jungen Regisseur zu einem bescheidenen Menschen, der aber große Ansprüche stellte.

„Wie läuft es bei dir?“ fragte der ältere belanglos und neugierig zugleich.

„Ich habe ein Engagement im besten Theater von San Francisco bekommen.“

„Das ist doch phantastisch!“ Der Lehrer strahlte, als wolle er den Lieblingsschüler mit seinem Lächeln in die Arme schließen.

„Ich habe auch die beste Bühnenbildnerin in der Stadt, die noch dazu sehr kooperativ ist. Mein Stück wurde auch schon bestätigt, und die Schauspieler üben bereits ihre Rollen.“ Er legte seine Hand auf das Manuskript.

„Ist es ein neues?“

„Ja.“

„Darf ich es sehen?“ fragte Charles neugierig, und Winston reichte ihm die Mappe. „„Im Lichte der Ewigkeit““, las der ältere von Beiden. „Ein interessanter Titel!“ Er blickte seinem ehemaligen Schüler tief in die Augen, dann fing er an, im Manuskript zu blättern. „„Alles ist mit Licht erfüllt, Kiriane, alles.““ Er blickte wieder in Winstons Augen. „Das klingt sehr ungewöhnlich; aber ich will nicht zuviel erfahren, sag mir lieber, wann die Prämiere ist?“ fragte Charles. In seiner Welt hatte alles seine Ordnung, und deswegen verwunderte ihn der düstere Gesichtsausdruck seines Gesprächspartners. „Stimmt irgend etwas nicht?“ fragte er besorgt.

Winston blickte ihm in die Augen und öffnete sein Herz: „Charles, ich bin gekommen, um dich um Hilfe zu bitten.“

Der Lehrer wurde nun ernster: „Ich helfe dir doch gerne, was ist passiert?“

„Ich habe ein Stück geschrieben, das mir mein Inneres diktierte. Ich war während des Schreibens vollkommen von der Handlung gefesselt.“ Winston war in seinem Element. „Ich hatte Visionen, wie es auf der Bühne letztendlich aussehen sollte.“

Charles hob seine weißen Augenbrauen und Winston fuhr fort:

„Um zu verstehen, was ich meine, ist es wichtig zu wissen, daß das Hauptthema Licht ist. An gewissen Stellen des Theaterstücks wollte ich fließendes Licht wie Wasser haben. Mit Lasern und Nebel haben wir es schon versucht; es war aber nicht wirklich das, was ich mir vorgestellt hatte. Mit beleuchtetem Wasser oder beleuchteter Folie kommt es auch nicht Richtig zum Ausdruck." Er massierte kurz seine Schläfen und fuhr fort: „Ich wollte im Stück auch Lichtkugeln haben, die strahlen, aber nur aus Licht bestehen. Ich habe versucht, das Licht mit Scheinwerfern zu bündeln, aber es hat einfach nicht funktioniert." Der Regisseur blickte stirnrunzelnd nach oben. „Ich befürchte Mrs. Hebbing hatte recht. Mit der Vorstellungskraft sind Dinge möglich, die in der Realität nicht zu verwirklichen sind. Aber Charles, ich frage dich, es war doch schon immer so, daß alle etwas für unmöglich hielten, das sich dann doch als möglich herausstellte. Ich meine zum Beispiel das Fliegen. Charles, kannst du mir nicht irgendwie helfen?" Der junge Mann schaute seinen ehemaligen Lehrer wie einen alten Freund hoffnungsvoll an.

„Ich ..., Winston, es tut mir leid. Ich fühle mich in dieser Hinsicht überfordert. Du mußt dich mit den Mitteln zufriedenstellen, die du hast. Meine Aufgabe war es, euch beizubringen, wie man seinen Ideen Form verleiht und sie in der Realität umsetzt. Manchmal muß man sich eben mit der Begrenztheit dieser Welt abfinden."

„Entschuldigen Sie bitte, daß ich Sie unterbreche und daß ich überhaupt mitgehört habe!" Eine junge Frau beugte sich hinter einem Gummibaum hervor, der ihren und den Tisch der beiden Männer trennte: „Aber ich wüßte da etwas ..."

„Gib Gob"-Einkaufszentrum, Maryland
19. Dezember

„Weihnachten, Schnee, ungezählte Familien mit mindestens einem Kind, das mit glänzenden Augen in die Spielwarenläden guckt." David Armbruster schilderte seiner Verkaufsleiterin, wie das Geschäft laufen sollte. „Dazu ist dieses Handelszentrum da, damit jeder Wunsch der Kleinen und natürlich auch der Großen in Erfüllung gehen kann. Es ist das Wunder von Weihnachten, es ist das Geschäft des Jahres!" Er öffnete die Tür, die von den Büroräumen zum gewaltigen Handelszentrum führte. Mit der Veränderung des sie umgebenden Raumes wandelte sich während des Durchgangs auch sein Gesichtsausdruck, der sich zunehmend verbitterte: „Ms. Vossen, können Sie mir sagen, was los ist ...?"

Die reichverzierte Mall mit ihren Girlanden, drei gewaltigen Weihnachtsbäumen und fliegenden Weihnachtsmännern glänzte im festlichen Schmuck und Prunk. Ein paar Menschen schlenderten hier und da ruhig durch die Gänge.

Davids Gesichtsausdruck verzog sich noch mehr durch die Bitterkeit, die ihn umgab. „Es sind nur noch sechs Tage bis Weihnachten übriggeblieben. Wo sind die gestreßten Mengen, die verzweifelt um die letzten Geschenke kämpfen? Wo sind die fast leergeräumten Geschäfte? Wo sind die vor lauter Rumhüpfen müden Weihnachtselfen?"

Eine dieser Elfen spazierte gerade schnellen Schrittes vorbei und versuchte eine Familie einzuholen, die das Einkaufszentrum gerade verlassen wollte.

„Was zum Teufel ist passiert? Jetzt ist noch weniger los als im Sommer!" rief David Armbruster verzweifelt und streckte die Arme mit dramatischer Geste in die Höhe.

Lydia Vossen blickte ihren verzweifelten Chef eine Weile ruhig und teilnahmslos an. Dann sagte sie: „Meine Arbeitszeit ist zu Ende. Es tut mir leid für Sie, ich kann Ihnen aber heute leider nicht mehr zur Verfügung stehen, ich muß nämlich so schnell wie möglich zur nächsten Chooquatacka-Boutique, weil meine Tochter sich innigst ein strahlendes Puppenhauschooquatacka wünscht." Sie nickte kurz und dann folgte sie der Elfe und der aus der Mall fliehenden Familie nach draußen. Während der als Märchengestalt verkleidete Mann versuchte, den Familienvater wieder in den Supermarkt zurückzuzerren, ging sie an ihnen gleichgültig vorbei.

„Neeein!" rief David Armbruster und fiel verzweifelt auf die Knie.

Eine Frau blickte ihn mitleidsvoll an.

Kansas
4. Januar

July und Paul spazierten durch den Park. Eng aneinandergekuschelt, die Blicke ineinander verflochten, merkten sie gar nicht, wie die Äste der kahlen Büsche sie streiften.

„Ist das nicht ein schöner Tag?" fragte July, wobei sie das Wort „Tag" in die Länge zog. Sie versuchte Paul auf etwas aufmerksam zu machen.

Doch dieser blickte ihr einfach ganz offen in die seiner Auffassung nach hübschesten Augen, die es im ganzen Universum gab. Bei diesem Blick vergaß auch July die ganze Welt. Wahrhaftig, die Erdkugel konnte ihre Drehrichtung wechseln, keiner der beiden hätte es bemerkt.

„Dort!" Paul führte seine Geliebte in Richtung einer Bank, und sie setzten sich.

July atmete tief ein und dann wieder aus, verträumt die Wolken über den blätterlosen Bäumen anblickend.

„Ich habe etwas für dich", sagte Paul stolz und begann in seiner Hosentasche nach etwas zu wühlen. Schließlich brachte er eine kleine

Goldkette mit einem Herzchen zum Vorschein. July blickte ihn liebevoll an. Doch plötzlich wurde sie rot, als er „Happy Birthday!" sagte und ihr die Kette um den Hals legen wollte. July blickte auf das goldene Herz und ihr Gesicht lief noch röter an. Plötzlich war sie wie ausgewechselt.

„Ist das ein Witz?" entgegnete sie zynisch. „Andere Mädchen bekommen von ihren Freunden Blumenchooquatackas oder Spieldosenchooquatackas. Manche bestellen für ihre Geliebte sogar ein Feuerwerkchooquatacka!" Während dieser Aufzählung traten ihr die Tränen in die Augen. Schließlich sagte sie entschlossen, schon fast schreiend: „Würdest du mich lieben, dann hättest du mir wenigstens ein Herzchenchooquatacka gekauft!" Den letzten Satz fügte sie ganz bekümmert hinzu: „Was soll ich denn mit einer stinknormalen Goldkette anfangen?" Danach rannte sie weinend davon.

Paul blickte ihr verständnislos nach. Dann schaute er in die Leere.

Walt Disney World, Florida
7. Januar

„Gleich beginnt die Parade, wir bitten alle Interessenten, sich an den markierten Straßen zu versammeln." dröhnte es aus den Lautsprechern.

„Das wollen wir nicht verpassen!" rief ein Vater begeistert und zog die Mutter und die Kinder in Richtung Paradeweg. „Eddy, Denny, Sherry! Micky Maus live erleben, das ist doch was!"

Die Kinder waren angespornt von Papas Idee und rannten vor, sie riefen immer wieder ihren Eltern nach, sie sollten sich beeilen. Die Familie stellte sich am Straßenrand auf.

Der Vater fragte eine Disneyworldmitarbeiterin, die die Trennzäune aufstellte: „Was bekommen wir heute Interessantes zu sehen? Unsere Kinder sind ganz gespannt!"

Die Frau lächelte verstohlen, ließ sich aber nicht bei der Arbeit unterbrechen und antwortete: „Walt Disney hat keine Kosten gescheut und die absolute Neuheit für die Parade gekauft. Die Dinger nennen sich Chooquatackas! Und man kann sie auch in einigen Läden hier als Miniversion bekommen.“ Während die Frau das nächste Segment der Absperrung aufstellte, begab sie sich außer Hörweite.

Nach einigen Nörgelattacken der Kinder tauchte die erste Reihe der Parade mit viel Musik und Luftballons auf. Da waren sie – Micky Maus und Minni Maus – und winkten der begeisterten Menge zu. Über ihnen schwebte wie aus Licht ein durchsichtiges Dach in Micky-Maus-Ohrenform. Es war ein sonniger Tag, und trotzdem sah man es leuchten.

„Die Parade ist ein Festmahl für das Auge. So gelungen war sie noch nie!“ sagte der Direktor des Freizeitparks, der im Fenster einer der farbigen Disneyworldgebäude stand und von dort aus das Geschehen beobachtete. „Wir sind ein gutes Geschäft eingegangen. Diese Chooquatackas verkaufen sich einfach großartig!“

Sein Stellvertreter grinste.

Nun tauchte die letzte Attraktion der Parade auf: Frauen in weiten schimmernden Röcken, die Luftballonchooquatackas mit einem Micky-Maus-Gesicht und ähnlichen Gags verkauften.

New York City
12. Januar

An der Holzdecke und zwischen den zahlreichen Pflanzen flirrten leuchtende Schmetterling- und Bienenchooquatackas, die ihren Zauber in zahlreichen Farben stimmungsvoll zum Ausdruck brachten. Lilian saß gerade an ihrem Schreibtisch und notierte etwas, als jemand in ihren Therapieraum trat.

„Sie haben nur fünfzehn Minuten Zeit", sagte sie ruhig, als sie die Person wahrnahm. „Dann kommt der nächste Kunde."

„Können Sie mich dann zum nächstmöglichen Termin für eine Heilmassage eintragen?" fragte ein etwas älterer Mann mit graubraunen, im Nacken zu einem Pferdeschwanz zusammengebundenen Haaren.

„Ja, natürlich – Montag, drei Uhr nachmittags?" der Mann nickte. „Ich kann Ihnen jetzt noch schnell die Aura vorreinigen." Als Lilian bemerkte, daß der Mann einwilligte, wies sie ihn an, sich auf einen der Korbhocker zu setzen und begann mit gezielten Handbewegungen, seine Aura zu bearbeiten.

Der Mann blickte sich um und entdeckte die überall umherschwirrenden Insektenchooquatackas. „Die Menschen sind wahnsinnig geworden wegen dieser Dinger." bemerkte er.

Lilian nahm eine Art Rassel und begann mit dieser um den Mann herum zu schütteln: „Das ist aber erst der Anfang." Ihre Stimme verschmolz harmonisch mit dem Raum, in dem sie arbeitete.

„Ich frage mich, was die Menschen so verrückt nach diesem Zeug macht." Er versank in Gedanken, und als Lilian begann, eine Melodie zu summen, fuhr er laut fort: „Logisch betrachtet kann ich es ja auch verstehen. So etwas gab es schließlich noch nie. Es könnte einfach auch daran liegen, daß die Menschen das Außergewöhnliche in ihrem grauen Alltag so sehr vermißt haben, daß sie jetzt begierig nach den Chooquatackas greifen, weil diese es wieder hineinbringen." Er überlegte kurz und äußerte seine weiteren Gedanken: „Bei mir war es auf jeden Fall so. Das einzige, wie man hätte verhindern können, daß die Chooquatackas eine dermaßen große Verbreitung finden, wäre gewesen, sie wissenschaftlich zu beschreiben und auf eine rein materielle Ebene zu stellen – wie den Strom. Haben Sie sich schon einmal Gedanken darüber gemacht, wie es überhaupt möglich ist, daß jemand ein Bild an einem beliebigen Ort der Welt aufnehmen kann und es dann Millionen von Menschen gleichzeitig an vielen anderen Orten im Fernseher betrachten?" Der Mann schloß seine Augen und verfiel wieder in Gedanken.

Lilian lächelte und nahm Glocken von einem Tisch, mit denen sie dasselbe machte wie mit den Rasseln. „Die Chooquatackas sind wie eines dieser Bilder, das irgendwo in einer menschlichen Seele entsteht, nur daß wir und nicht die Fernseher die Empfänger sind.“ sagte sie, machte noch ein paar Handbewegungen und fügte hinzu: „Fertig!“

Als sie bemerkte, wie ihr Kunde zum Portemonnaie griff, fügte sie schnippisch hinzu: „Das war sozusagen eine kostenlose Serviceleistung, oder haben Sie etwa danach gefragt? Sie zahlen dann am Montag die Heilmassage!“ und griff mit ihrer rechten Hand nach einem der Insekten. Das Libellenchooquatacka, das sie ausgewählt hatte, war violettfarben und verstreute mit jedem Schlag seiner durchsichtigen Flügel eine Art in der Luft verschwindenden goldenen Staub. Sie reichte die Libelle ihrem Kunden und sagte: „Das ist auch noch gratis zur Aurareinigung.“

New York City
16. Januar

Peter Jones war müde. Wieder war ein weiterer Tag vergangen, an dem er versucht hatte, eine Arbeit zu finden. Vergebens, wie es sich herausstellte. Er ging zum Kühlschrank und holte sich eine Dose Bier. Danach begab er sich ins Wohnzimmer und schaltete den Fernseher ein.

„Kaufen Sie bla, bla, bla. Denn nur mit bla, bla, bla wird Ihre Familie glücklich. Hier ist CMN mit den neuesten Nachrichten. Die neueste Arbeitslosenstatistik ist um drei Prozentpunkte gestiegen ...“

Peter Jones schaltete den Fernseher wieder aus. Er setzte sich auf seinen Sessel und nahm einen Schluck Bier zu sich. ‚Kein Wunder,‘ dachte er sich, ‚daß ich keine Arbeit finden kann; ich bin die drei Prozentpunkte.‘ Er überlegte noch eine Weile und schaltete dann den Fernseher wieder ein.

„Chooquatacka, ein Phänomen unserer Zeit, oder die Ausgeburt eines hoffnungslosen Romantikers? Noch immer fragen sich führende Wissenschaftler, was es mit diesen Chooquatackas auf sich hat. Zwar sind sich die Experten darüber einig, was den Aufbau der Chooquatackas angeht, doch gibt es noch einen wissenschaftlichen Disput, ob dieses Phänomen in das Fach der Psychologie fällt oder doch mehr in die wissenschaftliche Spekulation der Metaphysik."

Jones schaltete den Fernseher erneut aus und nahm einen weiteren Schluck aus seiner Dose. Diese Chooquatackas waren wohl der eigentliche Grund für seine Arbeitslosigkeit. Das war doch wohl logisch: Ursache und Wirkung. Die Wirkung waren die Arbeitslosenquoten und die Ursache die Chooquatackas. Aber Jones war nicht dumm, auch wenn diese Chooquatackas Arbeitsplätze, insbesondere seinen Arbeitsplatz zerstörten, hatte er eine Hoffnung: Er konnte immer noch in diesem neuentstehenden Industriezweig Fuß fassen. Vielleicht brauchte ihn jemand in einer Chooquatacka-Fabrik. Immerhin war sein Spezialgebiet Marketing, und dort, wo produziert wurde, mußte es auch einen Bedarf an Marketingpersonal geben. Er beschloß, eine Bewerbung zu schreiben, und nahm noch einen Schluck aus der Bierdose. Anschließend schaltete er seinen Fernseher wieder an.

„Willkommen zur Late Night Show ..."

New York City
22. Januar

„Hinter diesen Dingern muß ein Geheimnis stecken." flüsterte Dark zu Spellow.

Spellow blickte seinen Komplizen mit einem Seitenblick an, erwiderte jedoch nur mit einem leisen Zischen beim Ausatmen.

„Wir müssen dieses Geheimrezept in die Hände kriegen. Ich wette mit dir, daß die da so Duftdrogen mit hineinspritzen, damit die Menschen dieses Zeug kaufen." Dark wartete auf eine Aufforderung seines Komplizen, um weiterzusprechen, als jedoch in der Dunkelheit nur die Augen von Spellow aufblitzten, sprach er einfach ohne eine Aufforderung weiter: „Und weißt du, was ich glaube? Es ist ganz einfach, diese Chooquatackas herzustellen." Hier hielt Dark inne, um über eine Mauer zu klettern. Als sie das Hindernis überquert hatten und weiterliefen, fuhr Dark fort: „Ich denke, es ist so brutal einfach, daß nur deswegen niemand darauf gekommen ist! Vielleicht tun die zum Beispiel buntes Gas bündeln."

Spellow schaute seinen Komplizen schief an und fragte: „Weißt du was?"

Dark gab einen Laut von sich, der die Aufforderung an Spellow zur Beantwortung seiner Frage sein sollte.

„Du bist ein Vollidiot!" sagte dieser und kletterte die Wand der Fabrik hoch, um letztendlich zu einem der hochgelegenen Fenster zu gelangen. Er blickte ins Innere. Es war stockdunkel, nur Silhouetten von merkwürdig aussehenden Maschinen waren zu sehen.

Nach einer Erholungspause vom Schock der Zurückweisung folgte Dark seinem Komplizen, und sie öffneten das Fenster mit einem Spezialverfahren, in das nur die besten Einbrecher eingeweiht waren. Dann kletterten sie vorsichtig die Wände hinunter.

„Kein Alarm" flüsterte Spellow mehr zu sich als zu seinem Gefährten und versuchte irgendeinen Sensor oder eine Kamera auszumachen, aber er fand nichts.

„Da!" rief Dark theatralisch und bewegte sich in Richtung einer weiteren Halle. Nun vernahm auch Spellow das Leuchten, das von dort kam. Auf einem Gestell, das in der Dunkelheit an ein riesiges Regal erinnerte, häuften sich massenweise durchsichtig leuchtende Chooquatackas jeglicher Sorte. Von tanzenden Ballerinen, die an Spieldosen erinnerten, bis zu Konstellationen, die wie kleine Sonnensysteme aussahen. „Eine Orgie für das Auge!" Dark war begeistert.

Spellow musterte ihn mit einem Blick der Verachtung, war aber im Stillen derselben Meinung. Dann begann er die Maschinen zu begutachten. Sie erinnerten mit ihrer Form und ihren Ausmaßen an quadratische Schränke, die aus verschiedenen merkwürdigen metallenen Teilen bestanden. Spellow strich mit dem Licht seiner kleinen Taschenlampe über jedes Detail. Auf der einen Seite einer der Maschinen fand er eine ausladende Plattform, die wie ein Stahltisch aussah, und auf der anderen Seite entdeckte er eine Öffnung. Rechts neben der Öffnung war ein altmodisch anmutender Monitor angebracht, unter dem sich verschiedene Knöpfe befanden.

„Das ist ja wie in Odyssee 2001." murmelte er. Dann hielt er kurz inne und fragte seinen Komplizen, der wie verzaubert ein kleines im Kreis fliegendes Flugzeugchooquatacka beobachtete: „Wo kommen überhaupt die Rohstoffe rein? Hier gibt es nur eine Öffnung ..."

Dark hörte Spellow nicht zu und schaute weiterhin fasziniert das Flugzeug an.

Spellow bemerkte dies nicht und fuhr fort: „Gibt es hier nicht irgendwo eine Bedienungsanleitung für diese Maschinen? Wer produziert sie überhaupt?" Erst jetzt entdeckte Spellow, womit sein Gefährte so beschäftigt war, und schimpfte erbost: „Verdammt noch mal, hilf mir lieber irgendeinen Hinweis auf das Herstellungsverfahren zu finden!"

Die Einbrecher durchsuchten alle Räume mitsamt Büro, sie fanden aber nichts außer Chooquatackas.

„Das ist doch nicht möglich." Spellow schien zu kochen, wie eine Gemüsesuppe.

Dark versuchte die überschäumende Brühe durch ein schnelles Umrühren zu besänftigen: „Vielleicht werden die Chooquatackas ganz woanders hergestellt. Und das hier ist nur eine Attrappe." Der Schachzug mit dem Umrühren schien nicht zu wirken, und der Kochtopf Spellows schwappte über.

„Wieso?! Wieso muß ich mit so einem Narren überhaupt zusammenarbeiten!" rief er, hob die Hände in die Höhe und ließ sie wieder fallen.

Und im selben Moment geschah ein kleines Wunder. Ein Licht wie eine Aureole schien sich um Darks Kopf zu bilden. Spellow zwinkerte mit den Augen, um festzustellen, ob er nicht träumte, aber tatsächlich schien ein Chooquatacka um Darks Kopf herum zu entstehen. Spellow war total verdutzt, er schaute sich um, und dann entdeckte er die Quelle des Wunders. Es war die Morgensonne, die durch das Fenster fiel und sich im Haar seines Komplizen verfing.

Chooquatacka-Boutique, Louisiana
26. Januar

„Möchten Sie dieses Chooquatacka kaufen?“ fragte der Verkäufer mit einem breiten Grinsen.

„Takachooqua“ entgegnete der japanische Tourist und machte mit seiner superkleinen Digitalkamera ein Foto vom Verkäufer und dem Chooquatacka, das er ihm hinhielt.

„Nein, korrekt heißt es Chooquatacka, und dieses hier kostet zwanzig Dollar.“

Er reichte es dem Japaner hin, der es genau begutachtete, dann lächelte und sagte: „Ja, Kokachooqua.“

„Welches wollen Sie denn?“ fragte der Verkäufer, als er merkte, daß auch das zweite seinen Kunden nicht interessierte, und zeigte ihm weitere.

Der Japaner schaute alle aufmerksam an, drehte sich zu seiner Frau um und fragte sie etwas auf Japanisch. Sie antwortete ihm, und er drehte sich wieder zum Verkäufer um. Er sagte: „Ja, Takachooqua!“ und lächelte.

Nachdem der Verkäufer sich umgeschaut und auszumachen versucht hatte, welches der dargebotenen Chooquatackas der Japaner haben wollte, mußte er schließlich feststellen, daß seine beiden Kunden bereits gegangen waren.

Wyoming
30. Januar

Der Pausenhof der Elementarschule war voller schreiender und spielender Kinder. „Mein Dad hat mich lieber als deiner!“ sagte ein sommersprossiger Junge mit leicht rotem Haar.

„Stimmt doch gar nicht!“ rief ein etwas jüngeres Mädchen zurück.

„Würde dich dein Dad so lieb haben, wie meiner mich lieb hat, dann hättest du mehr Murmelchooquatackas als ich“, erwiderte der Junge frech. Er holte verschiedenfarbige Chooquatackas aus einem Säckchen, die wie kleine durchsichtige Kugeln aussahen. „Schau!“ fuhr der Junge fort. Viele Kinder standen um die beiden herum und lauschten dem Streit. „Das sind fünfzehn Stück, und zu Hause habe ich noch mehr! Und wie viele hast du?“

Der Junge musterte das kleine Mädchen besserwisserisch, so als würde er auf einem prächtigen, goldenen Thron sitzen und auf einen Bettler hinunterschauen. Dem Mädchen jedoch kamen die Tränen. Eine ihrer Freundinnen legte ihr tröstend die Hand auf die Schulter.

„Wieso tröstest du eigentlich diese Heulsuse?“ sagte der sommersprossige, hob dann seine Stimme und rief spöttisch: „Heulsuse, Heulsuse, Heulsuse!“ Weitere Kinder beteiligten sich daran, daß Mädchen fertigzumachen, und bald begann es noch mehr zu weinen.

Es murmelte: „Mein Papa hat mich nicht lieb.“

Ihre Freundin stand eine Weile ratlos daneben, doch dann schrie sie: „Hört auf!“

Doch es half nichts. Nicht nur, daß der Ketzerruf „Heulsuse“ nicht schwächer wurde, nun begannen die Kinder auch noch mit Sand zu werfen. Schon bemerkte eine Lehrerin den Aufruhr und wollte eingreifen, um die wütenden Schüler dementsprechend zu bestrafen. Doch diesmal nahmen die Dinge ganz unerwartet eine andere Wendung.

Die Freundin des weinenden Mädchens gab der Kleinen zwei Murmelchooquatackas – ein blaues und ein grüngelbes. Dann sprach sie: „Ich hab dich lieb!“

Schweigen überkam die Kinder, und sie alle blickten verlegen auf das, was sich Ereignete. Sogar dem Unruhestifter verschlug es die Sprache. Danach gingen, eines nach dem anderen, die zuvor noch vorlauten Kinder zu dem Mädchen, und jedes schenkte ihm ein Murmelchooquatacka.

New York City
2. Februar

Mary machte mit ihrem Schlüssel ungeduldig die Tür auf und platzte ins Wohnzimmer, in dem Peter Jones vor dem Fernseher saß. „Hallo Darling! Schau, was ich mitgebracht habe!“ Sie holte ein Baseballchooquatacka hervor und reichte es Peter. „Du warst doch begeisterter Baseballspieler in deiner Jugend, und ich dachte, das könnte dir Freude bereiten.“

Der Mann antwortete lustlos ohne seinen Blick vom Fernseher abzuwenden: „Ja, das ist nett, am besten wir bringen es über dem Fernseher an.“

„Aber du freust dich doch überhaupt nicht.“ Mary blickte etwas enttäuscht erst Peter, dann den über ihrer Hand schwebenden Ball an.

„Wie soll ich mich denn freuen, wenn ich keine Arbeit habe, das Leben hat irgendwie keinen Sinn, und die Chooquatackas nehmen mir auch noch die Arbeit weg!“ entgegnete er vorwurfsvoll und wechselte den Kanal.

„Du spinnst!“ ereiferte sich Mary.

„Chooquatackas vernichten Arbeitsplätze, das ist nun mal erwiesen.“ Er zeigte auf seinen Lehrmeister, den Fernseher, wo ein Bild nach dem anderen grell blinkte und ein nicht versiegender Wortschwall hervorquoll.

„Woher willst du das denn wissen?“ Sie stellte sich zwischen ihren

Mann und den Bildschirm.

„Aus den Nachrichten.“ Gezwungen schaute er das erste Mal seine Frau an. Dann beugte er sich jedoch zur Seite, um etwas vom Weltgeschehen zu erhaschen.

„Du mit deinen Nachrichten, du glaubst wohl alles, was die im Fernsehen sagen. Irgendwie hast du mir den Abend verdorben. Vielen Dank!“ Mary blickte ihn vorwurfsvoll an und begab sich anschließend, ohne ein Wort zu sagen und beleidigt in die Küche.

Anscheinend war dies die richtige Methode, denn Peter erhob sich und folgte seiner Ehefrau. „So habe ich das doch nicht gemeint.“ Er schloß sie in seine Arme. „Die Chooquatackas sind schon ’ne tolle Angelegenheit. Ich habe mir sogar überlegt, ob ich mich nicht als Marketingspezialist bei dieser Firma bewerbe.“

„Das ist eine phantastische Idee!“ Mary fühlte sich zufrieden, und der Abend war gerettet. Das Baseballchooquatacka schwebte stolz über dem Fernseher.

New York City
3. Februar

In der Chooquatacka-Fabrik herrschte reges Treiben. Jeder Mitarbeiter war voll und ganz damit beschäftigt, die Chooquatackas herzustellen, die ihm vom Produktmanager Andrew Graddington für den Tag aufgetragen wurden. Es rauschte, brauste und summte durch das leise Arbeiten der Maschinen von „Kicksley and Moore“ – der Chooquatackatoren. Ab und zu wechselten die Mitarbeiter Worte, sie waren jedoch die meiste Zeit damit beschäftigt, daß die Farbe, Größe, Bewegung und Form der Bestellung entsprach.

Diann Florell schaute gerade auf ihre Auftragsliste für den heutigen Tag: Blumen, Blumen und noch mehr Blumen. Das war eine wahre Freude für sie, denn dies war ihre Spezialität. Ihre Augen schweiften erfreut über die arbeitenden Gemüter. Sie prüfte noch einmal nach, was als nächstes in der Liste stand. Zehn mal zehn Fuß große Rosenblüten für das Dach einer Gärtnerei. Das Chooquatacka sollte eine Bewegung in sich haben, stand auf dem Zettel, die Rosen sollten aufblühen, ihre Blüten verlieren und dann wieder aufblühen. Diann Florell lächelte erfreut.

Sie begab sich ins Lager, in dem schon die Blumen, die sie heute gebracht hatte, auf sie warteten und suchte die schönste Rose aus, um sich anschließend in die Halle für die Großproduktion zu begeben. Zum Glück wurde gerade einer der Chooquatackatoren frei, da einer der Mitarbeiter ein gerade fertiggestelltes, riesiges Pferdechooquatacka, soeben von Andrew positiv bewertet, über seinen Händen zum Lieferwagen nach draußen schweben ließ.

Diann holte das kleine Musterpferd aus der Öffnung des Chooquatackators heraus und legte es auf die Seite. Dann legte sie die Rose hinein, stellte im Maschinenkomputer vier Stück ein, Farbe – zwei mal Rot und zwei mal Gelb, und drückte anschließend noch die Einstellung für die Bewegung. Dann riß sie, die Blume in der Öffnung haltend, die Blütenblätter heraus und ließ sie eines nach dem anderen fallen. Dabei scannte die Maschine den Vorgang mit weißem Licht und speicherte damit die Bewegung. Kurz darauf begannen sich die vier Rosenchooquatackas nacheinander auf der anderen Seite des Chooquatackators über dessen Plattform zu manifestieren.

Andrew wartete schon bei Diann, er wußte genau, daß man keinen der Mitarbeiter während der Produktion unterbrechen durfte, da sonst normalerweise einiges schiefzulaufen pflegte. Als sie fertig war, sagte der junge Produktmanager zu ihr: „Diann, es hat sich doch einiges geändert: Wir haben noch eine Bestellung für dreihundert verschiedenfarbige Tulpenchooquatackas in Originalgröße.“ Er reichte ihr einen Zettel: „Dieser Auftrag ist nun der wichtigste und muß als nächster ausgeführt werden.“

Diann Florell runzelte die Stirn, überlegte eine Weile und dann fiel ihr ein, daß sie heute frische Tulpen mitgebracht hatte. Also begab sie sich anschließend ins Lager.

In der Zwischenzeit ging Andrew wieder zurück in sein Büro, auf dem Weg dorthin hielt er aber dann doch noch kurz bei Melissa Hupe an, die etwas im Prototypenraum nähte. Er beobachtete sie eine Weile, dann hob sie den Kopf und Andrew fragte neugierig: „Wie sieht es denn aus mit deiner neuen Idee, Melissa?“

Sie lächelte und antwortete: „Schau! Ich habe schon die Prototypen hergestellt.“ Sie zeigte Andrew ein Dutzend Minigardinen mit verschiedenen Formen und Mustern. Dann zeigte sie auf eine und sagte: „Diese wird die beste sein! Denn ich setze Bewegung in sie hinein, und sie wird dann aussehen, als wäre sie aus herunterfallenden Sternen.“

„Kannst du nicht eine ganze Serie von dieser Sorte machen, Melissa?“ fragte Andrew begeistert. „Zum Beispiel mit herunterfallenden Blüten- oder Herbstblättern?“

„Ja! Oder mit aufsteigenden Herzen!“ schlug Melissa inspiriert vor.

„Das wird den Menschen sicher gefallen. Das wäre doch mal ganz was anderes.“

Melissa strahlte und machte sich an die Arbeit. Unterwegs ins Büro grüßte Andrew Caroline Winter, die Managerin der Fabrik. Dort angekommen prüfte er, ob neue Aufträge gekommen waren.

Akademie der Wissenschaften, Peking, China
6. Februar

Forschungsziel: Chooquatacka
Die Wissenschaftlergruppe – den Gehirnwindungen der nachstehend genannten Wissenschaftler aufmerksam folgend
Chao-Jing Li – ein Genie
Zhi-Xiang Du – ein weiteres Genie

Chao-Jing Li (das Wort ergreifend): „O ja, wenn man die Moleküle auseinandernimmt und dann mit den neutronischen X-Quanten verbindet, entsteht in den Neutronen eine Leerkraft, die nach dem erneuten Zusammenfügen bewirkt, daß die Elektronen sich schneller bewegen, und dann kommt es zur Verdünnung der Materie, was den Anschein von potentiellen Hologrammformen hat."

Zhi-Xiang Du (widersprechend): „O nein, mein lieber sozialistischer Genosse, du irrst, das ist ganz anders: Erst wenn die X-Quanten mit den entsprechenden Mitteln auf den Wert der XU-Paradioxide gebracht und anschließend mit UBC-Neutronen verbunden werden, ja dann, dann entsteht etwas Ähnliches wie die Verdünnung von Materie, aber dabei fehlt noch der PG-Wert von 500.023 pt und das Gewicht von 1,574839573649 u, die man ihnen im Vakuum verleihen muß, indem man die Neutronen mit 40 DpA auf die Quanten schießt."

Die Herren nickten übereinstimmend.

Iowa
8. Februar

„Mrs. Kirnhof, ich habe da eine Frage!"

„Ja, Jasmin, und wie lautet sie?" fragte die Wissenschaftslehrerin der Realschule.

„Was sind Chooquatackas?" Ein leises Geläster und Gekicher ging durch das Klassenzimmer.

„Ich verstehe deine Frage nicht." Die Frau blickte Jasmin verwundert an.

„Ich meine, wie erklären Sie dieses Phänomen als unsere Lehrerin?"

Die Schüler fingen an zu lachen, und Sally, die hinter Jasmin saß, fragte sie leise: „Was soll denn das werden?"

Mrs. Kirnhof erwiderte jedoch ausweichend: „Na ja, das ist nicht Bestandteil des Lehrplans, und deswegen haben wir keine Zeit dies zu besprechen, aber wenn dich das so sehr interessiert, dann kannst du das doch im Internet nachschauen. Ihr habt doch sicherlich Internet zu Hause?“ Ein verachtendes Gelächter erfüllte den Unterrichtsraum.

„Mein Onkel hat aber gesagt“, ließ das Mädchen nicht nach, „daß wir in der Schule nichts Richtiges lernen. Ich habe ihm aber nicht geglaubt, und dann hat er gesagt, ich soll doch meine Lehrerin fragen, wie Chooquatackas funktionieren.“

Bobby aus der vierten Reihe gluckste: „Jetzt reicht es aber, Jasmin!“ und fiel vor lauter Lachen vom Stuhl.

Die Lehrerin, die ganz aus der Fassung geraten und deren Autorität in der Klasse gerade etwas angekratzt worden war, antwortete: „Ich finde, du bist noch viel zu jung für solche Sachen. Du würdest es nicht verstehen, wenn ich anfangen würde, dir dies zu erklären!“

Jasmin blickte traurig drein: „Heißt das, Sie können uns das gar nicht erklären, weil Sie keine Ahnung davon haben?“ Das Klassenzimmer verstummte jäh. Sogar Bobby, der immer noch auf dem Fußboden lag, lauschte neugierig der Antwort seiner Lehrerin.

Diese sprach immer wütender und ihre Autorität verteidigend: „Nicht einmal die Wissenschaftler wissen das! Niemand weiß es! Woher soll ich das dann bitte schön wissen?“

„Heißt das, die Wissenschaftler sind Idioten?“ jauchzte Bobby und die Klasse fing an zu lachen. Auch Jasmin konnte sich ein Lächeln nicht verkneifen.

Als sich ihre Mitschüler jedoch beruhigt hatten, fragte sie mit Nachdruck: „Wenn es aber keiner weiß, woher kommen dann die Chooquatackas?“

„Der Storch hat sie gebracht!“ schrie Gail, und alle Schüler fingen erneut an, schallend zu lachen.

Die Lehrerin, deren Ego nun zugrundegerichtet war, konstatierte mit eiskalter Stimme: „Jasmin, Gail und Bobby, ihr kommt jetzt alle mit mir zum Direktor!“ Bobby versuchte aufzustehen und sein Lachen zu unterdrücken. Die Frau bemerkte das und sagte streng: „Das ist nicht lustig, Bobby!“ Dann richtete sie sich an die Klasse: „Und ihr lest jetzt Kapitel zwölf auf Seite dreiundzwanzig!“ Die

Kinder stöhnten gelangweilt, und Mrs. Kirnhof verließ mit den drei Schülern das Klassenzimmer.

New York City
10. Februar

Emma Kitherhouse, Greg Cranes Sekretärin, saß gerade in ihrem Büro und schrieb einen Brief an den Dayslerkonzern, als es plötzlich an der Empfangstür läutete. Emma ging zum Eingang und dachte sich, daß heute niemand einen Besuchstermin vereinbart hatte. Als sie die Tür öffnete, kam ihr blendendes Sonnenlicht entgegen, so daß sie nur die Umrisse dreier Männer erkennen konnte.

„Können wir Mr. Crane sprechen? Wir kommen in einer geschäftlichen Angelegenheit.“ fragte einer der drei.

„Er ist gerade beschäftigt, aber in ...“, Emma Kitherhouse blickte auf ihre Uhr und fuhr fort, „einer halben Stunde wird er Sie empfangen können.“

Sie ließ die Herren herein, und nun konnte sie sehen, wer gekommen war. Sie sahen aus wie Geschäftsmänner, alle drei hatten Glatzen, einer trug einen Bart. Emma vermutete, daß es Drillingsbrüder waren, so ähnlich sahen sie sich.

„Wenn Sie also Platz nehmen wollen ...“ Sie wies auf die künstlerisch verzierten Stühle, die um zwei Tische herum standen, deren weiße Farbe durch das Sonnenlicht, das durch die Fenster des Wintergartens fiel, unterstrichen wurde.

Die Männer machten nicht den Eindruck, als würden sie sich setzen wollen. „Wir müssen ihn umgehend sprechen.“ entgegnete der bärtige, wobei er sehr deutlich redete und Emma direkt in die Augen schaute.

„Gut, ich werde tun, was in meiner Macht steht, um ihn sofort herzuholen. Wollen Sie derweilen einen Kaffee trinken?“

Crane war gerade dabei, mit einem neuen Mitarbeiter den Kinderstuhl, den dieser aus Holz angefertigt hatte, zu besprechen. Beide standen vor dem Gegenstand und der Firmenchef zeigte auf Teile des Stuhls, die ihm besonders gut gefielen.

„Also Frank, ich muß schon sagen, du bist sehr begabt! Auch wie schön die Formen der Weinblätter mit dem ganzen Stuhl im Einklang stehen!“ Greg sah sehr zufrieden aus.

„Ich habe eine Ausbildung als Zimmermann gemacht, meine Mutter hat mir aber geraten, mich bei dir anstellen zu lassen.“ erwiderte Frank Tastov.

„Gut.“ Greg strahlte. Für ihn gedieh alles in seiner Firma auf perfekte Art und Weise. „Stelle nun den Stuhl in die Öffnung der Maschine.“

Da Frank Tastov ein großgewachsener junger Mann war, fiel ihm das keineswegs schwer. Greg zeigte ihm den Knopf, den er drücken sollte, und schwups, schon erschien auf der anderen Seite der Maschine ein wunderbares Stuhlchooquatacka. Die kühle Wintersonne schien durch die großen Fenster herein und durchleuchtete es. Jede einzelne Form des Hologramms war von einer noch atemberaubenderen Finesse als die des Prototyps.

„Und mit diesen Tasten regelst du die Größe, Menge und Farbe.“

Während Crane weitere Erklärungen machte, klingelte in der Fabrikhalle das Telefon, und nach einer Weile rief eine Mitarbeiterin dem Firmenleiter zu: „Greg! Emma sagt, du sollst schnellstens in ihr Büro kommen!“

Sein Gesichtsausdruck wurde ernst. „Weise bitte Frank Tastov weiter ein!“ sagte er zu einem der Mitarbeiter und eilte schellen Schrittes in Richtung Büro. Er sah seine Sekretärin ihm entgegenlaufen und sagte etwas erbost: „Emma, du weißt doch, daß ich diese Zeit für meinen Rundgang eingeplant habe.“ Er mochte es nicht, wenn man seinen Tagesrhythmus aus dem Gleichgewicht brachte.

Emma Kitherhouse war sich dessen bewußt und entgegnete ruhig: „Der Besuch, der gekommen ist, meinte, es sei sehr wichtig.“

Ihre Ruhe besänftigte Greg, und dieser fragte etwas entspannter, als sie den Korridor entlanggingen: „Wer ist gekommen?“

„Sie haben sich nicht vorgestellt.“ Kaum hatte die Sekretärin dies ausgesprochen, waren sie auch schon im sonnigen Wintergarten angekommen, und die drei geheimnisvollen Herren drehten sich zu den Ankömmlingen um.

„Mein Name ist Greg Crane“ sagte dieser würdevoll und reichte den dreien seine rechte Hand, dann deutete er zum Korridor: „Bitte kommen Sie doch in mein Büro.“

Nachdem sich alle auf ihre Stühle gesetzt hatten, fing einer der Männer als Antwort auf Cranes fragenden Blick an zu sprechen: „Wir sind gekommen, um einen Deal mit Ihnen zu machen. Keine Sorge, es soll nicht zu Ihrem Nachteil sein.“

„Worum handelt es sich?“ fragte Greg neugierig.

„Wir sind die Eigentümer von ‚Bridge‘, deren Verwaltung seit vier Generationen in den Händen unserer Familie liegt, unser Ururgroßvater gründete einst unsere Firma.“ sagte mit rauchiger Stimme der bärtige von den dreien. Anscheinend, so dachte Crane, war er der älteste der Brüder.

„Womit befaßt sich Ihre Firma?“ fragte Chooquatacka-Erfinder weiter.

„Mit dem Verkauf von Handelsware.“ entgegnete einer der Glatzköpfigen.

Greg wartete auf eine genauere Schilderung der Aktivitäten dieser Firma, horchte jedoch nur ins Leere. Schließlich ergriff er wieder das Wort: „Um welche Art Zusammenarbeit soll es sich denn handeln?“ Er blickte einen nach dem anderen fragend an, bis er schließlich zum bärtigen gelangte, der dann kalt entgegnete:

„Wir sind an einer Zusammenarbeit nicht interessiert.“

Crane empfand, daß an der Sache etwas faul war, sprach jedoch mit naiver Stimme weiter: „Wenn Sie an einem Produkt interessiert sind, dann bringe ich Sie zu ...“

„Wir sind an keinem Produkt interessiert!“ unterbrach ihn der zweite der Glatzköpfigen gefühllos.

Greg fing langsam an, die Fassung zu verlieren, er war nahe dabei zu explodieren, doch dann entschloß er sich, die drei Gegenübersitzenden mit ihrer eigenen Waffe zu schlagen. „Ich verkaufe keine Patente", entgegnete er ebenso teilnahmslos wie die Blicke der drei.

Einige Zeit lang herrschte Stille, und keiner vermochte sie zu unterbrechen. Schließlich setzte sich die Stimme des bärtigen wie eine verrostete Maschine in Gang. „Wir wollen Ihre Firma kaufen." sagte er, als hätte Crane schon sein Einverständnis gegeben.

Der Chooquatacka-Erfinder wäre fast darauf hereingefallen, wollte zunächst protestieren, erwiderte dann jedoch besonnen: „Diese Firma ist nicht zu verkaufen, und ich kann mich nicht entsinnen, daß ich sie irgendwo zum Verkauf angeboten hätte."

Der bärtige blickte erst seinen ersten und dann seinen zweiten Bruder an, und stand, als er eine wortlose Bestätigung erhielt, auf, krallte sich an der Kante des Schreibtisches fest und beugte sich zu Crane vor. Dieser verspürte den kühlen Hauch von Pfefferminz im Atem der ihm entgegenwehte. „Wir wissen, Sie brauchen Hilfe", flüsterte der mit dem Kräutermundgeruch und setzte sich wieder. „Das hier war nur ein Test."

Crane wirbelte ein Schwindelgefühl durch den Kopf, doch sofort fand er wieder zu seinem inneren Gleichgewicht zurück.

„Es ist nicht einfach ein Produkt auf den Markt zu halten. Früher oder später werden Sie tatsächlich auf einen stärkeren Konzern stoßen, der Sie dann mit Genuß verzehrt, wenn Sie unachtsam bleiben und keine Unterstützung haben."

„Ja ... also ich rechne damit, daß es nicht immer aufwärtsgehen wird. Bei jedem Geschäft ..." versuchte Crane, sich wie aus einer Falle herauszuwinden.

„Es wird niemals aufwärtsgehen!" entgegnete einer der Glatzköpfigen selbstsicher.

„Aber bis jetzt lief es doch gut."

„Sie haben es erfaßt, Mr. Crane: bis jetzt. Das nennt sich Anfängerglück. Doch mit der Zeit werden Sie die Härte des Marktes zu spüren bekommen." Der bärtige atmete tief ein. „Wir möchten Ihnen ein Angebot machen. Der ‚Bridge Club' befaßt sich seit über hundert Jahren mit der gegenseitigen Förderung von Menschen. Wir haben Beziehungen zu den diversesten Menschen in den verschiedenartigsten Lebensbereichen. Wir haben durch unser Netzwerk vielen zu hohen Positionen, Karriere, Reichtum und anhaltendem Ruhm verholfen. Und vor allem – wir nehmen nicht jeden Kandidaten auf!" Der bärtige nickte überzeugt, und seine Brüder taten ihm gleich.

„Was muß ich tun, um Mitglied zu werden?" fragte Crane.

„Sie brauchen ein Potential. Über dieses verfügen Sie ja schon. Darüber hinaus müssen Sie abhängig von Ihrem Einkommen eine monatliche Spende erbringen. Und zu guter Letzt eine Unterschrift leisten."

„Ist das alles?" fragte der Chooquatacka-Erfinder.

„Ach ja, Sie müssen natürlich auch die Regeln des Clubs befolgen."

„Und die da wären?"

„Das, Mr. Crane, wollen wir ein andermal besprechen. Ich werde Ihnen noch die notwendige Lektüre zusenden, die Sie mit unserer Philosophie vertraut machen wird." Er nickte seinen Brüdern zu und holte aus seiner Aktentasche ein Blatt Papier. „Da wir uns ja einig sind, können Sie schon einmal die Verschwiegenheits- und Loyalitätserklärung unterzeichnen." Der bärtige schob Greg ein Schriftstück unter die Nase.

Klein und hilflos – so fühlte sich der Chooquatacka-Erfinder. Einen Augenblick lang erschienen ihm diese Menschen zunächst wie Hoffnungsbringer für ein besseres Morgen. Doch nach einer Analyse seiner Gefühle kam er zu einem anderen Schluß. Eigentlich hegte er hinsichtlich seines Projektes kaum Zweifel, er war sich des Erfolges sehr sicher, und vor allem sah es auch überhaupt nicht danach aus, daß es mit seiner Firma auf irgendeine Weise abwärts ging. Er vertiefte sich in die Welt der Fakten, mit denen er seine Gedanken ordnete, und bemerkte immer deutlicher, daß seine drei merkwürdigen Gäste eine atmosphärische Einpflanzung in seinen Raum eingebracht hatten, mit der sie versuchten, ihn zu manipulieren.

Crane nahm das ihm vorgelegte Blatt Papier langsam in die Hand, musterte die Worte, die sich zu einer langen Erklärung anhäuften, und sagte: „Es tut mir leid, daß ich Ihnen bei Ihrem Club nicht behilflich sein kann." Er reichte den Mitgliedsantrag dem bärtigen wieder zurück.

„Wie?" Diesmal waren es seine Gesprächspartner, die verwirrt waren. „Wollen Sie es sich nicht noch einmal überlegen? Vielleicht brauchen Sie noch ein wenig Zeit?" fragte einer der Brüder.

„Nein. Sie müssen ohne mich auskommen, ich habe eine Firma, die meiner vollen Aufmerksamkeit bedarf." Greg lächelte innerlich, doch nach außen hin wirkte er kühl und unerreichbar.

Maine
19. Februar

Das Telefon klingelte laut und erbarmungslos. Kim stöhnte leise aus ihrem Bett hervor. „Ist doch Sonntag!" rief sie in ihr leeres Schlafzimmer hinein.

Als das Telefon jedoch unbarmherzig weiterklingelte, stolperte die dreißigjährige aus ihrem Bett. Sie erschrak, als sie unversehens durch ihr Zimmer-Giraffenchooquatacka lief. Dann blickte sie sich nach ihrem Telefon um. Auf- und abschwebende Ananaschooquatackas an der einen Wand, ein Spiegelchooquatacka in der Nische, und auf dem Fußboden unter flirrenden Sternenchooquatackas und einem Haufen unfrischer Wäsche lag das Telefon.

Kim hob gerade noch rechtzeitig ab. „Oma?"

„Schätzchen, hast du denn etwa schon vergessen, daß heute Chooquatacka-Markttag ist?" entgegnete die heitere Stimme auf der anderen Seite der Leitung.

„Ähm ..." antwortete die Enkelin verschlafen und versuchte, ihr Uhrchooquatacka ausfindig zu machen.

„Du brauchst nicht nach deiner Uhr zu schauen, es ist ein Uhr mittags! Du sitzt wohl noch im Pyjama im Bett!"

Kim stand verlegen auf, streckte sich, sagte „Tut mir leid Oma." und gähnte.

„Nichts da ‚Tut mir leid'! Wir haben noch über eine Stunde Zeit, und Opa schläft sowieso vor dem Fernseher, also komm und hol mich ab!" entgegnete die alte lebhaft.

„Oma, können wir mit dem Bus fahren?" Nach der gestrigen Party war sie sich nicht so sicher, ob sie sich ans Lenkrad setzen wollte. Sie begann nach einer einigermaßen frischen Hose zu suchen.

„Kimberly, hast du schon vergessen, daß ich all meine Ziervasenchooquatackas gegen die schönen Lichtschneckenchooquatackas tauschen wollte, falls sie überhaupt noch da sind!" Kim gab einen beistimmenden Laut von sich und begann ihre Haare zu kämmen. Ihre Großmutter fuhr munter fort: „Und du wolltest doch deine ganze Badezimmerdeckendeko gegen eine mit schwimmenden Fischchooquatackas umtauschen!"

„O ja ..." Kim war gerade im Bad angelangt, wo an der Decke noch Überreste von strahlenden Sonnenchooquatackas waren. Ein Teil war schon im magnetischen Spezialkarton, den sie nun mit dem Fuß zur Seite schob, um sich die Zähne zu putzen.

„Und deine Sternchen darfst du nicht vergessen!" sagte die Großmutter und faßte alles zusammen: „Also haben wir keine Wahl, wir müssen mit deinem Auto fahren!"

Eine halbe Stunde später waren Kim und ihre Großmutter auf dem Chooquatacka-Markt angekommen. Die Enkelin klopfte etwas ungeduldig auf das Lenkrad, als sie erst einmal fünf Autos herauslassen mußte, bevor sie hineinfahren konnte, um nach einigen Minuten einen freien Parkplatz zu finden.

„Schon so spät und immer noch alles besetzt." murmelte Kimberly.

Ihre Großmutter hüpfte forsch aus dem Auto, machte den Kofferraum auf und holte einen Karton und zwei Tüten hervor. Die dreißigjährige nahm währenddessen vom Parkplatzwärter einen Zettel in Empfang, auf dem die Uhrzeit vermerkt war.

„Bis drei Uhr einen Dollar, das geht ja noch." sagte sie zu sich selbst, den Zettel in die Hosentasche steckend. „Oma, du mußt nicht soviel schleppen!" Kim wollte ihr schon etwas abnehmen, doch dann protestierte die alte:

„Das ist doch nur das Gewicht des Kartons und der Tüten!" Sie wandte sich ab und begab sich zum Eingang.

Die Enkelin zog sich noch eine Jacke über, denn sie fröstelte. Dann nahm sie den zweiten Karton aus ihrem Kofferraum und sperrte ab. Nach kurzer Zeit holte sie ihre Großmutter ein, die gerade zweimal Eintritt bestellt hatte.

„Das macht insgesamt zwanzig Dollar." sagte die Kassiererin und nahm das Geld für die Eintrittskarten entgegen. Sie blickte anschließend die Kartons der Frauen an und fügte noch sehr höflich hinzu: „Für die Abgabe von Chooquatackas ist schon die neue Hütte eröffnet worden. Wenn Sie jetzt rechts gehen, werden Sie sie schnell finden. Die Hütte hat ein Strohdach. Mann kann sie auch schon von hier sehen."

Enkelin und Großmutter bedankten sich und begaben sich in die ihnen zugewiesene Richtung. Sie kamen an Unmengen von Menschen vorbei, die sich um die in einem großen Rechteck aufgestellten, teils überdachten Ladentischen drängelten. Es gab hier eine derartige Mannigfaltigkeit an Chooquatackas, die man nicht einmal in den Chooquatacka-Boutiquen finden konnte.

„So viele Leute. Sie machen doch um drei Uhr zu?" fragte Kim ihre Großmutter verwundert, diese zuckte nur die Schultern.

Jetzt gingen sie an der ehemaligen Abgabe-Hütte vorbei, wo man nun Wertbons kaufen konnte, die zum Eintauschen der Chooquatackas dienten. Doch es waren an dieser Stelle verhältnismäßig wenige Menschen, dafür konnte man von hier aus bereits sehen, wie eine große Menge vor der neuen Hütte Schlange stand. Jeder hatte Tüten und Kartons voller Chooquatackas bei sich. Kim und ihre Großmutter stellten sich ganz hinten an, und nach kurzer Zeit reihten sich hinter ihnen wieder neue Menschen an.

„Schätzchen, wieso ausgerechnet mein Lieblings-Fußballspielerchooquatacka!“ brummte mit tiefer Stimme ein Mann hinter ihnen.

„Weil wir ihn für vierzig Dollar bekommen haben und ihn nun für ein Chooquatacka im Wert von sechzig Dollar tauschen können! Der Wert der Dinger steigt, aber wer weiß wie lange noch. Das müssen wir ausnützen, um für unser Schlafzimmer endlich ein Betthimmelchooquatacka kaufen zu können!“ entgegnete die Frau schwärmerisch.

„Entschuldigung, in Vermont könnten Sie Ihr Chooquatacka auch für eines im Wert von siebzig eintauschen.“ mischte sich ein runder, schnurrbärtiger Mann in die Unterhaltung ein.

„Was Sie nicht sagen?“ erwiderte die Frau mit dem Fußballspielerchooquatacka voller Interesse. „Dann gibt es in Vermont auch solche Märkte?“

„Ja, und auch in Arkansas, Pennsylvania, Wisconsin gibt es mehrere. Man kann gut verdienen, wenn man sich mit dem Wert der Chooquatackas auskennt.“

„Sie sprechen jetzt aber nicht von Geld?“ mischte sich Kim neugierig ein, die dem Gespräch gelauscht hatte.

„Nein, das nicht, aber man kann in den Besitz von immer wertvolleren Chooquatackas kommen, ohne Geld auszugeben – nur daß dies mit einem gewissen Zeitaufwand verbunden ist!“ erläuterte der schnurrbärtige, der sich bei diesem Thema anscheinend sehr gut auskannte. „Was jetzt hier auf diesem Markt günstig ist, sind alle Lampenchooquatackas!“

Die Großmutter und die Enkelin lächelten sich an. Dann fragte Kimberly neugierig: „Wer organisiert eigentlich diese Märkte?“

„Ach, das sind normalerweise Familienunternehmen von Farmern, die eigene Grundstücke besitzen, und ich sag es Ihnen, es lohnt sich tatsächlich, schauen Sie, wie viele Leute herkommen!“ Der schnurrbärtige Mann konnte nicht zu Ende sprechen, da einer der Abgabetische in der Holzhütte freigeworden war.

Kim ging mit ihrer Großmutter zu dem Händler, der leicht abstehende Ohren hatte. „Guten Tag!“ Er strahlte seine Kunden an. „Was haben Sie alles?“

Kim ließ der Reihe nach alle Chooquatackas über dem Tisch schweben, und der Mann begann auf seiner altmodischen Rechenmaschine schnell zu tippen.

„Fünf Ziervasen ... fünf mal vierzig Dollar, dann eine Kugel ... zehn Dollar ..." Er zählte blitzschnell die Sterne. „Achtzehn Sterne – macht vierundfünfzig ..." Nachdem er alles zusammengerechnet hatte, gab er den Damen Wertbons über den Gesamtwert von vierhundertsechsunddreißig Dollar. Dann schob er der Reihe nach seine Hand unter die Chooquatackas und steckte sie in einen Karton, der unter dem Tisch stand.

Kim fragte währenddessen noch: „Bis wieviel Uhr ist heute geöffnet?"

„Bis fünf." erwiderte der Mann, ohne seine Arbeit zu unterbrechen.

„Letzte Woche war es doch nur bis drei."

„Schauen Sie sich doch um, und dann werden Sie verstehen, weswegen! Hier kommen Menschen aus ganz Maine her und nicht nur." Er hielt inne und lächelte die Frauen kurz an, die sich auch gleich wieder verabschiedeten. Schon war der nächste dran.

Derweilen drängelten sich Großmutter und Enkeltochter nach draußen. „Endlich frische Luft! Ich dachte schon, ich ersticke hier." schnaufte Kimberly erleichtert.

„Komm laß uns endlich einmal durch den ganzen Markt laufen!" schlug die Großmutter aufgeregt vor.

Es fiel ihnen etwas schwer voranzukommen, denn es waren so viele Menschen da, daß es einfach schon fast zu eng war. Sie begutachteten all die gebrauchten Chooquatackas und deren Preise, die auf kleinen Schildern in Dollar notiert waren. Die ganze Zeit tauschte jemand mit einem der Verkäufer einen Wertbon gegen ein Chooquatacka ein, und es wurde auch regelmäßig nachgeliefert.

„Eigentlich kann man bei Chooquatackas nicht von gebraucht sprechen. Das ist ja das tolle an der ganzen Sache!" gab Kims Großmutter begeistert zu bedenken, die Vielfalt der Chooquatackas und deren enorme Menge begutachtend.

„O doch!“ sagte eine Frau mit dunklen Augen, die neben ihnen stand und levitierende Seerosenchooquatackas anschaute. „Mir ist schon mehrmals aufgefallen, daß die Chooquatackas sich ändern, wenn sie längere Zeit bei irgend jemandem sind.“

„Das kann doch nicht sein!“ erwiderte Kimberly und überlegte, ob ihre Chooquatackas jetzt anders als gleich nach dem Kauf waren. Die Leute drängten sich an ihnen vorbei.

„Mann merkt nicht gleich einen Unterschied, sie ändern ja auch nicht ihre Gestalt, sondern nur ihre Intensität, Farben, manchmal auch ihre Größe!“ Die Frau blickte die sehr verwunderte Kim an, doch ihre Großmutter fragte, als wäre ihr das Thema gar nicht so fremd:

„Sie meinen, die Chooquatackas passen sich ihrem Eigentümer an?“

„Ja, genau!“ erwiderte die dunkeläugige. Kurz danach verschwand sie in der Menschenmenge.

Kim überlegte noch eine Weile, was ihr die Frau erzählt hatte, und dann fand sie plötzlich ihre schwimmenden Fische. Sie rief begeistert auf, und auch die Menschen um sie herum schienen von ihrer Heiterkeit angesteckt zu werden: „Oma! Meine Fische!“

Die dreißigjährige tauschte vierzehn Stück gegen ihre Wertbons ein und steckte sie in einen der leeren Kartons, die die Frauen immer noch bei sich trugen.

Sondersitzung am 23. Februar
Federal Reserve Bank, New York

Teilnehmer:
Vorstand der Federal Reserve Bank
Sonderkommission der Regierung zur Abwendung der drohenden Finanzkrise
Angespannte Stimmung im Konferenzsaal

Sonderbeauftragter der Regierung (SdR): „Es gibt nur eine Möglichkeit, aus dieser Bredouille herauszukommen. Wir müssen einen handelbaren Chooquatacka-Fonds ins Leben rufen und mit dem Kurs dieses Fonds einen Bezugswert für eine Quasi-Alternativwährung zum Dollar schaffen."

Vorstandsvorsitzender: „Das stellen Sie sich zu einfach vor, wie sollte denn diese Alternativwährung zum Dollar heißen?"

SdR: „Äh ... lassen Sie mich mal überlegen ... hm ..."

Vorstandsvorsitzender: „Dadurch geben Sie diesem Verrückten auch noch eine finanzpolitische Akzeptanz. Das geht doch wohl zu weit!"

SdR: „... wie sie heißen sollte, hm, äh, lassen Sie mich mal überlegen ..."

Vorstandsvorsitzender: „Ich weiß nicht, fällt der Regierung nichts besseres ein? Wie wäre es denn, wenn man ihn einfach verbieten würde?"

SdR: „... hm ... wie sie heißen könnte ..."

Vorstandsvorsitzender (spöttisch): „Nicht genug, daß er das bestehende Finanzsystem ins Wanken bringt, jetzt soll für ihn auch noch ein börsennotierter Chooquatacka-Fonds eingerichtet werden. Wie stellen Sie sich das eigentlich vor? Wäre Ihnen ein fester Wechselkurs zum Dollar genehm, oder wollen Sie lieber einen variablen?"

SdR: „... der Name ..."

Vorstandsvorsitzender (echauffiert): „Es ist kein Verlaß mehr auf die Regierung. Wir kriegen hier bald anarchistische Verhältnisse.

Früher war das ganz anders. Früher haben wir die Regeln bestimmt. O. k., wir würden es akzeptieren auch mal auf das zu hören, was der Präsident sagt, aber wir werden es niemals akzeptieren, das zu tun, was Crane sagt!"

SdR: „Der Name der Alternativwährung ... Ich weiß es! Chooquatacka!"

Vorstandsvorsitzender: „Was?"

SdR: „Wir nennen sie Chooquatacka!"

Vorstandsvorsitzender: „Wir nennen sie was?"

SdR: „Chooquatacka!"

Vorstandsvorsitzender: „Eine Währung kann doch nicht Chooquatacka heißen!"

SdR: „Warum nicht?"

Vorstandsvorsitzender: „Auf gar keinen Fall!"

SdR: „Doch!"

Vorstandsvorsitzender: „Nein! Wir brauchen keine Alternativwährung!"

SdR: „Ich habe hier ein vertrauliches Schreiben des Präsidenten. Wenn Sie nicht einwilligen, muß er den Notstand ausrufen. Sie wissen, was das bedeutet. Das würde innerhalb von Minuten einen weltweiten Börsencrash verursachen. Wir haben keine andere Wahl!"

Der Vorstandsvorsitzende schwieg und sank immer tiefer in seinen Sessel hinein.

Vorstandsvorsitzender (mit lebloser Stimme): „Ist es denn wirklich schon so weit gekommen?"

Die Männer schwiegen eine Weile.

Vorstandsvorsitzender (resigniert): „Also gut. Chooquatacka als Alternativwährung zum Dollar mit festem Wechselkurs. Und wer produziert dieses Chooquatacka-Geld?"

SdR (grinsend): „Das ist ja gerade der Trick. Der Zauber von virtuellem Geld! Wir drucken natürlich keine Chooquatacka-Geldscheine, dadurch festigen wir das Vertrauen in den Wert des Dollars, der parallel dazu weiterhin bestehen bleibt. Jetzt kann Crane mit seiner Chooquatacka-Idee noch größer und größer werden, aber das wird dem Dollar nicht schaden. Dieser hat ja jetzt eine feste Bezugsgröße durch den Chooquatacka-Fonds!“

Litauen, Europa
26. Februar

„Ich hatte heute Nacht einen Traum. Es war aber nicht ein ganz gewöhnlicher Traum, den man schnell wieder vergißt oder der unlogisch, wirr und zerstückelt ist. Verstehst du?“ erzählte Julija ihrer Mitbewohnerin.

„Du meinst ein Traum, der nicht nur die Verarbeitung von Erlebnissen ist, sondern einer mit tieferer Bedeutung!“ erwiderte Ona aufgeregt.

„Ja!“ Julija stieg in die Tiefen ihres Traumes hinab, und das Wohnzimmer schien für die zwei jungen Frauen eine Weile verschwunden zu sein. „Also, ich träumte, daß wir durch die Stadt gingen, und dort trafen wir einen Mann, der mir eine Liste mit Wörtern gab. Du warst die ganze Zeit dabei.“

Ona nickte aufmerksam und freute sich innerlich, daß sie auch Teil dieses anscheinend außergewöhnlichen Traumes war.

„Und dann stand ich an diesem Fenster.“ Julija deutete auf das Fenster, durch das die Morgensonne hereinschien. „Es war Nacht, ich wählte eines der Wörter von der Liste und las laut vor: ‚Sterne‘, und plötzlich tauchten Sterne am Himmel auf. Es war unglaublich.“ erzählte sie tief beeindruckt. „Dann kam ein Junge, der an meinem Können zweifelte, und ich las, um ihm zu beweisen, daß es wirklich funktioniert, ein weiteres Wort von dem Blatt Papier vor: ‚Marmeladeglas‘. Und ein Glas kam durch das Fenster geflogen. Doch plötzlich bekam ich Angst vor meiner Macht. Ich wollte auf die Liste blicken, um das nächste Wort zu wählen, doch dann wachte ich auf.“

Ona blickte Julija mit großen Augen an. „Du hattest einen prophetischen Traum!" sagte sie.

„Kannst du mir das erklären?"

„O. k., ich habe schon von so was gehört. Ich glaube, es war mein Cousin, der mir davon berichtet hat. In Amerika laufen komische Dinge ab ..." Sie hielt inne und flüsterte mit einer Spur Ehrfurcht in der Stimme: „Es heißt, daß dort jemand Dinge aus dem Nichts erschafft!"

„Wie – Dinge aus dem Nichts?" frage Julija neugierig, das war ihr ganz neu.

„Ich meine so wie in deinem Traum. Deswegen ist er ja auch etwas Besonderes! Weil du das träumst, was auf der anderen Seite der Welt passiert."

„Aber ist das denn überhaupt möglich? Ich verstehe nicht!" Julija, die auf dem Fußboden saß, runzelte die Stirn.

„Hör zu. Es gibt Theorien, daß Wörter Schöpfungskraft haben. Manche Wissenschaftler wagen es sogar zu behaupten, daß der Klang das ganze Universum formt. Ja, sogar in der Bibel heißt es ..."

„‚Am Anfang war das Wort, und das Wort ward Fleisch' – das heißt Materie!" unterbrach Julija.

„Genau!" Ona lächelte. Dann blickten sich die jungen Frauen geheimnisvoll an.

„Denkst du an dasselbe wie ich?" fragte Julija.

„Ja!"

„Wann können wir mit Milda deinen Cousin besuchen?"

„Darius, kannst du uns noch einmal erzählen, was du mir vor ein paar Wochen an Omas Geburtstag berichtet hast?" fragte Ona aufgeregt.

„Hm ..., was meinst du?" Darius runzelte die Stirn und stopfte das Marmeladebrot, das er sich gerade eben zubereitet hatte, in den Mund, dann vergewisserte er sich mit einer Geste, ob die Mädchen vielleicht etwas essen wollten. Alle drei schüttelten den Kopf.

„Du hast doch mal erzählt, daß in Amerika so komische Dinger auf den Markt gekommen sind, bei denen niemand erklären kann, wie sie entstehen, und deswegen behauptet man, sie würden aus dem

Nichts auftauchen!“ versuchte Ona ihn wieder daran zu erinnern.

Darius lächelte mit der linken Mundhälfte und streifte sein dunkles Haar aus der Stirn. Er war ein ambitionierter junger Mann. „O du meinst die Chooquatackas ...“ Wieder erschien ein Lächeln in seinem Gesicht.

Ona und die beiden anderen schauten ihn erwartungsvoll an. Er jedoch blickte abgehoben in die Ferne und kehrte ihnen alsbald den Rücken zu, um sich dem Küchenfenster zu nähern, das einen verregneten Himmel darbot.

„Darius, bitte sag uns doch ...“ unterbrach Milda taktlos die Stille. Ona wies sie mit einem Pscht auf zu schweigen. Sie wußte nämlich, daß sich ihr Cousin gerade auf seine geliebte Ich-bin-der-Gelehrte-und-Clevere-Rolle vorbereitete.

Und tatsächlich drehte er sich mit wie bei einem Priester zum Gebet zusammengefalteten Händen nach einer halben Minute um, die den jungen Studentinnen vor lauter Spannung wie eine halbe Ewigkeit vorkam, und begann zu erzählen: „Also ... Ich habe diese alternativen und total heißen Informationen nach langem Suchen im Internet gefunden.“ Er nickte langsam mit dem Kopf. „In den Nachrichten werdet ihr nichts davon erfahren, weil gewisse Menschen nicht wollen, daß wir hier in Europa irgend etwas davon wissen. Und ihr müßt euch dessen bewußt sein, daß in Amerika wirklich heftige Sachen ablaufen, die nicht lange geheimgehalten werden können.“

Die Mädchen blickten sich gegenseitig an.

„Das Internet ist jedoch voll von Informationen. Da hat die Zensur noch keinen Zugriff.“ Er lächelte wieder, diesmal mit dem rechten Mundwinkel.

„Und, was sind diese Tschu..., diese Dinger?“ fragte Milda neugierig.

Darius hielt es nicht mehr länger aus und konnte seine gespielte Ruhe nicht mehr bewahren, das Thema riß ihn voll und ganz mit. „Sie sind so eine Art Zauber. Auf jeden Fall ist es das, was viele glauben. Sie sind wie Gegenstände, nur daß sie keine Substanz haben, wie wenn sie aus Luft wären. Versteht ihr?“

Die jungen Frauen nickten mit großen Augen.

Darius fuhr aufgeregt fort: „Es sind Hologramme oder so was, und keiner weiß, wie sie funktionieren. Die Wissenschaftler zerreißen sich die Köpfe, aber niemand kann sie erklären, niemand!“ sagte er, seine Zuhörerinnen in eine gebannte Stimmung versetzend. „Es ist das erste Mal, daß alle ratlos vor einem Phänomen dastehen, das man nicht einfach mit einer Formel in eine Schublade stecken kann. Und keiner kann es mehr stoppen, keiner!“ Nun lächelte Darius seine gesamten Zähne zeigend: „Ich weiß, diese Chooquatackas werden die Wirtschaft stürzen und alles auf den Kopf stellen!“

Der junge Mann war innerlich ein Revolutionär und spielte schon als Kind am liebsten den polnischen Kosciuszko. Vielleicht war auch das der Grund, warum er sein Chemiestudium, das ihm seine Eltern ausgewählt hatten, abgebrochen und einen Job gesucht hatte, um sein Politologiestudium zu finanzieren. Sein Vater wollte nämlich auf keinen Fall seinen Berufswunsch unterstützen. Onas Augen blitzten bei der Erinnerung auf, wie sie als Kinder bei ihrer Tante im Garten spielten. Damals wollten sie die bösen Könige, in diesem Falle die Erwachsenen, stürzen und einen neuen Staat bilden.

„Weißt du, Darius, Julija hatte letztens einen prophetischen Traum. Sie träumte, sie würde Wörter von einer Liste ablesen und dann würden Gegenstände auftauchen. Vielleicht funktionieren die Chooquatackas auf diese Art und Weise.“

Er lachte spöttisch auf: „Ach, ihr Frauen habt vielleicht verrückte Ideen!“ Doch dann hielt er plötzlich inne und sagte: „Ihr könntet recht haben!“

Milda und Julija blickten sich und dann Ona mit dem Blick alter Hexen an.

Darius fuhr fort: „Es gibt verschiedene Theorien. Aber diese, ja diese würde darauf hinweisen, daß es Zauberei wirklich gibt. Denn nur Zauberer erschaffen Dinge mit Worten oder Zauberformeln. Hm ...“ Er entfleuchte in die Tiefen seiner Gedanken.

„Warte mal, Darius! Kann das heißen, diese Chooquatackas könnten uns vom Materialismus unserer Zeit befreien?“ Ona war ganz erregt, ihr Cousin blickte sie mit abwesenden Augen an. Sie fuhr fort: „Ich meine das, worüber wir schon so oft sprachen.“ Ihr Herz flatterte vor Aufregung.

Milda und Julija begriffen, was Ona meinte, und Milda schnappte den Gedankengang auf und sagte: „Du weißt ja, daß wir seit über hundert Jahren in einer gottlosen Welt leben, wo alles, was übernatürlich und geistig ist, als Märchen oder Hirngespinst abgetan wird.“

Chooquatacka-Fabrik, New York City
1. März

Die Nacht war so frostig, daß sogar die Sonne Schwierigkeiten hatte, den Frost in Tautropfen umzuwandeln. Die Kälte verstimmte aber keineswegs die Chooquatacka-Hersteller. Hier herrschte schon am frühen Morgen ein fleißiges und freudiges Treiben wie in einem Bienenstock. Die Sekretärin, Emma Kitherhouse, kam sogar summend in Cranes Büro.

„Guten Morgen, Emma“, beantwortete er ihren hinübergeträllerten Gruß.

Sie ließ sich keineswegs von Gregs Bemerkungen wegen der Anrufe ablenken, die sie noch am Vormittag tätigen sollte, goß erst die Blumen und legte danach die Post auf Cranes Schreibtisch. „Den würde ich als erstes anschauen. Der ist nämlich vom kalifornischen Theater“, sagte sie und holte einen Briefumschlag aus dem Stapel hervor.

Der Chooquatacka-Erfinder blickte sie an, dann gab er ein leises Lachen von sich, bis seine Augen feucht wurden.

„Wieso lachst du, Greg? Das finde ich überhaupt nicht lustig!“ sagte sie mit gespielter beleidigter Stimme.

„Wer lacht hier?“ rief eine Stimme, und das Büro betrat Louis, auf dessen Gesicht sich ein bananenförmiges Grinsen ausgebreitet hatte.

„Der heutige Tag ist wie verhext, alle sind so verdächtig fröhlich!" Der Mitarbeiter kniff seine Augen leicht zu, und dann ließ er sie kurz kugelrund werden, um schließlich weiterzusprechen: „Greg, ich wollte meinen Auftrag mit Joseph tauschen, weil ihm die Clowns, Zebras und Esel für das Spielwarengeschäft überhaupt nicht passen. Und ich würde ihm anstatt dessen die Monitorchooquatackas überlassen." Dann warf er einen frechen Seitenblick auf Emma und sagte: „Ich frage mich, wer diesen neuen Produktmanager gefunden hat." Er streckte für einen kurzen Augenblick die Spitze seiner Zunge heraus.

„Wenn Sie gerne den Job mit mir tauschen wollen, Mr. Kimbald, dann sind wir hier ja am richtigen Ort!" wehrte sich Emma spielerisch. Sie wollte den Firmenkomiker ein wenig necken.

Der bleckte nur seine weißen Zähne und wandte sich an Crane: „Also, ich als neuer Sekretär ..." Sodann versuchte er hinter der offenen Schranktür des Aktenschranks vor Emmas Gießkanne Schutz zu finden.

„Meine Lieben, ihr seid doch hier nicht im Kindergarten. Es ist an der Zeit, daß sich jeder an seine Arbeit macht. Louis geh zu Walter Jucksley und sag ihm, daß du den Auftrag mit Joseph tauschst! Und in Zukunft wendest du dich bitte direkt an ihn, zu diesem Zweck haben wir ihn ja auch eingestellt! Ich spreche noch mit ihm und werde Andrew bitten, ihm die Zusammenfassung eurer Qualifikationen zu übermitteln."

Louis bedankte sich, schickte Emma noch einen Kuß und war verschwunden.

Crane machte sich an die Post. Er nahm den von Emma empfohlenen Brief in die Hand und las. Es war ein Dankesbrief des Theaterdirektors, des Regisseurs Winston und der Bühnenbildnerin an Greg Crane, seine Firma und vor allem an Christine, die extra zweimal nach San Francisco geflogen war, zunächst, um eine genaue Vorstellung von dem zu bekommen, was für Chooquatackas gebraucht wurden, und später, um den Theatertechnikern beizubringen, wie sie mit den fertigen Chooquatackas umgehen sollten. Im Kuvert war auch eine Einladung für Greg, Christine, die Sekretärin und vier weitere Angestellte der Firma zur Prämiere von „Im Lichte der Ewigkeit".

Emma lächelte zufrieden. „Mich haben sie auch eingeladen!"

„Jetzt verstehe ich deine Freude! Ja, die Leute vom Theater haben oft angerufen, du mußt ihnen sehr gut in Erinnerung geblieben sein." sagte Crane und fuhr pflichtbewußt fort: „Emma, stell mir bitte während der nächsten Pause eine Liste derjenigen Mitarbeiter zusammen, die daran interessiert sind, nächste Woche, genauer gesagt am neunten März, auf Kosten der Firma nach San Francisco zur Theatervorstellung zu fliegen! Bestell danach im Theater so viele Tickets wie nötig, und buche unseren Flug. Ach ja, und ruf bitte noch Christine zu mir."

Emma verließ mit tüchtigen Sprüngen den Raum.

Nach ein paar Minuten betrat eine aufgeschlossene junge Frau das Büro. Christine hatte große graublaue Augen, die auf einzigartige Art und Weise die Welt um sie herum erfaßten. Sie war zuvor Studentin an der Kunstakademie in Nevada gewesen und wollte sich zur Innenarchitektin weiterbilden. Sie brach ihr Studium jedoch ab, als sie nach einem zweiwöchigen Ferienjob ein Anstellungsangebot der Chooquatacka-Fabrik erhielt. „Du hast mich gerufen?"

Crane reichte der Künstlerin den Brief vom Theater. Während der Lektüre begann ihr Gesicht zu strahlen. Als sie fertig war, schaute sie Greg zufrieden an. Er sagte: „Und du hast eine Einladung bekommen. Ich werde aber auch jeden, der will, mitnehmen, damit sie deine Leistung bewundern können, und natürlich auch des geistigen Wertes dieses Theaterstückes wegen. Na, ich kann nur sagen: Gut gemacht, Christine!"

Irgendwo im Hintergrund des Weltgeschehens
12. März

Die Richter der Macht (Namen zu deren Sicherheit sowie wegen Unaussprechlichkeit und Gefährdung der menschlichen Gesundheit geändert):
Count Stelcy
Admiral Pana

Count Stelcy (erbost rufend): „Verbieten! Wir müssen ihn aufhalten! Laßt uns seine Tätigkeit verbieten! Er macht sonst alles, was wir mit so großer Mühe aufgebaut haben, zunichte!"

Admiral Pana (gefaßt): „Das können wir nicht."

Count Stelcy: „Wie, das können wir nicht! Wir können doch alles!"

Admiral Pana: „Wir können nicht gegen das Recht verstoßen, das wir selbst aufgestellt haben! Wir können es umgehen, wir können uns hinterlistig an Crane heranmachen. Er ist aber auf keiner schwarzen Liste. Eigentlich sieht es so aus, als hätte er vor seiner Tätigkeit gar nicht existiert. Das einzige, das wir dank der internationalen Grenzkontrollen wissen, ist, daß er viel gereist ist. Wo er gearbeitet hat, konnte bis jetzt keiner von unseren Leuten herausfinden!"

Count Stelcy: „Wie ist das nur möglich?"

Admiral Pana: „Das ist mir auch ein Rätsel. Dafür haben wir doch all diese Logen geschaffen, damit niemand außer den Erwählten nach oben kommt! Dieser Crane hat es aber ohne Werbung, ohne Medien und ohne Beziehungen geschafft. Ich kann mir das bis heute nicht erklären. Jeder, der es bisher in der Geschichte so weit brachte, hatte die Unterstützung einer der untergeordneten Logen oder viel Geld. Nichts davon trifft jedoch auf ihn zu. George Bush, Lady Gaga, Diana, Adolf Hitler, Elvis Presley, Einstein, Mozart – alle genossen die wohlwollende Unterstützung der unteren Stufen der Pyramide, die uns untersteht. Trotzdem besitzen wir nicht die Macht, ihn zu verbieten."

Count Stelcy (ins Wort fallend): „Um so mehr müssen wir es

versuchen!"

Admiral Pana: „Noch gibt es zu viele frei denkende Menschen und zu viele, die sich erst teilweise haben knechten lassen und sich bei einer eindeutigen Ungerechtigkeit emotional aufwühlen lassen! Eine nicht von uns inszenierte Bürgerrevolution können wir uns nicht leisten, wir haben schon genug Probleme mit den Globalisierungsgegnern, die nur schwer zu unterwandern sind."

Count Stelcy: „Es reicht doch aus, ihnen irgendwann wieder einen Lenin zu schicken, um sie geistig zu nähren und zu besänftigen."

Admiral Pana (zitternd): „Seihen Sie sich da nicht so sicher! Es gibt auch Dinge, von denen wir nicht alles wissen. Wir kennen den Plan des Gegners nicht." Man konnte seine Furcht spüren. „Wir wissen nicht, welche Macht hinter Crane steckt. Wir wissen nicht, ob es nicht vielleicht ES ist ..."

Count Stelcy: „Dann müssen wir den Rat einberufen!"

Admiral Pana: „Ja. Wir müssen den Rat einberufen!"

New York City
17. März

Kerzen erhellten das Zimmer, das von der Nacht in Dunkelheit gekleidet war.

„Du liebst es, Stimmung zu schaffen." sagte Greg gegenüber von Lilian sitzend und ihr in die Augen blickend. Im ganzen Raum waren Kerzen verteilt, auch auf dem kleinen Tisch zwischen ihnen standen welche.

„Feuer besteht aus Lebewesen. Das hat mich meine Mutter gelehrt. Diese Wesen tragen eine solche Reinheit in sich, daß sie die Negativität aus der Umgebung verzehren. Feuer hat eine therapeutische Wirkung, weil es vor allem die Aura reinigt und dadurch schützt."

Crane musterte das Feuer und nahm durch Lilians Worte das Lebendige im Tanz der Flammen wahr. Dann runzelte er besorgt die Stirn: „Weißt du, manchmal überkommen mich Zweifel, und ich merke, daß ich überhaupt nicht weiß, wie die ganze Geschichte enden wird. Ich weiß auch nicht, wo es langgehen soll."

„Alles, was du wissen mußt, weißt du bereits! Alles, was du brauchst, um weiterzukommen, steht dir ebenfalls zur Verfügung!" erwiderte Lilian mit ihrer inneren Kraft.

Greg nickte, seine Stimme klang verloren: „Ich weiß, aber wofür kämpfe ich eigentlich?" Ein leuchtendes Libellenchooquatacka streifte Gregs Wange und flog dann zwischen dem Paar vorbei. Er bemerkte lächelnd: „Ich sehe, du liebst diese Libellen."

Lilian lächelte zurück, legte ihre Hand sanft auf die von Crane und flüsterte: „Ich muß dir ein Geheimnis verraten."

Er wandte seinen Blick von der Libelle ab und bewunderte das von Kerzen beleuchtete Gesicht seiner Geliebten.

„Du wolltest wissen, wofür du kämpfst." Sie holte weit aus, Greg konnte die Ewigkeit in seinen Adern spüren. „Vor langer Zeit, noch bevor unsere Kultur entstanden war, gab es eine Welt, in der höhere Wesen in einer höheren Dimension auf unserer Erde lebten." Greg vernahm Weisheit in Lilians Stimme. „Es war eine Zeit, in der alle innerlich erfüllt waren. Es gab keine Polarität. Wir Menschen waren ein Teil dieser Welt. Doch konnten wir selbst nicht auf sie einwirken, wir waren ihr gegenüber passiv, wie Tiere passiv gegenüber unserer Kultur sind." Sie blickte zwei über ihnen flatternde Schmetterlingchooquatackas an, die sich einige Male gegenseitig umkreisten und dann voneinander trennten und in verschiedene Richtungen flogen. Dann fuhr sie mit ernster Stimme fort: „Eines Tages fielen wir Menschen von dieser Ebene in die dritte Dimension hinab. Es heißt, wir sollten in der dreidimensionalen Welt lernen, die höheren Dimensionen aktiv zu beeinflussen."

Crane hörte ihr aufmerksam zu, und dann fragte er: „Die dritte Dimension ist die Dimension der Dreiteilung? Liege ich da richtig?"

„Ja, sie ist die Welt, wo Gut und Böse zur Vereinigung streben.

Jeder Mensch wird immer von einem Pol zum anderen gezogen. Er beurteilt die ganze Welt, und er wird von der Welt beurteilt. Und alles, was er tut, wird entweder als gut oder schlecht angesehen. Jedoch alles, was entsteht, muß die Mitte erreichen, die Polarität überwinden. So kommt ein neues Kind zur Welt, das die Verbindung des Weiblichen und des Männlichen ist."

Greg nickte aufmerksam.

„Die Mächte, die hinter den staatlichen Systemen stecken, wollen uns versklaven." sagte sie leise.

Crane unterbrach sie plötzlich aufgeregt: „Natürlich! Es werden auf der ganzen Welt dieselben Schulen eingerichtet und Kinder dazu gezwungen, ein Weltbild anzunehmen, das im Interesse dieser Mächte ist! Alle Medien arbeiten weltweit auf dieselbe Art und Weise zusammen und verfolgen nur ein Ziel: Das Denken der Menschen gleichzuschalten." Er war vor Wut wegen dieser Ungerechtigkeit ganz aufgeregt. „Und dann die ganze Geschichte mit der Globalisierung. Eine einheitliche Welt ohne Individualismus." Greg ließ sich langsam durch Lilians Blick wieder besänftigen und fragte sie: „Aber worauf wolltest du eigentlich hinaus?" Er wartete auf die tiefere Bedeutung, die ihm seine Geliebte gleich mitteilen sollte.

Sie stand kurz auf, zündete die Kerzen, die durch Cranes heftige Armbewegungen ausgegangen waren, erneut an und setzte sich wieder vis-à-vis vom Chooquatacka-Erfinder hin. „Es geht um etwas noch Schlimmeres: Die Menschheit steht vor einer Weggabelung, die in zwei Richtungen führt. Die Dunkelmächte provozieren eine weitere Spaltung der Realität. Von der dritten Dimension, die zur Vereinigung strebt, in die zweite. Du weißt ja, was die dritte Dimension ist ..."

„Höhe, Breite und Tiefe" ergänzte Greg.

„Gut, Böse und die Wahrheit. Die zweite Dimension besteht aber nur aus ..."

„Höhe und Breite." wieder griff Crane ein.

Lilian nickte: „Sie hat keine Tiefe, ihr fehlt das Lebendige, ihr fehlt Gott und das Geistige. Sie ist die endgültige Trennung der zwei Pole ohne Bezugspunkt, die absolute Spaltung. Diabolos."

Greg blickte ihr erschrocken und tief in die Augen.

„Wir sind bereits zum Teil von dieser Welt umgeben." Sie schwieg eine Weile. Stille umhüllte sie. Dann fuhr sie fort: „Die zweite Dimension beginnt sich in den Bereichen des menschlichen Lebens zu manifestieren. Sie trennt Dinge, die zusammengehören. Sie trennt Wissenschaft vom wahren Wissen, indem es nur noch um das Schaffen ohne Wissen geht. Sie trennt Kunst von der Schönheit, sie trennt Religion vom Geistigen. Sie ist eine Welt, in der nur noch die Quantität und die Information zählt."

„Wie im Komputer. Wie im Internet." erwiderte Greg. „Das Internet besteht nur aus einer enormen Anzahl von Informationen. Pixel und Zahlenvarianten, und alles ist nur noch virtuell. Es ist flach – zweidimensional. Und durch das Internet verlieren die Menschen den Kontakt zu realen Wesen und Werten, wie Liebe, Zuneigung, Weisheit, Verstand. Es ist wichtig, die Aufmerksamkeit der Menschen wieder auf die echte Welt zu lenken. Deswegen macht das mit den Chooquatackas soviel Sinn!" Seine Stimme klang sehr bestimmt.

„Greg", ihr ruhiger Ton erschütterte ihn, „diejenigen, die viel Macht besitzen, haben Angst vor den Chooquatackas. Und sie haben Angst vor ... dir!"

„Angst? Vor mir?"

„Ja. Du bist individuell, du folgst nicht der Masse, du tust immer nur das, was du für richtig hältst, und deshalb können sie dich nicht kontrollieren. Denn Kontrolle ist Macht. Und durch die Chooquatackas ermöglichst du auch den Menschen, individuell zu werden." Lilian tauchte ihre grünen Augen in die von Greg.

Sein Blick formte die Frage: „Wie?"

Und sie sprach: „Das Geheimnis ist, daß die Chooquatackas aus der vierten Dimension kommen. Die dritte Dimension ist wie eine Pyramide, deren Fundament die Dichotomie unserer Welt darstellt und die sich in der Sehnsucht des Menschen nach Wahrheit zur Spitze hin verjüngt. Von der Basis hinauf und über die Spitze hinaus kommen wir in die vierte Dimension, in der die drei Pole der dritten

Dimension eingegangen sind. Und die Chooquatackas sind die Verkünder dieser Veränderungen." Sie blickte selbstvergessen in die Zukunft: „Eine Welt, die man noch nicht so richtig mit Begriffen erfassen kann, aber mit dem Geist kann man sie jetzt schon spüren. Und deswegen ist es wichtig, daß die Menschen Kontakt mit dieser Welt aufnehmen, damit sie langsam in sie hinübergehen können!"

Virginia
20. März

Stephen blickte traurig aus dem Fenster. Wie der graue Regen draußen, so fühlte er sich gerade. Irgendwie einsam. Er seufzte tief.

Plötzlich trat die Krankenschwester ins Zimmer und sagte: „Sie haben Besuch!" Hinter ihr stand jemand.

„Stephen, wie geht's altes Haus?" kam ihm ein leicht grauhaariger und vollbärtiger Mann die Arme ausbreitend entgegen.

Es dauerte eine Weile, bis Steven seinen Freund wiedererkannte. „Felix?" erwiderte er mit verhaltener Freude und wurde von dem Mann herzhaft umarmt. „Mir geht es nicht so gut. Es tut mir immer noch verdammt weh!" Er zeigte auf eine Stelle in der Bauchgegend.

„Weißt du, ich habe letztens mit Loreen gesprochen." erzählte Felix.

Stevens Augen blitzten auf, und er wiederholte lautlos den Namen „Loreen".

„Und sie wollte dich wiedersehen!" sagte Felix aufmunternd.

„Mich?" Stephen blickte voller Traurigkeit aus dem Fenster.

Sein Freund wollte es nicht zulassen, daß er von seinen Schmerzen erneut vereinnahmt wurde, und sagte: „Ich habe ein Geschenk für dich. Loreen hat mir geholfen, es auszusuchen!" Der Mann holte etwas sehr intensiv Leuchtendes hervor. Das Chooquatacka stellte eine Art Stern dar, der voller auffunkelnder Kristalle war und dessen

Farben sich ständig wandelten.

„Felix, das ist das schönste Chooquatacka, das ich je gesehen habe!“ Dem über vierzig Jahre alten Stephen kamen Tränen von der Reinheit eines Kindes. Er lächelte dankbar. Das Chooquatacka wechselte von schimmernden Pastellfarben zu intensiven Grün- und Gelbtönen.

„Weißt du, eigentlich wartet Loreen auf uns draußen im Auto, und ich habe mir gedacht, wir könnten uns für zwei Stunden aus dem Staub machen. Heute ist nämlich Modefestival, und es heißt, die Veranstalter hätten sehr viele Chooquatackas für die Darbietung besorgt.“

Stephen vergaß in Sekundenschnelle seine Schmerzen, und sie verließen gemeinsam das Krankenhaus. Draußen erschien ihm die Welt nicht mehr traurig und grau zu sein, denn er bemerkte, daß der Regen die ersten Blätter und Gräser wachsen ließ.

New York City
23. März

„Guten Morgen, Greg!“ sagte Joseph erfreut, als er Crane in den Fabriksaal hineinkommen sah.

„Guten Morgen, Joseph.“ erwiderte der Chooquatacka-Erfinder und machte seinen üblichen Rundgang.

Die Mitarbeiter arbeiteten weiter, ohne sich von seiner Anwesenheit stören zu lassen. Chooquatackas zu produzieren, war keine so einfache Angelegenheit, und man mußte voll und ganz bei der Sache sein.

Plötzlich blieb Gregs Blick bei Kate Midday hängen, die etwas müde und schwankend Gartenflamingochooquatackas herstellte. Auch Rudolph, der an einer Maschine neben ihr arbeitete, bemerkte, daß mit ihr etwas nicht stimmte. Er rannte zu ihr hinüber und fing sie gerade noch im richtigen Moment auf, als Kate drohte umzukippen. Der Firmenchef eilte sichtlich besorgt zu ihnen.

Die Männer blickten auf die Frau, die immer noch von Rudolph gestützt benebelt sagte: „Ich glaube, ich habe heute zu wenig geschlafen."

„Vor allem brauchst du jetzt etwas Wasser." sagte Crane fürsorglich, und Rudolph entgegnete eifrig: „Ich bringe welches aus der Kantine!"

Währenddessen setzte Greg Kate auf einen Stuhl und wedelte ihr mit den Händen Luft zu. Dann bemerkte er, daß Frank Tastov gekommen war, um Kates Chooquatackator anzuhalten, da dieser anfing, zu knirschen und andere Laute von sich zu geben, die von einer Art Fehler zeugten.

„Irgendwie war mir nie so klar, wie wichtig es ist, ausgeruht zu sein, um Chooquatackas zu produzieren." sprach Kate, die langsam zu sich kam. Als ihr dann Rudolph ein Glas Wasser brachte, sagte sie „danke" und begann zu trinken.

Frank hatte währenddessen den Versuch aufgegeben, die Maschine irgendwie abzustellen und blickte auf das halbentstandene Flamingochooquatacka. Dann legte er seine Hand auf den Prototyp, und plötzlich wandelte sich das Quietschen der Maschine wieder zurück in ein leises Surren, und das Flamingo wurde fertig ausgebildet. Frank prüfte auf dem Bildschirm, wie viele Flamingos noch zu produzieren waren, und als er anscheinend zum Schluß kam, daß es nicht viele waren, beschloß er die Produktion abzuschließen.

Crane umkreiste währenddessen stirnrunzelnd die Maschine. Dann schaute er zu den Flamingos von Kate hinüber und verglich sie mit Franks. Sie unterschieden sich tatsächlich voneinander: Ihre waren zierlicher und feiner, dafür waren Tastovs massiver und hatten mehr Struktur, wenn man bei Hologrammchooquatackas überhaupt von Struktur sprechen konnte.

„So, es geht mir wieder besser." sagte Kate, erhob sich vom Stuhl, bedankte sich bei Frank und machte noch den letzten Flamingo ihrer laufenden Serie.

Greg beobachtete sie eine Weile, und dann sagte er: „Kate, ich glaube, es ist am besten, wenn du damit für heute Schluß machst und dich ausruhst.“ Als er bemerkte, daß sie protestieren wollte, fügte er hinzu: „Ich meine es ernst. Wenn du willst, kannst du dann diese Woche noch einmal am Samstag zum Arbeiten kommen.“

Damit war sie einverstanden. Sie schaltete die Maschine aus und begann ihre Sachen zu packen.

Italien, Europa
25. März

Es war 10 Uhr am Sonntagmorgen. Die Messe in der Santa-Maria-Kirche in Rom begann wie jede Woche mit einem Orgelspiel. Zwischen den vielen geheimnisvollen Ritualen und am Ende der Bibelpredigt rief Pater Giovanni die Menschen auf, nicht vom richtigen Wege abzuweichen. Dies war des Priesters Lieblingsteil der Messe, und er gab sich ihm voll und ganz hin.

„Der Mensch ist nur ein Stückchen Asche in dieser großen Welt! Darum laßt uns zum Allerheiligsten um Gnade beten! Gnaaade!“ jauchzte Pater Giovanni. „Wir haben keine Macht über unser Leben, denn alles ist in Gottes Hand, alles ist vorherbestimmt!“ Er hob flehend die Arme in die Höhe. Die Versammelten folgten mit ihren Augen ehrfürchtig seiner Geste.

„Und wir besitzen keine Schöpfungskraft, um so mehr, als alles, was jemals erschaffen worden ist und was in Zukunft erschaffen werden wird, Er erschaffen hat! Wer das Gegenteil behauptet, wurde von der Schlange geschickt. Und fürchtet euch!“ seine Stimme zitterte, und mit ihr schien die ganze Kirche zu beben. „Fürchtet euch, Sünder, die ihr glaubt, daß das, was im Satansland Amerika vorgeht, richtig ist! Jeder dieser Häretiker dort wird die Flammen der Hölle verspüren!“ rief er mit rauher und drohender Stimme, die Menschen fühlten sich ganz klein.

„Denn der Wege in den Himmel gibt es viele und sie sind zahlreich, manchmal verwunschen und so unscheinbar, daß man sie nicht erkennen kann. Doch der Weg in die Hölle ist eine breite, schwarzasphaltierte Autobahn!“ Dann faltete er die Hände und die Gläubigen taten es ihm gleich.

„Hütet euch und betet zu Gott, denn nur Seine Gnade kann euch jetzt noch schützen. *Pater noster, qui es in caelis ...*“

Texas
31. März

So schöne Orangen hatte er schon lange nicht mehr gesehen. Seine Geschwister würden sich sicher über Orangen freuen, und wie froh seine Mutter doch wäre, nur daß er kein Geld hatte. Er starrte die Orangen verträumt an, und sie starrten orangefarben zurück, vor lauter Feuchtigkeit schimmernd.

„Wieviel willst du bitte?“ Der Eigentümer der Farm beugte sich über die auf einem großen Tisch angehäuften Orangen zu dem Jungen vor.

„Ich ...“, der Kleine begann schüchtern zu sprechen, „ich ...“

Der Mann schaute ihn, bei jedem „ich“ den Kopf senkend, aufmerksam an.

Auf einmal hörte der Junge in seiner Phantasie das fröhliche Lachen seiner jüngeren Geschwister und faßte Mut. „Kann ich auch mit Chooquatackas bezahlen?“

Der Verkäufer blickte nachdenklich auf den Jungen und runzelte die Stirn.

„Ich habe Kugelchooquatackas, die habe ich mal gesammelt. Sie schimmern in allen Farben!“ erklärte der Kleine.

Der Farmer nahm eine schwebende Kugel in die Hand und begutachtete sie. Durch die Kugel spiegelte sich das Sonnenlicht. Er kämpfte mit seinen Gedanken, dann schaute er den Jungen noch einmal prüfend an und letztendlich tauschte er gegen ein Kilo Orangen.

Arizona
1. April

„Das ist der totale Chooquatacka-Rausch." sagte Lisa zwischen zwei Schnappschüssen und rannte zur nächsten Ecke.

Mickey folgte ihr gehorsam, konnte jedoch kaum mithalten.

„Ich finde das eine geniale Idee mit diesen flirrenden, blinkenden, sich transformierenden Hutchooquatackas für die Parade, o wow!" Sie kniete nieder und erwischte ein Motiv mit zwei Kindern, die blumenförmige Hologrammchooquatackas über ihren Köpfen schweben ließen. „Sind die nicht niedlich?"

Ihr Freund wollte nicken, aber Lisa war schon vollkommen darauf versessen, die nächste Fotoidee zu realisieren. Sie schmiß sich in die Menschenschar, wo ein alter Mann mit Stock durch die Menge stolzierte, der einen Napoleonhutchooquatacka zum besten gab. Mickey beschloß, sie einmal aus der Ferne zu beobachten, und bereute es, daß er nicht selbst einen Fotoapparat bei sich hatte, um von ihr bei diesem ganzen Schauspiel ein Foto zu machen.

Lisa kämpfte sich wie ein Tiger durch den Menschendschungel in der Fußgängerzone, um diejenigen zu erwischen, die sich in der Menge von den anderen abhoben. Eine Frau trug zum Beispiel eine riesige Obstschale über dem Kopf, ein Junge auf Vaters Schultern versuchte, sich eine Banane zu schnappen, seine kleinen Finger glitten aber durch das Chooquatacka hindurch.

Und schon entdeckte Mickey Lisa wieder, wie sie sich auf eine Mülltonne gestellt hatte, um ein tanzendes Paarchooquatacka auf dem Kopf eines jungen Mannes aufzunehmen.

Chooquatacka-Fabrik, New York City
6. April

Crane legte seinen Hut ab und ging in die Kantine. Schon im Korridor konnte er anhand der Geräusche die festliche Stimmung ausmachen. Schließlich war es auch Freitagnachmittag, an dem alle Chooquatacka-Mitarbeiter zusammenkamen, um die Erfolge der zu Ende gehenden Woche zu feiern. Dies war mittlerweile zu einem Brauch geworden.

„Greg, weißt du, daß wir schon genau sieben Monate auf dem Markt sind?" rief Caroline Winter, die Crane als erste entdeckte. „Und unsere Verkaufszahlen gehen permanent nach oben!" Sie lächelte begeistert, dann wandte sie sich wieder ihrem Gespräch mit Diann Florell zu.

Der Chooquatacka-Erfinder setzte sich auf einen freien Platz neben Kate Midday. „Die Woche war wieder einmal phänomenal!" jubelte sie, die wie immer einen Rock trug und Stöckelschuhe anhatte.

„Prima!" entgegnete Crane zufrieden, der ihre Meinung wegen ihrer Qualitäten sehr schätzte. „Hat es dir diese Woche wieder gefallen?"

„Aber Greg, das weißt du doch! Das, was wir hier machen, ist doch der absolute Wahnsinn!" sagte Rudolph Tone. Der kleingewachsene Mann saß Crane gegenüber und zeigte ein herzliches Lächeln.

„Ja! Wir verändern mit den Chooquatackas den Lauf der Geschichte, wir sind Revolutionäre!" konstatierte Andrew, der gerade gekommen war und voller Begeisterung mit der Hand auf den Tisch schlug und sich neben Crane setzte.

„Es hat sich bereits einiges verändert. Habt ihr es noch nicht bemerkt? Es wird schon überall davon gesprochen: Die Menschen wollen kein Geld mehr haben!" sagte Emma Kitherhouse, die in der Nähe saß und überzeugt nickte.

„Greg, hast du heute schon in der New York Times gelesen, daß jetzt auch an der Wallstreet mit Chooquatackas gehandelt wird?"

fragte Rudolf und seine Augen wurden vor Neugier rund wie sein Bauch.

„Ich habe so etwas auf der Fahrt zur Arbeit im Radio gehört. Stimmt das wirklich?“ fragte Crane.

„Ja, ich habe es auch in der Mittagspause im Internet gelesen. Die Federal Reserve Bank hat einen Fonds mit verschiedenen Chooquatackas zusammengestellt und daraus eine Art Währung gebildet.“ erläuterte Walter Jucksley, der zweite Produktmanager.

Kate musterte ihn stirnrunzelnd. Er arbeitete noch nicht lange hier, war aber von Anfang an von den Chooquatackas sehr begeistert, ja überbegeistert gewesen. Sein Haar war kurz und schwarz. Alles in allem war er ein gutaussehender Mann mit tadellosem Benehmen. Er war immer sehr konkret und machte einen selbstsicheren Eindruck. Aber irgend etwas stimmte mit seinen Augen nicht. Das war Kate Midday schon am Anfang aufgefallen. Obwohl seine Stimme einen netten Klang hatte und seine Lippen stets auf ein Lächeln hinwiesen, zeigten seine grauen Augen das Gegenteil. Wer war er nur, fragte sie sich immer wieder. Auf einmal merkte Kate, wie seine Pupillen zuckten.

Walter Jucksley begann zu sprechen: „Ich habe eine Idee. Haben wir es nicht auch einmal verdient, unseren Erfolg so richtig zu feiern? Das war unsere beste Woche überhaupt! Die Chooquatackas erobern mehr und mehr den Markt. Laßt uns doch zusammen ein gemütliches Wochenende verbringen!“

„Ja! Das ist eine tolle Idee!“ riefen die Mitarbeiter begeistert.

„Ich würde vorschlagen, wir fahren nach Long Island!“ sagte Frank Tastov, sein Kopf ragte aus der Mitarbeiterschar.

„Nein, ich habe eine bessere Idee: Was haltet ihr von den Everglades – ein wunderschöner Ort!“ schlug Walter Jucksley vor.

„Ja, zu den Alligatoren!“ fügte Caroline euphorisch hinzu.

‚Zu den Alligatoren? Ob das nicht ein böses Omen ist?‘ dachte sich Kate, dann wandte sie sich mit ihren Zweifeln an Crane: „Was hältst du davon?“

„Ich würde sagen, daß ich richtig stolz auf euch bin. Und daher habt ihr euch einen Kurzurlaub wirklich verdient." entgegnete der Firmenchef. „Obwohl sich die Everglades nicht gerade gleich um die Ecke befinden, bin ich grundsätzlich nicht dagegen."

Im Raum ertönte ein lautes Jubeln. „Aber du mußt mitkommen, Greg!" rief jemand von weiter hinten.

„Natürlich komme ich mit" meinte er. Doch dann klingelte plötzlich das Handy in seiner Tasche. Er entschuldigte sich für einen Augenblick von seinen Mitarbeitern und verließ schnellen Schrittes die Kantine, um das Gespräch in Ruhe entgegenzunehmen.

„Mr. Crane, mein Name ist Alexander Sprüngli, ich rufe aus der Schweiz an." quälte sich jemand mit starkem Schweizer Akzent auf der anderen Seite der Leitung ab. Mr. Sprüngli galt in geheimen Kreisen als der reichste Schweizer, vielleicht war er auch einer der reichsten Männer der Welt. Aber das wußte niemand, weil er aus Anonymitätsgründen in keiner „Liste der reichsten und einflußreichsten Männer der Welt" geführt wurde.

„Ich könnte Ihnen zu einem Durchbruch Ihrer Chooquatackas in Europa verhelfen! Kommen Sie doch zu uns in die schöne Schweiz. Die Sache eilt aber, denn die deutsche und französische Regierung wollen zusammen ein Gesetz über ein Chooquatacka-Verbot in der ganzen EU durchbringen. Der deutsche Kanzler meinte, die Chooquatackas würden Millionen deutsche Arbeitnehmer auf die Straße setzen und ein noch nie dagewesenes Wirtschaftschaos verursachen. Wir in der Schweiz sehen die ganze Angelegenheit ein wenig anders. Sie wissen vielleicht, daß die Schweiz kein EU-Land ist und eine Sonderrolle in Europa einnimmt." erzählte Mr. Sprüngli stolz. „Wir müssen uns aber beeilen, die Zeit drängt. Das Gesetz soll nächste Woche verabschiedet werden, und das Verbot würde bedeuten, daß die Chooquatackas aus Europa verschwinden, noch bevor sie richtig Fuß gefaßt haben. Was würden Sie davon halten, wenn wir uns morgen in Interlaken im Hotel Victoria treffen? Ich komme natürlich für alle Kosten auf."

„Wo bitte? In Inter...was? Wo ist das?"

„Das ist in der Zentralschweiz, das ist in den Bergen. Es ist eine wunderschöne Gegend. Ruhig und abgelegen."

„Mr. Sprüngli, Sie wissen, ich habe wenig Zeit, mein Geschäft hier in den USA läuft auf Hochtouren. Ich könnte natürlich zu Ihnen in die Schweiz fliegen. Aber genauso gut könnten Sie zu mir in die USA kommen."

„Mr. Crane, Sie verstehen mich nicht. Interlaken ist ruhig und abgelegen. Aber wir sind dort nicht alleine. Der französische Präsident und der deutsche Bundeskanzler werden natürlich auch da sein. So viel habe ich für unsere gemeinsame – ich darf doch unsere gemeinsame Sache sagen oder? – schon erreicht! Sie können sich vorstellen, daß dies nicht einfach gewesen ist, schließlich wollen diese beiden Herren Ihre, ich meine unsere Chooquatackas verbieten!"

„Sie haben mich überzeugt. Ich werde da sein." Anschließend verabschiedeten sich die beiden.

Greg Crane dachte eine Weile nach, kehrte dann in die Kantine zurück und richtete sich nun an seine große Familie: „Es tut mir leid, aber ich habe morgen einen wichtigen Termin – es geht um unsere Chooquatackas." Er zwinkerte mit dem Auge. „Ihr müßt ohne mich reisen. Ich denke, ihr kommt alleine zurecht. Ich wünsche euch viel Spaß und sammelt Kraft, denn das ist erst der Anfang – jetzt geht es erst richtig los!" Dann wies er Emma und Caroline an, sich um die Finanzierung und die Vorbereitung der Wochenendreise zu kümmern und dafür zu sorgen, daß alle rechtzeitig zurückkamen, damit am Montag die Arbeit wieder losgehen konnte.

New York
7. April

Crane stand in der Abflughalle des John-F.-Kennedy-Flughafens in New York. Er hatte bereits eingecheckt und noch eine Stunde Zeit, die er irgendwie totschlagen mußte. Da dachte er sich, er könnte sich noch einen Kaffee gönnen und vielleicht in irgendeiner Tageszeitung blättern.

„Mit Milch und Zucker?" fragte die Kellnerin.

Greg nickte und setzte sich. Er griff nach einer Zeitung, und nach einigen Minuten fiel ihm auf, daß er das erste Mal seit längerem ein wenig Zeit für sich selbst hatte. Die vergangenen Wochen und Monate waren hektisch und aufregend gewesen.

‚Ist es nicht interessant, daß man manchmal vom Leben dazu gezwungen wird, zur Ruhe zu kommen und nach innen zu blicken, wenn man selbst dafür keine Zeit findet', dachte er sich und schaute verträumt in die Ferne. Eigentlich würden ja auch seine Mitarbeiter eine kurze Erholung bekommen, nur daß sie während dieser Auszeit getrennt voneinander waren.

„Wohin fliegen Sie denn?" wollte die Kellnerin wissen und stellte den Kaffee hin.

„Nach Europa" entgegnete Crane und fixierte seinen Blick auf die Frau.

„Letztens fliegen so viele nach Europa." sagte sie mehr zu sich. „Reisen Sie geschäftlich oder privat?" fügte sie neugierig hinzu.

„Geschäftlich." Der Chooquatacka-Erfinder nahm einen Schluck Kaffee.

„Nicht daß es mich irgend etwas angehen würde, aber arbeiten Sie für einen großen Konzern?" fragte die Kellnerin mit dem Versuch, ihre Neugier zu verstecken.

„Nein, ich arbeite für meine eigene Firma." erwiderte Greg ungerührt.

„Und die lassen Sie jetzt für eine Zeit allein. Das könnte ich mit meinen zwei Kindern nicht machen, die brauchen immer jemanden, der auf sie aufpaßt." sagte sie fürsorglich.

„Meine Leute – das ist eine eingeschworene Mannschaft, da kann nichts passieren!"

„Dann wünsche ich Ihnen noch einen schönen Flug!" Die Kellnerin machte sich wieder an ihre Arbeit.

Plötzlich klingelte Gregs Handy. Es war Lilian.

„Mein Flug ist in einer Dreiviertelstunde ..."

Zürich, Schweiz
8. April, 2 Uhr nachts

Crane schaute noch einmal auf das Display seines Handys. Lilian schien vor seinem Abflug richtig unruhig gewesen zu sein, und nun konnte er sie trotz Roamings nicht erreichen und ihr sagen, daß er heil angekommen war. Irgend etwas stimmte mit dem Netzbetreiber nicht. Greg beschloß, so schnell wie möglich einen Handyshop aufzusuchen.

Er blickte sich im Gang des Züricher Flughafens um. Eine ganz andere Stimmung als in Amerika drang von den Wänden. Er folgte der Menge, und immer mehr Schweizer begannen, ihn zu umgeben. Sie schienen eine viel größere Ruhe und Ausgewogenheit in sich zu tragen als Amerikaner. Letztendlich gelangte der Chooquatacka-Erfinder zum Fließband, wo er in der Vielfalt an Koffern und Taschen schließlich seinen eigenen dunkelblauen Trolley fand.

Die angekommenen Passagiere zerrannen wie Wassertropfen auf einer Autofensterscheibe in alle Richtungen, und Crane blieb als letzter von ihnen alleine in der Ankunftshalle stehen. Der Umstand, daß die Menschen im Flughafen scheinbar wahllos hin- und hereilten, gab ihm das Gefühl von Ziellosigkeit. Draußen war es stockdunkel.

Greg prüfte sein Handy und wollte noch einmal versuchen, Lilian zu erreichen, als er jemanden seinen Namen rufen hörte. Der Chooquatacka-Erfinder blickte vom Mobiltelefon auf und erspähte einen schneeweißen Strubbelkopf mit einem schlanken Schnurrbart-Gesicht und weit ausgebreiteten Armen.

„Greg Crane! Da sind Sie ja!“ Alexander Sprüngli drückte ihn an sich und klopfte mehrmals auf seine Schultern. „Endlich, endlich!“ Er ließ von ihm ab und lächelte, daß seine perlweißen Zähne aufblitzten. „Kommen Sie, wir fahren sofort nach Interlaken!“ Er führte Crane mit der rechten Hand am Rücken haltend und mit der linken den Weg weisend aus der Ankunftshalle ins Freie.

Greg musterte den alten, schlanken Mann, der mit den jugendlichen Bewegungen irgendwie seinem Alter widersprach. Manche Menschen schienen ewig jung zu bleiben – gewiß war Sprüngli einer von ihnen, dachte er bei sich.

„Wir fahren jetzt nach Interlaken in das beste und diskreteste Hotel. Wie ich Ihnen schon sagte, es wird sehr ruhig und abgelegen sein!“ Der Schweizer lachte, und selbst das Raue in seinem Lachen konnte ihm nichts von seiner Jugendlichkeit nehmen. „Das sind Sie sicher nicht gewohnt. In den USA ist es viel hektischer. Ich glaube, der Teufel würde sich eben dort am wohlsten fühlen. Damit will ich natürlich nichts gegen unsere Chooquatackas sagen.“ Er lächelte freudig. „Das ist, wie wir wissen, etwas ganz anderes!“

Sprüngli hielt vor einer derart hellblauen Limousine an, daß sie wie Schnee wirkte. Crane war so von dem Milliardär eingenommen, daß er gar nicht bemerkte, wie ihm einer der Butler das Köfferchen abnahm und in den Kofferraum steckte.

Die Männer setzten sich auf die Rücksitze der Limousine, und Sprüngli fuhr fort: „Also, da es ja schon so spät ist, legen wir uns gleich, nachdem wir angekommen sind, schlafen. Hatten Sie eine gute Reise?“

Greg nickte.

Der Schweizer übernahm augenblicklich und aufgeregt Cranes Nicken und erzählte weiter: „Heute abend sollten die Herrschaften angekommen sein: der deutsche Bundeskanzler und der französische Präsident. Bis dahin können Sie sich entspannen, sich eine Massage gönnen oder tun, was auch immer Sie wollen. Alles geht natürlich auf meine Kosten – schließlich sind Sie mein Gast!“ Sprüngli nickte erfreut so, daß sein weißes Haar wie Blätter im Wind auf und ab flogen und lächelte herzhaft. „Dann stelle ich Sie heute abend erst einmal vor! Es gehört sich ja nicht gleich zum Geschäftlichen überzugehen, also lassen wir das für den Montag. Am Montagmorgen bringe ich Sie alle nach dem Frühstück noch zum berühmten Interlakner Mystery Park – keine Sorge, inkognito –, denn durch meine guten Beziehungen konnte ich den Park für einige Stunden für die Öffentlichkeit schließen lassen, so daß wir vollkommen unbehelligt unter uns sein können.“

„Mystery Park?“ wunderte sich Crane.

„Ja, das ist so etwas wie Klein-Disneyland in der Schweiz.“ Der Mann zwinkerte. Jetzt erst bemerkte Greg die Ähnlichkeit zwischen der Farbe des Wagens und Sprünglis Augen. „Anschließend setzen wir uns zum Mittagessen in ein vorzügliches Restaurant. Und ich versichere Ihnen, daß noch bevor wir den Aperitif zum Abendessen einnehmen, die Zulassung unserer Chooquatackas in beiden Ländern bereits beschlossene Sache ist.“ Der Milliardär lächelte zufrieden, hatte er doch schon oft solche Dinge erledigt. Dann runzelte er seine ohnehin schon faltige Stirn und fragte: „Wie gefällt Ihnen eigentlich die Schweiz, Mr. Crane? Sie schweigen immer nur zu!“

Greg bewunderte aus dem fahrenden Auto die vom Mond erhellten Bergspitzen.

Interlaken, Schweiz
9. April

„Also Mr. Crane“, sagte der deutsche Bundeskanzler, „wir sind uns einig. Nachdem Sie all unsere Bedenken gegen die Chooquatackas beseitigt haben, sehen wir eigentlich keinen Grund dafür, Chooquatackas in Deutschland respektive Frankreich zu verbieten. Und jetzt Mr. Crane wollen wir – nach getaner Arbeit sozusagen – das Abendessen in Angriff nehmen.“

Alle Beteiligten begaben sich in das hoteleigene Restaurant, wo sie an einem speziell für sie vorgesehenen Tisch Platz nahmen. Eine nette Kellnerin kam, um den Gästen die Speisekarten zu reichen und die Bestellung aufzunehmen. Sie fragte: „Darf ich Ihnen vorab einen Aperitif bringen?“

Die Teilnehmer bejahten diese Frage frohgestimmt und Sprüngli fügte hinzu: „Ach Fräulein, bringen Sie mir doch bitte die neueste

Ausgabe der Züricher Nachrichten!"

Die Kellnerin kam gleich wieder mit der Zeitung und legte diese auf den Tisch. „Der Aperitif kommt gleich."

Der deutsche Bundeskanzler starrte mit fixierenden Augen auf die große Schlagzeile auf der ersten Seite:

„Das endgültige Aus für die Chooquatackas in den USA!
Unternehmer Greg Crane in Nöten
Washington D. C. – Los Angeles
Ein Bericht von unserem Korrespondenten Pearce Town

Kaum war der Senkrechtstarter Greg Crane zu wohl nicht ganz uneigennützigen politischen Gesprächen mit nicht näher benennbaren Politikgrößen vom Format eines französischen Präsidenten und eines deutschen Bundeskanzlers in die Schweiz gereist, schon geht es mit seiner umstrittenen Handelsfirma für Chooquatacka-Waren bergab. Immerhin haben es führende nationale und internationale Marketingexperten schon vor längerer Zeit vorhergesagt: Die Bilderbuchkarriere des aus dem Nichts aufgetauchten und vor allen Dingen selbsternannten Chooquatacka-Erfinders mußte ein jähes Ende finden. Ein Monopolprodukt wie das Chooquatacka kann auf einem freien Markt keinen Bestand haben.

Daß nun die Fließbänder stillstehen und die Profitgier des für jeden klar denkenden Verbraucher besessenen Chooquatacka-Verfechters endlich ein Ende gefunden hat, war für Insider längst nur noch eine Frage der Zeit. Wer mit den Illusionen des Menschen spielt, braucht sich nicht zu wundern, wenn seine Illusion selbst zum Gespött des mißbrauchten Volks wird. Die Chooquatackas waren weder serienreif, noch entsprachen sie den Anforderungen des mündigen Bürgers. Eine Ware, die die Wünsche und Sehnsüchte des Menschen befriedigt, ist kein austauschbares Produkt, weil sie keine Wertschöpfung darstellt. Eine Wertschöpfung kann es nur dann geben, wenn es einen Gewinner und einen Verlierer gibt. Bei den Chooquatackas gibt es nur Gewinner, und die Rechnung konnte niemals aufgehen. Eine Welt ohne Verlierer ist keine Welt, sondern ein Alptraum, der höchstens in der infantilen Phantasie eines Greg Crane vorkommen kann. Die Welt braucht Verlierer, sonst kann es keine Gewinner geben, kann es keinen Austausch geben, kann es keinen Fortschritt geben!

Greg Crane war in Wahrheit ein Feind des Menschen, und als solcher wird er auch sterben. Zusammen mit ihm gehen seine Firma, seine Unternehmung und seine Mitarbeiter unter, und damit gibt es wieder Hoffnung für den amerikanischen Traum vom Tellerwäscher zum Millionär, vom Spinner zum Chooquatacka-Unternehmer. Das ist die Größe der USA, wir geben jedem eine Chance, aber einmal muß auch ein Ende sein! Wir danken Gott für die glückliche Wendung. Die Chooquatackas sind tot. Es lebe der amerikanische Traum!"

Der Gesichtsausdruck der beiden Landesherrscher war noch lange Zeit in Cranes Erinnerung eingemeißelt. Chooquatackas in Europa konnte er erst einmal vergessen. Sprüngli war so freundlich und fuhr mit ihm sofort, nachdem sie eine weitere Bestätigung in den Fernsehnachrichten gesehen hatten, zum Züricher Flughafen. Die aus der Dunkelheit zum Vorschein kommenden Bäume, Felder und Berge flogen an dem Chooquatacka-Erfinder vorbei, und er konnte sich immer noch nicht erklären, was geschehen war. Greg versuchte noch einmal mit seinem Handy irgend jemanden zu erreichen, doch es war aussichtslos.

Sprüngli blickte ihn fragend an: „Was ist passiert?"

„Ich weiß es nicht. Ich habe Probleme mit meinem Handy."

Nicht genug, daß Crane diese Hiobsbotschaft vernehmen mußte, stellten sich ihm weitere unerwartete Ereignisse in den Weg. Nachdem er sich von dem Schweizer verabschiedet hatte, suchte er nach dem Check-in, um mit der nächsten Maschine in die USA zu fliegen. Er wollte sich gerade zum Schalter seiner Fluggesellschaft begeben, als er plötzlich eine Hand auf seiner rechten Schulter verspürte, die ihn anhielt.

Neben ihm stand ein in Schwarz gekleideter katholischer Priester, der sich nun zu ihm hinwandte und sich vorstellte. „Ich bin Pater Giovanni, und hier sind unsere Tickets." sagte er in Englisch, auf italienische Art die Laute betonend.

Bisher war es eher so, daß Greg derjenige war, der die Menschen in Staunen versetzte, doch nun schien sich das Blatt gewendet zu haben. Immer öfter war es der Chooquatacka-Erfinder, der von den Ereignissen überrascht wurde. „Aber ich kenne Sie doch gar nicht, und was meinen Sie mit ‚unsere Tickets'?" entgegnete er.

„Ich bin ein Mann Gottes, auch wenn Sie kein Katholik sind, Mr. Crane, wissen wir, daß Sie gottesfürchtig sind. Der heilige Stuhl hat ein Wörtchen mitzureden, wenn es um Dinge geht, die sich durch die etablierten Schulwissenschaften nicht erklären lassen. Wir haben die moralische Pflicht, und sogar den göttlichen Auftrag, für das Wohlergehen der menschlichen Seele zu sorgen. Vergessen Sie nicht, daß die Kirche zweitausend Jahre alt ist – und ihre Tradition noch älter!"

„Gut. Sie können mich gerne in die USA begleiten, ich werde dann sehen, was ich für Ihre Kirche tun kann."

„Prego, wir fliegen jetzt nach Rom, Mr. Crane!" entgegnete der Pater, damit deutete er mit seinen Fingern auf die beiden Flugtickets, die er in der Hand hielt.

„Sie wollen also in die christliche Hauptstadt fliegen?" Greg hob die Augenbrauen, das war einfach zuviel für ihn. „Von mir aus können Sie fliegen, Sie fliegen aber ohne mich, denn ich habe im Moment leider etwas viel Wichtigeres zu tun. Meine Firma braucht mich dringend!" Er wollte sich schon umdrehen, doch dann sagte der Priester:

„Zu diesem Zweck bin ich ja hier. Wir sind bestens darüber informiert, welche Probleme Ihre Firma hat, und der Heilige Stuhl wird mit meiner Hilfe all Ihre Probleme aus der Welt schaffen."

Der Chooquatacka-Erfinder runzelte die Stirn. Was hatte dies zu bedeuten? Wie wollte ihm die katholische Kirche helfen, und woher wußte sie überhaupt so gut Bescheid. Er hatte doch niemandem von den Interna seiner Firma erzählt. Sie konnte ihm doch gar nicht helfen, ohne diese zu kennen. Und woher wußte sie überhaupt, daß er sich zurzeit in der Schweiz aufhielt. Hatte die Kirche so etwas wie einen eigenen Geheimdienst? Oder benutzte jemand diesen Pater für seine eigenen Interessen?

„Mein Sohn, wir beobachten Sie bereits seit geraumer Zeit, und ich muß Ihnen sagen, daß wir mit großer Bewunderung die Geschehnisse rund um Ihre Chooquatackas verfolgen. Das ist eine ganz große Sache, die Sie da auf die Beine gestellt haben. Eine ganz große Sache!" sagte der Priester pathetisch. „Sie müssen nur ein wenig Vertrauen haben, Sie sind nach Europa gekommen, um mit zwei Regierungsvertretern über die Zukunft der, äh ... der Chooquatackas in Europa zu verhandeln. Und was ist dabei herausgekommen? Dabei haben Sie vergessen, daß es eine andere Macht gibt, die über die Existenz solcher ‚Erfindungen' entscheidet!"

Pater Giovanni legte seinen Arm um Crane, drückte ihn freundschaftlich an sich und geleitete ihn schnurstracks zu Gate dreiundzwanzig. Der Amerikaner ließ alles wie willenlos über sich ergehen. Der Angriff auf die Chooquatackas in den USA hatte sein Selbstwertgefühl ins Wanken gebracht. Er kam sich wie ein kleines Kind vor, das etwas vermeintlich Unrechtes getan hat und nun von einem liebevollen Erwachsenen auf den rechten Weg gebracht wurde. Greg war hypnotisiert.

Rom, Italien
10. April

Die Maschine landete pünktlich um vierundzwanzig Uhr auf dem römischen Flughafen Leonardo da Vinci. Davor wartete eine schwarze Limousine.

„Wohin fahren wir jetzt?" fragte Greg Crane.

Pater Giovanni antwortete: „Direkt in den Vatikan."

„Haben wir eine Audienz beim Papst?“ fragte er weiter.

„Sicher, sicher, dies läßt sich bestimmt arrangieren.“

„Wie funktionieren überhaupt solche Angelegenheiten? Wer befaßt sich mit so etwas im Vatikan?“ wollte der Chooquatacka-Erfinder wissen.

„Langsam, langsam, mein lieber Mr. Crane, das werden Sie alles Schritt um Schritt erfahren. Geduld ist eine der heiligen Tugenden. Seien Sie versichert, daß Sie alles erfahren werden. Deswegen sind wir ja hier!“

Obwohl Greg ein wenig verdutzt war, meinte er, daß es vielleicht doch der richtige Weg war, hier nach Rom und in den Vatikan zu kommen. Seine Chooquatackas waren tatsächlich immaterielle Dinge, für die eine Kirche wohl mehr Verständnis aufbringen würde als beispielsweise Politiker. Trotzdem kam es ihm merkwürdig vor, daß dieselbe Institution, die ihn noch vor ein paar Jahrhunderten wegen Hexerei verbrannt hätte und erst seit ein paar Jahren die Erde als eine Kugel anerkannt hatte, mit offenen Armen auf ihn zukam. Doch in der Tat war es ja lange her, und die Kirche ist allgemein viel humaner und toleranter geworden. So fuhr er guten Mutes in dieser schönen Limousine und ließ sich noch tiefer in den bequemen Sitz fallen.

Rom, Italien
11. April

„Das, was Sie tun, ist kein Exorzismus.“ Crane wachte unerwartet aus der von Pater Giovanni bereits am Züricher Flughafen induzierten Hypnose auf und blickte ihn durch das düstere, kerzenerleuchtete und rauchige Zimmer an.

Der Priester, gerade noch über den Chooquatacka-Erfinder gebeugt, wich jetzt einen Schritt zurück. In seinen Händen hielt er ein sehr altes, in Leder gebundenes Buch. Mysteriöse lateinische Worte schwirrten in Cranes vager Erinnerung umher. Er war nicht wie versprochen in den Vatikan gebracht worden, das war sicher. Er wußte nicht, wie lange er schon hier auf diesem Bett lag, aber eines wußte er gewiß: Der Priester versuchte den Teufel aus ihm herauszutreiben. Greg gewann langsam sein volles Bewußtsein wieder – Pater Giovanni hatte eindeutig etwas falsch gemacht.

Der Chooquatacka-Erfinder konnte seine wachsende Überlegenheit aus dem verschreckten und bleichen Gesicht des Geistlichen lesen und wurde daher selbstsicherer. „Sie versuchen es, aber Sie tun es nicht. Es gibt nämlich zwei Probleme: erstens, es widerspricht Ihrer Rolle als Nachfolger Christi, Exorzismus zu machtpolitischen Zwecken zu mißbrauchen, und zweitens, in mir steckt kein Dämon."

Der Mann war durch Cranes Antwort schockiert.

„Aber Sie wären gerne ein Exorzist, ich sehe es in Ihren Augen." fügte Crane hinzu und stand langsam auf.

Der Priester konnte es nicht fassen, aber plötzlich nahm alles einen anderen Lauf. Greg begab sich zum Kleiderständer, auf dem sein Übergangsmantel in dem kleinen kellerähnlichen Saal hing. Pater Giovanni bekam vor lauter Entsetzen weiche Knie. Der Chooquatacka-Erfinder holte einen Stapel Tarotkarten aus seiner inneren Manteltasche hervor und begann sie zu mischen. Nach wenigen Augenblicken breitete er sie auf dem kleinen Holztisch aus, an den sich der Priester gesetzt hatte, nachdem er sich nicht mehr auf den Beinen halten konnte. Greg nahm ihm gegenüber Platz und wies ihn mit einem tiefblauen Blick an, eine der Karten zu ziehen.

„Ich glaube nicht an dieses Teufelszeug!" widersetzte sich Pater Giovanni verbissen und blieb steif sitzen.

Crane ignorierte diese Aussage und fragte: „Welche Karte müssen Sie ziehen, um fähig zu sein, als Exorzist zu arbeiten?"

„Ich weiß es nicht? Den Hierophanten? Die Hohepriesterin? Den Herrscher?" erwiderte der Priester barsch.

„Nein. Es gibt nur eine Karte, die Sie ziehen müssen, um bei dem, was Sie tun wollen, Erfolg zu haben."

„Aber, das verstehe ich nicht. Weswegen muß ich sie ziehen? Soll das heißen, daß alles vorherbestimmt ist oder daß ich durch das Ziehen einer besonderen Karte das Schicksal herausfordern kann?"

„Gut, ich werde Sie jetzt herausfordern – mit einer Gegenfrage. Weswegen glauben Sie, pilgert jemand nach Santiago de Compostela?"

„Weil er nichts Besseres zu tun hat? Oder weil er bereits versucht hat, in seinem bisherigen Leben etwas zu erreichen, es aber nicht erreicht hat und sich daher erhofft, sein Schicksal zu beeinflussen? Sie meinen also wirklich, daß ich willentlich das Kartendeck beeinflussen kann?" Pater Giovanni war verwirrt und gereizt zugleich.

„Ja und nein."

„Was soll das nun wieder bedeuten, Sie sind ganz schön schwer zu ertragen!" Der Priester hob fassungslos die Arme und ließ sie gleich wieder fallen.

„Es geht um das Momentum, um das, was die Welt tief im Inneren zusammenhält, was bewirkt, daß sich die Erde um die Sonne dreht, daß der Kosmos existiert und daß es Leben gibt. Es ist einerseits so einfach und dann doch wieder so schwer zu verstehen, aber nun ziehen Sie endlich Ihre Karte."

Pater Giovanni bekam plötzlich Angst, Angst vor sich selbst und Angst vor der Schöpfung. Jahrelang hatte er geforscht und versucht, das Leben zu ergründen, um dessen eigentlichen Sinn zu verstehen. Und nun fühlte er sich wie ein kleines Kind, daß nicht wußte, wofür es sich entscheiden sollte. Schon wieder traf es ihn wie ein Blitz, eigentlich war er schlechter dran als ein Kind. Ein Kind hätte sich diese Frage gar nicht gestellt. Was hätte es denn getan in seiner Situation? Es war so hart für ihn, sich dies jetzt einzugestehen. Ein Kind hätte die Karte einfach gezogen. Sein Zweifel war sein Ruin.

„Gut, ich sehe, daß Sie Schwierigkeiten haben, eine Karte zu ziehen. Im Tarot gibt es achtundsiebzig davon. Und Ihr Problem ist es, daß Sie am liebsten alle oder keine wählen würden. Das Geheimnis ist aber, daß Sie nur eine ziehen müssen, um alle zu haben."

Auf einmal entdeckte der Pater, daß er in Wirklichkeit nur Angst vor der Wahrheit hatte. Er wollte eigentlich immer die Macht über das

Böse haben, um es zu bezwingen, aber er wollte nie Priester werden. Seine Eltern hatten ihn dazu gedrängt, als er noch klein war, in ein Priesterseminar einzutreten, und er war nicht imstande gewesen, sich zu widersetzen. Er hatte nicht die Kraft dazu, das war sein erster Sturz. Und so verstümmelte er mit der Zeit, weil er es nicht mehr wagte, die Flügel seiner innewohnenden Persönlichkeit auszubreiten, und verkroch sich schließlich hinter dem Gewand des Papstes. Nun dachte er an das Undenkbare, an das, was er so lange verdrängt hatte. Woran er nicht denken durfte. Insgeheim hoffte er, die Religion könnte diesen Wunsch stillen, aber in Wirklichkeit ließ sie ihn nur immer wieder aufkommen. Diese Problematik hatte er nie konfrontiert. Seit seinen Kindertagen wollte er immer dem Beispiel von Jesus Christus folgen und als reisender Heiler und Helfer der Welt dienen. Sein Wunsch war es, Alpträume und Dämonen aus Menschenseelen zu vertreiben. Er wollte Wunder vollbringen, das Böse besiegen und dafür nur den Dank der Menschen entgegennehmen. Niemals wollte er Reinheit schwören und bis an sein Lebensende in der Kanzel stehen, um Texte aus der Heiligen Schrift vorzulesen, ohne sie auch zu leben.

Plötzlich blickte er auf seine linke Hand und bemerkte, daß er eine Karte gezogen hatte. Es war der Magier. „Ich habe es immer gewußt.“ Tränen drangen in die Augen des Paters.

„Ein weiser Mensch hat einmal gesagt, alle großen Dinge seien einfach!“ bestärkte ihn Crane.

Rom, Italien
12. April

Am Flughafen war ziemlich viel los. Greg Crane wollte so schnell wie möglich ein Flugticket kaufen, um baldmöglichst loszufliegen, doch die Schlange am Schalter war lang. Der Chooquatacka-Erfinder stellte sich ganz hinten an und hoffte, er würde noch ein Ticket für den gleichen Tag bekommen. Nach einiger Zeit bemerkte er das Schreien eines kleinen Kindes.

Als Cranes Maschine noch am Nachmittag desselben Tages abhob, fühlte er wie bei jedem Flug ein leichtes Kribbeln im Bauch. Er blickte nach unten und sah tatsächlich noch einmal das Auto von Pater Giovanni, er hätte schwören können, daß da jemand winkte.

‚Woher wissen Sie eigentlich so viel über die katholische Kirche?' hallte des Priesters Frage in seinen Ohren nach. Mit einem guten Gefühl dachte Greg an seine katholische Großmutter.

Das Flugzeug zog durch das blaue Firmament, nur die wenigen Wolken bildeten himmlische Muster, zwischen denen das Sonnenlicht auf seinem Weg zur Erde tanzte. Es sah traumhaft schön aus, wie Poesie. Crane schaute auf die Lady, die neben ihm saß. Sie trug einen Lebensfunken im Bauch.

„Guten Tag, Mylady, fliegen Sie auch nach New York?"

Die Frau drehte sich zu ihm hin und lächelte: „Ich steige dort in ein anderes Flugzeug um, mit dem ich dann nach Kalifornien weiterfliege."

„Ist das Ihr erstes Kind?" Die Frau nickte, und Greg fuhr fort: „Wenn es zur Welt kommt, müssen Sie es genau beobachten, denn von Kindern kann man sehr viel lernen. Sie sehen die Welt noch mit gesunden Augen. Je älter der Mensch, desto mehr ist er davon überzeugt, daß er schon alles erlebt hat und über alles viel besser Bescheid weiß, weswegen er nicht mehr auf die Kleinen zu hören braucht." Der Chooquatacka-Erfinder lachte in sich hinein.

„Denken Sie genauso?" fragte ihn die Lady.

„Ich dachte einmal so, aber ich habe begriffen, daß man von jedem Menschen etwas lernen kann, denn jeder hat seine eigene Geschichte. Und deswegen sieht er die Welt aus einer anderen Perspektive. Wir sollten uns deshalb auch die Geschichten der Kinder anhören. Seitdem ich dies tue, ist mein Leben ein einziges Abenteuer, und es versetzt mich immer wieder ins Staunen."

„Sie sind schon ein seltsamer Mensch, Mr. ..., wie war bitte noch einmal Ihr Name?“

„Ich heiße Greg Crane.“

Als sich die Frau nach der Landung von Crane verabschiedete, gab er ihr einen kleinen Teddybären und sagte: „Dies ist ein Geschenk für Ihren Sohn, wenn er geboren wird. Dieser Teddybär ist das erste Chooquatacka der neuesten Generation.“ Die Frau blickte ihn verwundert an, während er weitersprach. „Sagen Sie dem Kleinen, er soll sich einen schönen Namen für ihn aussuchen!“

Dann schaute sie den Teddy an, er sah genauso aus wie alle normalen Gegenstände, war nicht wie ein Chooquatacka durchsichtig und unantastbar – mit einem Unterschied: Das Licht war so in seine Fasern eingewoben, daß, wenn sie ihn bewegte, er in verschiedenen Farbtönen leuchtete. Das sah so aus, als ob er nicht nur strahlen würde, sondern die Farben in ihm ein Eigenleben hätten. Sie drückte den Teddy an ihr Herz. Dann blickte sie auf, um sich zu bedanken, aber Crane war schon verschwunden.

New York City
12. April

Ein zartes Lächeln begrüßte Greg in der Haustür. Dann wandelte sich der Freudefunken in Lilians grünen Augen in eine fürsorgliche Zuwendung. „Komm rein!“ sagte sie und führte ihn ins Wohnzimmer.

„Ich komme direkt vom Flughafen zu dir, weil ich dich nicht erreichen konnte. Mit meinem Handy stimmt seit meiner Landung in Zürich irgend etwas nicht.“ Crane machte einen sehr zerstreuten Eindruck.

„Du bist ja ganz fertig. Ich mach dir sofort einen Tee.“

„Nein, eigentlich wollte ich in die Firma ...“

„Um zwanzig Uhr?“ Lilian blickte ihn verwundert an. „Heute

kannst du doch eh nichts mehr erledigen, keiner arbeitet mehr!"

„Aber es ist schon Donnerstag, seit vier Tagen stimmt etwas nicht, und ich weiß nicht was!" Seine Stimme klang müde und genervt zugleich.

Lilian unterbrach ihn: „Es ist alles in Ordnung. Du kannst das auch morgen erledigen, denn bis morgen rennt dir nichts davon. Du trinkst jetzt einen Tee und dann gehst du schlafen. Übernachten tust du heute bei mir." So herrscherisch benahm sich Lilian nur sehr selten, aber diesmal war es ja begründet.

Nach einigen Minuten kam sie mit dem aromatischen Duft von Lindenblütentee zurück, der einer Porzellankanne, die sie auf einem Tablett trug, entwich. Sie stellte eine Tasse auf den Glastisch hin und füllte sie für Crane, der sich in das Streicheln von Natulia vertieft hatte.

„In den letzten Tagen ist so vieles passiert – es ist einfach unfaßbar!" Greg nahm erschöpft einen Schluck Tee. „Weißt du, was mit meiner Firma geschehen ist?"

„Teilweise, ich habe nur kurz mit Caroline gesprochen. Du wirst alles erfahren, wenn du morgen in die Fabrik kommst." Lilian hielt inne und wechselte das Thema, ihre Stimme wurde ernst: „Deine Reise ist zu einem gezielten Angriff mißbraucht worden. Und dieser wird nicht der letzte sein." Sie atmete tief ein.

„Wie meinst du das?"

„Die Mächte des Bösen werden immer stärker gegen dich ankämpfen, je weiter du mit den Chooquatackas kommst. Das hat etwas mit dem Gesetz der Polarität zu tun: Je mehr Licht du erzeugst, desto dunkler wird der Schatten."

Crane sah im Geiste das göttliche Licht, daß die Schatten immer schärfer zeichnet.

Seine Geliebte lächelte warm und sagte mit Freude: „Eines vergessen diese Mächte immer wieder: Je stärker sie kämpfen, desto klarer erkennen die Menschen deren wahre Natur und finden wieder zum Licht zurück."

„Lilian, ich habe ein neues Chooquatacka geschaffen." sagte Greg und eine unfaßbare Spannung entstand im Raum.

Lilian richtete ihre zarten Augen auf ihn und lächelte geheimnisvoll.

Crane blickte sie verwundert an, dann fuhr er fort: „Ich will beginnen, diese neuen Chooquatackas zu produzieren. Da sind aber ‚Kicksley and Moore' gefragt, und ich muß dann die Mitarbeiter für die neuen Maschinen, die sie für mich bauen werden, umschulen. Dazu brauche ich Zeit und dich."

„Ich werde dir genauso wie beim ersten Mal helfen." Sie schaute aus dem Fenster in den vom abendlichen Frühlingslicht erhellten Kleingarten. „Die Engel lauschen unseren Gesprächen" flüsterte sie. „Es wäre gut, wenn du dir und deinen Mitarbeitern einen kleinen Schulungsurlaub gönnen würdest." fügte sie wieder mit normaler Stimme hinzu.

Sie unterhielten sich noch eine Weile. Greg erzählte von seinen Erlebnissen, und dann begab er sich zur Nachtruhe. Angenehme Träume umhüllten seinen Schlaf.

New York City
13. April

Crane kam in seiner Firma an, setzte sich ins Büro und rief seine Sekretärin Emma Kitherhouse zu sich.

Diese stürzte kurz danach in sein Zimmer und sagte mit hastiger Stimme: „Greg, wir konnten nicht erwarten, bis du wieder da bist. Es ist etwas Schlimmes passiert. Wir wissen, daß wir in der Firma striktes Alkoholverbot haben, wir wußten jedoch nicht, welche schwerwiegenden Folgen der Alkoholkonsum auf die Produktion von Chooquatackas haben würde."

Der Firmenchef sagte nichts und gab Emma schweigend zu verstehen, sie möge weiter alle Details schildern.

„Du weißt doch, daß wir zur Belohnung in die Everglades geflogen sind. Zunächst war es eine tolle Zeit! Nach all den Monaten des Aufbaus und der Erfolge. Wir waren wie losgelöst und fühlten uns vollkommen frei. Immerhin hatten wir doch wesentlich zum Erfolg der Chooquatackas beigetragen. Wir hatten nichts Böses im Sinn. Aber dann, gleich am Samstagabend, sagte Walter Jucksley, wir müßten unseren Erfolg gebührend feiern und bestellte kistenweise französischen Champagner. Niemanden von uns ist zu diesem Zeitpunkt die Regel mit dem Alkoholverbot auch nur in den Sinn gekommen." Sie senkte beschämt den Kopf. „Am nächsten Tag haben wir dann auch mit Alkohol weitergefeiert. Als wir dann wieder am Montag in der Firma zurück waren, stellten wir fest, daß keiner von den Mitarbeitern mehr mental in der Lage war, die Chooquatackas zu produzieren. Zunächst dachten wir, mit den Maschinen würde irgend etwas nicht stimmen, doch dann kamen wir zu dem Schluß, daß es unwahrscheinlich war, daß alle Chooquatackatoren auf einmal ausgefallen waren. Erst Rita Gardenhood hatte die Idee, daß es vielleicht am Alkohol liegen könnte."

„Natürlich liegt es am Alkohol." entgegnete Crane streng. „Der Alkohol beeinträchtigt die Konzentration, die zur Produktion der Chooquatackas benötigt wird. Dies ist mir schon recht früh aufgefallen. Deswegen gab es ja auch das strikte Alkohol- und Drogenverbot."

„Aber wie konnte der Alkohol vom Wochenende alle Mitarbeiter für zwei Tage produktionsunfähig machen?"

„Offensichtlich trübt er so lange den Geist des Menschen. Drogen tun dies ja noch länger."

„Greg, aber das ist noch nicht das Schlimmste. Dadurch haben wir ja nur zwei Produktionstage verloren." Emma wollte Kitherhouse die Lage weiterschildern, Crane unterbrach sie jedoch:

„Wo ist Walter Jucksley?"

„Er ... Weißt du, wir haben ihn versucht zu finden ... zu lokalisieren ..." Die Sekretärin wurde richtig nervös.

„Wo ist Walter Jucksley?" wiederholte Greg.

„Er ist verschwunden. Seine Adresse war gefälscht, und auch seine Sozialversicherungsnummer war fiktiv."

Der Chef nickte nachdenklich mit dem Kopf. „Wann habt ihr ihn verloren?"

„Am Sonntagabend, als wir uns alle am Flughafen nach dem Rückflug getrennt hatten."

In diesem Moment klopfte es an der Tür, und Andrew, Kate und Rudolph traten ein. „Da bist du ja endlich wieder, Greg!" sagte Kate mit leichter Freude, aber im Bewußtsein dessen, was sie angestellt hatten, fügte sie beschämt hinzu: „Es tut uns leid, daß wir bei der Produktion versagt haben."

„Er weiß schon alles", unterbrach sie Emma mit sanfter Stimme.

„Jetzt kümmert euch nicht darum, was ihr falsch gemacht habt. Laut einer alten Weisheit ist das Leben dazu da, um zu lernen, und deswegen werdet ihr noch die Gelegenheit haben, es das nächste Mal besser zu machen." sagte Greg nachsichtig.

„Wie sehr habe ich das vermißt! Deine kleinen und großen Weisheiten." Louis und hinter ihm Caroline, Christine und Frank kamen hinzu.

„Louis, es ist nicht der passende Augenblick, um Scherze zu treiben!" rügte ihn Kate.

Er jedoch warf Crane ein kleines Lächeln der Erleichterung zu und setzte sich auf den Fußboden. Kate wollte ihn schon wieder zurechtweisen, ließ dann aber von ihrer Reaktion ab und setze sich auf einen Stuhl.

„Und was nun, Greg?" fragte Frank Tastov und schaute ihn erwartungsvoll an.

„Also, ich weiß, daß das nicht hätte passieren dürfen. Ich weiß aber auch, daß euch noch einiges im Zusammenhang mit den Chooquatackas unklar ist." Die Mitarbeiter in seinem Büro hörten ihm aufmerksam zu, es herrschte Stille. „Auf jeden Fall wißt ihr vieles noch nicht, was ihr eigentlich wissen solltet. Die ganze Sache mit den Chooquatackas ist ernster als ich dachte."

„Ja, was ist denn passiert, daß du länger als geplant weg warst?"

fragte Andrew vorsichtig.

Greg Crane überlegte einen Augenblick und sagte schließlich, gespannt auf die Reaktion seiner Mitarbeiter: „Deutschland, Frankreich und die Schweiz sind interessiert an unseren Chooquatackas!"

Die Mannschaft begann zu jubeln und zu klatschen. „Das muß gefeiert werden!" ereiferte sich Louis, er war wieder ganz in seinem Element. Und tatsächlich herrschte im Raum einige Sekunden lang Partystimmung. Dann legte sich jedoch wieder der Freudenausbruch, und alle warteten auf weitere Informationen.

„Ich weiß aber nicht, ob das mit den Chooquatackas in Europa klappt. Als ich den Artikel in der Zeitung las, ging es mir darum, so schnell wie möglich in die USA zurückzukehren. Deswegen verabschiedete ich mich freundlich und entschuldigte mich bei meinen Verhandlungspartnern, um wieder bei euch zu sein."

„Ich habe versucht, dich mehrmals anzurufen, du warst aber nie zu erreichen." sagte Caroline leise.

Crane nickte und fuhr fort: „Auf jeden Fall hat mich auf der Rückreise ein Priester aufgehalten."

„Und du mußtest beichten gehen." Louis erlaubte sich wieder einen kleinen Scherz.

„Nein, ich sprach ihn von den Sünden frei." Greg wechselte einen schelmischen Blick mit Louis. „Da dies aber länger gedauert hat, als erwartet, bin ich erst heute wieder zurückgekommen."

Die Mitarbeiter schauten traurig vor sich hin. „Wir haben uns große Mühe gegeben, die Aufträge wieder aufzuholen." erzählte Kate.

„Ich habe auch herumtelefoniert und uns bei den Kunden entschuldigt, Greg. Die meisten haben aber gesagt, daß sie kein Interesse mehr an unseren Chooquatackas haben" sagte Emma frustriert.

„Und ..." Caroline begann über den Ernst der Lage zu sprechen. „Die Bestellmengen sind radikal gesunken. So einen großen Verlust hatten wir noch nie!"

„An allem sind die Medien schuld! Solch eine negative Antiwerbung hatten wir noch nie!" sagte Frank empört.

„Das ist komisch, aber die Journalisten haben sich wie Aasgeier auf diese Affäre geschmissen!“ beklagte sich Christine, immer noch von der ganzen Geschichte betroffen.

„Ich weiß nicht, wie wir uns überhaupt aus diesem Tief wieder erholen sollen.“ Caroline machte allgemein einen müden Eindruck, sie hatte nämlich in den letzten Nächten wenig geschlafen. Den anderen erging es nicht besser.

„Ich glaube, ihr braucht ein wenig Ruhe“ sagte Greg verständnisvoll. „Und ihr müßt noch vieles lernen, denn es wartet mit den Chooquatackas noch einige Arbeit auf uns. Das, was wir bis jetzt erlebt haben, war nur der Anfang!“

„Wie meinst du das?“ Rudolph drückte die Frage aus, die allen auf der Zunge lag.

„Wir müssen uns an einen ruhigen Ort begeben, wo wir ungestört unser Werk vollenden können.“ entgegnete Greg inspiriert.

„Wohin?“ fragte Frank.

„Zu einer alten Bekannten von mir. Sie ist die Miteigentümerin einer Pension auf Hawaii, die ganz abgelegen auf einer kleinen Insel liegt.“

„Greg, hast du aber auch daran gedacht, daß wir uns das nicht leisten können, insbesondere in Anbetracht dieser Niederlage?“ sagte Caroline besorgt.

„Ja, ich habe deswegen an Barbara gedacht, weil sie meine Bekannte ist, und vielleicht könnten wir unseren Aufenthalt dort etwas billiger bekommen.“

„Warte mal!“ Carolines Gemüt erhellte sich: „Ich rufe bei der Bank an und frage, wieviel unsere Firma auf dem Konto hat.“ Und schon verließ sie eiligst den Raum.

„Zuerst Everglades, jetzt Hawaii, so viele Highlights habe ich mir nicht vorgestellt nach einem halben Jahr Arbeit bei dir, Greg!“ Louis schien die Idee von einem weiteren Urlaub sehr gut zu gefallen. „Jedoch diesmal ohne Alkohol, das habe ich dazugelernt!“ Er lächelte und alle schmunzelten.

Caroline Winter kam nach einer Weile wieder ins Zimmer zurück mit einem Gesichtsausdruck, als würde sie nicht wissen, ob sie lachen, bleich werden oder aus Verwunderung den Mund öffnen sollte. „Greg! Alle Angestellten könnten hundertmal Ferien im teuersten Hotel auf Hawaii machen für das Kapital, daß die Firma in diesem Augenblick besitzt!“

Crane entgegnete: „Das liegt daran, daß wir keine Buchhalterin haben! Niemand kümmert sich bei uns um unsere Einnahmen.“

„Das liegt nicht an der fehlenden Buchhalterin“, Louis protestierte mit erhobenen Händen, „sondern daran, daß niemand von uns hier arbeitet, um Geld zu verdienen!“ Die Mitarbeiter lachten zustimmend und gaben sich gegenseitig die Fünf.

Der ruhige Ort

Hawaii
22. April

„Endlich sind wir angekommen", sagte Louis strahlend. „Nach dem langen Flug bin ich richtig geschafft!"

„Es ist bildschön!" äußerte Melissa Hupe, die gerade aus dem Bus stieg und die große einstöckige Pension aus Bambus zwischen dem exotischen Grün erblickte. Sie strahlte eine unerklärliche Wärme aus, die durch das Sonnenlicht verstärkt wurde.

„Da bin ich also wieder", sagte Crane zufrieden und ging zum Haupteingang. An der Rezeption angekommen, stieß er freudig „Barbara!" hervor und umarmte eine etwas rundliche Frau, die älter war als er.

„Greggie! Wer hätte gedacht, daß du so bald wiederkommst!" Sie lächelte breit. „Für wie lange möchtet ihr hier bleiben?"

„Zwei Wochen, bis wir mit all dem, was ich meiner Mannschaft beibringen möchte, fertig sind." Greg lächelte seine alte Bekannte an. Dann gingen sie an palmenartigen Pflanzen vorbei und Barbara stellte sich hinter den Tresen.

„O. k., du meintest, es seien zusammen mit dir neunundfünfzig Personen." Sie schlug ein dickes Buch mit einem aus Bambus gefertigten Umschlag auf und musterte die Gästeliste.

„Ja, nur daß zunächst die erste Hälfte da ist, die dann mit der zweiten Hälfte tauschen wird."

„Also, dann sind es dreißig Personen mit dir, weil du die ganze Zeit da sein wirst."

„Ja, und ab Dienstagabend kommt noch für vier Nächte eine Person hinzu."

Die Pensionsinhaberin lächelte Greg an, als wüßte sie genau, um was für eine Person es sich handelte. Woher hatten die Frauen nur dieses Gespür, fragte er sich. Barbara holte einen kleinen Pensionsplan hervor und fuhr fort: „Ich habe für euch einen ganzen Flügel mit Konferenzsaal, wo ihr ungestört arbeiten könnt. Das ist dann hier." Sie kennzeichnete die Räumlichkeiten mit einem roten Kugelschreiber auf dem Plan. „Ihr könnt euch auch in den Garten begeben, aber dort dürft ihr nicht zu laut sein, denn ich habe ja noch andere Gäste hier." Sie blickte Greg mit ihren kaffeebraunen Augen an.

„Barbara, können wir uns auch zu meiner Lieblingsstelle am Fluß begeben?" fragte Crane und machte große Augen wie ein Kind, daß um ein Spielzeug bettelte.

„Ja natürlich, aber nichts den anderen Gästen verraten" Sie zwinkerte freudig.

„Vielen Dank Barbara, so einen Ort wie diese Pension hatten wir dringend nötig."

„Du weißt doch Greggie, ich werde dich immer unterstützen, egal wie komisch deine Ideen auch sind!" sagte sie herzlich. „Kommen Sie mit, ich werde Ihnen jetzt Ihre Zimmer zeigen." wandte sie sich anschließend an Gregs Mitarbeiter, die einer nach dem anderen ihrem Vorgesetzten in die Pension gefolgt waren.

„Meinst du, er erholt sich von all den Geschehnissen?" fragte Kate Rudolph besorgt. „Denn obwohl ja alles gut ausgegangen ist, sah er in den letzten Tagen doch ziemlich müde aus." Sie saßen zu zweit an einem der runden hölzernen Gartentische. Um sie herum war eine Vielfalt exotischer Pflanzen.

„Greg schafft das schon, denn er ist ein starker Mensch mit einem starken Willen." antwortete Rudolph ausdrucksvoll, dann streckte er sich entspannt und fügte hinzu: „Gut, daß wir für einige Zeit hier sind, um Kraft zu tanken. Ich weiß einfach, daß alles gut wird. Ich weiß zwar nicht warum, aber ich spüre, daß sich da etwas bewegt, verstehst du?" Er runzelte die Stirn.

Frank gesellte sich zu den Beiden hinzu und sagte: „Ich würde gerne mit euch eine gewisse Idee teilen, die mir gerade durch denn Kopf geschossen ist." Beide nickten zustimmend. „Mir ist nämlich aufgefallen, daß wir Menschen wie Kerzen im Dunkeln sind. Aber solche Kerzen, die noch nicht brennen, weswegen es ja auch noch dunkel ist." Er blickte erst Kate, dann Rudolph tiefsinnig an. „Aber wenn eine anfängt zu brennen, kommt Licht in die Dunkelheit, und dann werden auch die anderen anfangen, sich dem ersten Licht anzuschließen." Die Mitarbeiter blickten sich inspiriert an, und alle spürten, was für eine wunderbare Wirkung dieser Ort auf sie ausübte.

„So ist das, genau so!" sagte Kate und schaute verträumt ins Grün des Gartens, den frischen Duft der Natur einatmend. Frank holte einen Stuhl vom leeren Nebentisch und setzte sich.

Einige Stunden später kam Crane aus Babaras Wohnung heraus, die sich in der Pension befand. Lange hatte er mit ihr über seine Pläne gesprochen. Sie hatten sich auch davon erzählt, was alles in der letzten Zeit bei ihnen passiert war. Greg betrat den Garten, in dem er ein Dutzend seiner Leute an einem Tisch eng aneinander sitzend und begeistert lachend vorfand. Louis hatte gerade einen seiner Lieblingswitze erzählt. Sie alle wurden nur von Fackeln beleuchtet, die hie und da in den Rasen gesteckt waren. Es war schon dunkel.

„Seien Sie gegrüßt, Mr. Crane!" sagte Louis freudig. „Wir dachten schon, du hast uns hier sitzenlassen und bist nach Hause geflogen!" Alle lachten herzhaft auf.

„Ich sehe ihr seid bester Laune!" Greg strahlte und streifte seinen Kinnbart: „Ich habe eine Bitte: Könntet ihr den Rest zusammenrufen, ich will euch nur ein paar Worte sagen und dann dürft ihr euch ruhig weiter unterhalten."

Louis und noch drei andere junge Männer standen auf und rannten ins Gebäude. Nach zwanzig Minuten hatten sich die Mitarbeiter der Firma versammelt. Sie saßen unregelmäßig verteilt an den Tischen in einem Halbkreis um Greg herum, der nun ein paar Schritte nach hinten trat und zur schweigenden Menge sagte:

„Ich wollte euch hier auf dieser Insel herzlich willkommen heißen.

Das ist ein Ort, an dem ich einige Monate meines Lebens verbracht habe. Ich glaube eben, hier können wir die nötige Ruhe finden, um nach der Rückkehr mit der vollen Produktion der Chooquatackas der neuesten Generation zu starten."

Die Zuhörer starrten sich verwundert an, wovon sprach Greg eigentlich?

„Damit ihr eine genauere Vorstellung davon habt, was ich meine, werde ich euch eines davon zeigen." Er holte einen kleinen leuchtenden Gegenstand aus seiner Jackentasche heraus. Es war eine Schere.

„Greg, wir verstehen nicht ganz ..." fing Kate an, doch der Chooquatacka-Erfinder unterbrach sie.

„Diese Schere ist nichts anderes als ein Chooquatacka!" Er reichte sie einem Mitarbeiter, damit er sie sich anschaut und weitergibt.

„Aber Greg, wir alle wissen doch, daß man Chooquatackas nicht anfassen kann!" rief eine Mitarbeiterin ungläubig.

„Das hat sich mittlerweile als eine falsche Annahme herausgestellt, die wir gleich morgen klären werden!" Crane öffnete seine linke Hand. „Laßt es mich demonstrieren." Im Garten herrschte aufgeregte Stille, alle hielten den Atem an, und plötzlich erschien in Cranes linker Hand eine weitere Schere.

„Greg, ich glaube du könntest David Copperfield gut Konkurrenz machen!" sagte Louis staunend. Die Mitarbeiter fingen an zu lachen. „Nein! Das war mein ernst!" Louis schaute seine Kollegen verständnislos an.

„Greg, du bist einfach genial!" begeisterte sich Kate.

„Nein, du irrst dich. Ihr seid genial!" erwiderte Crane. „Ihr seid euch gar nicht dessen bewußt, was für wunderbare Menschen ihr seid! Wie weit wäre ich denn ohne euch gekommen? Es hängt nicht nur von einer Person ab, ob sich die Welt ändert, sondern von vielen Menschen!" Ein feuchter Wind wirbelte umher und trug die entstandene Stimmung weit in den Himmel hinauf.

Hawaii
23. April

„In letzter Zeit brachten mich diverse Geschehnisse zu ganz neuen Erkenntnissen.“ begann Crane zu erzählen. „Und aufgrund dieser habe ich noch vor eurer Reise zu den Everglades angefangen, mit ‚Kicksley and Moore‘ an einem neuen Konzept zu arbeiten.“

Im Konferenzsaal malten Sonnenstrahlen orangene Lichtflächen, umrahmt von den Schatten der Gegenstände, auf den Boden und die Wände. Alle Mitarbeiter saßen im Halbkreis auf Bambusstühlen und folgten aufmerksam Gregs Ausführungen.

„Ich spielte mit dem Gedanken, daß es auch möglich sein müßte physisch anfaßbare Chooquatackas herzustellen. Die Tatsache, daß es mir dann auch tatsächlich gelang, forcierte die Arbeit an einer entsprechenden Maschine.“ Greg deutete auf ein mit einem weißem Tuch zugedecktes, fünf Fuß hohes und vier Fuß breites Gerät, das neben ihm stand. „Ich bin stolz, euch jetzt die nächste Generation des Chooquatackators vorzustellen.“

Crane zwinkerte mit dem Auge, und nun kam sein ganzer erfinderischer Genius zum Ausdruck. An diesem Ort und in dieser Stimmung erschien er wie der erste Mensch, der bereits im neunzehnten Jahrhundert das Unmögliche schaffte, ein elektrisch angetriebenes Automobil zu bauen. Er drehte sich zu der mit dem Tuch bedeckten Maschine um und zog den weißen Stoff mit einem raschen Zug ab, so daß der im Raum befindliche Staub aufgewirbelt wurde.

„Das ist CMD I, im Volksmund ‚Gold Gloria‘ genannt!“ Alle lachten auf. „Spaß beiseite. Das ist die Typenbezeichnung von ‚Kicksley and Moore‘. CMD steht für Chooquatacka-Manifestations-Duplikator und die römische Eins für die erste Serie dieses Modells. Ich glaube, wir werden aber in der Praxis bei der alten Bezeichnung ‚Chooquatackator‘ bleiben.“

Die „Gold Gloria“ war den Maschinen der alten Generation ähnlich, und bestand aus teils benutzten, teils neuen Metallteilen, die alle auf Hochglanz poliert waren. Ebenso war in dem Chooquatackator ein Monitor eingebaut, doch die Öffnung für die Prototypen fehlte. Auf der gegenüberliegenden Seite war auch eine Plattform angebracht. Allgemein mutete die „Gold Gloria" einfach nur irgendwie merkwürdig an. Dies entsprach gänzlich dem Charakter der Werkstatt von „Kicksley and Moore". Teilweise sah es so aus, als wären gewisse Teile zufällig angeschraubt. Doch genauso wie der Glanz des silberbunten Metalls, auf dem sich die hellen Staubkörnchen niederließen, war auch rein gar nichts überflüssig an dieser Maschine.

„Der Komputer in diesem neuen Chooquatackator ist etwas komplizierter, aber ihr werdet während unserer Schulung alles lernen." erklärte Crane. „Bevor wir anfangen, möchte ich euch jetzt klarmachen, daß die Maschinen grundsätzlich überhaupt keine Prototypen dazu brauchten, um Chooquatackas herzustellen."

„Wie? Was?" fragten einige Mitarbeiter erstaunt.

„Wie sollte das denn sonst gehen?" wunderte sich Louis.

„Es war eigentlich schon von Anfang an euer Bild von einem Gegenstand, das durch eure Vorstellungskraft entstanden war und von unseren Chooquatackatoren für die Produktion benötigt wurde."

„Was du nicht sagst!" staunte Diann Florell.

„Dies ist auch die Erklärung dafür, daß bei den gleichen Einstellungen und bei denselben Prototypen verschiedene Personen unterschiedliche Chooquatackas schufen. Die an der Maschine arbeitende Person ist ein unentbehrlicher Teil der Chooquatacka-Produktion – sie ist eine Art Software für die Maschine. Die Prototypen waren sozusagen nur eine Eselsbrücke für diejenigen von euch, die Schwierigkeiten hatten, geistige Bilder außerhalb des eigenen Kopfes wahrzunehmen. Die Konzentration des Chooquatackator-Operators auf ein Objekt stellte sicher, daß seine geistige Vorstellungskraft nach außen gerichtet wurde, von wo die Chooquatackator-Sensoren im Scanner die Informationen auffingen, die für die Herstellung des Hologrammchooquatackas notwendig waren. Die neue ‚Gold Gloria' ist ein technisch verbesserter und ein auf das menschliche Nervensystem sensibilisierter Chooquatackator, der neben den Hologrammchooquatackas auch physische Chooquatackas erschaffen kann. Er nimmt die benötigten Informationen jetzt nicht mehr aus der Umgebung, sondern zapft die reine Verstandeskraft direkt an."

„Nein, das kann doch nicht möglich sein!" rief Frank mit verblüffter Stimme.

„Es geht aber noch weiter. Die Prototypen werden bei der Produktion von Festkörperchooquatackas unbrauchbar, da wir nicht nur das Bild eines Gegenstands benötigen, sondern auch die darin enthaltene Information. Und diese kann nur aus dem menschlichen Bewußtsein generiert werden. Folglich wird es in Zukunft zu einer genauen Spezialisierung kommen. Es reicht nicht aus, daß der Chooquatackator-Operator lediglich das Bild des zu produzierenden Gegenstands kennt, sondern auch seine innere Beschaffenheit, was auch immer dazugehört." Crane hielt inne, dann sagte er voller Arbeitseifer: „Gut, ich möchte, daß ihr eure eigenen Erfahrungen mit der ‚Gold Gloria' macht. Am Anfang werden wir zunächst Hologrammchooquatackas herstellen. Wer möchte es als erster versuchen? Louis? Was für ein Chooquatacka möchtest du herstellen?"

Louis stand auf und trat zu ihm. „Ein Palmenchooquatacka, ich war bis jetzt darin Experte!" er grinste.

Der Chooquatacka-Erfinder entnahm der Maschine ein paar Kabel und Sensoren und schloß sie an Louis' Kopf an. Dieser guckte beängstigt in die Reihe, und ein Lachen erfüllte den Raum. „Keine Sorge, es tut nicht weh!" erwiderte Greg ruhig. „Das ist dazu da, damit der Transponder die Daten von dir herunterladen kann. Nun mußt du gewisse Einstellungen wie bisher konventionell eingeben."

„Sagen wir zwei Fuß ... und in Grüntönen ..." gab Louis in den Komputer ein. „Und was jetzt?"

„Wenn du auf Start drückst, mußt du dich auf das Chooquatacka konzentrieren, das du visualisieren willst."

Louis tat desgleichen, es dauerte nicht lange, und langsam begann sich auf der anderen Seite der Maschine ein Hologramm-Palmenchooquatacka zu bilden. Die Mannschaft klatschte begeistert.

Hawaii
25. April

„Langsam und entspannt kehrt ihr jetzt wieder in den Konferenzsaal zurück." Lilian, die für drei Tage gekommen war, um Greg zu helfen, blickte die Mitarbeiter ruhig an und sagte: „Öffnet nun die Augen!"

Die Anwesenden schauten einander an und merkten, daß sie jetzt wieder im Konferenzsaal waren. Rudolph streckte sich entspannt, während er sich den Anblick der Mentalreise noch einmal durch den Kopf gehen ließ. „Grand Canyon, da muß ich auch mal wieder hin!" schmunzelte er.

Crane stand auf, blickte Lilian lächelnd an und sagte: „Ihr könnt euch jetzt auf eure Stühle setzen."

Die Chooquatacka-Hersteller legten ihre Matten auf einen Stapel in der Ecke des Saals, und jeder setzte sich im Halbkreis hin.

„In den letzten zwei Tagen habt ihr gelernt, wie man mit Hilfe der neuen Herstellungsmethode Chooquatackas ohne Prototypen produziert. Das Ergebnis waren ätherische Hologrammchooquatackas, die man zwar sehen, aber nicht anfassen konnte. Heute werden wir das erste Mal Chooquatackas herstellen, die man auch anfassen kann." Ein Raunen ging durch die Menge. „Ich bitte nun Andrew, euch zu demonstrieren, wie es geht, da es ihm bereits bei unseren Tests in New York gelungen war."

Andrew stellte sich vor die Maschine, Greg half ihm beim Einschalten, Sich-an-die-Sensoren-Anschließen und Betätigen der Knöpfe. „Dieser Schalter dient der Umstellung von Hologrammen auf die anfaßbaren Chooquatackas." Crane drückte einen relativ großen grünen Hebel nach unten. Andrews Gesichtsausdruck wurde ernster, man sah, wie er angestrengt zu denken begann. „Entspanne dich Andrew, bleib locker!"

Der Produktmanager atmete tief ein und aus, beruhigte sich und, schwups, auf der Plattform auf der anderen Seite manifestierte sich ein Marmorkuchenchooquatacka. Die Mitarbeiter tobten und lachten vor Freude. Andrew verteilte an alle sein Kuchenchooquatacka.

Als er bei Rudolph ankam, nahm der rundliche Mann ein Stück und fragte: „Weswegen Marmorkuchen?"

„Den kann ich am besten!" lächelte der Produktmanager. Und in der Tat schmeckte der Kuchen so wunderbar, wie eigentlich kein Kuchen auf der Welt schmecken konnte. Und auch das Gold und Braun waren nicht wie gewöhnliche Farben, sondern wie aus einem anderen Universum. „Ich muß aber gestehen, daß es lange gedauert hat, bis ich das erste erschaffen habe."

„Funktioniert das auch mit anderen Sachen als Marmorkuchen?" fragte Louis und wieder lachten alle heiter auf.

„Nein, wartet mal! Geht das auch mit Geldscheinen?" ereiferte sich Frank Tastov ganz aufgeregt.

„Du Dummerle, wozu brauchen wir Geldscheine, wenn wir uns alles manifestieren können, was wir uns nur wünschen!" entgegnete Rudolph und verlor vor Lachen fast das Gleichgewicht.

„Auch ein Auto?" fragte Melissa neugierig.

„Auch ein Auto, das es noch gar nicht gibt?" wollte Christine wissen.

So fragten alle durcheinander und diskutierten, lachten und waren erregt über die Möglichkeiten, die ihnen die neuen Chooquatackatoren boten.

„Es gibt allerdings eine Einschränkung, auf die ich euch nochmals aufmerksam machen muß." ergriff wieder Greg das Wort, und das Stimmenwirrwarr beruhigte sich.

„Ja, ja, es gibt immer einen Haken!" kommentierte Louis mit einer Stimme wie ein Kleinkind, dem die anderen mit einem Lachen antworteten.

„Es ist eine Frage der Information. Derjenige, der ein Chooquatacka macht, muß das Wissen über den Gegenstand besitzen, den er manifestieren will. Er muß so gesehen vor allem wissen, wie man diesen Gegenstand auf herkömmliche Art und Weise herstellt. Wenn also Andrew ein Marmorkuchenchooquatacka erschafft, muß er alle Nuancen eines Marmorkuchens kennen und selbst einen backen können. Der Unterschied zur alten Generation ist eben, daß es bei ihr ausgereicht hat, eine Vorstellung vom Aussehen eines Gegenstandes zu besitzen. Das ist aber auch gut so, weil wir nicht willkürlich ohne einen individuellen Menschen und sein fachspezifisches Wissen etwas herstellen können. Das heißt, wir betreiben hier keine seelenlose Kunst, sondern geben den Menschen die Macht der Selbstverwirklichung zurück. Gut, wer möchte als nächster etwas manifestieren?"

Diann Florell meldete sich: „Ich!"

„Was möchtest du manifestieren?"

„Einen Föhn."

„Dann setz dich an die Maschine!"

Greg half auch ihr, sich anzuschließen und alles einzustellen. Dann konzentrierte sie sich auf ihren Gegenstand, und die Maschine begann zu summen und zu schwirren. In wenigen Augenblicken erschien auf der metallenen Manifestationsplattform ein wunderschöner gelber Haartrockner. Diann Florell nahm den Föhn in die Hand und versuchte ihn einzuschalten, der Schalter ließ sich jedoch nicht bewegen, er war wie festgeklebt.

„Du mußt ihn an den Strom anschließen, sonst kann er gar nicht funktionieren!" rief eine schwarzhaarige Mitarbeiterin.

„Und wo ist das Kabel, der Föhn hat ja kein Kabel!" sagte Rudolph, und alle lachten.

Diann Florell fragte verwundert: „Wieso hat der Föhn kein Kabel?"

„Was bist du denn von Beruf?" antwortete Greg mit einer Gegenfrage.

„Chooquatacka-Herstellerin!" Ein weiteres Mal breitete sich im Konferenzsaal ein lautes Lachen aus.

„Ich meine, was hast du davor gemacht?"

„Ja das weißt du doch, Greg. Ich war Blumenzüchterin und dann Blumenverkäuferin!"

„Und Blumen haben keine Kabel. Ich verstehe." Wieder lachten alle und hielten sich die Bäuche, andere kullerten sogar auf dem Fußboden. „Das ist das, was ich gesagt habe. Wir müssen den Gegenstand, den wir manifestieren wollen, verinnerlicht haben, sonst funktioniert es nicht oder nur mit Fehlern!“

Hawaii
26. April

„Was machst du?“ fragte Christine, die Lilian im leeren Konferenzsaal vorfand, wie sie mit Glöckchen umherlief.

„Ich reinige die Aura des Saals, damit ihr besser arbeiten könnt.“ Sie legte die Glöckchen in einen Korb zurück und griff nach einer Art Palmenblättern, mit denen sie über die Decke und die Ecken streifte, dabei begann sie etwas zu summen.

„Wie funktioniert das?“ fragte wieder Christine, nachdem sie Lilian einige Zeit lang beobachtet hatte.

„Ihr arbeitet daran, die Nutzung der Maschinen zu erlernen, und oft sind Blockaden, die in diesem Saal vor ein paar Tagen, Wochen, Monaten oder sogar Jahren bewußt oder unbewußt entstanden sind, der Grund dafür, daß ihr nicht so einfach vorankommt.“ Sie blickte Christine an. „Komm, ich reinige dir deine Aura, und du wirst sehen, daß auch du viel fähiger und empfänglicher für das Anfertigen von Chooquatackas sein wirst.“

Die junge Frau nickte, und Lilian setzte Christine auf einen Stuhl und begann mit ihrer üblichen Prozedur.

Hawaii
27. April

„Ein herrlicher Abend ist das!“ Lilian setzte sich an den Gartentisch zu Greg, Andrew, Kate und Christine. „Vielleicht hätte ich noch länger frei nehmen sollen, anstatt morgen früh zu fliegen." Sie stöhnte leise, zog sich in die Länge und blickte verträumt in den rotvioletten Himmel.

„Was machen eigentlich die anderen?" fragte Kate.

„Viele schlafen schon." antwortete Andrew.

„So früh?" wunderte sich Kate.

„Die meisten sind doch noch mit der Pensionsbetreiberin Barbara unterwegs." fiel Christine ein.

„Ja, stimmt." sagte Kate in sich hinein.

„Wohin sind sie denn gegangen?" fragte Lilian.

„Die Gegend ist hier ganz besonders schön, und da Barbara heute frei hat, hat sie beschlossen, mit ihnen einen Ausflug zu machen. Aber sie sind in der Tat wirklich schon sehr lange unterwegs." Greg drückte seine Verwunderung aus, wobei er mit seiner Hand über seinen kurzen Kinnbart streifte. Doch dann erinnerte er sich an die Art, wie Barbara war, und es wunderte ihn überhaupt nicht mehr.

„O seht mal, die ersten Sterne sind schon am Himmel!" Christine, die jüngste von allen Versammelten, deutete begeistert auf den Himmel und alle folgten ihrem Impuls. „Kaum zu glauben, daß die Leere diese Schönheit ausmacht!"

„Wie meinst du das?" fragte sie Kate.

„Das ganze Universum besteht doch hauptsächlich aus Nichts!" Ihre Augen blitzten auf.

„Ja." Kate versank tief in ihren Gedanken. „Greg, ich habe mir überlegt, wie es eigentlich möglich ist, Chooquatackas aus dem Nichts zu erschaffen. Theoretisch gesehen ist das doch nicht möglich – und doch, wenn wir annehmen, daß das Universum auch aus dem Nichts entstanden ist."

Crane begann zu überlegen, währenddessen zündete Andrew eine Kerze auf dem Holztisch an, denn die Dunkelheit begann sie zu umhüllen. „Kate, das funktioniert so." Greg gelangte in seinen Gedankenfluß, und Christine blickte aufgeregt in die lauschende Runde. Crane fuhr fort: „Das ganze Universum besteht nicht aus Nichts, es besteht nur teilweise tatsächlich aus Nichts, aber teilweise auch aus verdichtetem Nichts." Kate nickte aufmerksam, und der Chooquatacka-Erfinder sagte langsam: „Das ist verwirrend, aber im Grunde genommen ist das ganz einfach. Zwar haben sich Philosophen, Wissenschaftler, darunter auch Physiker, darüber gestritten, inwieweit der Weltraum einer materiellen, beziehungsweise immateriellen Substanz zuzuordnen ist, doch dies ist für unsere Zwecke irrelevant. Für uns zählt nur: Funktioniert es, oder funktioniert es nicht." Die Mitarbeiter versuchten den Ausführungen zu folgen, wobei Lilian ein geheimnisvolles Lächeln von sich gab.

Crane nickte langsam und faßte zusammen: „So laßt uns von der Annahme ausgehen, daß der Weltraum nicht wirklich leer ist, sondern alles von einer bestimmten Substanz ausgefüllt wird, egal wie wir sie nennen. Unsere Gedanken haben die Fähigkeit, diese Substanz zu verändern. Ich möchte, daß ihr mich richtig versteht, dies ist ein vereinfachtes Modell." Sie nickten zustimmend, und Greg fuhr fort: „Unsere Gedanken wirken nicht wirklich auf diese Substanzen ein, sondern sie selbst sind ein Teil dieser Substanz. Das ist wichtig. Das ist wichtig, weil sonst der falsche Eindruck entstehen würde, als müßten wir mit unseren Gedanken auf irgend etwas Einfluß nehmen. Dem ist aber nicht so. Deswegen gibt es eine ganze Schar von Magiern und Leuten, die sich mit solchen Dingen beschäftigen und glauben, sie müßten mit irgendeinem Hokuspokus oder durch Evokationen irgend etwas beeinflussen, um ein Resultat zu erzielen. Ich weiß gar nicht, ob das auf diese Art und Weise funktioniert, aber dies sind auf jeden Fall Umwege. Ich befasse mich weder mit Dingen, die nicht funktionieren, noch mit Umwegen."

Kate nickte ruhig und fragte: „Du meinst also, daß die Chooquatackas aus der Substanz entstehen, aus der unsere Gedanken bestehen?"

„Ja, du hast es erfaßt!" Crane lehnte sich zufrieden zurück.

„Aber trotzdem klingt mir das etwas merkwürdig, weil, weswegen hat es bisher kein Wissenschaftler geschafft, die Chooquatackas nachzubauen, wenn das doch so einfach ist?" Christine drückte ihre Skepsis aus.

„In der Tat arbeiten die Wissenschaftler nur daran, das ganze Universum bis ins kleinste Teilchen in eine Struktur zu bringen." erwiderte Crane. „Sie suchen die Grundgesetze im Materiellen. Doch dort werden sie nie die Lösung finden, denn die Struktur ist nicht zu fassen, und die Formeln fließen auseinander, da sie alle nur ein Konstrukt sind. Was wirklich existiert, daß verneinen sie. Sie widersprechen dem, was sie sehen auf Kosten ihrer Theorien, mit denen sie dann eine neue künstliche Realität erschaffen."

„Und das ist ihr Schwachpunkt!" entgegnete Andrew aufgeregt. „Trotzdem glaube ich nicht, daß die Chooquatackas einfach so entstehen können, sonst hätte sie schon längst jemand erfunden!"

„Ja, Andrew, du hast recht. Das ganze hat etwas mit Entwicklung zu tun." sagte Lilian aus tiefster innerer Stille. „Um zu verstehen, wie Chooquatackas wirklich funktionieren, muß man aus der Welt hinausschauen, dorthin, wo alles begann, wo unsere Existenz ihren Ursprung hat." Nun war es Nacht geworden, und vom Kerzenlicht beleuchtet hörten alle der Entstehungsgeschichte der Welt zu. „Dort, wo alles beginnt, sind Wesen, die kreieren, erschaffen." Lilian weihte sie immer tiefer in die unendliche Weisheit des Universums ein: „Es gab einmal eine Welt, in der alle Wesen miteinander verbunden waren. Eines Tages beschlossen sie etwas Neues entstehen zu lassen." Die Versammelten hörten voller Aufmerksamkeit zu.

„Und so erschufen sie unsere Welt, oder eigentlich die Idee von unserer Welt." fuhr Lilian fort. „Das ist die Ideenwelt, wie Platon sie beschrieben hat. Nachdem diese Ideenwelt vollendet war, hatte es ihnen aber nicht gereicht, Schöpfer zu sein. Sie wollten sich das Erschaffene anschauen, sie wollten es erleben. Es ist so, wie wenn man ein Spiel erfindet, und es dann auch spielen möchte. Und deshalb stiegen sie in diese Welt hinunter, um alles genau zu betrachten und mit eigener Haut zu erfahren." Lilian schwieg für einen Augenblick. Obwohl es dunkel war, strahlte das innere Licht in jedem der Anwesenden.

„Diese Wesen, das sind wir." Bei diesen Worten Lilians verstummten alle, aber diesmal innerlich, und gaben ihr die Möglichkeit, ihre

10

Wieso auch nicht...?

Ausführungen zu Ende zu bringen. „Wir sind gerade beim Erleben unserer Schöpfung." Sie strahlte. „Und genauso ist es mit den Chooquatackas! Ihr erschafft diese, wie wir als Schöpfer vor Urzeiten unsere Welt erschaffen haben, von außerhalb dieser Welt, und sie materialisieren sich durch die genaue Betrachtung."

„Das bedeutet, daß wir bei der Schöpfung der Chooquatackas noch einmal den Weltentstehungsprozeß durchspielen." entgegnete Greg ganz baff.

„Hm ..." überlegte Christine. „Aber irgendwie haben wir die Chooquatackas auch ohne dieses Wissen gemacht."

„Das hat damit zu tun, daß, wenn man etwas tut, man nicht wissen oder besser gesagt Informationen über das Tun besitzen muß." erklärte Crane.

„Warte mal!" wandte Kate ein. „Vorgestern meintest du noch, daß wir gerade die Information von einem Gegenstand brauchen, um ihn als Chooquatacka erschaffen zu können."

„Ja, das stimmt nach wie vor, du brauchst aber nicht die Information darüber, wie ein Chooquatacka entsteht, es funktioniert, auch ohne daß du es verstehst. Es hat eher mit Bewußtsein zu tun, das nicht mit Denken verwechselt werden darf, denn das ist etwas ganz anderes."

„Gedanken sind eigentlich wie Wolken, die ganze Welt ist mit ihnen angefüllt. Manchmal haften sie an Orten oder Menschen, meistens bewegen sie sich aber hin und her, verbinden und trennen sich – wie es eben auch Wolken so tun." erzählte Lilian. „Wir sind die Empfänger dieser Gedanken, und die Art der Gedanken, die zu uns kommt, hängt grundsätzlich von unserer Stimmung ab. Wir selbst wählen emotional die Frequenz des Senders aus. Kritisch wird es dann, wenn wir unbewußt einen Gedanken für wahr erklären, denn dadurch verändern wir gleichzeitig unser Bild von der Realität."

„Ja! Aber Gedanken ändern nur unsere Vorstellungen von etwas. Taten jedoch die Realität. Und das ist es, was es mit den Chooquatackas auf sich hat. Würden wir nur daran denken, wie man Chooquatackas macht, würde rein gar nichts passieren." ergänzte Greg. Die

Versammelten fingen an zu lächeln.

„Jetzt weiß ich, warum es Fernsehen gibt." sagte Christine. „Fernsehen macht die Menschen passiv, damit sie nur denken und sonst nichts tun!"

„Und zusätzlich vermitteln Medien Informationen, die oberflächlich den Hunger nach geistiger Nahrung stillen. Im Endeffekt geht es den Medienmachern nur darum, daß wir tun, was sie wollen. Das ist Manipulation." erwiderte Crane. „Wer aber das Bewußtsein hat, wird sich nicht manipulieren lassen, und sein Leben wird aus Veränderung bestehen, weil Bewußtsein nichts mit Denken, Informationen oder Behauptungen zu tun hat. Deswegen konnte Michelangelo soviel Wunderbares erschaffen, weil er das Bewußtsein des Tuns hatte und sich nicht am rein Machbaren orientierte."

„Und deswegen werden es die Wissenschaftler nie schaffen! Weil sie nur denken, aber nicht tun." fügte Christine aufgeregt hinzu. „Aber weswegen können nicht alle einfach wie Michelangelo große Dinge hervorbringen?"

„Eines Tages wird es jeder Mensch können." erwiderte Lilian. „Es ist nicht etwas, was man lernen kann. Trotzdem kann man durch Lernen, Erfahrung und Erleuchtung zu dieser Fähigkeit gelangen. Eigentlich führt uns das Leben selbst zu diesem Punkt hin, die Menschen nehmen es aber nicht wahr. Deswegen bedarf es von Zeit zu Zeit eines Katalysators, eines wichtigen Ereignisses, einer großen Persönlichkeit, damit eine neue Qualität entsteht. Chooquatackas sind eine solche Qualität, weil sie den Menschen autark und frei machen."

„Eigentlich müßtest du jetzt „Die Schöpfung" von Joseph Haydn auflegen." Greg lächelte Lilian liebevoll an.

Plötzlich hörten sie Stimmen aus der Dunkelheit. Mit Heiterkeit und Freude kamen die Abenteurer von Barbara angeführt zurück. Einige legten sich schlafen, und viele setzten sich an die Tische, um den Abend noch gemeinsam ausklingen zu lassen. Teilweise wurde das Gespräch weitergeführt. Alle genossen die erhabene Stimmung, die in dieser Nacht herrschte.

Hawaii
1. Mai

An einem der späten Abende, an denen viele der Mitarbeiter schon schliefen, setzte sich Greg zu Barbara an die Bar. Sie war gerade am Staubwischen und Aufräumen und erledigte all die kleinen Dinge, die noch vor dem nächsten Tag verrichtet werden mußten.

Sie plauderten eine Weile, als sie ihn auf einmal fragte: „Kannst du mir sagen, was es in Wirklichkeit mit den Chooquatackas auf sich hat?"

„Ich habe dir doch schon alles bei meiner Ankunft erzählt." Crane blickte sie verwundert an.

„Aber Greggie, ich kenne dich doch zu gut. Du bist doch kein Geschäftsmann, und ich meine nicht die Aktivitäten deiner Firma, von denen du erzählt hast. Mir kannst du nichts vormachen! Komm rück raus: Worum geht es hier wirklich?"

„Ich habe eine Erfindung gemacht, die ich jetzt kommerziell mit meiner Firma vermarkte."

„Greggie, schau mir in die Augen: Was ist deine Absicht?" Die warmherzige und aufgeschlossene Frau blickte ihm direkt in die Seele. Nun konnte Crane nichts mehr verheimlichen.

„O. k., o. k. Natürlich geht es mir nur an zweiter Stelle um diese Chooquatackas. Mir geht es viel mehr darum, was die Dinge im Inneren wirklich zusammenhält. Freud sprach vom Todes- und Sexualtrieb, und ich suche nach dem, was die Menschen wirklich motiviert. Nehmen wir zum Beispiel die Frage nach der Macht. Wie kommt der Mensch in eine Machtposition? Hat Macht nicht etwas mit Mord zu tun. Lassen nicht Politiker Menschen umbringen?"

Barbara blickte Greg entsetzt an und erwiderte entrüstet: „Das ist mir irgendwie zu abstrus, was du mir erzählst. Damit kann ich nichts anfangen. Niemand würde so etwas zulassen. Kein Politiker läßt Menschen umbringen."

„Mao ist verantwortlich für den Tod von siebzig Millionen Menschen.“

„Ja, Mao, das war ja auch ein Diktator, das ist was ganz anderes.“ protestiere sie.

„Ein Diktator? Mao wird noch heute in China wie ein Gott verehrt!”

„Bist du dir da sicher?“ Ihre dichten Augenbrauen hoben sich in ihrem runden Gesicht. „Das wußte ich gar nicht.“

„Stalin, Hitler und wie sie noch alle hießen, es ist immer das gleiche Spiel. Es ist nicht die Frage, ob du Menschen umbringst, sondern nur wie viele. Es gibt da eine gewisse Grenze. Wenn du zu wenige umbringst, dann bist du ein Verbrecher, ein Mörder. Du mußt nur ausreichend viele umbringen, dann wirst du akzeptiert und auch verehrt. Und wenn du mehr als genug umgebracht hast, dann steigst du ins Pantheon der Götter auf.“

Barbara wurde nachdenklich, als sie jedoch ihre Meinung dazu fand, sagte sie: „Irgendwie magst schon recht haben, so habe ich das noch nie gesehen. Aber, was für eine Bedeutung hat das schon für mein Leben? Greggie, ich bringe ja keine Menschen um, und ich habe es ja auch nicht nötig. Mein schlimmstes Verbrechen ist vielleicht, einem Gast aus Versehen zu viel berechnet zu haben, dafür kann ich höchstens eine Schelte von ihm bekommen. Oder es ist ein unbezahlter Strafzettel wegen Falschparkens.“

Crane nickte verständnisvoll: „Das ist ein gutes Beispiel, das du jetzt gebracht hast. Wenn du dir die kleinste Unregelmäßigkeit in deinem Leben zu schulden kommen läßt, dann wirst du mit der ganzen Härte des Gesetztes bestraft. Auf der anderen Seite veruntreuen diejenigen, die diese Gesetze machen, Milliarden von Steuergeldern – und keiner sagt etwas. Das ist das gleiche Prinzip. Es ist nur eine Frage der Menge: Wenn du deine Strafe nicht bezahlst, dann hast du mit weiteren Konsequenzen zu rechnen. Hättest du jedoch die Verfügungsgewalt über Gelder in Milliardenhöhe, dann könntest du damit praktisch tun und lassen, was du willst, und wärest niemandem gegenüber Rechenschaft schuldig.“

Sie saß ganz verdutzt da und überlegte eine Weile. Währenddessen lehnte sie sich an die Theke. Dann fand sie wieder ihren roten Faden und entgegnete bestimmt: „Ja, gut, ich kann das alles nachvollziehen, und da ist auch was dran. Aber was hat das ganze mit den Chooquatackas zu tun? Du hast mir immer noch nicht meine Frage beantwortet!“

„Ja, hast du dich mal gefragt, weswegen diejenigen, die die Welt beherrschen, Macht haben wollen?“ Greg beugte seinen Kopf leicht nach rechts, er wartete kurz und beantwortete dann seine Frage selbst: „Weil Macht mit Energie gleichzusetzen ist. Sie wollen Energie haben. Sie wollen aber keine Energie geben! Das ganze Weltwirtschaftssystem ist eine Mangelwirtschaft. Es wird produziert und produziert und trotzdem ist immer zu wenig da. Das heißt, das System nimmt und nimmt, gibt aber nichts. In den Chooquatackas sehe ich die Möglichkeit, den Menschen die Macht wiederzugeben. Energie ist genügend vorhanden, wir müssen sie nur anzapfen und weitergeben.“

Barbara nickte und begann zu begreifen. „Daß du mir aber auch bei dieser Idee bleibst und dich nicht im Kommerziellen verlierst!“

Der Tempel
1. Mai

Die Verschwörung, der Plan
Die Richter der Macht

Sie kamen aus allen Erdteilen angereist. Es waren zwölf an der Zahl. Pünktlich zu Mitternacht versammelten sie sich an einem geheimen und düsteren Ort dieser Welt. Sie wurden gerufen vom Geist, der die Erde umspannt und fest in seiner Hand hält. Die Zeit war gekommen, um dem aufgehenden Licht die Dunkelheit entgegenzusetzen. In schwarze Kapuzen gekleidet, trafen sie sich im Saal des Tempels.

Sie standen inmitten eines Kreises aus fünfhundertachtundneunzig schwarzen Kerzen, die wiederum von achtundsechzig schwarzen Marmorsäulen umgeben waren. In der Mitte lag auf einem Altar ein Lebewesen. Obwohl alle Zwölf gleich gekleidet waren, war einer gleicher als die anderen.

Er sprach: „Meine anwesenden Freunde, die Entwicklung der Menschheit ist an einem Scheidepunkt angelangt. Es ist zu einer unvorhergesehenen Situation gekommen, die unsere Existenz auf dieser Erde bedroht. Eine Einzelperson hat es durch Selbstvervollkommnung geschafft, den Menschen einen Weg in die Freiheit zu zeigen. Wenn dieser Weg von der Menschheit beschritten wird, dann bedeutet dies für uns das endgültige Aus. Wir haben jedoch einen Trumpf in unserer Hand. Wir kennen den Bauplan der menschlichen Seele und wissen, daß man sie durch das gefangen halten kann, das wir alle nicht nur verehren, sondern dem wir uns in alle Ewigkeit verpflichtet haben – den Tod. Nichts macht auf den Menschen einen größeren Eindruck, nichts hat eine größere Macht über den Menschen als der Tod. Er erzeugt die menschliche Realität. Wer den Tod bringt, der hat die Macht. Das ist das größte Geheimnis der Menschheit. Das ist unsere einzige Waffe gegen die Chooquatackas. Da sich diese Chooquatackas in nie dagewesener Geschwindigkeit wie ein Virus über den ganzen Planeten ausbreiten, kann diese neue Realität nur mit entsprechendem Aufwand bekämpft werden. Ein neuer weltumspannender Erlösungskrieg ist nötig, um die Menschheit erneut in die Finsternis zu stürzen. Es muß ein Krieg um die Chooquatackas sein, damit die Menschen wegen der vielen Toten, die der Krieg mit sich bringen wird, von selbst danach rufen, die Chooquatackas für immer zu verbieten."

Er ließ das Kreischen der Stille ertönen und fragte: „Nun meine Brüder, wollt ihr das, was ich will?"

Es erschallte ein einstimmiges und entschlossenes: „JA, DAS WOLLEN WIR!"

„So laßt uns zur Tat schreiten." Er nahm einen kultischen Gegenstand in die Hand, der an einen Dolch oder ein Schwert erinnerte, und stach als erster in das menschliche Wesen ein, das sofort zu schreien anfing. Danach folgte ein zuvor einstudiertes Ritual, bei dem ein Bruder nach dem anderen dieses menschliche Wesen auf bestialische Weise tötete. Der Saal und die Brüder waren blutüberströmt. Nach Beendigung der Zeremonie verließen alle Teilnehmer voller Genugtuung diesen grausamen Ort.

Allerlei-Shop, New Jersey
4. Mai

„Nein Lynn, wir haben keine Chooquatackas, und es sieht auch nicht danach aus, als ob wir irgendwann wieder welche haben werden." sagte die nach Lebkuchen duftende ältere Verkäuferin vom Allerlei-Shop, als die junge Kundin ihren Laden betrat. „Es tut mir leid."

„Aber wieso? Ich meine, was ist der Grund dafür? Ich verstehe nicht. Plötzlich haben sie aufgehört, sie zu produzieren, obwohl die Nachfrage nach den Dingern enorm war. Keine Firma würde seine Kunden so vernachlässigen." Lynn brachte ihre Enttäuschung offen zum Ausdruck. Von draußen schien die Frühlingssonne friedlich durch das Schaufenster herein. Die Jahreszeit des neuerweckten Lebens blühte in all ihren Düften und Farben.

„Anscheinend war das irgend so eine schmutzige Geschichte, und das FBI hat sie dabei ertappt. Vielleicht hat der Eigentümer der Firma, der die Chooquatackas herstellte, eine Erfindung der NASA gestohlen. Alles ist möglich!"

Das Mädchen verließ mit traurigem Blick den Laden, und zum Glück ließ das schöne Wetter sie ihren Kummer schnell vergessen.

Hawaii
6. Mai

Crane lächelte zufrieden, nun war auch die zweite Gruppe der Mitarbeiter geschult. „Jetzt wißt ihr alle, wie man die neue Maschine benutzt. Ihr habt alle euer Können unter Beweis gestellt und wißt, womit ihr euch in Zukunft befassen werdet.“ Die Mitarbeiter waren bester Laune und strahlten. „Während ihr die erste Woche in unserer Fabrik gearbeitet habt und die zweite Woche hier wart, haben ‚Kicksley and Moore‘ weitere Maschinen gebaut und in die Fabrik bringen lassen. Und das heißt, wir können bald mit der vollen Produktion anfangen!“

Alle klatschten, dann erhob sich ein Mitarbeiter und fragte: „Wir werden aber auch weiterhin die alte Generation herstellen?“ Aus seiner Stimme war Sentimentalität herauszuhören.

„Ja natürlich! So lange es eine Nachfrage danach gibt!“ Greg überkam ein Gefühl von Glück und Stolz, und auch jeder der Anwesenden verspürte etwas Ähnliches. „Wir werden neue Mitarbeiter einstellen, um auch unseren Spezialisierungsumfang erweitern zu können, und einige von euch werden mir bei deren Schulung behilflich sein müssen!“ Sofort meldeten sich begeistert ein paar für diese Aufgabe. „Gut, da wir uns alle erholt haben, laßt uns nun nach Hause fahren und unser Werk in Angriff nehmen!“

Die Mitarbeiter jubelten und klatschten, sie umarmten sich gegenseitig, reichten sich die Hände und begaben sich langsam auf ihre Zimmer, um ihre Koffer zu holen. Nach kurzer Zeit versammelten sich alle vor der Pension, bedankten und verabschiedeten sich bei Barbara und stiegen in den Bus.

„Greggie, merk dir: Immer wenn du Hilfe brauchst, dann kannst du dich an mich wenden!“ Die füllige Frau drückte Crane gefühlvoll an sich, und dann verschwand auch er im Bus.

Der Fahrer startete den Motor und Barbara winkte zum Abschied mit Tränen in ihren mütterlichen Augen. Sie war nun um einige hundert Chooquatackas, die Gregs Mannschaft dagelassen hatte, reicher.

Büro des Präsidenten, Weißes Haus, Washington D. C.
7. Mai

Präsident Macinroe – nur Golf im Kopf habend
Douglas – der Hauptberater

Douglas: „Mr. President, darf ich kurz stören?"

Präsident: „Aber natürlich, Sie stören doch nie, Sie sind doch mein Berater!"

Douglas: „Mr. President, ich habe hier einen Bericht der CIA über diese Chooquatackas. Danach könnten diese vielleicht noch nicht gerade jetzt sofort, aber unter Umständen ein bißchen später, in naher Zukunft sozusagen, eine womöglich nicht zu unterschätzende Bedrohung für unsere Wirtschaft und die Stabilität unseres Landes darstellen. Der Bericht kommt zu dem Schluß, daß es das beste wäre, diese Chooquatackas zu verbieten."

Präsident: „Gut ..."

Douglas: „Und, was sagen Sie dazu, Mr. President?"

Präsident: „Was ist Ihr Rat?"

Douglas: „Verbieten."

Präsident: „Verbieten, das klingt gut. Haben Sie sonst noch irgend etwas?"

Douglas: „Ihre Frau Gattin wollte Sie noch kurz wegen der Blumenarrangements in den Zimmern sprechen."

Präsident: „Gut. Lassen Sie sie rein."

Washington D. C.
9. Mai

„Und deswegen beschließt der Oberste Gerichtshof der Vereinigten Staaten von Amerika, die Herstellung und den Vertrieb von Chooquatackas mit sofortiger Wirkung zu verbieten!" verkündete der vorsitzende Richter, und schlug mit seinem Hammer auf den Tisch. „Ich erkläre die Sitzung für beendet."

Die Reporter stürzten wie eine von Wespen gestochene Rinderherde aus dem Gerichtssaal, um der Welt Justitias gerechtes Urteil kundzutun.

Die neue Generation

Chooquatacka-Fabrik, New York City
14. Mai

Emma Kitherhouse stürzte ein wenig außer sich in Cranes Büro. „Hier habe ich ein staatliches Verbot der weiteren Chooquatacka-Produktion!"

Greg winkte es mit der Hand ab. „Schreddere es!"

Kurz nachdem Emma das Büro verlassen hatte, klingelte das Telefon. Crane wartete darauf, daß sie den Hörer abhob. Doch diese genehmigte sich nach der Vernichtung des Gerichtsurteils eine kleine Pause, so daß Greg das Gespräch persönlich entgegennehmen mußte.

„Mr. Crane? Wie gut, daß ich Sie erreiche, hier ist Alexander Sprüngli. Sie erinnern sich? Interlaken. Das Fiasko und Ihre abrupte Abreise. Ich habe schon die ganze Zeit versucht, Sie zu erreichen, doch erst jetzt hat es geklappt!"

„Grüezi, Herr Sprüngli!" sagte Greg, den Schweizer Akzent nachahmend.

„Sie hätten länger in Europa bleiben sollen." fuhr der Milliardär ungerührt in Englisch fort. „Ich hätte Sie mitgenommen auf meine Jacht, die ich extra für Sie in Monte Carlo bereitgestellt hatte, und wir hätten gemeinsam Pläne schmieden können. Sie wissen doch, ich bin ein Bewunderer all dessen, was Sie tun, und mich fasziniert jedes Detail dieser Angelegenheit. Ich weiß, daß jede neue Idee Angriffen ausgesetzt ist, und für mich war das, was passierte, keine Überraschung. Mr. Crane, Sie haben Freunde, Sie sind nicht allein. Ich würde Ihnen doch auch gerne helfen!"

Der Chooquatacka-Erfinder wagte es nicht, Sprüngli zu unterbrechen, der in einem einzigen Wortschwall auf ihn einredete.

„Dabei geht es mir ganz bestimmt nicht in erster Linie ums Geld.

Davon hab ich ja Gott sei Dank genug! Sie sind der Inbegriff des amerikanischen Traumes. Ein Erfinder wie Alexander Graham Bell oder ein Visionär wie Jules Verne. Und ich – ich gehöre dazu! Ich bin Teil dieser Geschichte, und ich werde es Ihnen beweisen. Ich nehme den nächsten Flug nach New York. Holen Sie mich vom Flughafen ab. Meine Sekretärin ruft nachher an und gibt Ihnen die Flugdaten durch." Noch bevor Crane etwas sagen konnte, hatte Sprüngli aufgelegt.

New York City
15. Mai

Vierundzwanzig Stunden später trafen sich die beiden Herren im John-F.-Kennedy-Flughafen in New York.

„Woher wußten Sie, daß ich Sie abholen werde?" fragte Greg Sprüngli, nachdem er die Paßkontrolle passiert hatte.

„Mr. Crane, weil wir aus demselben Holz geschnitzt sind. Wir sind Abenteurer, und wir, und nur Menschen wie wir, verändern die Welt zum Besseren." Der Schweizer umarmte den Chooquatacka-Erfinder, wie wenn er sein eigener Sohn wäre, und fuhr fort: „Am besten, wir fahren in ein schönes ruhiges Restaurant. Ich gönne mir nach dem langen Flug einen guten Kaffee, und wir besprechen alles weitere dort."

Nach einer längeren Taxifahrt kamen beide im noblen New Yorker Georgia-Restaurant an, baten den jungen Kellner um einen Tisch und bestellten Kaffee mit Kuchen.

„Mr. Sprüngli, ich habe Neuigkeiten für Sie ..." wollte Crane anfangen.

„Wir sind am Puls der Zeit!" unterbrach ihn der Milliardär „Das ist das, wovon ich immer geträumt habe, das ist das ultimative Lebensgefühl, der Rausch der Sinne, der Kick, etwas Sinnvolles zu tun, das die Welt verändert."

Greg stand auf und sagte mit bestimmendem Ton: „Darf ich jetzt auch einmal etwas sagen? Immerhin reden Sie die ganze Zeit, auch schon während der Taxifahrt, ohne mich zu Wort kommen zu lassen!“

„Entschuldigung, ich wollte doch ...“ Der Schweizer bewegte verwirrt seinen weißen Schnurrbart hin und her.

„Mr. Sprüngli, wir haben die dritte Generation!“

Nun sprang der Milliardär auf und rief in den Saal hinein: „Champagner, Herr Ober! Aber nicht irgendeinen, bringen Sie bitte einen Dom Pérignon aus dem Jahre 1989 – das ist der beste!“ Einige Gäste drehten sich irritiert um und tuschelten leise an ihren Tischen. Sprüngli legte seine Hände auf Cranes Schulter und schaute ihm tief in die Augen: „Ich wußte es!“

„Wissen Sie, was das bedeutet?“ fragte ihn der Chooquatacka-Erfinder.

„Nein, aber das muß gebührend gefeiert werden und dabei erzählen Sie mir alles der Reihe nach.“

Ein Kellner brachte den bestellten Champagner und Greg sagte: „Ich trinke keinen Alkohol.“

Enttäuscht begann sich Sprüngli langsam auf seinen Sessel zu setzen, als ihn plötzlich eine geniale Idee in den Sinn kam. Er schoß wieder in die Höhe und rief in den Saal hinein: „Champagner? Nein! Rivella für alle!“

Angestrengt versuchte der Kellner seine Fassung zu bewahren und fragte vorsichtig: „Was ist Rivella?“

Der Schweizer antwortete: „Haben Sie hier kein Rivella? Dann bringen Sie uns halt Zitronenlimonade für alle!“

Nachdem sich der Kellner folgsam entfernt hatte, um den Wünschen seiner exzentrischen Gäste zu entsprechen, setzten sich Sprüngli und Crane wieder, und der Chooquatacka-Erfinder begann mit seinen Ausführungen: „Sie können sie anfassen!“

„Wen?“

„Die Chooquatackas. Sie haben jetzt materiellen Charakter. Ist das nicht toll?“ fragte Greg.

„Was? Ich kann sie anfassen, und das sagen Sie erst jetzt? Das ist nicht toll, das ist eine Sensation!“ Sprüngli sprang wieder von seinem Sessel auf.

Noch bevor er etwas sagen konnte, wurde er einer Art Prozession von Kellnern gewahr, die auf glänzenden, silbernen Tabletts bunt schimmernde Zitronenlimonade in Cocktailgläsern, die mit Zitronenscheiben und einem Cocktailrührer, der nach oben eine Art kaltes Feuer verspürte, versehen waren. Die Kellner brachten jedem Gast ein Glas und flüsterten dabei: „Mit besonderer Empfehlung unseres Gastes Mr. Crane am Tisch ganz hinten rechts.“

Nach einer Weile standen alle Gäste auf und hoben ihre Gläser in Richtung Greg Crane und Alexander Sprüngli, die jetzt ebenfalls aufstanden, und der Chooquatacka-Erfinder verkündete laut: „Zum Wohl allerseits. Wir hoffen, es schmeckt Ihnen. Sie halten gerade ein Chooquatacka der dritten Generation in der Hand!“

Der Schweizer war ganz schön verblüfft und fragte: „Wie haben Sie das alles auf die Schnelle hingekriegt?“

„Ich habe es vorbereitet, ich hatte ja genug Zeit. Es sind ja immerhin vierundzwanzig Stunden seit unserem Gespräch vergangen. Das hat gereicht.“

Sprüngli kam aus dem Staunen nicht heraus. Alle Gäste begannen nun, die Zitronenlimonade zu trinken und waren wegen des unbekannten aber durchaus köstlichen Geschmacks verwundert. Der Saal begann zu klatschen, und Greg fügte hinzu: „Mehr dazu erfahren Sie sicher in den nächsten Tagen aus den Medien, ich möchte nun die Ruhe nicht länger stören, amüsieren Sie sich noch gut!“

Danach setzten sich alle, und der Milliardär sagte: „Die Fügung schickt mich. Mein Gefühl hat mich nicht getäuscht. Ich bin zum richtigen Augenblick am richtigen Ort. Aber Mr. Crane, woher wußten Sie, daß ich Zitronenlimonade bestelle?“

„Wenn Sie etwas im Leben anpacken, dann müssen Sie nicht alle Einzelheiten kennen, alles kontrollieren, alles bis ins letzte Detail planen. Manchmal hilft Ihnen ein wenig Glück.“ Auf Gregs Gesicht erschien ein sanftes Lächeln.

Nebraska
16. Mai

„Die neue Generation
Ein Artikel von Ben Feed

Ein starker Imperativ scheint Greg Crane und seine Angestellten zu lenken. Die Chooquatackas sind wieder auf dem Markt.

Nachdem die Öffentlichkeit ihn nach der ersten Begeisterungswelle schließlich als zweiten Nicola Tesla zu den Akten gelegt hatte, dachten die Menschen an die Chooquatackas wie an die letztjährige Oscarverleihung. Die Börse hatte sich beruhigt und befaßte sich wieder mit den Kaffeeplantagen in Brasilien und den Aktien von McDonald's. Doch da hatten sie sich alle getäuscht. Eine neue Version, noch besser und noch origineller, geschützt durch ein weiteres geheimes Herstellungsverfahren, hat in den letzten Tagen wie eine wilde Antilopenherde Amerika überrollt. Alle nehmen an der verrückten Jagd nach den angeblich lebensunterhaltsichernden Chooquatackas teil. Es werden ganz neue Konzepte der Freizeitbeschäftigung entwickelt, und jeder Kino-, Restaurant-, Hotelbesitzer et cetera ist ganz scharf auf einen der beliebten Lebenserfreuer.

Was hat sich verändert? Man kann heute neben den sogenannten Hologrammchooquatackas auch welche bekommen, die aus dichter Materie bestehen. Kurz gesagt Chooquatackas, die sich wie normale Gegenstände verhalten. Hier soll der Leser aber gewarnt sein, denn die neue Generation darf nicht mit Mogel-Chooquatackas verwechselt werden. Diese sind preislich viel günstiger, sie besitzen aber nicht die unglaubliche Farb- und Lichtstrahlung.

Im Zusammenhang mit den Chooquatackas sind neue Wörter im Wortschatz unserer ach so reichen Sprache aufgenommen worden. Mit dem Slang geht auch schon eine Reihe Chooquatacka-Anhänger einher, die von neuer Politik munkeln. Es heißt, sie planten, den Chooquatacka-Erfinder zum Präsidenten zu machen. Wollen wir hoffen, daß es auch nur bei solchen Plänen bleibt.

Noch wagemutigere Menschen behaupten, die Regierung würde auf die Chooquatackas mit einem Krieg antworten, was der Politiker John Filzer als total absurd abstreitet. Aber Fragen lassen sich trotzdem nicht vom Antlitz der Gesellschaft wischen. Wie wird die Sache weitergehen? Wie entwickelt sich Cranes Firma, die bald populärer als Bill Gates' Microsoft ist? Aber solange die Manie nicht zu weit geht, kann ja nichts Schlimmes passieren."

„Bitte rufen Sie Ben Feed in mein Büro!"

„Er ist in fünf Minuten da." entgegnete die Sekretärin des Chefredakteurs. Und tatsächlich tauchte er in fünf Minuten in Mr. Cafforths Büro auf.

„Sie haben mich gerufen?" erkundigte sich Feed augenbrauenhebend.

„Was ist das?" fragte Cafforth trocken und klatschte die Tageszeitung auf den Schreibtisch.

Feed beugte sich vor und erkannte seinen Artikel, den er auf die erste Seite gesetzt hatte. „Mein Artikel."

„Was um Himmels willen haben Sie sich eigentlich dabei gedacht?"

„Das mit den Chooquatackas ist doch die Sensation schlechthin!" entgegnete er verwundert und wußte nicht, worauf sein Vorgesetzter hinauswollte. Er hatte doch als stellvertretender Chefredakteur das Recht, über die Plazierung der Artikel zu entscheiden.

„Nein. Wir haben vor zwei Tagen eine absolute Zensur zum Thema Chooquatacka verhängt! Das hätten Sie eigentlich wissen müssen!"

„Ich ... Das wird nicht wieder vorkommen." Feed war sehr enttäuscht, da er eine etwas andere Reaktion vom Chefredakteur erwartet hatte.

„Da muß ich Ihnen allerdings zustimmen! Ich habe die Anweisung erhalten, Sie zu entlassen. Es tut mir für Sie und Ihre Familie leid, Ben!" sagte sein Chef sarkastisch.

Chooquatacka-Fabrik
16. Mai

„Sie haben kein Recht dazu, die Schuld für das, was Ihnen passiert, und das, was Sie tun, auf andere Menschen zu schieben. Denn alles, was Sie tun, geschieht aufgrund einer Entscheidung – Ihrer Entscheidung!“

„Meiner Entscheidung?“

„Ja. Zum Beispiel: Sie wollen ein Maler werden, und eines Tages entscheiden Sie, dieser zu sein, und dann fangen Sie nach einiger Zeit plötzlich an, Menschen zu treffen, die Ihr Ziel unterstützen, die sich mit Ähnlichem befassen oder die Ihre Werke kaufen wollen.“

„Hm ...“

„Mit negativen Entscheidungen ist es genauso: Sie entscheiden, wenn auch unbewußt, ein Opfer eines Unfalles zu sein, und plötzlich macht es paff!“ Der Bewerber sprang erschrocken hoch, als Louis das letzte Wort laut ausschrie. Danach fuhr dieser wieder ruhiger fort: „Und es trifft Sie mir nichts, dir nichts ein Auto, obwohl Sie doch immer so darauf achtgegeben haben, die Straße vorsichtig zu überqueren. ‚Aber diesmal war es ja nicht meine Schuld, sondern die des Autofahrers, da er sicher betrunken war.‘ mögen Sie denken. Aber haben Sie sich jemals überlegt, warum er ausgerechnet Sie trifft?“

„Weil ich dies so entschieden habe?“ fragte der Mann unsicher.

„Genau!“ Louis grinste zufrieden.

„Und was hat das damit zu tun, daß ich in Ihrer Fabrik arbeiten möchte?“ Der Bewerber hob etwas verloren seine Augenbrauen.

„Es muß Ihre Entscheidung sein, etwas zu verändern, Chooquatackas zu produzieren und dies so gut wie möglich zu tun.“

„Und deswegen muß ich den Entschluß fassen, ein Chooquatacka-Produzent zu sein?“

„Nein – nicht mehr! Sie haben diese Entscheidung bereits getroffen!“

„Das heißt?“

„Willkommen in unserer Firma!“ Louis lächelte mit seinem charakteristischem Grinsen und schüttelte dem neuen Mitarbeiter die Hand.

CMN-Abendnachrichten
17. Mai

„Guten Abend, meine Damen und Herren! Das Thema des Tages ist heute das gerichtliche Verbot der Herstellung von Chooquatackas. Sie haben es wahrscheinlich schon gehört, wenn Sie mit der U-Bahn zur Arbeit gefahren sind. Aus allen Lautsprechern war diese Nachricht zu vernehmen. Auch im Radio wurde die Meldung stündlich gesendet. Selbst vor Litfaßsäulen und Plakatwänden machte diese Botschaft keinen Halt. Ich bin jetzt verbunden mit unserem Korrespondenten in Washington D. C. Hi, Howard!“

„Hi, Travis!“

„Erklären Sie doch bitte unseren Zuschauern, weswegen dieser Aufwand getrieben wird? Wäre es nicht ausreichend gewesen, die Chooquatackas zu verbieten? Wozu noch diese massive Kampagne?“

„Ja, Howard, das ist nicht so einfach. Das ist eine komplexe Angelegenheit. Immerhin haben sich die Chooquatackas in einem derartigen Tempo ausgebreitet, daß wir hier an eine Heuschreckenplage erinnert werden. Das Heimatschutzministerium ist daher um das Wohl unserer Bürger besorgt und will auf keinen Fall, daß es zu Demonstrationen kommt. Durch diese Kampagne erfährt jeder in kürzester Zeit, was Sache ist, damit er sich danach richten kann. Niemand wird sagen können, er hätte es nicht gewußt. Und die Behörden können dann entsprechend gegen Zuwiderhandelnde vorgehen.“

„Soll das heißen, Travis, daß die Regierung hart durchgreifen wird?

Sie hat ja entsprechende Maßnahmen angekündigt."

„Sicher. Es wären ja sonst gerade die Gesetzestreuen die Gelackmeierten! In dieser angespannten Situation kann sich die Regierung nicht erlauben, das Gerechtigkeitsgefühl der loyalen Bürger aufs Spiel zu setzen. Ja, wenn Sie mich so fragen, Howard, die Behörden werden gegen Verstöße strengstens vorgehen."

Chooquatacka-Boutique, Missouri
18. Mai

„Chris, schau dir das hier an!" sagte Dina etwas erschrocken, während sie ein behördliches Schreiben las.

Der junge Mann kam zu ihr, fragte „Was?" und nahm das Schreiben an sich.

„Das ist eine Strafe, die wir für den illegalen Verkauf von Chooquatackas zahlen sollen!" erwiderte sie etwas zittrig. „Ich glaube, wir schicken es am besten nach New York zur ..." Sie verstummte jedoch, als sie sah, daß Christopher das Schreiben in Stücke riß.

„Kümmere dich nicht darum!" entgegnete er, während die Fetzen langsam zu Boden schwebten, und ging in Richtung Lager.

Dina blicke etwas erschrocken auf die zerrissenen Papierstücke und sagte: „Wenn das jemand findet ..."

Christopher drehte sich um und hob die Fetzen auf. „Niemand wird es finden, ich werde es verbrennen."

New York
19. Mai

Das Ehepaar Jones spazierte durch die Straßen von New York City, um Kleinigkeiten einzukaufen. Es war ein angenehmer Samstagvormittag.

„Darling, siehst du ... da!“ sagte Peter und zeigte auf ein Geschäft auf der anderen Straßenseite „Die verkaufen tatsächlich noch Chooquatacka-Ware in dieser Boutique. Ich dachte diese Dinger sind doch schon längst verboten.“ Der Mann blieb stehen und begab sich mit seiner Ehefrau auf die andere Straßenseite. „Die machen das tatsächlich, die verkaufen die Chooquatackas immer noch.“ Peter blickte fassungslos ins Schaufenster. „Obwohl es verboten ist. In deren Haut möchte ich nicht stecken!“

„Schau, die haben ja auch noch meine Lieblings-Chooquatackas,“ Marys Augen leuchteten auf. „Vielleicht sollte ich mir noch schnell ein paar davon kaufen?“

„Aber Liebling, die sind doch verboten. Das wäre doch illegal!“ Mr. Jones schauderte es ein wenig.

„Aber das ist doch egal, Peter! Hauptsache wir haben sie!“ Sie wollte schon ins Geschäft hineingehen, als ihr Ehemann sie vor dem Eingang leicht an der Schulter griff und davon zurückhielt.

„Wie egal? Ich werde doch nicht gegen das Gesetz verstoßen!“ erwiderte er entsetzt.

„Du, mit deinen Gesetzen! Es ist alles legal, solange man sich nicht erwischen läßt!“ lächelte sie mit einem Blick in den Laden.

Jones zog ihre Aufmerksamkeit wieder auf sich: „Was ist das für eine Moralvorstellung! Würdest du das auch unsere Kinder lehren?“

„Peter, du bist so verkrampft. Werde doch ein wenig lockerer. Das hier ist doch ganz was anderes!“ Sie musterte die strahlenden Chooquatackas durch die offene Tür.

„Entschuldigung!“ sagte ein Mann, der ins Geschäft hinein wollte. Mary trat zur Seite und ließ ihn vorbei.

„Wie, ganz was anderes?“ fragte Peter verdutzt.

„Nicht alles, was der Staat macht, ist in Ordnung. Du mußt nach deinem Gefühl gehen.“ Wieder lächelte sie.

„Sag bloß, dein Gefühl sagt dir, das sei in Ordnung?“

„Allerdings!“ Mary zerrte ihn schließlich ins Ladeninnere.

Chooquatacka-Fabrik, New York City
21. Mai

„Also ...“, sagte Greg zum neu eingestellten Botaniker, „Sie sind Experte für exotische Früchte?“

„Ja, das ist mein Fachgebiet. Damit habe ich mich mein Leben lang beschäftigt.“

„Gut. Ich brauche nämlich eine Banane.“

„Äh ... und was muß ich jetzt tun?“ fragte der strubbelköpfige Mann unbeholfen.

„Sie wissen doch sicher alles über Bananen, nicht wahr?“

„Natürlich, weiß ich alles über Bananen.“

„O. k., dann ist es nötig, daß Sie sich jetzt einen Augenblick auf das Konzept einer Banane konzentrieren. Wir müssen Sie aber zuvor noch verkabeln.“

„Verkabeln?“ Der Mann blickte etwas verschrocken um sich.

„Ja, wir müssen Sie an die Sensoren anschließen, damit Ihre geistige Verstandeskraft auf den elektronischen Transponder übertragen wird.“

„Okay ...“

Crane schloß ihn entsprechend an die Maschine an und sagte: „Schließen Sie jetzt bitte die Augen, und stellen Sie sich eine Banane vor, dabei empfinden Sie alles, was Sie jemals über Bananen gelernt haben, beziehungsweise wissen. Ich möchte Sie unbedingt darum bitten, daß Sie während dieses Vorgangs möglichst an nichts anderes denken. Das heißt, das ist dann irgendwie so, wie wenn Sie vor einem genialen Kunstwerk stünden und einfach ob dessen Einzigartigkeit sprachlos wären vor Begeisterung. Also: Die Banane ist das Kunstwerk, Sie der Betrachter, und es geht los. Jetzt!"

Die Maschine begann zu surren und zu vibrieren. Neugierig standen die Mitarbeiter um sie herum und warteten gebannt auf das Ergebnis. Plötzlich kamen Lichtstrahlen von der anderen Seite des Chooquatackators, die sich immer mehr verbanden und verdichteten. Auf der Plattform erschien eine etwas seltsame Kreuzung zwischen Banane und Orange. Der obere Teil bestand aus einer Banane, der untere aus einer Orange. Es war sozusagen eine Bananenorange von der Form einer Birne. Die umstehenden Mitarbeiter fingen an zu lachen. Der Botaniker war jedoch ganz perplex und begann verlegen zu husten.

Crane fragte ihn mit Verwunderung: „Was ist passiert? Wissen Sie nicht, wie eine Banane aussieht?"

Der Botaniker antwortete etwas rot um die Wangen: „Ich war nicht ganz bei der Sache. Etwas dekonzentriert sozusagen ..."

„Haben Sie etwa angefangen an etwas anderes zu denken?" hakte der Chooquatacka-Erfinder nach.

„Ja, an die Orangenplantage in Florida, die wir letztens besucht haben. Da habe ich eine so hübsche Orangenpflückerin erblickt."

Wieder war ein herzhaftes lachen zu hören.

„Gut, nun versuchen Sie es bitte noch einmal – dieses Mal nur an die Banane denken! Wenn es leichter für Sie ist, dann schließen Sie die Augen!"

Wieder begann die Maschine zu arbeiten und, schwups, war sie da – eine wunderbare gelbschimmernde Banane, die ihrem Aussehen nach alle chooquatacka-typischen Eigenschaften aufwies.

„Schälen und probieren!" befahl Greg Crane dem neben ihm stehenden Andrew.

Der blickte seinen Chef an, der nun einen ernsten Gesichtsausdruck aufsetzte, und griff nach der Banane. Er öffnete sie, und plötzlich floß eine dickflüssige, dunkelrote Masse heraus. Andrew schleckte seinen Finger ab und sagte: „Kirschmarmelade!“

Der Chooquatacka-Erfinder blickte seinen Botaniker an und konnte sich kaum ein Lachen verkneifen. Der Rest der Anwesenden prustete vor Vergnügen. „An was haben Sie dieses Mal gedacht?“ fragte Greg.

Der Botaniker blickte verschämt zu Boden und erwiderte: „Mir ist nur Großmutters Rezept für Kirschmarmelade eingefallen.“

„Also, die Mischung ist nicht schlecht: bioverpackte Marmelade!“ sagte Andrew erfreut.

„O. k., o. k., das können wir auch verkaufen! Laßt es uns aber noch ein weiteres Mal versuchen.“ kehrte Crane zum Thema zurück.

„Keine Sorge, jeder braucht mehrere Anläufe, um es endlich richtig auf die Reihe zu bringen“, tröstete Melissa Hupe den Botaniker.

so würden sie nie sprechen ...?

New Mexico
23. Mai

„Na Alter, wie geht´s?“ sagte ein weißbärtiger und sich auf seinem Stock abstützender Mann und klopfte einem mindestens genauso alten, fast glatzköpfigen Brillenträger mitten auf der Straße auf die Schulter.

Der Brillenträger drehte sich langsam zu dem alten Mann um und stöhnte: „Vincent, wann werde ich dich endlich los?“

„Bestimmt nicht, indem du an einem so schönen Tag spazierengehst, alter Freund!“ Vincents Bart veränderte seine Form, als er seinen Mund zu einem Lächeln ausbreitete.

„Ah ...“, stöhnte wieder der bebrillte. „Stör mich jetzt bitte nicht, sonst verliere ich noch den Faden!“

„Welchen Faden?“

„Zu spät. Jetzt weiß ich nicht mehr, woran ich gedacht habe.“

„Ach Heimerich, was stehen wir hier so rum! Meine Alte, äh, ich meine meine Nicht-mehr-die-Jüngste soll uns doch einen Tee kochen!“ Vincent wollte sich schon nach Hause begeben, da kam ihm die phlegmatische Stimme seines Freundes entgegen:

„Nein ... Sieh dir einmal dieses Plakat an!“ Der Brillenträger deutete auf ein Plakat mit der Aufschrift: „Mit den Chooquatackas holst du dir eine Straftat ins Haus!“

„Ja. Das ist doch vollkommener Unfug, Alter! Laß uns nach Hause gehen!“ Vincent holte schon mit dem Stock aus, um endlich den ersten Schritt zu setzen, als Heimerich wieder sprach:

„Dieses Plakat erinnert mich an etwas. Weißt du, wo ich geboren wurde?“

„Ja, in Berlin. Nach dem Krieg ist deine Familie dann ausgewandert, und deswegen lebst du jetzt hier. Diese Geschichte hast du schon zigmal erzählt.“

„Bei mir hingen, als ich klein war, auch solche Hetzplakate ...“

„Ach, laß mich das mal genauer anschauen.“ Vincent musterte das Plakat. Es stand weiß auf Schwarz geschrieben. „Nein Heimerich, das kann nicht sein. Chooquatackas gibt es erst seit ein paar Monaten oder so, du warst aber ein Kind vor über siebzig Jahren!“

Palmtree Pub, Kansas
26. Mai

Er holte seine Schachtel Zigaretten hervor, entnahm eine und war gerade dabei, den Palmtree Pub zu betreten, als ihn ganz unerwartet ein Mann in Schwarz anhielt: „Sie dürfen die Bar nicht mit brennender Zigarette betreten!“

„Wie, wieso? Ich dachte, eine Bar ist dazu da, um zu rauchen und zu trinken!“ sagte der erste empört und wollte schon hineingehen, als der schwarzgekleidete ihn zurückschob und sagte:

„Nicht diese, Sir! Wir sind mit den neuesten Trends am laufenden. Hier werden die Abende mit Fruchtcocktails genossen und rauchen ist verpönt!"

Innen tanzten July und Paul wild zu „Walking on Sunshine", so daß sie den Parkettboden zum Beben brachten. Drehungen, Sprünge – der Rock des jungen Mädchens wirbelte farbig durch die Gegend.

Es war ein phantastischer Abend, und Paul war ganz stolz auf sich, daß er diesen tollen Pub gefunden hatte. Eine totale Neuheit im Nachtleben von Kansas. Und sie spielten alles. Auch die Beach Boys, für die July insgeheim schon seit jeher eine Schwäche hatte.

‚Das kommt davon, wenn Eltern ihren Kindern Platten zum Spielen geben', dachte sich Paul.

Ein etwas ruhigeres Lied kam, das Paar verließ die Tanzfläche, doch andere Jugendliche gaben sich nicht geschlagen. Paul führte July zur Cocktailbar, die mit Palmen- und Lichterchooquatackas verziert war. Der Barkeeper sah aus, als sei er direkt aus der Karibik eingeflogen worden.

„Heute zahle ich, Herzlein, denn du bist ja meine Süße!" sagte der junge Mann, einen Macho spielend.

„Paul ...", wollte sie sich widersetzen, aber er gab sich nicht geschlagen. Letztendlich sagte das Mädchen zu dem exotischen hinter der Bar lässig: „Also, ich hätte gerne einen Drink mit Wodka!"

Die Personen um sie herum erstarrten, man konnte im Nebenraum hören, wie die Bowlingkugeln gegeneinanderschlugen.

„July, Liebling!" Ihr Partner blickte sie entsetzt an, zog sie auf die Seite und blickte in ihre hübschen Augen. „Hier wird kein Alkohol getrunken!"

„Warum? Ich verstehe nicht." Verwirrung malte sich in Julys Gesicht.

„Ich dachte, du würdest dich freuen. Du warst doch sonst immer dagegen, wenn ich etwas getrunken habe."

„Ja schon, aber ...?" Sie hob verwundert ihre Handflächen gegen die mit Palmenblattchooquatackas bedeckte Decke.

„Schau, dies ist ein Club nach dem neuesten Konzept, hier werden nur Fruchtcocktailchooquatackas serviert." Er legte seinen Arm sanft um ihre Schulter und deutete auf die Menschen um sie herum: „Es geht eben darum, sich nicht zu betrinken und die Freude am Spaß selbst zu genießen."

New Jersey
29. Mai

Lynn und Simon, die sich noch vom Kindergarten her kannten, gingen durch die Straßen von Newark.

„Können wir gelegentlich auch ein Geschenk für meine Mum kaufen? Hilfst du mir beim Aussuchen?" fragte Simon.

„Aber doch nicht im Shopping-Center Goldbridge! Wir gehen lieber in einen der Läden, wo Chooquatackas verkauft werden, oder am besten gleich in eine Chooquatacka-Boutique!"

„Du, die Dinger sind mir aber nicht ganz geheuer, Lynn!" Er guckte auf eines der großen Plakate, auf dem „Chooquatacka-Kauf ist kein Kavaliersdelikt, sondern ein Verbrechen!" geschrieben war. Dann fuhr er beängstigt fort: „Außerdem sind sie verboten!"

„Und wer hält sich daran?" Lynn hielt an, blickte auf Simon und zuckte mit den Schultern. Dann ging sie wieder weiter.

Der Junge blieb eine Weile verwirrt stehen, lief ihr aber sofort hinterher und sagte: „Ist dir noch nicht aufgefallen, daß keine Werbung für die Dinger gemacht wird und sie nicht im Fernsehen gezeigt werden? Es gibt nur Antiwerbung, und trotzdem kaufen alle sie! Das klingt, wie wenn sie aus einer kosmischen Substanz wären, die die Menschen narkotisiert."

„O Mann, Simon! Du hast schon wieder zu viele Komputerspiele gespielt, wir sind hier nicht in ‚Star Wars'! Die Dinger sind einfach nur wunderschön und halten ewig!"

„Das meine ich doch mit kosmischer Substanz!"

„Simon!“

„Stimmt doch! Hey, keiner der Lehrer auf unserer High-School konnte mir sagen, was es mit den Dingern auf sich hat. Die Menschen wissen nicht einmal, was die Chooquatackas sind, und trotzdem haben alle welche – ist das nicht unlogisch? Sie sind alle verhext!“

„Simon! Du fragst ja auch nicht, woraus die Pommes im Fastfoodrestaurant sind, und ißt sie trotzdem. Wie die Dinger gemacht werden, ist doch wie bei allen Konzernen ein Firmengeheimnis. O schau! Hier gibt es welche!“ Lynn entdeckte, wie jemand gerade ein Vasenchooquatacka in der Vitrine eines kleinen Ladens aufstellen wollte.

„Trotzdem glaube ich, das da was faul dran ist.“ setzte Simon das Gespräch fort.

Das Mädchen blickte ihren Freund kopfschüttelnd an, wollte zurück auf die Vase schauen, doch schon reichte der Verkäufer sie einem beleibten Mann, der dafür bezahlte und das Geschäft verließ.

„Schnell!“ Lynn schob Simon ins Innere und steuerte direkt auf den Verkäufer zu: „Haben Sie noch mehr von diesen Vasenchooquatackas?“

„Alles ausverkauft!“ sagte der peruanische Verkäufer.

„Und sonst, haben Sie noch andere Chooquatackas?“ bohrte sie weiter.

„Nächste Woche Lieferung!“ antwortete der Verkäufer barsch.

„Was? Wie oft haben Sie den eine Lieferung?“

„Jede Woche. Diese Woche Chooquatacka ausverkauft, kommt nächste Woche!“ sagte der Peruaner und machte sich an das Auspacken anderer Ware.

„Sage ich doch!“ bestätigte Simon seine zuvor geäußerten Aussagen, als sie wieder auf der Straße waren. „Alle sind süchtig danach.“

„Pscht!“ Lynn gebot ihm, leise zu sein. „Wir gehen jetzt zur nächsten Chooquatacka-Boutique!“

Sie schwiegen eine Weile, dann hörten sie plötzlich einen Ruf.

„Hey! Wo geht ihr denn hin?“ Die beiden drehten sich um und

erblickten ihre Freunde aus der High-School.

„Hi!" Sie begrüßten sich alle, und Lynn entgegnete: „Zur Chooquatacka-Boutique. Ein Geschenk für Simons Mum kaufen!"

„Da seid ihr spät dran! Wir kommen von dort her, und es gibt nur noch Reste, hauptsächlich Obst und Süßigkeiten."

„Das ist doch nicht möglich!" antwortete Simon mit gespielter Verwunderung und schaute Lynn mit einem Ich-hatte-doch-recht-Blick an.

„Ihr müßt etwas früher kommen. Abends ist immer fast nichts mehr da, weil am Nachmittag die Menschen kommen, um alle möglichen Chooquatackas aufzukaufen, was halt übrig geblieben ist!" sagte einer der Freunde.

„Wieso denn?" fragte Lynn.

„Weil sie sich absichern wollen. Sie wollen nicht Opfer eines Wirtschaftszusammenbruchs sein!"

Chooquatacka-Fabrik, New York City
31. Mai

„Mr. Crane, ich habe sehr gute Nachrichten für Sie!" rief Sprüngli begeistert durch den Telefonhörer. Greg saß in seinem Büro und lehnte sich gemütlich in seinem Sessel zurück. Der Schweizer fuhr jedoch wie gewohnt enthusiastisch fort:

„Bald ist es soweit! Es kann sich nur noch um ein paar Tage handeln, und dann habe ich es geschafft. Aber Sie können ungestört an der Vollendung Ihres Werkes weiterarbeiten, und Sie werden über meinen Beitrag zu der ganzen Geschichte Kenntnis erhalten. Ich melde mich dann bei Ihnen!" Voller Lebendigkeit in der Stimme legte er auf, ohne auch nur auf ein Wort von Crane zu warten.

Der Chooquatacka-Erfinder blickte zur Decke und fing an nachzudenken. Plötzlich stürmte Emma Kitherhouse in sein Büro und rief: „Greg, Greg!“

Es war aber schon zu spät – zwei Polizisten drangen ihr folgend ins Zimmer. „Im Namen der Vereinigten Staaten von Amerika muß ich Sie wegen Verstoßes gegen Gesetz Nummer 798 Paragraph 7.486 Absatz 23 bestrafen. Sie können sich sofort zur Schuld bekennen, oder Sie werden vor Gericht gebracht.“ schoß es aus einem der Polizisten wie aus einem Maschinengewehr.

Die Sekretärin schaute Crane ganz blaß vor Angst hinter den Polizisten stehend an. Greg fragte etwas erschrocken: „Wie bitte?“

„Sind Sie taub oder was?“ fragte der Polizist mit einer Roboterstimme.

„Nein. Aber ich verstehe nicht, was Sie meinen.“

Der Gesetzeshüter schien gleich zu platzen, sein Kollege jedoch sprang etwas ungeschickt ein: „Sie haben gegen das Gesetz Nummer 798 Paragraph 7.486 Absatz 23 verstoßen. Entweder bezahlen Sie eine Strafe in Höhe von zehntausend Dollar, oder Sie werden sich vor Gericht dafür verantworten müssen.“

Der Firmeninhaber runzelte skeptisch die Stirn. Emma schien vor lauter Furcht gleich anzufangen zu schreien. „Wie lautet das Gesetz Nummer irgendwas und Paragraph sowieso?“ vergewisserte sich Crane.

„Haben Sie etwa nicht die behördliche Anordnung zum sofortigen Produktionsstop erhalten?“ fragte wieder der Roboter.

„Ja, aber wir dachten, es sei nicht so wichtig.“ versuchte die Sekretärin sich schüchtern zu rechtfertigen.

Die Polizisten drehten sich um und schauten auf die verschrockene Emma Kitherhouse. „Sie haben das Schreiben erhalten. Und trotzdem haben Sie sich nicht an die Anweisungen gehalten. Das macht laut Gesetz Nummer 78 Paragraph 361 Buchstabe t weitere zweitausend Dollar Strafe.“ knallte es aus dem Polizisten hervor. „Bekennen Sie sich freiwillig für schuldig oder wollen Sie vors Gericht?“

„Zu welcher Schuld soll ich mich bekennen?“ fragte Crane etwas baff.

Erneut war der Roboterpolizist am Explodieren, doch sein Kollege sprang ein weiteres Mal für ihn ein: „Ich werde es Ihnen erklären", seufzte er. „Chooquatackas sind laut Gesetz Nummer 789 Paragraph 7.486 Absatz 23 verboten. Sie aber produzieren weiterhin illegal Chooquatackas, was Sie zu einem Straftäter macht. Sie haben die Wahl: Entweder Sie bekennen sich freiwillig schuldig und zahlen die Strafe, oder Sie bekommen ein Gerichtsverfahren. Ich würde Ihnen jedoch davon abraten, ein Rechtsmittel einzulegen, da Sie sowieso für schuldig befunden werden, und dann müssen Sie auch noch zusätzlich die hohen Gerichtskosten und eine womöglich noch höhere Strafe bezahlen."

„Warten Sie mal ..." Dem Chooquatacka-Erfinder war ein wenig schwindelig. „Wer klagt mich an?"

„Na – wir! Also die Vereinigten Staaten von Amerika." entgegnete der noch einen Rest menschlicher Emotionen besitzende Polizist.

„Ich glaube, Greg, es ist wohl am besten, wenn wir die Strafe einfach bezahlen und unsere Ruhe haben!" versuchte die fast ohnmächtige Sekretärin zu beschwichtigen.

„Die Dame hat recht! Sie können gegen den Staat nicht kämpfen und auch nicht mit ihm diskutieren oder verhandeln."

„Warten Sie mal: Die Vereinigten Staaten verklagen mich?" fragte Crane verdutzt.

„Ja, wegen illegalen ..." Der weniger roboterhafte Polizist nickte, wurde aber vom Chooquatacka-Erfinder unterbrochen:

„Wer hat denn die Entscheidungsgewalt in den Vereinigten Staaten?"

Der militante und der friedliche Polizist schauten einander verwundert an, dann sagte der roboterhafte: „Laut Präambel der Verfassung der Vereinigten Staaten von Amerika geht die Macht von den Bürgern aus, die in Artikel I Sektion 1 ihre Macht über den Kongreß weitergeben, bis sie dann irgendwann bei uns Polizisten landet."

Emma Kitherhouse schaute Crane ebenfalls etwas verwundert an, dieser atmete jedoch erleichtert auf. „Gut, daß Sie mir das gesagt haben! Möchten Sie einen Kaffee trinken?"

Die zwei Polizisten blickten einander verstört an und fragten sich, ob sie es mit einem Verrückten zu tun hatten. „Sie ..., ich glaube, Sie haben uns mißverstanden", stammelte der nichtroboterhafte.

„Nein, ich habe Sie vollkommen richtig verstanden. Sie sagten, die Vereinigten Staaten verklagen mich, aber ich, als Bürger, würde mich niemals selbst verklagen, also kann das nicht stimmen." Greg lächelte zufrieden.

„Tun Sie jetzt nicht so naiv, Sie wissen doch genau, daß ...", fing der roboterhafte Polizist wieder an.

„Was hätte ich denn sonst tun sollen?" fragte der Firmeninhaber auf einmal bedrückt. Die beiden Polizisten runzelten die Stirn.

„Ich, wissen Sie", sagte Greg Crane mit ernster und trauriger Stimme, „wollte den Menschen nur helfen. Ich wußte doch nicht, als ich diese Chooquatackas erfand, daß der Staat so darauf reagieren würde."

Die Polizisten begannen ihr Gleichgewicht zu verlieren, also setzte Emma Kitherhouse sie schnell auf zwei Stühle.

„Ich bin am Boden zerstört." fuhr der Chooquatacka-Erfinder fast apathisch fort. Dann seufzte er: „Es war meine einzige Hoffnung, ich sah darin den Sinn meiner Existenz. Ich erwachte zu neuem Leben, als ich die vielen Menschen sah, die meine Chooquatackas voller Freude kauften."

Emma, die nunmehr begeistert zugehört hatte, machte einen verhaltenen Luftsprung, um Crane aufzumuntern weiterzuerzählen. Die beiden Polizisten lauschten gekrümmt und bedrückt seinen Worten.

„Es war für mich und auch für all meine Mitarbeiter der Funke, der das Feuer für eine Veränderung der Welt anzündete. Wir wollten keine Verbrecher sein, wir wollten nur den Menschen das geben, was sie sich innigst wünschten. Sind wir nicht alle daran bestrebt, die Welt zu einem besseren Ort zu machen?"

Der militante Polizist, der noch am Anfang wie ein Roboter auftrat, war ganz weichgeworden und begann, mit dem anderen verstohlen Tränen zu vergießen. Die Sekretärin reichte ihnen sofort zwei Papiertaschentücher. Crane blickte sie fragend an.

„Erzählen Sie weiter!“ forderte der zuvor noch aggressive Polizist den Chooquatacka-Erfinder auf.

„Ich fühlte, es wäre das Beste, einfach weiterzumachen, trotz des Verbotes. Doch als Sie vorhin kamen, wußte ich, daß es jetzt endgültig aus ist. Und dabei wollte ich nur dem amerikanischen Volk dienen.“ Greg seufzte.

„Machen Sie sich keine Sorgen, Mr. Crane!“ entgegnete der nun erweichte Polizist. „Wir werden es nicht zulassen, daß Ihrer Firma etwas passiert. Die Menschen brauchen Sie!“ Er putzte sich die Nase, stand auf, reichte dem Firmeninhaber die Hand und wollte schon gehen. Da sagte Greg:

„Nehmen Sie zum Ausdruck meiner Dankbarkeit dieses kleine Geschenk an!“

Emma Kitherhouse überreichte den Polizisten jeweils ein funkelndes Orchideenchooquatacka. Die beiden Männer verließen kontemplativ schweigend mit ihren Geschenken, die sie würdevoll wie Fahnen vor sich hintrugen, die Chooquatacka-Fabrik.

Arizona
1. Juni

„Wie kommt es eigentlich, daß jeder Chooquatackas im Haus hat, obwohl sie verboten sind?“ fragte Kevin seinen besten Kumpel Dan.

„Oh, Kevin, bitte stell mir nicht schon wieder so verrückte Fragen! Hm ..., aber eigentlich hast du recht – wie geht das überhaupt?“ Dan blickte nachdenklich auf sein CD-Ständerchooquatacka. „Du, ich glaube, es ist den Menschen einfach Wurst!“

„Ja, das kommt gut hin! Ich würde mich auch lieber für eine Harley entscheiden, als keinen zu haben!“

„Du mit deiner Harley!“ erwiderte Dan. „Ich glaub, die können nicht einfach das ganze Volk verhaften. Wen sollten sie dann regieren?“

Virginia
4. Juni

Pamela zerfloß voll und ganz in ihrem Tagtraum vom nächsten Urlaub. Abwesend blickte sie über die Schreibtische hinweg und sah den Strand in der Karibik. Auch Sandy war völlig außer sich in Erwartung ihres nächsten Friseurbesuchs. Noch einige Zeit verweilten sie mit umherschweifenden Gedanken in der Versicherungsgesellschaft ‚Assursafe‘, in der sie arbeiteten. Plötzlich wachte Pamela aus ihrem Traum auf und blickte in die Zeitung.

„Heute steht schon wieder nichts über die Chooquatackas.“ sagte sie nach drei Minuten zu ihrer Kollegin Sandy, die ihr gegenüber hinter dem Schreibtisch saß.

„Ist mir doch egal, ob die darüber berichten oder nicht.“ Sie drehte sich mit ihrem Stuhl zu Pamela um und blinkte mit ihren Wimpern: „Ich weiß nur, daß ich heute abend bei meinem italienischen Friseur ein Frisurchooquatacka bekomme. Das reicht mir, dazu brauche ich weder Nachrichten noch Radio. Die beste Topmeldung des Tages ist ohnehin für mich, wenn sie morgen hier in allen Abteilungen darüber tratschen, nachdem sie mich in meinem neuen Designerfrisurchooquatacka gesehen haben.“ Sandy griff nach ihrer Handtasche und fing an etwas zu suchen.

„Aber das ist doch wichtig, unser Abteilungsleiter meinte, das mit den Chooquatackas könnte die ganze Versicherungsbranche in Gefahr bringen. Womöglich wären dann auch unsere Arbeitsplätze gefährdet!“ erwiderte Pamela sichtlich besorgt.

„Ich laß mir doch nicht vom Abteilungsleiter meinen Spaß verderben. Im übrigen interessiere ich mich nicht für Politik, da kenne ich mich einfach nicht aus. Das sollen mal andere machen." Sie gab ein erfreutes Ah von sich und holte ihre Schminke und ihren Spiegel hervor.

„Aber wenn auch dein Arbeitsplatz bedroht wäre, was würdest du dann tun?"

„Ich kann mir nicht vorstellen, daß der Abteilungsleiter ausgerechnet mich mit meinem Frisurchooquatacka entlassen sollte. Schließlich bin ich hier der Mittelpunkt, um den sich alles dreht. Dann wird man halt weniger fähige Mitarbeiter entlassen." sagte Sandy ungerührt und schminkte sich die Lippen.

„Und das findest du gerecht?"

Sandy blickte Pamela kurz an, schmiß ihre Schminke in die Tasche und erwiderte spöttisch: „Wer nichts schafft, der verliert seinen Job, das ist doch logisch. Ich erbringe meine Leistung, und dazu schaue ich verdammt gut aus. Wenn das keine Arbeitsplatzversicherung ist?"

„Unser Abteilungsleiter ist der Auffassung, daß die Chooquatackas ohnehin nur ein Modetrend sind, in ein bis zwei Jahren redet niemand mehr von Chooquatackas." sagte Pamela mit dem Gefühl, sich gegen Sandys Überzeugung wehren zu müssen.

„Pa! Was der Abteilungsleiter nicht so alles erzählt, wenn der Tag lang ist. Der soll nur warten, bis die Autos auf den Markt bringen. Dann würde ich schon gerne wissen, wie lange er ohne ein Autochooquatacka seinen Posten halten will; der ist dann so glaubwürdig, wie ein Kleid vom letzten Jahr." Sandy holte nun eine Nagelfeile aus ihrer Handtasche hervor und begann ihre Nägel zu feilen.

„Ich verstehe immer noch nicht ganz, was das Besondere an diesen Chooquatackas sein soll. Die mittlerweile genauso aus, wie andere Gegenstände auch." erwiderte Pamela.

„Du lebst wohl schon gänzlich hinter dem Mond! Diese Dinger gehen nie kaputt, sie sehen viel schöner aus, und außerdem bewirken sie, daß der Mensch glücklich ist!"

New York City
5. Juni

Lilian zündete der Reihe nach alle Kerzen in ihrem Zimmer an. Dann ließ sie ein Räucherstäbchen brennen. Nebliger Duft vermischte sich mit der Luft. Der Mond schien in den Raum. Sie öffnete das Fenster und blickte gen Himmel. Ein leises Klopfen unterbrach sie.

„Lilian?“ Aden guckte neugierig ins Zimmer hinein. „Was machst du?“

Seine Tante drehte sich um, lächelte sanft und sagte: „Ich werde die Veränderungen stärken.“

„Du meinst ...?“ Der Junge blickte sie fragend an.

„Alles spielt sich auf mehreren Ebenen ab, und wir brauchen Unterstützung von den höheren Welten!“

Aden schaute sie eine Weile nachdenklich an, dann fragte er: „Kann ich dir helfen?“

Sie setzten sich einander gegenüber auf den Fußboden. Dann schlossen sie die Augen. Langsam drang ein Klang aus der Stille hervor, der wie ein Bolero an Kraft zunahm. Mit der Zeit formte sich daraus eine Melodie. Aden und Lilian sangen und nicht nur sie. Viele andere Stimmen aus verschiedenen Orten unterstützten die Symphonie. Sie schwang durch die Dimensionen.

Chooquatacka-House, Utah
6. Juni

Daniel machte einen Sprung über die Straßenbegrenzung, winkte einem Autofahrer zu und stieß fast mit einer Frau zusammen, die sich in das Chooquatacka-House begeben wollte. „Guten Morgen, Casey!“ begrüßte er seine Mitarbeiterin, die er fast umgerannt hätte. Dann ließ er sie zum Eingang

„Hi, Daniel." Die Frau steckte den Schlüssel ins Schloß, öffnete die Tür, ging in die Mitte der Verkaufshalle, blickte sich um und stemmte die Fäuste in die Hüften.

Daniel folgte ihr und stellte sich neben sie. „Was ist?" fragte er.

„Heute ist Eröffnungstag!"

Er blickte sie an, als wolle er sagen, daß das doch selbstverständlich sei. Casey schaute jedoch nur kurz zurück, und dann suchte sie das Personal auf.

Der Mann überlegte währenddessen eine Weile und machte sich daran, die einzelnen Boutiquen im Chooquatacka-House zu öffnen. Er zog einen Rolladen nach dem anderen hoch. Aus dem „Deco-Chooque" leuchteten flirrende Hologrammchooquatackas entgegen. Vasenchooquatackas schimmerten bei den Hausdekorationen hervor. Dann kam die Abteilung mit Lebensmittelchooquatackas, Bekleidungschooquatackas, Spielzeugchooquatackas und so weiter.

„Guten Tag, sind Sie Daniel Roothfield?"

„Ja" antwortete der gefragte und hielt beim Hochfahren der Rolladen inne. Er sah einen jungen Mann in einem türkisfarbenen Hemdchooquatacka vor sich.

„Ich wurde von Casey geschickt, und Sie sollen mich einer Abteilung zuweisen."

„Moment." Daniel dachte eine Weile nach, dann fragte er: „Als was haben Sie sich beworben?"

„Verkäufer."

„O. k." Der Vorgesetzte griff nach seiner Aktentasche.

Plötzlich stürzte Casey mit den Lieferanten durch eine Seitentür in die Halle und zeigte ihnen, wo welche Chooquatackas hingebracht werden sollten. Ihnen folgte eine Putzkolonne, die anfing, das ganze Einkaufszentrum zu putzen. Als letzte kamen neueingestellte Verkäufer. Verblüfft verfolgte Daniel eine Weile das Geschehen.

„Gerade eben war es noch ganz still und jetzt – meine Güte!" Er holte die Mitarbeiterakte hervor.

„Daniel. Kannst du die restlichen Läden noch öffnen!" Casey stand vor seiner Nase.

„Ja, ja.“ erwiderte er und beendete eilig das Öffnen der Boutiquen.

Langsam packten die Verkäufer ihre Ware aus und machten sich noch einmal mit ihrem neuen Verkaufsflächen vertraut. Währenddessen brachten die fleißigen Mitarbeiter der Putzkolonne alles auf Hochglanz. Daniel kam es jedoch so vor, als hätte er etwas vergessen. Dann erblickte er den etwas verlorenen Mann in Türkis von vorhin. Wieder trat Casey zu ihm.

„Du wirst es nicht glauben, aber vor dem Gebäude warten schon eine Menge Leute.“ Sie deutete mit dem Daumen hinter sich – dort, wo der Eingang war.

„Hm“ entgegnete er und ging zu dem Bewerber.

„Ziemlich viel los, was?“ fragte dieser, als Daniel mit der Mitarbeiterakte in der Hand zu ihm kam.

Der Vorgesetzte sah vor seinem geistigen Auge die hereinströmende Menge – das kannte er schon von den Chooquatacka-Boutiquen, die er zuvor betreut hatte. „Das ist erst der Anfang.“ sagte Daniel. „Also, Sie sind Ralph Godlevsky?“

Der junge Mann nickte.

Hollywood, Kalifornien
9. Juni

Pat Magnus Shumler – größter Magier und Illusionist in den USA
G. – Personalien geschützt, da top secret, Elitespion des Mossad mit der Vollmacht auf unbegrenzte Geldzahlungen
Sein Kompagnon – mit der Lizenz zum Schweigen
Harry – des Magiers bester Freund, zuständig für dessen Illusionen (macht sie sichtbar)

„Ich möchte jetzt fernsehen.“ sagte der dicke Magier und rülpste verärgert. Er hatte es satt, allen zur Verfügung zu stehen. „Die Show ist aus, können Sie mich nicht morgen früh belästigen?“ Er wollte schon die Tür zuknallen, als G. seinen Fuß in den Türspalt setzte. „Hey, bitte, was soll denn das? Ich hab wirklich keinen Bock jetzt mit euch zu verhandeln! Jeder braucht mal seine Ruhe!“

G. ließ nicht nach und gab seinem Gefährten kopfnickend ein Zeichen, damit dieser die Tür aufdrückte, was er auch tat, wodurch der Magier zu Boden fiel. Der Elitespion schloß die Tür hinter sich.

„O. k., mein lieber, gleich sagen wir Ihnen, aus welchem Grund wir gekommen sind. Aber bereiten Sie uns noch bitte zwei Brandys zu – mit Eiswürfeln!“

Magnus Shumler stolperte zur Bar hinüber, holte zwei Gläser hervor und schenkte den Alkohol ein. Die beiden Ankömmlinge setzen sich an die Theke.

„Also, mein lieber Pat, Sie können sich denken, daß wir nicht aus reinem Zufall hier erschienen sind, wahrscheinlich wissen Sie es ja schon, schließlich sind Sie ja ein Magier!“

Der Mann runzelte die Stirn und sagte: „Ich kenne Sie nicht, und es interessiert mich auch überhaupt nicht, wer Sie sind, woher Sie kommen und was Sie von mir wollen! Gleich kommt meine Lieblingsserie, und diese würde ich mir liebend gerne anschauen“, wobei er die Betonung auf ‚liebend gerne‘ legte, „also, wenn Sie gestatten ...“ Er wollte gerade zum Fernseher hinübergehen, um diesen einzuschalten, doch G. ließ es nicht zu, indem er sich dem Magier in den Weg stellte.

„Nein, ich hätte lieber Stille.“ sagte der Agent, wobei er Magnus Shumler ernst anschaute. „Das, was ich Ihnen sagen will, könnte von großer Bedeutung für Sie sein. Am besten sage ich Ihnen gleich, daß Sie sehr viel verdienen können, sonst hören Sie mir überhaupt nicht zu.“

„Verdienen, wie meinen Sie das, geht es um eine neue Show?“ fragte der Magier und reichte den beiden Besuchern ihren Brandy.

„Nein“ antwortete G. und nippte an seinem Glas.

„Ja, worum handelt es sich dann?“ Magnus Shumler hatte nun den Fernseher vollkommen vergessen.

„Wir brauchen Ihre Hilfe, Pat. Sie haben doch sicher von diesen

Chooquatackas gehört, die sind jetzt in aller Munde. Wir müssen wissen, wie dieses Zeug funktioniert, und das möchten wir von Ihnen erfahren."

„Chooquatackas? Sie sind wirklich hierhergekommen, um mich nach den Chooquatackas zu fragen? Hahaha! Das ist der beste Witz, den ich seit längerem gehört habe! Sie wollen wohl von mir erfahren, wie diese Dinger funktionieren? Hahaha! Sie sind wohl vollkommen übergeschnappt!" Der Magier wandte sich von seinen Besuchern ab, setzte sich vor seinen Fernseher, schaltete ihn ein und drehte den Ton lauter. Seine Lieblingsserie lief bereits.

Verwundert schaute G. seinen Begleiter an und runzelte die Stirn. Flugs trat er hinter den Sessel, auf dem Magnus Shumler saß, und legte seine Hand auf dessen Schulter. „Lieber Pat, bitte machen Sie uns nichts vor, wir wissen ganz genau, daß Sie über diese Chooquatackas Bescheid wissen. Sie sind schließlich ein Insider. Wir zahlen auch keinen geringen Betrag für Ihre Dienste – eine Million Dollar! Ist das etwa nichts? Sie sind der größte Magier der USA, wenn Sie es nicht wissen, wer sonst sollte es wissen?"

Der Zauberkünstler fühlte sich herausgefordert und antwortete mit erhobener Stimme, wobei er seinen Blick nicht vom Bildschirm wandte: „Wir Magier arbeiten auf der Bühne mit Tricks. Das, was das Publikum sieht, ist reine Illusion!"

„Genau darum geht es uns, Pat! Sagen Sie uns, wie dieser Trick funktioniert!" drängte G.

Magnus Shumler wurde noch erboster als zu Beginn und entgegnete rauh, wobei er seine Augen weiterhin auf den Bildschirm fixierte: „O mein Gott, Sie verstehen ja rein gar nichts! Lassen Sie mich bitte in Ruhe!"

„O. k., ich verstehe alles." insistierte G.

Pat wandte nun das erste Mal sein Gesicht vom Bildschirm ab und schaute den Agenten griesgrämig an.

„Zehn Millionen." sagte der Elitespion.

„Was?"

„Zehn Millionen Dollar."

„Sie spinnen! Sie wollen wirklich, daß ich Ihnen erkläre, wie diese Chooquatackas funktionieren? Das ist doch nicht möglich! Niemand kann das, das ist ein großes Geheimnis!“ grollte er.

„Das ist kein großes Geheimnis, das ist alles nur eine Frage des Geldes. Geld öffnet alle Türen.“

„Jetzt aber raus hier, mir reicht's!“ Pat griff beide Männer von hinten am Kragen und schubste sie zu Tür hinaus, was ihm bei seiner stattlichen Statur nicht besonders schwerfiel. Dabei vernahm er die Stimme von G., die wie ein hypnotischer Befehl auf ihn wirkte.

„Hundert Millionen Dollar!“

Magnus Shumler legte abrupt den Rückwärtsgang ein, bewegte die beiden Männer zur Theke zurück und schenkte ihnen noch zwei Gläser Brandy ein. Er ließ sie sich auf den Barhocker setzen und sprach sie direkt von vorne an.

„Was muß ich tun?“

„Sie sagen uns ganz einfach, wie Chooquatackas funktionieren, und als Nachweis verlangen wir dann fünf beliebige Dinge, die Sie uns anschließend materialisieren. Die ganze Angelegenheit dauert für Sie zwanzig Minuten, wenn es hoch kommt eine Stunde, und dafür werden Sie fürstlich mit einhundert Millionen Dollar entlohnt. Sie bekommen das Geld im Koffer oder auf ein beliebiges Konto überwiesen. Dieses Geld ist für Sie natürlich steuerfrei.“

„Und wieviel Zeit habe ich?“

„Nicht sehr viel Zeit.“

„Wieviel?“

„Pat, wir dachten eigentlich, Sie würden es uns gleich zeigen. Wir haben eine Stunde Zeit, und das Geld haben wir auch schon bei uns.“

Bis zu diesem Augenblick konnte sich der Magier noch halbwegs beherrschen, doch nun verlor er vollständig die Kontrolle. Er schmiß die beiden Männer erzürnt aus seiner Wohnung.

Als er ins Wohnzimmer zurückkam, sah er zwei zerschüttete Brandygläser und eine Visitenkarte auf dem Fußboden liegen. Er griff selbst nach der Brandyflasche, nahm ein großes Glas in die Hand, goß es voll ein, trank es in einem Zug aus, rülpste kurz auf und griff nach dem Hörer seines Telefonapparates.

Nachdem er eine längere Nummer in die Tastatur geklopft hatte, sprach er kurz danach hastig in die Muschel: „Harry, ich brauche dich, es ist dringend! Wir haben doch vor Jahren diese Show in Las Vegas gemacht, wo das Publikum beliebige Sachen nennen konnte, die ich anschließend für die Zuschauer auf der Bühne ‚materialisiert' habe. Du weißt, das haben wir damals mit Mentalismus bewerkstelligt und dank deiner handwerklichen Geschicklichkeit zur ‚Manifestation' vorbereiteter Dinge auf der Bühne. Du erinnerst dich doch?"

Im Hörer erklang eine rauchige Stimme: „Ja, Pat, das weiß ich noch ganz genau."

Magnus Shumler fuhr fort: „Könnte man das auch in einer Wohnung machen?"

„In einer Wohnung? In einer Wohnung hab ich das noch nie ausprobiert. Ich weiß nicht ..."

„Könntest du das in meiner Wohnung machen? Das mit der mentalen Programmierung des Publikums ist kein Problem für mich, das ist ja meine starke Seite, aber ich kann mir vorstellen, daß die ‚Materialisation' in einer Wohnung weitaus komplizierter ist als auf der Bühne."

„Es ist eine Herausforderung."

„Harry, nimm schnell den nächsten Flieger, ich hole dich vom Flughafen ab."

„O. k., Pat! Ich ruf dich vor dem Abflug an, um wieviel Uhr ich da sein werde."

Hollywood, Kalifornien
11. Juni

Pünktlich um zwölf Uhr klingelte es an der Tür. G. trug in seiner Hand eine kleine Videokamera, sein Kompagnon einen großen

Koffer.

„Hallo, da sind Sie ja!“ rief Pat aus, der sein Lieblingszaubererkostüm angezogen hatte. „Wollen Sie sich für die große Show des Magiers Magnus Shumler begeistern, dann treten Sie näher!“

Der Geheimagent war etwas verwundert, soviel Freundlichkeit hatte er nicht erwartet. „Bitte ohne Show, kommen Sie gleich zur Sache! Das hier ist ein Geschäft, keine Show. Wir haben wie letztes Mal das Geld bei uns, ich werde alles aufzeichnen. Legen Sie los, wir haben keine Zeit!“

„Dann treten Sie doch ein!“ Der Magier führte sie in das Wohnzimmer, wo nun keine Möbel mehr zu sehen waren. Anstatt dessen war eine kleine Bühne mit einer schwarzen Kulisse aufgestellt.

„Das ist mein Assistent Harry.“ Er zeigte auf seinen Kollegen, der ein schwarzes Gewand mit gelben Sternen anhatte. „Bitte setzen Sie sich doch!“ Er wies auf zwei rotbezogene Stühle, die gegenüber von der Bühne aufgestellt waren.

G. setzte sich und kommentierte nur: „Das mit der Dekoration hätten Sie sich sparen können.“

„Das ist nur eine Angewohnheit von mir, eine Berufskrankheit sozusagen. Lassen Sie sich davon nicht irritieren!“

„Dann schießen Sie mal los!“ drängte der Elitespion ungeduldig.

„Meine Herren, nun werden Sie Zeuge sein, wie ich fünf willkürliche Gegenstände, die Sie selbst nach Belieben auswählen, hier in diesem Raum zum Erscheinen bringe!“

„Halt, halt, halt! So haben wir das nicht vereinbart! Sie sollten uns zunächst erklären, wie es funktioniert und danach beweisen, daß es funktioniert. Wir machen hier die Regeln, nicht Sie!“ protestierte G.

Doch Pat erklärte ungerührt: „Aber Verzeihung, das hier ist ein mentales Problem, deswegen sind Sie ja schließlich zu mir gekommen, es hat mit dem Verstand zu tun. Wenn Sie verstehen wollen, wie Chooquatackas funktionieren, müssen Sie sich mental darauf vorbereiten.“ Dabei schaute der Magier mit einem starren Blick tief in die Augen seiner beiden Zuhörer. „Sie glauben das, was Sie sehen! Was Sie nicht sehen, daß können Sie nicht glauben. Also beeinflußt Ihr

Glaube das Vorhandensein der Wirklichkeit, in der Sie leben. Beide Teile davon sind eine Illusion, sowohl der Glaube als auch die Realität. Vordergründig sieht es nur so aus, als ob die Realität real wäre, aber sie ist nur in soweit real, wie der Glaube des Betrachters.“ sagte Magnus Shumler mit hypnotischer Stimme. „Sie möchten nun, daß ich den ersten Gegenstand materialisiere.“

G. schaltete geistesabwesend seine Videokamera an und richtete sie auf den vermeintlichen großen Meister.

„Sagen Sie nicht, was Sie als ersten Gegenstand, als erstes materialisiert haben wollen!“ Der Magier schloß konzentriert seine Augen, legte seine linke Hand auf die Stirn und fuchtelte mit der rechten auf sein Publikum. „Ich weiß es nämlich bereits. Ist es vielleicht ein ... Apfel?“

„Ja, es ist ein Apfel, aber woher wissen Sie das?“ entgegnete der Agent mit großer Verwunderung.

„Sie selbst, Sie selbst haben es eben auf telepathischem Wege zu mir gesagt.“ Der Magier deutete theatralisch auf G. „Ich habe es nur durch meine außersinnliche Feinfühligkeit wahrgenommen. Und nun schreiten wir zur Tat über.“ Pat gab Harry ein Zeichen, ohne daß es die Anwesenden bemerkten. „Ich muß mich jetzt konzentrieren.“ Dabei machte Magnus Shumler ein paar geschickte Handbewegungen, und plötzlich sahen die beiden Männer einen Apfel im Raum schweben.

G. sprang auf und bewegte sich kreisförmig um den Apfel herum, um ihn mit seiner Videokamera plastisch zu erfassen. Danach faßte er mit seiner linken Hand nach dem Apfel, ergriff ihn, streckte seine Hand zu seinem Kompagnon hin und befahl ihm: „Beiß rein!“

Des Agenten Mitarbeiter wußte aber nur zu antworten: „Aber ich habe jetzt gerade keinen Hunger.“

Der Elitespion wurde wütend. „Jetzt mach schon, wir brauchen Beweise!“

Unwillig biß sein Kompagnon in den Apfel und antwortete: „Das ist ein Apfel!“

„Ja, ja, ja ...!“ G. war zufrieden.

Auf diese Weise ging die Show weiter, und am Ende sagte der Magier: „Ich danke Ihnen für die aufmerksame Teilnahme an unserer Show, und ich hoffe, ich habe Sie überzeugen können." Er griff nach dem Koffer der zwischen den beiden Zuschauern stand und verschwand mit seinem Assistenten hinter den Kulissen.

G. blickte kurz zu seinem Kompagnon hinüber, während er auf dem Highway 65 in eine langgestreckte Linkskurve abbog.

„Die haben alle fünf Sachen materialisiert. Einen Apfel, eine brennende Kerze! Feuer! Sogar einen Schokoladenkuchen, der war nicht schlecht!" schilderte der Agent begeistert.

Sein Begleiter versuchte ihn zu unterbrechen: „Aber G. ..."

„Sogar einen bellenden Hund haben die hingekriegt. Und als Draufgabe gab es noch eine Palme! Obwohl wir es gar nicht von ihnen verlangt hatten."

„Aber G., wieso läßt du mich nie etwas sagen!" protestierte sein Komplize.

„Weil ich es nicht gewohnt bin, daß du etwas sagst." Der Elitespion konzentrierte sich wieder auf die Fahrbahn.

„Hast du mal auf die Liste geschaut, die wir von der Zentrale bekommen haben? Da standen, glaube ich, andere Dinge drauf, die Pat materialisieren sollte."

G. leitete mitten auf dem Highway eine Vollbremsung ein. Jetzt erst war es ihm aufgefallen. Sie sind von Magnus Shumler reingelegt worden! Der Geheimagent holte eine Art Polizeisirene hervor, und setzte sie auf das Dach. Er wendete in einer halsbrecherischen Aktion und fuhr mit einem lauten Gejaule im Gegenverkehr zurück.

Der Elitespion brüllte seinem Mitarbeiter zu: „Ruf sofort unseren Kontaktmann beim FBI an, und laß ihn alle Flüge sperren!"

„Harry, du bist wie immer eine Wucht! Das war einer unserer besten Auftritte heute oder auf jeden Fall der bestbezahlte!" Der Magier griff nach dem Koffer mit dem Geld und sagte: „Das gehört jetzt uns! Machen wir uns so schnell wie möglich aus dem Staub!"

Die beiden gingen in die Garage und fuhren mit Pats Auto zum Flughafen. Da dieser nicht weit entfernt war, kamen sie dort innerhalb von zwanzig Minuten an. Die zwei Männer gingen zum Check-in-Schalter, um so schnell wie möglich in die Maschine zu gelangen. Doch die Dame am Schalter schüttelte den Kopf und sagte, daß alle Flüge gesperrt seien. In Magnus Shumlers Gesicht zeigte sich Nervosität. Doch noch bevor er an einen Plan B denken konnte, stürzte ein Dutzend Polizisten in das Terminal und bemerkte auch gleich die Zauberkünstler, da sie nicht mehr die Zeit gehabt hatten, sich umzuziehen. So endete die Karriere des einst größten Magiers der USA.

Colorado
12. Juni

„O. k., was spielen wir?" fragte Lucy.

„Ich mag Prinzessinnen spielen!" antwortete Monica.

„Nein, bitte nicht wieder Prinzessinnen!" nörgelte Timmy.

„Spielen wir Dschungel! Ich will ein Löwe sein, grrr!" rief Max.

„Nein, Dschungel haben wir doch gestern schon gespielt", protestierte Monica. „Ich will Prinzessinnen spielen, und du Max bist der König und Timmy der Ritter! Aber Timmy spiel nicht wieder so einen verrückten Ritter und Erfinder, sondern einen normalen!"

„Nein. Ich spiel so nicht mit!" widersetzte sich Timmy. „Ich will heute einen reisenden Astronauten spielen, dessen Raumschiff abgestürzt ist!"

„Ich weiß, was wir spielen!" rief Carol, die die ganze Zeit nachgegrübelt hatte. „Wir spielen, daß wir auf einem anderen Planeten leben!"

„Ja! Und der heißt Cortana! Und ich bin ein grünes Löwenwesen, das dort im Dschungel lebt!" sagte Max begeistert.

„Und du Monica bist die schöne Prinzessin, die dort herrscht."

fügte Carol aufgeregt hinzu.

„Ich will aber von einem bösen Drachenwesen entführt werden, und jemand muß mich retten!" entgegnete Monica entschieden.

„Und ich bin ein Erdenmensch, der in die Galaxis geflogen und auf Cortana abgestürzt ist! Und ich heiße Colin." Timmy war begeistert.

„Und ich bin in grüne Blätter gekleidet und habe langes schwarzes Haar mit Blumen, und ich finde dein Schiff. Und ich bin eine Heilerin!" verkündete Carol.

„Dann bin ich eine wunderschöne Kriegerin, und ich habe blondes geflochtenes Haar und habe grüne, so leuchtende Augen. Und ich heiße ... hm ... Kisana!" sagte Lucy.

„O. k., du sitzt besorgt neben deinem Raumschiff", leitete Carol das Spiel ein, „und ich finde dich jetzt ..."

„Hallo, kann ich dir behilflich sein?" fragte die Heilerin.

„Wenn du Raumschiffe reparieren kannst, dann schon!" antwortete Colin. „Wer bist du eigentlich?"

„Ich bin Calana und bin eine Heilerin. Früher gab es einmal ganz viele von uns, doch das böse Drachenwesen hat alle verfolgt und aufgefressen, nur ich konnte vor ihm fliehen. Ich habe mich in einer Höhle versteckt, und dort hat es mich nicht finden können. Jetzt hat es unsere schöne Prinzessin entführt, die auf diesem Planeten herrscht."

„Das ist sehr traurig, ich komme von weit her, von einem Planeten, der Erde heißt. Dort habe ich lange gelebt, bis ich dieses Raumschiff gebaut habe und ins Weltall geflogen bin. Ich bin durch Tausende von Galaxien gereist, doch mein Propeller ist kaputtgegangen, und solche Propeller gibt es nur auf der Erde. Und jetzt habe ich ein Problem."

„Das tut mir leid. Aber weißt du was? Ich habe eine Idee! Es gibt auf unserem Planeten einen magischen Ort, mitten in der Höhle des Drachenwesens, wo wir um Mitternacht bei Vollmond einen Propeller von der Erde herzaubern können! Und heute Nacht ist Voll-

mond!"

„Ja, das wäre wunderbar! Dann können wir bei dieser Gelegenheit eure Prinzessin retten."

Und so gingen sie los zur Drachengrotte. Unterwegs trafen sie das Löwenwesen und die Kriegerin.

„Wer seid ihr?" fragte die Kriegerin. „Wenn mich meine Augen nicht täuschen, dann bist du eine Heilerin. Aber ich dachte, das Drachenwesen hat euch alle getötet?"

„Ja, ich habe nur durch Glück überlebt. Ich heiße Calana, und das ist mein Freund Colin vom Planeten Erde. Wer seid ihr?"

„Ich bin Kisana, und das ist mein treuer Gefährte Leo, das Löwenwesen."

„Wir wollen es diesem Drachenwesen zeigen! Was fällt ihm eigentlich ein, alles zu zerstören und unsere schöne Prinzessin zu entführen!" entgegnete das Löwenwesen.

„Wir gehen auch zu seiner Grotte, wir wollen nämlich ‚tepleportisch' einen Propeller herzaubern." sagte Calana.

„Dann laßt uns zusammengehen!" rief Leo.

So reisten sie gemeinsam zum Drachenwesen. Das Land wurde immer grauer und lebloser. Bald waren nur noch Staub und Asche zu sehen. Dann kamen sie bei der Grotte an.

„Nein, ich will aber nicht in einer Grotte sein", sagte Monica. „Ich will über der Grotte in einem Turm gefangen sein." Sie kletterte auf einen Baum. „Ihr müßt mich von hier aus retten!"

Als die vier ankamen, kroch das Drachenwesen aus seiner Höhle und spie Feuer. Es wollte sie erschrecken. Doch die Kriegerin holte ihren Bogen hervor und schoß dem Untier einen Pfeil in den Bauch. Es sprang vor lauter Schmerz wütend auf Kisana, doch das Löwenwesen biß ihm in den Schwanz, so daß es vor Wut wieder Feuer spie und Leo und die Kriegerin mit der Pfote zur Seite stieß. Noch bevor sich die Bestie auf die beiden schmeißen konnte, um sie aufzufressen, holte Colin eine Pistole hervor und erschoß sie. Das Drachenwesen fiel tot zu Boden.

„Danke, daß ihr mich gerettet habt, ich werde euch mit den Schätzen aus meiner Schatzkammer beschenken!" sagte die Prinzessin.

„Es wird bald Mitternacht, und wir haben nur heute die Chance, den Propeller ‚herzutepleportieren', denn bei uns ist nur alle zehn Jahre Vollmond!" entgegnete die Heilerin aufgeregt.

„Und ich?" fragte die Prinzessin.

„Wir holen dich da gleich runter! Wenn wir den Propeller haben, kann ich mit meinem Raumschiff zu dir hochfliegen und dich runterholen!" ermutigte sie der Astronaut Colin.

„Bitte beeilt euch aber, weil meine böse Schwester die Herrschaft übernehmen wird, wenn ich nicht bald in mein Schloß zurückkomme!"

„Sorge dich nicht!" sagte Leo und betrat die Höhle.

„Also, ihr müßt euch im Kreis aufstellen und die Augen schließen. Ich sage einen magischen Spruch, und ihr müßt euch vorstellen, daß ein Propeller in der Mitte unseres Kreises ist." weihte die Heilerin sie ein.

Alle packten sich an den Händen und schlossen die Augen.

Sie fing an den magischen Spruch zu murmeln: „Tilas, mintikus, malinamu korrr ..."

„Ah!!!" schrie Monica auf.

Die Kinder öffneten ihre Augen und drehten sich zu ihr hin.

„Wieso schreist du?" fragte Timmy.

„Schaut doch, zwischen euch, ein Propeller, ein Chooquatacka!" schrie sie. Und wahrhaftig – da glänzte ein farbiges Hologramm-Propellerchooquatacka zwischen ihnen.

„Michael, Michael! Ich muß dir schnell was zeigen!" rief Max seinem zehn Jahre älteren Bruder zu.

„Hey Mann, Max, ich hab echt jetzt keinen Bock drauf mit dir verstecken zu spielen!" Michael lag auf seinem Bett und hörte Musik. „Erwachsene haben halt ihre eigenen Angelegenheiten! Und bei mir läuft momentan alles Schei..." er unterdrückte das Schimpfwort, weil er es ja seiner Mutter versprochen hatte. „Such dir ein anderes Opfer!"

„Aber Michael, ich will nicht Verstecken spielen!" protestierte der kleine Junge aufgeregt.

„Das ist mir egal." sagte der ältere Bruder gefühllos. Er drehte seine Lieblingsmusik voll auf und kehrte zu seinen trüben Gedanken zurück.

„Gut, dann zeig ich es dir eben nicht!" brüllte Max. „Ich zeige es Mum und Dad!" Daraufhin lief er aus dem Raum.

Michael stand auf, ging um den Stapel von Klamotten und CDs herum, der ihm den Weg aus seinem Zimmer versperrte und rief dem Jungen nach: „Mum und Dad sind noch nicht zu Hause!"

Der kleine drehte sich um und lief zurück zu seinem Bruder. „Kommst du jetzt mit? Bitte!"

„Gut, da ich schon aufgestanden bin, kann ich ja mitkommen. Aber wenn das bloß ein dummer Streich ist ..."

„Keine Sorge, Monica paßt schon drauf auf!"

Michael folgte seinem kleinen Bruder immer neugieriger. Den ganzen Weg hopste Max aufgeregt auf und ab. Als sie schließlich an dem Ort ankamen, wo der Baum wuchs und das kleine Mädchen auf sie wartete, waren Lucy und Timmy auch schon da.

„Bei uns ist keiner zu Hause, sonst hätten wir auch jemanden mitgebracht!" verkündete Lucy betrübt.

„Das ist Michael, mein großer Bruder!" sagte Max stolz.

„Ja und was wolltet ihr mir zeigen?" fragte der vorgestellte.

„Du mußt noch warten, bis Carol wieder da ist." wurde Michael von seinem kleinen Bruder belehrt. „Da kommt sie ja! Und sie hat jemanden mitgebracht!"

Carol zog ihre zwanzigjährige Schwester an der Hand und sagte ihr, sie solle sich beeilen.

„Hallo, ich bin Michelle!" Sie lächelte Michael an, und er wurde etwas verlegen. „Worum geht es, Carol?" wandte sie sich dann wieder an ihr jüngeres Familienmitglied.

„Also, wir wollen euch zeigen, was wir gemacht haben! Kommt, es ist hinter diesem Busch!“ sagte Carol und die Kinder führten die beiden älteren Geschwister zu ihrem Propellerchooquatacka. Michelle stieß einen Schrei der Verwunderung aus.

„Woher wißt ihr, wie man die macht?“ fragte sie.

„Ist das nicht einfach nur ein fauler Trick? Habt ihr die nicht etwa geklaut, um euch lustig über uns zu machen?“ Michael war irritiert.

„Nein!“ riefen die Kinder empört.

„Wir sind doch keine Diebe!“ entgegnete Lucy beleidigt.

„Wer hat euch verraten, wie man Chooquatackas macht?“ fragte Michelle die Kleinen.

„Keiner. Das waren wir selbst!“ sagte Timmy stolz.

„Ich habe es doch gesehen! Timmy, Max, Lucy und Carol haben sich an den Händen gehalten, die Augen geschlossen, und Carol hat dann irgend so einen Spruch aufgesagt, und dann ist das Chooquatacka plötzlich aus dem Nichts aufgetaucht!“ schilderte Monica die Ereignisse sehr überzeugt.

„Kinder, denkt ihr nicht, das könnte verboten sein?“ meinte Michelle.

„Wir haben es doch nicht mit Absicht gemacht!“ versuchte Max sich zu wehren.

„Hey, würdet ihr es schaffen noch mehr davon zu machen?“ fragte Michael plötzlich neugierig.

Michelle wollte etwas sagen, aber er gebot ihr, leise zu sein. Die Kinder stellten sich im Kreis auf und schlossen die Augen.

„O nein!“ rief Carol. „Ich habe meinen Zauberspruch vergessen!“

„Das macht nichts, denk dir einen neuen aus!“ ermutigte sie Michael.

Carol begann etwas Neues aufzusagen, und es passierte – nichts! Kein Chooquatacka tauchte auf. Michael war etwas enttäuscht, doch er wollte nicht aufgeben, noch nicht.

„Vielleicht funktioniert es nur bei Vollmond!“ meinte Timmy.

„Es ist doch gar nicht Vollmond, das haben wir nur gespielt!“ sagte Lucy wütend.

„Was habt ihr gespielt?“ wollte Michael wissen.

„Also ... Monica war eine Prinzessin ...“ Max berichtete detailliert ihr aufregendes Spiel.

Als er fertig war, fragte Michael: „Könntet ihr das ganze nicht noch einmal spielen?“

„Nein! Das ist doch langweilig!“ Die Kinder waren empört.

„Gut. Ich erkläre euch, worauf ich hinaus will.“ begann der einundzwanzigjährige. „Ich habe da nämlich eine Idee!“ Er überlegte eine Weile und sagte: „Wir könnten doch unsere eigene Chooquatacka-Firma gründen!“

„Das ist hundertprozentig verboten! Oder willst du Chooquatackas etwa illegal verkaufen?“ Michelle drückte ihren Unwillen aus.

Michael entschuldigte sich bei den Kleinen und nahm sie zur Seite: „Hey, versau..., äh, ich meine, macht jetzt nicht alles kaputt! Das ist ein wirklich gutes Geschäft! Die Chooquatackas haben momentan ein viel größeren Absatz als Drogen!“

„Was?! Du bist ein Dealer! Weißt du nicht, daß Drogen den Leuten schaden, an die du sie verkaufst!“ entrüstete sich Michelle.

„Bleib cool!“ Er wollte nicht, daß sie jetzt einfach wegging, denn sie faszinierte ihn – sie war anders als die Mädchen, die er kannte. „Bitte, hör mir doch zu: Ich will mich für immer von diesem Zeug trennen! Ich will jetzt Chooquatackas verkaufen. Das ist das, was die Menschen wirklich brauchen. So können wir auch noch etwas für deren Verbreitung tun. Außerdem denk daran, wieviel Geld wir davon haben könnten! Und es wäre faires Geld!“

„O. k., gut. Du hast mich überzeugt.“ sagte Michelle unsicher.

Dann wandte sich Michael wieder an die Kinder: „Meine Lieben, ich möchte mit euch einen Deal machen! Also, ich sage euch immer, welche Chooquatackas ich brauche, und ihr spielt dann ein Spiel, um diese Chooquatackas herzustellen! Ihr könnt also alles spielen, was ihr wollt – es müssen nur die Chooquatackas entstehen, mit deren Produktion ich euch beauftrage.“ Die Kleinen jubelten enthusiastisch. „Das ist aber noch nicht alles! Diese Chooquatackas werde ich und Michelle ...“ Michael schaute unsicher auf sie. Als sie nickte, sprach er weiter: „... verkaufen. Das heißt, wir verdienen Geld. Und ihr kriegt einen Anteil davon."

„Boa! Cool! Wir werden wie Erwachsene Geld verdienen!" sagte Max begeistert, und alle waren ganz aufgeregt.

„Es gibt aber eine Bedingung." Michael beugte sich zu den Kleinen hinunter und flüsterte, um die Wichtigkeit seiner Worte zu unterstreichen: „Ihr dürft es niemandem verraten, nicht einmal euren Eltern. Denn wenn das jemand erfährt, kommen Michelle und ich ins Gefängnis!" Er klang so überzeugend, daß alle Kinder zu schweigen versprachen.

An diesem Tag hatte Michael eine lebensverändernde Entscheidung getroffen – er würde nie mehr derselbe sein. All seine Betrübtheit verließ ihn für immer. Er fing an zu fühlen, daß er eine Mission hatte.

Chooquatacka-Fabrik, New York City
13. Juni

Louis Kimbald tippte die Zahl – achttausend –, die Farben – alle Farben – und die Größe – zwölf Zoll – ein. Dann schloß er die Augen. Die „Gold Gloria" begann zu summen, und ihr Klang verschmolz mit dem Brausen der unzähligen anderen Maschinen in der Fabrik. Der Reihe nach tauchten farbige Ballchooquatackas auf.

Als sich schon ein Dutzend auf der metallischen Plattform manifestiert hatte, griff eine Hand nach einem der Bälle. Greg Crane begutachtete Louis Arbeit. Er hielt das Chooquatacka gegen das Licht und, obwohl es nur ein Spielzeug war, hätte es genauso gut ein Kunstwerk sein können. Der Ball wirkte wie eine filigrane Frucht, die in den schönsten Farben glänzte. Als der Firmeninhaber ihn wieder zurück legte, hatten sich schon in der Zwischenzeit um die fünfzig weitere Chooquatackas manifestiert. Doch keines davon glich dem anderen. Einige waren sogar minimal größer oder kleiner. Die Farbschichten der einzelnen Ballchooquatackas bildeten sich auch jedesmal neu. Greg blickte auf Louis lächelndes Gesicht, auf dem sich die Mimik wandelte. Nur das Surren des Chooquatackators blieb gleich.

Als nächstes wanderte des Chooquatacka-Erfinders Auge zu Diann Florell hinüber, die gerade traumhafte Blumensträuße herstellte. Auch diese häuften sich einer nach dem anderen übereinander an. Wie wunderbar doch diese Blumensträuße waren, dachte sich Crane. Gerade erschien einer mit blauen Rosen, und der Mann hielt vor Begeisterung die Luft an.

„Hallo Greg!" sagte ein Mitarbeiter beim Vorbeigehen.

Der Firmeninhaber nickte ihm zu, und dann schaute er wieder auf Diann, die gerade mit der Hand an den Sensor faßte, der an ihrer Schläfe klebte. Plötzlich öffnete sie die Augen, und sagte, als sie ihren Chef erblickte: „Guten Tag!"

Die Maschine begann jedoch durch ein merkwürdiges Knirschen zu verstehen zu geben, daß sie weiterarbeiten wollte. Also konzentrierte sich Diann wieder auf die Blumensträuße.

„Greg, jemand will dich sprechen." flüsterte Emma von hinten.

„Sag, ich rufe zurück."

„Es ist ein gewisser Emil Bensen."

Crane machte kurz einen verwunderten Eindruck, dann folgte er wortlos der Sekretärin. In seinem Büro angekommen nahm er das Gespräch entgegen.

„Hallo Greg! Lange nicht mehr voneinander gehört, was?" fragte eine erfreute Stimme.

Die Augen des Chooquatacka-Erfinders leuchteten auf, und das Glück kicherte auf seiner Nase. Er hatte seinen guten rothaarigen Freund sehr wohl in Erinnerung.

„Ich habe gehört, daß du eine gewaltige Firma leitest!" Emil räusperte sich. „Ich meine, wer hätte davon nicht schon gehört? Mensch, das ist einfach unglaublich, was du da auf die Beine gestellt hast. Ich selbst habe mein Haus voller Chooquatackas. Wie laufen denn eigentlich die Geschäfte?"

„Prima. Die Nachfrage steigt von Tag zu Tag, wir stellen regelmäßig neue Leute ein, ich habe schon ein paar Chooquatacka-Houses eröffnet, und ich arbeite gerade an etwas ganz großem, einer ganz neuen Art Handelszentrum für Chooquatackas. Und was machst du so?“

„Das klingt ja richtig aufregend! Was ich mache? Tja, ich bin weiterhin in der Filmbranche. Und hier komme ich auf den Punkt: Ich rufe nämlich nicht ganz von ungefähr an, ich hätte da eine Idee ...“

Georgia
14. Juni

„Guten Abend, meine Damen und Herren!“ William Bootster, der Direktor einer noblen Werbeagentur hatte seine Vorgesetzten zu einer Sondersitzung versammelt. „Sie wissen doch, wie fortschrittlich wir sind. Wir waren jeder Werbekampagne unserer Konkurrenz immer um eine Nasenlänge voraus.“ Er lächelte selbstherrlich. „Seine Wirtschaftskenntnis hat schon mein Vater in diese Firma gesteckt. Und da unsere Strategien gut gehütet werden und jede Neueinführung in Anwesenheit des Vorstands ausführlich diskutiert wird, werde ich dies auch heute tun. Es sei der Tradition genüge getan, daß sich die Klügsten mit den Fähigsten zusammensetzen, um neue Entscheidungen zu treffen. Denn nur so kann die Firma ihre führende Rolle auf dem Markt bewahren und weiter ausbauen.“ Der Direktor lächelte sein Spiegelbild in der Vase, die vor ihm stand, an. „Ich will Sie heute nicht allzu lange aufhalten, deswegen werde ich gleich zur Sache kommen: Ich bin auf eine atemberaubende Idee gekommen, die den Gesamtcharakter unserer Firma verändern und sie mit neuer Energie auftanken wird. Sie wird unsere Beliebtheit erhöhen, eine neue Werbekampagne beinhalten und gleichzeitig die Zufriedenheit unserer Mitarbeiter fördern. Klingt utopisch, nicht wahr? Und doch ist es möglich! Es ist möglich, indem wir das verwirklichen, was ich mir habe einfallen lassen."

„Worum handelt es sich denn?" fragte ein älterer Herr etwas genervt.

„Darauf will ich doch hinaus!" sagte William Bootster mit einem Ton, der vom dichtenden Kaiser Nero hätte stammen können, keineswegs jedoch so grausame Absichten in sich trug. „Sie dürfen mich nur nicht unterbrechen. Es handelt sich um ein ganz neues Zahlungssystem! Wir werden von nun an einiges in den USA in Bewegung setzen. Mit dieser neuen Idee revolutionieren wir den Markt! Und als Folge davon, wird jeder auch dank unserer Fortschrittlichkeit unsere Werbung haben wollen, die ja unser Kerngeschäft ist. Ab jetzt wird jeder von uns mit Chooquatackas anstatt mit Geld bezahlt, ob es Ihnen gefällt oder nicht! Was halten Sie davon?" William Bootster lehnte sich selbstzufrieden wie auf einem Thron in seinem Sitz zurück.

„Ja, aber für Chooquatackas können wir uns doch kein Brot kaufen!" Eine strammgekämmte Frau protestierte.

„Papperlapapp! Natürlich ist aller Anfang schwer, Sie werden sich jedoch davon überzeugen können, daß sich eine derartige Veränderung auf die Dauer lohnt. Während der Übergangsphase müssen Sie einfach Ihr Brot dort kaufen, wo es gegen Chooquatackas getauscht wird. Ich möchte nämlich das gesamte Firmenkapital in Chooquatackas umwandeln, und Sie werden sehen, wir werden die ersten der großen Welle sein, die da auf uns zukommt! Und wenn diese Welle da ist, dann waren wir die ersten!" er grinste abgehoben.

„Aber es gibt keine solchen Geschäfte, in denen man mit Chooquatackas bezahlen kann!" Ein weiterer Mann brachte seinen Einwand vor, der sofort wie mit einem Wischlappen von William Bootster weggewischt wurde.

„Bla, bla, bla! Natürlich gibt es welche! Sie müssen sich nur besser erkundigen! Denken Sie doch mal an all die Chooquatacka-Boutiquen und den gesamten Einzelhandel, der bald nachziehen wird!"

„Aber ...!" piepste ein hochgewachsenes Vorstandsmitglied.

„Kein Widerspruch!" Der Direktor rümpfte den Mund, blickte durch die leisegestellte Versammlung und sprach: „Da wir uns ja jetzt einig sind, können wir meinen Plan in die Tat umsetzen!"

Chooquatacka-Boutique, Missouri
18. Juni

Dina wischte zusammen mit Hillary eilig die Regale. Die Morgensonne schien freudig und aufmunternd ins Innere der Chooquatacka-Boutique, und gleich sollte sie auch geöffnet werden.

„Dina! Da sind noch drei Kartons zum Auspacken. Soll ich das machen?" rief Christopher aus dem Lager.

„Ja, aber beeile dich!"

Er stellte die Chooquatackas auf, während Dina sich den Mop schnappte, um noch einmal den Fußboden zu wischen. In fünf Minuten sollten sie das Geschäft öffnen, und sie hörte schon seit einer halben Stunde, wie sich Menschen vor der Boutique ansammelten.

„Meinst du, wir werden heute vor elf Uhr fertig sein?" fragte Christopher Hillary.

Diese schaute ihn etwas spöttisch an und entgegnete: „Willst du etwa wieder einen Rekord brechen?" Dann schnappte sie sich den Eimer mitsamt Mopp und trug ihn weg. Dina betätigte währenddessen die Kasse.

Punkt acht Uhr stürzte die Menge wie eine Flutwelle in die Boutique hinein. Jeder griff wie ausgehungert nach einem Chooquatacka und rannte zur Kasse. Hillary nahm sofort ihre Position neben Dina ein und war bereit, dem Ansturm Paroli zu bieten. Ein schnelles Tippen, kling, die Kasse schoß auf, ratatata, die Rechnung wurde gedruckt, und schon war der nächste Kunde dran. Manche schnappten sich auch mehrere Chooquatackas gleichzeitig.

Christopher fühlte sich als Kundenberater etwas überflüssig und beobachtete deshalb eine Weile das Geschehen. Es kam ihm so vor, als würden die meisten einfach nur zufällige Chooquatackas schnappen. Doch da! Er entdeckte ein Mädchen, das sich in alle Richtungen umblickte, anscheinend nach etwas suchend. Er tauchte in die Menge ein, um seine Kundin zu beraten.

„Suchen Sie etwas Spezielles?“ fragte er sie. Ein alter Mann stieß Christopher zur Seite, doch er ließ sich nicht von dem wildgewordenen Kunden unterkriegen und stellte sich gleich wieder vor das Mädchen. Diese wartete bereits darauf, um die Hilfe des Verkäufers in Anspruch zu nehmen.

„Ja, ich hätte gerne ein Rockchooquatacka.“ sagte sie und schaute Christopher erwartungsvoll an.

Dieser kämpfte sich durch die tosende Menge, um ihr einen Rock zu präsentieren. Unterwegs hielt ihn eine Frau mit Blumenkopftuch auf und fragte nach Gießkannenchooquatackas. Christopher zeigte ihr die Richtung.

Als er endlich an den Kleiderständern angekommen war, stellte sich ihm ein kleines Mädchen in den Weg, es wollte wissen, wo es Broschenchooquatackas bekommen könnte. Der Kundenberater nahm es auf den Arm, das Kind begann zu schreien, doch zum Glück ging sein Schrei im Getöse unter, und er trug es an die Stelle, wo es Schmuck gab.

Schließlich gelangte er wieder zur Verkaufsfläche mit der Bekleidung. Er sah eine blonde Frau mit einem der Röcke fortgehen und wollte freudig eines der Kleidungsstücke packen, als seine Hand nur noch Leere zu spüren bekam. Er fixierte den Rockständer: Leer! Kein einziger Rock war mehr da, nur eine Spinne lief gerade davon, um sich in Schutz zu bringen. Christopher schnaubte den Gliederfüßler an, als wäre er schuld an allem und stolperte über die Menschenmenge zurück zu seiner Kundin.

„Keine Röcke mehr da!“ brachte er aus sich heraus. „Sie können aber welche bestellen!“ Er steckte ihr eine Visitenkarte in die Hand und verspürte eine Berührung auf seiner Schulter.

„Geh du jetzt zur Kasse, bevor die nächste Lieferung kommt!" Dina zeigte auf den Ladentisch. Dann schaute sie das Mädchen an und sagte: „Es gibt in der Stadt noch ein paar Geschäfte mit Bekleidungschooquatackas." Sie schrieb ihr einige Adressen auf einen Zettel. „Dort könnte es noch welche geben, ich kann aber nichts versprechen!" Und schon war Dina weg, von einem anderen Kunden absorbiert.

Das Mädchen verließ traurigen Schrittes den Laden. Doch im Geschäft brodelte es von Menschen wie zuvor. Als um zehn Uhr eine Lieferung kam, gab es fast keine Ware mehr. Christopher versuchte mit den Lieferanten vergebens die Chooquatackas in die Regale zu stellen. Kaum war ein Fach befüllt, war das nächste wieder leer. Das führte dazu, daß die Hälfte der Ware weg war, noch bevor sie ausgepackt war. Es war wie das vergebliche Bauen einer Sandburg an einem Strand, auf dem die brandenden Wellen jedesmal einen Teil der Burg mitrissen.

Um zwölf Uhr gab es nichts mehr zu kaufen. Als die letzten Kunden kamen, versuchten sie noch alle Ecken nach übriggebliebenen Chooquatackas abzusuchen, doch Dina schickte sie wieder hinaus und ließ das Geschäft zusperren. Trotzdem versammelten sich massenweise Menschen vor der Boutique und warteten auf eine weitere Lieferung.

„Jeden Tag dasselbe ..." stöhnte Dina und setzte sich erschöpft auf einen Stuhl. Hillary brachte gerade das Mittagessen vom Chinesen.

Colorado
25. Juni

Er ging durch die Straße, trat eine leere Bierdose, so daß sie in die Höhe flog und kickte sie in einen geöffneten Gully. Der junge Mann suchte jemanden. Drei Freunde, die am Gehsteig standen und sich unterhielten, begrüßte er kurz.

„Hi, wie läufst bei dir, King?“ fragte Judy. In Judy war King einmal verliebt, doch nun war sie ihm egal.

„Das übliche, habt ihr Zone gesehen? Ich suche diesen Schweinekerl schon seit zehn Tagen!“ Er zeigte mit einer Grimasse, daß ihm der Lauf der Dinge nicht gefiel.

„Hey Mann, bleib doch locker! Du bist doch sonst immer derjenige, den wir nach Zone fragen.“ Gadon spuckte auf die Straße.

King mochte diesen Typen nicht, er entgegnete jedoch, ohne sich etwas anmerken zu lassen, voller Verachtung: „Wahrscheinlich hat er sich vollgekifft und hängt in irgendeinem Loch rum!“

„Wenn du ihn findest“, sagte Judy, „dann sag ihm, daß wir noch eine Packung brauchen.“

„Das könnt ihr ihm auch selber sagen! Ich gehe.“ Er drehte sich um und schaute nicht mehr zurück.

Es gab nur noch eine Stelle, wo King noch nicht gesucht hatte. Dort mußte sich Zone verkrochen haben. Er bog um die Ecke und schritt eine lange, verschmutzte Straße entlang. In dieser Welt fühlte er sich wie ein König. Er war der Herr dieser Gegend. Jeder erzitterte vor seiner Wut und seinen Fäusten. Er spürte förmlich, wie ihm diese ärmlichen Straßen zu Füßen lagen. Mit welchem Recht hatte sich Zone vor ihm versteckt, fragte er sich. Dann wandte King sich nach links und ging in eine Sackgasse. Er schritt durch eine zertrümmerte Tür in einen alten Keller, der schon seit Jahren nicht mehr benutzt worden war.

Innen war es dunkel und er rief: „Zone, du mieser Hund! Wenn du hier bist, dann komm raus!“ Als Antwort kam ihm Schweigen entgegen. King lauschte, und dann vernahm er ein leises Rascheln. „Mensch, hast du mich aber erschreckt! Hör jetzt auf mit deinen blöden Spielchen!“ Doch anstatt der Gestalt seines Freundes kam aus der Schwärze des Kellers ein alter humpelnder Hund heraus.

King holte Streichhölzer aus seiner Hosentasche hervor und tastete im Dunkeln mit der Hand nach einer Kerze. Als er sie in einer

Nische fand, zündete er sie an. Er ging in den Keller hinein und durchstöberte jede Ecke. Doch als er nichts außer drei Ratten und den Gestank von verfaulten Eiern vorfand, ging er wieder auf die Straße hinaus und schrie vor lauter Wut: „Verdammt noch mal, wo steckst du, Zone?“

‚Zu wem rede ich eigentlich?‘, dachte er sich. Dann beschloß er, sich erst einmal etwas reinzuziehen. Er ging zur Ordery Street, um seine Kumpels aufzusuchen.

‚Den finde ich nicht mehr‘, grübelte King, ‚wahrscheinlich hat ihn das Schicksal ereilt, und er ist von einem Grabstein bedeckt.‘

Er schritt durch eine belebte Straße – King haßte diese Menschen. Jeder von ihnen war nur an sich selbst interessiert. Für keinen war der andere wichtig. Sie wollten nur Geld und noch einmal Geld. ‚Diese Blutsauger‘, dachte er sich.

Er kam an einer großen Bäckerei vorbei. Im Schaufenster befand sich eine riesige Hochzeitstorte. ‚Liebe ist doch auch nur eine Illusion‘, schoß ihm durch seine Gedanken. Plötzlich stieß er gegen einen jungen, lächelnden Mann in seinem Alter.

„Paß doch auf, du ...!“ Doch dann erkannte er die schwarzen, zerzausten Haare und das dunkle, dürre Gesicht. „Zone! Was machst du denn hier? Ich hab dich überall gesucht! Ey Mann! Wo hast du denn gesteckt?“

„Ich ...“, sagte Zone mit einer leisen Stimme.

„Hast du was? Judy und ihre Kumpels brauchen ein Päckchen.“

„Ich ...“, sagte Zone diesmal lauter, „ich bin aus dem Drogengeschäft ausgestiegen.“

King machte ein langes Kinn.

„Das zahlt sich doch überhaupt nicht mehr aus! Das Zeug ist immer schwerer zu bekommen. Ich hab eine neue Goldgrube.“ Zones Augen blitzten auf. „Die Dinger werden von meinen Leuten hergestellt, ich brauch ihnen nur zu sagen, was ich will, und schon wird mir alles geliefert! Diese Ware geht weg wie warme Brötchen, und bald kann ich mir vom Verkauf ein Haus leisten!“

Erst jetzt bemerkte King, daß Zone sehr gepflegt gekleidet war.

Das machte ihn wütend. „Verdammt noch mal, wovon redest du eigentlich? Ich habe dich tagelang gesucht. Bist du jetzt vollkommen durchgedreht? Ich habe jede Ecke unseres Viertels durchstöbert, und du treibst dich im Luxus herum! Zone, was ist denn bloß los mit dir?" brüllte King verzweifelt.

„Cool down! Und nenn mich bitte nicht Zone, ich benutze diesen Spitznamen nicht mehr. Nenn mich so wie ich heiße: Michael."

„Aber ..." King verschlug es vor Fassungslosigkeit die Sprache.

„Hey Mann, das ist doch voll langweilig, Drogen zu verkaufen! Keiner will die mehr haben. Nicht mal die Polizei will dich mehr dafür jagen. Da fehlt das Adrenalin! Bei den neuen Dingern ist immer Action! Woa, Alter! Vielleicht steigst du mit ein? Das ist voll abgefahren! Chill-out!"

„Hey, nee, so was macht mich nicht an!" winkte Zone erst einmal ab, doch dann wurde er neugierig: „Aber wovon redest du eigentlich?"

„Von Chooquatackas."

Mississippi
27. Juni

Der Baum erinnerte an einen Bonsai. Seine Äste schlangen sich violett mit einem silbernen Schimmer in verschiedene Richtungen. Bart begutachtete ihn von allen Seiten. Der kleine Baum wuchs in einem zierlichen Blumentopf. Langsam nahmen seine Blätter verschiedene Gelbtöne an, als wäre der Herbst gekommen. Dann fiel ein Blatt seicht vom Baum, und als es die Erde berührte, verschwand es. Bart traute seinen Augen nicht. Er erhaschte zwei weitere fallende kleine Blätter, die wiederum verschwanden. Der erwachsene Mann lachte wie ein Kleinkind auf und machte sich daraus eine Art Spiel, zu beobachten, wie weitere Blätter von den Ästen abfielen. Er pustete den Baum an, und ein Dutzend goldgelber Blätter flog in sich windendem Tanze durch die Luft, um letztendlich zu verschwinden.

„Das ist einer der neuesten Baumchooquatackas“ sagte eine Stimme hinter ihm.

Bart schreckte auf. Er fühlte sich ertappt. Beschämt drehte er sich um, und die Verkäuferin des Blumenladens erklärte freundlich:

„Der Baum durchläuft alle Jahreszeitzyklen, jedoch im Eiltempo.“

Bart drehte sich zurück und sah, wie die Äste nun ganz kahl mit einem kleinen Blätterrest waren. Dann blickte er wieder zur Verkäuferin. Sie hatte etwas Merkwürdiges an sich, etwas, was sie mit diesem Baum verband.

„Er ist die perfekte Wohnzimmerdekoration und bringt eine unglaubliche Schwingung mit sich.“ sprach sie weiter.

„Ich suche gerade nach einem Geschenk für meine Frau.“ sagte er staunend und drehte sich wieder zum Baum, so sehr fesselte ihn dieser. Braune Knospen hatten sich gebildet, und an manchen Stellen sprangen schon welche auf, um kleine grüne Punkte zum Vorschein zu bringen. „Wieviel kostet der Baum?“ fragte Bart vollkommen fasziniert.

„Kommt darauf an, was für Chooquatackas Sie anzubieten haben.“

„Ich meine, wieviel Geld?“

„Wir nehmen kein Geld mehr, wir tauschen nur noch gegen Chooquatackas.“

Federal Reserve Bank, New York
28. Juni

Vorstandskrisensitzung
Richard Plumpsburger – beleibter Vorstandsvorsitzender
Roger Silvermoon – stellvertretender Vorstandsvorsitzender
Donald Richmond – Aufsichtsratsvorsitzender
Samuel Johnson – beratendes Mitglied
Bernard Diamonde – Bankdirektor
Gordian Wertstein – stellvertretender Bankdirektor

Richard Plumpsburger: „Wenn die Chooquatackas alles bisher Dagewesene ersetzen, dann brauchen wir rein gar nichts mehr. Keine Wirtschaft, keine Politik, keine Industrie, keine Verwaltung, keine New York Times und auch keine Hamburger. Stellen Sie sich vor, wir werden nicht einmal mehr Kriege brauchen. Ist das nicht entsetzlich?"

Donald Richmond: „Sie meinen wirklich, daß dann keine Menschen mehr in Kriegen umgebracht würden?"

Roger Silvermoon (wütend): „Das können wir auf keinen Fall zulassen!"

Samuel Johnson: „Sie wollen doch nicht den Teufel an die Wand malen, Mr. Plumpsburger! Bisher sind es doch nur vorübergehende Turbulenzen, die das Chooquatacka-Phänomen verursacht. Das heißt noch lange nicht, daß der Chooquatacka-Erfinder Greg Crane den ganzen Markt übernehmen will. Im übrigen, wie stellt er sich das überhaupt vor? Das geht doch gar nicht! Das käme doch einer Revolution und Anarchie gleich. Zu diesem Zweck müßte er die Chooquatackas freigeben, und dazu ist er sicher nicht bereit. Seine Firma arbeitet wie alle anderen profitorientiert, sprich, er wird weiterhin auf seinem Monopol bestehen, und daher wird es Mittel und Wege geben, ihn bei seiner Expansion aufzuhalten."

Bernard Diamonde: „Aber, aber, meine Herren! Das ist alles nicht so einfach. Das ganze geht viel zu schnell, und wir schaffen es nicht einmal, uns auf dem laufenden zu halten. Die uns zuarbeitenden Nachrichtendienste befürchten das Schlimmste. Es ist eine Sache der nationalen Sicherheit. Es ist so, wie Sie es sagen, Mr. Plumpsburger. O mein Gott! Es ist noch viel schlimmer! Es wird nicht nur keine Toten geben, sondern auch keine Arbeitslosen. Wissen Sie, was das bedeutet? Crane wird zum Volkshelden aufsteigen, und die Massen werden ihn lieben! Gott sei Dank hält sich dieser Crane immer noch im Hintergrund. Gott sei Dank ist er anscheinend menschenscheu und hängt irgendwo zurückgezogen seinen Hirngespinsten nach."

Richard Plumpsburger: „Ein weltumfassender Krieg ist einfach unumgänglich, um die Wirtschaft und den Fortbestand der Mensch heit zu sichern. Jetzt werden die Menschen auf keinen Fall dem Verbot der Chooquatackas zustimmen. Sobald aber genügend Menschen gestorben sind, wird es ein leichtes sein zu sagen: ‚Schaut her, so viele Menschen mußten sterben und so viel Leid ist entstanden! Also ist es die beste und rationalste Entscheidung, diese äußerst gefährlichen, unheilbringenden und vor allem scheinbar harmlosen Chooquatackas zu verbieten.' Und diesmal wird das Verbot wirken."

Roger Silvermoon: „Durch unser geniales Zinssystem haben wir es geschafft, unbemerkt das weltweite Eigentum zu unserem Gunsten umzuschichten, und dieser Greg Crane macht uns jetzt alles zunichte!"

Gordian Wertstein: „Ja, nur noch ein globaler Krieg kann die Welt retten, Mr. Plumpsburger hat recht."

Donald Richmond: „Unser Kontaktmann im weißen Haus, Douglas, muß den Präsidenten dann davon überzeugen. Und das nötige Geld dazu drucken wir und leihen es zu einen günstigen Zins der Regierung. Das rettet die Weltwirtschaft und füllt zusätzlich unsere Taschen. Es lebe der Humanismus und die Demokratie!"

New York City
29. Juni

„Mami, Mami, diese will ich haben und keine andere!"

Es war immer recht schwer, Susie Kleidung zu kaufen, denn sie hatte einen ausgesprochen wählerischen Geschmack. Sie mochte nur Sachen, die ihr sagenhaft gut gefielen. Und jetzt zeigte sie auf rosarote Markenschuhe mit blauen Sternapplikationen. Mary Jones viel ein Stein vom Herzen, das war ein glücklicher Tag – sie hatte endlich Sportschuhe für ihre Tochter gefunden.

Die Frau sagte zu ihrem Goldstück: „Aber jetzt müssen wir uns beeilen, Susie. Du weißt doch, heute kommt Onkel Neil zu uns zum Abendessen."

Susie antwortete mit Begeisterung: „Ja! Da freu ich mich ganz besonders drauf! Neil ist nämlich mein Lieblingsonkel, Mami!"

Sie verließen die Shoppingmall und fuhren in Richtung Manhattan, um Marys Bruder abzuholen. Er sollte für das ganze Wochenende bleiben, da er endlich wieder ein wenig Zeit hatte. Marys Bruder war Professor an der Columbia University und hatte deswegen immer sehr viel Arbeit. Diesmal konnte er sich aber ein wenig Ruhe gönnen.

In Manhattan angekommen, wartete schon Marys Bruder mit einem kleinen Koffer am Straßenrand. Sie fuhr schnell zur Seite, einige Autofahrer hupten genervt, und öffnete den Kofferraum.

Als Neil endlich auf dem Beifahrersitz saß und sie weiterfuhren, sagte er erleichtert: „Wie gut, daß ich eine Schwester habe, die am Stadtrand wohnt, wo es ruhig und angenehm ist!"

Marys Tochter gönnte ihrem Onkel keinen Augenblick Ruhe und schon dröhnte ihre lebendige Stimme vom Hintersitz: „Onkel Neil, ich habe heute neue Schuhe bekommen! Schau! Sind die nicht toll?" Susie lehnte sich nach hinten und streckte ihren Fuß nach vorne in die Luft.

„Ja, die sehen ganz phantastisch aus", antwortete der Professor, nachdem er sich zu ihr umgedreht hatte. „Wenn ich es mir recht überlege, dann hätte ich wohl gerne auch solche Schuhe."

„Onkel, Onkel! Spielst du morgen mit mir Schule?"

Neil lächelte, immer wenn er zu seiner Schwester zu Besuch kam, wollte Susie mit ihm Schule spielen – er war natürlich der Schüler.

„O Onkel, was ist das?" Susie deutete auf ein Gebäude, an dem sie vorbeifuhren.

„Das ist eine Bank, Susie", antwortete der Professor. Susie hatte die Angewohnheit, ihm viele Fragen zu stellen, die er mit Vorliebe beantwortete. Er fragte sich, in welches Gespräch sie ihn heute verwickeln würde. Meistens kamen sehr interessante Ergebnisse dabei heraus.

„Warum gibt es Hunger auf der Welt?" fragte mir nichts dir nichts Susie.

„Schau doch auf deine Schuhe – nicht auf den Markennamen, sondern wo sie hergestellt sind!"

Seine Nichte suchte auf dem Schuh und beugte sich zappelig hin und her. Schließlich zog sie ihn aus und fand plötzlich im Inneren eine Aufschrift. Sie buchstabierte: „„Ma-de in Chi-na"". Dann runzelte sie ihre kleine Stirn: „Wo liegt China?"

„China liegt weit weg von hier, man könnte sagen, auf der anderen Seite der Erdkugel."

„Und was hat Armut mit meinen Schuhen zu tun?" Sie zog den Schuh wieder an.

„Das ist ganz einfach: Die Welt ist in zwei Teile aufgeteilt: in einen reichen Norden und einen armen Süden." Jetzt war der Professor in seinem Element. „Der arme Süden ernährt den reichen Norden, das heißt, der Süden arbeitet für den Norden."

„Das ist aber gemein! Und deswegen gibt es Armut?" stocherte Susie weiter.

„Findest du das ungerecht?"

„Ja, das ist ungerecht. Und wie!" Sie hopste auf dem Rücksitz aufgeregt hin und her.

„Nicht unbedingt. Das scheint eine Art Lebensgesetz zu sein. Es ist wie in der Natur. Die Pflanzen ernähren die Tiere, und wir ernähren uns von den Tieren – es ist ein Geben und Nehmen." erwiderte Neil ruhig.

Susie war aber mit dieser Antwort überhaupt nicht zufriedengestellt und entgegnete bockig: „Ich finde das trotzdem gemein und ungerecht, daß Kinder woanders in der Welt hungern müssen!"

„Natürlich ist das ungerecht, und du hast schon recht, Susie. Aber den Grund dafür müssen wir woanders suchen! Es ist nicht der Umstand, daß jemand für jemanden arbeitet, sondern es ist eine Frage der Bezahlung. Wieviel ein Chinese für seine Arbeit bekommt. Schau mal nach auf dem Preisschild, wenn es noch dran ist. Wieviel haben deine Schuhe gekostet?"

Sie fand es schnell und las vor: „Hundertdreißig Dollar, Onkel Neil."

„Weißt du, was es kostet, so einen Schuh in China zu produzieren?"

„Nein, weiß ich nicht. Wieviel kostet es?"

„Zehn Dollar, wenn es hochkommt. Kannst du schon rechnen Susie? Was kommt dabei raus?"

Susies Lieblingsfach war Rechnen, und sie war darin ein Naturtalent. „Das sind einhundertzwanzig Dollar." entgegnete sie stolz.

„Richtig, du bist ein kluges Kind."

Das Mädchen lächelte, als es von ihrem Onkel gelobt wurde. Dann fragte es: „Und wer bekommt diese einhundertzwanzig Dollar – der Schuhverkäufer?"

„Das wäre zu schön, dann würden alle Kinder nur Schuhverkäufer werden wollen. Das würde sie steinreich machen. Da ich aber kein Kind kenne, dessen Traumberuf Schuhverkäufer ist, muß es wohl jemand anderes geben, der das Geld bekommt."

„Ja und wer ist das?"

„Das ist die Firma, die als Markenlogo auf deinem Schuh steht!"

„‚Pu-ma?' Dann bekommt Puma all das Geld?"

„Ja und nein."

„Was heißt das Onkel Neil?" fragte die Siebenjährige neugierig.

„Das heißt, daß das meiste davon nach Bezahlung der Mitarbeiter dieser Firma als Steuern an den Staat fließt."

„Was sind Steuern?"

„Das ist das, was sich der Staat von diesen einhundertzwanzig Euro nimmt."

„Ja, dann muß der Staat diesen armen Menschen helfen, nicht wahr?" Susie blickte ihren Onkel erwartungsvoll an.

„Ja, das würde er wohl gerne, aber das kann er nicht so recht. Denn der Staat selbst hat auch Verpflichtungen. Er muß den Großteil davon nach Bezahlung all der Beamten, die für den Staat arbeiten, für die Bedienung von Krediten aufwenden."

„Was sind Kredite?" Wieder runzelte das Mädchen die Stirn.

„Das ist das, was der Staat von den Banken nimmt, wenn er kein Geld hat."

„Und weswegen nimmt er es dann nicht von den Menschen, sondern von der Bank?"

„Also, das ist eine gute Frage, du bist ein kluges Kind!" Der Professor nickte anerkennend. „Eigentlich sollte er es von den Menschen nehmen, aber da gibt es noch etwas, was ich dir noch nicht erzählt habe. Zinsen!"

„Was sind Zinsen?"

„Zinsen sind das, was der Staat dafür zahlen muß, daß er von der Bank einen Kredit bekommt. Die Zinslast ist so hoch, daß der Staat seine Schulden kaum noch bezahlen kann!"

„Das ist aber dumm! Wieso nimmt denn der Staat das Geld nicht von den Menschen?"

„Das kannst du aber nicht sagen, dumm, der Staat ist nicht dumm! Das sind alles gebildete, erfahrene Leute, Spezialisten in ihrem Fach. Es wäre beleidigend, sie dumm zu nennen." versuchte Neil das Kind zu belehren.

„Ich finde das dumm und ungerecht!" rief Susie aufgeregt.

„Na ja, vielleicht hast du da auch nicht ganz unrecht. Eigentlich sollte es ein Gesetz geben, das dem Staat verbietet, Schulden aufzunehmen. Er hat ja, wie du richtig erkannt hast, dazu die Steuern. Er müßte das Geld direkt vom Bürger nehmen und nicht den Umweg über eine Bank gehen. Es ist lediglich ein, man könnte sagen ausgefuchster Trick der Banken – eine Verschiebung in der Zeit! Letztendlich muß die Rechnung schließlich doch der Bürger bezahlen. Über die Steuer."

„Aber warum ist das dann so?"

„Irgendwann einmal haben die Menschen aus dem Geld auch eine Ware gemacht, obwohl das ein logischer Fehler, ein Fehler im System ist. Denn Geld ist keine Ware, es ist nur ein Symbol für die Ware, die umgesetzt wird, und dient als Tauschmittel. Da beißt sich die Katze in ihren eigenen Schwanz!"

„Ha, ha das ist aber lustig! Die Katze beißt sich in ihren eigenen Schwanz! Hahaha, hihihi!" Das kleine Mädchen kugelte sich vor Lachen.

Als es sich beruhigte, fügte Neil hinzu: „Ja, und seitdem das Geld zur Ware geworden ist, sind die Banken natürlich daran interessiert, mit ihrem Geld, Geld zu verdienen."

„Kann man mit Geld Geld verdienen?"

„Ja, mein Kind, durch Zinsen! Und anscheinend gab es irgendwann einen cleveren Bankdirektor auf der Suche nach neuen Kunden, und er fand ihn in irgendeinem Präsidenten, den er dazu überredete, das Geld nicht von den Bürgern über Steuern zu holen, sondern auf dem Umweg über seine Bank. Und schon hatte die Bank einen riesigen Absatzmarkt für ihr Geld!"

„Und deswegen hungern Kinder auf der Welt?"

„Wenn ich es mir recht überlege, dann ist das der eigentliche Grund dafür."

„Und was macht die Bank mit all diesem Geld, das sie verdient?" wunderte sich Susie.

„Sie hortet es in großen Tresoren."

„Wozu?"

„Um es ähnlich wie an den Staat an andere zu verleihen!"

„Um noch mehr Geld zu machen?"

„Ja, über die Zinsen. Die Zinsen sind nämlich eine Art Umlaufsicherung für das Geld. Die Bank gibt nur dann Geld in den Geldkreislauf, wenn sie dafür Zinsen bekommt. Die Zinsen sichern also den Umlauf des Geldes." erklärte Neil.

„Was ist eine Umlaufsicherung?"

„Das ist, um es einfach auszudrücken, eine weitere Methode, wie die Bank ihr Geld mit Geld verdient. Der Staat verteilt nämlich das gedruckte Geld an seine Bürger nicht direkt, sondern wieder auf dem Umweg über die Banken, und kein Geld wird verliehen, ohne mit einem Zins belegt zu sein."

„Und warum ist das so?"

„Wahrscheinlich gab es in der Geschichte noch einen anderen Bankdirektor, der einen weiteren Präsidenten dazu überredete, so ein System der Umlaufsicherung über Zinsen einzuführen, um eine weitere Einkommensquelle für die Bank zu erschaffen, obwohl es ganz andere und wirtschaftlich gesunde Methoden der Umlaufsicherung gäbe, nicht durch eine Zinswirtschaft. Aber dies würde der Bank keinen Ertrag bringen, du erinnerst dich: Die Ware der Bank ist das Geld. Geld macht Geld, und deswegen gibt es die Zinsen."

„Und deswegen gibt es Armut auf der Welt?"

„So ist es." erwiderte der Professor, und Susie entgegnete sauer:

„Das sind ja alles Verbrecher!"

„Aber das darfst du doch nicht sagen, das gehört sich nicht, mein Kind, obwohl ich deine Entrüstung schon nachempfinden kann. Denn durch die Zinswirtschaft kommt es langfristig im Verlauf von vielen Jahren zu einer Vermögensumschichtung ohne Wertschöpfung. Das ist, wie wenn du dein Zimmer nicht aufgeräumt hättest und dafür auch noch ein Taschengeld verlangen würdest."

„Was ist ‚Vermögeschickt' und ‚Öpfung'?" unterbrach die kleine Nichte verwirrt.

„Vermögensumschichtung ist, wenn alle Waren, alles, was der Mensch jemals produziert und besessen hat, den tatsächlichen Eigentümern mit einem Trick, also ohne daß sie es merken – in unserem Fall über den Zins –, weggenommen wird."

„Auch meine Lieblingspuppe?" Das Mädchen beugte sich fassungslos nach vorne.

„Ja, auch deine Lieblingspuppe. Irgendwann einmal wird sie in den Besitz der Bank kommen, ohne das die Bank etwas dafür tut – keine Wertschöpfung."

„Das ist gemein! Das sind ja alles Verbrecher, Verbrecher, Verbrecher!" Susie hüpfte aufgeregt auf dem Hintersitz umher. „Ich werde meine Puppe niemals hergeben!"

„Die Wertschöpfung ist ein Naturgesetz, das Gesetz von Geben und Nehmen. Das heißt, daß jeder Mensch in der Gemeinschaft dazu beiträgt, daß jeder reicher wird, indem er noch mehr Waren hat, noch mehr Puppen und Sachen, die er sich wünscht. Das ist Wertschöpfung. Die Bank macht aber niemanden reicher! Sie macht nur alle ärmer."

„Mami, Mami! Wenn ich groß bin, werde ich keine Steuern und auch keine Zinsen zahlen!" deklarierte Susie.

„Das ist ein guter Vorsatz. Ich sehe, daß du tatsächlich ein kluges Kind bist." Der Onkel lächelte.

„Ja!" rief das Mädchen erfreut. „Und dann wird es auch keine hungernden Kinder mehr auf der Welt geben. Und ich kann ganz toll dazu beitragen!"

„Ich muß aber noch etwas hinzufügen – das hätte ich ganz vergessen. Dieses Nichtstun durch Zinseintreibung findet irgendwann ein Ende. Lügen haben kurze Beine."

„Ja, Onkel Neil, dann gibt es doch noch ein Happy-End?"

„Es gibt ein Ende, ob es allerdings ein Happy-End ist, ist fraglich."

„Und wie sieht dieses Ende aus?" Neugierig guckte sie ihren Onkel an.

„Wenn es nicht mehr weitergeht, wenn die Staaten ihre Zins- und Kreditlasten nicht bezahlen können, gibt es irgendwann einmal Krieg."

„Wieso?"

„Im Krieg wird alles zerstört. Man kann die Schuld jemandem anderen geben, dem vermeintlichen Feind, und niemand merkt den eigentlichen Grund. Der Krieg war nötig, um das Spiel mit den

Zinsen von neuem anzufangen. Es kommt zu einer Währungsreform, und die Menschen müssen mit ihrem Hab und Gut dafür bezahlen, was die Banken angerichtet haben."

„Was ist eine Währungsreform?" fragte Susie genauso neugierig, wie am Anfang.

Mary Jones unterbrach jedoch plötzlich das Gespräch: „Wir sind gleich da." Und Susie vergaß ihre Frage. Anstatt dessen stellte sie eine neue: „Aber dann müssen die Banken ja ganz reich sein. Wem gehören die Banken?"

„Das sind ganz einfache Menschen wie du und ich, nur das sie steinreich sind."

„Und was machen die mit all dem Geld?"

„Das weiß ich nicht, das ist eine Frage, die ich mir schon seit vielen Jahren stelle. In meinen Forschungen bin ich aber nicht dahintergekommen, was sie mit all dem Geld machen. Das ist eine berechtigte Frage."

Mary Jones verstand von all dem nicht allzu viel, zumal sie sich auf den Verkehr konzentrieren mußte. Sie konnte aber aus dem Gespräch soviel entnehmen, daß es sich um einen Teufelskreis aus Zinsen und einem korrupten Steuersystem handelte.

Arizona
1. Juli

„Aber wozu brauchen die Banken dieses ganze Geld?" fragte Dan irritiert. „Das, was sie aufgrund der Zinszahlungen bekommen, reicht doch schon für ein ganzes Leben in Luxus aus! Wofür sammeln die dann auch noch das ganze Geld aus den Währungsschwankungen ein? Von den Spekulationsgewinnen ganz zu schweigen. Und vor allem, wofür kann man denn überhaupt soviel Geld ausgeben?"

„Ja, es könnte doch sein, daß diese Leute mit dem Geld unterirdische Städte bauen und sie mit Energie der neuesten Technik versorgen. Dafür braucht man Geld, um Bauarbeiter zu bezahlen und Menschen zum Schweigen zu bringen. Ja, und die Baumaterialien werden wohl auch nicht die billigsten sein." mutmaßte Kevin.

„Hä?" Dan verzog sein Gesicht. „Wozu sollte jemand Städte unter der Erde bauen, das bringt doch gar nichts!"

„Hast du nichts davon gehört? Bald soll es sehr viele Katastrophen auf der Erde geben!" erzählte Kevin mit großen Augen. „Das betrifft aber nur die Oberfläche der Erdkugel, deswegen glauben die Bankinhaber, unter der Erde sicher zu sein. Hast du etwa noch nie etwas vom Planeten Nibiru gehört?"

„Du redest vielleicht einen Unsinn. Sag bloß, du glaubst auch an diesen ganzen Verschwörungsschwachsinn?" Dan blickte seinen Kumpel verächtlich an und fuhr fort: „Hey bitte, ich hab einmal in der Zeitung gelesen, daß man für jede Verschwörungstheorie Beweise finden kann, es aber sehr schwierig ist, diese Beweise zu entkräften, womit die Verschwörungstheorie weitere Nahrung erhält. Das ist alles nur ein gemeiner Trick."

„Und wieso spricht das gegen meine Theorie?" wollte Kevin wissen.

„Ja, ich könnte nämlich genauso gut sagen, die Philatelisten sind an allem schuld. Denen liegt am meisten an einem Krieg, denn nach jedem Krieg fallen Länder auseinander, und es entstehen neue Staaten und somit auch neue Briefmarken." resümierte Dan mit einer Note Ironie.

3. Juli

Gro Ajiero – Magier und Okkultist, ein merkwürdiger und eigenartiger Typ
G. – Personalien weiterhin geheim
G.s Kompagnon – der Schweigsame

„Hallo, spreche ich mit dem Magier und Okkultisten Gro Ajiero?" sagte G. ins Mikrophon seines Handys.

„Ja." antwortete eine tiefe, kalte Stimme.

„Sie haben sich in den Gelben Seiten mit der Anzeige ‚Wollen Sie sich bei Ihrer Schwiegermutter rächen, haben Sie Probleme mit Ihrem Boß, brauchen Sie einen Dämon? – Wenn ja, dann melden Sie sich bei dem großen Magier und Okkultisten Gro Ajiero!' eingetragen, und ich wollte Sie fragen, ob Sie sich auch mit Chooquatackas befassen?"

„Nein." antwortete Gro Ajiero emotionslos.

„Also, obwohl Sie sich als ein großer Magier bezeichnen, können Sie uns nicht sagen, wie man Chooquatackas macht?"

„Nein."

„Wir würden Ihnen auch dafür eine Millionen Dollar zahlen."

„Fünfhundert Millionen Dollar."

G. verschlug es den Atem, dann sagte er: „Gut, aber Sie müssen uns fünf Gegenstände ..."

Doch Gro Ajiero unterbrach ihn schroff: „Ja, kommen Sie in sieben Tagen um sieben Uhr und sieben Minuten zu mir." G. wollte fragen, wohin, doch der Magier sagte: „Die Adresse ist in den Gelben Seiten, wo Sie mich angeblich gefunden haben. Bitte gehen Sie einfach in die Wohnung hinein – Sie wird offen sein. Ich werde auf Sie warten." Er legte auf.

Mexiko
10. Juli, sieben Tage später um sieben Uhr sieben

Auf dem Tisch lag Satans Bibel. Im Hintergrund war dezente Zwölftonmusik zu hören. Die Wände waren schwarz gestrichen, und ein Fenster mit dem Blick auf eine alte, zerkratzte Außenwand befand sich auf der gegenüberliegenden Seite der Eingangstür. Der Weg in die Wohnung durch zwei weitere offene Türen war links und rechts mit schwarzen Vorhängen begrenzt. G. und sein Kompagnon gingen durch eine der beiden in die Richtung, von der die Musik zu kommen schien.

Sie traten in einen kleinen Saal ohne Fenster. Es gab nur Regale aus Ebenholz überfüllt mit Büchern. Die wenigen freien Wandflächen waren mit merkwürdigen Symbolen versehen. Überall brannten Kerzen, die die einzige Lichtquelle waren. Zwischen den Büchern traten aus der Dunkelheit unterschiedliche Gegenstände hervor. Es waren Teleskope, Papyrusrollen, Totenköpfe und auch Dinge, die schwer definierbar waren. Auf dem Fußboden lagen geöffnete Bücher und kleine Drachenskulpturen. Er bestand aus geheimnisvollen schwarzweißen Marmorplatten, die im Schachbrettmuster ausgelegt waren. Mitten im Raum saß ein dürrer Mann mit etwas längerem, schwarzgrauem Haar.

Er war in einer Art Trance und murmelte leise vor sich hin: „Ja, ich weiß, das ist die Quadratur des Kreises ... hm ... hm ... hm ...“

„Solche Leute gehören ins Archiv für Geisteskranke“, sagte G. kaum vernehmbar.

Gro Ajiero machte unverwandt weiter: „Agarte, spirite perplexe, advocate hominis inferioris!“

G. murmelte leise: „Der gehört wirklich in die Klapsmühle.“

Der schweigsame Kompagnon döste nur vor sich hin.

„Evertite vulgum, perturbate! Vocamus opera conscientiae!“

Irritiert von der ganzen Szenerie knallte sich der Agent so heftig mit der rechten Hand gegen die Stirn, daß er fast umfiel. Der Magier stand plötzlich auf, streckte beide Arme vor sich aus und starrte mitten in den Raum zwischen seinen Händen. Es sah aus, als würde er in ihnen eine imaginäre Kugel halten. In der Zwischenzeit sammelte sich G. nach seinem unabsichtlichen Schlag auf die eigene Stirn wieder und schaltete seine Videokamera ein.

Plötzlich breitete sich im Raum eine Atmosphäre aus, die an statische Aufladung erinnerte. Der Magier begann mit eindringlichen Worten auf seine imaginäre Kugel einzureden: „Erscheine! Erscheine ... erscheine ... erscheine!" damit fuhr er ungefähr zwanzig Minuten fort, bis G. schließlich seinen Kompagnon stieß und diesen damit aus seinem Vor-sich-Hindösen riß.

„Mach was, daß er aufhört, sonst sitzen wir noch morgen hier!"

In diesem Augenblick begann der Magier noch lauter zu rufen: „Erscheine ... erscheine ... erscheine!"

Die Spannung stieg. Dem Elitespion lief ein kalter Schauer über den Rücken. Der Raum begann zu dröhnen. G.s Kompagnon erwachte aus seinem Halbschlaf.

Plötzlich war es so weit: Mit einem lauten Knall zerbarst das im Zimmer stehende Riesenaquarium des Magiers und überflutete den Raum in Sekundenschnelle. Die zwei Agenten begannen im Wasser um ihr Leben zu strampeln. Aus der Tiefe war nur noch der eindringliche Befehl des Magiers zu hören: „Erscheine ... erschei ... blub, blub, blub ..."

Texas
12. Juli

„Also, ich setze nicht mehr auf den Dollar. Auf diesen ist einfach kein Verlaß mehr." sagte der vermögende Edward Boy selbstsicher. „Ich investiere mein ganzes Geld in Chooquatackas! So kann ich noch viel mehr Chooquatacka-Ware kaufen und ...", er machte einen kecken Fausthieb in die Luft, „sollte es in Zukunft noch irgendeine Währung geben, diese dann teuer weiterverkaufen. So werde ich stinkreich!"

„Und wenn die Chooquatackas irgendwann einmal auch nichts mehr wert sind?" Sein weniger begüterter Freund Gilbert Odinsky hegte Zweifel.

„Geld ist nichts wert!" Edward betonte jedesmal das Wort Geld. „Geld war noch nie etwas wert. Geld ist einfach nur ein Symbol für die Gegenstände, die man sich dafür kaufen kann. Der Wert liegt in den Waren und Dienstleistungen!" Er gestikulierte heftig mit den Händen, dem Rhythmus seiner Worte folgend. „Ja! Und die Waren entwickeln sich immer mehr in Richtung Chooquatackas. Also setze ich auf diesen Wert. Das ist doch einfach oder?" Er spreizte die Finger seiner linken Hand.

„So gesehen hast du recht. Meinst du, ich sollte auch einen Teil meines Geldes in Chooquatackas anlegen?" fragte nun Gilbert erwartungsvoll. Die Ereignisse der letzten Monate schienen sich immer mehr zu beschleunigen, und er konnte sich darin nicht mehr zurecht finden. Deswegen war er auf die Meinung seines Freundes angewiesen.

„Einen Teil? Du investierst am besten alles, was du hast, in Chooquatackas!"

Die Geldkrise

New York City
14. Juli

„Greg, was ist passiert?“ Lilian blickte besorgt in Cranes blasses Gesicht. „Setz dich!“ Sie setzte ihn auf eines der weißen Sofas, zündete ein paar Kerzen an und rannte in die Küche, um einen ihrer Spezialtees zuzubereiten. Sie kam auch gleich wieder zurück und schob ihm eine gekochte Kräutermischung unter die Nase.

„Das wird dich stärken, und nachher mußt du noch einen Apfel essen!“ Sie setzte sich ihm gegenüber hin und wartete, bis er wieder zu sich kam.

Nach einer Weile brachte er ein paar Worte aus sich heraus. „Ich kann nicht mehr. Lilian, ich habe genug.“ Der Chooquatacka-Erfinder war nicht wiederzuerkennen.

Als Aden Gregs Stimme vernommen hatte, kam er fröhlich die Treppe herunter. Lilian winkte ihn jedoch wieder nach oben. Der Junge guckte noch eine Weile auf den Mann, der sehr kümmerlich aussah, dann nickte er verständnisvoll und kehrte auf sein Zimmer zurück.

Greg blickte ihm kurz hinterher, und als er seinen Kopf wieder zurückdrehte, schaute er direkt in zwei grüne, gefühlvolle Augen. Die Frau mußte nicht lange warten, bis ihr Geliebter seine Probleme vollständig aus sich herausließ.

„Caroline meint, ich soll nicht länger improvisieren, sondern gleich mehrere neue Fabriken bauen und einen großen Konzern aus der Chooquatacka-Fabrik machen, der sich dann wie ein Netz um die Welt spannt. Aber ich will doch nicht so wie all diese Globalisten sein. Ich brauche es nicht, die ganze Welt zu besetzen! Du kennst mich doch. Ich stelle mir Aufgaben, löse sie und gehe weiter. Ich suche, finde und gebe es an andere. Ich bin doch kein Großunternehmer. Das ist mir alles zuviel!" Er drückte seine Handflächen gegen die Schläfen.

„Macht es dir keinen Spaß mehr?" fragte sie wie eine Mutter, die amüsiert darüber war, daß ihr Kind es leid war, nur mit ein und demselben Spielzeug zu spielen.

„Lilian, ich weiß doch, wie wichtig die Sache ist, und ich werde nicht aufhören. Nicht jetzt! Aber trotzdem habe ich genug." Crane seufzte verzweifelt und lehnte sich im Sofa zurück.

Seine Geliebte lächelte, sie hatte nämlich schon die Lösung für das Problem: „Es gibt ein Gesetz, das heißt ‚Geben'!"

Greg setzte sich vor Verwunderung aufrecht hin.

„Der Mensch leidet nur am eigenen Egoismus." fügte sie hinzu.

Der Chooquatacka-Erfinder wollte den Mund öffnen, doch Lilian unterbrach ihn bei diesem Versuch: „Zu großer Ehrgeiz ist auch Egoismus! Die Welt stürzt über dir zusammen, weil du nur an dich denkst."

„Ich ... So habe ich das bisher nicht gesehen. Und wie soll ich an andere denken?"

„Drehe einfach das Spiel um! Gib den Menschen die Möglichkeit ihre Chooquatackas selber zu machen!"

„Hm ..." Crane dachte nach. „Das ist keine so schlechte Idee. Aber wie, Lilian? Soll ich all meine Kunden aus ganz Amerika in die Fabrik laden?" Er war so erschöpft und verzweifelt, daß er einfach nicht weiterwußte.

Nevada
16. Juli

Glenna verließ schnellen Schrittes ihr Haus und steuerte direkt auf das von Cindy zu, mit der sie eine fünfundzwanzigjährige Freundschaft pflegte. Sie prüfte noch einmal nach, ob ihr Mann auch wirklich schon mit seinem Auto zur Arbeit gefahren war. Der Parkplatz vor dem Haus war leer, und durch das geöffnete Garagentor sah sie, daß auch dort kein Wagen stand. Erleichtert atmete Glenna auf. Dann trabte sie eiligst zur Haustür ihrer Highschoolfreundin. Als sie störrisch die Klingel betätigte, drehte sie sich mehrmals um, um sich zu vergewissern, daß sie nicht beobachtet wurde. Dann ging die Tür brausend auf.

„Glenna?" fragte Cindy verwundert. „Um diese Uhrzeit?"

Glenna schob ihre Freundin rücksichtslos nach innen, schaute noch einmal durch die Haustür nach draußen, um sie dann zu schließen.

„Ist dein Mann da?" fragte sie wie ein Detektiv einen Verdächtigten.

„Nein."

„Dein Sohn?"

Cindy schüttelte den Kopf.

„Dein Hund?"

„In der Hundehütte", entgegnete die Hausherrin im Korridor, in dem sie standen.

Glenna lachte erleichtert auf. „Dann mach mir doch bitte einen Kaffee!"

Cindy setzte sich erwartungsvoll Glenna gegenüber hin, zwei Tassen Kaffee auf den Tisch stellend. Sie bohrte ihre Augen neugierig in die ihres Gastes, dann fragte sie schließlich: „Und?"

Glenna zuckte kurz, streckte ihren Kopf in die Höhe, um ihn gleich wieder hinuntergleiten zu lassen und erwiderte: „Ich habe eine Idee!" Verschwörerisch steckten die Frauen ihre Köpfe zusammen. „Oder besser gesagt – ich habe ein Problem!" Blitzschnell schossen ihre Köpfe voneinander weg, und Glenna nahm einen Schluck Kaffee. Dann setzte sie sich zurecht und sprach weiter: „Das Essen ist uns ausgegangen, und ich habe nichts, was ich heute zum Abendessen kochen könnte!"

Cindy zuckte verzweifelt mit den Schultern: „Mir geht es heute genauso. Aber ich habe beschlossen, Reis mit Butter zu machen."

„Zum Abendessen?" Das konnte Glenna nicht verkraften. „Warum sagst du Warner nicht einfach, daß er zuwenig arbeitet?"

„Zuwenig arbeitet? Er arbeitet nicht zuwenig, er verdient zuwenig. Auf jeden Fall ist sein Gehalt nur Dreiviertel dessen wert, was es vor einem Monat wert war." Cindy senkte ihren Kopf so, daß ihre Haare fast im Kaffee landeten.

„O. k., Cindy. Ich bin ja nicht gekommen, um dir die Laune zu verderben. Wir sitzen schließlich im gleichen Boot. Die Inflation hat uns doch alle getroffen." Glenna atmete langsam ein und aus. „Ich habe meinem Mann schon gesagt, er solle streiken gehen, wie andere auch, und nach Chooquatackas anstatt Geld verlangen, aber er ist zu ehrgeizig und will einfach nicht auf mich hören." Dann stellte sie verzweifelt fest: „Heute wird es einen Krach geben. Ich habe kein Abendessen, und wenn ich dann auf die Chooquatackas zu sprechen komme, tja – das kann nur mit einem Streit enden!" Sie seufzte tief.

„Oh, Glenna!" Die Freundin streichelte sanft ihren Arm. „Du weißt ja, du bist nicht allein! Ich steh dir zur Seite!"

Glenna lächelte zunächst verhalten, dann breiter, und plötzlich begann sie über das ganze Gesicht zu strahlen.

„Was ist passiert?" fragte Cindy, mit der Kaffeetasse vor dem Mund verharrend.

„Der Grund, weswegen ich gekommen bin", Glennas Augen begannen zu leuchten. „Gestern war bei mir Rose Williams, und sie hat mir angeboten, daß sie mir Milch, Eier, Gemüse und Fleisch von einer Farm besorgen kann."

Cindy forderte Glenna mit einem „aha?" auf weiterzusprechen.

„Und sie meinte, sie könnte eine Vereinbarung mit dieser Farm schließen, wonach alle Hausfrauen hier in der Gegend versorgt werden könnten."

„Das ist doch genial! Und was hast du ihr gesagt?"

„Das ich es mir überlegen werde."

„Ja, dann nichts wie los zu Rose!" Cindy wollte schon aufstehen, doch dann unterdrückte sie ihre Bewegung und fragte: „Aber womit

sollen wir die Ware denn bezahlen?"
„Ja ... hm ... Rose meinte, wir sollten anfangen zu stricken."

Chooquatacka-Fabrik, New York City
17. Juli

Greg Crane betrat geistesabwesend sein Büro. Er wollte sich zum Aufwachen einen starken Kaffee machen, doch das war plötzlich nicht mehr nötig. Gleich am frühen Morgen ließ ihn ein riesiger Stapel Briefe fast einen Purzelbaum zurück zur Tür machen, durch die er hereingekommen war. Zum Glück hinderte ihn Emma Kitherhouse daran, indem sie gerade eintrat.

„Emma!" sagte er vorwurfsvoll und drehte sich zu ihr um. „Ich habe dich doch gebeten, die Post ab heute genauer zu sortieren!" Er zog einen Brief aus dem Stapel heraus. Die Briefe breiteten sich darauf zu einer langen Treppe über den ganzen Schreibtisch aus.

„Es tut mir leid!" entgegnete die Sekretärin gestreßt. „Aber all diese Briefe sind direkt an dich gerichtet!" Auch sie wies eine große Müdigkeit auf, die in den Falten der gerunzelten Stirn zum Ausdruck kam. „Greg, du mußt nicht alle lesen." Sie machte eine abwinkende Handbewegung. „Ich bin aber nicht wegen der Briefe gekommen. Es müssen weitere Telefonisten für die vielen Anrufe eingestellt werden."

„Schon wieder?" Crane war sehr verwundert. „Wir haben doch schon letzte Woche ..."

„Diejenigen, die Caroline Winter geordert hat, reichen bei weitem nicht aus. Wir bekommen immer noch wesentlich mehr Anrufe, als abgehoben werden können." Offensichtlich hatte auch sie, nach dem Erschöpfungszustand ihrer braunen Augen zu urteilen, weit mehr Arbeit, als sie imstande war zu bewältigen. „Das ist noch nicht alles. Du mußt weitere Mitarbeiter einstellen, denn wir haben wieder eine Unmenge an neuen Bestellungen erhalten."

„Warte mal einen Moment!“ Der Firmenbesitzer stoppte seine Sekretärin, um seinen Gedanken nicht zu verlieren. „Vorgestern sollten doch fünf weitere Maschinen von ‚Kicksley and Moore‘ zum Laufen gebracht werden, und gestern sollten die neuen Mitarbeiter ...“

„Ja, mit denen mußt du noch sprechen. Aber ich glaube, es wird keine Probleme mit ihnen geben. Sie haben sehr schnell gelernt, wie die Entstehungsprozedur abläuft und arbeiten genauso effektiv wie die anderen. Nichtsdestotrotz können wir die große Nachfrage nicht einmal zur Hälfte befriedigen!“

„Soll ich etwa eine zweite Fabrik aus dem Boden stampfen?“ Crane begann bitter zu lachen, denn er hatte es nicht nötig, noch mehr Geld zu verdienen. Der Gewinn der Firma häufte sich sowieso schon auf etlichen Konten in diversen Banken an, er wagte es nicht zu überprüfen, wie hoch die Erträge tatsächlich waren.

„Ich habe auch schon ein Gebäude gefunden, das du kurzfristig kaufen und in eine zweite Fabrik umwandeln kannst.“ Carolines Stimme verwunderte den Chooquatacka-Erfinder sehr, er drehte sich zur Tür und erblickte seine Firmenmanagerin, die gerade eingetreten war.

„Dieses wäre in Florida ...“ Cranes Gesichtsausdruck erschreckte Caroline Winter so sehr, daß sie nun zaghaft fortfuhr: „Das haben alle großen Konzerne gemacht: ein Netzwerk um Amerika und dann die ganze Welt gespannt ...“ Sie verstummte, als sie anstelle der erwarteten Unterstützung ein tiefes Nachdenken Gregs gewahr wurde.

„Du denkst wohl, wir sind doch nicht ‚alle großen Konzerne‘, oder?“ fragte Emma intuitiv, um Crane zum Sprechen zu bringen.

„Die Frage lautet anders: Hat es irgendein Konzern in so einem enormen Tempo geschafft, ganz Amerika zu erobern?“ Der Firmeninhaber begann seine Gedanken zum Ausdruck zu bringen.

„Es gibt immer ein erstes Mal in der Geschichte.“ Caroline verstand nicht, worauf er hinaus wollte.

„Wieso ist denn eigentlich die Nachfrage nach den Chooquatackas so gewaltig?“

„Greg, du bist dir doch dessen bewußt, daß es mit den Chooquatackas etwas Gewaltiges auf sich hat. Die Menschen lieben sie einfach!“ entgegnete die Managerin.

Plötzlich klingelte das Telefon. Der Mann hob den Hörer ab.

„Mr. Crane, eine Dame fragt, ob Sie nicht auch mit Chooquatackas ihre Bestellung bezahlen kann?“ fragte einer der neueingestellten Telefonisten.

„Mit Chooquatackas?“ wiederholte Greg, der nun vollkommen aus der Fassung geraten war. „Mit welchen Chooquatackas?“

„Mit Ihren, Mr. Crane.“

Der Firmenchef fiel vor Verwunderung in sich zusammen, das hatte es noch nicht gegeben. „Habe ich irgend etwas verpaßt? Sind Chooquatackas etwa schon als Währung legalisiert worden?“ vergewisserte er sich.

„Nein, aber die Dame meint, es sei bei ihr üblich, Chooquatackas gegen Chooquatackas zu tauschen.“

„Bitte sagen Sie ihr, wir schenken ihr einfach die bestellten Chooquatackas!“

„Aber Mr. Crane ...“

„Keinen Widerspruch!“ Der Chooquatacka-Erfinder legte auf. Ihm war ganz wackelig auf den Beinen, also beschloß er, sich zu setzen.

Die beiden Frauen schauten ihren Chef ganz verwundert an, so kannten sie ihn sonst nicht. Crane legte seine Arme auf den Tisch. Nach einer kurzen Ruhepause stützte er seinen Kopf mit den Händen ab und blickte durch das Fenster ins Freie, wo die Sonne schien.

Schließlich sagte Caroline bissig: „Mit dieser Taktik werden unsere Verkaufszahlen wieder sinken, genauso gut könntest du gleich all die Chooquatackatoren an die Menschen verteilen!“

Greg hob langsam seinen Kopf und schaute der Managerin tief in die Augen. „Das ist es! Das ist gut! Du bist ein Genie!“ Sein weites Lächeln brachte die Sorgenfalten aus seinem Gesicht zum Verschwinden. „Wieso bin ich nicht schon selbst darauf gekommen?“

New Jersey
31. Juli

Lynn ging mit Simon durch den Supermarkt. „Also für den Videoabend brauchen wir ... „ Sie kramte eine Liste aus ihrer Hosentasche hervor. „Erstens: Popcorn."

„Viel Popcorn", sagten die Freunde gleichzeitig und fingen an zu lachen.

„Dann Nachos, Nachosoße, Cola, Limo, Orangensaft und zwei Tiefkühlpizzas. Noch was?"

„Trauben!" meldete sich Simon.

„Trauben?" fragte Lynn etwas verwundert.

„Ja, für Veronica."

„Also gut, Trau-ben" notierte sie auf ihrer Liste. Sie schlenderten gelassen durch den Supermarkt, als Lynn plötzlich wie gelähmt stehenblieb. Simon, der neben ihr herging, rannte gegen den Wagen, den sie schob.

„Was zum ...", fing ihr Freund wütend an.

Doch Lynn sagte: „Schau mal!" und zeigte auf riesige Verpackungskartons, auf denen mit farbigen Buchstaben „Chooquatackator" stand. Darüber hing ein Schild mit der Aufschrift: „Stellen Sie sich ab sofort Ihre Chooquatackas selbst her!"

Simon lief ein kalter Schauder über den Rücken: „Ich habe es dir doch gesagt: Diese Chooquatackas waren mir von Anfang an nicht geheuer."

„Schwachsinn! Du hast doch selbst in deinem Zimmer mindestens vier Lampenchooquatackas, drei Posterchooquatackas ..."

„Ja, ja! Ich bin halt auch ein Mensch." rechtfertigte sich der Junge und nahm mißtrauische Gesichtszüge an. „Merkst du nicht, wie heimtückisch diese Dinger in unser Leben dringen?" Seine Augen formten sich zu Schlitzen.

„Überlegt nicht so lange, Kids! Sonst erwischt ihr keine mehr!" rief ein stämmiger Mann und griff mit beiden Händen nach einem der Kartons. „Greift zu, solange noch welche da sind – das ist das reinste Schnäppchen!“ Er zwinkerte den Jugendlichen zu.

„Warten Sie mal kurz, Sir!“ hielt ihn Lynn vom Weggehen auf. „Was ist das überhaupt?“

„Na, Chooquatackatoren!“ Als der Mann jedoch sah, daß die beiden ihn weiterhin verständnislos anstarrten, stellte er den Karton auf einer Palette ab, auf der Erdnußbutter gestapelt war. „Wißt ihr denn nicht, wie Chooquatackas hergestellt werden?“ fragte der Fremde und stützte seine Hände auf den Knien ab.

Lynn und Simon schüttelten den Kopf.

Der Mann lächelte und fragte: „Habt ihr euch denn nie Gedanken darüber gemacht?“ Als er keine Antwort bekam, sagte er: „Ihr dachtet doch wohl nicht etwa, daß sie einfach so, schnipp“, er schnippte mit seinen Fingern, „aus dem Nichts entstehen?“

„Also ich glaube, die haben so eine geheime Produktionsbasis auf dem Mond ...“ fing Simon zynisch an.

„Simon!“ wies ihn Lynn zurecht.

„Na, na, das ist schon ein bißchen weit hergeholt.“ erwiderte der Mann. „Die Herstellungsweise der Chooquatackas ist gar nicht so kompliziert. Es genügt, sich an diese Maschine anzuschließen.“ Er klopfte auf den Karton, so daß die Erdnußbuttergläser darunter zu zittern begannen. „Und schon geht es los!“

„Warten Sie mal!“ hakte Lynn nach. „Das ist doch unlogisch: Wieso sollte der Produzent seine eigenen Produktionsmaschinen verkaufen? Das würde niemals jemand tun! So macht der sich doch nur selbst bankrott!“

„Das ist doch unwichtig.“ sagte der Mann schulternzuckend. „Hauptsache es funktioniert!“ Er schnappte den Karton und fügte noch hinzu, bevor er sich verabschiedete: „Vielleicht hat die Firma einen schlechten Marketingdirektor!“ Die Fünfzehnjährigen beobachteten den Fremden noch eine Weile, wie er die große Schachtel Richtung Kasse schleppte.

„Ich hab es dir doch schon immer gesagt!“ flüsterte Simon. „Das geht nicht mit rechten Dingen zu!“

„Ach, Simon!" seufzte Lynn und schob den Einkaufswagen weiter.

Chooquatacka-House, Utah
3. August

„Fünf Bananen? Gut." Ralph schnappte die Bananenchooquatackas und steckte sie in die Tüte.

„Zwei Pfund Erdbeeren. Vier Unzen Kumquats. Drei Gurken." Die sich drängelnde Kundschaft bestellte kreuz und quer bei insgesamt acht Verkäufern, was Ralph jedes Mal verwirrte.

„Das macht insgesamt dreißig Dollar." sagte Ralph und reichte der Käuferin die Ware.

„Fünfzehn Dollar. Drei Grapefruits. Acht Zitronen." Das Stimmengewirr nahm kein Ende.

Ralph schüttelte sich den Streß ab, und eine Kundin tippte schon ungeduldig auf die Apfelchooquatackas. Der Mann bediente sie, und sofort schoß der nächste Kunde auf ihren Platz. Obwohl die Chooquatackas wesentlich teurer waren als normales Obst, kauften es alle wie verrückt.

„Drei Apfelchooquatackas." sagte ein weiterer Kunde.

Ralph blickte sich um, doch er konnte keine Äpfel mehr sehen. „In zwei Stunden kommt die nächste Lieferung." sagte er zu dem Kunden schulternzuckend. Dann spürte er eine Berührung auf dem Rücken – es war seine Kollegin.

„Ich lös dich jetzt ab. Du hast jetzt Pause, Ralph."

Ralph lächelte. Er ging in die Eingangshalle und sah, wie Daniel das Auspacken und Aufstellen von schrankgroßen Maschinen beaufsichtigte.

„Was macht ihr da?" fragte er Daniel neugierig.

„Wir packen Maschinen aus."

„Diese Maschinen?"

Daniel blickte ihn verblüfft an. Dann sagte er: „Welche sonst?“

„Wozu? Ich dachte, es ist praktischer, sie verpackt mit nach Hause zu nehmen.“ Ralph rieb sich mit dem Handrücken die Stirn.

„Ab übermorgen wird dieses Chooquatacka-House in ein Tauschzentrum umgewandelt.“

„Bißchen weiter links, Jungs!“ sagte Casey, die nun hinzugekommen war und anfing, das Aufstellen der Maschinen zu beaufsichtigen.

„Morgen gibt es eine Versammlung für alle Verkäufer, während deren ihr in die neuen Regeln eingeweiht werdet!“ sagte Daniel und verließ die beiden. Danach sicherte er eine Maschine, die umzukippen drohte.

„Neue Regeln?“ Ralph hob die Augenbrauen.

Idaho
5. August

„Oma! Oma!“ Ian schlang seine kleinen Arme um Frederica Cousts Hals.

„Na, freust du dich, daß Oma wieder da ist?“ fragte die weißhaarige alte Frau.

„Ja! Ja!“ schrie der Junge vor Freude und hüpfte im Wohnzimmer auf und ab.

Doris, Ians Mutter umarmte ihre Schwiegermutter, während Philip, der sie gebracht hatte, die Haustür schloß.

Nachdem jeder einen Platz auf dem Sofa und den Sesseln um den gedeckten Holztisch für sich gefunden hatte, kam Doris mit Kaffe und einem Tablett Kekse herein. Ian bekam einen Saft.

„Omaaa ...?“ sagte der Kleine zwischen zwei Bissen.

„Ja?“

„Gehst du heute mit mir in den Park?“ Ian drehte sich aufgeregt auf dem Sofa hin und her.

„Sag mir erst einmal, wie dein Zeugnis war."

„Aaalso, ich habe einmal ein A und ...", er zählte leise flüsternd und auf die Decke starrend schnell nach, „zweima..., nein, dreimal ein B und einmal ein C ..." Dann fügte er sehr von sich überzeugt hinzu: „Aber ich bin immer noch viel besser als Barry!"

Philip Coust wurde jedoch nachdenklich, als er den Angaben seines Sohnes lauschte und hakte nach: „Ian, was hat du eigentlich dieses Schuljahr gelernt?"

Der Junge wollte schon eine Antwort geben, doch dann kratze er sich am Kopf und rümpfte die kleine Nase. Schlußendlich begann er laut zu überlegen: „Arithmetik, Englisch ... uuund Naturwissenschaft!" Er runzelte die Stirn, vor allem versuchte er aber, aus dem Gesichtsausdruck seines Vaters herauszulesen, ob er richtig lag.

Die Großmutter versuchte dem Kleinen aus seiner Situation zu helfen. „Das ist doch nicht wichtig, Hauptsache er hat gute Noten!"

„Hauptsache er verdient in der Zukunft viel Geld." entgegnete Philip skeptisch. „Das hast du mir doch auch immer gesagt." richtete er sich an seine Mutter.

„Ja, weil die Lebensqualität vom Einkommen abhängt." Frederica verstand den scheinbaren Vorwurf nicht, ihr Sohn hatte doch einen guten Job.

„Und was, wenn die Lebensqualität nicht vom Job abhängt?" fragte nun Doris.

Frederica Coust war verwirrt. Was wollte die jüngere Generation damit sagen? Auch Ian blickte die Erwachsenen verwundert an.

„Wieso fragt man eigentlich nicht, was hast du diesen Monat für deine Firma erreicht oder was hast du alles produziert?" fragte Philip weiter.

„Ja, davon hängt doch ab, wieviel man verdient." Doch Ians Großmutter war sich dessen nicht mehr so sicher.

Nun ergriff Doris wieder das Wort: „Aber den Menschen geht es nicht darum, was sie getan haben, sondern, was sie verdienen. Es geht ihnen nicht darum, was sie gelernt haben, sondern welche Note sie erhalten haben!" Sie tauchte ins Thema ein, wie in einen reißenden

Bergfluß. „Dabei hat die Note selbst überhaupt gar keinen Wert, und ebenso auch das Geld nicht."

Frederica klappte ihren Mund wie ein Fisch auf und zu.

„Irgendwo ist das so, als wäre das extra eingeführt worden, damit die Menschen nicht arbeiten der Freude an der Arbeit wegen und lernen der Freude am Lernen wegen, sondern des Geldes wegen. Und deswegen hat vieles seinen wahren Wert verloren." Doris schwamm vergnügt in ihrem Element.

„Das ... ja, so was ... nein, das kann aber nicht anders funktionieren!" Frederica versuchte krampfhaft, ihre Weltanschauung zu verteidigen.

„Doch", entgegnete ihr Sohn, „es funktioniert, oder es fängt an zu funktionieren! Ich kann es auch belegen. Wir haben uns vor drei Wochen einen dieser genialen Chooquatackatoren gekauft und Doris macht soviel Gebäck, wie sie nur will, und nur aus reiner Freude, das sind alles natürlich Chooquatackas!"

„Davon kriegt sie aber kein Geld und nur von Kuchen könnt ihr nicht leben, außerdem ..." Frederica fühlte sich nun wieder auf sicherem Boden und lächelte herrscherisch.

„Mum, warte doch einen Augenblick, ich bin ja noch gar nicht fertig!" Philip stoppte seine Mutter, die nun mit ihrem Gerede es wie ein Wettläufer an die Spitze der Staffel schaffen wollte. „Anfangs haben wir die Kuchen verkauft. Aber das hat weder Doris noch mich zufriedengestellt, auch wenn es ein gutes Geschäft war. Mit der Zeit hätten wir womöglich Probleme mit den Behörden bekommen, denn wir hatten ja dafür kein Gewerbe angemeldet." Er nahm wahr, wie Frederica ihn mit einem eingefroren Blick anschaute. „Zum Glück gibt es nun die Möglichkeit, diese Kuchen in einem Chooquatacka-House oder einer Chooquatacka-Boutique abzugeben und sich dafür genauso viele andere Chooquatackas zu mitzunehmen. Und das tolle ist, daß so ein Tausch nicht besteuert wird!" Er nickte mit einem zufriedenen Lächeln.

„Das hat aber kaum etwas mit Noten und mit Geld zu tun." Die alte Lady klang etwas beleidigt, weil ihr Sohn sie beim Sprechen unterbrochen hatte.

„Eben doch! Wenn sich dieses Wirtschaftskonzept durchsetzt, wird der Eigenwert der Dinge wieder geschätzt werden, und jeder wird tun, was er will und wieviel er will, er wird es nicht des Geldes wegen tun. Geld wird es überhaupt nicht mehr geben!"

New York City
7. August

Peter Jones war zu einem Vorstellungsgespräch unterwegs. Er hatte mittlerweile einen Job bei einem Consulting-Unternehmen gefunden, den er allerdings bald wieder verloren hatte. Nun wollte er es erneut in seiner Werbebranche versuchen. Da er unerwartet noch genügend Zeit und zuhause nur einen Kaffee getrunken hatte, dachte er sich, es wäre wohl besser, nicht mit leerem Magen zum Vorstellungsgespräch zu erscheinen. Also hielt er nach einem Restaurant Ausschau. Er sah auch bald eines, das sich auf der gegenüberliegenden Straßenseite zwischen reichblühenden Magnolienbaumchooquatackas befand. Es war ziemlich windig, und es schien, als würde bald ein Gewitter aufziehen. Peter wandte seinen Blick vom dunkelblauen Himmel ab und ging ins Restaurant hinein.

Innen setzte er sich an einen freien Tisch. Bald kam auch die Kellnerin mit der Speisekarte. Er wollte gerade seine Bestellung aufgeben, als ein plötzlicher Lärm von herunterfallenden Tabletts ihn aus seiner Melancholie riß.

„Was soll das eigentlich!" folgte dem Lärm eine tiefe Frauenstimme.

„Ich habe es satt!" antwortete eine andere, junge Frauenstimme entrüstet.

Alle Menschen unterbrachen ihre Gespräche und richteten ihre Aufmerksamkeit auf die erhobenen, sich streitenden Stimmen. Aus der Küche kam eine junge hübsche Kellnerin gerannt, die gerade versuchte, ihre Schürze von sich zu reißen. Doch ihren Weg kreuzte eine starkgebaute, etwas rundliche Frau mit strengem Gesichtsausdruck. Sie war seit vielen Jahren die Eigentümerin und Chefköchin des Restaurants.

„Ich kündige!“ schrie das Mädchen.

„Oh, nein – das tust du nicht! Du hast einen Vertrag für drei Jahre unterschrieben!“

„In dem Vertrag stand aber nicht, daß ich mit wertlosen Zahlungsmitteln bezahlt werde!“

„Was soll das bedeuten?!“ fragte die Frau ganz außer sich. „Ist Geld ein wertloses Zahlungsmittel?“

„Noch nicht, aber bald! Es ist nicht fair, daß nur ich hier in diesem Restaurant noch mit Geld bezahlt werde, nur weil ich am kürzesten hier arbeite! Trotzdem bin ich ein Mitarbeiter und tue mein Bestes.“ schimpfte sie. „Aber jetzt nicht mehr! Auf Wiedersehen Mrs. Stavlinsky!“ sagte sie mit zitternder, ruhiger Stimme und verließ das Gebäude.

Mrs. Stavlinsky stand ein paar Sekunden mit leeren Augen da, wie wenn sie sich nicht sicher wäre, ob sie nicht doch etwas falsch gemacht hatte. Dann wurde sie wieder Herr ihrer Sinne, und plötzlich sagte sie laut vernehmbar, damit sie alle Gäste hörten: „Bitte verlassen Sie sofort das Restaurant, wir machen jetzt Mittagspause.“ Dann warf sie dem Rest der Mitarbeiter, die von der Theke aus alles beobachtet hatten, einen mißbilligenden Blick zu.

Peter war total verwirrt, als er das Restaurant verlassen hatte. Was hatte dies alles denn zu bedeuten? Seit wann machte ein Restaurant nur wegen der Kündigung einer Mitarbeiterin zu? Und wieso sollte Geld kein gültiges Zahlungsmittel sein? Die Frau am Tisch nebenan hatte doch vorhin für ihr Frühstück mit Geld bezahlt.

„Die Menschen fangen langsam an, die Wahrheit zu erkennen.“ Peter drehte sich um und blickte in merkwürdig tiefblaue Augen. Er sah einem spitzbärtigen Mann in ein Gesicht, das ihm sehr bekannt vorkam.

„Ich kenne Sie doch von irgendwo her?“ fragte der arbeitslose verdutzt und schaute sich um. Er war mitten im Park, der voller Magnolienblütenchooquatackas war. Es war traumhaft schön.

„Das ist gut möglich. Ich lebe ja auch schon bald vierzig Jahre auf dieser Welt.“ Der Mann lachte in sich hinein. „Haben Sie mitbekommen, was im Restaurant geschehen ist?“ Er blickte Peter Jones neugierig an.

„Äh, ja. Ich verstehe aber nicht, worum es da ging.“ antwortete er mit der Bemühung, normal zu klingen.

„Geld verliert seinen Wert.“

„Aber warum?“ Peter spürte, wie der warme Sommerwind seine Kleidung umspülte.

„Weil die Menschen merken, daß es eben nichts wert ist.“

„Aber das ist ja schrecklich! Geld lenkt unsere Wirtschaft. Und wie soll ich dann welches verdienen?“ fragte Jones verzweifelt.

„Bald werden Sie es nicht mehr brauchen.“ Der Mann lächelte geheimnisvoll, und ein Windstoß hob ein Dutzend Magnolienblüten in die Höhe.

„Wieso?“ Peter bekam langsam Angst, dieser Fremde war ihm nicht ganz geheuer.

„Stellen Sie sich vor, die Welt könnte sich ändern, und wir hätten die Mittel dazu.“ Bei diesen Worten des merkwürdigen Mannes riß der Wind rosafarbene Blütenblätter von den Bäumen, und es war, als wären sie in einer anderen Welt gelandet. Der Himmel nahm eine königsblaue Tönung an.

„Wieso sollte sie sich ändern? Es ist doch alles schön, wie es ist.“

„Sie verstehen auch gar nichts!“ sagte Greg Crane ziemlich verärgert. Der Wind legte sich kurz. „Wachen Sie endlich auf, gehen Sie auf die Straße, und schauen Sie sich um! Finden Sie es schön, daß so viele unschuldige Menschen vor Hunger sterben, wo andere so reich sind, daß sie nicht mehr wissen, was sie mit ihrem Geld anfangen sollen, und sich die Langeweile mit Drogen vertreiben? Finden Sie es schön, daß Menschen arbeitslos sind und ihre Familie nicht mehr ernähren können? Und stellen Sie sich vor, das ist noch nicht das

Schlimmste. Das Schlimmste ist, alle denken, es müsse so sein!" Seine Ausführungen hatte Crane so stark hinübergewirbelt, daß Peter befürchtete, er würde gleich umstürzen.

Dann setzte Greg seinen Filzhut auf und sagte: „Auf Wiedersehen." Ohne zu zögern, drehte er sich um und ging fort.

Der Wind tanzte mit pastellfarbenen Blüten über den Parkboden.

„Der war wirklich merkwürdig." sagte Peter zu sich selbst und dachte nicht mehr lange über ihn nach. Anstatt dessen blickte er auf seine Uhr. Es war wirklich höchste Zeit, wenn er sich jetzt nicht beeilte, würde er zu spät zum Treffen kommen.

Utah
8. August

Daniel warf einem verlumpten alten Mann ein paar Dollar in die Büchse. Casey ging eine Weile schweigend neben ihm her und fragte nach einem Dutzend Metern: „Wieso wirfst du dem Bettler Geld ein?"

„Weil ich ihm helfen will." Daniel blieb stehen, und sie konnten den Bettler nun gut beobachten: „Schau, keiner schmeißt ihm etwas rein."

„Hast du dich mal gefragt, weswegen?" fragte Casey eindringlich. Der Bettler wippte bemitleidend vor und zurück.

„Vielleicht denken die Passanten, er hätte Millionen mit dem Betteln gemacht?" fragte Daniel, die Reaktionen der Menschen, die an dem Bettler vorbeigingen, genau beobachtend.

„Nein. Selbst Millionen würden sein Problem nicht lösen." Sie blickte ihren Arbeitskollegen an und fuhr fort: „Auch wenn du ihm Geld gibst, er wird immer noch ein Bettler bleiben."

„Ja, aber weswegen?" Daniel senkte seine Augenbrauen und seine Lippen wurden schmal.

„Weil sein Problem gar nicht das fehlende Geld ist."

„Sondern das fehlende Selbstwertgefühl?"

„Ja, das auch. Vor allem aber hat er nie gelernt, wie man im Leben klarkommt, und niemand hat ihm gezeigt, wie er arbeiten kann, um davon zu leben." Casey blickte den Bettler traurig an.

„Hat er denn keine Schule besucht?" wunderte sich der um einige Jahre jüngere Daniel.

„Natürlich hat er eine Schule besucht, es besteht ja Schulpflicht."

„Und was ist ihm dort beigebracht worden?"

„Das siehst du doch! Daß er dumm ist, und es nie zu etwas im Leben bringen wird!" Casey beobachtete, wie gerade jemand dem Bettler etwas hineinwarf.

„Das ist ihm in der-Schule beigebracht worden?" Daniel konnte es nicht fassen.

„Ja, das ist doch offensichtlich, du siehst ihn ja vor dir, es funktioniert hervorragend: Dieser Mann glaubt wirklich, daß er zu nichts Besserem taugt."

„Schule – das ist ja schwarze Magie!" Er erstarrte vor lauter Schrecken.

„Gut erkannt. Dein Wort in Gottes Ohr. Komm!" forderte ihn Casey auf, und sie gingen weiter in Richtung ihres Arbeitsplatzes.

Daniel war einige Zeit sprachlos neben ihr hergegangen, doch dann blitzte ein Funken Hoffnung in seinen Augen auf, und er sagte: „Ja, aber er könnte doch Blumen auf der Straße verkaufen!" Er zeigte auf einen philippinischen Blumenverkäufer, der vergeblich versuchte, ihm eine Rose in die Hand zu drücken. Daniel wollte ihn abwinken, aber dann kaufte er ihm doch noch eine Rose ab, und der Philippiner begab sich auf die Suche nach einem neuen Kunden.

Sie gingen weiter. „Und wie zahlt er seine Steuern?" fragte ihn Casey, wobei sie seine Blume begutachtete.

„Er zahlt keine."

„Und schon ist er ein Verbrecher!" erwiderte sie mit einem feindseligen Unterton.

„Wie denn das?" Daniel ließ vom Beschnuppern seines Kaufs ab.

„Der Staat macht jeden zum Verbrecher, der Geld verdient, sich aber die Steuern und Sozialabgaben nicht leisten kann. Und somit ist der gesellschaftliche Aufstieg für jemanden wie diesen Bettler sehr schwer. Wer würde im übrigen schon so einen verlumpten Mann anstellen wollen? Und so muß er eben Bettler bleiben. Merkst du, wie der Staat aus der Situation ein Perpetuum mobile macht?"

„Ja, aber könnte nicht jemand das Selbstwertgefühl eines Menschen anheben und ihm beibringen, wie man im Leben klarkommt, bevor er Bettler wird? Das müßte ihm doch die Schule beibringen!" Daniel fuchtelte wild mit den Armen umher.

„Das macht sie aber nicht." erwiderte Casey mit einer Spur Traurigkeit in der Stimme. „Als ich früher meine Lehrer fragte, weswegen, dann hieß es immer, dafür seien die Eltern verantwortlich."

„Aber wenn die Eltern es auch nicht besser wissen und auch nicht gelernt haben – das ist ja ein Teufelskreis!" rief Daniel so laut, daß die Passanten sich neugierig nach ihm umdrehten. Danach fuhr er jedoch ruhig fort: „Kann man denn nichts dagegen tun? Es muß doch einen Ausweg geben." Der Mann ging eine Weile schweigend neben Casey her, plötzlich erhellte sich sein Gesicht, und er blieb stehen. „Ich hab's!" sagte er aufgeregt. Nun hielt auch seine Begleiterin an, und er sprach: „Es ist das Chooquatacka-House! Mit dem neuen Konzept löst sich nämlich dieses Problem von alleine. Weil sich jeder dort soviel nehmen kann, wie er will, und es gibt immer noch genug. Denn im Austausch gegen die erhaltenen Waren produziert jeder an Ort und Stelle etwas, was ein anderer gerade benötigt. Und es wird auch keine Diebe mehr geben, weil alles im Überfluß vorhanden ist. Bettler muß dann auch keiner mehr sein." Er lächelte.

„So wie ein Chooquatacka-House könnte die Wirtschaft auf der ganzen Welt aussehen. Merkst du jetzt, wie Verbrecher, Diebe und Armut, also eine Mangelgesellschaft, vom Staat und vom Schulsystem kreiert werden?"

Daniel nickte, und sie betraten das Chooquatacka-House.

North Dakota
11. August

James Undertale fühlte sich als Bürgermeister der Kleinstadt Grand Forks in North Dakota verpflichtet, sich um das Wohl seiner geliebten Bürger zu kümmern. Die durch die Chooquatackas verursachte langsam steigende Inflation machte ihm schon große Sorgen, und seit Wochen versuchte er verzweifelt, einen Ausweg aus dieser bedrückenden Lage zu finden. Die Sonne malte den Fensterrahmen auf sein Bett, und als die Strahlen sich langsam seinem Gesicht näherten, wachte James auf. Der blendende Stern begrüßte ihn. Er lächelte schief, dann gähnte er mit voller Hingabe, stand auf und begab sich ins Bad.

Während er versuchte seinen Traum zu rekonstruieren, murmelte er vor sich hin: „Glühwürmchen, viele Glühwürmchen ... alle leuchteten, ja ..."

„Was hast du gesagt Liebling?" drang aus dem Schlafzimmer die verschlafene Stimme seiner Frau April.

„Nichts, nichts!" rief James besänftigend und griff zum Rasierapparat. „Ich habe von Glühwürmchen geträumt, was könnte das bedeuten? Träume haben doch etwas mit der unbewußten Seite des Ichs zu tun", murmelte er weiter, während er sich rasierte. Er bemerkte, daß ihn sein Spiegelbild hoffnungsvoll und neugierig anstarrte. „Nicht mit dir!" sagte er zu ihm mit voller Lautstärke.

„Wieso? Ich dachte Jotskov hat uns beide zum Abendessen eingeladen?" drang ein Protestruf aus dem Ehebett der Undertales'.

„Ja, ja, das hat er auch! Schlaf noch ein wenig, Zuckernäschen, damit du heute Abend toll aussiehst!" versuchte er, sie wieder zu beruhigen, um die schwache Erinnerung an seinen Traum nicht zu verlieren. „Dieser Traum ... Glühwürmchen ... Licht in der dunklen Stadt ... ich ... ich hab's! Aua!" James wollte vor Freude ihn die Luft springen, schnitt sich anstatt dessen mit der Rasierklinge.

„Bei diesem Lärm kann doch kein Mensch schlafen!" rief seine

Ehefrau empört aus dem Schlafzimmer. „Du führst ja schon wieder Selbstgespräche", sagte sie etwas sanfter, als sie durch die Tür kam, und küßte ihn auf die Wange. Dann verließ April das Bad, und von der Treppe rief sie noch: „James, kommst du bald? Bill ist mit dem Frühstück fast fertig, so wie er es versprochen hat."

James wischte sein Gesicht mit dem Handtuch ab. Dann blickte er noch kurz aus dem Badezimmerfenster und wieder in den Spiegel. Das warme Sonnenlicht an diesem späten Samstagvormittag umgab seine Haare wie die Lorbeeren eines Siegers bei den Olympischen Spielen im alten Griechenland. Sein weißer Morgenmantel gab der Erscheinung eine zusätzliche Würde. Der Bürgermeister nahm die Pose eines Denkers ein, und mit der Miene eines Cäsaren sagte er zu sich selbst: „James, du bist ein Visionär!"

„Dad, dein Spiegelei wird kalt!" sagte Bill erwartungsvoll.

James setzte sich ruhig auf den Küchenstuhl, rührte sich jedoch nicht und verkündete: „Die Stadt ist gerettet!"

„Was meinst du Schatz?" fragte April, schnitt ihm ein Stück seines Spiegeleis ab, und steckte es ihm in den Mund.

James schluckte den Bissen hinunter, nahm seiner Frau das Besteck ab und begann zu Essen. Dann hielt er inne und sagte: „Ich weiß, wie wir uns vor der Inflation schützen können!"

„Natürlich mit Ware, Dad!" sagte Bill mit belehrendem Ton.

„Genau, das ist es! Was für einen klugen Sohn wir doch haben, Schatz!"

„Das hat er wohl in der Schule gelernt." sagte seine Ehefrau stolz.

„Nein, ich habe es im Internet gelesen." Bill grinste.

„Auf jeden Fall brauchen wir Ware. Wir müssen das ganze Geld der Stadt so schnell wie möglich loswerden und gegen Ware eintauschen. Und zwar gegen ..."

„Chooquatackas!" sagte der siebzehnjährige Bill begeistert.

Mrs. Undertale war skeptisch: „Aber wenn die Chooquatackas dann auch ihren Wert verlieren?"

„Chooquatackas sind wie Gold." entgegnete ihr Mann. „Sie können ihren Wert nicht verlieren, außerdem sind die Hologrammchooquatackas unzerstörbar! Und das ist auch schon ein weiterer Grund, um in sie zu investieren."

„Und wenn dann die Geldkrise vorüber ist? Dann hat Grand Forks kein Geld mehr." April hatte Schwierigkeiten, sich in dieser komplizierten wirtschaftlichen Situation zurechtzufinden. „Dann kann sich Grand Forks nichts mehr leisten! Wäre es nicht klüger, so viele Dollars wie möglich aufzukaufen, und wenn die Krise vorbei ist, als eine der reichsten Kleinstädte Amerikas dazustehen?"

„Liebling, so eine Geldkrise, wie wir sie jetzt haben, gab es in Amerika noch nie, sie bewegt sich so rasant und unvorhersehbar, daß nicht einmal die Massenmedien nachkommen. Und nach so einer Krise ist es sehr wahrscheinlich, daß eine neue Währung eingeführt wird. Dann ist der Dollar nicht mit seinem ursprünglichem Wert eintauschbar. Womöglich ist er wenig oder gar nichts mehr wert." Er steckte sich selbstsicher das letzte Stück Spiegelei in den Mund.

„Vielleicht wäre es dann besser, eine andere Währung zu kaufen, die sicher ist."

„Schatz, nichts ist mehr sicher heutzutage", erwiderte James mit ernster Stimme. „Wenn das so weitergeht, können die Chooquatackas zu einer weltweiten Krise führen, und dann ist keine Währung mehr sicher."

„Amerika lenkt ja die Weltwirtschaft." ergänzte Bill kühn.

North Dakota
14. August

„Und jetzt möchten wir Bürgermeister Undertale zu Wort bitten!" sagte die Ansagerin ins Mikrofon und James Undertale trat zum Rednerpult.

„Guten Tag, meine Damen und Herren!"

Die Versammelten klatschten.

„Heute komme ich zu Ihnen mit einem Programm für die neue Überlebensstrategie in Grand Forks." James Undertale öffnete sein Manuskript, blickte kurz hinein und fuhr anmutig fort: „Sie wissen alle genauso gut wie ich, daß die wirtschaftliche und politische Lage Amerikas nicht die beste ist. Um auf den Punkt zu kommen: Es herrscht Chaos! Der Staat hat von Tag zu Tag immer größere Probleme, alles unter Kontrolle zu halten. Unsere Anfragen als Gemeinde werden nicht mehr beantwortet, und in der Wirtschaft geht es einfach nur drunter und drüber. In einigen Staaten kann man noch für fünfzig Cent einen Lutscher kaufen, obwohl im Staat daneben derselbe Lutscher schon fünf Dollar kostet." Er räusperte sich und blickte in die Menge. „Die Veränderungen finden so schnell statt, das nicht einmal die Medien durchblicken. Ja, man kann sogar sagen, daß sie einfach das wahre Ausmaß der Krise totschweigen."

Nun beugte sich James leicht übers Rednerpult und sagte: „Hier eine kleine Anekdote: Mein Cousin Ted und sein Freund Joe haben jeweils ein Fahrradgeschäft auf derselben Straße in Nevada. Eines Tages kam bei Ted ein Handelsreisender vorbei, der günstige Fahrräder im Angebot hatte. Ted kaufte dem Unbekannten alle ab. Am nächsten Tag schossen die Preise wieder so rapid in die Höhe, daß Ted sein Geschäft schließen mußte, da sich kein Kunde ein Fahrrad von ihm mehr leisten konnte. Am selben Abend traf sich mein Cousin mit Joe in einem Pub. Joe erzählte Ted, daß er glücklicherweise all seine Fahrräder auf einmal verkauft hatte, jedoch das Geld, das er für diese bekommen hatte, leider wertlos geworden war. Nach einigem Reden stellte es sich heraus, daß der geheimnisvolle Fremde, der die Geldkrise ausnutzen wollte, ein paar Stunden später, als die Preise rasant gestiegen waren, Joes Fahrräder sehr viel teuerer an Ted verkauft hatte."

Die Menge lachte. James fuhr fort: „So hat auf jeden Fall dieser Handelsreisende versucht, einen Nutzen aus der Geldkrise zu ziehen, aber ob er es nun geschafft hätte, in einen anderen Staat zu gelangen, in dem das Geld noch seinen Wert hatte, ist fragwürdig. Wovon hätte er sich denn das Zugticket oder das Benzin leisten können?"

Wieder lachten alle.

Nun wurde James Undertale wieder ernster: „Ich erlaube mir eine Abweichung von herkömmlichen Treffen nur deshalb, da die staatliche Kontrolle nachgelassen hat. Aber ich möchte nun zum eigentlichen Thema dieser Versammlung übergehen." Er bat einige Leute aus dem Publikum mit einer diskreten Handbewegung zu sich. „Die Geldkrise hat uns hier zum Glück noch nicht getroffen, aber es kann jeden Augenblick passieren, deswegen muß und will ich vorbeugende Maßnahmen treffen." Zwei Männer und eine Frau kamen zu ihm vor, und er fuhr fort: „In New York sind die Preise immer noch genauso stabil wie bei uns. Jett, kannst du bitte fortfahren!"

Der für Wirtschaftsangelegenheiten zuständige Politiker trat an das Rednerpult. Es wurde wieder geklatscht.

„Ja, also, ich war in New York, und dort ist noch alles ziemlich beim alten. Doch das wird wohl nur noch ein paar Tage oder Wochen so bleiben. Aber das ist für uns eine Chance, da wir dadurch, daß dort die Inflation noch nicht angekommen ist, mit den alten Preisen Ware kaufen können."

Im Saal machte sich ein Geflüster breit – die Menge begann Vermutungen anzustellen.

„Wir sprechen hier von konkreten Dingen, und was wir als sichere Ware bezeichnen, das sind Chooquatackas", beendete Jett seine Aussage.

Die Skepsis der Menschenmenge kam durch ein undurchdringliches Gemurmel zum Ausdruck.

„Bitte lassen Sie mich ausreden, bevor Sie ein Urteil über meinen Vorschlag fällen." ergriff wieder Bürgermeister Undertale das Wort. „Chooquatackas sind eine Ware vergleichbar mit Gold. Wir könnten beispielsweise Unmengen an Blumen-Hologrammchooquatackas kaufen und diese zum jetzigen Zeitpunkt gegen die herkömmliche Währung eintauschen, das heißt, Grand Forks County würde ausschließlich diese Chooquatackas als Währungsersatz benutzen, bis die Krise vorbei ist. Wir können ferner Chooquatackatoren kaufen und anfangen, uns unsere Nahrung selbst herzustellen."

„Was ist mit der Stromversorgung, die beziehen wir von Walsh County, wie wollen Sie dafür bezahlen?" fragte jemand aus dem Publikum.

Der Bürgermeister lächelte und sagte: „Ich gebe jetzt Mrs. Timmer das Wort."

Die stellvertretende Bürgermeisterin trat an den Rednerpult und sprach: „Wir haben uns alles sorgfältig überlegt. Die ganze Stadt mit ihren Einwohnern muß ihre Währung in Chooquatackas eintauschen. Zusätzlich wollen wir einen Teil des Geldes, das die Stadt zur Verfügung hat, in neue Straßenlampen investieren." Sie strahlte, als sie wie Martin Luther King verträumt ihre Vision vortrug: „Wir können Kugelchooquatackas bestellen, die nachts leuchten, und schon haben wir die Stromkosten und somit die Abhängigkeit von Walsh County minimiert. Das einzige Problem, und dieser Einwand ist berechtigt, ist, daß wir mit der Änderung unseres Wirtschaftens automatisch den Ein- und Abfluß des Geldes in und aus unserer Stadt stoppen. Was wir aber nicht vorhersehen können, ist, ob es nicht soweit kommen wird, daß wir uns mit dem Dollar bald so etwas wie Strom gar nicht mehr leisten können. Da ist es immer noch tausendmal besser, mit all den Möglichkeiten des Tauschhandels zu taktieren."

Einige der Versammelten begannen, anerkennend zu klatschen.

Nun trat der zweite der Männer von den Dreien an das Rednerpult: „Eine andere Sache ist die, daß die Medien zum gegenwärtigen Zeitpunkt keinen einheitlichen Standpunkt zu der Situation in Amerika abgeben. Sobald aber die Information über die Geldkrise zu den Bürgern unserer Stadt durchsickert, wird sich die Inflation innerhalb von Stunden auch in unserer Gemeinde ausbreiten. Was wir jetzt tun können, um Zeit zu gewinnen, ist, unsere Mitbürger davon zu unterrichten, was auf uns zukommt, und die Massenmedien für die ganze Stadt unzugänglich zu machen. Damit blockieren wir die Verbreitung des Chaos, daß die Fernsehersender und Zeitungen mit Vorliebe schüren. Das ist das Beste für unser aller Wohl!"

„Was wird der Gouverneur dazu sagen?" rief eine Stimme aus der Menge.

„Das Parlament meldet sich seit Wochen nicht mehr bei uns. Sie wissen doch genauso gut wie ich, daß die amerikanische Politik in ein derartiges Durcheinander geraten ist, daß niemand daran interessiert ist, was in unserer kleinen Stadt los ist! Außerdem wäre es eine Dummheit von uns, wie Marionetten dazusitzen und wie ein Opfer darauf zu warten, was passiert. Wir wollen doch verhindern, daß die Bürger von Grand Forks vor Hunger sterben!"

Pennsylvania
15. August

Joshua Botha schaute sich im Cadillac-Geschäft nach seinem Traumauto-Chooquatacka – dem Modell C7 – um, das er schon seit Wochen suchte. Heute morgen hatte er einen Anruf erhalten, daß dieser nun gekommen war. Er hatte sich, ohne nachzudenken, sofort auf den langen Weg von Michigan nach Philadelphia gemacht, um den Wagen zu erwerben. Voller Aufregung lief er nun zwischen den ausgestellten Autos umher.

„Kann ich Ihnen irgendwie behilflich sein?" fragte eine Kundenberaterin höflich, als sie den reichen, im Orientlook gekleideten Millionär entdeckte.

„Ja." Joshua lächelte charmant. „Ich habe heute einen Anruf bekommen, daß mein Auto da ist, und ich bin gekommen, um es abzuholen."

„Um welches Modell handelt es sich?" fragte die Verkäuferin, ohne auf Joshuas Lächeln zu achten.

„Das Chooquatacka-Modell C7."

Die Dame strahlte. „Kommen Sie mit!"

Joshua Botha folgte ihr eine Weile schweigend, doch dann fragte er: „Es wird wohl nicht jeden Tag so ein Wagen angeliefert?"

„Nein, es ist das erste Mal, daß wir dieses Chooquatacka-Modell bei uns haben."

Sie bogen ab und blieben beide wie angenagelt stehen. Der Mann seufzte vor Begeisterung, auch die Kundenberaterin war gefesselt, obwohl sie den Wagen schon gesehen hatte, als er heute morgen geliefert wurde. Seine Farbe war ein Nachtblau, fast schwarz, und es schien, als wäre der Lack aus den Tiefen des Meeres geholt. Die Oberfläche hatte etwas Lebendiges an sich, als ob sie aus Wasser wäre. Innen leuchteten die hellgrünen Ledersitzchooquatackas, und auch diese schienen eine Seele zu haben. Das Auto sah einfach nur göttlich aus.

„Das ist unglaublich." brachte Joshua erst nach einigen Minuten aus sich heraus.

„Nicht wahr?" entgegnete die Kundenberaterin, und dann fragte sie: „Wollen Sie sich einmal hineinsetzen?"

„Ja!"

Der Millionär fühlte sich, wie wenn er in die Tiefen der See eintauchen würde. Er war vollkommen hin und weg. Die Dame schaltete das Soundsystem ein, und es erhallte das Rauschen des Meeres mit Walgesängen. Kurz danach begann eine Sängerin, die wie eine Meerjungfrau klang, ein Lied zu singen.

„Das gibt es doch nicht! Das übertrifft all meine Erwartungen!" sagte Joshua begeistert.

„Ja, seitdem es die Maschinen zur Herstellung von Chooquatackas auch für die Industrie gibt, diese Chooquatackatoren, kann sich Cadillac die unglaublichsten Wunder leisten. Nichtsdestotrotz heißt es, daß sie direkt mit der Chooquatacka-Firma zusammenarbeiten, um diese phantastischen Ergebnisse zu erzielen." Sie schaltete die Klimaanlage ein, um Botha deren Funktion zu zeigen. „Ja, dieser Wagen ist wahrscheinlich der luxuriöseste, der jemals auf den Markt gebracht worden ist. Also, wollen Sie ihn haben?" fragte die Kundenberaterin.

„Aber natürlich", der Millionär strahlte.

Sie nahm den Mann mit in ihr Büro und reichte ihm die Kaufformulare. „Hier müssen Sie Ihre Personalien angeben. Und hier müssen

Sie dann unterschreiben."

Während Joshua sich daran machte, das Formular auszufüllen, fragte ihn die Verkäuferin: „Zahlen Sie bar, mit Scheck oder mit Kreditkarte?"

Er lächelte, hob seine beiden Aktenkoffer hoch, die er die ganze Zeit mit sich getragen hatte, um sie der Frau zu zeigen, und sagte: „Ich zahle bar." Nach einer Weile fügte er hinzu: „Man kann den Banken kaum noch trauen – bei dieser Inflation." Als er zum zweiten Formular kam, stockte er jedoch und wunderte sich: „Heute morgen haben Sie aber einen anderen Preis angegeben."

„Sie sagten es doch bereits vorhin so trefflich – es herrscht Inflation." sagte die Kundenberaterin gelassen.

„Aber doch nicht eine fünffache und innerhalb von wenigen Stunden!" Joshua war ziemlich irritiert.

„Es tut mir leid, wir haben keinen Einfluß darauf. Wollen Sie sich es noch einmal überlegen, Mr. Botha?"

Der Millionär fing an hysterisch zu lachen, dann beruhigte er sich und sagte: „Ich zahle doch lieber mit der Kreditkarte."

Als er mit seinem herrlichen neuen Auto durch Philadelphia brauste, ging es Joshua gleich viel besser. Die ganze Zeit überlegte er jedoch, ob es tatsächlich möglich war, daß eine Inflation so schnell voranschritt.

Er beschloß seinen Freund Nick anzurufen: „Hallo Nick, ich bin's – Josh!"

„Ja, was gibt es?" fragte Nick auf der anderen Seite der Leitung.

„Du, ich habe eine Frage an dich: Wie hoch sind die Preise bei uns in Michigan gestiegen?"

„Nimmst du mich jetzt auf den Arm oder was, Josh? Kannst du nicht selber nachschauen?"

„Tut mir leid, ich bin in Phila..." plötzlich verstummte Joshua, er war nämlich gerade vom Highway heruntergefahren, um eine Tankstelle aufzusuchen und sah den Benzinpreis, was ihn davon abhielt weiterzusprechen.

„Josh ...? Josh? Bist du noch dran?"

„Ja, ja" sagte der Millionär mit einer für Nick fremdartigen Stimme.

„Ist alles o. k. bei dir, Alter?"

Joshua schüttelte sich kurz und dann fragte er: „Weißt du, wieviel das Benzin hier kostet? Vierzig Dollar pro Gallone!"

Nun war es Nick, dem es die Sprache verschlug. Nach einer Weile stammelte er: „Du ... Josh ... ich schau mal nach ... und ruf dich zurück." Dann legte er auf.

Botha beschloß, währenddessen weiterzufahren und woanders nach Benzin zu suchen. Endlich fand er eine Tankstelle irgendwo auf dem Lande, die einen vergleichsweise vernünftigen Preis anbot: siebenundzwanzig Dollar.

Nachdem er getankt hatte, fuhr er weiter. Nick meldete sich nicht, und Joshua war schon in Ohio angekommen, als ihn sein Freund zurückrief.

„Also Josh, das klingt ein wenig eigenartig, aber ich befürchte die USA befinden sich im totalen Chaos. Es ist so, als würden alle durchdrehen."

Der Millionär bremste und hielt vor einem kleinen Laden auf dem Land an. „Wie – was meinst du denn?" fragte er.

„Also, die Nachrichtensender spielen verrückt. Sie sind total außer Kontrolle geraten. Manche berichten von einer Inflation, andere sprechen davon, daß das nur vorübergehend so sei, wieder andere sprechen von der Apokalypse. Aber keiner ist glaubwürdig, würde ich sagen. Butter kostet bei uns übrigens seit drei Stunden sechs Dollar, obwohl Laura meint, sie habe heute morgen auch welche für zwölf gesehen. Mein Vater sagte, man könne in Iova nur noch mit Chooquatackas bezahlen."

Das war zuviel für Joshua, mit wackeligen Beinen stieg er aus dem Auto aus und ging zu dem kleinen Laden.

„Und?" fragte er geistesabwesend um seinen Freund aufzufordern weiterzusprechen.

„Mein Cousin, der in New York wohnt, war allgemein sehr verwundert, als ich ihm das alles erzählte."

Joshua zeigte dem Verkäufer, er solle ihm eine gekühlte Coladose reichen und hörte Nick weiter zu.

„Er meinte, in New York sei alles noch normal."

„Hm ..." erwiderte Botha und öffnete seine Coladose.

„Zweitausend Dollar fünfhundert macht das bitte." sagte der Verkäufer.

Der Millionär ließ total aus der Fassung sowohl das Handy als auch die Dose fallen.

New York City
15. August

‚Au weh!' dachte sich Santiago. ‚Der Gehweg ist so hart, und es ist so verdammt kalt hier draußen. Ich muß irgendwo hin, wo es warm ist.' Es war Nacht, und es regnete. Santiago hatte nur einen lumpigen, alten Mantel, der ihn wärmte. Diesen hatte er vor einer Woche in einer Mülltonne gefunden. ‚Wäre ich doch mit den Jungs mit nach Mexiko gefahren. Dort ist es wenigstens warm, und Mayra hätte uns auch was zum Essen gekocht. Ach wäre ich doch nur mitgekommen, auch wenn der Wagen gestohlen war. Jetzt lieg ich hier wie ein Penner, dabei ...'

Er dachte den Gedanken nicht zu Ende, denn er entdeckte einen Mann, der ihm entgegenkam. Dieser hatte ein intensives Lächeln im Gesicht. Kam er wirklich auf ihn zu? Das konnte doch nicht sein! Er hatte kurzes, schwarzes, gelocktes Haar und einen ebenso kurzen Vollbart. Sein langer Mantel war schwarz mit goldsilbern besticktem Muster. Um den Hals trug er eine Goldkette und in den Händen je einen Aktenkoffer. Er reichte Santiago einen davon.

„Hier bitte: einhunderttausend Dollar. Schenk ich dir!" sagte Joshua Botha.

Santiago traute seinen Augen und Ohren nicht. Einhunderttausend Dollar? War das ein Traum? Er nahm den Koffer und öffnete ihn. Da war Geld! Viel Geld! „Ich bin reich!“ rief er und kam sofort auf die Beine. „Jippie! Wie gut, daß ich dageblieben bin! Vielen Dank, wer immer du auch bist! Aaa!“ Santiago umarmte Joshua Botha, und schon war er mit Freudesprüngen in einem Pub verschwunden.

Der Millionär lächelte zufrieden. Plötzlich kam an ihm ein trüb aussehender Mann vorbei. Peter Jones war besorgt. Er kam gerade von einem Treffen mit Freunden, wo sie reichlich gelacht und getrunken hatten. Das ließ ihn für kurze Zeit, seine Sorgen vergessen. Doch jetzt auf dem Heimweg waren sie alle wieder da. Er brauchte einen Job, um seine Familie zu ernähren, aber er konnte keinen finden. Er suchte schon seit über einem Monat, und wenn es so weitergehen würde, müßten sie bald ihr großes Appartement verkaufen und in eine kleinere Wohnung ziehen. Nun drehte er sich auf einmal um, denn er bemerkte den Blick des Fremden, der auf ihm ruhte. Der Mann sah wie einer dieser Superstars aus, direkt von der Bühne geholt. Er trug einen sehr ausgefallenen Mantel und eine Toque auf dem Kopf. Er schaute Peter mit einem besorgten Blick an.

„Hey, brauchst du Geld?“ Joshua zeigte seine weißen Zähne. „Hier – einhunderttausend Dollar, schenk ich dir!“

„Warum willst du mir einhunderttausend Dollar schenken?“ fragte Peter skeptisch.

„Entweder du nimmst es oder nicht. Wenn du nicht willst, mußt du es nicht nehmen.“ antwortete der Mann.

„Hast du eine Bank überfallen?“ fragte der arbeitslose noch skeptischer.

„Ha, ha!“ lachte der Millionär. „Das ist gut! Ha, ha! Die Bank überfallen. Haha, haha!“ Dann wurde sein Gesichtsausdruck wieder ernst: „Weißt du nicht, daß Geld jetzt wertlos ist? Mit ein bißchen Glück kannst du noch etwas kaufen, sonst kannst du damit nur noch im Ofen heizen.“ Er drehte sich um und ging langsam weg. „Na ja, wenn du nicht willst, dann gebe ich das Geld halt jemand anderem.“

Peter blickte ganz verwirrt und verwundert drein.

„Die ... ha, ha, ha ... Bank ... ha, ha, ha ... überfallen! Ha, ha, ha!“

lachte Joshua noch und verschwand dann, nachdem er um die Ecke abgebogen war.

Amerikanisches Finanzamt, Washington D. C.
16. August

IRS – Krisensitzung
Miller – Leiter des Finanzamtes, der gutbezahlte Vorgesetzte
Burnsky – stellvertretender Leiter des Finanzamtes
Thompson – auch ein wichtiger Typ
Mehrere Beamte – auf Pensionsalter wartend
Andere Beteiligte des Schauspiels – endlich dessen gewahr werdend, was los ist

Sie saßen alle versammelt im Konferenzsaal und versuchten, die optimale Lösung für die Geldkrise zu finden, die bereits bedrohliche Ausmaße angenommen hatte.

Miller: „Wie stellen wir uns das vor?"

Burnsky: „Wie meinen Sie das?"

Thompson: „Wie meinen Sie was?"

Irgendwo im Hintergrund sprachen zwei Beamte leise miteinander.

Beamter eins: „Wir fahren ja wieder, Bendon morgen und ich am Montag, dann können die machen, was sie wollen."

Beamter zwei: „Eh Mann, ich check nicht, was die wollen ..."

Burnsky: „Am besten wir berufen eine Sonderkommission ein."

Thompson: „Am besten wir rufen den Finanzminister an."

Miller: „Am besten wir machen erst mal gar nichts, vielleicht löst sich das Problem von selbst auf."

Burnsky: „Wie meinen Sie das?"

Thompson: „Wie meinen Sie was?"

Beamter zwei: „Eh Mann, das check ich nicht ..."

Finanzministerium

Kenwood – Finanzminister
Berater eins – normalerweise in beratender Rolle
Berater zwei – in beratender Rolle, falls nichts Besseres zu tun habend
Berater drei – in beratener Rolle nur dann, wenn eine Lösung wissend
Sekretärin – eine wahrhaftige Sekretärin aus Fleisch und Blut
Telefon – die Kompetenz zum Klingeln
Miller – der Anrufende

Kenwood: „Das ist die Katastrophe schlechthin!"

Berater eins: „Wir müssen etwas unternehmen!"

Berater zwei: „Es ist höchste Zeit!"

Kenwood: „Aber was können wir tun?"

Telefon: „Klingel."

Sekretärin: „Finanzministerium, Sie wünschen bitte?"

Miller: „Wir haben ein Problem, kann ich bitte den Finanzminister persönlich sprechen?"

Sekretärin: „Das ist leider nicht möglich, der Finanzminister ist in einer wichtigen Besprechung."

Miller: „Sagen Sie ihm, es ist dringend."

Kenwood: „Wer ruft an?"

Sekretärin (hält die Muschel zu): „Es ist der Leiter der Finanzamtes, Sir!"

Kenwood: „Wer ist das?"

Sekretärin: „Sie wissen nicht, wer der Leiter des Finanzamtes ist?"

Kenwood (erbost): „Natürlich weiß ich, wer der Leiter des Finanzamtes ist!"

Sekretärin: „Dann verstehe ich Ihre Frage nicht."

Kenwood: „Wie heißt er?"

Sekretärin: „Miller."

Kenwood: „Dann reichen Sie mir bitte den Telefonhörer."

Kenwood (zu Miller): „Mr. Miller, bitte seien Sie versichert, daß wir hier im Finanzministerium alles unter Kontrolle haben, alles! Auf Wiederhören."

Der Finanzminister legte auf, und die vier Herren versanken in stilles Grübeln. Etwas später.

Kenwood: „Also was machen wir?"

Berater drei: „Wir müssen den Präsidenten anrufen."

Weißes Haus

Der Präsident – abwesend

Golfplatz

Macinroe – der Präsident, Golf spielend
Kriecher – persönlicher Sekretär, den Ersatzgolfschläger haltend

Präsident Macinroe holte mit dem Golfschläger aus, um den Ball zu treffen. Das Telefon klingelte. Der Sekretär nahm den Anruf am Handy entgegen.

Kriecher: „Weißes Haus, mein Name ist Kriecher, was kann ich für Sie tun?"

Kenwood: „Hier spricht das Finanzministerium, hier spricht Kenwood."

Kriecher: „Der Präsident hat jetzt keine Zeit. Er ist in einer wichtigen Besprechung."

Kenwood: „Was für eine Besprechung soll denn das sein? Es gibt nichts Wichtigeres!"

Kriecher: „Es handelt sich um ... äh ... Golf."

Kenwood: „Golf?"

Kriecher: „Ich meine natürlich die Golfstaaten."

Kenwood: „Aber Golf ist doch schon längst passé!"

Kriecher: „Bitte kommen Sie doch endlich zur Sache!"

Kenwood: „Es ist eine nationale – nein, es ist eine internationale

Krise von nie dagewesenem Ausmaß. Wir müssen etwas unternehmen! Wir können doch nicht einfach zusehen, wie die Welt untergeht!"

Kriecher: „Natürlich nicht. Was glauben Sie, womit wir uns hier die ganze Zeit befassen?"

Weißes Haus, Oval Room
20. August, vier Tage später

Douglas – Hauptberater des Präsidenten
Macinroe – Präsident der USA

Douglas: „Na gut, wenn wir keine Lösung finden, dann führen wir eben Krieg."

Macinroe: „Aber gegen wen?

Douglas: „Aber das ist doch nicht von Bedeutung."

Macinroe: „Warum?"

Douglas: „Ja, weil das irrelevant ist. Gegen irgend jemanden halt."

Macinroe: „Wie?"

Douglas: „Suchen Sie sich jemanden aus."

Macinroe: „Was?"

Douglas: „Einfach so."

Macinroe: „Wie denn?"

Douglas: „Suchen Sie sich einfach jemanden aus. Auf wen waren Sie letztens sauer?"

Macinroe: „Ich?"

Douglas: „Ja, Sie."

Macinroe: „Aber das ist doch meine Privatangelegenheit!"

Douglas: „Aber jetzt, Mr. President, ist es nicht mehr Ihre Privatangelegenheit, sondern es ist eine Sache der nationalen Sicherheit! In der Politik gibt es keine Privatangelegenheiten."

Macinroe: „Meine Köchin."

Douglas: „Ihre Köchin – wie habe ich das zu verstehen?"

Macinroe: „Sie wollten doch wissen, auf wen ich sauer war. Meine Köchin hat letztens meinen Hund in den Backofen gesteckt. Also habe ich sie gefeuert."

Douglas: „Verdammt noch einmal, wir können doch nicht Ihrer Köchin den Krieg erklären! Sie müssen doch realistisch bleiben!"

Macinroe: „Wieso? Das verstehe ich nicht. Ich bin doch der Präsident. Ich kann alles!"

South Dakota 20. August

Ein schwarzer Jaguar nahm mit der Eleganz einer Wildkatze auf dem freien Parkplatz vor der Bank Platz. Im Fahrzeuginneren setzte Jerry gerade seine goldgefaßte Sonnenbrille auf. Er war jedesmal besonders stolz, wenn er sie zu einem seiner Einsätze tragen konnte, denn er war einer der besten Bankräuber in den ganzen USA. Seine Arbeit verrichtete er immer sauber und hinterließ niemals Spuren, kurz – er war ein Profi. Für seinen heutigen Banküberfall trug er einen eleganten weißen Anzug. Eigentlich wollte er immer Modedesigner werden, doch er stammte aus armen Verhältnissen und hatte wie das Leben so spielte, eine andere Laufbahn eingeschlagen. Neben ihm saß seine Komplizin Andi, mit der er schon einige Banken ausgeraubt hatte.

Sie drehte sich zu ihm hinüber, um etwas zu sagen, doch Jerry war schneller. „Heute bin ich dran!" sprach er und legte seine schwarzen Lederhandschuhe an. Er stieg aus und ging mit langsamen Schritten zum Bankeingang.

Andi klopfte sich mit der Faust auf die schwarze Hose. Wie gerne hätte sie selbst die Bank überfallen. So kam ihr heute wieder die Aufgabe zu, Schmiere zu stehen. Sie setzte sich ans Lenkrad und wartete.

Derweil betrat Jerry den safranfarbenen Marmorboden des mit beigen Marmorsäulen verzierten Saals. Er ging entschlossen zum erstbesten Schalter, der frei war. Die Frau dahinter schaute ihn mit gelangweiltem Blick an. Jerry ließ sich davon aber nicht ablenken und sagte drohend zu der Bankangestellten, die Pistole auf sie richtend: „Bitte alles Geld aus der Kasse!"

Die Kassiererin schaute verdutzt auf die Waffe. Der Bankräuber holte jedoch eine zweite heraus und richtete sie rücklings auf all die Menschen, die im großen Saal der Bank umherstanden.

„Alles auf den Boden, daß ist ein Banküberfall!" schrie er mit böser Stimme drei Schüsse gegen die Decke richtend.

Die Frau am Schalter begann zu lachen und verschwand hinter einer Tür. Jerry war vollkommen überrascht, insbesondere da die wenigen Menschen, die in der Bank waren, ihn nur anstarrten, aber keinerlei Angst zeigten. Der Mann setzte seinen Bankräuberverstand ein und beschloß nach schnellster Situationsanalyse zum nächsten Schalter zu rennen. Als er mit der rechten Hand seinen Körper in Bewegung setzen wollte, hielt ihn eine Stimme hinter ihm auf.

„Da bitte!" sagte ein dicklicher, älterer Mann mit Brille und einem vollgestopften Sack. „Sie können alles haben!" Er schmiß den Sack dem Bankräuber vor die Füße. Einzelne Banknoten flogen heraus und landeten nach einem tänzelnden Flug auf dem Boden.

Jerry schaute ihn überaus verwundert an und fragte sich, wieso der Bankdirektor keine Angst vor ihm hatte. Aus der gleichen Tür kam die Frau vom Schalter mit einem weiteren Sack Geld und tat es ihrem Vorgesetzten gleich. Dann begannen beide irrsinnig zu lachen. Jerry schaute sich in der Menschenmenge um, keiner bewegte sich, und auch niemand der Anwesenden erweckte den Anschein, ein Polizist zu sein.

„Nehmen Sie es! Geld hat keinen Wert mehr!" rief der Direktor und verließ quietschend vor Freude den Saal.

Der Bankräuber faßte einen Entschluß, packte die beiden Säcke schnell mit der linken Hand und rannte rückwärts, die Pistole auf alle Anwesenden richtend, aus dem Gebäude. Er war dermaßen perplex, daß er beim Hinausgehen gegen die zweite Glastür stieß.

Andi wurde von dem Geräusch des zuknallenden Kofferraums aus ihrem unprofessionellen Nickerchen geweckt. War Jerry etwa schon fertig? Doch nach der Stille zu urteilen, die in und um das Bankgebäude herrschte, schien es ihr unmöglich. Der Bankräuber ließ sich völlig aus der Fassung in den Beifahrersitz fallen. Er sah so niedergeschlagen aus, daß Andi erst nach ein paar Sekunden realisierte, daß sie gerade eine Bank überfallen hatten und nun fliehen mußten. Sie startete den Motor und fuhr die von ihnen geplante Route.

„Was hast du denn?" fragte sie schließlich.

Jerry schaute mit leeren Augen in die Ferne. „Die haben sich ganz merkwürdig in der Bank benommen. Keiner zeigte die üblichen Reaktionen ..."

„Was?" Andi mußte vom ständigen Starren auf ihren Komplizen einem Auto scharf ausweichen.

„Ich glaube, wir müssen unseren Job wechseln. So machen Banküberfälle ja überhaupt keinen Spaß mehr!"

Europäisches Parlament, Brüssel
21. August

Parlamentarische Anhörung

Ratspräsident: „Und nun zur Diskussion über die mögliche Einführung einer Chooquatacka-Handelszone in der Europäischen Union. Die Schlüsselfrage ist doch: Braucht die EU überhaupt Chooquatackas? Meine lieben Kolleginnen und Kollegen, Abgeordnete dieses hohen Hauses, Amerika ist nicht Europa, und Europa ist nicht Amerika. Was auf der anderen Seite des Atlantiks funktioniert, muß nicht notgedrungen in der Europäischen Union funktionieren. Wir müssen unsere Märkte hier schützen und alle Bestrebungen unterbinden, die unsere Position auf dem Weltmarkt schwächen könnten.

Nicht zuletzt wurde die EU eben deswegen gegründet, um Europa gegenüber solchen Ländern wie den USA wettbewerbsfähig zu machen. Durch die Einführung einer derartigen Chooquatacka-Handelszone würden wir all die Bestrebungen unserer Gründungsväter zunichte machen. Die EU ist kein willkürlicher Zusammenschluß von Ländern, sondern ein historischer Friedensprozeß mit einer ganz spezifischen Bedeutung nicht nur für Europa, sondern für die ganze Welt. Wir sind ein Musterbeispiel für Stabilität, Vollbeschäftigung, soziale Absicherung, was zu Gleichgewicht, innerer Ruhe und Zufriedenheit, mit anderen Worten, zu ewigem Wohlstand und persönlichem Glück aller Bürger in einem besseren Europa führt."

Vor das Parlamentsgebäude fuhr eine weitere Hundertschaft rabenschwarzgekleideter EU-Polizisten vor, die ihren Kollegen zu Hilfe kam, um die tosende Menge aus wildschreienden Jugendlichen, erbosten Studenten und sich ihnen angeschlossenen Arbeitslosen und Senioren in Schach zu halten. Der Lärm vermochte es, jegliches andere Geräusch zu verschlingen.

Die Menschenmenge skandierte immer wieder die Worte: „Chooquatackas für alle. Chooquatackas für Europa. Chooquatackas für die Menschen!" Und das in der gesamten Sprachenvielfalt, die die vielen Mitgliedsstaaten in die Gemeinschaft eingebracht hatten. Überall stachen auch Transparente aus der Menge hervor und blickten erbarmungslos in die Kameras der anwesenden Medienvertreter:

„Eine freie Welt und Chooquatackas für alle!"

„Wir wollen Chooquatackas!"

'We love Chooquatackas!'

«Chooquatackas son grandiosas!»

«J'aime les Chooquatackas!»

«Chooquatacka per tutti gli uomini!»

'Crane forever!'

Die Transparente waren wie Blüten auf einer schier unüberschaubaren Menschenwiese.

Präsident: „Wir haben nun eine Woche lang beraten, und es gab heiße Diskussionen sowie kontroverse Meinungen. Wir haben alle Aspekte, Pro und Kontra, analysiert. Ich freue mich – ohne der demokratischen Abstimmung in wenigen Minuten vorgreifen zu wollen –, daß wir bereits jetzt zu einem einstimmigen Entschluß gekommen sind. Man kann es nicht oft genug betonen: Wir haben dies in freiwilliger und unabhängiger Willensentscheidung getan, und das ist gut so. Gut für uns und – für uns alle! Dieses Brainstorming war nötig ..."

Der Abgeordnete des unlängst beigetretenen EU-Landes Ukraine nahm seinen Kopfhörer ab und flüsterte ins Ohr seines Kollegen: „Sagte er Brainstorming oder Brainwashing?"

Präsident: „Ich freue mich, daß wir jetzt zur Abstimmung kommen. Ich bitte nun diejenigen Abgeordneten, die Hand zu heben, die für die Einführung einer Chooquatacka-Handelszone in der EU sind.

Der Saal verstummte, und Sekunden erschienen wie Minuten, doch niemand hob seinen Arm.

Präsident: „So, dies ist ein großer Augenblick in der Geschichte der EU. Nein! Ich möchte weitergehen und behaupten, dies ist ein großer Augenblick für die ganze Welt."

„VETO!"

Der Saal verstummte erneut. Nach kurzen Augenblicken der Unsicherheit begannen die Teilnehmer der Abstimmung irritiert die Quelle des in der EU unaussprechlichen Wortes zu identifizieren. Doch offensichtlich war die Aufgabe nicht so einfach zu lösen. Deswegen versuchte der Präsident, die Kontrolle über diesen Fauxpas zu übernehmen.

Präsident: „Ähm ... gibt es noch einen Kommentar, habe ich noch etwas gehört?"

Zunächst zögerlich, doch dann mit zunehmender Entschlossenheit stand in der Mitte des Saales ein kleiner rundlicher Mann auf und wiederholte das Eklat-Wort: „VETO! Unser Land legt das Veto ein!"

Niemand kannte diesen Abgeordneten so richtig, zumal die EU mittlerweile zu einer unüberblickbaren Größe aus vielen Einzelstaaten herangewachsen war. Der Präsident schaute auf die Landesflagge vor dem aufmüpfigen Abgeordneten, und es traf ihn der Schlag – Polen!

Der Redakteur des französischen Nationalfernsehens drückte den Kopfhörer noch tiefer in seine Ohrmuschel, als wie wenn er das eben Gehörte nicht glauben wollte oder konnte.

„Wir sind auf Sendung! Sie müssen reden!“ brüllte ihn der Produktionsleiter an.

„Bonjour, Madame e Misieur! Mein Name ist Henri Chakall vom französischen Nationalfernsehen. Sie sehen, wie die Massen hier in Brüssel vor das Parlamentsgebäude gekommen sind, um zu demonstrieren. Doch erreicht mich gerade eine bestürzende Meldung, daß es soeben zu einer Katastrophe, äh, ich meine, zu einem Veto gekommen ist ...“

„Hello Ladies and Gentleman! Mein Name ist Mortimer Brown von CMN. Ich stehe hier vor dem Parlamentsgebäude der Europäischen Union, in dem es gerade zu einer Sensation gekommen ist. Der Vertreter des kleinen ... äh ... afrikanischen ... äh ... Staates Polen hat ein Veto eingelegt. Anscheinend kommt es jetzt doch nicht zum Verbot einer Chooquatacka-Handelszone in der EU. Aber was hat das mit Afrika zu tun? Äh ... gleich nach der Werbung erfahren Sie es – bleiben Sie dran! Äh ... mein Name ist Mortimer Brown für ‚CMN – See More News!‘.“

„Hallo, meine Damen und Herren! Hier spricht Hans Meierhofer vom Deutschen Fernsehen. Es ist wieder einmal zwischen Deutschland und Polen zu einem Skandal gekommen. Die polnischen Revisionisten wollen anscheinend die Abstimmung über die Chooquatacka-Handelszone dazu mißbrauchen, um ihre alten Forderungen nach nichterhaltener Kriegsentschädigung Nachdruck zu verleihen. Der zweite Weltkrieg ...“

In der Zwischenzeit versammelte sich in der Altstadt von Brüssel eine immer größer werdende Menschenmenge, die auf friedliche Art und

Weise zusammengekommen war, um im Sinne der Losungen der französischen Revolution ein Statement abzugeben. Die Demonstration wurde von pazifistischen Organisationen veranstaltet, die der Auffassung waren, daß man der Einführung von Chooquatackas in der EU eine Chance geben sollte, da die Welt ohnehin reif war für eine Erneuerung des wirtschaftlichen und gesellschaftlichen Systems.

Unmengen von jungen und älteren Menschen, die einen gebildeten Eindruck machten, sprachen Leute auf der Straße an, gaben Interviews und erzählten von ihren Konzepten. Ab und zu bildete sich eine Gruppe, und es wurde gesungen. Jugendliche holten ihre Instrumente, hauptsächlich Gitarren, aber auch Geigen und Flöten hervor und spielten Lieder wie: „Blowin' in the Wind“, „Heal the World“ und „Power to the People“, die die Welt veränderten. Mitten in der Stadt wurde eine Installation aufgestellt, die von vielen jungen Leuten mit Spraydosen bestiegen und kunstvoll bemalt wurde. An der Spitze waren die Worte „Chooquatackas sind das Symbol der Freiheit“ angebracht.

„Wir wollen den Menschen zeigen, daß es auch anders geht“, sagte ein junger Student ins Mikrophon eines Reporters und schob seine Brille zurecht. „Wir sind gekommen, um die Verbreitung der Chooquatackas zu unterstützen, denn wir glauben, daß wir damit ein Stück unserer Freiheit wiedergewinnen, die uns die auf Lügen aufgebaute Politik weggenommen hat.“ Er lächelte kurz und antwortete auf die Frage, was das für eine Installation sei, freudig: „Das ist eine Idee von Janika aus Ungarn. Sie stellt einen Baum dar. Um dem ganzen eine zusätzliche Bedeutung zu verleihen, bauen wir ihn live auf.“

Ein Mädchen aus Schottland mit einer Geige in der Hand kam zu dem Studenten, und als sie gefragt wurde, wer die Lieder, die gespielt wurden, ausgewählt hat und weswegen, antwortete sie: „Wir haben die Titellisten im Internet zusammengestellt. Das sind hauptsächlich Lieder, die in der Geschichte etwas bewegt haben, aber auch welche, die eben thematisch und von der Stimmung zu diesem Event passen.“ Sie verstärkte den Griff, mit dem sie die Geige in ihrer Hand hielt, und rannte zurück zur musizierenden Gruppe.

Auf einem provisorisch aufgebauten Holzpodest stellten sich die Mitglieder des Brüsseler Symphonieorchesters auf, um mit ihrer Beteiligung das Manifest zu unterstützen. Die Stühle standen schon bereit, so daß die Musiker nur ihre Plätze einnehmen mußten. Der erste Geigenspieler richtete seinen Blick zum Himmel, stellte fest, daß das Wetter perfekt zum Spielen geeignet war und gab das Zeichen zum Stimmen. Ein Getöse und Gerausche verschiedener Klänge drang aus den Instrumenten. Vollkommen unordentlich und arrhythmisch kamen sie nach einer Weile wieder zur Ruhe. Auf der linken Seite des Podests stellte sich ein Chor in vier Reihen auf. Ein leichter Windstoß bewegte die Notenblätter der Musiker, und der Dirigent stieg auf die Bühne. Er reichte dem ersten Geiger die Hand, stellte sich vor die Musiker, blickte zum Chor und gab ihm das Zeichen zum Beginn.

„Freude" ertönte mit weichen Sopranstimmen, als Antwort kamen die Tenöre mit einem weiteren „Freude". Dieses melodische Zwiegespräch wiederholte sich, bis das Orchester vibrierend einstieg, und der ganze Chor mit starken Stimmen die Hymne anstimmte.

Zur gleichen Zeit drangen von allen Seiten auf den alten Marktplatz Zeitungsverkäufer, die versuchten, sich mit ihren Stimmen gegen das Symphonieorchester durchzusetzen:

„Extrablatt!"

„Freude!"

„Extrablatt!"

„Freude!"

„Sensation!"

„Tochter aus Elysium!"

„Schweiz stellt auf Chooquatacka-Wirtschaft um!"

„Deine Zauber binden wieder!"

„Extrablatt!"

„Wem der große Wurf gelungen!"

„Chooquatackas, jetzt auch in der Schweiz!"

Chooquatacka-Reichtumszentrum, Florida
22. August

„Wunderschön!" lächelte Crane begeistert, als ihn Christine fragend anblickte.

Sie standen vor einem sehr großen und weitläufigen Gebäude, das an keines erinnerte, das jemals zuvor erbaut wurde. Das Dach verlief schräg und sah aus, als wären seine Ziegeln aus Perlmutt. Weiße und dezent verzierte Säulen erinnerten ein wenig an antike Bauten, das wunderbare waren jedoch die Tiffany-Glaskunstfenster und Lampen, die künstlerisch zum Vorschein kamen.

„Das erste Gebäudechooquatacka der Geschichte!" sagte Greg stolz und bewunderte, wie raffiniert hier der Übergang von den Säulen-Hologrammchooquatackas zu den soliden Säulenchooquatackas das Gebäude ätherisch wirken ließ.

„Komm doch – ich zeige dir, wie das erste Reichtumszentrum von innen aussieht!"

Sie traten hinein, und Crane kam es tatsächlich so vor, als wäre die Halle ein altertümlicher Markt, denn innen waren über den einzelnen Verkaufssegmenten Schilder angebracht. „Gemüse", „Kleidung", „Kunst", „Kuchen" und so weiter hieß es dort. Auch hier war alles mit Säulen und Tiffany-Glaskunst verziert. In der Mitte war ein Brunnen, aus dem tatsächlich ein seine Farben und Formen wechselndes Wasserchooquatacka floß.

„Zum Glück bist du früh genug mit der Idee der Änderung des Konzeptes gekommen", erzählte Christine. „Wir hätten sonst nämlich ziemlich viel zum Ummanifestieren." Sie sah, wie Crane begeistert den Brunnen anblickte, der die wunderbarsten Gebilde hervorbrachte.

„O ja, an dem Wasser haben wir sehr lange gearbeitet, aber ich glaube, es hat sich gelohnt!" Christine lächelte. „Ich denke, daß mir vor allem die Arbeit am Theaterstück geholfen hat."

„Und wo sind die Maschinen?" fragte Crane.

„Hinter dem Brunnen, ganz am Ende. Du wirst gleich sehen, daß wir um jede eine Art Kabine gebaut haben, damit der Besucher ungestört seine Chooquatackas machen kann. Das ist wahre Demokratie. Jeder wählt in der Abgeschiedenheit seines Selbst unabhängig und unbeeinflußt das, was er haben möchte. So wie du es wolltest, Greg."

„Mit dem Unterschied zum landläufigen Verständnis von Demokratie, daß unsere Kunden nicht nur zwischen zwei oder drei Kandidaten wählen können, auf deren Nominierung sie ohnehin keinen Einfluß haben!." entgegnete der Chooquatacka-Erfinder.

Der Begriff Kabinen war etwas untertrieben. Sie sahen aus wie Beichtstühle aus einer edlen barocken Kathedrale. Sie waren aus gemeißeltem weißem Steinchooquatacka mit bunten Tiffany-Fenstern.

„Weißt du Greg, eigentlich habe ich mir überlegt", sagte Christine, als sie eine der Kabinen öffnete, um Crane die gelieferten Maschinen zu präsentieren, „daß ihr eigentlich auch gleich Chooquatackatoren mit Chooquatackatoren manifestieren könntet, das würde ‚Kicksley and Moore' das müßige Zusammenbauen ersparen."

Greg lächelte: „Was glaubst du, was sie die ganze Zeit machen?!"

„Oh, Entschuldigung!" erwiderte Christine etwas beschämt.

„Du warst einfach lange nicht mehr bei uns drüben in New York."

„Nein, es ist nur, daß ich erwartet hätte, daß so ein Chooquatackatorchooquatacka leuchtender wäre."

Nun lächelte Crane herzlich: „Ach, Christine! Diese Maschinen leuchten auch, aber deren Erscheinung verblaßt in Angesicht dessen, was ihr geschaffen habt."

„Oh, das habe ich nicht bedacht! Und es schmeichelt mir." Die Frau errötete, und sie machten sich langsam wieder auf den Weg hinaus.

Nach einer Weile sagte Christine: „Schau noch nach oben!" und deutete auf die Decke. Dort zeigten sich Greg in sanften Farben Freskenchooquatackas, die Engel und Sonnensysteme darstellten. Er hielt vor Begeisterung den Atem an.

„Es erinnert mich ein wenig an die Deckenmalerei von Michelangelo in der Sixtinischen Kapelle."

„Wir haben lange nach kompetenten Malern gesucht und sie endlich auch gefunden." Christine musterte eine Weile die Fresken und fuhr fort: „Wenn ich ehrlich bin, finde ich dein neues Konzept einfach nur genial! Bisher wurden Chooquatackas verkauft wie alle anderen Güter auf der Welt. Doch jetzt fangen wir an, Chooquatackas sozusagen an alle zu verteilen – mit der Aufforderung, die Menschen mögen als Austausch für das, was sie erhalten, auch etwas mit einem Chooquatackator herstellen. Womöglich wird eines Tages alles nur noch verschenkt ohne die Erwartung, daß irgendeine Gegenleistung dafür notwendig ist. Ist das dann wahre Liebe?"

Crane blickte in sich hinein und schwieg.

Weißes Haus, Washington D. C.
23. August

Der Präsident war sichtlich besorgt. Immer wenn er nicht wußte, wie es weitergehen sollte, berief er eine Sonderkommission ein. So auch diesmal. Und wie jedes Mal mußte die Expertenkommission auch jetzt einen zündenden Namen haben, damit man den Wählern den geplanten Krieg entsprechend verkaufen konnte.

Macinroe: „Ich möchte sofort meinen Personalchef sprechen."

Fünf Minuten später erschien der Personalchef und meldete sich beim Präsidenten. Er ließ ihn in sein Arbeitszimmer und redete mit eindringlichen Worten auf ihn ein.

Macinroe: „Ich möchte, daß meine Köchin ... Wie hieß sie noch einmal?"

Personalchef: „Kun McWang."

Macinroe: „Ja genau ..., daß die sofort wieder eingestellt wird!"

Personalchef: „Jawohl, Mr. President"

Die McWang-Kommission
Der Präsident, umgeben von seinen Beratern und Mitarbeitern

Macinroe: „Meine sehr verehrten Damen und Herren, leider hat mich mein Hauptberater auf die ernste Lage eines drohenden Krieges aufmerksam gemacht, hervorgerufen durch ... ähähä ...“

Im Saal ertönte ein aufgeregtes Murmeln und Tuscheln.

Macinroe: „... hervorgerufen durch ... ähähä ... Wie war das noch einmal Mr. Douglas?“

Der Hauptberater war ganz aufgeregt, denn er wußte nicht, worauf der Präsident hinauswollte, andererseits wollte er sich mitnichten kompromittieren, da dies mit Sicherheit das Ende seiner politischen Laufbahn bedeutet hätte.

Douglas: „Aber Mr. President, ich meinte doch nur ...“

Macinroe: „Ja Mr. Douglas, Sie hatten vollkommen recht!“

In diesem Augenblick klopfte es an der Tür, die anschließend aufging, und der Personalchef trat in den Konferenzsaal.

Personalchef: „Sie ist jetzt da, Mr. President“

Macinroe: „Wie können Sie es nur wagen, mich in dieser wichtigen Besprechung zu stören!“

Personalchef: „Aber Mr. President, Sie meinten doch sofort ...“

In diesem Augenblick kam die Köchin Kun McWang herein und stürzte auf den Präsidenten zu, dem sie anschließend die Hand drückte und ihm ihren Kopf auf die Brust legte.

McWang: „O ja, Mr. President, ich freue mich so, daß Sie mich gerufen haben, und ich wieder für Sie arbeiten darf!“

Macinroe: „Ladies and Gentleman, darf ich Sie nun mit dem Kriegsgrund bekanntmachen: Das ist Mrs. McWang, und Sie sind die McWang-Kommission. Alles weitere wird Ihnen mein Hauptberater erklären. Ich muß jetzt leider zu einem wichtigen Termin auf den Golf... Äh, ich meine natürlich zu einer Beratung im Zusammenhang mit den Golfstaaten. Nichtsdestotrotz glaube ich, daß die Sache jetzt klar ist. Die Prioritäten sind gesetzt, und alles weitere werden Sie als

Experten, meine Damen und Herren, regeln. Ich übergebe jetzt mein Wort an Mr. Douglas." Daraufhin verließ der Präsident forschen Schrittes den Saal.

Douglas: „Meine Herrschaften, die McWang-Kommission ist einberufen worden, um das noch nie dagewesene Ausmaß der Bedrohung unseres Landes durch einen Präventivkrieg ein Ende zu setzen."

Experte eins: „Ja, ja, das können wir uns auf keinen Fall gefallen lassen!"

Experte zwei: „Dies würde zu einem Untergang unserer jahrhundertealten amerikanischen Kultur führen."

Experte drei: „Ich schlage jetzt vor, daß sich Mrs. McWang zu dieser Sache äußert, schließlich hat sie der Kommission ihren Namen gegeben. Mrs. McWang, wie beurteilen Sie die Lage?"

McWang: „In meinem Beruf ist es extrem wichtig, die Sache am Kochen zu halten. Aber was soll man machen, wenn mein Mann mich immerzu nur anbrüllt und mir keine Ruhe gibt ..."

Douglas: „Wer ist Ihr Mann?"

McWang: „Guo McWang. Warum?"

Douglas: „Nein. Ich meinte: Woher kommt er?"

McWang: „Aus China, so wie ..."

Douglas: „Ha! Da haben wir es!"

Experte zwei: „Da haben wir was?"

Douglas: „Es ist China. Daß ich nicht gleich draufgekommen bin. Wir müssen China den Krieg erklären!"

Experte eins: „Nicht den Krieg erklären – wir müssen unverzüglich angreifen! Wollten wir den Krieg erklären, müßten wir das Einverständnis der UNO haben, da wird Rußland sein Veto einlegen. Das ist eine Notlage, wir können nicht länger warten. Es ist eine Frage der nationalen Sicherheit! Wir können immer noch versuchen, den Krieg nachträglich ratifizieren zu lassen. Im übrigen handeln wir ohnehin aus humanitären Gründen, um Frau McWang zu helfen. Der Krieg ist reine Verteidigung, sonst nichts!"

Golfplatz

Präsident Macinroe schlug zu, er traf den Ball, der im hohen Bogen auf Loch Nummer dreiundzwanzig zuflog. Das war ein gekonnter Schlag, und der Präsident konnte zufrieden sein, was er auch war, und deswegen auch den Drang verspürte, sich um seine Regierungsgeschäfte zu kümmern. Er rief seinen Butler.

Macinroe: „Rufen Sie das weiße Haus an, und geben Sie mir das Mobiltelefon!“ Er nahm das Handy und sprach: „Douglas, gibt es ein Ergebnis bei der McWang-Kommission?“

Douglas: „Ja, Herr Präsident. Wir müssen China angreifen!“

Macinroe: „Gut. Wann?“

Douglas: „Donnerstag, dreizehn Uhr.“

Macinroe: „Hervorragend! Wann gebe ich es dem amerikanischen Volk und der Welt bekannt?“

Douglas: „Gleich morgen, um dreizehn Uhr.“

Macinroe: „Perfekt!“

Der Präsident legte auf und verspürte ein tiefes Gefühl der Zufriedenheit, was ihn dazu beflügelte, nun weiterzuspazieren, um Loch dreiundzwanzig in Augenschein zu nehmen.

Kentucky
24. August

Ein überaus angesehener Bankangestellter in Frankfort namens Anthony Brown wußte, daß er bald seinen Job verlieren würde, wenn nicht ein Wunder geschah, da Geld immer wertloser wurde. Die Bankgeschäfte wurden immer schwieriger und komplizierter, und es war nicht mehr so leicht, sie angemessen auszuführen. Viele wurden schon gefeuert. Und jetzt sollte er in ein gottverlassenes Nest in Kentucky, irgendwo fünfzig Meilen von Nicholasville entfernt, um mit den Farmern dort zu verhandeln, da sie noch keine Ahnung von dem fortschreitenden Geldverfall haben konnten. Anthony sollte beweisen, daß Geld noch irgendeinen Wert hatte. Dafür brauchte er nur die richtigen Formulare und die Aktentasche voller Geld, die in seinem Kofferraum lag. Er mußte jemanden dazu bringen, das Geld anzunehmen. Als erstes sollte er sich eine gewisse Familie Logan vornehmen.

Mr. und Mrs. Logan saßen gerade am Frühstückstisch, als es plötzlich an der Tür klopfte.

„Ich mach auf" sagte Claire Logan und ging zur Tür.

Als sie sie öffnete, stand ein dreißigjähriger, elegant gekleideter Herr mit einer Aktentasche unter dem Arm vor ihr. Seine schwarzen Schuhe waren auf Hochglanz poliert, und sein Sakko hatte sicher mehr als tausend Dollar gekostet. Hinter dem Haus hatte er seine silberfarbene Limousine geparkt, die in der Sonne glänzte.

„Guten Morgen, mein Name ist Brown. Ich bin von der Gooddollar Bank. Sind Sie Mrs. Logan?" fragte er mit ernster Stimme.

„Ja. Was wollen Sie denn?" Claire schaute sich um, ob nicht noch mehr von seiner Art gekommen waren. Doch dieser Brown schien im Einzelpack erschienen zu sein.

„Ich bringe Ihnen Geld, viel Geld." Er klopfte auf seine Aktentasche.

„Ja ..." Sie überlegte eine Weile, dann sagte sie mit ländlicher Herzlichkeit: „Dann kommen Sie doch rein!" Mrs. Logan machte die Tür weiter auf und ließ den Mann hinein.

Sie wies dem Gast einen Platz am Eßtisch zu, wo Wayne Logan sich gerade mit Rührei und Würstchen vollstopfte.

„Mr. Logan, ich habe Sie gerade beim Frühstück angetroffen, wie angenehm." Er lächelte gezwungen, da ihn gerade ein großer Hund zu beschnüffeln begann. „Sie leben hier etwas abseits, nicht wahr Mr. Logan?"

„Ja, eindeutig. Das stimmt." sagte Wayne zwischen zwei Bissen.

Claire Logan stellte dem Gast einen Teller unter die Nase und patschte ihm eine Portion Rührei drauf. „Das sind Landeier – und die

Würstchen sind von Micky.“ sagte sie, Anthony Brown erwartungsvoll anblickend.

„Micky war ein Schwein. Sie können es ruhig essen.“ ermunterte ihn Wayne. Er selbst war mittlerweile fertiggeworden.

Der Bankangestellte nahm vorsichtig einen Bissen und fragte ganz nebenbei: „Leben Sie hier ganz alleine mit Ihrer Frau?“

„Ich wohne hier mit meiner Frau, meinen Kindern und meiner Schwiegermutter“, antwortete Wayne mit einem starken schottischen Akzent und kreuzte die Arme auf seinem korpulenten Bauch.

„Ah ja, höchst interessant.“ Anthony nahm noch einen weiteren Bissen unter dem einladenden Druck von Claires Augen. „Aber jetzt kommen wir mal zur Sache. Mrs. Logan, Sie haben aber wirklich eine schöne Wohnung hier!“ Er blickte sich um. Die Küche war praktisch chooquatackaleer. Nur ein Uhrenchooquatacka hing an der Wand.

„Danke“, unterbrach sie ihn leise und wurde rot im Gesicht.

„Aber eins ist mir aufgefallen: Sie haben ja keinen Fernsehapparat! Oder irre ich mich?“ Der Bankangestellte schaute sich aufmerksam um.

Claire rieb sich den Nacken und sagte: „Keineswegs, Sie irren sich nicht. Wir haben überhaupt keinen Fernseher.“

„Ja, Sie haben recht, man muß keinen Fernsehapparat haben. Dafür lesen Sie aber sicher die Zeitung, nicht wahr?“ Er observierte die Gesichter seiner Gastgeber genau.

„Nein. Ehrlich gesagt, nie.“ Die Frau blickte Anthony Brown verwundert an.

„Ah ja, ich verstehe, dann hören Sie einfach nur Radio.“

„Nein, wir haben für solche Sachen leider keine Zeit und auch kein Geld.“ entgegnete die Hausfrau konservativ mit einer Prise Nervosität. „Wir leben hier auf dem Land und haben sehr viel Arbeit. Jeden Tag müssen die Kühe und Ziegen gemolken werden, die Tiere gefüttert, das Feld gedüngt, Gemüse gepflückt und gepflanzt werden. Sie wissen nicht, wie es hier ist. Das ist nicht die Stadt, wo man nicht weiß, womit man sich die Zeit vertreiben soll.“

„Ähä.“ hüstelte Anthony Brown. „Das ist ja perfekt!“

Mr. und Mrs. Logan schauten einander empört an. „Was?“ rief Claire aus.

„Äh ... Ich meine natürlich: Das ist perfekt, daß ich da bin und Ihnen dieses Angebot machen kann ... ähm ...“ Der Bankangestellte schob seinen Teller mit Rührei zur Seite und öffnete seine Aktentasche auf dem Tisch, dann holte er ein Blatt hervor. „Und zwar: Das hier haben wir extra für Sie bei der Gooddollar Bank vorbereitet. Es ist ein exklusives Geschenk unserer Bank an Sie – ein für Sie vollkommen kostenfreier Vertrag über zehn Millionen Dollar.“ Er betonte das letzte Wort.

„Zehn Millionen Dollar?“ fragte Claire Logan skeptisch.

„Korrekt!“ Anthony blickte die beiden an, als wäre er Washington vom Ein-Dollar-Schein höchstpersönlich.

„Na ja, ich weiß nicht ... Wayne, Schatz, kannst du dich erinnern, was mit Chuck Maclomhair passiert ist, als er im Lotto gewonnen hat, der arme?“

Wayne Logan machte nur große Augen und brach in ein lautes und herzliches Lachen aus. „Hahaha, die wollen uns doch nur veräppeln!“

„Das ist mein voller Ernst“, sagte der Bankbeamte ungerührt.

„Aber wie können Sie einfach so viel Geld herschenken?“ fragte wieder Claire Logan ungläubig.

„Das ist ganz einfach: Hier ist der Vertrag, und hier die Regierungserklärung, die alles erklärt.“ Anthony Brown reichte der Frau zwei Blätter und einen Kugelschreiber.

„Sollen wir es unterzeichnen?“ Claire Logan blickte ihren Mann unsicher an.

„Es sind immerhin zehn Millionen Dollar.“ antwortete dieser ohne zu zögern.

„O. k.“ sagte sie mehr zu sich selbst, griff nach dem Blatt Papier und unterzeichnete es. Nun waren sie anscheinend schwerreich.

Anthony Brown schloß hinter sich die Tür der Familie Logan. Er ging zu seinem Wagen, blieb kurz stehen, machte einen Luftsprung und rief stolz: „Ja, ja, ja! Jetzt werde ich befördert!“

Washington D. C.
24. August, 13 Uhr

Eine Reporterschar hatte sich im Weißen Haus versammelt und wartete gespannt darauf, was der Präsident zu verkünden hatte. Währenddessen las George Macinroe in seinem Hubschrauber noch die Rede, die er in wenigen Minuten vortragen sollte. Neben ihm saß sein Berater Douglas, der dem Präsidenten kurz zuvor den zu sprechenden Text in die Hand gedrückt hatte.

Macinroe: „Das liest sich gut. Und hier mach ich dann eine Pause, danach schaue ich kurz in die Höhe und sage: ‚Gott ist mit uns!' Ja, das hier ist auch gut. O. k. Sehr gut. Ich bin einverstanden, Mr. Douglas. Gut gemacht! Warten Sie ... und wo steht das mit dem Kriegsgrund?"

Douglas: „Kriegsgrund?"

Macinroe: „Ja, Kriegsgrund. Wir müssen doch einen Kriegsgrund angeben!"

Douglas: „Oh, das scheint Ihr Ghostwriter übersehen zu haben."

Macinroe: „Dann müssen Sie die Rede noch einmal schreiben lassen!"

Douglas: „Alles klar, Mr. President."

Der Hubschrauber setzte zur Landung an, wenige Augenblicke später verabschiedete sich der Präsident von seinem Berater mit den Worten: „Ich bin dann auf dem Golfplatz, wenn Sie mich brauchen."

Douglas rannte in den Konferenzraum, in dem die Journalisten versammelt waren und suchte nach dem Pressesprecher des Präsidenten. Fand ihn und flüsterte ihm etwas ins Ohr.

Wenige Augenblicke später trat der Pressesprecher vor das Mikrophon und sagte: „Meine sehr geehrten Damen und Herren, es tut mir leid, Ihnen mitteilen zu müssen, daß diese Pressekonferenz wegen einer Erkältung des Präsidenten verschoben werden muß – auf ein uns noch unbekanntes Datum. Man hat mir gesagt, er sei im Moment nicht imstande zu sprechen."

Douglas (nachdenkend): „Du meine Güte, was mach ich jetzt bloß?"

Er ging in seinem Arbeitszimmer auf und ab.

Douglas (grübelnd): „Wir haben schon angefangen, alles für den bevorstehenden Krieg vorzubereiten und nun können wir der Öffentlichkeit nichts sagen, da wir keinen Kriegsgrund haben."

Er drückte auf eine Taste auf seinem Telefonapparat.

Douglas (zu seiner Sekretärin): „Rufen Sie bitte sofort Mr. Avery an, und sagen Sie ihm, er soll so schnell wie möglich zu mir kommen, denn ich brauche seinen Rat."

Die Sekretärin war sehr verwundert, normalerweise meldete er sich bei der CIA nur in Krisensituationen. Eine Stunde später war der Agent angekommen.

Avery: „Wo liegt das Problem?"

Douglas: „Kriegsgrund."

Avery: „Wie – Kriegsgrund?"

Douglas: „Wir haben einen Krieg, aber keinen Grund dafür."

Avery: „Wozu dann der ganze Aufwand für die Kriegsvorbereitung, wenn es keinen Grund gibt?"

Douglas (genervt): „Du meine Güte, natürlich haben wir einen Grund! Der Grund ist doch die Wirtschaftskrise. Das wissen Sie doch genauso gut wie ich! Aber die Bevölkerung wird das nicht kapieren. Die versteht nichts von Wirtschaft. Wir brauchen für den Plebs einen nachvollziehbaren Grund. Etwas Emotionales. Also müssen wir ihm irgend etwas hinschmeißen, damit er nicht protestiert, willfährig mitmacht und vor allen Dingen unsere tapferen Soldaten an der Front unterstützt."

Avery: „Hm, gegen wen soll denn der Krieg sein?"

Douglas: „China."

Avery (lachend): „Ach herrjemine! Wie kommen Sie um alles in der Welt denn bloß auf China?"

Douglas (rot anlaufend): „Das ist nicht wichtig, deswegen habe ich Sie nicht kommen lassen!"

Avery: „Ja, ist ja schon gut. Lassen Sie mich mal überlegen ... Das ist doch ganz einfach!“

Douglas: „Ja ...?“

Avery: „Wieso haben wir denn eine Wirtschaftskrise?“

Douglas: „Ja, weil das Geld immer mehr an Wert verliert und nicht mehr zirkuliert.“

Avery: „Aber warum hat das Geld seinen Wert verloren?“

Douglas: „Weil die Menschen es durch Chooquatackas ...“

Avery: „Genau! Chooquatackas!“

Douglas: „Wie Chooquatackas?“

Avery: „Das ist Ihr Kriegsgrund!“

Douglas: „Aber wie, was ...? Ich meine, was haben Chooquatackas bitte schön mit China zu tun?“

Avery: „Das ist ganz einfach. Ich habe gerade gestern davon erfahren, daß der chinesische Staat daran arbeitet, das Geheimnis der Chooquatackas zu lüften, und versucht, diese nachzubauen.“

Douglas: „Das ist genial! Sie sind mein – nein, der Retter der Vereinigten Staaten von Amerika! Ich werde dafür sorgen, daß Sie eine Gehaltserhöhung bekommen. Bitte liefern Sie mir alle Informationen über dieses Projekt der Chinesen!“

Douglas rief ein paar Stunden später seinen Chefstrategen für politisches Marketing an.

Douglas: „Wir stellen ab heute auf Chooquatacka-Politik um.“

Stratege: „Wie? Die Chooquatackas sind doch verboten!“

Douglas: „Was meinen Sie mit: Die Chooquatackas sind doch verboten?“

Stratege: „Sie haben die Sache doch selbst vor dem Obersten Gerichtshof durchboxen lassen!“

Douglas: „Papperlapapp! Wer hält sich schon von uns an Gerichtsurteile? Nicht einmal Sie! Blödes Gerede. Nun machen Sie sich endlich an die Arbeit! Wir dürfen keine Zeit verlieren.“

Hinterzimmer der Medienzensur, wo keiner hinkommt
25. August

„Veranlassen Sie bitte absolute Sendepflicht, was Chooquatackas angeht!“

„Aber ... Sie haben doch noch vor drei Monaten ...“

„Bla, bla, bla! Das war vor drei Monaten, wie Sie richtig festgestellt haben. Das mit den Chooquatackas müssen wir jetzt nachrichten ... äh, das heißt berichten!“

„Aber ... das Verbot ...“

„Das Verbot wird ab heute aufgehoben, und es herrscht Krieg! Äh ... ich meine natürlich Pflicht! Absolute Sendepflicht. Notfalls rund um die Uhr! Haben Sie verstanden?“

CMN-Nachrichten
26. August

Der Nachrichtensprecher von CMN klopfte seinen Stapel Zettel auf dem Schreibtisch zurecht, dann kratzte er sich noch an der Nase, um sich schließlich der Kamera zuzuwenden, als er das entsprechende Zeichen bekam.

„Guten Abend, mein Name ist Pit Johnson von ‚CMN – See More News!‘. Unser Präsident George Macinroe hat heute Schüler der dritten Klasse der Elementarschule in Rhode Island getroffen. Dabei wies er darauf hin, wie wichtig es für die Entwicklung des Kindes sei, sich mit Chooquatackas zu befassen. Bei dieser Gelegenheit überreichte er sechsundzwanzig strahlenden Kindern T-Shirt-Chooquatackas ...“

New York City
27. August

„Schatz, kannst du bitte den Fernseher anmachen, ich will die Nachrichten sehen." sagte Peter zu seiner Frau Mary.

Die Kinder waren schon in ihren Betten. Vater hat Susie noch eine Gutenachtgeschichte erzählt, und nun wollte er wie jeden Abend seine Nachrichten sehen, um zu wissen, was in der Welt los war. Er machte es sich auf dem Sofa bequem und wartete, bis die Werbung vorbei war. Mary räumte währenddessen in der Küche auf.

„Chooquatacka-Raub!" dröhnte es aus dem Fernseher. „Es ist mittlerweile eine erwiesene Tatsache, daß im Februar dieses Jahres in der Chinesischen Akademie der Wissenschaften in Peking auf Völkerrecht mißachtende Art und Weise Untersuchungen mit unseren Chooquatackas durchgeführt wurden, mit der Folge nachgebauter chinesischer Chooquatackas. Und dies trotz des geplanten Chooquatacka-Sperrvertrags. Die Volksrepublik weigert sich nach wie vor, diesen Vertrag zu unterzeichnen."

„Na so was!" rief Mary aus der Küche. „Und das haben sie erst jetzt ..."

„Pscht!" erwiderte Peter gebannt und lauschte weiter.

„Dieses Verbrechen wurde jedoch nie legalisiert, ganz abgesehen von Patentrechten. Die chinesische Regierung streitet jedoch jegliche Vorwürfe hartnäckig ab und behauptet gebetsmühlenartig, es gäbe keine geheimen Chooquatacka-Massenproduktionsstätten in China. Doch die CIA hat Satellitenbilder veröffentlicht, auf denen die illegalen chinesischen Fabriken deutlich zu sehen sind. Es wird vermutet, daß die chinesische Regierung mittlerweile ihre kriminelle Aktivität sogar noch ausbaut und in schwerzugängliche Gebirgsregionen verlegt." Der Nachrichtensprecher hielt einen Augenblick inne und ging dann zum nächsten Thema über: „Jugendverbrechen. Die Polizei hat heute vier Jugendliche festgenommen, die illegalen Chooquatacka-Handel betrieben haben ..."

Peters Frau kam neugierig aus der Küche heraus, mit einem Glas und einem Tuch zum Abtrocknen in der Hand. Nach einer Weile gebannten Blickens setzte sie sich neben ihren Gatten.

„Es werden noch weitere sechshundert allein in New York verdächtigt. Die amerikanische Regierung ruft zu ganz besonderer Vorsicht beim Chooquatacka-Kauf auf – diese könnten nämlich auch aus einer illegalen Quelle stammen. Das Chooquatacka-Kopieren scheint insbesondere unter Jugendlichen immer mehr an Popularität zu gewinnen. Viele nennen sich schon Chooquatacka-Dealer. Allein in den letzten Wochen wurden siebenundzwanzig Geschäfte wegen Kaufs und Verkaufs von Chooquatackas, deren Legalität nicht durch ein Ursprungszeugnis nachgewiesen werden konnte, mit einer Verwarnung bestraft. Seien Sie also bitte auf der Hut, denn es könnte auch Ihr Kind sein, das gerade in diesem Moment etwas tut, was gegen das Gesetz verstößt. Lassen Sie es nicht zu, daß unsere Chooquatackas profaniert werden!"

„Peter! Und was, wenn unsere Kinder auch da mit dabei sind?" fragte Mary erschrocken. „Ich meine, wer weiß, was sie den ganzen Tag so treiben?"

„Honey, mach dir keine Sorgen, unsere Kinder wurden im patriotischen Geist erzogen, und so einen staatlichen Hochverrat würden sie niemals begehen. Außerdem sind sie viel zu jung, um sich mit dieser Chooquatacka-Hightechwissenschaft zu befassen."

„Mami", sagte eine Stimme aus dem Korridor.

Mary schreckte auf, sie stellte das Glas und den Lappen auf den Wohnzimmertisch und ging zu ihrem elfjährigen Sohn.

„Was ist denn Tommy? Hattest du wieder einen Alptraum?"

„Mami, du hast doch heute Geburtstag!" sagte der Junge etwas hinter dem Rücken verbergend. „Susie hat dir ein Bild gemalt, Papa hat dir Theaterkarten und ein Kleid geschenkt – ist dir nichts aufgefallen?"

„Was hätte mir auffallen sollen?" fragte Mary. Peter schaltete den Fernseher aus und ging in den Korridor zu seinen Familienmitgliedern hinüber.

„Ich hab dir nichts geschenkt! Ist dir das nicht aufgefallen?" fragte der kleine Junge.

„O doch, es ist mir aufgefallen! Und?" Die Mutter versuchte es aus ihrem Sohn herauszulocken.

„Happy Birthday, Mami!" sagte Tommy und überreichte ihr ein wunderschönes, in allen nur vorstellbaren Rottönen gefärbtes Blumenchooquatacka.

Mary strahlte, denn Rot war ihre Lieblingsfarbe. „Danke!" sagte sie und umarmte ihren Sohn herzlich.

Doch Peter wurde skeptisch. „Hast du es von deinem Taschengeld gekauft?" fragte er den Kleinen.

„Man schaut einem gekauften Gaul ..." fing Mary an, da unterbrach sie Tommy:

„Habe ich selbst gemacht, weil ich dich so liebe, Mami!"

Peters Frau wurde bleich.

New York City
28. August

„Greg, Sprüngli ruft an!" sagte Emma durch den Hörer.

Der Chooquatacka-Erfinder wartete eine Weile, und dann hörte er Sprünglis lebhafte Stimme: „Haben Sie es in der Zeitung gelesen?"

„Ja ..."

Und, was sagen Sie dazu, Mr. Crane?"

„Das ..."

„Ja, ich weiß, das ist einfach phantastisch! Es ist mir endlich gelungen, den Chooquatackas den Weg nach Europa zu ebnen. Moment."

Greg lauschte eine Weile an der Leitung, er hörte gedämpfte Stimmen im Hintergrund. Nach einigen Minuten gab es ein Knirschen, und dann war wieder Sprüngli zu vernehmen.

„Verzeihen Sie, Mr. Crane. Die Grenzbeamten – sie kontrollieren praktisch jeden, der die Schweizer Grenze überqueren will. Sie wissen schon – Angst vor einer Überflutung durch Chooquatackas aus der Schweiz. Sie wollten schon mein Auto auseinanderschrauben, aber mit Alexander Sprüngli werden die nicht so leicht fertig. Nicht, solange unsere Mission noch nicht erfüllt ist."

Vor seinem geistigen Auge sah nun Greg, wie Sprüngli auf einer Bergspitze stand und gegen den Wind, der seine etwas längeren Haare nach hinten blies, in die Ferne blickte.

Der Milliardär saß aufgeregt und zugleich entspannt auf dem Rücksitz seiner Limousine und sprach weiter: „Aber das ist noch nicht alles, Mr. Crane. Ich habe noch so manche Idee in petto. Ja, in diesem Augenblick kümmere ich mich auf jeden Fall um Unterstützung für Sie in den USA. Aber was rede ich da vor mich hin, es soll ja nicht früher als am Tage der Realisierung verraten werden." Dann nahm Sprüngli einen anderen Ton an und sagte: „Gut, da ich nun weiß, was Sie von der Chooquatacka-Handelszone in der Schweiz halten, verabschiede ich mich und werde mich zu gegebener Zeit wieder melden."

Greg blickte etwas verdutzt den Hörer an.

Oregon
29. August

Polizist Gerry – davon träumend, ein Tierparkwärter zu sein
Sein Kollege Percy – gerne Menschen ärgernd

Die Sonne schien warm und heiter auf den Helm des Polizisten Gerry. Er schaute die Tauben an, wie sie friedlich auf den Ahornbäumen saßen. Einige flatterten von Ast zu Ast, andere wagten es auf die Straße, um sich dort von einem weggeworfenen Brot ein Stückchen zu ergattern, um dann wieder schnell zurück ins Geäst zu fliegen, sobald sich ein Auto näherte. Und immer wieder dieselbe Prozedur, bis das Brot schließlich alle war.

„Gerry!“ Sein Arbeitskollege versuchte ihn aus seinen Beobachtungen zu reißen.

„Hey Kumpel, ist das nicht interessant, was diese Tauben nicht alles wagen, nur um ans Essen zu kommen?“ sagte dieser, vom Geschehen absorbiert.

„Komm wieder auf die Erde zurück! Schau da: Was treibt dieser Junge da mit der Frau? Verkauft er ihr etwas?“ entgegnete Percy.

Gerry blickte verträumt in die Richtung, die ihm sein Kollege zeigte. Erst nach ein paar Sekunden kam das gesehene Bild in seinem Gehirn an. Dort stand wahrhaftig ein Junge und kassierte Geld.

‚Geld einnehmen – Jugendlicher – illegaler Chooquatacka-Verkauf – ist gleich ein Verstoß gegen das Gesetz. Gerry ist ein Polizist, ist gleich ein Gesetzeshüter. Stopp! Ein Straftäter!‘ Er riß sich aus seinen Gedanken und sah, wie der Junge um die Ecke ging. „Hey“, schrie er, „stehen bleiben!“ und rannte ihm hinterher. Percy folgte ihm.

Als das Kind die Rufe hörte, fing es an zu laufen, es rannte so schnell es konnte. Doch die durchtrainierten Polizisten waren schneller und holten es an der vierten Straßenecke ein.

Gerry fragte laut: „Was hast du der Frau verkauft?“ Sein Kollege hielt den Jungen fest.

„Nichts.“ Das Kind versuchte sich aus dem festen Griff des Polizisten zu befreien.

„Du mußt nicht lügen, wir haben alles gesehen! Was hast du ihr verkauft?“ brüllte Gerry. „Drogen? Chooquatackas?“

„Schreien Sie doch nicht auf diesen Jungen! Also bitte, Sie sollten doch der Jugend ein Beispiel geben!“ mischte sich eine ältere Dame ein. „Es steht doch fest, daß dieser Junge, wenn er überhaupt etwas verkauft hat, nur Chooquatackas verkauft haben kann. Wer handelt heutzutage noch mit Drogen? Aber vielleicht war die Frau auch seine Mutter, die ihm Geld gegeben hat. Also benehmen Sie sich anständig anderen Bürgern gegenüber, insbesondere dann, wenn Sie nicht wissen, ob Sie schuldig sind.“ Sie stütze erwartungsvoll ihre Hände in die Hüften.

„Madam, die Schuld bestimmt das Gericht, nicht wir. Wir sind dafür zuständig, Verdächtige zu schnappen, und dieser Junge hier ist verdächtig, weil er anfing wegzulaufen, als ich ihn ansprach."

„Also hören Sie mal, Herr Polizist! Dieser Junge ist doch noch ein Kind. Es ist doch vollkommen logisch, daß er anfängt wegzulaufen, wenn ihn zwei so mit Verlaub gesagt angsteinflößende Männer anfangen zu jagen. Und drücken Sie seine Arme nicht so fest, Sie tun ihm doch weh!"

„Madam, ich bitte Sie, sich nicht in behördliche Angelegenheiten einzumischen!" Gerry kehrte ihr den Rücken zu und wandte sich an den Jungen: „Was hast du der Frau verkauft?"

„Chooquatackas", antwortete der Fünfzehnjährige.

„Sehen Sie, Madam, ein Straftäter." Er drehte sich selbstzufrieden zur alten Dame um, diese schaute ihn mit bösem Blick an.

„Du kommst jetzt mit." Gerry wandte sich wieder an seinen Gefangenen.

„Nein! Ich habe doch gar nichts getan!" versuchte sich der Junge zu wehren.

„Du bist ein Dieb und Diebe müssen bestraft werden!"

„Ich bin kein Dieb, ich habe die Chooquatackas gar nicht gestohlen, ich habe sie selbst gemacht!"

„Weißt du nicht, daß sowohl die illegale Chooquatacka-Produktion als auch der Verkauf von illegal hergestellten Chooquatackas verboten ist?" Der Polizist winkte seinem Kollegen zu, und die beiden machten sich mit dem gefaßten Gesetzesübertreter auf den Weg ins Kommissariat. Die alte Frau stand entrüstet da und blickte den dreien sprachlos nach.

Ein kleines italienisches Dorf in der Nähe von Pisa 30. August

„O wie gut, daß Sie gekommen sind, Pater!“ begrüßte den Priester eine kleine mollige Frau mit einem mit Hunderten von schwarzen Locken bedeckten Kopf. Sie geleitete ihn in die Küche. Am Eßtisch saßen drei weitere Frauen, die eine jünger als die andere, und alle blickten den ehemaligen Jesuiten dunkelbraunäugig an. Die Küche war voller Holzmöbel und reichlich mit Lebensmitteln versehen. Getrocknete Peperonischoten, Knoblauch, Oreganoblätter und anderes Gewürz hingen von den Holzbalken der niedrigen Decke.

„Setzen Sie sich bitte!“ Die Hausfrau war offensichtlich die Mutter dieser drei hübschen Töchter und schob ihm einen kleinen Hocker hinüber. Während er darauf Platz nahm, verhedderte er sich mit seinem Gewand in den herunterhängenden Gewürzen und riß versehentlich die Peperoni runter, die dann über den Fußboden kullerten.

„Das macht nichts!“ beruhigte ihn die Hausfrau. „Wir räumen das später auf. Setzen Sie sich!“ Sie nahm gleich neben dem Pater ebenfalls auf einem Hocker Platz, den sie von irgendwo hergeholt hatte. Nun war es so eng in der Küche, daß Giovanni sich wie in einem Faß fühlte.

„Pater“, begann die viellockige Hausfrau zu sprechen, „irgend etwas stimmt mit meinem Mann und dem Vater dieser reizenden Mädchen nicht.“ Vier Frauenaugen starrten ihn traurig und zugleich hoffnungsvoll an.

„Unser Vater verschwindet oft für längere Zeit“, sagte eine der Töchter.

„Er ist nicht mehr der alte“, fuhr die nächste fort.

„Und er hört nicht mehr auf uns!“ fügte die jüngste hinzu.

„Wir glauben, ihn hat ein Dämon befallen.“ verlieh nun die Mutter ihren schlimmsten Befürchtungen Ausdruck.

Pater Giovanni nickte aufmerksam: „Wie benimmt er sich?“

„Er ist so wild und schimpft auf uns.“

„Und er sagt, daß wir nicht verstehen, aber einen Besessenen kann man doch nicht verstehen!“

„Und er befaßt sich mit diesem Teufelswerk“, schloß wieder die jüngste ab. Alle drei Frauen starrten sie gebannt und drohend an. Das Mädchen guckte mit verschrockenen Augen auf ihre Familienmitglieder und sagte dann: „Ja, er bringt Chooquatackas nach Hause.“

„Schweig!“ wies die Mutter sie zurecht.

„Nenn dieses Wort nicht!“ schimpfte eine der älteren Schwestern.

Ein Sturm nahm Macht über die kleine Küche. Die Knoblauchknollen baumelten hin und her. Pater Giovanni nickte langsam. Mit dem Nicken legte sich wieder das weibliche Geschnatter, und nun begann wieder die Hausfrau zu sprechen:

„Wir haben von Ihnen so viel Gutes gehört! Sie haben schon den Teufel aus der alten Mirra vom Nachbardorf hinausgejagt, wobei sie niemand zuvor zu heilen vermochte. Auch haben wir von einem gehört, der dank Ihnen seine Erinnerung wiedergewonnen hat, und von jemandem, dem Sie geholfen haben, seine Wutattacken, verursacht durch den Fluch einer bösen Hexe, loszuwerden. Verjagen Sie doch bitte den Teufel aus dem Vater meiner Kinder!“ Und wieder schauten ihn die vier erwartungsvoll an.

„Ich kann aus niemanden den Teufel ausjagen, in dem keiner steckt.“ erwiderte Pater Giovanni. Die Anspannung der Frauen legte sich, und sie blickten enttäuscht drein. „Ich kann euch aber erklären, was es mit den Chooquatackas wirklich auf sich hat ...“

Hauptquartier der amerikanischen Streitkräfte
30. August

Poundell – Oberbefehlshaber der amerikanischen Streitkräfte, der Cholerische
Baker – der Unterwürfige

Poundell (am Telefon sprechend): „Hier spricht Herbert Poundell, Oberbefehlshaber der amerikanischen Streitkräfte. Professor Dr. Mantsoni, Sie sind Nobelpreisträger für Physik, und ich brauche Ihre Hilfe."

Dr. Mantsoni: „Mr. Poundell, das ist mir aber eine große Ehre, daß Sie mich persönlich anrufen. Wie kann ich Ihnen behilflich sein?"

Poundell: „Dr. Mantsoni, ich will nicht lange um den heißen Brei herumreden. Es handelt sich um eine Frage der nationalen Sicherheit, es ist streng vertraulich: Chooquatacka!"

Dr. Mantsoni: „Chooquatacka? Chooquatackas sind doch nicht streng vertraulich?"

Poundell: „Dr. Mantsoni! Wir haben jetzt wirklich keine Zeit für Späßchen. Es ist todernst. Sie sind mir als internationale Kapazität empfohlen worden. Wir müssen sofort etwas wegen dieser Chooquatackas unternehmen! Aber wie sollen wir das tun, wenn wir nicht einmal wissen, was Chooquatackas sind und wie sie funktionieren? Sie, als Physiker müssen eine rationale Erklärung dafür haben. Deswegen haben wir hier dafür gesorgt, ein Treffen hochrangiger Wissenschaftler, Physiker und Psychologen zu veranstalten, in der Hoffnung, daß Sie und all die anderen uns weiterhelfen können ..."

‚Alles Amateure', dachte sich Poundell, ‚Gott sei Dank nehmen nun wir Profis vom Militär die Sache in unsere Hand.'

Poundell: „Baker! Ich halt's im Kopf nicht aus! Warum muß eigentlich ich, als Oberbefehlshaber diese Dilettanten anrufen?"

Baker stand stramm. Er kannte seinen cholerischen Chef und wußte, wie er zu reagieren hatte.

Baker: „Dies war der ausdrückliche Wunsch des Präsidenten. Ich dachte, daß der Krieg bereits beschlossene Sache sei. Wozu müssen wir noch eine Expertenkommission zusammentrommeln?"

Poundell: „Eben weil er schon eine beschlossene Sache ist."

Baker: „Das verstehe ich nicht."

Poundell: „Baker! Und ich verstehe eins nicht."

Baker: „Und was ist das?"

Poundell: „Ich verstehe nicht, wie es passieren konnte, daß Sie zu meinem Stellvertreter geworden sind!"

Anscheinend kannte Baker seinen Chef doch nicht gut genug. Er bemühte sich sofort, seinen Ausrutscher zu korrigieren.

Baker: „Verzeihen Sie, Herr General, was muß ich jetzt tun?"

Poundell (tobend): „Baaaker! Sieee Trotttel! Stellen Sie mir nicht dauernd irgendwelche Fragen, sondern unternehmen Sie was! Weswegen muß ich denn diese Wissenschaftler anrufen? Wozu habe ich denn Sie? Natürlich weiß ich, daß Sie wissen, daß diese Expertenkommission völlig überflüssig ist! Sie haben genauso wie ich in Harvard studiert, haben die gleiche Militärakademie absolviert und sind Mitglied diverser Clubs, in denen auch ich Mitglied bin. Sie wissen doch ganz genau, daß diese Expertenkommission nur und ausschließlich dazu da ist, um der Öffentlichkeit einen Kriegsgrund zu nennen. Mann, Sie haben doch studiert! Wir brauchen doch keinen Kriegsgrund, um Krieg zu führen. Wir nicht! Geben Sie es endlich zu, Sie wollen sich doch nur und ausschließlich vor der Arbeit drücken!"

Jetzt hatte Baker ein schlechtes Gewissen. Anscheinend hatte er irgend etwas während seines Studiums in Harvard verpaßt oder auch mißverstanden. Für solche Fälle gab es aber, Gott sei Dank, Vorgesetzte, die wußten, was zu tun ist. Also machte er sich nun an die Arbeit und begann die Kommissionsmitglieder zusammenzustellen.

Baker (zu sich): „Ein Physiker wurde schon gefunden, was braucht es noch, um die öffentliche Meinung auf unsere Seite zu ziehen? Die Naturwissenschaften sind dafür vortrefflich geeignet, sie schinden Eindruck. So ein Doktortitel macht sich ebenfalls gut. Ein Professor, ein Nobelpreisträger, ja, ja ... Zwar sind die Naturwissenschaftler, geschichtlich gesehen, erst vor kurzem anerkannt worden, aber wen kümmert das, die öffentliche Meinung soll bekommen, was sie will."

Also rief Baker auch noch weitere internationale Kapazitäten aus den Bereichen: Psychologie, Psychiatrie, Volkswirtschaft, Bankenwesen, Ufologie und Politikwissenschaften an. Fast hätte er vergessen, daß es auch noch eines Spezialisten einer renommierten Werbeagentur bedurfte, der die Ergebnisse der Expertenkommission entsprechend aufbereiten und in eine Form bringen würde, so daß es auch der letzte Bürger Amerikas und der restlichen Welt versteht.

Washington D. C.
3. September

Expertenkommission
Vertreter der Armee – zum Türe bewachen eingestellt
Dr. Dillow – der leitende Wissenschaftler
Die wissenschaftliche Elite – das Sahnehäubchen auf der Torte

Vertreter der Armee: „Die amerikanische Armee hat Sie alle um Hilfe und Unterstützung gebeten. Ich bedanke mich, daß Sie so zahlreich erschienen sind. Sie sollen der Welt das Phänomen der Chooquatackas rational, also mit den Mitteln der Naturwissenschaften erklären. Ich wünsche Ihnen viel Glück. Ich schließe nun die Tür und die Beratung kann beginnen."

Der Vertreter der Armee verließ nun den Raum und hoffte, es würde nicht allzu lange dauern.

Dr. Dillow: „Ich heiße Sie alle herzlich willkommen. Ich wurde dazu auserwählt, diese Konferenz zu leiten. Wir sind hier zusammengekommen, um festzustellen, daß die Chooquatackas für uns ein noch unbekanntes Phänomen der Natur des Menschen sind, das wir noch nicht genau erforscht haben. Ich eröffne hiermit die Versammlung."

Ufologe: „Als erstes wollte ich auf etwas aufmerksam machen, wovon ich seit kurzem immer öfter zu hören bekomme. Die Menschen sprechen es unverhohlen aus, daß Chooquatackas Werke von außerirdischem Leben sind."

Psychologe eins: „Das ist doch absurd, es gibt keinen einzigen Beweis dafür, daß es außerirdisches Leben überhaupt gibt."

Ufologe (empört): „Lassen Sie mich bitte aussprechen! Das, was ich zu sagen habe, könnte ein Beweis für die Existenz von Außerirdischen sein. Ich denke, die Armee hatte sicher ihre Gründe dafür, einen Ufologen in diese Kommission mit einzubeziehen."

Dr. Dillow: „Kommen Sie doch bitte zum Thema zurück! Von welchen Beweisen sprechen Sie?"

Ufologe: „Wieso sehen diese Chooquatackas wie sonst nichts auf dieser Erde aus? Ist Ihnen schon mal ihr komisches Leuchten aufgefallen? Ich sage Ihnen, diese Chooquatackas sind aus einem Stoff, der nicht aus diesem Sonnensystem stammt."

Chemiker: „Unsinn! Wir haben diese Chooquatackas unter die Lupe genommen. Ich meine, unter eines unserer Elektronenmikroskope. Die erlauben es, die Dinge in ihren kleinsten Details zu sehen. Und ich kann Ihnen zusichern, Herr Ufologe, daß sie genauso aus den üblichen Atomen und Molekülen bestehen, wie auch alle anderen Gegenstände auf unserem Planeten."

Psychologe zwei: „Sprechen Sie von den Chooquatackas der neuesten Generation?"

Chemiker: „Ja."

Psychologe zwei: „Woher wissen Sie, daß dies überhaupt noch Chooquatackas sind?"

Chemiker: „Das sieht man doch. Es gibt keine normalen Gegenstände, die so viele Farben ausstrahlen und derart leuchten."

Physiker eins: „Wir haben festgestellt, daß die Chooquatackas offensichtlich deswegen so aussehen, weil sie mit einem Mittel versehen sind, das bewirkt, daß sie weniger Farbe absorbieren und somit mehr Licht nach außen strahlen. Dies alles ist aber nur eine Erscheinungsform, denn jedes Kind lernt schon in der Schule, daß es keine Farben gibt."

Physiker zwei: „Das ist durchaus möglich. In meinem Labor haben wir Untersuchungen angestellt. Es scheint, daß die Chooquatackas etwas mit dem uns noch sehr unbekannten und wenig erforschten Phänomen des Kugelblitzes zu tun haben. So könnte man auf jeden Fall die Art der Konsistenz der Hologrammchooquatackas erklären."

Psychiater: „Ich habe eine Frage an Sie alle. Stellen Sie sich vor, ich hätte Sie vor zwei Jahren getroffen und hätte Ihnen über Chooquatackas erzählt, hätten Sie mir geglaubt, daß so etwas möglich wäre?"

Alle schüttelten den Kopf.

Psychiater: „Worauf will ich hinaus? Ich möchte sagen, daß Chooquatackas etwas völlig Irrationales sind. Etwas, was es nicht geben kann, weil solche Dinge einfach unmöglich sind." Der Psychiater machte eine Pause, und dann fuhr er fort. „Und ich werde Sie jetzt leider enttäuschen müssen. Ich wage es zu behaupten, daß sie nur eine Illusion sind, die uns irgendein Geisteskranker versucht einzureden."

Naturwissenschaftler: „Aber man kann Sie doch anfassen, außerdem gibt es so etwas wie Massenhalluzinationen nicht!"

Psychiater: „Natürlich gibt es diese. Der beste Beweis dafür ist die Erscheinung von Jesus Christus. Die Menschen glauben noch nach zweitausend Jahren an seine Existenz. Und hier haben wir auch einen weiteren Beweis: Die Chooquatackas erscheinen ihnen so real, daß sie sogar bereit sind, dafür durchzudrehen. Das ist sehr gefährlich!"

Biologe: „Und woher kommen solche Illusionen?"

Psychologe drei: „Dazu könnte ich etwas sagen. Die heutige Welt lebt in so einer Hektik, daß niemand mehr zur Ruhe kommt. Die Menschen verlieren sich im maschinellen System. Nun versuchen sie das Außergewöhnliche zu sehen in dieser Welt und sind bereit, jedes Sinnbild als wahr anzunehmen, wenn es nur ihr Sensationsbedürfnis befriedigt. Genauso war es mit Christus. Alle glaubten, daß er Wunder vollbringen konnte, weil es im Gehirn des Menschen einen Nerv gibt, der für ein weiteres Bedürfnis, das Bedürfnis an Wunder zu glauben, zuständig ist. Sie werden auch bemerkt haben, daß dieser bei Kindern sehr stark ausgeprägt ist. Mit der Zeit jedoch schläft dieser

Nerv wieder ein. Wenn der Mensch aber andauerndem Streß ausgesetzt wird, dann wird dieser Nerv, wir nennen ihn Nervus stultitia doctrinalis, sofort wieder aktiv, und der Mensch glaubt an jeden Unsinn."

Soziologe: „Das, was Sie gesagt haben, hat mir die Augen geöffnet. Ich glaube, ich verstehe nun, weswegen ein Krieg unerläßlich ist! Kriege lösen die gesellschaftliche Spannung – so kann nach einem Krieg etwas Neues entstehen. Die Menschen Leben in einer Illusion, und nur eine solch radikale Auffrischung wie ein Krieg, kann sie wieder zurück in die Realität bringen. Das ist wie ein Elektroschock für den schizophrenen Patienten."

Dr. Dillow: „Da wir nun zu zufriedenstellenden Ergebnissen gekommen sind, würde ich gerne zusammenfassen. Wir sind uns alle einig, daß Chooquatackas weder Werke von Außerirdischen", der Ufologe sah nicht sehr zufrieden aus, „noch chemisch veränderte Gegenstände sind, sondern ganz einfach ein Syndrom von übermäßigem Streß, die den Nervus stultitia doctrinalis aktivieren und dadurch bewirkten, daß die Wahrnehmung des Menschen nicht ordnungsgemäß funktioniert. Da das Gebiet der Chooquatackas jedoch kaum erforscht ist und uns keine ausreichenden Informationen vorliegen, können wir zum gegenwärtigen Zeitpunkt nicht mehr darüber sagen."

New York City
3. September

„Weißt du Liebling, es passieren in letzter Zeit so komische Dinge." Peter Jones starrte auf die Schlafzimmerdecke.

„Peter, warum schläfst du nicht?" murmelte Mary unter der Decke hervor.

„Ich, ich kann nicht einschlafen", entgegnete ihr Ehemann und beobachtete, wie ein vorbeifahrendes Auto seine Lichter an die Schlafzimmerdecke malte. Dann wurde es wieder dunkel. Peter stöhnte leise.

„Was passiert denn?“ Mary setzte sich hin und blickte ihn an.

„Ich habe vor einiger Zeit einen merkwürdigen Mann getroffen, und er meinte, alles würde sich ändern, und dann traf ich einen anderen Mann, der mir eine Millionen Dollar schenken wollte.“

„Bist du dir sicher, daß du das nicht einfach geträumt hast?“ entgegnete die Frau verschlafen.

„Und dann, die Geldkrise“, fuhr Peter ungestört fort, „und die Geschichte mit den Chooquatackas, dann Tommy!“ Er atmete gestreßt tief ein und aus.

„Ja und?“ Mary streckte sich.

„Ich meine, hängt das nicht irgendwie alles zusammen?“ fragte der Mann ganz ratlos.

„Natürlich hängt das alles zusammen! Das ist doch aber kein Grund, um schlaflos im Bett zu liegen!“ sagte Mary dem Instinkt ihrer Müdigkeit folgend. „Schlaf jetzt Peter!“ Sie gähnte leise und legte sich zurecht.

Peter jedoch blieb noch lange wach liegen. Wenn sich alles ändert, dachte er, warum ändert er sich dann eigentlich nicht? Das war doch nicht möglich, daß die Außenwelt sich veränderte, und er irgendwo hinterherblieb. Plötzlich ging ihm ein Licht auf. Warum war ihm dies nicht schon früher aufgefallen?

New York City
4. September

Mary trat vorsichtigen Schrittes ins Haus. Irgend etwas ratterte und schnatterte. Vor allem hörte sie jedoch ein lautes Lachen und Rufen.

„Ha! Ha! Ha!“

Würde sie ihren Mann nicht schon seit über dreizehn Jahren kennen, hätte sie schwören können, daß es nicht seine Stimme war. Sie schlich sehr behutsam ins Wohnzimmer. Doch das, was sie erblickte, übertraf all ihre Vorahnungen. Da stand ihr Mann, Peter Jones, dem sie vor zwölf Jahren das Jawort gegeben hatte, umzingelt von durchsichtigen und heiter marschierenden Hologramm-Zwergchooquatackas. Stehen konnte Mary eigentlich nur von sich sagen – ihr Mann hüpfte vergnügt und heiter zwischen den Hampelmännern. Seine Frau war einfach nur sprachlos. Plötzlich wurde sie von Peter entdeckt, der nun auf sie zulief und voller kindlicher Herzlichkeit „Mary“ rief. Dann nahm er sie bei den Händen, und sie hüpften eine Weile zusammen durchs Wohnzimmer.

Plötzlich fing die Mutter zweier Kinder an zu lachen. „Peter! Was ist denn mit dir passiert?“ fragte sie ganz außer Atem.

„Schau, was ich uns von unseren Ersparnissen gekauft habe!“ Er deutete auf einen gerade eben ausgepackten Chooquatackator. „Ich schließe mich hier an und hopsa!“ Peter schloß sich an das Gerät an. „Hopsa! Ich denke jetzt an einen hampelnden Zwerg – einen solchen, den ich immer so gerne für dich aus Papier gemacht habe. Warte!“ Er schloß die Augen, und plötzlich sprang ein weiteres marschierendes Hologrammchooquatacka aus der Maschine.

Mary mußte vor lauter Glück lachen.

„Und weißt du, ich mach einfach mehr davon, und die verkaufe ich dann. Und wir brauchen uns keine Sorgen mehr zu machen!“ Er strahlte.

„Oh, Petey! Du bist wieder der Peter, den ich zur Studienzeit gekannt hatte!“ Sie umarmten sich herzhaft.

Im Hintergrund des Weltgeschehens
5. September

Die Richter der Macht
Herzog Rack
Sir Baran

Herzog Rack: „Wie können wir nur diesen Zusammenbruch der Wirtschaft stoppen?“

Sir Baran: „Wir müssen die Ursache dieser Krise bekämpfen!“

Herzog Rack: „Aber ...“

Sir Baran: „Die einzige Methode, um diese große Welle der Veränderung aufzuhalten, die sich aufbäumt und sich auf ihren letzten und entscheidenden Schlag gegen das etablierte Gesellschaftssystem vorbereitet, ist, Crane zu vernichten.“

CMN-Nachrichten
6. September

Reporter: „Herr Wirtschaftsminister! Wie sehen Sie das mit der steigenden Inflation? Was gedenken Sie zu tun, um Einfluß auf das Geschehen zu nehmen?“

Wirtschaftsminister: „Ich werde nichts tun. Wir leben doch in einer freien Marktwirtschaft. Der Markt wird sich doch schon von selbst regulieren.“

Reporter: „Aber diese Entwicklung könnte doch in einer Weltwirtschaftskrise enden!“

Wirtschaftsminister: „Dazu wird es nicht kommen, denn die von Ihnen angesprochene Inflation ist bedingt durch einen Wertewandel in unserer Gesellschaft.“

Reporter: „Sie meinen den Wandel von der konventionellen zur Chooquatacka-Wirtschaft?“

Wirtschaftsminister: „Sie sagen es! Nicht von ungefähr haben die Chooquatackas die volle Unterstützung der Regierung."

Reporter: „Ist dies aber nicht widersprüchlich? Waren diese nicht noch vor kurzem verboten? Woher kommt der plötzliche Sinneswandel in der Regierung?"

Wirtschaftsminister: „Das ist eben das geniale an einer Demokratie. Sich widersprechende Konzepte finden irgendwann eine Synthese. Und in dieser Phase befinden wir uns gerade."

Reporter: „Ich bedanke mich für das Interview, Herr Wirtschaftsminister!"

Wirtschaftsminister: „Aber bitte!"

Es wurde wieder zurück ins Studio geschaltet. Die Nachrichtensprecherin lächelte kurz und begann zu sprechen.

Nachrichtensprecherin: „Wegen der Krise müssen wir uns also keinesfalls Sorgen machen. Und nun zum nächsten Thema: China. Mittlerweile werden zwanzig Städte wegen illegaler Chooquatacka-Lagerung verdächtigt. Die Chinesische Regierung läßt nicht mit sich verhandeln und will nichts von einer Einigung hören. Sie streitet weiterhin jegliche Vorwürfe ab und droht mit Konsequenzen."

Chooquatacka-Fabrik, New York City

7. September

„Greg! Greg! Schau dir das mal an!" Der junge, aus Taiwan stammende Sunan aus Cranes Firma kam mit einer Zeitung angerannt. „Was für eine Unverschämtheit!" schnaubte er. „Aber hör dir das doch selber an: ‚Chooquatacka-Diebstahl. Jeder zehnte Jugendliche hat es mindestens einmal getan'", las Sunan aus der Zeitung. „‚Es gibt sogar welche, die behaupten, daß sie mit dem Geld, das sie verdient haben, ihre ganze Zukunft gesichert hätten und fortan in Luxus leben könnten. Das alles dank des Chooquatacka-Schwarzhandels, der heute unter der Altersgruppe zwischen fünfzehn und vierundzwanzig Jahren eine größere Popularität hat als das Schachspiel unter Rentnern. Was viele nicht wissen, ist, daß diese Chooquatackas von wesentlich schlechterer Qualität sind als die echten. Und das Schlimme daran ist, daß sie damit den ultimativen Chooquatacka-Erfinder Greg Crane den Teppich unter den Füßen wegziehen.' Hast du schon so etwas gehört? Greg, du solltest dich um deine Urheberrechte kümmern und diese Jugendlichen verklagen! So was dürfen wir doch nicht zulassen!"

Crane fing an aus ganzem Herzen zu lachen. Der Mitarbeiter fühlte sich etwas unbehaglich, denn anscheinend lachte dieser ihn aus. „Mein lieber Sunan, das ist doch wunderbar! Du bringst mir die beste Nachricht seit ABBAs Sieg beim Grand Prix!"

Der arme junge Mann verstand leider nur Bahnhof. „Was, was meinst du? Ich dachte nur, diese Jugendlichen könnten mit ihren Aktivitäten unserer Firma einen Schaden zufügen."

„Der Schwarzhandel hat noch nie eine Firma in die Pleite getrieben. Die Jugendlichen stellen ja keine richtige Konkurrenz dar, insbesondere deswegen nicht, weil die Medien aus irgendeinem Grunde auf unserer Seite sind."

„Ja, aber trotzdem ..."

„Du brauchst dir keinerlei Sorgen zu machen, Sunan Hsiao-Hsien! In der Zeitung stand doch, die Chooquatackas der Jugendlichen seien von minderwertiger Qualität."

„Ja, die machen das aber illegal ..."

„Das macht doch nichts, daß sie keine Lizenzgebühren zahlen, wir werden dadurch nicht ärmer. Also sehe ich kein Problem darin." Crane strahlte.

„Aber, sie verkaufen doch die Chooquatackas, von denen wir leben, unsere Chooquatackas! Das ist ein Plagiat!" Sunan fuchtelte wild mit der Zeitung umher.

„Ja, und das ist doch das Wunderbare daran!"

„Daß sie uns die Arbeitsplätze wegnehmen?"

„Nein, daß die Menschen anfangen, sich selber ihre Chooquatackas zu machen!“

Das Schlafzimmer des Präsidenten, Washington D. C.
8. September

Der Präsident saß gelangweilt in seinem Schlafzimmer. Plötzlich griff er zum Hörer und rief seinen Berater Douglas an.

Macinroe: „Nun mein lieber Mr. Douglas, wie schaut es aus mit dem Kriegsgrund? Ich habe in der letzten Woche nichts mehr von Ihnen gehört. Und deswegen dachte ich, daß ich Sie mal anrufe und Sie nach dem Stand der Dinge frage.“

Douglas: „Ja, Sie können Ihre Rede am achtzehnten September halten, denn wir haben jetzt einen Kriegsgrund.“

Macinroe: „Und der wäre?“

Douglas: „Der wäre was?“

Macinroe: „Wie meinen Sie das, ich verstehe Sie nicht!“

Douglas: „Ach so, ja der wäre natürlich gut.“

Macinroe: „Dann wäre ja alles in Ordnung, nicht wahr?“

Douglas: „Ja, Mr. President, Sie können getrost schlafen gehen. Gute Nacht!“

Macinroe: „Gute Nacht, Mr. Douglas!“

Chooquatacka-Reichtumszentrum, Nevada
9. September

„Also die Regeln sind ganz einfach, Schatz!“ erläuterte Charis Oppenheimer ihrer Tochter Unique das Marmortafelchooquatacka, vor dem sie standen. „Du darfst dir aussuchen, was du willst und soviel du willst.“

„Wow, Mami! Mami, laß uns reingehen!“ Sie zog ihre Mutter am Rock.

„Moment! Ich bin noch nicht fertig!“ wies Charis Oppenheimer ihr Kind zurecht. Das Mädchen setzte sich auf das Fußbodenchooquatacka, das aus rosa, roten und violettfarbenen Steinplattenchooquatackas bestand. Sie begann alle der Reihe nach zu zählen.

„Also: Hier darfst du auch umsonst den Chooquatackator ausprobieren.“ sagte Charis Oppenheimer zu ihrer Tochter.

„Zehn! Einszehn, zweizehn, dreizehn ... Gehen wir jetzt rein?“ fragte Unique aufgeregt. „Chooquatacka-oren ausprobieren?“

„Noch nicht! Das ist das zweite je erbaute Reichtumszentrum. Hm ... und ich glaube, gelesen zu haben, daß die Firma keine Baugenehmigung für weitere bekommen hat.“

„Mami, jetzt komm!“ Das Mädchen zog ihre Mutter hinein. „Die bauen noch ganz viele, versprochen!“ sagte es dann noch, und schon tauchten sie ins Innere mit farbigen Ziegelchooquatackas, die wie Mosaiken die Wände verzierten.

Charis Oppenheimer bewunderte die Marmorsäulenchooquatackas, die mit Engeln versehen waren, und wurde plötzlich in eine Spielzeugabteilung gezogen.

„Mein Hasi!“ sagte ihre fünfjährige Tochter und kuschelte ein farbiges Plüschhasenchooquatacka an sich.

„Wieviel kostet der?“ fragte Uniques Mutter eine der vermeintlichen Verkäuferinnen des Geschäfts, diese schaute sie nur verwundert an und erwiderte: „Tut mir leid, hier wird nicht verkauft. Haben Sie das Schild draußen nicht gelesen?“

„Und wozu sind Sie dann zuständig?“ fragte Charis Oppenheimer verständnislos.

„Ich stelle die Ware auf, damit sie schön aussieht.“ antwortete die Frau.

„Aber ...“

„Nehmen Sie das Häslein und alles, was Sie wollen! Die beste

Möglichkeit zu bezahlen, ist es, zu den Maschinen zu gehen, einige Chooquatackas zu machen und sie zu den entsprechenden Ständen zu bringen. Danke!" sagte sie dann zu einem Mann, der ihr gerade eine Kiste voller kleiner Spielzeugpferdechooquatackas reichte.

Nach einigen Minuten machten Charis Oppenheimer, Unique und das Häslein den Ort, wo sich die Chooquatackatoren befanden, ausfindig. Sie gingen in eine der Kabinen, wo sich eine Maschine mitsamt Gebrauchsanweisung befand.

„Also ..." Während sie las, nahm sie eines der Kabel, um sich mit den Sensoren anzuschließen.

„Ich mag!" rief ihre Tochter sofort.

Nachdem das Mädchen angeschlossen war, sagte ihre Mutter, sie solle an das Chooquatacka denken, das entstehen sollte. Das Kind schloß die Augen und nach kurzer Zeit flogen Unmengen von Hologramm-Wölkchenchooquatackas mit Flügeln und Gesichtern heraus. Unique lachte freudig auf.

„Schatz, die sehen ja ganz so aus, wie auf deinen Bildern, die du immer malst!" sagte ihre Mutter erfreut. „Jetzt laß doch Mami auch mal ran!"

Charis Oppenheimer gab die von ihr kreierten Kleiderchooquatackas am Stand für Damenbekleidung ab, nahm ihre Tochter mit Häslein auf den Arm, und sie beobachteten voller Freude, wie einige der Hologrammwölkchen, die Unique kreiert hatte, unter der Decke umherschwirrten.

„Komm, wir holen uns was zum Essen, und dann fahren wir wieder zurück nach Kalifornien!"

Outsider Ranch, Privatsitz des amerikanischen Präsidenten in Nebraska
13. September

Treffen der führenden Industrienationen
Zweck: Kriegsvorbereitung

Präsidentengattin: „Darling, es ist so schön, endlich wieder einmal Urlaub zu haben, bei uns zu Hause auf der Ranch. Ich habe mich schon so lange darauf gefreut!"

Präsident: „Ja, Honey, auch ich freue mich, daß ich wieder ein paar Tage entspannen kann."

Präsidentengattin: „Schau, ich habe letztes Mal neue Vorhangchooquatackas bestellt! Wie gefallen sie dir?"

Präsident: „Ja, die sind ganz edel!"

Präsidentengattin: „Oh, ich weiß schon, was ich heute machen werde! Ich treffe mich mit unserem Gärtner, um neue Blumen zu pflanzen."

Präsident: „Übrigens Darling, ich habe zum Abendessen ein paar Freunde eingeladen."

Präsidentengattin: „Oh, toll, das ist eine hervorragende Idee, dann kann ich unseren Koch anweisen, uns etwas Gutes zu kochen, und ich kann mein neues Kleid anziehen. Wen hast du alles eingeladen?"

Präsident: „Oh ... eigentlich niemanden Besonderen, nur unsere engsten Freunde: den englischen Premierminister, den deutschen Bundeskanzler, den kanadischen Premierminister, den australischen Premierminister, den französischen Präsidenten, den russischen Präsidenten, den japanischen Premierminister ... Übrigens – sie bleiben bis Ende der Woche."

Präsidentengattin: „O das ist prima! Hast du auch unsere chinesischen Freunde eingeladen?"

Präsident: „Die ... äh ... hm ... Ich glaube, sie konnten nicht kommen."

Präsidentengattin: „Du sagtest bis Ende der Woche, ja?"

Präsident: „Ja, Honey!"

Präsidentengattin: „Und was machen wir noch alles mit denen?"

Präsident: „Heute essen wir erst mal gemütlich, und unsere Gäste können sich anschließend von ihrer Reise erholen. Morgen zeige ich ihnen dann unsere Ranch." sagte er stolz. „Und wir machen einen Ausflug auf unseren Pferden."

Präsidentengattin: „Oh Darling, du weißt doch, ich liebe reiten!"

Präsident: „Übermorgen besuchen wir unseren Freund Ernie, er hat doch immer so gute kalifornische Weine. Da nehmen wir uns ein paar Kisten mit, und am Nachmittag machen wir eine groooße Grillparty. Und am Sonntag ... am Sonntag ... gehen wir in die Kirche und machen anschließend einen Ausflug in die Berge."

Präsidentengattin: „Darling, du bist so ein guter Organisator! Ich liebe dich!" Sie gab ihm einen Kuß.

Plötzlich änderte sich die Gemütsverfassung der Präsidentengattin, und sie setzte sich wie benommen auf das Sofa, dabei faßte sie sich mit der Hand an den Kopf. Ihr Mann wandte sich zu ihr.

Präsident: „Was ist?"

Präsidentengattin: „Dieses Brummen ..." Sie hielt jetzt auch die andere Hand an den Kopf.

Präsident: „Hast du wieder Migräne?"

Präsidentengattin: „Es wird immer lauter ... das Brummen wird immer lauter ... Es ist wie Migräne nur ohne Kopfschmerzen, Darling!"

Nun bemerkte es auch der Präsident. Er schaute aus dem Fenster.

Präsident: „Ach das, das alles ist nur zu unserer und unserer Freunde Sicherheit!"

Vor der Ranch landeten Militärhubschrauber und von der Straße kam ein ganzer Konvoi gepanzerter Fahrzeuge. Schließlich fuhr eine schwarze Limousine vor. Der Präsident ging nach draußen. Aus der Limousine stieg Douglas.

Douglas: „So, alle Vorbereitungen sind schon am Laufen. Wir sichern jetzt das Gebiet großflächig ab. Der Bericht für die Medien ist schon geschrieben."

Präsident: „Aber wozu all die Panzer – mein schöner Rasen!“
Douglas: „Kümmern Sie sich doch nicht um solche Kleinigkeiten!“

Kurznachrichten bei CMN

„Guten Abend, ich begrüße Sie zu den Kurznachrichten bei CMN. Präsident Macinroe empfängt heute abend seine Staatsgäste auf seiner Privatranch in Nebraska. Die Vorbereitungen laufen auf Hochtouren.“ Das Bild zeigte den Präsidenten, wie er gerade mit seiner Gattin aus dem Hubschrauber stieg, Luftaufnahmen seiner Ranch und die Sicherheitsmaßnahmen zum Schutz der Politiker. „Das Treffen wurde von langer Hand zwecks Friedenssicherung und ewigen Wohlstands geplant. Außer den Vertretern der führenden Industrienationen kommt auch der russische Präsident.“

14. September

Erster Tag des privaten Gipfeltreffens der Nationen
Erkundungstag – Besuch der großen Ranch

Macinroe saß hoch zu Roß, wie ein Ritter aus alten Tagen, stolz führte er eine Gruppe weiterer Reiter an. Ab und zu hielt er an, um seinen Begleitern seine Ranch zu erklären.

Kurznachrichten bei CMN

„In intensiven Gesprächen erörtern heute die führenden Nationen dieser Welt in Nebraska auf der Privatranch von George Macinroe Fragen der Sicherheit und des Erhalts des Wohlstands für alle. Auch der russische Präsident nimmt an den Beratungen teil, die bis Ende der Woche dauern werden.“

15. September

Zweiter Tag des privaten Gipfeltreffens der Nationen
Besuch bei Ernie

Nach einem ausgiebigen Frühstück stand Macinroe auf und sagte zu seinen Gästen: „Und heute, heute besuchen wir meinen besten Freund Ernie. Und am Nachmittag veranstalten wir ein Riesenbarbecue. Ich werde einen Ochsen von unserer Ranch grillen.“

Die Gäste klatschten und riefen dem Präsidenten zu: „Dann laßt uns aufbrechen!“

Kurznachrichten bei CMN

„Heute dürfte der schwierigste Tag der Verhandlungen während des Gipfeltreffens der Nationen auf der Privatranch von Präsident Macinroe sein. Es stehen weitere wichtige Themen auf der Tagesordnung. Umweltschutz und die zunehmende Klimaerwärmung. Die Gespräche werden wohl bis tief in die Nacht andauern.“

16. September

Dritter Tag des privaten Gipfeltreffens der Nationen
Kirchgang und Reise in die Berge

Am Morgen sprach George Macinroe zu seinen Gästen: „Und nun besuchen wir die Kirche. Sie wissen, ich bin ein tiefgläubiger Mensch. Danach machen wir noch einen Ausflug in die nahegelegenen Berge. Am Nachmittag habe ich und meine Frau für Sie ein Gartenfest organisiert, damit Sie anschließend in guter Laune und beschwingt nach Hause fliegen können!"

Kurznachrichten bei CMN

„Auch heute waren einige weitere wichtige Themen am Laufen. Doch letztendlich schien schon alles besprochen zu sein. Also gönnten sich die führenden Staatsoberhäupter endlich eine kleine und bescheidene Party im Garten des amerikanischen Präsidenten, um zufrieden und erfolgreich die arbeitsamen Tage ausklingen zu lassen."

Die krönende Gartenparty

Macinroe: „Meine lieben Freunde! Ich habe für Sie etwas ganz besonderes vorbereitet. Eine Überraschung sozusagen. Ich habe mir überlegt, wie ich unsere Verbundenheit und unsere gute Zusammenarbeit symbolisch zum Ausdruck bringen kann, und da ist mir meine geliebte Gattin zu Hilfe gekommen."

Macinroe schaute seine Frau an, diese zwinkerte freudig zurück. In diesem Augenblick fuhr ein weißgekleideter Koch mit einem Servierwagen vor, auf dem ein zugedecktes Gefäß stand. Der Präsident trat an diesen Servierwagen heran.

Macinroe (feierlich): „Aus jedem Ihrer Länder ist eine Frucht dabei!“ Er enthüllte jetzt das Gefäß, und es kam eine große Fruchtbowle zum Vorschein.

Die Gäste antworteten mit einem überraschten Ah und Oh und klatschten in die Hände. Ein paar Diener begannen die Bowle auszuschenken und unter den Anwesenden zu verteilen. Weitere Helfer brachten Häppchen zum Essen und stellten ein Büfett auf, bis ein üppiger Tisch eine Fülle an Spezialitäten darbot. Vornehm und zufrieden spazierten die Regierungschefs mit vollen Tellern durch den Garten.

Douglas (Macinroe ins Ohr flüsternd): „Jetzt ist der richtige Augenblick!“

Der amerikanische Präsident nahm ein leeres Weinglas und klopfte mit seinem Messer dreimal dagegen. Die Gäste richteten ihre Aufmerksamkeit auf ihn.

Macinroe: „Meine lieben Gäste, bevor ich es vergesse – morgen greifen wir China an, und ich hoffe, daß Sie sich an diesem Krieg zahlreich beteiligen werden!“

Die Gäste antworteten wieder mit einem überraschten, aber freudigen Ah und Oh.

Englischer Premierminister (geistesgegenwärtig): „Wenn das kein Grund zum Anstoßen ist?!“ Er hob sein Glas und begann mit den anderen Gästen anzustoßen.

Macinroe: „Ich wußte, daß man sich auf Freunde verlassen kann!“

CMN Abendnachrichten

„In Nebraska ging heute auf der Privatranch des amerikanischen Präsidenten das Gipfeltreffen der führenden Industriestaaten einschließlich Rußlands zu Ende. Und wir können zufrieden sein. Es erwartet uns eine glanzvolle Zukunft aus Frieden, Wohlstand und Reichtum. Auch werden jetzt die USA mehr für den Umweltschutz tun und Maßnahmen gegen die Klimaerwärmung ergreifen.

Ein Tempel auf dem Berggipfel, Tibet
17. September

G. – noch verbissener als jemals zuvor, die Hoffnung noch nicht verloren habend
Der Kompagnon – gelegentlich vor sich hindösend
Tibetanischer Mönch – nicht im Einwohnermelderegister enthalten

Sie betraten den Tempel. Die Kälte stach ihnen in die Haut, obwohl sie dicke Pelzmäntel anhatten. Sie hörten, wie eine Männerstimme eine eintönige Melodie leise vor sich hinsummte, und im Hintergrund das Geräusch eines Baches. Sie gingen hinein, immer weiter an den vor Frost schimmernden Säulen entlang, zur Quelle des Summens. Dort saß ein glatzköpfiger Mönch, der um die Taille ein weißes Tuch gebunden hatte und meditierte.

‚Ist es dafür nicht ein wenig zu kalt?‘ fragte sich G., denn draußen war kältestes Wetter, und der Wind brauste, den Schnee wild durch die Gegend wehend.

„Entschuldigung“, sagte der Agent, um den Mönch aus seiner Meditation zu reißen, doch dieser machte ungestört weiter.

Je näher sie kamen, desto lauter wurde das Rauschen des geheimnisvollen Baches.

„Hallo!“ versuchte G. noch einmal sein Glück, dann wandte er sich an seinen Kompagnon: „Mach was! Wir können doch nicht ewig hier rumstehen!“

„Ja, Fremde, was wollt ihr?“ fragte der Tibetaner, ohne jedoch die Augen zu öffnen, noch seine Meditationsposition zu ändern.

G. zuckte vor Schrecken zusammen, denn die Stimme des Mönches drang wie von einer weit entfernten Tiefe zu ihm herüber.

„Ich weiß, ihr denkt, ich hab sowieso nichts Besseres zu tun, als hier ewig herumzusitzen und zu meditieren, also meint ihr, ihr könnt mich einfach so stören. Doch ihr irrt euch: In der Meditation ist jede Sekunde eine Ewigkeit und jede verlorene Sekunde zwölf Ewigkeiten." Der Mönch regte sich immer noch nicht.

„Ähm, also wir kommen von ..." erwiderte G. schüchtern.

„Ja, ich weiß: Ihr kommt von weit her, aus einer zivilisierten Hölle, und deswegen glaubt ihr, ihr habt das Recht dazu, von mir eine Antwort zu erhalten. Würdet ihr unbewußten Erdenmenschen nur wissen von wie weit her ich gekommen bin, als ihr mich gestört habt!"

„Ähm, ja ..." Der Agent war total perplex, er wußte überhaupt nicht, wie er diesen Tibetaner ansprechen sollte, das haben ihm die Einheimischen nicht gesagt. „Ich ... ich meine, wir ... wir wollten Sie fragen, ob Sie vielleicht nicht wissen und uns zeigen könnten, wie man Chooquatackas herstellt."

Der Mönch lächelte breit, was G. noch mehr verwirrte.

„Wir sind auch bereit, Ihnen Geld dafür zu zahlen. Sagen wir mal drei tausend Dollar." sagte der Geheimagent anschließend unsicher.

„Geld! Geld hat doch überhaupt keine Bedeutung und überhaupt keinen Wert. Wann versteht ihr Materialisten das endlich?" Der Mönch stand auf und schaltete den Heizlüfter aus. Das Rauschen des vermeintlichen „Baches" verstummte. G. blickte verblüfft auf den Tibetaner, der jetzt in voller Größe vor ihm stand und tief in seine Augen schaute. „Ihr sucht hier an der falschen Stelle. Die einzige Antwort, die ihr hier erhalten könnt, ist die, die euch nach langer Meditation eingegeben wird, wofür ihr aber zu sehr an eure Welt gebunden seid. Ich bin kein Hexer und, was in eurer Welt vorgeht, blicke ich nur von weitem an und unterstütze es mit Kräften, die ihr noch nicht einmal in euren Märchen beschrieben habt."

„Heißt das, Sie können uns nicht weiterhelfen?" fragte G. eingeschüchtert. Dieser Mönch war ihm derart fremd, daß er überhaupt nicht wußte, auf welche Weise er die Kontrolle über ihn gewinnen sollte.

„Ihr habt ja überhaupt keine Ahnung, euch hilft rein gar nichts mehr! Ihr seid zu spät dran. Der Lauf der Dinge ist nicht mehr aufzuhalten!“ Der Tibetaner ging zum Heizlüfter, schaltete ihn wieder an und wollte sich hinsetzen, als plötzlich der Kompagnon von G. zu sprechen anfing:

„Von dem, was Sie da sagen, verstehe ich nicht alles. Aber wir wollen doch nur wissen, wie diese Chooquatackas gemacht werden, das ist das einzige. Wir haben gehofft, Sie könnten uns helfen, weil es sonst niemand weiß und damit wir nicht umsonst so weit gereist sind.“

Der Elitespion schaute seinen Kollegen, der doch sonst immer nur schwieg, verblüfft an. Irgendwie entglitt ihm langsam alles.

Der Mönch setzte sich, schloß seine Augen und lächelte: „Die Antwort auf eure Frage könnt ihr nur bei der Quelle finden.“

„Was zum Teufel soll das nun wieder!“ rief G. wütend. „Was meint der mit Quelle, wenn der Quelle sagt, dann höre ich nur das Rauschen seines Heizlüfters!“ Der Agent schaute erbost auf das Himalaya-Gebirge durch das Fenster im Hubschrauber. „Wieso konnte er uns nicht mehr sagen, wieso ist er nur wieder eingepennt?“ Er war unzufrieden, da mußte er nun die weite Reise nach Tibet machen für nichts und wieder nichts.

„Was ist denn die Quelle für die Chooquatackas?“ fragte sein Kompagnon, tief in Gedanken versunken.

„Ja, wenn wir das wüßten, dann könnten wir sie ja selbst produzieren.“

„Nein, ich meine, wer ist die Quelle, wer hat denn diese Dinger erfunden, wer stellt sie her?“

Der Agent machte große Augen, das war es! Das war die Lösung! Sie mußten diesen verfluchten Kerl finden und aus ihm herausquetschen, wie man die Chooquatackas herstellt.

Plötzlich klingelte des Elitespions Satellitenhandy schrill.

„Hier G. Was gibt’s?“

„Sie haben Urlaub." sagte sein Chef in der Zentrale.

„Wieso Urlaub?"

„Das dauert alles viel zu lange. Wir werden Ihre Mission einem anderen Kollegen anvertrauen. Sie ruhen sich erst einmal drei Wochen im Treasure Island Hotel in Las Vegas aus, Ihre Tickets können Sie direkt am Flughafen am Schalter der Fluggesellschaft abholen."

„Aber Chef ...!" stammelte G., doch er wußte, daß eine Widerrede keinen Sinn hatte. „Wir fliegen jetzt nach Las Vegas – wir haben Urlaub." sagte der Agent voller Bitterkeit zu seinem Kompagnon.

Washington D. C.
18. September

Präsident Macinroe – stolzer Vater und Ehemann
Die Menge – nicht alles verstehend, aber allem zustimmend

Der Präsident stand vor dem Rednerpult, neben ihm seine Frau und seine zwei Kinder. Seine Gattin hielt einen Golfschläger in der Hand, er brachte ihr gegenüber jedoch seinen Unwillen zum Ausdruck und gab ihr zu verstehen, daß er diesen jetzt nicht brauchen würde. Fünfzig nationale und zwanzig internationale Fernsehanstalten waren gekommen, um die in der Presse angekündigte Ansprache des Präsidenten von internationaler, noch nie dagewesener Tragweite zu dokumentieren.

George Macinroe begann zu sprechen: „Liebe Mitbürger, ich rufe Sie auf, in einen ruhmreichen Krieg gegen China zu ziehen, falls China nicht bereit sein sollte, unsere Bedingungen zu erfüllen. Die Chinesen haben uns nämlich auf eine schändliche Art und Weise unserer Chooquatackas beraubt, ohne Rücksicht auf irgendwelche menschlichen Gesetze. Sie haben uns bestohlen, betrogen und hintergangen! Sie haben uns das genommen, was rechtmäßig uns gehört, und wir werden uns das jetzt wieder zurückholen! Darum bitte ich jeden echten Patrioten der Vereinigten Staaten, der weiß, wie man für sein Land zu kämpfen hat, sich auf ehrenvolle Weise der Vernichtung dieser chinesischen Chooquatacka-Terroristen anzuschließen. Wir wissen, daß die Chinesen das, was den größten Wert für uns Amerikaner darstellt, gestohlen haben. Wir haben sichere Beweise dafür, daß die Chinesen die Chooquatackas illegal nachbauen. Ich habe die Generalmobilmachung angeordnet. Wir stellen den Chinesen ein Ultimatum. Wenn die Chinesen unsere Bedingungen nicht erfüllen, dann zwingen sie uns zu einem Krieg."

Chooquatacka-Fabrik, New York City
18. September

Es war ein richtig heißer Spätsommertag. Die Fenster waren weit geöffnet und Licht durchdrang die Fabrikhalle. Trotz der Hitze arbeiteten alle Mitarbeiter der Chooquatacka-Fabrik mit voller Freude und vollem Engagement an der Herstellung einer herrlichen Vielfalt immer wieder neuer Chooquatackas.

Greg Crane spazierte zufrieden in sein Büro, leise vor sich hinsummend. Der Verkauf der Chooquatackatoren nahm der Firma einen großen Teil der Arbeit ab, so daß wieder Harmonie in den Arbeitszyklus hineingekommen war.

Viele auf dem tiefroten Mahagonitisch liegende Briefe begrüßten den Chooquatacka-Erfinder. Einer davon zog seine ganze Aufmerksamkeit auf sich. Crane musterte ihn von allen Seiten – es stand nur sein Name drauf, keine Adresse und kein Absender. Die Briefmarke war in New Heaven abgestempelt. Greg drückte auf den Knopf seiner Wechselsprechanlage.

„Emma, komm doch bitte in mein Büro."

Trällernd tanzte die Sekretärin nach wenigen Sekunden herein.

„Kannst du mir einen Gefallen tun?" fragte er.

Emma Kitherhouse nickte verwundert und neugierig zugleich.

„Öffne diesen Brief." Crane reichte ihr den Umschlag.

Die Frau begann, leise zu lesen. Angst malte sich in ihr Gesicht, und ihre dunkelbraunen Locken begannen zu zittern.

„Das reicht." sagte der Chooquatacka-Erfinder, faßte sie an der Hand und versuchte Augenkontakt mit ihr aufzunehmen.

Emma blickte ihn abwesend an und sprach mit blasser Stimme: „Jemand droht dir ..."

„Setz dich! Ich möchte dir etwas erklären." Sie setzte sich auf den Gästesessel und beobachtete, wie Greg sich ebenfalls niederließ.

„Ich erkläre dir jetzt einen Mechanismus – Angst." Er stützte seine Ellenbogen auf den Schreibtisch und faltete bedacht seine Hände. „Was ist Angst?"

„Was ist Angst?" sprach Emma verwundert zu sich selbst. Nach einigen Augenblicken fuhr sie fort: „Es ist, wenn man nicht mehr klar denken kann, ein Impuls, der uns zwingt wegzulaufen."

„Gut. Weißt du, was mit Menschen passiert, die Angst haben?"

„Hm ..." Die Sekretärin fing an nachzudenken.

Nach einer Weile sagte Greg: „Sie nehmen die Realität nicht mehr richtig wahr. Sie sind abwesend."

„Stimmt!" Emma blickte in Gedanken vertieft zum Fenster. Die Sonne strahlte warm. Dann entgegnete sie plötzlich: „Was hat das aber mit diesem Brief zu tun?"

„Menschen, die die Realität nicht wahrnehmen, sind leicht lenk- und kontrollierbar. Die Formel lautet, Angst ist gleich Macht. Deswegen hat auch jemand diesen Brief geschrieben."

„Aber, wieso sollte jemand Macht über dich haben wollen?"

„Nicht nur über mich, über alle Menschen. Beobachte doch einmal die Nachrichten genau! Es läuft immer nach dem gleichen Muster ab. Tornado in Florida ist gleich Angst. Anschlag auf ein großes Einkaufszentrum ist gleich Angst. Tödlicher Virus verbreitet sich, ist gleich Angst. Wer Angst hat, der läßt sich gerne ‚helfen', sei es von einem Politiker, einem Arzt oder einem anderen Heilsbringer."

„Das stimmt." Emma hob verwundert die Augenbrauen. „Aber

wieso kommt niemand dahinter?"

„Weil die Menschheit blind ist." Greg sagte dies mit innerer Ausgewogenheit.

„Nein, das stimmt doch nicht!" erwiderte die Sekretärin nun kämpferisch. „Die Menschheit hat doch die Technik hervorgebracht, sie hat eine wunderbare Kultur geschaffen und ..."

„Stopp!" unterbrach er scharf. „Nicht die Menschheit! Die Technik wurde von außergewöhnlichen Persönlichkeiten entwickelt. Individualisten wie Leonardo da Vinci haben all die großen Kunstwerke gemalt. Einzelpersonen führen zur Entwicklung des Kollektivs. Trotzdem unterdrückt die Menschheit in der Regel solche Individuen."

„Nein, also das kann nicht stimmen. Sonst wäre es ja niemals möglich gewesen, ein Auto zu konstruieren und zu vermarkten. Sonst gäbe es keine Komputer, Flugzeuge. Wir könnten auch die Chooquatackas nicht verkaufen und ..." Emma wurde in ihren Ausführungen erneut standhaft unterbrochen.

„Warte, warte! Nicht so hastig! Du mußt wissen, daß Tausende von Entdeckungen, die gemacht wurden, nie zu den Massen vordringen konnten."

„Wie denn das?"

„Es gibt zum Beispiel seit langem schon phantastische Methoden, um die schlimmsten Krankheiten zu heilen, eine sehr kostengünstige und sichere Medizin ohne Nebenwirkungen für den Patienten. Hast du etwa jemals etwas von deinem Hausarzt darüber gehört?"

„Weswegen werden dann diese Errungenschaften den Menschen vorenthalten?" Die Sekretärin saß verzweifelt mit geöffnetem Mund da und hob ihre Fingerspitzen in die Höhe.

„Angst." Greg machte eine Geste in Richtung Brief. Ein Sonnenstrahl fiel auf den Tisch, und seine Bewegungen schienen zu einem mittelalterlichen Choral zu tanzen. „Es ist sehr traurig, aber die meisten Individualisten, die zur Evolution der Menschheit beitragen könnten, lassen sich einschüchtern und geben auf. Sie verraten ihre Ideale und ziehen sich zurück." Sehr bedacht und langsam begann das Licht auf dem Tisch zu flirren. „Und diejenigen, die trotz aller Drohungen zu ihren Ideen stehen, werden umgebracht. So war es zu Sokrates' Zeiten, so war es zur Zeit Jesu, und auch heute ist es noch so."

San Francisco, Kalifornien
19. September

Ein junges Mädchen mit dem Namen Stella begab sich in einem langen Batikgewand und langem offenem Haar in einen der Parks von San Francisco. Dort waren viele junge Menschen versammelt. Sie lagen und saßen auf der saftig grünen Wiese und machten gemeinsam Musik. Die Melodien waren meist improvisiert. Stella sang ein wenig mit, dann entdeckte sie ihre Freunde. Vor lauter Freude machten sie alle einen Begrüßungstanz, und drei Gitarristen, die nicht weit weg von ihnen saßen, fingen an, für sie einen Rock'n'Roll zu spielen. Sofort schlossen sich den jungen Leuten andere ganz unterschiedlich gekleidete Jugendliche an. Nach einer Weile spielte, tanzte und sang die ganze Wiese „Born To Be Wild". Mit der Zeit fiel ein Tänzer nach dem anderen erschöpft ins Gras und der Rock ging in Blues über. Dann rief ein Bassist, der unter einer Eiche saß: „Laßt uns die Liebeshymne spielen!"

Stella und ihre Freunde wandten sich derweil einander zu.

„Stella, ich laß mir jetzt einen Bart wachsen, und schau!" Gabriel zeigte auf seinen Kopf. Er hatte ein buntes Tuch mit Federn in den etwas längeren braunen Haaren. In seiner mit herunterhängenden Fransen versehenen Lederhose und Weste erinnerte er an einen Indianer.

Stella nickte anerkennend und fragte dann neugierig: „Und habt ihr welche gebracht?"

„Massenweise!" entgegnete Natasha, die ein blumiges Tuch als

Bluse trug.

Stella lächelte, und sie begaben sich zu einem langen Laken, das quer über die Wiese verlief und auf dem ganz viele Chooquatackas verteilt waren. Das Mädchen holte aus ihrer Tasche Armbandchooquatackas hervor, und gleich deutete Natasha auf eines, das ihr dann Stella um die Hand band. Den Rest legte sie zu den anderen Chooquatackas auf das Laken. Nun schritten sie es ab, um anzuschauen, was die anderen gebracht hatten.

„Die sind von mir!“ sagte Gabriel lächelnd und deutete auf Süßigkeitenchooquatackas.

Bei den Apfelchooquatackas blieben sie schließlich stehen, und jeder nahm sich eines. Während sie aßen, kamen sie an einem jungen, gelb und grün gekleideten Mann vorbei, der sich ein Kerzenleuchterchooquatacka nahm.

„O schaut mal, da! Cowboyhüte!“ Gabriel blieb stehen und fing an, sie anzuprobieren. Natasha bewertete sein Aussehen.

Stella ging währenddessen ein wenig weiter, verträumt an ihrem Apfelchooquatacka beißend. Plötzlich stieß sie gegen etwas. Sie sprang erschrocken zurück und blickte einem alten, großgewachsenen Mann in Cowboykleidung ins Antlitz. Er hatte schneeweißes, langes, welliges, mit einigen grauen Strähnen durchzogenes Haar und einen ebenso weißen, aber kurzen Vollbart. Seine Lederschuhe waren mit farbigen Ornamenten verziert, die das Mädchen an seiner Weste und seinem Hut wiederfand. Der Alte lächelte Stella herzlich an. Auch er begutachtete ihre Kleidung.

„Es ist also wahr!“ Der Mann strahlte, und eine Träne floß über seine Wange.

„Was ist wahr?“ fragte Stella den Fremden musternd.

„Du bist siebzehn. Stimmt's?“ Der alte Hippie lehnte sich nach hinten.

„Ja, aber woher ...?“

„Leona!“ Er beugte sich nach vorne und drückte sie ganz fest an sich. Weitere Tränen drangen aus der Tiefe seiner Seele.

Stella blickte ihn verwundert an, als er sie wieder losließ.

„Du hattest recht!“ Der Alte lächelte das Mädchen erneut an. Er mußte um die siebzig sein, dachte sie sich. „Aber du kannst dich sicher nicht erinnern.“ sagte er schließlich nach langer Stille.

Stella nickte unsicher.

„Du sagtest, eines Tages würde die Welle wieder erwachen und den letzten Krieg stoppen. Du sagtest, daß das, was wir damals erlebten nur eine Vorahnung war, eine Andeutung für das, was noch kommen sollte. Du sagtest, es sei nur die Ouvertüre des Wassermannzeitalters – des Zeitalters wahrer Individualität und wahrer Freiheit. Das Zeitalter des Friedens und der geistigen Entwicklung. Kannst du dich erinnern?“ fragte er wieder, den Fluß, der wie eine Quelle aus seiner Seele drang, kurz zur Ruhe setzend.

Stella schüttelte den Kopf, blickte den Mann einfach nur an und hörte ihm zu.

„Und als dann unsere Bewegung den kommerziellen Mächten zum Opfer fiel, sagtest du, daß ich mir keine Sorgen machen soll, daß die Hippies eines Tages zurückkehren würden und ...“, nun kamen ihm wieder die Tränen, „und ... als du mich vor zwanzig Jahren verließest, meintest du, wir würden uns wiedersehen. Du sagtest, du würdest bei ihnen hier in San Francisco sein, und ich würde dich wiedererkennen, Leona!“

Stella war vollkommen sprachlos. Sie konnte sich nicht an irgendeines ihrer vorhergehenden Leben erinnern, deshalb wußte sie auch nicht so recht, wie sie auf den Fremden reagieren sollte.

„Da bist du ja, Stella!“ rief Gabriel erleichtert. Als er den Cowboy entdeckte, sagte er: „Starker Anzug! Ich heiße Gabriel, und das ist Natasha!“

Der alte Hippie begann vor Freude zu lachen: „Du hast, wie ich sehe, wunderbare Freunde, Leona!“

Sie setzten sich alle zusammen auf das Gras und begannen zu plaudern.

„Könnt ihr mich ein wenig einweihen?“ fragte der Cowboy.

„Ja, es ist ganz einfach. Da bei uns in Kalifornien kein Reichtumszentrum zugelassen wurde, haben wir unsere eigene Chooquatacka-

Schenkzone hier im Park ins Leben gerufen." Gabriel lächelte zufrieden, streckte sich ein wenig und fuhr fort: „Und heute ist das Friedensmanifest!"

Plötzlich stiegen bunte Herz-Hologrammchooquatackas wie Luftballons in die Lüfte, und die Musiker begannen „All You Need Is Love" in einer eigenen, neuen Fassung zu spielen.

Geheimes Besprechungszimmer, CIA-Hauptquartier 19. September

Kralle – CIA-Chef
Agent XR22 – speziell ausgebildeter Topkiller für besondere Fälle

Kralle: „XR22, Sie dürfen glücklich sein! Ich bin gerührt. Das erste Mal in der Geschichte des CIA dürfen wir das dreimal D-System anwenden. Hätten wir dies bereits beim Kennedy-Anschlag getan, hätte es nicht diese lästigen, jahrelangen Nachuntersuchungen gegeben. Und du, XR22, bist dazu auserkoren worden, diesen Auftrag auszuführen. Zweifelsohne wirst du damit in die Geschichte des CIA eingehen. Nun zur Sache. Du wirst die Zielperson zuerst erschießen, dann seine Identität feststellen, nicht das es sich nachträglich herausstellt, daß es womöglich ein Doppelgänger gewesen ist. Danach verbrennst du ihn, und zu guter Letzt läßt du den Tatort in die Luft gehen! Das ist dreimal D: Dreimal tot ist besser als einmal. Und durch die abschließende Detonation gibt es keine Beweise mehr – alle Spuren beseitigt!"

XR22: „Das verstehe ich nicht."

Kralle: „In der Bibel steht geschrieben, derjenige, der Kain totschlägt, soll siebenmal gerächt werden. Und um siebenmal umgebracht zu werden, muß man sechsmal auferstehen. So sollst du es auch mit Crane machen, aber nur dreimal – das sollte reichen!"

XR22: „Was, ich soll ihn zum Leben erwecken?"

Kralle (ungerührt): „Es ist in der Geschichte immer wieder mal vorgekommen, daß Menschen selbst eine Hinrichtung überlebt haben. Daher gehen wir auf Nummer sicher, XR22!"

Crystal Room Hotel Restaurant, New York City
19. September

„Diese Leute hier sind sehr merkwürdig. Ist es dir auch schon aufgefallen? Die haben irgend etwas zu verbergen." sagte Mary und blickte sich in dem exklusiven Hotelrestaurant um.

„Das kommt dir nur so vor", entgegnete Peter ruhig, während er die Dessert-Karte las.

„Nein, das glaube ich nicht. Ich glaube nicht, daß ich mich täusche. Irgendwie habe ich für solche Sachen einen siebten Sinn."

„Beurteile die Menschen doch nicht nach ihrer Erscheinung. Das sind doch ganz normale Gäste wie du und ich."

Mary blickte nachdenklich auf das Jugendstildeckenchooquatacka. Es war filigran gearbeitet und strahlte, wie von hinten beleuchtet.

Am Nebentisch saß ein Mann mittleren Alters im Maßanzug mit Pomade in den Haaren. Anscheinend wartete er auf jemanden, denn sein Blick schweifte durch das Restaurant. Einmal nach links und dann wieder nach rechts. Mary blickte in seine Richtung und dachte sich, daß das sicher ein Mafioso war. Plötzlich legte er seine Hand auf den Tisch, und sie bemerkte von weitem seine zahlreichen goldenen Ringe und eine ebenso goldene Rolex-Uhr. Er setzte sich zurecht, so daß sein runder Bauch und die Goldknöpfe an seiner Weste zum Vorschein kamen.

„Hat es dir geschmeckt, Darling?" fragte Peter.

„Ja, eigentlich schon, nur das Steak war ein wenig zu sehr durch."

Plötzlich sprang der Mann am Nebentisch auf, breitete seine Arme zur Eingangstür aus und sagte mit erhobener, freudiger Stimme, ohne auf die anwesenden Gäste zu achten: „Claaaudio, mein Claudio!“

Durch die Eingangstür schritt ein etwas jüngerer dunkelhaariger Mann. Er trug einen rechteckigen Henriquatre-Bart und erwiderte die Begrüßung überschäumend: „Schön, dich wiederzusehen, Francesco!“

Beide fielen sich in die Arme.

Sie standen sich für Marys siebten Sinn viel zu lange gegenüber. Dabei schauten sie sich tief in die Augen, und Claudio verdrehte seinen Kopf, als wollte er dabei noch tiefer in die Seele seines vermeintlichen Freundes blicken. Francesco wies ihm den Weg zum Tisch, und sie setzten sich.

Mary drehte ihren Kopf zu Peter und sagte: „Da stimmt irgend etwas nicht!“

„Was stimmt nicht? Das ist doch eines der besten Restaurants in der Gegend. Ich bin mit dem Restaurant durchaus zufrieden. Dein Steak war etwas zu hart, aber du wolltest doch ein durchgebratenes Steak. Ja, vielleicht die Preise, die Preise sind ein wenig hoch, aber seitdem ich wieder gut verdiene ... Außerdem wußtest du das doch, bevor wir hier herkamen!“

„Wie war der Flug?“ fragte Claudio, wobei er seinem Gegenüber mehrmals über den Arm strich.

„Gut, mirabile!“ lächelte Francesco.

„Gott, du hast dich überhaupt nicht verändert. Wie geht es Mamma?“

„Du kennst doch Mamma, sie ist, wie sie immer war, sie hat sich auch überhaupt nicht verändert.“

„Hat sie dir wieder Reiseproviant mitgegeben?“

„Ja, natürlich. Ich habe aber nichts davon gegessen. Du weißt, im Flieger wirst du dauernd mit irgendwelchen Speisen versorgt.“

Claudio sprang auf und fragte laut und bestimmend: „Hast du sie?“

„Peter, hörst du das, das sind Dealer!“ brummte Mary aufgeregt.

„Du trittst mich mit deinen Füßen.“ antwortete Peter.

„Du darfst deine Füße ausstrecken, und ich nicht!“ protestierte sie, und dann kehrte sie gleich wieder zum Thema zurück. „Aber hör doch zu, worüber sich die beiden Männer am Nachbartisch unterhalten!"

„Das gehört sich nicht, andere zu belauschen!" wies sie Peter zurecht.

„Ja, ich habe sie tatsächlich bei mir! Die legendären Pizzastullen von Mamma." sagte Francesco begeistert.

„Mit Anchovis und Tomaten und Oregano?" fragte Claudio gierig.

„Ja, so wie in alten Zeiten!"

„Neeein! Gib sie sofort her!"

„Peter, schau doch! Jetzt überreicht der Kurier ein ..., ein Paket, und wenn da Drogen drinnen sind?"

„Du schaust zu viele Hollywood-Filme."

Claudio riß das Päckchen an sich, öffnete es und breitete den Inhalt auf seinem Tisch aus, wobei er sich wieder setzte. Mit hastigen Bewegungen griff er nach einer der beiden Pizza-Stullen und biß herzhaft zu. Danach war nur noch ein genüßliches Mampfen und befriedigendes Stöhnen zu vernehmen: „Mamma mia! Ist daaas gut!"

Zwei Kellner beobachteten die Szenerie mit kritischen Blicken. So etwas war noch nie in ihrem feinen Restaurant vorgekommen. Darauf waren sie vollkommen unvorbereitet und wußten nicht, wie sie reagieren sollten. Sie zogen es daher vor, das weitere Geschehen aus sicherer Entfernung im Auge zu behalten. Das war auch der Grund dafür, daß sie Peter nicht bemerkten, der ihre Aufmerksamkeit auf sich richten wollte, um um die Rechnung zu bitten. Erst als Jones zu ihnen hinging und mit Nachdruck „Ich würde gerne zahlen." sagte, fragte ihn einer der Kellner „Bar oder mit Chooquatackas?" und kam nach seines Gastes Antwort wieder seinen Pflichten nach.

Die beiden Italiener fuhren mit ihrem Gespräch über ihr Heimatland fort. „Wie geht es deinem Ragazzo?" fragte Claudio.

„Aus dem wächst ein richtiger Mafiaboß heran", sagte Francesco heiter.

Mary schaute mit weit geöffneten Augen zu den beiden Männern hinüber, die fröhlich lachten.

„Wir gehen“, verkündete Peter, und seine Frau schreckte auf.

Als sich die Tür hinter dem Ehepaar schloß, wurde es am italienischen Tisch leise.

„Hast du gesehen, wie uns die Lady die ganze Zeit angestarrt hat?“ Francesco lachte heiser auf.

„Laß uns jetzt lieber zum Geschäftlichen übergehen!“ sagte Claudio nun auf Italienisch.

„O. k., aber dazu gehen wir aufs Zimmer.“

„Das ist eine beunruhigende Situation! Die Umsätze gehen von Tag zu Tag zurück. Unsere südamerikanischen Freunde in Buenos Aires drohen mit Konsequenzen. Sie argumentieren, wir hätten uns schon vor Jahren auf eine Mindestabnahmemenge geeinigt, ich wiederhole immer wieder, daß wir dafür nichts können. Unsere Lager hier quellen über, ich weiß gar nicht, was wir mit dem ganzen Zeug anfangen sollen. Soll ich mir etwa alles selbst in die Nase stopfen? Ich bin doch kein Dealer und auch kein Junkie!“

„Claudio, wir müssen einfach neue Märkte erschließen, dazu bin ich ja schließlich auch aus Italien gekommen.“

„Sollen wir etwa nach China gehen? Ich spreche kein Chinesisch, vielleicht du?“

„Jetzt reg dich bloß ab! In Europa sind die Chooquatackas noch nicht so verbreitet, und das Geschäft läuft gut. Ich bin mir sicher, daß Europa noch über ein großes Absatzpotential verfügt. Besonders in Deutschland sind die Regierungsstellen sehr kooperativ. Die Deutschen sind sehr autoritätsgläubig und lassen auf ihre Regierung nichts kommen. Niemand würde dort auch nur vermuten, daß die Regierung nicht weniger korrupt ist als bei uns in Italien. Dadurch sind für uns in Deutschland alle Türen geöffnet, und wir haben ein leichtes Spiel. Ich habe eine Nummer bekommen, die ich zu wählen brauche, wenn ich Probleme mit der deutschen Polizei bekomme. Und als ich eines Tages an der Grenze in die Kontrolle einer mobilen Einsatztruppe gekommen war, bat ich den Polizisten, diese Nummer anzurufen. Und siehe da, innerhalb nur einer Minute – so einen Service haben wir nicht einmal in Italien – bekamen die Polizisten eine Anweisung aus Berlin, mich fahren zu lassen. Also mach dir keine Sorgen! In Europa ist alles paletti. Da sind unsere Absatzmärkte sicher.“ Francesco lehnte sich ruhig zurück, und seine zahlreichen Ringe blinkten auf.

„Und wie schaffen wir das Zeug aus den USA nach Europa? Etwa in dem Papier, in dem Mammas Pizza eingewickelt war?“

„Das weiß ich auch nicht, aber da laß ich mir sicher was einfallen.“

„Francesco, caro mio fratello, warum knallen wir diesen Greg Crane nicht einfach ab? Das wäre doch viel einfacher!“

„O mein Gott, Claudio, das können wir nicht machen! Das hat man vielleicht so im neunzehnten oder im zwanzigsten Jahrhundert gemacht. Heutzutage ist das nicht mehr so einfach. Wir bringen ihn um, und was dann? Dann macht seine Firma ohne ihn weiter und produziert fröhlich und ungestört Chooquatackas. Das sind internationale Konzerne mit verflochtenen Verträgen, Beziehungen und Kontakten. Die kann man nicht ausschalten, indem man eine Person umbringt!“

„Dann sprengen wir einfach seinen Betrieb in die Luft und bringen nicht nur ihn, sondern alle um!“ Dabei schaute Claudio Francesco wieder tief in die Augen, legte seine Hände auf seine Schultern und wartete auf eine Antwort von seinem älteren Bruder.

„Denkst du etwa, daß es so leicht ist, unbemerkt einen ganzen Betrieb hochgehen zu lassen und Hunderte von Menschen umzubringen? Das ist nicht unsere Art, wir sind ja keine Terroristen!“

„Mein Lieber, dann wären wir wieder bei Mammas Papiertüten, in denen ich wohl die hier übriggebliebenen Drogen nach Italien bringen soll. Und ich kann mich dann von den USA verabschieden!“ Er breitete wütend die Arme auseinander.

„Ist schon gut, wenn du unbedingt willst, dann können wir es ja versuchen. Ist Blumenkranz noch aktiv?“

„Wie noch nie!“

Chooquatacka-Fabrik, New York City
21. September

Emma Kitherhouse kam in Cranes Büro, reichte ihm eine Mappe und sagte: „Hier sind die Umsatzzahlen für den letzten Monat."

„Vielen Dank, Emma."

Während Greg den Bericht in die Hand nahm und anfing, ihn zu studieren, klingelte sein Telefon. „Ja?" meldete er sich.

„Ein Mr. Kralle ist dran. Ein Mr. Kralle vom CIA." sagte die Dame von der Telefonzentrale.

„Verbinden Sie bitte!" erwiderte der Firmenchef. „Mr. Kralle, was kann ich für Sie tun?"

„Mr. Crane, wahrscheinlich werden Sie jetzt über meinen Telefonanruf verwundert sein. Es ist nicht üblich, daß leitende Direktoren des CIA Privatpersonen anrufen, aber in Ihrem Fall ist das etwas anderes. Ich hoffe, Sie verstehen mich." antwortete eine ernste Stimme im Hörer.

„Ja."

„Wir bewundern Ihre Firma und das, was Sie aufgebaut haben, und deswegen sind wir sehr besorgt. Für uns sind Sie keine Privatperson mehr, sondern eine Person des öffentlichen Interesses."

„Ja."

„Wir möchten Sie ... Ich meine, wir möchten nicht, daß Ihnen womöglich etwas ... ich möchte ..., ich hoffe, Sie verstehen mich recht?" fragte Kralle, der Probleme hatte, seine Gedanken in Worte zu fassen.

„Sie wollen mich vor einer Bedrohung warnen?" Greg beugte sich mit dem Hörer nach vorne.

„Nicht direkt, wir sind nur besorgt. Es ist vielmehr eine Sicherheitsmaßnahme. Ja, so könnte man es bezeichnen. Es ist eine Sicherheitsmaßnahme."

„Ich fühle mich geschmeichelt, daß sich die CIA um mich Sorgen macht."

„Aber Mr. Crane, irgendwo ist das ja auch unsere staatsbürgerliche Pflicht." sagte Kralle mit Erleichterung.

„Das heißt, Mr. Kralle, ich soll mich von nun an beschützt fühlen?"

„Mr. Crane, Sie wissen doch wie das ist: Im nachhinein will es immer jeder gewußt haben. Wir wollen uns im Ernstfall nichts vorzuwerfen haben."

„Sehen Sie ein konkretes Gefährdungspotential?" fragte der Chooquatacka-Erfinder ein wenig irritiert.

„Nein. Das heißt, eigentlich schon!"

„Aber wenn dem so ist, weswegen besprechen wir dann eine derart heikle Angelegenheit eigentlich am Telefon?" Dem Firmeninhaber kam einiges unlogisch vor.

„Mr. Crane, Sie bringen es auf den Punkt. Wir müssen uns schnellstmöglich sehen und die Lage ausführlich miteinander bereden."

„Von welcher Seite sollte denn die Bedrohung kommen?" Gregs Augen schweiften unsicher in seinem Arbeitszimmer umher.

„Das weiß ich ... nicht. Sie wissen, wir arbeiten in unserem Geschäft mit Informanten, und die haben uns bestimmte Informationen zugetragen, die als beunruhigend bezeichnet werden müssen."

„Hm ..."

„Können Sie heute noch in mein Büro kommen?"

Crane schloß die Mappe mit den Umsatzzahlen des letzten Monats, nahm seine Autoschlüssel und begab sich zum Parkplatz seiner Firma. Er setzte sich in seinen Wagen und gab die Adresse, die er von Kralle erhalten hatte, in sein Navigationssystem ein, stellte sein Radio an und begann seine Fahrt mit einem gemischten Gefühl aus Neugier und Erwartung dessen, was da wohl auf ihn zukam. Irgendwie hatte er ein ungutes Gefühl. Doch er wußte, daß man Herausforderungen des Lebens nicht aus dem Weg gehen sollte. Er hatte ohnehin nur zwei Möglichkeiten: Entweder diesen Anruf zu ignorieren und zu warten, was geschehen würde, oder sich mit Kralle zu treffen. Während er seinen Überlegungen nachging, erblickte er in seinem Rückspiegel einen schwarzen Cadillac mit getönten Scheiben.

‚Jetzt drehst du aber durch.' dachte sich Crane. ‚Ich sollte meinen negativen Gedanken nicht allzu viel Aufmerksamkeit schenken. Ich weiß, daß mir nichts geschehen kann, daß hat doch Lilian so oft wiederholt.'

Blumenkranz hatte an der Garden Street auf Crane gewartet und war seinem Wagen gefolgt, als der Erfinder an ihm vorbeifuhr. Erst ging es durch ein paar breite Straßen und dann durch etwas engere. Der Attentäter holte seine Pistole und zielte auf die Autoreifen. Er schoß.

Greg hörte einen Schuß. Er drehte sich verstört um. Und blitzartig ging ihm Lilians Stimme durch den Kopf, die ihm einmal sagte: ‚Du selbst ziehst dir in deinem Leben negative Ereignisse an durch deine Einstellung.'

‚Positiv denken?' fragte sich Crane. ‚Jetzt, wo jemand auf mich schießt?' In diesem Augenblick fiel ein weiterer Schuß.

Blumenkranz hatte zweimal verfehlt. Doch dieses Mal war er sich sicher, daß er treffen würde. Auf einmal fuhr Crane schneller. Der Auftragskiller gab ebenfalls Gas. Sie rasten um die Ecken durch enge Straßen, die Reifen verloren fast ihren Halt. Eine Verfolgungsjagd war nicht geplant, dachte sich Blumenkranz.

„In einer Meile biegen Sie rechts ab, und fahren Sie auf den Highway." dröhnte es aus dem Navigationsgerät.

Greg bog reifenquietschend ab. Auf dem Highway gab er Vollgas und hoffte, er würde seinen Verfolger verlieren.

Einhundert Meilen pro Stunde, einhundertzehn Meilen pro Stunde. Blumenkranz ließ sein Opfer nicht aus den Augen. Als er direkt hinter ihm war, nahm er wieder die Pistole in die Hand.

Greg blickte nach hinten, sein Verfolger war ihm direkt auf den Fersen. ‚Zwischen die Autos', dachte sich Crane und wechselte die Spur. ‚Gleich wird eine Ausfahrt kommen!'

Der Verfolger fuhr jetzt direkt neben ihm. Greg machte abrupt eine Vollbremsung und fuhr quer über den Highway auf die Spur ganz rechts. Die Autofahrer hinter ihm hupten genervt.

Dieses Manöver hatte Blumenkranz nicht erwartet. Nun trennten ihn und Crane zwei Spuren. Der Auftragskiller blickte in den Außenspiegel und zwängte sich des Erfinders Spur. Dieser verschwand in der Kurve der Ausfahrt. Für Blumenkranz war es jedoch zu spät. Die Highway-Ausfahrt hatte er verpaßt.

„Biegen Sie rechts ab" tönte es aus dem Navigationssystem. Crane bog rechts ab. ‚Dieser CIA-Chef hatte doch recht, ich werde wirklich verfolgt', dachte er sich und hoffte, das Navigationssystem würde ihn schnell zu der Adresse bringen, wo er sicher war.

„Nach einer halben Meile biegen Sie links ab." Er blickte noch einmal in den Rückspiegel, anscheinend hatte er seinen Verfolger abgehängt. Seine innere Stimme sagte ihm, er solle erst einmal anhalten und nicht weiterfahren, was er auch tat. Er bog in eine Seitenstraße und stellte den Motor ab.

Seitdem Greg Crane den Highway verlassen hatte, konnte Blumenkranz ihn nicht mehr ausfindig machen. Doch er war ein Profi, und er wußte, er würde sein Opfer bald wiederfinden. Nachdem er bei der nächsten Ausfahrt ebenfalls den Highway verlassen hatte, fuhr er sehr schnell durch die Straßen, um Crane von der anderen Seite den Weg abzuschneiden. Er suchte überall, auch in den Seitenstraßen rechts und links, nach Gregs dunkler Limousine, doch er konnte ihn nicht ausfindig machen.

Der Chooquatacka-Erfinder atmete tief, um Herr über die Lage zu werden. Offensichtlich hatte er seinen Verfolger vorerst abgehängt.

Jetzt hieß es, so schnell wie möglich zum CIA zu gelangen. Er entschied sich nach der kurzen Ruhepause weiterzufahren, denn er mußte davon ausgehen, daß sein Verfolger die Jagd nicht so schnell aufgeben würde.

XR22 erreichte schließlich eine Kreuzung, über die Crane auf seinem Weg zur CIA kommen mußte. Er positionierte sich mit seinem Wagen an einer übersichtlichen Stelle und lud sein Gewehr. ‚Alles klar, gleich sollte er hier vorbeikommen', dachte er sich und wartete auf Gregs Auto.

In diesem Moment hörte er in der Ferne das Geräusch eines Wagens, das immer näher kam. ‚Das muß er sein', freute sich XR22. ‚Gleich ist die Sache erledigt!' Als er durch sein Zielfernrohr blickte, entdeckte er das dunkle Auto. Nun mußte er warten, bis es in Schußreichweite war.

‚Kralle wird sehr zufrieden sein, ich werde sicher hoch belohnt.' dachte er sich. Dann riß er sich zusammen, als er merkte, daß das Auto immer schneller auf ihn zukam. ‚Ich habe keine Zeit zum Denken, ich muß handeln!' Er gab einen Schuß ab, und das Auto knallte in eine Hauswand.

Der Topkiller sah, wie der Fahrer versuchte, sich aus dem Wagen zu retten. XR22 gab eine Reihe weiterer Schüsse ab, bis sein Opfer neben seinem Auto tot umfiel. Jetzt feuerte er solange auf den Benzintank, bis das Fahrzeug zu brennen anfing. Er ging zum Kofferraum, holte einen Raketenwerfer hervor und zielte auf sein Ziel. Die Explosion war derart heftig, daß nicht nur das Auto explodierte, sondern auch die ganze Hauswand einstürzte.

„So, das wäre somit erledigt: Erschieße, verbrenne und vernichte den Tatort." XR22 verließ zufrieden den Ort des Geschehnisses.

Chooquatacka-Fabrik, New York City

Das Telefon klingelte. „Chooquatacka-Fabrik. Mit wem spreche ich?"

„Hallo. Ich habe hier eine Notiz. Soweit wir feststellen konnten, hat das Opfer keine Familienmitglieder ..."

Emma Kitherhouse war ganz verwundert. „Wie? Was meinen Sie?"

„Entschuldigung, daß ich mich nicht gleich vorgestellt habe. Mein Name ist Clyde Bonefields, und ich bin von der Polizei. Offensichtlich haben wir hier einen Mr. Greg Crane tot aufgefunden, und ich leite die Ermittlungen diesbezüglich."

„Wie?" fragte Emma. Der Polizist begann, die Einzelheiten zu schildern. Doch die Sekretärin ließ nach einer Weile vor Entsetzen den Hörer fallen und sank zu Boden.

„Emma!" sagte Andrew erschrocken, der gerade in ihr Büro gekommen war. Sie kauerte ganz bleich auf dem Fußboden mitten im Raum.

„Es ist etwas Schreckliches geschehen!" Zwei Tränen liefen ihr über die Wange. Sie stand auf, fiel Andrew in die Arme und begann zu schluchzen.

Ein paar Mitarbeiter hatten im Korridor mitbekommen, wie sie weinte, und gingen durch die offene Tür in ihr Arbeitszimmer hinein. „Emma, was ist denn passiert, was hast du denn?" fragte Kate Midday besorgt.

Andrew hatte sie mittlerweile auf ihren Sessel gesetzt. Rudolph Tone legte ihr mitfühlend seinen Arm auf die Schulter. Alle standen um sie herum und blickten sie fragend an.

„Greg ..." Sie schluchzte laut und begann zu zittern „Greg ist tot!" Mit den Händen verdeckte sie ihr tränenüberströmtes Gesicht.

Rudolph umarmte sie tröstend. Die anderen Anwesenden schauten wortlos drein. Andrew fühlte sich wie gelähmt. Louis konnte sich eine Träne nicht verkneifen.

Als sich Emma etwas beruhigt hatte, ließ Rudolph von ihr ab und sagte: „Erzähle uns, was passiert ist!"

Die Sekretärin fing wieder an zu schluchzen, und Louis begann, ihr über den Rücken zu streichen. „Emma, Emma, es wird alles gut!“ Er klang so ernst, wie ihn sonst niemand kannte. Alle waren jedoch so schockiert, daß sie es nicht bemerkten.

Emma riß sich zusammen, blickte dankend auf Rudolph und Louis und sprach mit zittriger Stimme: „Gerade eben hat mich ein Polizist angerufen und gesagt, sie hätten die Leiche von Greg Crane mit seinem Auto gefunden, mit dem er verunglückt ist.“ Sie drohte wieder zusammenzubrechen, doch im letzten Moment gewann sie die Beherrschung wieder zurück und stammelte: „Sein Auto ist in irgend einem abgelegenen Stadtteil gegen eine Wand gefahren und danach explodiert.“ Sie schluchzte. Diesmal umarmte sie Louis.

„Was machen wir denn nun ohne ihn?“ fragte Kate mit Tränen in den Augen.

„Nein, da stimmt doch irgend etwas nicht“, sagte Frank. „Wie konnten sie ihn identifizieren, wenn der Wagen explodierte?“ Er begann nachzudenken.

„Das heißt doch noch lange nicht, daß nicht irgendwelche identifizierbaren Reste übriggeblieben sind!“ gab Melissa Hupe verzweifelt zu verstehen.

„Ach, hört doch bitte auf!“ rief Kate. „Wir müssen uns überlegen, was wir nun ohne ihn weitermachen sollen!“ Sie wischte sich die Tränen vom Gesicht. „Wir dürfen auf keinen Fall aufgeben!“

„Was denkst du denn? Natürlich werden wir alle zusammenhalten und weitermachen, ist doch klar!“ erwiderte Louis etwas heiterer, den Arm um Emmas Schulter haltend.

Obwohl sich Cranes Mitarbeiter gegenseitig, so gut sie konnten, zu trösten versuchten, herrschte eine Atmosphäre der Traurigkeit und Stille. Plötzlich fing das Telefon an zu klingeln.

„Es geht schon, ich gehe schon ran.“ sagte Emma, als Rudolph zum Hörer greifen wollte, und hob ab. „Chooquatacka-Firma. Mit wem spreche ich?“

„Hallo, mein Name ist Faith Macinroe, ich würde gerne Mr. Crane sprechen.“ trällerte eine fröhliche Stimme durch den Hörer.

„Es tut mir leid, Mr. Crane ist ..."

„Nicht da, ich verstehe. Könnten Sie ihm dann bitte ausrichten, daß ich ihn herzlich zu einer Tasse Tee einlade, so morgen gegen drei Uhr nachmittags!" Sie lachte erfreut. „Ich habe ein paar wichtige Dinge mit ihm zu besprechen. Also dann auf Wieder... – oh, ja, ich hätte glatt vergessen zu sagen, wo er hinkommen soll: ins Weiße Haus. Obwohl, das hätte er sich ja auch denken können." plauderte sie vor sich hin. „Na, da wir uns ja einig sind, erwarte ich ihn morgen. Es war nett mit Ihnen zu sprechen Mrs. ..., wie war noch einmal Ihr Name?"

„Kitherhouse" sagte Emma ausgelaugt.

„Ja, dann auf Wiederhören, Mrs. Kitherhouse!" zwitscherte die Präsidentengattin in die Muschel und legte auf.

Die Sekretärin setzte sich wieder auf ihren Sessel und drückte sich die Finger gegen die Schläfe.

„Greg!" riefen einige Stimmen gleichzeitig, als er plötzlich ins Büro trat.

Crane blickte seine Mitarbeiter verwundert an, die sich in Emmas Arbeitszimmer versammelt hatten. „Wieso seid ihr nicht bei der Arbeit?" Er erwartete, daß sich alle langsam aus dem Staub machten, sie verharrten jedoch weiterhin hartnäckig an Ort und Stelle. „Was ist los? Es herrscht hier eine Stimmung wie bei einem Begräbnis. Ist etwa jemand gestorben?"

„Greg, man hat dich für tot erklärt!" sagte Andrew erleichtert.

„Wer hat mich für tot erklärt?" Der Chooquatacka-Erfinder stand aufrecht da, kräftiger als je zuvor und blickte die sich langsam aufheiternde Runde fragend an.

„Vor einer Stunde hat mich ein Polizist angerufen und sagte, du hättest einen tödlichen Autounfall gehabt. Aber du lebst ja noch!" Emma wußte nicht, ob sie vor Freude weinen oder lachen sollte.

„Einen glücklichen Menschen kann man nicht so einfach töten." sagte Crane geheimnisvoll. „Denn auch wenn es jemand versucht, wird dieser immer durch einen ‚glücklichen Zufall' am Leben bleiben." Er zwinkerte mit dem linken Auge.

„Heißt das, es gab keinen Autounfall?“ fragte Louis ungläubig.

„Was für einen Autounfall?“ Crane blinzelte seine Mitarbeiter verständnislos an. „Ich war an keinem Autounfall beteiligt. Das muß ein Irrtum sein. Ich war in der Zentrale der CIA, nur daß dort eine Baustelle war.“

„Wieso hat dann die Polizei angerufen und dich für tot erklärt?“ wunderte sich Melissa.

„Hm ...“ Greg runzelte die Stirn. „Vielleicht ist der Autounfall inszeniert worden in der Hoffnung, daß ich es bin.“ scherzte er. „Tatsache aber ist, daß ich tatsächlich verfolgt worden bin, aber man kann wie gesagt einen ‚wachen‘ Menschen nicht so einfach kriegen.“

Nun ging er in sein Büro, lockerte seine angespannten Muskeln und machte es sich auf seinem Sessel bequem. Die Mitarbeiter waren ihm schüchtern gefolgt, also fuhr er fort: „Was machen nun die Herrscher um die Menschen zu töten? Sie ziehen sie nach unten. Sie lassen die Menschen Gram und Furcht spüren, sie machen sie depressiv. Auf diese Weise betroffene Menschen sind kaum imstande, sich zu wehren, geschweige denn, ihr Leben zu retten.“ Er hielt inne und überprüfte mit einem ruhigen Blick die Aufmerksamkeit seiner Zuhörer. „Wie werden nun die Menschen so weit nach unten gedrückt? Ganz einfach.“ Er breitete die Arme aus.

Die Mitarbeiter konnten es immer noch nicht glauben, daß da vor ihnen Greg Crane persönlich saß.

Dieser ließ jedoch das merkwürdige Verhalten seiner Leute einfach an sich vorbeiziehen und erzählte weiter: „Durch die Medien wird die Überzeugung verbreitet, daß niemand imstande ist, etwas zu verändern. Die Medien impfen uns ein Denken ein, das gar nicht unser ist. Wie zum Beispiel die allgemeine Sorge der Frauen um ihre Figur. Das ist doch verrückt, daß plötzlich die ganze Frauenwelt sich als zu dick empfindet. Das liegt ja eigentlich nicht in der Natur des Menschen. Oder die Sorge, daß man nicht gemocht wird, wenn man zu seinen Überzeugungen steht und nicht dauernd nur das tut, wozu man gezwungen wird. Um gemocht zu werden, versucht jeder wie der andere zu sein. Dabei ist doch jeder für sich einmalig und wunderbar, und gerade dafür sollte man jemanden schätzen und lieben." Er strahlte seine Mitarbeiter an, und diese spürten wie nie zuvor, daß ihr Vorgesetzter lebendig mit ihnen war und kommunizierte. „Das endet dann meist mit Zigaretten, Alkohol oder sogar Drogen. Auf jeden Fall sind manipulierte Menschen, die sich in einer künstlichen, von den Medien erschaffenen Welt der Traurigkeit, Angst und Apathie befinden, leichter umzubringen als wache und verantwortungsbewußte Menschen. Eben deswegen, weil die ersten nicht bewußt genug sind, um mitzubekommen, was passiert." Crane zeigte ein Lächeln von der Sorte „wie clever ich doch bin", das er bei Louis aufgeschnappt hatte. Dann wurde er jedoch wieder ernster. „Jetzt begebt euch bitte zurück an eure Arbeitsplätze, sonst müßt ihr heute länger dableiben."

Die motivierten Mitarbeiter verließen langsam einer nach dem anderen das Büro. Keiner wagte es, Fragen zu stellen.

Als nur noch Emma Kitherhouse übrigblieb, sagte sie: „Es gab einen Anruf von der Präsidentengattin."

Die große Welle

Weißes Haus, Washington D. C.
22. September

Der Präsident der Vereinigten Staaten – im dunkelbraunen Anzug
Greg Crane – der Wiederauferstandene
Douglas – der desinformierte Berater
CIA – in traditioneller Glanzrolle
Die Präsidentengattin – der Superstar

Es war kurz vor drei Uhr nachmittags, als Cranes Limousine vor dem Weißen Haus vorfuhr. Zwei Sicherheitsbeamte des Präsidenten öffneten die Tür. Greg grüßte sie kurz und sachlich.

Einer der Sicherheitsbeamten sagte: „Herr Crane, bitte folgen Sie uns."

Der Chooquatacka-Erfinder ging die Treppe hinauf, und die Beamten führten ihn durch einen längeren Korridor zu einem der Besprechungszimmer des Präsidenten. Einer von ihnen blieb mit Greg im Raum, der andere begab sich zur Vorzimmerdame des Präsidenten und meldete: „Mr. Crane ist jetzt da."

Diese antwortete trocken: „Der Präsident ist nicht da."

Der Sicherheitsbeamte nahm dies zur Kenntnis und verließ den Raum. Die Vorzimmerdame griff zum Telefon und rief Douglas an.

Vorzimmerdame: „Mr. Crane ist da."

Douglas: „Wer ist da?"

Vorzimmerdame: „Mr. Crane."

Douglas: „Mr. Crane ist tot."

Vorzimmerdame: „Mr. Douglas, der Tote ist da."

Douglas legte auf und rief den Präsidenten an.

Douglas: „Mr. President, Mr. Crane ist da."

Präsident: „Wer ist da?"

Douglas: „Mr. Crane."

Präsident: „Dann grüßen Sie ihn recht herzlich von mir."

Douglas: „Ich rufe Sie gleich wieder zurück, Mr. President."

Der Hauptberater rief die Vorzimmerdame des Präsidenten an.

Douglas (fauchend): „Was um Himmels willen geht hier vor! Wer hat diesen Termin anberaumt? Ich war das nicht. Der Präsident trifft keine eigenen Entscheidungen. Also wie ist dieser Termin zustande gekommen?"

Vorzimmerdame: „Die Gattin des Präsidenten hat dieses Treffen arrangiert."

Douglas (ganz baff): „Dann grüßen Sie Crane vom Präsidenten." Er legte auf.

Faith Macinroe betrat das Besprechungszimmer und ging auf Greg zu. „Ich bin eine große Bewunderin Ihrer Kunst, denn das, was Sie machen, ist keine geschäftliche Unternehmung, sondern eine Vision für ein neues Amerika in bester Tradition unseres geliebten Landes der unendlichen Möglichkeiten!" Ihre Augen glänzten.

Der Mann reichte ihr seine Hand und blickte mit seinen tiefblauen Augen in ihre. Die Präsidentengattin verweilte einen Augenblick in geistiger Verzückung, faßte sich jedoch kurz darauf, und lauschte Greg Cranes Worten.

„Es ist mir eine ganz besondere Ehre, meine Aufwartung im Weißen Haus zu machen. Ich bin im Grunde meines Herzens ein Patriot und der Überzeugung, daß meine Erfindung in keinem anderen Land der Erde hätte stattfinden können."

„Mr. Crane, wie sehr es mich doch freut, Sie nun endlich persönlich kennenlernen zu dürfen!" sagte die First Lady mit ihrem ganzen weiblichen Charme.

„Erlauben Sie mir bitte, Mrs. Macinroe, daß ich zum Ausdruck meiner Wertschätzung Ihnen und Ihrem Gatten ein kleines Geschenk überreiche. Für Sie, sehr geehrte Mrs. Macinroe, habe ich etwas ganz Besonderes, es stammt aus meiner neuesten Entwicklung."

Faith Macinroe begann vor Glückseligkeit innerlich zu beben. Crane holte eine kleine Schatulle hervor, öffnete sie, und zum Vorschein kam eine Brosche.

„Mrs. Macinroe, zum ersten Mal in der Geschichte der Chooquatackas ist es mir gelungen, echtes Gold als alchemistisches Element in ein Chooquatacka zu übertragen."

Und tatsächlich – die Brosche war aus einem Material, das wie Gold aussah und multidimensional leuchtete. Es vermittelte dem Betrachter nicht nur die Farbinformation des Goldes und die Materialtiefe, sondern auch die dem Gold eigentümliche Emotionalität. Zudem schien das Material zu schweben und zu strömen, als wenn man beim Betrachten in ein bislang unbekanntes, dem Gold eigentümliches Universum blicken würde. In die Brosche waren auf Anhieb nicht definierbare Edelsteine eingefaßt, die in allen Regenbogenfarben schimmerten und eine ähnliche Multidimensionalität aufwiesen wie das Gold. Die First Lady war geplättet. So etwas hatte sie noch nie gesehen. Das erste Mal in ihrem Leben umarmte sie einen Staatsgast und drückte ihn herzlich an sich.

„Mr. Crane, ich bin fasziniert und sprachlos! Aber, wo ist mein Gatte?" Sie blickte sich im leeren Zimmer um. „Bitte entschuldigen Sie mich für einen Augenblick." Sie ging zur Vorzimmerdame und fragte diese aufgeregt: „Wo ist denn mein Mann? Mr. Crane ist da!"

Die Vorzimmerdame wollte erwidern: ‚Ja, ja, der Tote.' Doch dann verkniff sie sich jedoch diesen bissigen Kommentar. Anstatt dessen antwortete sie: „Ich weiß nicht, Mrs. Macinroe."

„Rufen Sie ihn sofort an." entgegnete Faith streng. Die Vorzimmerdame tat dies und reichte der Präsidentengattin den Hörer. „Darling, wo bist du denn, Mr. Crane ist da." zwitscherte sie in die Sprechmuschel.

„Mr. Crane, Mr. Crane ... Alle rufen mich heute an und erzählen mir etwas von einem Crane!"

„Aber Darling, ich habe dir doch heute beim Frühstück gesagt, daß Mr. Crane um drei Uhr kommt!" Ihre Stimme klang vorwurfsvoll.

„Das muß ich irgendwie nicht mitbekommen haben. Ansonsten weißt du ja, daß ich heute beim Golfspiel bin. Ich muß das überhört haben." versuchte sich George Macinroe zu rechtfertigen.

„Darling, du mußt sofort kommen! Mr. Crane ist so sympathisch! Er hat mir ein goldenes Broschenchooquatacka geschenkt." erzählte sie begeistert.

„Ein goldenes Broschen-Was?"

„Ein goldenes Broschenchooquatacka. Das ist sooo schön! So etwas habe ich noch nie gesehen!" sagte sie ganz stolz.

„Ist es aus Gold?"

„Ja! Sogar aus mehr als Gold!" antwortete Faith Macinroe mit einem Hochgefühl.

„Hat er auch was für mich?"

„Darling! Du mußt kommen! Jetzt! Sofort!" schimpfte sie.

„In Ordnung, ich bin gleich da."

George Macinroe schaffte es vor lauter Eile nicht einmal sein Gespräch am Handy zu beenden. „Darling, Darling ..." war noch aus dem Hörer zu vernehmen, als er seinen Hubschrauber bestieg und ins Weiße Haus flog.

Noch auf dem Hubschrauberlandeplatz lief ihm sein Berater Douglas entgegen. „Mr. President, Mr. President! Ich weiß nicht, wie das passieren konnte, aber der Tote, äh, ich meine natürlich, Mr. Crane ist da!"

Der Präsident überhörte die Worte seines Beraters und eilte in sein Besprechungszimmer. „Stören Sie mich bitte nicht, ich habe jetzt ein wichtiges Treffen." George Macinroe ging entschlossenen Schrittes an seinem Berater vorbei. Dieser wußte nicht, was er tun sollte, und blieb ratlos stehen.

Währenddessen kehrte die Präsidentengattin zu Crane zurück und setzte ihre Unterhaltung mit ihm fort. „Mein Gatte ist gleich da, Mr. Crane. Ich hätte Sie ja so gerne für unsere Damenrunde, für meinen Frauenclub, für meinen Wohltätigkeitsverein und für das heutige Abendessen. Mr. Crane, Sie müssen mir versprechen, daß Sie dableiben, Sie haben doch Zeit, nicht wahr?" Sie blickte ihn mit großen Augen erwartungsvoll an und schlug ein paarmal reizend mit ihren Wimpern auf und ab.

„Mrs. Macinroe, ich fühle mich sehr geehrt, Sie schenken mir so viel Aufmerksamkeit.“

„Aber Mr. Crane, das ist doch selbstverständlich! Männer von Ihrem Format werden von uns Frauen nicht nur geschätzt, sondern auch geliebt. Sie wissen gar nicht, Mr. Crane, was für langweilige Menschen wir hier im Weißen Haus empfangen müssen. Bei Ihnen ist es natürlich etwas ganz anderes!“ Sie lächelte ihren Gast herzlich an. „Allein wenn ich daran denke, daß ich Sie in meinem Damenclub vorstellen werde. Die neidischen Blicke, das eifersüchtige Getuschel – o nein!“ Faith Macinroe strahlte begeistert und gab sich hemmungslos ihrer Schwärmerei hin. „Mr. Crane, ich möchte mich noch einmal für das außergewöhnliche Geschenk bedanken! Sie wissen gar nicht, wie glücklich Sie mich damit machen!“ Sie umarmte den Chooquatacka-Erfinder noch einmal und drückte ihn innigst an sich.

In diesem Augenblick öffnete sich die Tür, und im Raum stand der mächtigste Mann der Welt. „Darling, du hast gerufen, da bin ich!“ sagte der Präsident.

„Schau mal, wer da ist, Mr. Crane!“ Sie deutete mit ihren grazilen Händen auf den Gast.

Greg wandte sich zum Präsidenten und reichte ihm seine Hand. „Mr. President, es ist mir eine Ehre, daß Sie mich heute hier im Weißen Haus empfangen. Ich habe mir erlaubt, auch Ihnen ein kleines Geschenk mitzubringen.“

Crane holte eine weitere Schatulle hervor und überreichte sie dem Präsidenten. George Macinroe nahm das kleine Geschenk in die eine Hand, mit der anderen schüttelte er die Hand seines Gastes. Sodann wollte er die Schatulle öffnen, als er plötzlich ein lautes „Nein!“ von einem sich im Raum befindlichen Sicherheitsbeamten vernahm.

Sekundenbruchteile später fühlte sich der Präsident seines Geschenkes beraubt und zurechtgewiesen. „Sie erlauben, Mr. President, das ist nur eine Sicherheitsmaßnahme.“ Der Sicherheitsbeamte begab sich in eine entfernte Ecke des Raumes und begutachtete die Schatulle unter den kritischen Blicken der Anwesenden. Er drehte und wendete sie, schaute den neben ihm stehenden Kollegen an und wußte plötzlich, was zu tun war. „Mr. President, sicher ist sicher, wir werden die Schatulle auf dem Gang öffnen."

Beide Sicherheitsbeamten gingen zur Tür, öffneten diese, stellten sich im Gang auf und untersuchten die Schatulle weiter. Durch den Türspalt wurden die Männer von den Anwesenden beobachtet. Insbesondere der Präsident zeigte großes Interesse, als könne er es nicht erwarten zu erfahren, was sich in der Schatulle befand.

„Mr. Crane, mein Mann benimmt sich manchmal wie ein kleines Kind", sagte Faith Macinroe.

Die zwei Sicherheitsbeamten im Gang wechselten einen kurzen Blick. „Jetzt" sagte der eine von den beiden und öffnete die Schatulle vorsichtig. In Erwartung des Schlimmsten war der Beamte zutiefst erschrocken vom hellen Schein des Gegenstandes, der sich in dem Behältnis befand, wobei nicht nur der Beamte zu Boden fiel, sondern auch der Inhalt der Schatulle – ein in allen Regenbogenfarben schimmernder Golfball, der nun das Weite suchte.

Der Präsident stieß einen Schrei der Entrüstung hervor: „Mein Golfball!" und jagte diesem den Gang hinterher, stürzte dabei über den zuvor umgefallenen Sicherheitsbeamten und löste dabei im Weißen Haus die Alarmstufe rot aus. Dies hatte zur Folge, daß in den Gang zehn weitere Sicherheitsbeamte einfielen und sich zum Schutz des Präsidenten stapelweise über ihn warfen.

Angewidert von diesem Anblick ging Faith Macinroe an dem Haufen übereinander geschichteter Körper vorbei und nahm den Golfball am anderen Ende des Korridors in ihren Besitz.

In der Zwischenzeit brachten weitere Helfer die gefährliche Situation unter ihre Kontrolle und befreiten den Präsidenten aus dem Haufen der Sicherheitsbeamten, die sich auf ihn gestürzt hatten.

Faith Macinroe ging auf ihren Mann zu und sagte: „Dein Golfball, Darling!"

Des Präsidenten Miene heiterte sich auf, und er entgegnete: „Danke, Darling!" Er nahm den Golfball wie ein kostbares Gut in seine Hand und begann ihn mit seinen Fingern zu betasten und zu drehen. Jetzt erst bemerkte er, daß der Ball eine wabenartige Struktur hatte und daß die Wabenränder in Gold gefaßt waren. Die Wabenflächen selbst waren wie aus Diamanten und glänzten in allen Farben. Der Präsident war hingerissen. Er fand keine Worte, stand minutenlang da und ergötzte sich am Anblick des Golfballchooquatackas. Erst die Stimme seiner Frau brachte ihn wieder zu vollem Bewußtsein.

„Darling, Darling! Ich habe auch ein Geschenk von Mr. Crane bekommen. Schau her!“ Die Gattin des Präsidenten präsentierte stolz ihr Broschenchooquatacka, das sie von Greg erhalten hatte. „Ist es nicht wunderbar?“

George Macinroe hatte nur noch zwei Worte übrig: „Ja, Darling.“

Plötzlich fiel Douglas in den Korridor. „Mr. President, ich kann alles erklären! Ich muß Sie aber unter vier Augen sprechen.“ sagte er außer Atem.

„Sie entschuldigen mich für einen Augenblick“, sprach der Präsident und verließ zusammen mit Douglas den Korridor.

Sie gingen ins Privatzimmer von George Macinroe, der hinter seinem Schreibtisch Platz nahm. Douglas stand unterwürfig vor ihm.

„Mr. President, ich weiß, daß uns eine Panne unterlaufen ist. Ich kann aber alles erklären. Trotzdem weiß ich noch nicht hundertprozentig, wie es dazu kommen konnte.“

„Dann schießen Sie mal los.“ sagte George Macinroe ernst.

In diesem Augenblick klingelte das Telefon. Der Präsident hob ab und am anderen Ende war seine Gattin.

„Darling, ich zeige Mr. Crane das Weiße Haus und unsere Privaträume. Und zum Abendessen ist Mr. Crane unser Ehrengast! Ich liebe dich, Darling! Ah ja, bevor ich es vergesse: Ich habe mit deiner PR-Beraterin gesprochen. Du trittst morgen mit Crane vor die Presse, und du stellst mit ihm zusammen mein neues Wohlfahrtsprogramm vor. Es ist schon alles eingeleitet, die Presse ist informiert, die Zeitungen drucken es bereits in Extraausgaben, und es wird gerade bei CMN als Highlight des morgigen Tages bekanntgegeben. Ich bin ja so glücklich, Darling! Du brauchst dir keine Sorgen zu machen, ich habe alles arrangiert.“

George Macinroe legte den Hörer wieder auf.

„Mr. President, ich weiß, daß Sie jetzt ein Problem haben. Ich weiß, daß es jetzt meinen Posten kosten kann. Mr. Crane ist nicht tot und ich bin schuld." Douglas senkte reumütig seinen Kopf. „Und jetzt ist er noch dazu im Weißen Haus. Ich nehme dafür die volle Verantwortung auf mich."

Der Präsident war verwundert: „Wieso sollte Mr. Crane tot sein?"

„Sie selbst haben es doch vor zwei Wochen angeordnet." Der Berater blickte Macinroe ungläubig an.

„Wie ..., ich?"

„Ich habe Ihnen einen entsprechenden Antrag vorgelegt, Sie fragten nur kurz: ‚Spielt er Golf?' Ich habe Ihre Frage verneint und daraufhin haben Sie den Befehl zur Liquidierung durch die CIA unterschrieben." Douglas sprach sehr schnell.

„Sie Trottel! Er spielt zwar nicht Golf, er hat mir aber den wertvollsten Golfball geschenkt, den ich je gesehen habe. Sie sind gefeuert!" Der Präsident drückte auf einen Spezialknopf. Innerhalb von Sekunden drangen Sicherheitsbeamte ein und führten Douglas ab.

Geheimes Besprechungszimmer, CIA-Hauptquartier
23. September

Kralle – CIA Chef
Agent XR22 – ausgebildeter Ex-Topkiller für Spezialfälle

Kralle: „Agent XR22, was habe ich Ihnen gesagt? Jahrelang habe ich Sie auf so eine Situation vorbereitet. Nächtelang sind wir dagesessen, und ich habe Ihnen jeden Schritt erklärt, bis ins kleinste Detail. Und dann passiert so was! Wie können Sie mich nur so enttäuschen? Das ist der Super-GAU schlechthin! Warum, warum nur haben Sie mir das angetan?"

XR22: „Aber, aber ..., äh ..., i..., ich ..."

NASA-Hauptquartier, Washington D. C.
25. September

Prof. Dylan Nicollaine – exaltierter Wissenschaftler
Prof. Gibson – pseudointelligenter und etwas beherrschterer Wissenschaftler
Prof. Harald Singer – Sprößling unter den Wissenschaftlern

„Die Regierenden werden doch nicht über die Entstehungsmethode der Chooquatackas nachgrübeln, noch danach suchen! Sie wollen doch nur den Erfinder dieser Dinger ein für allemal loswerden!“ rief Prof. Nicollaine dermaßen entrüstet, daß seine ergrauten Haare auf und abflogen und seine Gesichtszüge nervös zitterten.

„Da übertreiben Sie aber, lieber Dylan“, sagte Prof. Gibson mit dem Versuch, seinen Kollegen zu beruhigen.

„Nein, tue ich nicht! Die Chooquatackas lösen doch das Wirtschaftssystem und Wertesystem auf! Deswegen reagieren die Regierungen ja auch so radikal, weil die Dinger ihr Dasein am meisten gefährden!“ Prof. Nicollaine pustete vor Wut die Luft aus sich heraus.

„Gut, unsere Aufgabe ist es aber herauszufinden, wie diese Dinger funktionieren, und wir scheinen uns nach wie vor immer noch im Kreise zu drehen.“ erwiderte sein Kollege ruhig. Er wollte Nicollaine in eine andere Richtung bringen.

„Das ist nicht meine Schuld!“ schimpfte dieser.

„Wir haben Sie extra für diese Aufgabe angeworben, und seitdem Sie hier sind, bewegt sich überhaupt nichts mehr nach vorne.“ erwiderte Gibson etwas genervt.

„Aber ist das etwa meine Schuld? Habe ich etwa nicht vor zwei Monaten einen Tachionenbeschleuniger geordert? Ist der etwa in der Zwischenzeit angekommen?“ Nicollaine gestikulierte wild mit den Armen, und auf seinem Haarschopf fand gleichsam ein Rockkonzert statt.

„Sie mit Ihrem Tachionenbeschleuniger! Das ist doch nur ein Hirngespinst von Ihnen. Wissenschaftlicher Schwachsinn!“ langsam verlor auch Prof. Gibson die Fassung.

„Was verstehen Sie schon von Quantenphysik? Ich habe immerhin einen Nobelpreis! Und was haben Sie vorzuweisen?"

„Mein Vater war schon bei der NASA, und auch ich arbeite zeitlebens bei der NASA. Nur weil Sie den Nobelpreis bekommen haben ..."

„Ich bin eine internationale Kapazität!" wütete Nicollaine rot angelaufen.

Sie begannen, sich die Haare zu raufen, und es kam fast zu einem Handgemenge zwischen den beiden.

„Ich hätte von vornherein auf meinen Vater hören sollen! Wir hätten es wie damals mit dem Raketenprogramm und der Mondlandung machen sollen!" rief Gibson.

„Tja, dann hätten Sie ein kleines Problem! Die Deutschen haben derzeit keine Wissenschaftlerelite." Nicollaine lächelte feindselig.

„Aber wenn es dieser Verrückte kann, dann müssen auch wir dazu imstande sein, es zu tun!" Gibson deutete mit seinem rechten Zeigefinger wild auf den Boden.

In diesem Augenblick betrat ein dritter Wissenschaftler den Raum und brachte Licht in die ganze Geschichte. Es war ein junger, aufstrebender Mann mit dem vollen Durchblick namens Harald Singer.

„Ich glaube, die Lösung des Problems zu haben", sagte er wie in tiefster Kontemplation. Die beiden anderen schauten ihn schweigend und verwundert an. „Im Grunde genommen ist alles ganz einfach." Seine Stimme klang wie die des Orakels von Delphi. Die Professoren blickten ihn auch so an, als wäre er ein junger Gott in Person. „Dies ist der Beweis, daß hinter alldem noch mehr steckt. Die Chooquatackas bestehen aus keinem uns bekannten Stoff, wir sind nicht imstande dieses Phänomenen mit unseren physikalischen Gesetzen zu erklären, und deswegen können wir sie nicht nachbauen." Er hob den linken Zeigefinger mystisch in die Höhe, und die älteren, erfahrenen Wissenschaftler hielten erhaben den Atem an. „Die Chooquatackas müssen mit einer Technologie hergestellt worden sein, die unserer viele Jahrzehnte, wenn nicht Jahrhunderte voraus ist." Er blickte die

Zuhörenden durchdringend an und fuhr wie ein Prophet fort: „Es muß die Technologie einer hochentwickelten Kultur sein, von der wir praktisch noch keine Ahnung haben. Die Technologie von Atlantis." Er wartete auf eine Zustimmung, erhoffte sich Bewunderung, doch alles, was er erreichte, war ein Nachlassen der Spannung.

Nicollaine begann, sich ein verächtliches Lachen zu verkneifen, und Gibson war wie mit einer Fliegenpatsche getroffen.

Der junge Singer versuchte sich aus der Situation zu retten. „Crane muß irgendeinen Kontakt zu einer uns noch unbekannten Intelligenz aufgenommen oder Ausgrabungen gemacht haben!" Doch seine Worte verloren sich im jetzt erneut entfachten Gestreite seiner älteren Kollegen.

„Wir brauchen ein Tachionenbeschleuniger!" wiederholte sich Nicollaine.

„Sie mit Ihrem Tachionenbeschleuniger! Hätte ich hier nur mehr zu sagen, würde ich Sie mitsamt diesem Tachionenbeschleuniger im hohen Bogen auf den Mond schießen!"

Chooquatacka-Fabrik, New York City
26. September

„Greg, ich glaube wir bekommen Konkurrenz." sagte Caroline und klatschte eine Zeitung auf Cranes Schreibtisch.

„Hm ..." brummte dieser seinen Kaffee schlürfend und öffnete sie mit der linken Hand. Ein weiteres „Hm" folgte, und schließlich blickte er seine Managerin an. „Ich verstehe nicht, die Kinder sollen eine Konkurrenz sein?"

„Ja. Weil die Menschen nun von den Kindern Chooquatackas kaufen!"

„Das machen sie doch schon seit langem, wir sind davon nicht ärmer geworden." Greg nahm einen weiteren Schluck von seinem

Kaffee.

„Du machst dir ja überhaupt keine Sorgen um die Zukunft der Firma! Eigentlich hätten wir schon längst zwei weitere Fabriken bauen können, aber du bestandst darauf, die Chooquatackatoren zu verkaufen. Und dann die Idee mit dem Tausch in unseren Boutiquen und die zwei Reichtumszentren! Das ist wirklich schlechtes Marketing!“

„Caroline, ich habe nur einen Teil unserer Arbeit an die Bürger weitergegeben.“ erwiderte der Chooquatacka-Erfinder gelassen.

„Wie stellst du dir das eigentlich vor? Du gründest eine Firma, hast immer wieder die Gelegenheit, sie wachsen zu lassen, und anstatt dessen hemmst du sie in ihrer Entwicklung!“ Die Managerin ließ all die Gedanken raus, die sie schon seit Wochen geplagt hatten. „Und wenn nun die Kinder und Jugendlichen herausgefunden haben, wie man unsere Maschinen baut? Dann nutzt irgend jemand die Gelegenheit, patentiert die Chooquatackas, und wir stehen dann mit leeren Händen da! Du warst ja immer dagegen, das Herstellungsverfahren patentieren zu lassen!“

„Meinst du, die Kinder könnten unsere Maschinen nachbauen? Ich dachte eher, sie würden die Chooquatackas auf den Maschinen ihrer Eltern machen.“ unterbrach sie Crane nachdenklich.

„Greg, die Zeitungen sind doch nicht bescheuert, was du vielleicht auch manchmal denkst. Hör dir das mal an!“ Sie schnappte das Nachrichtenblatt und las aus dem Artikel vor: „‚Die Jugendlichen haben innerhalb von drei Monaten ein ganzes Netz von Chooquatacka-Schwarzmärkten aufgebaut.‘ Greg, die Maschinen sind aber erst seit zwei Monaten im Verkauf. Die Jugendlichen hätten also die Pläne der Maschinen stehlen müssen, noch bevor die Chooquatackatoren auf den Markt gekommen sind.“

„Warte, du meinst doch nicht, daß die Jugendlichen die komplizierten Maschinen von ‚Kicksley and Moore‘ ...“ Crane schaute sie an, als wolle er ihre Gedanken lesen. Plötzlich kam er zu ganz neuen Einsichten. Ihn kümmerte das Geschäft seit langem nicht mehr. Er wollte eigentlich etwas ganz anderes, er wußte aber noch nicht genau, was es war. So oft hatte er schon von der Bedeutung der Chooquatackas gesprochen, doch nun war es an der Zeit, diese zu erkennen und die nötigen Konsequenzen zu ziehen. Er griff wieder nach dem Zeitungsartikel und suchte nach einem Namen, einem Jugendgefängnis oder einem anderen Hinweis.

Dann stand er auf. Caroline blickte ihn verwundert an und er sagte: „Mach dir keine Sorgen! Hier geht es um mehr als Marketing. Es geht um eine Transformation."

Er ging hinaus, doch Winter hielt ihn mit einem „Warte einen Moment" an. Crane verharrte mit dem Hut in der Hand in der Bürotür. „Wohin gehst du jetzt?" fragte sie verwirrt.

„Ins Gefängnis!" erwiderte Greg.

„Aber, die Marktberichte? Willst du sie nicht anschauen?"

Der Mann drehte sich noch einmal um, schnappte sich die Zeitung und sagte: „Laß dir von Andrew zeigen, wie man die Chooquatackatoren bedient, und vergiß die Berichte!" Dann war er auf einmal verschwunden.

New York City
29. September

Rauch einer Zigarre stieg in die Höhe. Francesco tippte nervös mit den Fingern auf den Tisch. Er schaute sich seit einer halben Stunde mit Claudio gegenseitig in die Augen. Dann sagte er: „Das kann doch nicht wahr sein. Blumenkranz war unser bester Killer!" Er streifte sich mit dem Daumen über die Stirn.

„Die FBI hat uns diese Nachricht geschickt. Es war einer vom CIA, er sollte eigentlich Crane töten. Es war eine Verwechslung."

Francesco blickte seinen jüngeren Bruder ungläubig an. „Irgendein unglaubliches Glück muß diesen Kerl schützen." Er drückte die Zigarre im Aschenbecher aus. Dann schwieg er wieder.

Claudio beobachtete ihn hoffnungslos, nach einer Weile sagte er flehend: „Francesco! Du bist doch das Familienoberhaupt. Papà muß dich darüber instruiert haben, was in solchen Krisensituationen zu tun ist."

Langsam und niedergeschlagen begann der Mafiaboß zu sprechen: „Claudio, geliebter Bruder, das ist das Ende." Er betastete mit seinen Fingern nervös sein Gesicht.

„Francesco! Wir können uns doch noch an unsere russischen Amici wenden und um Hilfe bitten!"

Francesco blickte seinen jüngeren Bruder ganz betroffen an. Da saß er nun, der Boß einer der zuvor mächtigsten Organisationen der Welt. „Claudio, nicht Crane ist unser Problem – auch nicht seine Fabrik. Es ist zu spät. Es läuft zu schnell. Die Familie Alkaev ist pleite. Die Auftragskiller in den USA haben abgedankt – Blumenkranz war der letzte." Er atmete schmerzhaft. „Die Menschen sind einfach nicht mehr interessiert an Drogen!"

Der Jüngere schaute seinen Bruder betrübt an. Und plötzlich ging ihm ein Licht auf. „Francesco! Ich habe die Idee: Wir könnten auf illegalen Chooquatacka-Export nach Europa umstellen!"

Francesco blickte immer mehr Hoffnung schöpfend seinem Bruder in die Augen, bis er stramm und gerade dasaß: „Ja! Das ist es!"

New York City
30. September

Ein Auto düste durch die Straßen von New York. Greg saß am Lenkrad und unterhielt sich gänzlich außer Fassung mit Lilian am Handy.

„Ich hatte die ganze Sache vollkommen falsch eingeschätzt. Ich dachte nicht, daß dies möglich ist!" sagte er so ziemlich durcheinander.

„Wir haben doch darüber gesprochen." erwiderte Lilian ruhig.

„Ja, das war aber nur Theorie", grollte er. „Jetzt sieht alles ganz anders aus! Wieso erfahre ich es erst jetzt?" Ihm war nicht Bewußt gewesen, von welcher enormen Bedeutung die Chooquatackas für die gesamte Menschheit tatsächlich waren.

„Weil du es nicht wahr haben wolltest! Du warst noch nicht bereit für diese Erkenntnis."

„Wie, was meinst du? Natürlich wollte ich es wahr haben, sonst hätte ich doch nicht die Firma gegründet!" Er war am Rotieren.

„Du hast die Firma nur deswegen gegründet, weil dies in deinen Augen die einzige Möglichkeit war, wie man das Thema Chooquatacka anpacken konnte."

„Lilian! Ich ..." Crane war dermaßen verwundert, außer sich und wütend, daß er tief durchatmen mußte. Dann sagte er wieder etwas gelassener: „Ich fahre jetzt zu ‚Kicksley and Moore', und wir werden weitere Experimente machen. Danach schau ich bei dir vorbei." Er legte, ohne sich zu verabschieden, auf.

Greg Crane klopfte wie verrückt an die Tür von „Kicksley and Moore".

„Ja, ist schon gut. Ich mach gleich auf." drang die verrauchte Stimme von Paula aus dem Inneren der Wohnung. Sie begrüßte Crane mit einem Kopfnicken und ließ ihn hinein.

Während der Chooquatacka-Erfinder sich auf die Küchenbank setzte, fragte Paula: „Kaffee?" Da er nickte, schaltete sie die Kaffeemaschine ein.

Dann setzte sie sich vor Greg hin und wollte wissen: „Was ist? Brauchst du noch mehr von den Maschinen?" Sie zündete sich eine Zigarette an. Als Crane sie nur mit seinen tiefblauen Augen anblicke, sagte sie: „Ich weiß, es geht hier nicht mehr um Geld. Zak und ich benutzen auch keines mehr. Wir bauen die Maschinen nur noch deinetwegen." Dann verstummte sie.

Der Chooquatacka-Erfinder beugte sich etwas weiter nach vorne und tauchte seinen Kopf in die Rauchwolke. „Hast du von den Kindern und Jugendlichen gehört?“

„Welchen Kindern?“ fragte Moore verwundert und fächelte mit den Händen die Rauchwolke auf die Seite.

„In den Medien wird jetzt immer mehr darüber berichtet, daß es einen Schwarzmarkt für Chooquatackas gibt, und das wahrscheinlich schon seit geraumer Zeit.“

Paula nahm verwundert ihre Zigarette aus dem Mund. „Was du nicht sagst.“ Sie holte die zwei Kaffeetassen aus der Kaffeemaschine, von der sie eine Greg vor die Nase schob. „Noch bevor die Chooquatackatoren im Umlauf waren?“

Crane nickte und fragte: „Könnten die Jugendlichen oder Kinder die Maschinen irgendwie nachgebaut haben?“

Moore wußte, daß dies eine sehr wichtige Frage war, und sie antwortete empört: „Das ist unmöglich! Niemand hat es jemals geschafft, solche Maschinen wie ich und Zak zu bauen!“

„Vielleicht haben sie die Baupläne gefunden?“ hakte der Mann nach.

Paula gab ein rauhes und lautes Lachen von sich: „Glaubst du wirklich, wir hätten auch nur einen Bauplan, der einigermaßen leserlich wäre, geschrieben?“ Sie starrte Greg skeptisch an und fragte sich, weswegen er ihr so merkwürdige Fragen stellte. Er kannte doch deren Arbeitsmethode.

„Das habe ich mir gedacht“, murmelte Crane, und Moore versuchte in seinen Gedanken zu lesen, um herauszufinden, was in ihm vorging.

Dann fiel es ihr wie Schuppen von den Augen, und sie stellte fest: „Die Kinder und Jugendlichen machen die Chooquatackas so wie DU!“ Paulas große Verwunderung spielte sich in ihrem Inneren ab, nach außen zeigte sie nur eine kleine Falte zwischen ihrer Nase und der Stirn.

Sie wollte eine Frage stellen, doch Crane kam ihr zuvor und sagte: „Ich würde gerne mit euch ein paar Experimente machen ...“

Martin-Luther-King-Platz, Georgia
1. Oktober

Wenn man aus den kleinen Straßen heraus um die Ecke bog, konnte man seine Pracht schon sehen. Die Menschen hielten jedesmal beeindruckt den Atem an. Zu Ehren von Martin Luther King hatte die Stadt ein wunderschönes Brunnenchooquatacka auf dem nach ihm benannten Platz aufgestellt. Das Wasserchooquatacka war wie aus Millionen von Regenbogen und spielte zusammen mit dem Sonnenlicht ein traumhaftes Lied. Zwei kleine Jungen hüpften begeistert im Brunnen herum, dessen Wasser sich in verschiedenen Schleifen wand, wie lockige Haare im Wind.

„Aylen! Schau dir das an!“ Einer der Jungen hüpfte durch einen Wasserstrahl, der sich fünf Meter über ihm in blaue Spiralen umwandelte.

Eine Frau lächelte die kleinen verspielten Kinder an und bewunderte zugleich das Schauspiel. Plötzlich tauchten im Brunnen große Wasserkugeln auf, die langsam in die Lüfte stiegen.

„Skye! Die Kugeln fliehen! Das dürfen wir nicht zulassen!“ rief Aylen, kniete sich hin und tat so, als würde er auf die Kugeln schießen. Sein kleiner Freund half ihm dabei. Peng und platsch, die Kugeln fielen eine nach der anderen auseinander und regneten wie Diamanten auf die Jungen herab.

Ein Mädchen saß auf einer Bank und wartete. Währenddessen hatte sie sich in das Spektakel des Brunnens vertieft. Sie spürte etwas in sich aufblühen, und plötzlich erschienen neue Formen im Wasser. Mit der Zeit kristallisierten diese sich.

„Schau mal, Aylen! Das Wasser blüht!“ Die Jungen bewunderten pitschnaß, wie sich im Wasserchooquatacka Blüten bildeten.

Das Mädchen blickte den Brunnen erstaunt an.

New York City
2. Oktober

Greg saß verstimmt, aber schweigend in Lilians Wohnzimmer. Sie brachte währenddessen Tee. Als sie sich ihm gegenüber hinsetzte, blickte Crane sie ernst an.

„Lilian, die Kinder und Jugendlichen können Chooquatackas ohne technische Hilfsmittel machen – genauso wie ich! Ich habe mit mehreren gesprochen, und viele sagten, das sei ganz einfach und jeder könne es machen." Dann schwieg er eine Weile bitter und sagte: „Aber das kann doch nicht stimmen."

„Wieso nicht?"

„Da ist irgend etwas faul an der Sache, ich weiß nur nicht, was. Alles ist irgendwie verkehrt." erwiderte er gereizt.

„Um Himmels willen, was soll denn verkehrt sein?" fragte nun Lilian irritiert.

„Was? Alles! Wir saßen Stunden da, und ich habe es versucht, Andrew, Kicksley oder Moore beizubringen. Wir haben auch noch andere Mitarbeiter geholt – es funktioniert nicht!" rief er verzweifelt.

„Das glaube ich nicht." meinte Lilian stur.

„Was glaubst du nicht? Daß alles ein Irrtum ist? Daß die Menschen nur, wenn Kinder sind, Chooquatackas machen können?" Er blickte ihr wütend in die Augen. „An allem sind die Schulen schuld – sie verschließen den Menschen vollkommen für ihre eigene Phantasie! Und das kann man dann nicht mehr rückgängig machen!"

„Kann man doch!" schimpfte Lilian. „Jetzt hör endlich mal auf, deinen Verstand zu benutzten!"

„Was? Was soll das heißen? Meinst du wirklich, ich habe die Fabrik und die Maschinen gebaut, weil ich zuviel denke? Vielleicht denkst du ja zuviel!"

„Nein! Ich wollte nicht, ich ..." Lilian wurde rot vor Wut. „Jetzt ist es an der Zeit, die Sache anders anzugehen!"

„Was, soll ich etwa zu den Menschen appellieren, sie sollten ihre

Kinder nicht mehr in die Schule schicken?“ Crane war verzweifelt, beruhigte sich dann jedoch ein wenig.

Auch Lilian blickte ihn wieder sanfter an. Schließlich fragte sie: „Wie hast du denn überhaupt das erste Hologrammchooquatacka gemacht?“

Greg überlegte eine Weile. „Ja, ich habe den Jungen beobachtet, der sich ein Wunschschild gekauft und angefangen hatte, den Menschen imaginäre Luftballons zu verkaufen“, begann er zu erzählen. „Und ich bin dann zu ihm hingegangen, aus reiner Freude, und habe auch einen imaginären Luftballon gekauft, so wie wenn es ein echter wäre. Den trug ich dann behutsam in meine Lokomotive zurück, und ich weiß nicht mehr genau wann, aber mit der Zeit begann er, eine feinstoffliche Form anzunehmen.“

„Crane, merkst du nicht etwas?“ fragte Lilian angeregt.

„Wie, was?“

„Kannst du dich erinnern, womit du dich am Anfang sehr intensiv befaßt hast?“

„Ja. Ich bin viel gereist und habe Kinder beim Spielen beobachtet.“

„Was hat dich überhaupt dazu gebracht, dies zu tun?“

„Ich fühlte, daß ich ein Geheimnis lüfte, wenn ich herausfinde, was hinter dem ganzen steckt – und dann hatte ich die Idee mit den Schildern.“

„Genau!“ Lilian schaute ihm immer energischer in die Augen. „Und wie hast du die dritte Generation geschaffen?“

„Ich weiß nicht mehr genau, ich glaube es war bei Pater Giovanni.“ Er dachte eine Weile nach. „Nein, das war im Flugzeug, ich unterhielt mich mit einer jungen, schwangeren Frau. Nein ...“ Sein Blick schweifte in der Vergangenheit. „Ein kleines Mädchen stand neben ihren Eltern am Ticketschalter im Leonardo-da-Vinci-Flughafen und schrie. Ich fragte sie, was los sei, und sie antwortete, sie hätte ihren Teddybären verloren. Ich entgegnete: ‚Oh, das tut mir aber leid. Was würdest du aber davon halten, wenn ich dir einen Ersatz gebe?‘ Das Mädchen wischte sich die Tränen aus dem Gesicht und blickte mich stumm an. Ich schuf dann hinter meinem Rücken ein Hologramm-Teddybärchooquatacka, ließ es vor dem Kind über meiner Hand schweben und sagte mit verstellter Stimme: ‚Hallo ich bin Billo! Wie heißt du, und wieso weinst du?' Das Mädchen staunte erst eine Weile und dann antwortete es: ‚Ich heiße Samantha. Und ich weine, weil Woolie von einer Hexe entführt wurde, und keiner kann mir sagen, wo sie sich mit ihm versteckt hat!' Ich machte wieder die Teddybärstimme nach und sagte: ‚Samantha, darf ich dir ein Geheimnis verraten?' Das Mädchen nickte. ‚Woolie wurde in die Hexenschule aufgenommen, und wenn er mit der Schule fertig ist, wird er wieder zu dir zurückkommen. Wundere dich aber nicht, wenn er dann eine andere Gestalt angenommen hat!'" Greg hielt inne.

„Und dann?" fragte Lilian neugierig und zugleich verwundert, daß Crane eben dieses Ereignis so gut in Erinnerung geblieben war.

„Die Eltern des Kindes schauten mich plötzlich empört an. Die Mutter nahm Samantha auf den Arm, und weg waren sie. Aber das Lustige war, daß ich auf meine Hand blickte und dort tatsächlich ein Teddybär saß. Ich wollte schon dem Mädchen nachrufen, doch dann fiel mir auf, daß es kein gewöhnlicher Bär war, es war ein anfaßbares Chooquatacka."

„Greg, fällt dir nicht etwas auf?" unterbrach ihn Lilian.

Erst war Cranes Stimme unentschlossen, doch dann wurde sie fester. „Ich habe mich bei der Erschaffung jeder einzelnen Generation mit Kindern befaßt. Lilian!" rief er plötzlich. „Auch diesmal haben mich Kinder und Jugendliche zu der neuen Entdeckung geführt, daß in jedem die Möglichkeit steckt, Chooquatackas zu machen! Das kann doch kein Zufall sein!"

„Sie haben dir etwas beigebracht, von dem sie nicht wußten, daß es in ihnen steckt. Aber es waren nicht nur die Kinder, sondern ..."

„Deren Welt, deren Phantasie, deren Schöpfungspotential und ..." Crane überlegte eine Weile.

„Deren Spiele!" ergänzte Lilian.

„Das ist es! Ich habe angefangen, ihre Spiele zu spielen und sie miterlebt. Und als es mir dann gelungen war, das erste Chooquatacka zu erschaffen, wußte ich einfach, es würde immer wieder klappen. Und das hat es dann auch!“ Greg stand vor lauter Erregung auf.

„Aber nicht nur Kinder spielen Spiele. Dies tun auch Erwachsene. Ihre Spiele sind aber viel komplizierter, weil sie sich nicht eingestehen wollen, daß sie im Grunde immer noch wie kleine Kinder sind; nur darf das niemand erfahren, sonst würden sie wie Kinder als Erwachsene nicht ernstgenommen werden. Ihre Spiele heißen: Alkohol, Drogen, Betteln, Party, Reichtum, Armut, Smalltalk, Zeitunglesen, Tratsch, Kriegeführen, Menschenunterdrücken, ja sogar Krankheiten!“

„Und irgendwann kommen sie dann zu dir, um in einer Therapie nach ihrem inneren Kind zu suchen.“

„Greg, weißt du, weswegen die Chooquatackas eine so starke Wirkung auf die Menschen haben?“

„Nein.“ Crane hielt gebannt seinen Atem an.

„Weil den Menschen erlaubt wird, wieder wahre Spiele zu spielen. Sie können sich ihre eigene Welt erschaffen, voller Geschichten!“

„Können sie nicht“, erwiderte der Mann. „Oder noch nicht! Lilian, ich bin dir ja so dankbar! Jetzt weiß ich, was mir die ganze Zeit nicht aufgefallen war.“

Chooquatacka-Fabrik, New York City
8. Oktober

Im Firmenbüro der Chooquatacka-Fabrik suchte Greg verzweifelt nach etwas. Er wühlte unter den Notizen auf seinem Schreibtisch, er kramte sich durch verschiedene Papierstapel hindurch, er schaute sogar in seinem Aktenschrank nach. Dann hielt er kurz inne und rekonstruierte ein Geschehnis von vor vier Monaten. Der Chooquatacka-Erfinder ging zu seiner Pinnwand, die hauptsächlich aus haufenweise übereinandergehefteten Papierfetzen bestand. Er blickte jeden Zettel einzeln an. Schließlich fand er ganz hinten eine Telefonnummer.

„Emil, kannst du dich daran erinnern, wie wir letztens miteinander telefonierten? Ich habe jetzt eine Eingebung bekommen. Ich brauche einen Film ..."

New York City
16. Oktober

Die Menschen streiften wie schon seit Ewigkeiten über die Straßen von New York, und jeder ging seinen Geschäften nach. Heute war jedoch etwas anders. Unter den im Alltag versunkenen Menschen waren einige, die nicht das gleiche Ziel verfolgten wie der Rest.

Ein Junge rannte in Richtung Stadtuhr, rechnete kurz etwas nach und lief wieder dorthin zurück, wo er herkam.

Eine Lady in einem eleganten beigen Mantel blieb stehen, musterte ihr Armbanduhrchooquatacka, blickte kurz zum leicht bewölkten Himmel hinauf und verschwand wieder im Menschenmeer.

Ein Geschäftsmann mit vollgestopfter Aktentasche stellte diese kurz ab, um ein Telefonat entgegenzunehmen. „Ja, genau!" Er drehte sich zu einer Uhr, die über einer Bank hing, und ergänzte: „In drei Minuten geht es los." Nachdem er eine Weile der Stimme auf der anderen Seite der Leitung gelauscht hatte, sagte er: „Ja, ich bin bereit!" Dann legte er auf, griff nach seiner Aktentasche und stellte sich auf eine Bank zur großen Verwunderung der älteren Frau, die gerade auf ihr saß.

Ein vierzehnjähriger Junge kletterte mit einem Sack eine Statue der modernen Kunst hoch, die in der Mitte eines Platzes stand. Nachdem er es sich in einer rechteckigen Aushöhlung bequem gemacht hatte, winkte er jungen Frauen zu, die aus dem Fenster eines Warenhauses schauten. Sie hielten rote Eimerchooquatackas in den Händen und winkten zurück.

Es war Punkt zwölf Uhr. In ganz New York flogen Geldscheine wie Blätter vom Himmel. Geleert aus roten Eimern flatterten sie wie Papierfetzen aus den Fenstern der Warenhäuser. Aus dem Sack des Jungen auf der modernen Skulptur fielen grüne Ein-Dollar-Scheine zu Boden. Der Mann mit der Aktentasche ließ es auf die alte Frau regnen. Menschen stürzten zu den Fenstern, Reporter begannen wie verrückt zu fotografieren und zu filmen. Aus Helikoptern flogen Tonnen von Geldscheinen. Auch aus Privatwohnungen prasselte das Papier aus den Fenstern. Viele Menschen begannen sich vor Freude im Geldregen zu drehen. Es war der Herbst der amerikanischen Währung.

New York City
18. Oktober

Fahndungserfolg Crane

Greg fuhr zusammen mit Andrew durch New York, der auf seinen Knien am Laptop Daten abglich, als beide plötzlich von einer Straßensperre angehalten wurden. Mehrere Polizisten winkten Crane mit Kellen aus dem Verkehr und gaben ihm zu verstehen, daß er anhalten sollte. Kaum stand des Erfinders Wagenchooquatacka, schon drängten von allen Seiten Polizeiautos heran und umzingelten es.

Ein Polizeioffizier sagte mit grimmiger Stimme: „Verkehrskontrolle. Ihren Ausweis und Führerschein bitte!“

Greg reichte ihm die Papiere, lehnte sich aus dem Seitenfenster und fragte: „Sind wir zu schnell gefahren?“

Er antwortete prüfend: „Mr. Greg Crane?“

„Ja.“

„Bitte steigen Sie aus und legen Sie Ihre Hände auf den Wagen!“

Während der Chooquatacka-Erfinder den Anweisungen des Polizeioffiziers folgte, tippte Andrew hastig Daten in seine Laptoptastatur. Der Gesetzeshüter tastete Crane von oben nach unten nach Waffen ab.

Ein weiterer trat hinzu und fragte: „Und was ist mit dem anderen?“

„Die gleiche Prozedur.“

Weisungsgemäß ging der Polizist zur Beifahrertür und öffnete diese. „Hören Sie auf zu tippen, steigen Sie aus, und legen Sie Ihre Hände auf das Wagendach!“ befahl er.

„Einen Augenblick noch!“ protestierte Andrew, seine Finger galoppierten förmlich über die Tastatur.

„Na wird's bald?“ Der Polizist zog den Mann langsam, aber entschieden aus dem Auto, dabei rutschte Andrews Laptop seitlich auf den Sitz.

Der Produktmanager setzte sich erneut zur Wehr: „Bitte, drücken Sie wenigstens nur noch auf die Eingabetaste!“

Mit seinem Zeigefinger klopfte der Polizist auf die Taste und antwortete wütend: „Jetzt ist aber Schluß damit!“

Währenddessen sagte der Polizeioffizier: „Der Wagen wird aus Gründen der nationalen Sicherheit konfisziert.“

„Und was ist mit uns?“ fragte Greg erschrocken.

„Sie kommen mit!“ erwiderte der Offizier streng.

„Warum?“

„Das erfahren Sie noch früh genug, außerdem weiß ich das selbst nicht so genau. Ich befolge nur die Anweisungen meines Chefs. Ich denke mal, es geht um Verschwörung, Verstoß gegen die Menschenrechte, Terrorismus und solches Zeug.“ Er grinste hämisch.

„Da ist noch ein Laptop, Officer!“ Der Polizist deutete auf den Beifahrersitz.

„Laß mal sehen!" sagte der Polizeioffizier und ging auf die andere Seite des Wagens.

„Ich habe alle Daten gesichert und die Eingabetaste gedrückt!"

Der Polizeioffizier schaute sich den Bildschirm des Laptops an und las: „Nachricht versandt". Kaum konnte er noch „Du Idiot!" sagen, waren am Himmel von allen Seiten auch schon dumpfe Motorengeräusche zu hören. Ein Ring von Hubschraubern bewegte sich von allen Seiten auf die Straßenabsperrung zu. Die anwesenden Polizisten bildeten ebenfalls einen Kreis und richteten ihre Waffen auf den Helikopterring.

Der Polizeioffizier brüllte in sein Funkgerät: „Wir brauchen dringend Verstärkung!"

Die Helikopter kamen immer näher. Sie waren rot, und es waren weiße Kreuze auf ihnen zu sehen, darunter stand in großen Buchstaben: „Sprüngli Peace Alliance".

Crane nutzte den Augenblick der Verwirrung, um mit Andrew in eines der Polizeifahrzeuge zu steigen. Er schaltete die Polizeisirene ein und fuhr los.

Der Polizeioffizier schrie erleichtert: „Endlich! Verstärkung naht!"

„Und wohin fahren wir jetzt?" fragte Andrew Greg, der heftig ins Gaspedal trat.

„Zum Kaffeetrinken zur First Lady ins Weiße Haus."

„Haben wir eine Einladung?"

„Nein, sie wird sich aber sicher freuen! Insbesondere, da wir ihr eine DVD als Geschenk mitbringen werden." Crane lächelte würdevoll.

Geheime Militärbasis irgendwo in der Wüste
20. Oktober

Geheimer Geheimdienst – Name geheim, von der NSA, CIA und FBI bewacht
Geheimer Militärdirektor – der, der über allem steht
Professor Metastaffolos-Genijakki – kein Kommentar
Fred Parison – das Superhirn
Militärangehörige und Vertreter der Regierung – die Zuschauer

Geheimer Direktor: „Nun Gut. Endlich ist es soweit. Es hat lange genug gedauert, aber jetzt gehört sie endgültig uns: die ultimative Kriegsmaschine, die Mutter aller Waffen, der Traum eines jeden Generals, das alles vernichtende Perpetuum mobile. Von nun an gehört die Welt *mir*! Äh, ich meine natürlich dem amerikanischen Volk. Damit beenden wir sämtliche Kriege auf der Welt, und das Schaf wird mit dem Wolf in Frieden leben. Professor Metastaffolos-Genijakki, sind Sie bereit, den hier anwesenden Militärangehörigen und Vertretern der Regierung zu demonstrieren, was wir unter strikter Einhaltung äußerster Verschwiegenheit und nächtelangen Versuchsreihen erreicht haben?"

Professor Genijakki räusperte sich und begann zu sprechen: „Hier sehen Sie einen Chooquatackator. Das ist das gleiche Gerät, das auch von Crane erfunden und amerikaweit vermarktet worden ist. Nun haben wir mit unserem wissenschaftlichen Forscherteam weder Kosten noch Mittel gescheut, um zu folgender Erkenntnis zu kommen."

Die Spannung im Vortragssaal stieg zunehmend. Einige Anwesende begannen aufregend zu murmeln.

Professor Genijakki: „Wenn es möglich ist, mit diesem Chooquatackator jeden erdenklichen Gegenstand als Chooquatacka nicht nur herzustellen, sondern auch massenweise zu duplizieren, weswegen sollten wir nicht versuchen, damit auch Kriegsgeräte zu produzieren?"

Die Menge begann zu klatschen: „Oh, ah!“ Einer der Anwesenden rief erregt: „Was für eine geniale Idee!“

Professor Genijakki: „Das einzige Problem, das dieser Chooquatackator bereitet, ist, daß für die Herstellung eines Gegenstandes die jeweils nötige Information durch eine Person bereitgestellt werden muß, die den Gegenstand auch ohne einen Chooquatackator herstellen könnte. Die Maschine basiert nämlich auf dem Prinzip, daß so eine Person aufgrund ihrer fachlichen Kenntnis imstande sein muß, sich diesen Gegenstand plastisch vorstellen zu können. Und das war unser größtes Problem. In unserer arbeitsteiligen Welt wird niemals ein Panzer, ein Jagdflugzeug, geschweige denn ein ganzer Flugzeugträger von nur einer Person konstruiert und gebaut. Wenn wir beispielsweise ein Flugzeug hernehmen, dann kommt die Bordelektronik von einer Firma, die Triebwerke von einer anderen, die Anzeigeinstrumente von einer noch anderen und so weiter und so fort. Keine einzige Person könnte jemals einen modernen Jagdflieger bauen. Das ist einfach nicht möglich. Äh, ich meine ...“ Hier begann Professor Genijakki zu grinsen. „Ich meine bisher. Ich bin überaus glücklich, daß ich Ihnen heute das Superhirn Fred Parison präsentieren darf. Er ist die neueste Errungenschaft unserer Abteilung O7, die für psychologische Kriegsführung zuständig ist. Dort hat die Unterabteilung dreiundzwanzig für Bewußtseinstrübung und Gehirnwäsche sagenhafte Erfolge im Bereich Mentaltraining erzielt. Mr. Parison könnte Ihnen zum Beispiel die Bibel von vorne nach hinten und von hinten nach vorne zitieren. Das wäre kein Problem für ihn. Ganz und gar nicht.“

In diesem Moment trat Fred Parison in den Raum. Professor Genijakki schüttelte ihm die Hand und ließ ihn auf einem Stuhl vor dem Chooquatackator Platz nehmen.

Professor Genijakki: „Sie haben alle Baupläne unseres aktuellen Militärpanzers in Ihrem Gehirn, ja?“

Parison: „Ja, Meister.“

Professor Genijakki: „Dann stelle ich Ihnen nun ein paar Testfragen: Welche Wärmebildkamera ist im Panzer eingebaut?“

Parison (rapportierend): „Es ist eine Wärmebildkamera der dritten Generation mit integriertem Laserentfernungsmesser und automatischer Navigationsunterstützung."

Professor Genijakki: „Welches Modul wird für die Kartenverwaltung verwendet?"

Parison: „Die Karten kommen vom Kartographischen Institut in Massachusetts und sind in die Software über das Betriebssystem von ‚Microspot' integriert."

Professor Genijakki: „Nun wollen wir etwas ins Detail gehen. Wie lautet im Betriebssystem die dritte Befehlszeile für die Aktivierung eines Zieles auf der Karte?"

Auch diese Information ratterte Parison problemlos herunter.

Professor Genijakki: „Sie sehen, Mr. Parison weiß alles, aber auch wirklich alles über diesen Panzer. Ich könnte jetzt stundenlang so weitermachen. Egal was ich über den Panzer fragen würde, Mr. Parison wüßte es. Mr. Parison, vielleicht noch die Legierung der Außenhaut des Panzers?"

Die Anwesenden begannen zu lachen, aber auch diese Information teilte Parison ohne zu zögern mit.

Professor Genijakki: „Also gut. Es kann losgehen. Mr. Parison, sind Sie bereit?"

Parison: „Ja, Meister."

Metastaffolos-Genijakki schaltete den Chooquatackator ein, schloß Fred Parison an das Gerät an und bat die Anwesenden, sich zu den Fenstern zu begeben.

Professor Genijakki: „Der Chooquatackator ist so eingestellt, daß sich das Panzerchooquatacka auf dem Platz direkt vor dem Vortragssaal materialisieren wird. Mr. Parison beginnen Sie jetzt, sich den Panzer vorzustellen."

Im Raum, aber auch auf dem Hof begann die Luft zu knistern. Ein leichtes Vibrieren war zu spüren. Ein paar Tische wackelten leicht.

Professor Genijakki verkündete in freudiger Erwartung: „Gleich wird er erscheinen. Sie müssen wissen, daß dies heute das erste

Experiment dieser Art ist. Zuvor haben wir lediglich etwas weniger komplexe Gegenstände des täglichen Gebrauches materialisiert. Aber nun dank unseres Superhirns Parison wird sich der Panzer gleich hier draußen manifestieren, und dann werden wir ihn in Massen produzieren zur Befriedung der Welt!"

Und tatsächlich tauchte nach wenigen Sekunden ein Panzer auf dem Hof auf. Die Menge begann zu jubeln und zu klatschen. Parison stand auf und blickte aus einem Fenster auf sein Werk. Das Fahrzeug erinnerte an einen edlen Wagen der zwanziger Jahre des vergangenen Jahrhunderts. Mit dem leuchtenden Grün war Parison ganz besonders zufrieden.

Professor Genijakki: „Nun werden wir den Panzer in Anwesenheit aller Beteiligten testen."

Ein Gefreiter ging über den Platz und bestieg den Panzer.

Professor Genijakki: „Wir haben extra jemanden ausgewählt, der in der Bedienung dieses Panzermodells Erfahrungen gesammelt hat."

Der Panzer bewegte sich über den Platz, und Parison kullerte eine kleine Träne des Stolzes über die Wange. Schließlich war dieser Panzer seine Kreation. Die Menge jubelte wieder begeistert.

Professor Genijakki: „Und nun werden wir sehen, wie es um die Zerstörungskraft des Panzers steht."

Auf ein Kommando von Metastaffolos-Genijakki stellte sich der Panzer gegenüber einer aufgebauten Stahlmauer auf. Die Männer blickten gebannt in diese Richtung.

Das war des Professors großer Tag. Er rief „Schuß", und die graue Stahlmauer wurde mit bunter Farbe bespritzt. Die Farbe zerfloß langsam nach unten, und auf der Wand erschien in Riesenbuchstaben folgendes Wort:

„PEACE!"

Die Soldaten begannen vor Freude zu toben. „Ja! Dafür kämpfen wir!" rief einer, und viele rannten zum Chooquatackator, um auch ein Chooquatacka zu machen.

Professor Genijakki schrie entsetzt: „Aber ..." Doch er wurde von den an ihm vorbeieilenden Soldaten umgerempelt und zur Seite gestoßen.

Professor Genijakki: „Für einen Frieden brauchen wir doch Waffen ...“, doch niemand mehr wollte noch etwas von ihm hören.

Parison war dermaßen gerührt, daß er vor Verzückung mit drei weiteren Tränen auf den Wangen schluchzte: „Mein Baby!“

Professor Genijakki (am Verzweifeln): „Aber warum, warum nur? Mit diesem Panzer kann man nicht mal eine Maus töten!“

New York City
22. Oktober

Crane stellte die Kaffeetasse ab und blickte Waterglow an. Dieser schaute aufmerksam und mit gerundeten Augen, die durch seine kreisförmigen Brillengläser unterstrichen wurden, zurück. Sein Oberkörper war leicht nach rechts gebeugt, als wolle er einen anderen Blickwinkel auf den Chooquatacka-Erfinder erhaschen. Nach mehreren Sekunden lächelte Waterglow noch breiter, wie wenn der Sinn von Gregs Worten erst jetzt zu ihm durchgedrungen wäre.

„Mr. Crane, ich bin einfach nur überwältigt. Sie wurden mir vom Himmel geschickt und mir gefällt Ihre Idee, ja das tut sie mir in der Tat.“ Der ältere Herr nippte an seinem Cappuccino und blickte Greg neugierig an.

„Werden Sie es senden?“

„Ja, also die Idee finde ich hervorragend!“ antwortete Waterglow mit einem diplomatischem Lächeln.

„Und?“ verharrte der Erfinder bei seiner Frage.

Der Gesichtsausdruck des Eigentümers des unabhängigen Fernsehsenders TV Vision verfinsterte sich. „Es tut mir leid, Mr. Crane, Ihnen das sagen zu müssen, aber ich kann mir im Moment so etwas leider nicht leisten – ich bin praktisch gesehen pleite.“ Die ganze Heiterkeit verschwand wie weggewischt aus seinem Antlitz.

Greg nahm den letzten Schluck aus seiner Tasse, holte eine DVD aus seiner alten, aber eleganten Ledertasche hervor und legte sie auf den runden Glastisch des Cafés. „Aber das ist doch kein Problem“ erwiderte er voller Freude und stand auf. „Sie können es vollkommen kostenlos senden. Ich will ja gar nichts dafür.“

Waterglow blickte abwechselnd die DVD und Crane an. Dann stand auch er auf und begann forsch die Hand des Chooquatacka-Erfinders zu schütteln. „TV Vision wird Ihren Film mit Stolz und voller Ehrfurcht präsentieren, das kann ich Ihnen versichern.“

„Ich habe auch nichts anderes erwartet!“ Crane griff nach seinem Hut und verließ sich zuvor verabschiedend das Lokal.

Waterglow blickte ihm voller Bewunderung nach, dann musterte er die DVD-Hülle. Vier kunstvoll gestaltete Schmetterlinge waren darauf zu sehen. Er begann zu strahlen wie ein Kind.

Live aus Las Vegas
25. Oktober

Miss Peggy VIP Show
Landesweite Übertragung auf allen Kanälen

Kurze Ausschnitte aus Interviews mit bekannten Sängern und Schauspielern wurden präsentiert. Als erstes wurde ein mit Goldketten behangener Sänger aus der Hip-Hop-Szene gezeigt.

Mr. Cool: „Ja, die Chooquatackas sind echt cool!“

Reporter: „Würden Sie noch etwas hinzufügen?“

Mr. Cool „Ja.“

Reporter: „Und was?“

Mr. Cool: „Ich finde die Dinger echt abgefahren!“

Reporter: „Das haben Sie doch schon gesagt!

Mr. Cool: „Hab ich das?“

Danach kam ein Zitat eines bekannten Schauspielers.

Zaggy Dickson: „Ich glaube, die Chooquatackas werden unsere Welt wieder gesund machen."

Als letztes wurde noch ein kurzer Ausschnitt aus dem neuesten dreistündigen Interview der derzeit erfolgreichsten Popsängerin gezeigt.

Venus: „Ja, sie sind schon das Größte."

Reporter: „Ich habe gehört, der Hauptbestandteil Ihres Schrankes besteht aus Chooquatackas?"

Venus: „Nein! Das ist nur ein Gerücht. Ich habe in meiner Garderobe nämlich nur und ausschließlich Klamottenchooquatackas. Etwas anderes lasse ich nicht mehr an meine Haut!"

Eine Abblende beendete die Einleitung.

Ansager: „Meine sehr verehrten Damen und Herren, heute haben wir in der ‚Miss Peggy VIP Show' einen ganz speziellen Gast. Er ist ein Erfinder und Weltveränderer. Sein Name ist Greg Crane."

Das Publikum applaudierte und die Kamera zeigte sowohl die auf Hochglanz frisierte Moderatorin als auch den neben ihr sitzenden Chooquatacka-Erfinder.

„Mr. Greg Crane, herzlich willkommen in der ‚Miss Peggy VIP Show'! Es ist mir eine ganz besondere Ehre, Sie heute bei uns begrüßen zu dürfen, zumal Sie gerade in letzter Zeit kaum mehr von den Titelseiten der Tageszeitungen, den Nachrichtenblöcken der Fernsehstationen und den Diskussionen des kleinen Mannes auf der Straße wegzudenken sind." Das Publikum zollte tosenden Beifall.

„Danke, danke, das ist sehr nett." sagte Greg. „Der herrliche Empfang bei Ihnen im Studio ist bewegend."

Ms. Peggy fuhr voller Eifer fort: „Nun, Mr. Crane, wir wollen natürlich alle wissen, wie Sie überhaupt dazu gekommen sind, die Chooquatackas zu erfinden, woher Sie das Wissen hatten und wer Ihnen dabei geholfen hat, und vor allen Dingen wollen wir wissen, was ist das für ein Mensch dieser Greg Crane, der, ich glaube hier nicht zu übertreiben, die Welt auf den Kopf stellt. Soviel ich richtig informiert bin, ist dies hier einer Ihrer ersten öffentlichen Auftritte im Fernsehen. Also – schießen Sie los! Ich bin schon ganz aufgeregt!"

Crane lächelte. „Nun, Ms. Peggy, die Chooquatackas sind aufgrund logischer Stringenz und empirischer Vorgehensweise entstanden. Das Wissen, das man dazu benötigt, finden Sie überall in holographischer Form, egal ob es ein Buch über Quantenphysik, die Bibel oder auch nur ein vordergründig ganz normales Stiefmütterchen ist. Ich werde derzeit von circa einhundertsiebzig Mitarbeitern unterstützt. Ich bin in Norwegen geboren, und bin einer unter dreihundert Millionen Amerikanern. Mein Lieblingsgericht ist Truthahn mit Kartoffeln und Stangenbohnen, und ich spiele gerne Tischtennis." Der Erfinder hielt einen kurzen Augenblick inne und fuhr dann fort: „Hm ... ja, das ist wohl alles, was es zu meiner Person zu sagen gibt."

„Halt, halt, halt, Mr. Crane! Das wollen wir alles vieeel genauer wissen. Und weswegen sagen Sie, daß Sie einer von dreihundert Millionen Amerikanern sind?"

„Weil das der Wahrheit entspricht."

„Nein! Sie sind doch nicht einer von dreihundert Millionen Amerikanern! Sie sind doch Greg Crane, von dem die Spatzen auf dem Dach singen, der den Menschen ein neues Lebensgefühl gegeben hat. Ja, man könnte sagen, eine ganz spezielle Persönlichkeit, die den Menschen einen neuen Sinn und die Hoffnung auf eine bessere Welt gibt! Die Studenten und Arbeitslose auf die Straße treibt, um vor öffentlichen Gebäuden zu demonstrieren. Die Regierungen in die Knie zwingt und Finanzministerien und Banken das Fürchten lehrt. Sprich jemand, der der Initiator einer weltweiten Revolution ist! Sie wollen mir doch nicht glaubhaft versichern, daß Sie nur einer von dreihundert Millionen Amerikanern sind?"

„Aber das ist so. Ich bin ein ganz normaler Amerikaner und darauf bin ich stolz."

Ms. Peggy echauffierte sich ein wenig und wurde aggressiv. „Sie sind doch nicht normal ... äh, ich meine, Sie sind doch kein normaler Amerikaner. Sie wollen mir doch nicht weismachen ..." Die Moderatorin bewegte erregt ihre rechte Hand zum Ohr, um ihren Ohrhörer zurecht zu schieben und fuhr fort: „Langsam ... fangen wir ganz von vorne an. Sie wurden also in Norwegen geboren, ja?"

„Ja, Ms. Peggy, so ist es."

„Hatten Sie Geschwister?"

„Nein, ich bin als Einzelkind aufgewachsen."

„Sie sind also ein Einzelkind?"

„Genau, Ms. Peggy."

„Und Sie sind wahrscheinlich mit sechs Jahren in Norwegen in die Schule gekommen?"

„Ja und mit acht bin ich mit meinen Eltern zurück nach Amerika, um anschießend die Schulen hier zu besuchen, so, wie jeder andere Amerikaner auch."

Ms. Peggy unterdrückte diesmal die Wut, die in ihr hochkam. „Und dann besuchten Sie die Highschool, kamen ins College und sind, lassen Sie mich einmal raten, und sind von Beruf Diplomingenieur oder ... Doktor der Physik!" Ms. Peggy strahlte Crane mit einem schmierigen Lächeln an. Ihre Zähne glänzten wie weiße Plastiktüten.

„Ich wurde vom College geschmissen."

„Wieso wurden Sie denn vom College geschmissen?"

„Weil ich meinem Physikprofessor während einer Vorlesung an der Tafel nachwies, daß Einsteins Relativitätstheorie nicht stimmen kann."

„Sie haben sich sozusagen mit Ihrem Professor angelegt und sind deswegen vom College verwiesen worden? Ich verstehe. An welcher Schule oder an welchem Institut haben Sie dann weiterstudiert und gelernt, wie man Chooquatackas macht?"

„Ms. Peggy, ich möchte Ihr Weltbild nicht allzu sehr erschüttern, aber da ich nun mal durch meine Erfindung in diese Rolle des Aufklärers gedrängt werde, möchte ich mich hier sozusagen öffentlich outen: Ich habe keine nennenswerten Schulen besucht, denn in der Schule können Sie nichts Wesentliches über das Leben lernen. Die Institution Schule ist von den Preußen erfunden worden, um folgsame Soldaten für den Staat heranzüchten, die sich willenlos in den Krieg schicken lassen. Heutzutage können Sie in der Schule *alles* lernen, was Sie zu einem folgsamen, angepaßten und funktionierenden Mitglied eines künstlich erschaffenen Gesellschaftssystems macht. Sie erfahren aber *nichts* über das lebendige Leben." Das Publikum tobte und klatschte euphorisch Applaus.

„Fürwahr, dies ist eine radikale These." erwiderte Ms. Peggy. „Sie haben also eine Abneigung gegen Schulen. Dies ist die Folge Ihres seelischen Traumas mit Ihrem Physikprofessor und dem damit verbundenen Verlust der gesellschaftlichen Anerkennung durch einen Universitätsabschluß, was die Grundlage für eine gesicherte Existenz und berufliche Karriere in unserer Gesellschaft ist."

„Kennen Sie Michael Jackson?" fragte Crane plötzlich.

Ms. Peggy kicherte in sich hinein und antwortete zynisch: „Nein, hähä, kenne ich nicht." Sie schaute ihn erwartungsvoll an und fragte sich, was er jetzt wohl antworten würde.

„Welche Schulen hat Michael Jackson besucht?"

„Sicher keine ... preußische!" antwortete Ms. Peggy siegessicher mit einem McDonald's-Grinsen im Gesicht.

„Und Edison? Welche Schulen hat Edison abgeschlossen?"

„Äh ... fahren Sie einfach fort!"

„Und Mozart? Wo hat Mozart das Komponieren gelernt?"

„Sicher hat er irgendeine Musikakademie abgeschlossen, bevor er zu musizieren anfing."

„Mit sechs Jahren?"

„Er war halt ein Wunderkind. Eine Ausnahme sozusagen, Sie können Mozart nicht mit einem Normalbürger gleichsetzen! Oder?"

Der Chooquatacka-Erfinder schwieg und blickte in die Ferne.

„Mr. Crane ..." versuchte es die Moderatorin auf ein neues. „Sie können doch nicht Mozart mit einem Normalbürger vergleichen?"

Greg sprach mit langsamer und andächtiger Stimme:

„W i r s i n d a l l e W u n d e r k i n d e r ."

Plötzlich verstummte das ganze Studio. Einen Augenblick lang schien die Zeit stillzustehen, bis jemand aus dem Publikum aufstand und als einziger beherzt zu klatschen anfing. Kurz danach stand noch jemand im Saal auf und schloß sich dem ersten an, um Greg Cranes Aussage zu bejahen. Es folgte ein dritter und ein vierter. Nach kurzer Zeit stand der ganze Saal und klatschte. Ein paar Jugendliche begannen wild zu pfeifen.

Ms. Peggy schaute verunsichert zuerst nach links, dann nach rechts, drückte mit ihrem Zeige- und Mittelfinger ihren Ohrhörer noch tiefer ins Ohr und stand dann nach ein paar Augenblicken selbst auf und begann ebenfalls zu klatschen. Crane erhob sich und verneigte sich vor dem Publikum. Da die Menschen nicht den Anschein erweckten, mit ihrem Klatschen so schnell wieder aufzuhören, schaltete die Regie um und ließ einen Werbeblock senden.

Nach der Werbung, erklärte der Chooquatacka-Erfinder: „Es gibt Dinge, und es gibt einen Geist, der hinter jedem einzelnen Ding steckt. Sie schauen auf die Dinge, aber erblicken nur das, was Ihnen das gesellschaftliche System anerzogen hat zu sehen. Um die Gesamtheit einer Sache zu erkennen, müssen Sie lernen, mit Ihrem Ich zu sehen, ohne eine Brille mit vorgefaßten Meinungen und ohne das Denken mit seinen Bewertungen und Urteilen. Und das Ich sieht am besten mit seinem Herzen. Sie müssen sozusagen sich selbst benutzen, um die Welt zu verstehen und so etwas wie die Chooquatackas zu erfinden. Ohne auf jemanden anders zu hören – auch auf keine Autorität." Das Publikum klatschte und jubelte. Punktum, es war begeistert.

Nur der genaue Beobachter hätte bemerken können, daß Ms. Peggy zu zittern anfing. Gleichzeitig begann es, in ihr zu kochen, doch im Gegensatz zu ihrer inneren Verfassung entgegnete sie kalt: „Ich verstehe. Hinter Ihrer Erfindung steckt ein teuflisches Geheimnis, das Sie aufgrund dessen Illegalität nicht lüften können. Machen Sie sich keine Sorgen, Sie sind keineswegs über irgend etwas gezwungen zu sprechen, schließlich gibt es in einem Gespräch auch das Recht zu schweigen." Sie lächelte süß, und in ihren Augen blitzte der Triumph. Die Menge schwieg gespannt in Erwartung dessen, was nun der Gast der Talkshow sagen würde.

„Ich habe nichts zu verbergen." antwortete Greg Crane. „Und es handelt sich um kein Teufelswerk, aber Sie erinnern mich mit Verlaub gesagt, jetzt irgendwie an eine Großinquisitorin."

„Dann erklären Sie mir auf wissenschaftliche Art und Weise, wie die Chooquatackas entstehen." Wieder spielte sie nervös an ihrem Ohrhörer herum.

„Ich glaube, es würde den Rahmen dieser Show sprengen, wenn ich versuchen würde, Ihnen zu erklären, wie Chooquatackas entstehen."

Ms. Peggy gab sich nicht geschlagen und forderte Greg ein weiteres Mal heraus: „Aber wie haben Sie sich das vorgestellt, Mr. Crane? Sie kommen in unsere Talkshow und verraten uns nichts über Ihr Handwerk? Ich meine, es wäre ein Affront gegen unser Publikum, wenn ich nicht versuchen würde, etwas aus Ihnen herauszulocken."

„Ms. Peggy, es gibt hier ein Problem, das ist sozusagen systembedingt. Ich habe mir lange überlegt, ob ich in Ihrer Show auftreten soll, und eigentlich tue ich es den Menschen zuliebe, die hier im Publikum oder vor dem Fernseher sitzen."

Das Publikum klatschte und begann zu rufen: „Wir wollen Crane, wir wollen Crane!"

„Aber das Fernsehen ist eigentlich Gift für die Fähigkeit im Menschen, Chooquatackas herzustellen."

„Wollen Sie damit sagen, daß Chooquatackas von Menschen hergestellt werden, nicht von Maschinen?"

„So könnte man es sagen." erwiderte der Erfinder.

„Ja, Mr. Crane, ich verstehe: Sie machen die Chooquatackas nicht selber, da Sie ja, wie Sie schon erwähnt haben, Ihr Studium nicht abgeschlossen haben, sondern arbeiten mit qualifizierten Experten. Raffiniert!"

„Nein, so ist es nicht. Kein einziger meiner Mitarbeiter ist in Ihrem Verständnis ‚qualifiziert'. Viele haben studiert, aber keiner von ihnen hat einen Doktor in Physik, und ich bezweifle, daß ein solcher in der Lage wäre, Chooquatackas herzustellen."

„Ich verstehe nicht?" Ms. Peggy glubschte mit den Augen.

„Sie haben doch sicher einmal eine der Maschinen ausprobiert. Um ein Chooquatacka herstellen zu können, müssen Sie das entsprechende Wissen über die Substanz des Gegenstandes besitzen und ihn selber herstellen können. Physiker sind meist nur Theoretiker – sie befassen sich mit der Funktionsweise und nicht mit der Substanz."

„Aber Sie, Mr. Crane können heute das schaffen, was kein Physiker je zuvor geschafft hat! Erklären Sie uns, wie man Chooquatackas macht!" rief Ms. Peggy. Die Menschen brachten ihre Beigeisterung leidenschaftlich zum Ausdruck und fühlten sich wie in einer magischen Zaubershow.

„Eigentlich bin ich zu dem Schluß gekommen, daß ich in Zukunft keine Chooquatackas mehr herstellen werde." Im Publikum begann es zu brodeln. Es waren viele Ahs und Ohs zu hören. „Ich bin in eine Phase meiner eigenen persönlichen Entwicklung getreten, in der ich erkenne, daß ich diese Erfindung an die gesamte Menschheit weitergeben möchte. Ich möchte, daß in Zukunft jeder einzelne Mensch imstande ist, Chooquatackas selbst ohne die Hilfe einer Maschine herzustellen!"

Das Publikum konnte sich nicht mehr zurückhalten und brach in frenetischen Beifall aus. Als es sich dann doch wieder beruhigte, sagte Crane: „Also, Ms. Peggy, wenn Sie unbedingt darauf bestehen, werde ich es Ihnen beibringen."

Die Moderatorin blickte mit großen Augen in die Kamera, und drehte ihren Blick wie vom Blitz getroffen auf den Erfinder. Dieser stand auf und forderte mit einer Handbewegung Ms. Peggy auf, sich ebenfalls zu erheben.

„Als erstes müssen Sie Ihren Hörer abnehmen." sagte Greg ruhig.

„Ich ..." entgegnete sie, stand mit zitternden Beinen auf, und wollte schon den Hörer abnehmen, als sie offensichtlich eine Anweisung vernahm, da sie den Kopfhörer wieder einmal noch tiefer ins Ohr drückte. Nach drei Sekunden riß sie sich zusammen und entgegnete schroff: „Ich danke Ihnen für dieses Interview, Mr. Crane!" Sie reichte Greg die Hand, und ihm blieb nichts anders übrig, als das Studio zu verlassen.

Während er hinter den Kulissen verschwand, fuhr sie fort: „Meine Damen und Herren, das war Greg Crane, ein Mann, der trotz mißlungener Ausbildung seinen Kopf nicht in den Sand gesteckt hat und nun der ganzen Welt beweisen möchte, daß es auch ohne entsprechende berufliche Qualifikationen möglich ist, gewaltige Dinge in Bewegung zu setzen. Dies ist seine Art der Traumabewältigung. Seine Art, das Leben zu meistern." Dabei grinste sie spöttisch. „Als nächsten Gast darf ich einen grandiosen Popsänger begrüßen, der ..."

Doch weder während des Interviews mit dem Musiker, noch als sie mit einem angesehenen Journalisten sprach, kam Ms. Peggy zu sich. Die ganze Zeit war sie verstört und blickte nervös auf ihre Fingernägel. Kein Wunder, daß ihr letzter Gast, Starpsychologe Jaquan Kottersang, ihr eine Therapie anbot.

Derweil hatte der Chooquatacka-Erfinder das Studio verlassen. Vor dem Eingang erwartete ihn eine jubelnde Menge, die „Hoch lebe Crane! Hoch lebe Crane!" skandierte und ihm zuwinkte. Greg winkte zurück und lächelte.

Zwei Polizisten unterhielten sich über ihr Funkgerät. „Sollen wir ihn jetzt verhaften?" fragte der erste.

„Das ist noch unklar," entgegnete der zweite Polizist. „Die Zentrale weiß noch nicht, welche seiner Aussagen gegen ein Gesetz verstößt, möglicherweise der Hinweis auf die preußische Schulerziehung."

„Sind wir hier etwa in Deutschland oder was?"

„Das nicht, aber vielleicht war das ja eine Infragestellung staatlicher Autoritäten oder Beleidigung öffentlicher Einrichtungen oder so."

„Hat etwa die deutsche Botschaft angerufen und sich beschwert?"

„Du spinnst, Joe!"

„Ich spinne nicht, ihr in der Zentrale habt wohl ein paar Kaffees zuviel getrunken, die Preußen sind doch schon längst tot und ausgestorben!"

Greg Crane ging am Polizeiwagen vorbei, stieg in ein Taxi und fuhr zum Treasure Island Hotel.

Treasure Island Hotel, Las Vegas
25. Oktober

G. – niedergeschlagen, einen Drink nach dem anderen konsumierend
Sein Kompagnon – total happy, vergnügt durch den Pool schwimmend
Greg Crane – müde und erschöpft nach der Miss Peggy VIP Show, sich ein wenig Ruhe gönnend

Mehr als ein Monat war schon verstrichen, als sich G.s Chef das letzte Mal gemeldet hatte. Der Präsident hatte es mittlerweile geschafft, wegen der Chooquatackas einen Krieg gegen China anzuzetteln, doch G. war immer noch aufs Abstellgleis geschoben und wartete auf Anweisungen von oben. Das machte ihn überaus griesgrämig. Während sich sein Kompagnon am Pool vergnügte und auf der Sonnenbank bräunte, begann der arme G. jeden Tag damit, daß er erst einmal ein Glas Whisky leerte.

„Auch Urlaub vom Geschäft?“ fragte ihn ein merkwürdig aussehender Mann, der sich zu ihm an die Bar gesellte. Es war Crane.

G. antwortete: „Mehr oder weniger. In welcher Branche arbeiten Sie denn?“

„Marketing sozusagen. Und Sie?“

„Jagd ..., äh, ich bin Jäger. Ich jage ähm ...“ Der Agent hatte heute nach seinem Whisky auch noch einige Biere intus und war daher bereits etwas angeheitert. Deswegen hatte er auch gewisse Schwierigkeiten, seinen Beruf zu erklären.

„Jagen Sie vielleicht Mäuse? Sind Sie eine Art Kammerjäger?“ fragte Greg neugierig.

„Nein, nein! Ich jage Menschen! Ich bin Reporter und frage Menschen aus, um über sie zu berichten ... ha, ha, ha!“ lachte G. selbstzufrieden. Er erhob sein Glas und stieß mit Crane an: „Prost!“

„Prost!“ erwiderte der Chooquatacka-Erfinder mit einem Glas Wasser in der Hand.

„Neulich hat mich meine Redaktion ausgesandt, um herauszufinden, wie diese Chooquatackas hergestellt werden. Sie werden es mir nicht glauben, aber selbst die hellsten Köpfe haben keine Ahnung, wie diese Dinger gemacht werden. Ist das nicht erstaunlich?“ Der Agent blickte Crane ein wenig schwindelig an.

„Das mit den Chooquatackas ist doch ganz einfach. Der Erfinder denkt sogar daran, wie praktisch jeder einzelne Mensch auf der Welt in Zukunft imstande sein könnte, Chooquatackas selbst herzustellen.“

„Aber das ist doch nicht möglich, wenn keiner weiß, wie diese Dinger funktionieren. Wie sollte sich dann jeder X-Beliebige selbst Chooquatackas herstellen können?“

„Der Mensch lernt durch Nachahmen. Der Erfinder will es der Menschheit in einem Video zeigen, das er weltweit nicht nur auf allen Fernsehkanälen übertragen will, sondern auch im Internet.“ erwiderte Greg, die Vision vor seinem geistigen Auge ausbreitend.

„Aber das darf doch auf keinen Fall geschehen, das wäre doch eine Revolution!“

„Ich nenne es Evolution.“ entgegnete Crane.

„Aber dann ließe sich doch überhaupt nichts mehr kontrollieren!“

„Wen oder was wollen Sie denn kontrollieren?“

„Die Menschen, die Menschen!“ G.s Bierglas in seiner Rechten schwappte fast über.

„Ich dachte Sie jagen sie nur, wozu wollen Sie sie dann kontrollieren?“

„Nicht ich! Die Regierungen! Die Wirtschaft! Die Börse! Das Bankwesen! Alles würde zusammenbrechen!“ rief der Agent aufgeregt aus.

„Das ist ja Sinn und Zweck dieser Übung.“

„Der muß doch wohl total übergeschnappt und größenwahnsinnig sein.“ brummte G.

„Für Sie als Reporter habe ich sogar zufälligerweise eine DVD bei mir, die die Manifestationsmethode der Chooquatackas erklärt. Hier – bitte!“ Crane holte eine Silberscheibe aus seiner Tasche und schob sie dem Agenten vor die Nase.

„Sie meinen, da ist ganz genau erklärt, wie jeder von uns Chooquatackas machen kann?“

„Ja.“

G. stürzte geistesabwesend aus der Bar und rannte auf sein Hotelzimmer, um von dort über sein Satellitentelefon seinen Chef anzurufen.

Las Vegas, Nevada
27. Oktober

„Eigentlich sollte das eher ‚Las Chooquatackas‘ heißen.“ raunte Jacques Allard zu sich selbst vor dem Paris Las Vegas Hotel stehend. Er brummte leise vor sich hin, strich sich über den Bart und begutachtete das sich wandelnde Eifelturmchooquatacka. Vor ihm ging das Wasser des gewaltigen Brunnenchooquatackas auf und ab. Er blickte nach oben und dort flirrten phantasievolle Zeppelinchooquatackas und flogen in die Richtung eines der Kasinos. Jaques beugte die Krempe seines Hutes etwas nach oben und schaute zu dem Kasino mit dem Fasadenchooquatacka hinüber. Über die gesamte Länge der Wand standen strahlende Palmenchooquatackas, und dreißig Meter über ihnen kreisten die Zeppeline. Der Mann begab sich ins Gebäude.

Innen waren Menschen, die sich wie wild dem Glücksspiel hingaben. Über ihnen schwirrten Miniaturen der Zeppelinchooquatackas. Personen drängten von hinten, und Jaques trat zur Seite. Er beobachtete die hübschen Kellnerinnen, die mit Chooquatackas geschmückt den Menschen Fruchtcocktailchooquatackas servierten. Aus der linken Ecke drang plötzlich ein Jubeln in Jacques Ohren.

„Ja! Ich hab’s! Ich hab’s! Hundert Diamantchooquatackas für mich!“ Allard konnte von weitem nur den Haarschopf des Glücklichen erkennen, der aufgeregt auf und ab hüpfte.

Plötzlich stieg aus der Mitte des Saales ein riesiger Brunnen aus funkelnden Hologramm-Kristallchooquatackas in die Luft.

Jacques hörte neben sich die Stimme des Casino-Managers sagen: „Gehen Sie zu Comstock, und bestellen Sie bei ihm weitere zwanzigtausend Diamantchooquatackas. Sagen Sie ihm, daß nicht nur er dafür lebenslänglich freien Eintritt hat, sondern auch seine Kinder und Enkelkinder dürfen umsonst ins Ceasars Palace. Entschuldigung." Der Manager stieß versehentlich gegen Jacques. Dann ging er fort, und Allard konnte noch seine letzten Worte vernehmen: „Ja, ja, aber wir können ihm sonst nichts anderes anbieten. Er hat ja schon alles ..."

Jaques blickte den beiden Herren eine Weile nachdenklich nach und streifte wieder über seinen Bart. „Verrückte Chooquatacka-Welt!" brummte er, dann blickte er in die erregte Menge und murmelte: „Ich such mal einen Chooquatacka-Automaten auf."

Yale-Universität, Live-Übertragung aus New Haven, Connecticut 30. Oktober

Öffentliche Diskussion unter Gelehrten
Greg Crane – als Ehrengast anwesend
Prof. Dr. mult. Rupert Convictus – der Professor
Leiter des Rededuells – angesehener Talkmaster
Zahlreiche Studenten – nach Wissen strebend

„Es ist höchste Zeit, daß wir endlich Licht in die ganze Geschichte bringen, und die Öffentlichkeit die Wahrheit erfährt – Chooquatackas können einfach nicht funktionieren!" sagte Dr. mult. Rupert Convictus. „Ich meine, auch wenn es so etwas wie Chooquatackas als potentielle Möglichkeit geben sollte, dann hätte sie doch schon jemand vor uns in der Geschichte irgendwie erfinden müssen. Aber es gibt keinen geschichtlichen Nachweis für ein derartiges Phänomen, auch nicht ansatzweise. Oder haben Sie schon einmal davon gehört, daß beispielsweise die alten Ägypter irgend etwas mit dem Chooquatacka-Phänomen zu tun gehabt hätten?

Das Exotischste und Abwegigste, was wir ab und zu in pseudowissenschaftlichen Schriften zu lesen bekommen, ist, daß vermeintlich Außerirdische ... hm ... Außerirdische die Pyramiden erbaut haben nach dem Motto: ‚Wer hätte sonst die schweren Steine aufeinandergestapelt?' Da frage ich Sie natürlich zurecht, wozu bedurfte es überhaupt Außerirdischer, um dieses Weltwunder zu erbauen? Es hätten doch drei Pharaonen gereicht, die sich in der Wüste hingesetzt hätten und gerade mal rein zufällig an drei übergroße dreiecksförmige Bauten gedacht hätten, und – schwups – in der Art des heute im aufgeklärten Amerika grassierenden Chooquatacka-Wunders wären diese Pyramiden im Wüstensand als reale Bauwerke in Erscheinung getreten!" Die Studenten brachen in lautes Lachen aus.

„Vielen Dank, vielen Dank, Herr Professor Doktor multiplex Rupert Convictus. In diesem Fernsehduell wollen wir die Wahrheit über die Chooquatackas herausfinden, und deswegen gebe ich das Wort jetzt an Ihren Rivalen. Ich möchte ganz herzlich Greg Crane begrüßen."

Der Chooquatacka-Erfinder betrat die Bühne der altehrwürdigen Yale-Universität und trat auf das Rednerpodest. Ein paar Studenten klatschten mit verhaltener Begeisterung, bevor Crane ins Mikrophon sprach:

„Sehr geehrter Herr Professor Rupert Convictus, verehrte Professoren und Studenten dieser Universität, liebe Fernsehzuschauer! Ich habe mir lange überlegt, ob ich heute an diesem Fernsehduell teilnehmen soll oder nicht. Zunächst war ich dagegen, weil die Art und Weise, wie diese Veranstaltung organisiert worden ist, das Ergebnis dieses Duells bereits vorprogrammiert hat. Das heißt, ganz unabhängig davon, was ich sagen werde, steht das Ergebnis bereits im voraus fest. Ich werde mich also kurz fassen und an keinem Wissensduell teilnehmen, weil sich Wissen nicht duellieren kann. Wissen befindet sich nämlich nicht in der Dichotomie von plus und minus, schwarz und weiß, richtig oder falsch. Wissen befindet sich jenseits solcher

Begriffe, und kann deswegen nicht diskutiert werden. Ich benutze dieses Forum zu – Sie könnten sagen – eigennützigen Zwecken, um an diejenigen eine Nachricht zu übermitteln, die dies auch verstehen werden." Ein Rumoren ging durch den Saal.

„Mein Statement ist folgendes", fuhr Crane fort. „Warum es früher keine Chooquatackas gegeben hat, jetzt aber der Mensch plötzlich aus heiterem Himmel die Fähigkeit entwickelt hat, Chooquatackas zu manifestieren, hat etwas mit dem Aufbau des ganzen Universums zu tun. Unter ganzem Universum verstehe ich alles! Einfach alles! All die Wissenschaften, Planeten, Bücher, Autos, Religionen, Philosophien, Gottesvorstellungen, Glühwürmchen, was auch immer Sie wollen.

Fakt ist, daß es in der Vorstellung, bitte hören Sie mir jetzt ganz genau zu, daß es in der Vorstellung des Menschen die anfaßbare materielle Realität gibt und eine geistige immaterielle Welt. Die geistig immaterielle Welt leidet seit der Anerkennung der sogenannten Naturwissenschaften sozusagen an Realitätsverlust, durch die ungeheure Behauptung, sie sei experimentell nicht nachprüfbar, und somit sei jegliche Diskussion um deren Existenz zwar nett, aber im Grunde genommen eine Zeitverschwendung. Und das Verbrechen derjenigen Vertreter, die sich als Repräsentanten der taktil nicht greifbaren immateriellen Welt hier auf Erden eine goldene Nase verdient oder zumindest einen unsterblichen Namen gemacht haben, war die Negation der materiellen Welt durch eine entsprechende Abkehr vom ‚realen Leben' – sei es in Meditationstempeln im Orient oder im Versprechen eines Aufenthaltes im ewigen, natürlich immateriellen Paradies nach dem Tode im Okzident.

Doch", Greg wurde immer spannungsgeladener, „gibt es einen springenden Punkt, und er ist der Grund, weswegen niemand zuvor das Chooquatacka entdeckt hat. Niemand hat sich bisher gefragt, wozu der Himmel die Erde oder die Erde den Himmel braucht. Das Geistige das Materielle oder das Materielle das Geistige. Gerade dadurch, daß Sie – ja, ich meine Sie, die Sie alle hier sitzen –, die wissenschaftliche Welt, aber auch die Vertreter der Kirchen, eine unüberwindliche Mauer zwischen der geistigen und der materiellen Welt gezogen haben, haben Sie die Ehe oder die heilige Kommunion dieser beiden Teile der Gesamtrealität verhindert! Die Wahrheit nämlich ist ..."

Die Studenten begannen zu pfeifen, einige trampelten mit den Füßen, wieder andere stießen Buhrufe aus. Die Professoren und andere geladene Würdenträger strengten sich an, Fassung zu bewahren.

Crane begann lauter zu sprechen: „Die Wahrheit aber ist, daß weder die geistige ohne die materielle noch die materielle ohne die geistige Welt existieren kann. Die Fähigkeit der Chooquatacka-Erzeugung konnte nämlich nicht ohne die materielle Welt entdeckt werden." Er blickte still auf die Versammelten, die sich langsam beruhigten, dann fuhr er willensstark fort:

„Und das funktioniert so: Sie haben die Idee von – sagen wir einmal – einer Lilie. Existiert dann bereits die Idee? Nein, sie existiert noch nicht. Es ist bloß eine Idee. Wenn der Ideenträger, also die Person, die die Idee denkt, sich einer anderen Betrachtung zuwendet, dann war diese Idee nur ein Gedanke wie jeder andere auch. Sobald sich der Denker also einer anderen Betrachtung zuwendet, verschwindet auch seine Idee und ist somit für andere Menschen über das morphogenetische Feld nicht zugänglich. Sobald aber er seine Idee von der Lilie durch seine Verstandeskraft materialisiert, sobald also ein erster Mensch es in materialisierter Form geschafft hat, eine Lilie hervorzubringen, dann hat sich der Gedanke Lilie über den Umweg Mensch materialisiert, was wiederum einen Einfluß auf die Idee Lilie hat, sie wird zugleich auch existent in der geistigen Welt und somit zugänglich für alle andere Menschen über das morphogenetische Feld. Das heißt, der materielle Prozeß der Lilienentstehung gebiert in der geistigen Welt die Lilienidee. Was passiert nun, wenn die Lilie verwelkt oder wenn Sie sie beispielsweise zerstören? Kein Problem. Sie können sie jederzeit neu materialisieren. Die geistige Idee Lilie wurde aber erst durch die erste Materialisierung geboren, ist aber im Gegensatz zur materiellen Form der Lilie unsterblich.

Waren es nicht die Schweizer, die Ende der 80er Jahre des vergangenen Jahrhunderts mit der Entdeckung des Urzeitcodes die Fachwelt in Staunen versetzten? Einmal manifestierte Arten können gar nicht aussterben." Er hielt inne, um anzudeuten, daß er in ein anderes Thema übergehen würde. „Chooquatackas sind eine neue Stufe der Realität. Einer Realität, die ganz anders schwingt als unsere. So wie Ideen durch Zeit und Aufwand aus der Materie erschaffen und dann immer wieder ins Materielle versetzt werden können, sind die Chooquatackas diese Idee selbst in einer sichtbaren Form. Das bedeutet, die Chooquatacka-Welt ist eine Welt, die erst kreiert werden muß.

Ich möchte nicht zu weit ausschweifen, aber unsere Annahme, Zeit würde linear fließen, ist relativ. Viel mehr entspricht der Wahrheit, daß die Zeit in Schleifen fließt. Das kann ein jeder Mensch in seiner persönlichen Lebensgeschichte erfahren. Dinge, die er in der Vergangenheit vermißt hat, sind zugleich ein Teil seiner Zukunft, aber noch mehr, sie sind sogar ein Teil seiner Lebensexistenz, volkstümlich Hoffnung genannt. Das heißt, in unserem kollektiven Bewußtsein sind die Visionen idealer Welten, die seit Jahrtausenden erträumt werden, nicht die Vergangenheit, sondern unser aller Zukunft!

Eine hinter den Dingen wirkende Kraft wird jetzt zu einer Kraft, die wir immer mehr wahrnehmen werden und die die materiellen und geistigen Dinge verbindet. Die Macht dieser Kraft wird immer stärker. Keiner kann sie aufhalten." Greg atmete tief ein. „Um zum Thema zurückzukehren: Damit es Archetypen geben kann, mußten sie erst materiell vorhanden sein. Jetzt stellen sie die Basis der materiellen Welt dar.

Noch einfacher: Ein Baum. Damit der Baum als Konzept, als Idee existieren konnte, mußte der Schöpfer ihn in materieller Hinsicht aufbauen. Eben das sind die sieben Schöpfungstage im symbolischen Sinne. Es ist eine Frage, die viele Forscher immer schon beschäftigte: Wieso in der Bibel steht, daß Gott die Welt ein für alle Mal innerhalb von sieben Tagen erschaffen hat, obwohl die Wissenschaftler, die Philosophen und jeder normale Mensch weiß, daß sich die Welt im ewigen Wandel befindet. Panta rhei. Und, daß eben nichts ein für alle

Mal erschaffen werden konnte. Gott hat aber die Welt in den sieben Tagen nicht unabänderlich erschaffen, sondern nur die Matrix der Realität. Das bedeutet, zu unserem Baum zurückkehrend, daß Gott den Baum materialisierend ein Muster oder Gen für alle Bäume, die je existieren werden, geschaffen hat. Auch wenn der erste Baum stirbt, ist die Idee des Baumes in der geistigen Welt bereits kodiert, und dadurch können immer wieder neue Bäume wachsen."

Er hielt inne, wie wenn er die nächsten Worte in sich abwägen würde. „Unser Ziel ist es, wie Gott zu werden." Ein Brodeln, daß immer lauter wurde, ging durch den Vortragssaal.

„Wir müssen also genauso wie Er ein Muster für eine neue Realität erschaffen. Wenn jemand zum Beispiel ein Bild malt, dann hat er die Idee des Bildes durch den physischen Malvorgang für immer und ewig in der geistigen Welt kodiert. All diese Ideen sind die Basis einer neuen Dimension, ohne Zeit und ohne Grenzen, und die Chooquatackas sind der Anfang der Umwandlung, deswegen leuchten sie auch so wunderbar."

Crane blickte nachdrücklich auf die schweigende Menge und fuhr mit voller Aufrichtigkeit fort: „Am Anfang dachte ich, daß es die Maschinen sind, die die Chooquatackas aus den Gegenständen heraus schufen, daß sie sozusagen eine Kopie des Materiellen machten. Ich hatte gar nicht wahrgenommen, welch gewaltige Rolle die einzelnen Personen, die an den Chooquatackatoren arbeiteten, spielten. Lange Zeit war es auch für mich ein Rätsel, weswegen ich ohne die Maschine Chooquatackas herstellen konnte. Die neue Generation brachte die Lösung – sie ließ sich nämlich nicht mehr durch das Kopieren eines Gegenstandes herstellen. Es bedurfte einer weit größeren Kraft als die des Gegenstandes, die Kraft des menschlichen Bewußtseins. Doch erst heute habe ich tatsächlich erkannt, wie gewaltig das Potential des Menschen in Wirklichkeit ist. Daß ihn nur im Unterbewußtsein kodierte falsche Daten hinderten, seine natürliche Fähigkeit, Chooquatackas zu erschaffen, zu entwickeln und somit sein wahres Lebenspotential zu verwirklichen. Er bedurfte einer Maschine, denn sie rechtfertigte diese Blockade, die aus kodierten falschen Daten zusammengesetzt ist." Greg machte eine kurze Pause.

„Chooquatackas haben keine Heilkraft, sie bringen die menschlichen Wesen nur dort hin, wo sie eigentlich hingehören. Diese höher schwingende Welt bewirkt, daß sich ebenso die Schwingungen der Menschen erhöhen, die mit Chooquatackas in Kontakt treten. Sie sind eine Art Kanal, und jeder Mensch, der gelernt hat, sie zu machen, ist frei. Man kann mit den Chooquatackas nichts Schlechtes anstellen, weil all die Ideen der Menschen eigentlich positiv sind. Trotzdem kann ich niemanden zwingen, sich zu ändern, ich gebe nur die Chance, in einer besseren Welt zu leben. Der Rest hängt von den Menschen ab, die Menschen haben die Wahl zwischen dem Gefangensein in einem System und der Befreiung durch die von ihnen selbst kreierte Welt." Crane hatte nun zu Ende gesprochen. Es herrschte Stille.

„Mr. Crane, ich möchte Ihnen für dieses Referat danken", sagte Dr. mult. Convictus ganz ausgelaugt, „obwohl ich Ihre Gedankengänge nur unter großem Vorbehalt nachvollziehen kann. Unsere aufmerksamen Zuhörer kann ich nur bitten, sich selbst über das Vorgetragene Gedanken zu machen. Ich würde gerne das Thema in den Bereich eines mystischen Spiritualismus stellen oder vielleicht auch der spekulativen Physik, wären diese Chooquatackas nicht schon längst Realität. Warum ...", dabei erregte sich der Professor immer mehr, „warum können wir Wissenschaftler nur keine fundierte und abgesicherte Erklärung für dieses Phänomen finden?" Dem Professor standen die Tränen in den Augen, und er verließ abrupt den Hörsaal.

Arizona
30. Oktober

Nach einigen Sekunden wandte sich Kevin begeistert vom Fernseher ab und rief: „Eh Mann, cool, das ist total abgefahren, Dan! Und der hat diese Entdeckung, eh Mann, voll ohne Drogen geschafft. Kraß!"

Dan nahm einen tiefen Schluck von seinem Himbeersaftchooquatacka und sagte: „Kevin, weißt du überhaupt, was das bedeutet? Wir sind frei! Kein Gott kann mehr über uns bestimmen! Im Gegenteil, wir haben sie alle in unserer Hand, diese Götter. Sollen diese doch mal schauen, wie sie ihre Ideen in ihrem Nirwana verankern, ohne unsere Materialisation! Stark! Meinst du nicht auch, daß wir das nicht irgendwie zu Kohle machen könnten? Ich lasse mich gerne von einem Gott für ein paar Ideenverankerungen im Nirwana einstellen!"

31. Oktober

Queen – Königin von England
Douglas – rehabilitierter Hauptberater des Präsidenten

Douglas unterhielt sich am roten Telefon mit der Queen.

Queen (wütend): „Bringen Sie sie um!"

Douglas: „Wen meinen Sie denn?"

Queen: „Hinter jedem großen Mann steckt eine starke Frau. Ihr müßt die Wurzeln seiner Kraft abschneiden. Wann kapiert ihr das endlich? Ihr Männer seid ja zu nichts fähig!"

Douglas: „Ich glaube nicht, daß Greg Crane verheiratet ist."

Queen: „Das eine hat doch nichts mit dem anderen zu tun! Ich glaube, Sie leben immer noch in der Vergangenheit!" Sie war ziemlich außer sich. „Warum glauben Sie, fördern wir diese ganzen Emanzipationsgeschichten? Warum glauben Sie, machen wir Sex zu einem Tabuthema? Warum glauben Sie, haben wir aus der Frau eine Prostituierte gemacht? Denken Sie, wir tun das nur so zum Spaß? Jemand muß doch diese Mächte, die in der Frau schlummern, in Schach halten und in den Hintergrund zwängen!" Sie erhob sich mit ihrer Stimme über Douglas, so daß der Berater des Präsidenten in sich zusammenfiel, obwohl ihn von der Queen ein Ozean trennte. „Deswegen schicken Sie Ihre FBI- oder CIA-Hampelmänner oder wen auch immer Sie wollen, um diese Frau zu vernichten, plagen Sie sich nicht mit Crane ab!“

Die Richter der Macht

In der Dunkelheit des Hintergrundes
1. November

Zwei der Richter der Macht – Namen geändert
Baron Wage
Sir Kozzio

Baron Wage: „Er denkt nicht."

Sir Kozzio: „Wie – er denkt nicht?"

Baron Wage: „Er denkt nicht, er handelt."

Sir Kozzio: „Das ist jenseits meines begrifflichen Verstehens."

Baron Wage: „Was begreifen Sie nicht?"

Sir Kozzio: „Um zu handeln, muß er doch denken!"

Baron Wage: „Nein, eben nicht. Er nimmt alles, wie es ist, und handelt einfach, ohne vorher darüber nachzudenken."

Sir Kozzio: „Oh, das ist ja brillant! Dann weiß ich endlich, wie wir ihn kriegen. Wenn er nicht denkt, dann denken wir an seiner Stelle, und stellen ihm eine Falle, in die er uns ratzeputz hineinfallen wird."

Sir Kozzio rieb sich die Hände. Das erste Mal seit Monaten wies sein Gesichtsausdruck den Hauch eines Lächelns auf, als ob er im Inneren ein Gefühl der Freude verspürt hätte.

Baron Wage: „Was wollen Sie denn machen? Ihm eine Briefbombe schicken?"

Sir Kozzio: „Ich schicke ihm etwas viel Besseres."

Baron Wage: „Blumen zum Geburtstag?"

Sir Kozzio: „Nein, eine Einladung."

Baron Wage: „Eine Einladung?"

Sir Kozzio: „Ja, eine Einladung."

Baron Wage: „Zu seinem Begräbnis?"

Sir Kozzio: „Nein, ich habe eine viel bessere Idee ..."

Chooquatacka-Fabrik, New York City
5. November

Crane saß in seinem Büro, es klopfte an der Tür.

„Komm rein, Miles."

Miles betrat das Zimmer: „Woher weißt du, daß ich es bin?"

„So halt ..."

„Hier ist die Post. Heute war es nicht so viel."

Crane bedankte sich und begann, sie zu sichten. Dabei fiel ihm eine Sendung ganz besonders auf, da sie mit einem goldenen Rand verziert war. Er sah sich den Umschlag genauer an. Auf der Rückseite war ein Siegel mit einem Wappentier, es erinnerte Crane an einen chinesischen Drachen. Er öffnete das Kuvert, dabei zerbrach das grünfarbene Lacksiegel. In den Händen hielt er ein handgeschöpftes Blatt Papier, an den Seiten mit unbekannten Ornamenten versehen.

„Es ist uns eine ganz besondere Ehre, Sie zur Jahresversammlung der Internationalen Weltfriedenskämpfer-Organisation einzuladen. Sie haben sich in besonderem Maße um den Frieden in der Welt verdient gemacht, deswegen ist es unsere Absicht, Sie in unserer Organisation aufzunehmen. Selbstverständlich tragen wir sämtliche Kosten, die mit Ihrer Reise verbunden sind.

Mit vorzüglicher Hochachtung, der Präsident der Internationalen Weltfriedenskämpfer-Organisation, Lord Arthur Woodnick."

Der Einladung lagen Flugtickets, eine Agenda der Jahrestagung, sowie die Satzung der Organisation bei. Noch bevor sich der Chooquatacka-Erfinder Gedanken darüber machen konnte, ob er dieser Einladung Folge leisten sollte, klingelte das Telefon.

„Greg, eine Frau Sue aus Oxfordshire, in der Nähe von London, von der IWFKO möchte dich sprechen. Ich verbinde."

„Guten Tag, Mr. Crane. Mein Name ist Victoria Sue von der IWFKO, unser Präsident persönlich möchte Sie kurz sprechen."

„Mr. Crane", drang anschließend eine emotionslose Stimme durch den Hörer, „Sie haben sicher schon unsere Einladung erhalten, und ich wollte dieser Einladung Nachdruck verleihen, indem ich Sie anrufe. Wir wissen, daß Sie ein vielbeschäftigter Mann sind, aber ich glaube, Sie richtig einzuschätzen, wenn ich sage, daß Ihnen nicht nur Ihr Geschäft, sondern auch der humanitäre Zweck des Lebens und die höheren Ziele der Menschheit am Herzen liegen. Deswegen möchte ich sicherstellen, daß Sie die richtige Entscheidung treffen und unsere Einladung annehmen. Sie werden es sicher nicht bereuen!"

Greg hatte keine Zeit zu überlegen, aber die ganze Sache machte spontan einen guten Eindruck auf ihn, deswegen antwortete er: „Das geht in Ordnung, ich komme."

„Das freut uns sehr. Wir wissen Ihre schnelle Entscheidung zu schätzen. Sie werden es wirklich nicht bereuen!"

New York City
7. November

„Lilian, du weißt, daß ich dich liebe, egal was passiert." Greg umarmte die Frau und küßte sie, dann setzte er sich wieder auf seinen Sessel zurück.

Plötzlich stürme Aden ganz aufgebracht ins Wohnzimmer. „Greg! Greg! Warum hast du nichts gesagt? Warum hast du uns alles verheimlicht?" Er atmete wild und blickte ihn erwartungsvoll an.

„Was habe ich nicht gesagt, Aden?" Crane faltete seine Hände und schaute den Jungen aufmerksam an.

„Daß es so einfach ist, Chooquatackas ohne Maschinen zu machen! Wir haben deinen Film im Internet gesehen. Wow!"

Greg lächelte. Aden wollte schon auf sein Zimmer rennen, als er plötzlich anhielt und sich umdrehte: „Verreist du?" fragte er neugierig.

Chooquatacka-Fabrik, New York City
8. November

Am Tag seiner Abreise rief Crane einige seiner vertrautesten Mitarbeiter zu sich.

„Ich habe irgendwie das Gefühl, es wird im Zusammenhang mit diesem Treffen der IWFKO etwas Unerwartetes geschehen. Das einzige, was ich euch dazu sagen kann, ist, daß wir es abwarten müssen."

„Greg, willst du nicht, daß jemand von uns mitkommt – so zur Gesellschaft." entgegnete Melissa, die sich an seine letzte Reise nach Europa erinnerte, und fügte besorgt hinzu: „Und zur Sicherheit."

„Um mich braucht ihr euch keine Sorgen zu machen! Ich habe für alles vorgesorgt." Er lächelte geheimnisvoll. „Das Wichtigste ist nun die DVD! Ich weiß nicht genau, wann ich zurück bin, das Rückflugticket hat nämlich keinen festen Termin. Deshalb wollte ich euch bitten, alles zu tun, was in eurer Macht liegt, um den Film zu verbreiten. Und dies sollt ihr unabhängig davon tun, was passieren wird." sagte er zuversichtlich. „Falls ich nicht zurückkomme, müßt ihr alles selbst zu Ende führen." Dann fügte er stolz hinzu: „Ich spüre, daß wir direkt vor einer gigantischen Umwälzung stehen, von der wir ein Teil sind."

Alle waren in ernster und feierlicher Stimmung. Es herrschte eine Atmosphäre, wie beim Abschied eines alten Seebären, der sich nun mit aller Festlichkeit und ehrenvoller Musik auf seine letzte Schiffsreise begab.

„Aber Greg, wie ...?"

„Benutzt euch selbst!" antwortete er, verabschiedete sich und verließ sein Büro, da es nun nichts mehr zu sagen gab.

„Lilian!" sagte Louis, der die Frau im Korridor entdeckte. „Greg ist vor einer Stunde zum Flughafen gefahren, ihr habt einander verfehlt." Der Mann hielt plötzlich inne, irgend etwas Merkwürdiges war in Lilians Auftreten.

„Ich weiß." erwiderte sie ruhig und selbstsicher.

„Ist etwas passiert?" fragte Louis besorgt.

„Nein. Ich bin nur zu euch gekommen. Es ist an der Zeit, den Menschen zu zeigen, wie man Chooquatackas macht."

England
9. November

Crane landete pünktlich auf dem Flughafen Heathrow bei London. Er schaute sich um, ob nicht jemand gekommen war, um ihn abzuholen. Nach einigen Minuten beschloß er zum Taxistand zu gehen. Er näherte sich dem erstbesten Taxi und fragte: „Sind Sie frei?"

Der Taxifahrer antwortete ganz locker: „Wohin geht die Reise?" und forderte damit Greg auf einzusteigen.

Nachdem der Chooquatacka-Erfinder seinen Koffer im Kofferraum verstaut und sich neben dem Taxifahrer hingesetzte hatte, reichte er ihm einen Zettel. Dieser nahm ihn entgegen und musterte ihn eine Zeit lang.

„Uh! Das ist aber weit." Er blickte auf Crane. „Das wird ganz schön teuer werden." Dann schaltete er ein kleines Gerät ein, daß ein wenig an ein Navigationsgerät erinnerte, nur skurriler aussah. „120 Meilen und so ziemlich in der Wüste." Lächelnd drückte er aufs Gaspedal, und los ging die Reise.

Es waren einige Minuten verstrichen, als der Taxifahrer fragte: „Woher kommen Sie?"

„Aus New York", antwortete Crane ruhig.

„Zu Urlaub hier?"

„Nein, ich würde eher sagen, geschäftlich."

„O ja, ich verstehe – in der Pampa wird keiner dazwischenfunken." Er schmunzelte frech, und sie verließen langsam die Umgebung von London.

Crane musterte das komische Gerät, das ihnen die Fahrtrichtung wies. „Schönes Navigationssystem – so etwas habe ich noch nie gesehen.“

„So etwas werden Sie auch nirgends zu sehen bekommen – ich habe es selbst gebaut.“ sagte der Taxifahrer nicht ohne Stolz.

„Sie alleine?“ Greg blickte ihn voller Anerkennung an.

Der Fahrer drehte das Lenkrad leicht nach rechts und antwortete ohne den Blick von der Straße zu wenden: „Es hat spezielle eingebaute Funktionen, die Sie bei einem normalen Navigationssystem nicht bekommen. Zum Beispiel kann man neue Daten über gewählte Orte bzw. Straßen selbst hinzufügen. Außerdem sind die Informationen umfangreicher. So weiß ich zum Beispiel, daß die Villa, zu der Sie fahren, aus dem neunzehnten Jahrhundert stammt und von einer Familie namens Redfrank erbaut wurde.“

„Respekt!“

„Ach, das ist noch gar nichts.“ Er hob kurz die rechte Hand und fuhr fort: „Früher habe ich als Entwicklungsingenieur bei Jaguar gearbeitet. Ich könnte Ihnen noch heute einen der besten Jaguars nachbauen – natürlich mit den wunderbarsten Verbesserungen und einzigartigen technischen Wundern.“ Der Taxifahrer atmete verträumt die Luft ein.

„Und weswegen arbeiten Sie dann als Taxifahrer?“ fragte Crane neugierig.

„Wissen Sie, das klingt etwas idiotisch, aber Sie verstehen doch, wie das ist, wenn Sie sich der Größe Ihrer Kenntnisse bewußt sind und Sie mehrmals einfach nur unterschätzt werden – da sinkt automatisch Ihr Selbstwertgefühl! Und so war es dann auch, als sie mich gefeuert hatten.“

„Weswegen haben sie Sie gefeuert?“

„Sie hielten mich für verrückt und konnten meine Ideen nicht finanzieren. Außerdem war ich einfach nur stur.“

„Halten Sie an“, sagte Greg Crane so eindringlich, daß der Taxifahrer sofort bremste und auf dem mit grauem Sand bedeckten

Straßenrand hielt.

Sie waren irgendwo zwischen Bäumen und Feldern. Nur in der Ferne sah man ein typisch englisches Landhaus. Der Taxifahrer atmete tief und blickte dann Crane an, der „Steigen Sie aus!“ sagte. Nachdem beide Männer ausgestiegen waren, führte Greg den Taxifahrer auf die Seite, wo der Straßenrand breiter wurde.

„Können Sie sich an jedes Detail eines Ihrer entwickelten Autos erinnern?“

Der Taxifahrer nickte kurz und war vor lauter Verwunderung blaß.

„Schließen Sie die Augen, und stellen Sie sich ganz genau Ihr Auto vor – so wie wenn es vor Ihnen stehen würde!“

Nach zwanzig Minuten vibrierte die Luft. Vom Taxifahrer schien ein goldener Strahl auszugehen, der den Raum vor den Männern erfüllte. Und langsam erschien wie aus dem Nichts ein glänzender roter Jaguar.

England
9. November

Die Richter der Macht (Namen zu deren Sicherheit, wegen Unaussprechlichkeit und Gefährdung der menschlichen Gesundheit geändert):
Sir Baran, Fürst Lion, Count Stelcy,
Sir Kozzio, Earl Craw, Admiral Pana,
Baron Wage, Lord Arthur Woodnick, Graf Twin,
Herzog Rack, Lord Score, Prinz Reaby

Das in der Sonne glänzende rote Jaguarchooquatacka mit Crane am Lenkrad fuhr über die Schnellstraße und näherte sich unerbittlich dem Ort, an dem die Konferenz stattfinden sollte. Der Erfinder mußte sich selbst eingestehen, daß in ihm während des Fluges und auch jetzt wieder Zweifel hochkamen. Doch für einen Rückzieher war es nun zu spät. Außerdem spürte er, daß Lilian im Geiste bei ihm war.

Die Straße war praktisch leer. Ringsherum waren Felder und Bäume, an denen farbige Herbstblätter hingen, manchmal versperrten Wälder die Sicht. ‚Ganz anders als in den USA', dachte sich Crane immer wieder. Hier war alles viel kleiner, näher, sogar der bewölkte Himmel schien tiefer zu hängen.

Er bog in ein Privatgrundstück ab. Das reichverzierte Tor stand offen, die Einfahrt und die Parkplätze waren mit Kies bedeckt. Dahinter hatte man Einblick in den Garten mit zahlreichen Springbrunnen und perfekt gepflegtem Rasen. Am Ende des Kiesweges stand eine Residenz. Sie sah aus wie eine Mischung aus einem kleinen Schloß und einer großen Villa. Von der großen Eichentür kam Crane ein elegant gekleideter Butler entgegen. Er wies ihn an, auf einem der Parkplätze zu parken, öffnete dem Chooquatacka-Erfinder die Wagentür und führte ihn ins Gebäude.

Die Villa war im vornehmen altenglischen Stil erbaut worden. Viele kostbare Vasen mit frischen Nelken und alte Lampen standen auf präzise verzierten Kommoden. Die Wände waren mit musterreichen Tapeten bedeckt. Alles war in sich ein Kunstwerk. Der Butler führte Greg eine alte gut gepflegte Holztreppe hinauf. Sie kamen an vielen Landschaftsgemälden vorbei. Schließlich gingen sie einen schlechtbeleuchteten Gang entlang. Der Diener blieb vor einer Flügeltür stehen, die mit einem in verschiedene Ornamente eingeflochtenen Drachen dekoriert war. Der Butler öffnete die Tür und ließ Crane eintreten, danach schloß er sie hinter ihm.

Dieser Raum war anders als alle anderen, die sich Greg zuvor in diesem Haus präsentiert hatten. Es war ein Saal, der etwas Mysteriöses an sich hatte. Er war quadratisch, und sein Fußboden war mit einem geometrischen Mosaikmuster versehen. Zwei gewaltige Gobelins an der linken und rechten Wand und eine große Standuhr in der Mitte der Stirnwand zogen die gesamte Aufmerksamkeit auf sich. Auf den Wandteppichen befanden sich mittelalterliche Symbole, sie schienen dem Betrachter eine sehr alte okkulte Geschichte zu erzählen. Das goldene Zifferblatt der riesigen Uhr war mit einem Strahlenkranz versehen und in einem Giebeldreieck positioniert, auf dessen Seiten jeweils ein langgezogener Adlerflügel aus geschnitztem Holz angebracht war. Zwei Pendel hingen an wellenförmigen Stäben, die sich gegeneinander bewegend zwischen den Schlägen eine Spirale bildeten. Das Gehäuse war mit goldenen und silbernen hebräischen Buchstaben verziert. Im Raum gab es anscheinend keine Fenster, es sei denn, sie befanden sich hinter den Wandteppichen.

Erst nach längerem Betrachten dieses Ortes bemerkte Crane, daß vor der Standuhr ein länglicher Eichentisch stand, dessen Enden auf beiden Seiten nach vorne gebogen waren. Am Tisch saßen genau zwölf distinguierte Gentlemen, alle elegant in Anzüge gekleidet. Sie blickten den Erfinder eindringlich an. Es kam ihm vor, als würden sie schon seit sehr langer Zeit auf ihn warten. Einer der Männer erhob sich.

„Nehmen Sie doch Platz, Mr. Crane", sagte Sir Kozzio auf einen antiken Stuhl mit hoher Rückenlehne deutend, der in der Mitte des Saals einsam und verlassen aufgestellt war.

Greg bekam Angst und fühlte sich wie bei einer plötzlichen Fieberattacke. Mit Schweißperlen im Gesicht antwortete er: „Ich bleibe doch lieber stehen."

„Aber, Mr. Crane, vor uns brauchen Sie doch keine Angst zu haben!" erwiderte Sir Kozzio mit gespielter Verwunderung. „Wir tun Ihnen doch gar nichts, wir wollen Ihnen doch nur helfen. Wir meinen es gut mit Ihnen." Der Mann atmete kurz und fuhr fort: „Schauen Sie, wir verfolgen doch beide das gleiche Ziel: Sie wollen die Menschen glücklich machen, und wir, in gewisser Weise, auch! Übrigens, was für einen Wagen fahren Sie eigentlich? Diese Marke ist mir völlig unbekannt."

„Das ist kein Auto. Das ist ein Chooquatacka." entgegnete Crane kalt, denn die Stimme seines Gegenübers kam ihm wie Eis vor.

Plötzlich sprang auf der linken Seite des Tisches Sir Baran auf. „Jetzt reicht es aber!" Er holte seine Pistole hervor und ereiferte sich: „Wieso legen wir ihn nicht einfach um?"

„Sie haben recht, das sollten wir uns nicht bieten lassen, er versalzt uns doch nur den ganzen Braten! Schießen Sie!" forderte ihn Earl Craw angewidert auf.

„Aber ..." widersetzte sich Sir Kozzio den Atem anhaltend.

„Mit so jemandem kann man nicht verhandeln!" rief Sir Baran wütend, beruhigte und setzte sich jedoch wieder aufgrund des starren und strengen Blickes von Sir Kozzio.

Dieser wandte sich dann an den Chooquatacka-Erfinder: „Mr. Crane, ich glaube ich könnte sogar an Ihrem Autochooka..., wie heißt das noch einmal?"

„Chooquatacka." erwiderte Greg.

„Ach ja, ... Autochooquatacka Gefallen finden. Was kostet es?"

„A..." Greg wollte etwas sagen, wurde jedoch von Kozzio unterbrochen.

„Mr. Crane, nicht das Sie glauben, daß wir Ihnen nur das Auto abkaufen wollen, mitnichten! Wir sind ehrlich und ernsthaft an diesen Choka..., ähm ..., Chooquatackas interessiert. Wir könnten miteinander ganz gut ins Geschäft kommen!"

Es dämmerte Greg, daß er in eine Falle geraten war, aus der er nicht mehr herauskommen würde. Trotzdem antwortete er ruhig: „Nein."

„Ich meine natürlich nicht irgendein billiges Geschäft, da unterschätzen Sie uns vollkommen", versuchte es Sir Kozzio erneut. „Ich rede hier vom Big Business, und wenn ich Big Business sage, dann meine ich auch Big Business! Schauen Sie, die Menschen brauchen doch eine Arbeitsstelle, sie brauchen Kleidung und Essen ..."

„Sie haben meine Vision nicht verstanden", sagte Greg deutlich.

Sir Kozzio schluckte bitter, dann sprach er: „Mr. Crane, wir wollen Ihnen nicht drohen, aber jetzt können Sie noch den bevorstehenden Krieg verhindern. Denken Sie einmal darüber nach!"

„Welchen Krieg meinen Sie?" fragte der Chooquatacka-Erfinder vollkommen aus dem Konzept gebracht.

„Na, den nächsten natürlich! Oder sind Sie etwa ein Kriegsbefürworter?" fragte Sir Kozzio.

„Nein, bin ich nicht."

„Sehen Sie, und Sie sind maßgeblich dafür verantwortlich, ob es einen Krieg geben wird oder nicht. Deshalb sind Sie ja hier. Wir sind ja schließlich die IWFKO. Sie haben doch die Einladung gelesen?"

Nach der letzten Frage Sir Kozzios, spürte Greg, wie nachdrücklich die Blicke der Männer in ihn hineinstarrten. „Ja, ja! Aber, was kann ich nur tun, um den nächsten Krieg zu verhindern?" Nun war Crane fassungslos.

„Ich werde es Ihnen erklären." Lord Woodnick atmete schief lächelnd. „Sie haben eine neue Erfindung gemacht, die bahnbrechend und mehr oder weniger mit der Erfindung des elektrischen Lichts gleichzusetzen ist. Und da sie funktionsfähig ist, haben die Menschen Ihre Erfindung liebgewonnen." Er machte eine kurze Pause. „Nun gehört es zu unserer Aufgabe, das Wirtschaftssystem aufrechtzuerhalten. Wir sind diejenigen, die dafür Sorge tragen, Ordnung in die Welt zu bringen. Verstehen Sie?"

Greg nickte.

„Ein solches Produkt wie Sie es erfunden haben, muß also dementsprechend richtig vermarktet werden." fuhr Lord Woodnick fort. „Sie können mit so etwas nicht einfach blindlings nach eigenem Gutdünken loslegen, sonst geht unsere jahrhundertelange Arbeit für das Wirtschaftssystem zugrunde. Damit eine solche Gesellschaftsform, wie wir sie heute kennen, entstehen konnte, mußten Zivilisationen aufkommen und wieder vergehen. Es mußten Kriege geführt werden, in denen viele Menschen gestorben sind. Durch Revolutionen und inszenierte historische Schlüsselereignisse mußte der menschliche Geist geschärft werden, damit wir endlich das erreichen konnten, was man moderne Wirtschaft nennt. Sie mit Ihren Chooquatackas aber zerstören unser mühevolles Streben nach einer idealen Gesellschaft und der Vervollkommnung des Menschen. Und deswegen müssen die Chooquatackas aus dem Köpfen der Erdenbürger geschlagen werden, ansonsten geht die letzte Hoffnung unter. Aus diesem Grund müssen wir die Amerikaner gegen China kämpfen lassen und einen erlösenden neuen Weltkrieg führen. Nur so wird dann jeder wieder seinen angemessenen Platz als wertvolles Rädchen im Räderwerk der Wirtschaft finden. Nur so können wir die Weltwährung, den Dollar noch retten!" Er blickte ein wenig pathetisch in die Höhe und richtete dann seine Augen bohrend auf Crane.

„Aber im Krieg kommen doch Menschen um!" wandte Greg ein.

„Aber hier geht es doch um höhere Ziele – es geht um geistige Werte, Mr. Crane! Nicht um ein einzelnes Menschenleben. Menschen werden geboren und sterben wieder. Das ist der natürliche Lauf der Dinge." sagte Lord Woodnick.

„Und was kann ich tun?" fragte der Chooquatacka-Erfinder, der sich plötzlich sehr klein vorkam. Fast wollte er sich schon auf den eigens für ihn vorbereiteten Stuhl setzen.

Lord Woodnick entgegnete: „Sie können der Retter der Welt sein! Das war ja auch das, was Sie eigentlich schon immer wollten, nicht wahr? Sie können die Notwendigkeit des Krieges abwenden, indem Sie Ihre Unterschrift unter diesen Vertrag setzen." Der Mann deutete auf ein Blatt Papier und einen goldenen Federhalter, die Crane erst jetzt auf dem Tisch bemerkte.

„Was ist das?" fragte er.

„Das ist ein Vertrag darüber, daß Sie die Urheberrechte für Ihre Chooquatackas an uns verkaufen." erläuterte Lord Woodnick. „Wir werden dann mit den Chooquatackas korrekt umgehen und somit die Wirtschaft wieder in ihre normale, gottgewollte Ordnung versetzen. Damit verhindern Sie den Krieg, die Menschen werden weiterhin Ihre Chooquatackas haben, und alle werden glücklich sein. Sie haben die Wahl, ob Sie dazu beitragen, daß diese Welt ein besserer Ort wird oder daß es einen dritten Weltkrieg gibt."

„Ich ..." Greg wollte schon unterschreiben, es kam ihm alles so logisch, so eindeutig und so richtig vor. Doch dann fielen ihm komischerweise Lilian und all die Gespräche, die er mit ihr geführt hatte, ein. Für einen kurzen Augenblick war er wieder in ihrer Wohnung, und nun merkte er, was für eine innere Kälte von den Männern in diesem Saal, die ihn aufmerksam beobachteten, ausging. Crane überlegte sich, daß Lilian jetzt sicher sagen würde, er solle nicht rational handeln, sondern mehr mit dem Herzen fühlen. Eins war ihm klar: Er wollte auf jeden Fall den Krieg verhindern. Das Ziel dieser Männer war aber eigentlich ein ganz anderes.

„Ich bin nicht daran interessiert, Ihr Wirtschaftssystem aufrechtzuerhalten." Nachdem Greg dies gesagt hatte, merkte er, daß die Gentlemen langsam die Beherrschung verloren, und es kam plötzlich ein kleiner Funke Hoffnung in ihm auf, denn er begann zu spüren, daß er ihren Kode geknackt hatte.

„Was?" konnte nur Sir Kozzio aus sich herausbringen. Der Rest schwieg erstarrt.

„Meine Antwort ist nein." bestätigte Crane seine Aussage. In diesem Augenblick kehrte sein Mut zurück, und er wußte, was er zu tun hatte.

Nun schimpfte Count Stelcy, der neben Sir Kozzio saß: „Wir haben hier eine Aufgabe zu erfüllen! Es geht hier nicht darum, was Mr. Crane denkt oder will, sondern darum, das zu tun, wofür wir alle unseren heiligen Eid geschworen haben!"

„Ehrlich gesagt, verstehe ich Ihre Aufregung nicht, Count Stelcy! Wieso schenken wir ihm überhaupt soviel Aufmerksamkeit?" wunderte sich Graf Twin, die Mitglieder seiner Bruderschaft fragend anblickend.

„Crane drängt sich in den Vordergrund der Weltgeschichte, wo er nicht hingehört, Graf Twin! Ich würde ihn dafür köpfen lassen – öffentlich! Schießen entspricht nicht unserer Würde." erwiderte Fürst Lion, dem etwas wütend aussehenden Sir Baran einen Blick zuwerfend.

Dieser stand wieder auf und sagte gestikulierend: „Würde es nach mir gehen, dann hätte Crane schon längst unterschrieben, und wir wären das Problem mit den Chooquatackas ein für alle mal los!"

Auf einmal übernahm Prinz Reaby, ohne zu zögern, das Wort, als hätte er gewußt, wann Sir Baran fertig sein würde. „Chooquatackas hin, Chooquatackas her – hier geht es doch um etwas ganz anderes." Er dachte kurz nach. „Hinter all dem steckt ein Geheimnis, und wir sollten der Sache auf den Grund gehen. Wie ist es eigentlich überhaupt möglich, daß ein einzelner Mensch imstande ist, die Macht herauszufordern? Wer ist Crane eigentlich wirklich? Und wer steckt hinter Crane?“

Prinz Reabys hypnotische Stimme riß Lord Score aus seinen Gedanken, der plötzlich wie ein Skorpion zustach. „Ich habe schon immer gewußt, daß mit Ihnen, Sir Kozzio, etwas nicht stimmt! Crane ist nur ein Spiegel! Crane – das sind Sie, Sir Kozzio!“

Die vornehmen Männer blickten gebannt auf Sir Kozzio und dann auf Greg Crane.

Sir Baran brüllte die Anwesenden erbost an: „Hören Sie doch auf herumzuspekulieren! Wir müssen endlich eine Entscheidung treffen!“

Einen Augenblick lang von den Blicken der anderen losgelöst warf Sir Kozzio Crane plötzlich eine CD zu. Der Chooquatacka-Erfinder fing die Scheibe etwas ungeschickt auf und fragte verwundert: „Was ist das?“

Die Männer bekamen der Reihe nach mit, was geschehen war.

„Keine Ahnung!“ schrie Admiral Pana entrüstet. „Der hat doch überhaupt keine Ahnung! Warum machen Sie das, Sir Kozzio?“

Dieser jedoch schaute weiterhin auf Crane und sprach: „Hier haben Sie ihn, das ist doch das, was Sie wollten!“

Die Männer beobachteten wie versteinert das Geschehen. Crane fragte jedoch mit voller Verwunderung: „Was meinen Sie mit ‚ihn‘?“

Sir Kozzio antwortete erhaben: „Den Planeten Erde.“

Plötzlich standen alle auf und wandten ihre verächtlichen Blicke auf Sir Kozzio. „Sie Verräter!“ rief Count Stelcy.

Sir Kozzio begann zu stottern: „Was, was, was hätte ich denn sonst tun sollen? Das ist unser einziger Ausweg – die Erde haben wir jetzt zwar verloren, aber dafür haben wir Crane und durch Crane alle Menschen!“

Diese Worte führten zu einem völligen Durcheinander. Es entspann sich ein heftiges Wortgefecht, und die Aufmerksamkeit der Männer zerstreute sich. Sie begannen zu schimpfen und zu schreien. Das totale Chaos war ausgebrochen.

Plötzlich rief Sir Baran: „Crane ist verschwunden!“

Und tatsächlich – er war nicht mehr da. Fürst Lion, Count Stelcy und Lord Woodnick liefen hinaus, um ihn zu suchen. Sir Baran saß wütend und zähneknirschend auf seinem Sessel, wobei Herzog Rack versuchte, ihm Trost zu spenden. Admiral Pana und Baron Wage begannen eifrig zu diskutieren, und Graf Twin saß einfach nur mit offenem Munde da. Earl Craw ballte vor Wut die Faust. Prinz Reaby blickte geistesabwesend in die Ferne, Sir Kozzio setzte sich erschöpft hin, und streifte mit der Hand über seine Stirn. Nur Lord Score blickte düster auf die CD. Sie lag zerbrochen auf dem Fußboden.

Nicht weit von dem Ort des Geschehens hob ein roter Helikopter mit weißem Kreuz ab.

„Hat doch alles wie geschmiert geklappt!" rief Sprüngli durch das Dröhnen der Propeller.

Crane, immer noch unter dem Schock der Ereignisse, nickte zustimmend.

„Und wo soll es hingehen?" fragte der ältere aufgeregt.

„Nach China!" sagte Greg und blickte durch das Fenster des Hubschraubers auf das fürstliche Anwesen hinunter, das er eben verlassen hatte.

Der Krieg

Weißes Haus, Washington D. C.
10. November

Geheime Lagebesprechung
Douglas – der Genervte
Präsident – der Niedergeschlagene

Douglas: „Also, wir regieren Amerika – und das ist das dumme Volk.“ Er deutete zunächst auf eine Fernbedienung und dann auf einen Fernsehbildschirm. „Die Sache sieht im Moment so aus: Die Chooquatackas bedrohen unsere Fernbedienung, äh, ich meine natürlich unser Regierungssystem. Also haben wir beschlossen, es mit einem Krieg zu retten. Wir wußten aber nicht, mit wem wir kämpfen sollen. Also sagten Sie, wir erklären den Krieg Ihrer Köchin, woraufhin ich entgegnete, das sei unmöglich, und die McWang-Kommission einberief, die zu dem Ergebnis kam, daß wir China angreifen sollen. Und dann, schauen Sie, hatten wir ein weiteres Problem ...“

Präsident: „Ja, welches?“

Douglas: „Wir hatten keinen Kriegsgrund. Also rief ich meinen treuen CIA-Kollegen an, und dieser erzählte mir von den Laboruntersuchungen in China.“

Präsident: „Stimmt.“

Douglas: „Dann stellten wir auf Pro-Chooquatacka-Politik um und beriefen die Expertenkommission. Sie hat aber nichts gebracht, da die ganzen Wissenschaftler, bis auf zwei Eingeweihte, nicht wußten, daß sie einen Kriegsgrund für uns finden sollten. Wir haben uns anschließend um eine Einwilligung der führenden Staaten zu dem Krieg gekümmert, und zwei Tage später haben Sie schon Ihre Rede ans amerikanische Volk gehalten.“

Präsident: „Ja.“

Douglas: „Ihre Rede ist vom amerikanischen Volk gut aufgenommen worden. Dann kam uns dieser Vollidiot Crane in den Weg, der sich aus irgendeinem Grund nicht hat töten lassen wollen. Und Sie haben mich dann seinetwegen gefeuert."

Präsident: „Aber ... ich konnte ja nicht wissen ..."

Douglas: „Na ja, zum Glück liegt es nicht in Ihrem Ermessen, wer der Berater des Präsidenten ist. Daher bin ich rehabilitiert worden und bin jetzt wieder im weißen Haus für Sie zuständig. Zu unserem Unglück jedoch hat der Kongreß den Krieg nicht genehmigt. Jetzt haben wir aber ein Problem, denn wir haben doch schon unsere Streitkräfte, und nicht nur unsere, hingeschickt. Wir müssen den Kongreß dazu bringen, doch noch sein Einverständnis für diesen Krieg zu geben."

Präsident: „Ja, das müssen wir."

Top Secret
Halle Nr. 77 – **Area 51, geheime Luftwaffenbasis der USA – zuständig für die nationale Sicherheit**
15. November

„Wir müssen die Hoheitszeichen absolut perfekt anbringen!" kommandierte der Vorgesetzte der Lackierer.

Lackierer eins: „Warum nehmen wir nicht gleich Chooquatacka-Farbe, das wäre noch besser als perfekt."

Der Vorgesetzte: „Diese Späßchen kannst du dir verkneifen. Beeil dich, wir haben keine Zeit!"

Eine Gruppe von Lackierern war damit beschäftigt, die gelieferten chinesischen Kampfflugzeuge täuschend ähnlich nachzuempfinden.

Lackierer zwei: „Wozu brauchen wir eigentlich chinesische Kampfflugzeuge in Amerika?"

Lackierer drei: „Das ist nicht die Frage – es muß nur schnell gehen!"

Hollywood
19. November

Oscarverleihung

Conférencier: „Meine sehr geehrten Damen und Herren, wir alle müssen uns noch daran gewöhnen, daß die Oscarverleihung seit diesem Jahr im November stattfindet. Sonst ist aber alles beim alten geblieben. Der nächste Film, der prämiert wird, wurde für fünfzehn Oscars nominiert, für den besten Film, den besten Regisseur, die beste Filmmusik, den besten Hauptdarsteller, die besten Kostüme, die beste Nebenrolle, die besten Effekte ..."

Millionen von Menschen verfolgen mit großer Spannung auf der ganzen Welt die diesjährige Liveübertragung der Oscarverleihung mit besonderem Interesse, zumal noch nie ein Film mit so vielen Oscars nominiert worden ist.

„Jacob, soll ich wirklich in die Liveübertragung reingehen und Bild und Ton ersetzen?" fragte Mark seinen CMN-Kollegen. „Wir werden mit Vertragsstrafen glatt zugeschüttet, wenn ich das mache. Ist das dein voller Ernst?"

„Das ist eine amtliche Anweisung, bestätigt vom Weißen Haus, zudem sitzen zwei CIA-Mitarbeiter direkt neben mir und haben mir diese Anweisung schriftlich vorgelegt."

Eine Träne kullerte kreisrund ihre linke Wange hinunter, und sie sagte schluchzend: „Und ich danke dir, Mum, daß du immer an mich geglaubt hast!" Mit ihrer rechten Hand drückte die Hauptdarstellerin des prämierten Films den Oscar an ihre Brust und brach vollends in Tränen aus. „Und Daddy, du hast mir alles gegeben, was ein Vater einer Tochter geben kann!"

„Hier ist CMN, wir unterbrechen die laufende Oscarverleihung wegen einer Katastrophe, die soeben unser Land ereilt hat. Chinesische Kamikazeflieger haben vom Atlantik aus die Produktionshallen von Cranes Chooquatacka-Firma angegriffen. Mit nie dagewesener Brutalität haben sie mit neuartigen, gegen sämtliche Menschenrechtsabkommen verstoßende Feuerbomben ein bestialisches Massaker angerichtet."

CMN zeigte nun Bilder vom Ort des Geschehens. Es waren Gebäudereste zu sehen, die wie die Hölle brannten, und es war ohrenbetäubender Lärm zu hören, der von nach Hilfe schreienden Menschen durchsetzt war. Die Kamera zoomte eine Person heran, es war offensichtlich ein Mitarbeiter von Cranes Firma. Sein rechtes Bein war zerfetzt, er selbst lag blutüberströmt auf dem Boden.

„C..., Cr..., Crane! Wo ist Crane?" stöhnte der Mann.

Die Kamera bewegte sich in Richtung Himmel und erfaßte zeitgleich einen chinesischen Jagdflieger mit deutlichen Staatssymbolen der Volksrepublik China. Die Kamera schwang nach rechts, und im Bild erschien ein entsetzter CMN-Reporter.

„Alles ging sehr schnell, die ganze Aktion dauerte vielleicht nur zehn Minuten, und es ist alles zerstört. Die Chinesen haben nicht nur eine Produktionsfirma und Menschenleben vernichtet, sondern auch gegen international geltendes Recht und internationale Konventionen verstoßen. Wenn das keiner chinesischen Kriegserklärung gleichkommt, dann verstehe ich die Welt nicht mehr. Wir müssen handeln, und vor allem der amerikanische Präsident muß etwas unternehmen! Zu alledem habe ich noch eine weitere schlechte Nachricht für Sie: Greg Crane, unser aller Held, ist bei diesem brutalen Anschlag der Chinesen ums Leben gekommen."

Weißes Haus, Washington D. C.

Der Präsident hatte sich noch in derselben Nacht auf eine landesweite Liveübertragung vorbereitet und stellte sich vor die Kameras.

„Liebe Mitbürgerinnen und Mitbürger! Vor ein paar Stunden ist es zu einer nationalen Katastrophe gekommen. Die Chinesen haben unser Land auf hinterhältige und menschenverachtende Weise mit einem Terroranschlag auf die Einrichtungen unseres Wohltäters und Hoffnungsträgers Greg Crane angegriffen. Wir können nicht untätig bleiben und diesen kriegerischen Akt unbeantwortet lassen. Ich habe deswegen die amerikaweite Mobilmachung angeordnet und unsere Streitkräfte in Kriegsbereitschaft versetzt."

Normalerweise kannten die Amerikaner den Präsidenten als entschlossenen und nervenstarken Patrioten, doch plötzlich verlor George Macinroe die Fassung und fuhr mit bewegter Stimme fort: „Alles, was für uns Amerikaner einen Wert darstellt ist in dieser Nacht zerstört worden! Aber es ist nicht nur das Recht gebrochen worden, sondern dieser unerhörte Angriff der Chinesen hat auch unser Herz getroffen. Wir sind ein Volk mit mehr als zweihundert Jahren Geschichte, wir sind das Lebensgefühl der ganzen Welt, wir haben Stolz, und wir wahren die Werte und Errungenschaften der westlichen Zivilisation. Vor allem sind es zwei Dinge, die uns eine hervorragende Stellung unter den Völkern dieser Erde verschaffen. Es ist unser Anstand und unsere Kultur."

New York City
20. November

„Louis, Louis, mach doch bitte die Tür auf! Louis, ich bin es – Emma!"

Die Tür öffnete sich für einen Spalt, und Louis' verschrockenes Gesicht schaute hindurch. Dann erkannte er die ehemalige Sekretärin der Chooquatacka-Firma, und ein erleichtertes Lächeln erschien auf seinem Gesicht. „Komm doch rein, Emma!" sagte er, fast wieder der Alte.

„Louis, hast du das gesehen?" Sie drückte ihm ein paar Zeitungsartikel in die Hand. Der Mann warf einen flüchtigen Blick drauf.

„,Chooquatacka-Fabrik durch brutale chinesische Kamikazeterroristen zerstört!'" las sie eine der Schlagzeilen laut vor. „Das war gestern. Und in einem der Artikel heißt es, Crane sei umgekommen. Aber gestern war doch keiner in der Fabrik?" Sie war vollkommen verwundert. „Und Greg ist doch in England, oder ist er etwa zurückgekehrt?"

Erschrecken malte sich in seinen Augen. „Emma, ich habe gestern bei CMN angerufen, weil sie mich dort für tot erklärt hatten."

Die Frau zog die Augenbrauen in die Höhe.

„Ich sagte ihnen, ich würde noch leben. Die Person, die an der Leitung war, entgegnete aber nur, daß sie diesen Scherz nicht lustig fände. Und heute morgen habe ich einen Besuch bekommen. Ein Mann, wahrscheinlich vom FBI." Beim letzten Satz verstellte er seine Stimme, fiel dann wieder in den bedrückten Tonfall zurück. „Und er hat mir mit dem Tod gedroht. Ich solle schweigen, das sei besser so!" Louis stand ganz steif da.

Die ehemaligen Mitarbeiter der Fabrik versammelten sich im Central Park, dort, wo einst alles begonnen hatte. Es herrschte eine ziemlich traurige Atmosphäre unter ihnen.

„Wie konnte das nur passieren?" fragte Frank Tastov ganz verzweifelt.

„Aber eigentlich brauchen wir die Fabrik doch gar nicht mehr. Wir haben doch seit einer Woche aufgehört, irgend etwas zu produzieren." erwiderte Christine.

Die letzten vertrockneten Herbstblätter zogen im Wind über den Parkrasen. Der Himmel war bewölkt, aber es regnete nicht. Irgendwo entsprach das Wetter der herrschenden Stimmung. Keiner der Versammelten konnte sich so recht wiederfinden.

Plötzlich bemerkten einige Lilian, als sie in der Ferne auftauchte. Wie die aufgehende Sonne schien sie ein erhellender Hoffnungsschimmer für die sonst ratlose Mitarbeiterschar zu sein.

Louis begrüßte sie mit einer herzlichen Umarmung. „Eigentlich verdanken wir dir alle unser Leben! Hättest du uns nicht aufgefordert, die Firma zu verlassen, nachdem Greg weggeflogen war, um die Aktion: ‚Chooquatackas für die Menschen' zu starten, dann wären wir jetzt alle tot."

Viele nickten und stimmten dem bei, was Louis gesagt hatte. „Aber was nun?" fragte Kate besorgt.

„Benutzt euch selbst!" erwiderte Lilian, diese Worte kamen allen bekannt vor.

„Wir machen weiter!" rief Rudolph Tone.

„Ja! Wir machen weiter!" pflichtete ein anderer von den jüngeren Mitarbeitern bei, und alle stimmten zu.

Lilian zeigte auf eine Gruppe, die im Park trübselig wie dieser Herbsttag dastand. Und auf ihren Hinweis hin verteilten sich die ehemaligen Mitarbeiter wie schon seit elf Tagen unter den Menschen, die nach Hilfe suchten.

Interview auf dem Flugzeugträger USS Eternal Friendship 26. November

Brody Steevens – der Reporter
Dominic McGordein – der Kampfpilot
Wilton Gopper – arbeitet am Schaltpult

Wilton Gopper (schimpfend): „Fucking Schalthebel, das Ding klemmt wieder einmal!"

Während sich der Soldat über sein Schaltpult ärgerte, ging gerade der CMN-Reporter mit seinem Kameramann auf dem Weg zum Interview in die Kantine vorbei.

McGordein: „Hallo Brody, Sie machen also jetzt das Interview mit mir."

Steevens: „Ja, Dominic. Können wir loslegen?"

McGordein: „Jederzeit."

Der Kameramann richtete die Kamera zuerst auf den Reporter.

Steevens: „Mein Name ist Brody Steevens von CMN. Wir befinden uns hier auf einer schwimmenden Stadt im Indischen Ozean, der USS Eternal Friendship, dem größten Flugzeugträger der Welt. Ich spreche mit Dominic McGordein, einem der Kampfpiloten hier. Dominic, zunächst einmal, wie geht es dir?"

McGordein: „Mir geht es prima, vielen Dank!"

Steevens: „Vermißt du deine Familie?"

McGordein: „Eigentlich nicht, höchstens meine Freundin, ihr Foto hängt aber in meiner Schranktür."

Steevens: „Deine Familie macht sich sicher Sorgen um dich?"

McGordein: „Nein, das glaube ich nicht, das ist ja mein Einsatz für unser Vaterland, das kommt uns allen zugute."

Steevens: „Weißt du, wo wir hier sind?"

McGordein: „Nein, nicht wirklich."

Steevens: „Ist das nicht wichtig zu wissen, wo du bist?"

McGordein: „Eigentlich nicht."

Steevens: „Wonach orientiert ihr euch dann, wenn ihr mit der ganzen Mannschaft unterwegs seid?"

McGordein: „Ah, wir haben hier alles was nötig ist, es gibt hier Geschäfte, Vergnügungsmöglichkeiten, ein Kino, ein Schwimmbad, ein Fitneßcenter – kurz alles, was man so braucht."

Steevens: „Du weißt, daß sich die USA seit einer Woche mit China im Krieg befindet?"

McGordein: „Ich glaube zwar, so etwas im Radio gehört zu haben, ich dachte aber, daß sind irgendwelche Übungen, die wir hier machen. Du meinst also, wir sind mit China so richtig im Krieg?"

Steevens: „Ja, vor einer Woche hat China die USA angegriffen."

McGordein: „Cool! Du meinst wirklich, daß wir Krieg haben? Das finde ich irgendwie aufregend."

Steevens: „Es kann gut möglich sein, daß es jeden Augenblick zu einem Kampfeinsatz kommt. Wie hast du dich darauf vorbereitet?"

McGordein: „Ich verstehe dich nicht."

Steevens: „Hast du denn keine Angst, wenn du als Kampfpilot

einen Kampfeinsatz gegen die Chinesen fliegen mußt?"

McGordein: „Eigentlich nicht. Dazu bin ich ja ausgebildet worden."

Steevens: „Überhaupt keine Bedenken?"

McGordein: „Natürlich, wenn der Befehl gerade nach dem Mittagessen kommt, dann ist es schon ein bißchen blöd. Bis zu 10g auf vollen Magen – das kann schon ein wenig Übelkeit verursachen. Ansonsten sind unsere Kampfjets den chinesischen haushoch überlegen. Da kann nichts passieren!"

Steevens: „Im Krieg werden auch Menschen getötet. Wie hast du dich da darauf vorbereitet?"

McGordein: „Das verstehe ich nicht. Was meinst du damit?"

Steevens: „Angenommen, du fliegst einen Einsatz und wirfst deine Bombe ab, da kann es schon sein, daß du dabei auch Menschen umbringst."

McGordein: „Wir schießen nur auf ausgewählte Objekte. Mit lasergesteuerten Flugkörpern treffen wir zielgerecht unsere Ziele."

Steevens: „Und du meinst, damit keine Menschen zu treffen?"

McGordein: „Brody, ich weiß nicht worauf du hinauswillst? Ich tue hier verdammt noch einmal nur meinen Job, alles andere interessiert mich nicht! Es ist ein Job wie jeder andere auch. Wenn ein Chirurg Angst haben müßte, daß sein Patient die Operation nicht überlebt, dann könnte er ihm auch nicht helfen. Unsere Arbeit hier ist ein Dienst am amerikanischen Volk. Wer Frieden haben will, darf nicht nein zum Krieg sagen. Krieg sichert den Frieden. Schließlich haben uns die Chinesen angegriffen."

In diesem Augenblick erklang die Sirene zum ersten Kampfeinsatz. Dominic McGordein sprang ohne sich zu verabschieden vom Tisch auf und rannte zu seiner Maschine, die zuvor mit atomaren Marschflugkörpern bestückt worden war. Sein Zielobjekt entnahm er seinem Navigationssystem, das er nach kurzem Start in dreißig Minuten erreichte. Weisungsgemäß zündete er den atomaren Marschflugkörper mit Ziel Chiang Chiao, die bald danach zu Staub und Asche verglühte.

TV Vision
27. November

„Willkommen bei TV Vision! Heute senden wir Ihnen die Sensation der letzten Woche in der Hoffnung, daß der Krieg bald ein Ende nehmen wird, und als Vision für eine neue Zukunft – voller Reichtum und Chooquatackas. Wir wünschen Ihnen erbauliche Minuten!" Die Ansagerin lächelte, und der Film begann.

Pressekonferenz mit dem Verteidigungsminister der USA
27. November

Zahlreiche Reporter – gierig auf Informationen
Minister – vollen Gleichmuts

Reporter: „Herr Minister, war es wirklich notwendig, über Chiang Chiao eine Atombombe abzuwerfen?"

Minister: „Ja."

Anderer Reporter: „Aber es sind mindestens achthunderttausend Menschen dabei umgekommen. Berührt Sie dieses menschliche Leid etwa nicht?"

Minister: „Nein."

Reporterin: „Auch nicht das Leid der Frauen und Kinder?"

Minister: „Das sind Kollateralschäden."

Noch ein anderer Reporter: „Aber ein Krieg gegen die Zivilbevölkerung verstößt doch eindeutig gegen das Völkerrecht!"

Minister: „Nicht, wenn es sich wie in diesem Fall um menschliche Schutzschilde handelt, die um die illegalen Chooquatacka-Produktionsstätten aufgebaut worden sind."

Dicker Reporter: „Das heißt, Chiang Chiao wurde deswegen bombardiert? Bisher hat man nämlich keinen Grund dafür angegeben."

Minister: „In solchen Verteidigungsfällen müssen wir bis zur letzten Minute strikte Geheimhaltung bewahren."

Nächster Reporter: „Gehe ich recht in der Annahme, daß es sich um zahlreiche Chooquatacka-Produktionsanlagen gehandelt haben muß, sonst hätte man nicht die ganze Stadt in die Luft gejagt?"

Minister: „Überall, es gab sie überall!"

Ein weiterer Reporter: „Können Sie uns da genauere Angaben machen?"

Minister: „Nun, wie ich schon sagte – überall. Da waren einige im ..., lassen Sie mich mal überlegen, ... im Süden, ein paar im Norden, dann weitere im Westen ... und schließlich auch im Osten, insbesondere im Osten. Ja. So war es!"

Diesmal wieder eine Reporterin: „Welche Erhebungen gab es dazu?"

Minister: „Exakte."

Ein brillentragender Reporter: „Vom CIA?"

Minister: „Mnja."

Schon wieder eine Reporterin: „Kann man die Untersuchungsergebnisse einsehen?"

Minister: „Ja."

Eine von hinten rufende Reporterin: „Wann?"

Minister: „Nach dem Krieg. Meine sehr verehrten Damen und Herren, Sie werden Verständnis dafür haben, daß ich mich in Anbetracht des dritten Weltkrieges jetzt um wichtigere Dinge zu kümmern habe. Die Pressekonferenz ist damit beendet."

Die Journalisten rannten auseinander, um diese heißen Neuigkeiten an ihre Redaktionen weiterzugeben.

Weißes Haus, Washington D. C.
29. November

XXY4 – CIA-Mitarbeiter
Douglas – vollkommen fassungslos
Kriecher – der Sekretär
Präsident – verzweifelt
Wütende Menge – ein neues Morgen erschaffend

Die Menge von ein paar hunderttausend tobte, schrie und erweckte nicht nur die Aufmerksamkeit der vorbeigehenden Menschen, sondern auch die der Beamten im Weißen Haus.

Douglas: „Schicken Sie bitte sofort eine Division unserer Streitkräfte!"

XXY4: „Aber die sind doch alle in China!"

Douglas: „Dann schicken Sie die Chinesen, oder irgend jemanden, machen Sie etwas!"

XXY4: „Aber Mr. Douglas, überstürzen Sie nicht gleich alles! Die Jugendlichen werden sich bald beruhigen."

Douglas: „Doch nicht so, wie beim letzten Aufmarsch der Globalisierungsgegner?"

XXY4: „Tja, ähm ..."

Douglas: „Oder damals, als wir den Vietnamkrieg hatten?"

XXY4: „Ja, ich meine, Sie werden schon sehen. Sie sind sicher bald erwachsen, und dann werden sie zu angepaßten Bürgern, das liegt doch in der Natur der Jugend!"

Douglas: „Was? Das Älterwerden?"

XXY4: „Nein, Revolution! Ich hätte da aber eine Idee! Wir könnten eine Ration LSD oder so unter ihnen verteilen. Zur Beruhigung sozusagen."

„Und woher kriegen wir die? Die Italiener sind doch schon längst aus diesem Geschäft ausgestiegen und die Russen haben wir gegen uns, da wir uns mit China im Krieg befinden!"

„Tja, ähm ..."

Die Jugendlichen schrien. Sie zündeten Kerzen an und hielten Parolen auf Tafeln und Spruchbändern in ihren Händen:

„Die Jugend für das Leben, nicht für den Krieg!"

„Nehmt Chooquatackas, keine Drogen!"

„Krieg den Unterdrückern, nicht den Menschen! China ist unser Bruder, nicht unser Feind!"

„Amerika für die Amerikaner, nicht für geheime Lobbys!"

„Chooquatackas für alle!"

Auch farbige Transparente mit dem Zeichen des Friedens stachen aus der Menge hervor. Manche sangen und viele hoben ihre Hände zum doppeltem Victoryzeichen – dem Symbol der Pro-Chooquatacka-Bewegung, die von Jugendlichen in den letzten Wochen gegründet wurde.

Michael und Michelle waren auch dabei. Sie schafften es sogar, diese Losungen ab und zu über dem Weißen Haus als Hologrammchooquatackas zu manifestieren, zum Ärger des Polizeipräsidenten, der dies mit grimmiger Miene und versteinertem Herzen miterleben mußte.

Als nächstes hatte sich in gleißendem Rot folgendes Hologrammchooquatacka vor dem Weißen Haus ausgebreitet: „Der Präsident liebt Chooquatackas!"

Michael rief zu Michelle: „Schaffst du es noch, ein Herz drum herum zu machen?"

„Na klar doch." Sie lächelte.

Bei diesem Anblick schoß dem Polizeipräsidenten das Blut ins Gehirn, und er brüllte seinen Adjutanten an: „Verdammt noch mal, gibt es nicht so etwas wie einen Chooquatacka-Sauger, der diesen kompromittierenden Schriftzug wegsaugen könnte?"

Das Weiße Haus war machtlos, die Menge jubelte.

Zwei Sicherheitsbeamte in Schwarz sprachen mit einer Gruppe Jugendlicher aus einer Entfernung von einigen hundert Metern. „Ihr wißt, was ihr zu tun habt! Mischt euch unter die Menge, und gebt ihnen das hier! Das ist ‚Cantharis'. Ihr wißt, wie das funktioniert, es ist eine neue Droge. Eine Mischung aus Rauschgift und Psychopharmaka zur Bewußtseinskontrolle. Es wirkt sofort, macht happy und willenlos. Laßt aber keinen Verdacht aufkommen. Wenn sie euch fragen, was das ist, dann sagt, das dies eine Neuentwicklung Greg Cranes im Kampf gegen die Regierung ist. Ihr seht – auf jeder Tablette steht Chooquatacka. Sagt einfach, daß Crane Gegenmaßnahmen gegen das seinerzeitige Chooquatacka-Verbot ergriffen hatte, und es mit der Tablette jedem ermöglichen will, selbst Chooquatackas zu erschaffen. Jetzt beeilt euch, schnell!"

Währenddessen stürmte der Präsident ins Kabinett seines Sekretärs.

Präsident: „Mr. Kriecher, Mr. Kriecher! Ich befehle, den Krieg sofort zu stoppen!"

Kriecher: „Wie? Was meinen Sie, Mr. President?"

Präsident: „Sagen Sie den Soldaten, sie sollen nicht mehr angreifen!"

Kriecher (mit einem hinterhältigen Gesichtsausdruck): „Das geht nicht, Mr. President, das wäre inkonsequent. Erst haben Sie den Angriff angeordnet, und jetzt wollen Sie ihn rückgängig machen? Das wird die Chinesen verwirren!"

Präsident: „Ja, ich will den Krieg nicht rückgängig machen! Ich wollte diesen Krieg nicht! Ich meine, ich war mir dessen nicht bewußt, daß ..."

Kriecher: „Mr. President, ich arbeite hier um einige Jahrzehnte länger als Sie, und glauben Sie mir, ich weiß, was hier zu beschließen ist. Das wird Ihnen auch das Parlament sagen."

Präsident: „Aber ich bin der Präsident!"

Kriecher: „Ja, und Sie sind für alle repräsentativen Angelegenheiten zuständig. Die Entscheidungen trifft jemand anders. Sie sind das Kostüm für all die Entscheidungsträger, die sich sozusagen mit Ihrer Hilfe verkleiden. Deswegen kehren Sie jetzt bitte wieder zu Ihren üblichen Tätigkeiten zurück, und stören Sie mich bitte nicht! Ich muß arbeiten."

Präsident: „Wie meinen Sie das?"

Kriecher: „Gehen Sie doch Golfspielen!"

New Jersey
1. Dezember

„Ich kann es immer noch nicht glauben. Dieser Greg Crane gibt sein Firmengeheimnis bei TV Vision preis!“ Lynn ging total verwundert mit Simon durch die Straßen.

„Crane ist cool. Hast du damals den Gesichtsausdruck von Ms. Peggy gesehen? Der hat sie total geplättet. Echt abgefahren!“ Simon lächelte zu sich selbst. Sie bogen in eine breite Straße ab.

„Mum hat gesagt, ich soll Äpfel kaufen. Können wir zum Gemüseladen gehen?“ fragte plötzlich Lynn.

„Apfelchooquatackas, wolltest du wohl sagen!“ erwiderte Simon etwas besserwisserisch.

Sie blickte ihn verdutzt an.

Er jedoch fügte hinzu: „Ich hoffe, du hast Chooquatackas zum Zahlen bei dir.“

Ein Meer der Verwunderung spiegelte sich ein weiteres Mal in Lynns Augen: „Seit wann bist du so für Chooquatackas?“

„Hast du vielleicht drei Millionen Dollar bei dir, um etwas zu kaufen?“ fragte Simon achselzuckend.

„Simon!“ Lynn blieb stehen und blickte ihren Freund ernst an. „Du warst doch immer dagegen!“

Der Junge machte einen Schritt und drehte sich zu ihr um. „Seitdem hat sich aber alles geändert.“

„Simon, die Menschen führen Krieg wegen der Chooquatackas!“ erwiderte Lynn.

„Na und?“

„Ist das nicht komisch?“ Sie wollte ihn prüfen. „Deren Besessenheit, wie wenn alle verhext wären.“

Simon ging einfach weiter, und Lynn folgte ihm. Dann sagte er: „Die führen den Krieg doch nicht wegen der Chooquatackas, sondern ...“

Doch nun waren sie bei ‚Greengrocery‘ angelangt. Ein Farbenspiel aus Gemüse und Obst präsentierte sich ihnen. Die Chooquatackas leuchteten und schimmerten im Spätherbstlicht.

„Ich hätte bitte gerne drei Pfund Äpfel."

„So viel?" wunderte sich Simon.

„Äpfel sind gesund. Soll sie doch essen, wieviel sie will." entgegnete die Dame am Ladentisch, während sie die Früchte abwog. Dann steckte sie sie in ein Tütenchooquatacka, sagte „bitte" und wollte sich schon an den nächsten Kunden wenden.

„Und wieviel kosten die Äpfel?" fragte Lynn verwundert.

Die Frau lächelte die beiden an. „Nichts. Es ist ein Geschenk!"

„Ja, aber ich würde Sie gerne dafür bezahlen." sagte Lynn höflich und verblüfft zugleich.

„Ich kriege das Obst hier auch umsonst. Also, weswegen sollte ich dann etwas dafür nehmen?"

„Und die Dienstleistung?"

„Ich mach das doch gerne!" Die Dame strahlte.

Weißes Haus, Washington D. C.
2. Dezember

Douglas mit Präsidenten – ohne Fassade

Douglas: „George! Du weißt doch sicher noch, wie du an die Macht gekommen bist? Ohne uns würdest du immer noch in diesem Nest, ich weiß nicht einmal, wie es heißt, sitzen. Ohne uns wärst du ein niemand. Alles was du hast, hast du uns zu verdanken!"

Präsident: „Aber ..., aber ..."

Douglas: „Kein Wenn und Aber! Es gibt kein zurück mehr! Wir sitzen alle im selben Boot. Wir haben Krieg!"

Präsident (traurig): „Krieg hin oder her. Ich ..., ich wollte keinen Krieg ..."

Douglas: „Klar, George, du würdest den ganzen Tag nur am

liebsten Golf spielen, und wir müssen immer die Arbeit für dich machen."

Macinroe öffnete seine Schrankbar, goß sich ein Glas Sherry ein und nahm einen kräftigen Schluck.

Präsident: „Cliff, laß uns nicht polemisieren. Irgendwie gefällt mir diese ganze Geschichte nicht mehr, und ich will jetzt aussteigen."

Douglas: „Du kannst jetzt nicht aussteigen und Amerika im Stich lassen! Dein eigenes Volk im Stich lassen? Das hat noch kein amerikanischer Präsident zustande gebracht."

Präsident: „Aber du weißt doch selber, es gibt Entwicklungen in der Geschichte der Menschheit, die man nicht aufhalten kann. Selbst nicht durch einen Krieg."

Douglas (spöttisch): „Woher kommt es, daß du plötzlich so klug bist, George, so kenne ich dich gar nicht?"

Präsident: „Die Chooquatackas sind eine Erfindung vergleichbar mit der des Feuers. Das kannst du nicht aufhalten, Cliff!"

Douglas: „Dürfte ich dich dann freundlichst an deine Verpflichtungen erinnern?"

Präsident: „Ich habe keine Verpflichtungen dir gegenüber!"

Douglas: „Und was ist mit deinen unbezahlten Steuern aus den Erträgen im Erdölgeschäft?"

Präsident: „Das Geld habe ich doch für den Wahlkampf gebraucht!"

Douglas: „Die amerikanische Steuerbehörde nennt so etwas Steuerhinterziehung."

Präsident: „Aber solche Geschäfte machen doch mehr oder weniger alle in unseren Kreisen."

Douglas: „Und was ist mit deinen Schwarzgeldkonten auf Belize?"

Präsident: „Die werden alle juristisch einwandfrei durch Rechtsanwälte verwaltet. Auch die Königin von England hat solche Konstruktionen auf den Kanalinseln."

Douglas: „Wir haben dich dem amerikanischen Volk als ‚armen Mann' verkauft, als jemanden, der mitten aus dem Volk kommt. Das ist Betrug am Wähler!"

Präsident: „Als armen Mann, der sich mit gerechter Arbeit emporgekämpft hat."

Douglas: „Seit wann sind Schmiergeldzahlungen eine gerechte Arbeit?"

In Macinroe begann es zu brodeln, doch noch konnte er seine Wut und seinen Zorn zügeln.

Douglas: „Und was ist mit deinen zahlreichen Affären?"

Nun konnte sich Macinroe nicht mehr zurückhalten. Er griff Douglas mit beiden Händen am Hemd, drückte ihn gegen die Wand und begann ihn anzubrüllen.

Präsident: „Du elender ..."

Er stieß ihn von sich und rannte aus dem Raum.

Militärbasis, Alabama
5. Dezember

„Also, wir haben eine wichtige Aufgabe!" kreischte General Pumbsky ins Mikrophon. „Sie wurden ausgebildet, um die Soldaten im Krieg anzuführen und", betonte der etwas kleine rundliche Mann, „um den größtmöglichen Sieg zu erzielen – ungeachtet der Opfer. Denn wichtig ist das Ziel, Opfer sind der Weg." Er lehnte sich auf den Fersen nach hinten, atmete auf und schluckte die Spucke hinunter, denn er redete sehr schnell. „Sie sind für die Taktik zuständig. Sie dürfen nicht versagen! Ihr Versagen ist gleichbedeutend mit Ihrer Degradierung durch den amerikanischen Staat. Alle Mittel sind gestattet, um das strategische Ziel zu erreichen!" General Pumbsky keuchte. „Sie brauchen Mut, Stolz, einen eisernen Willen und eine starke Stimme – andernfalls sind Sie der Bezeichnung ‚Mann' unwürdig!" Er strich sich über die wenigen grauen Haarsträhnen, die es geschafft hatten, sich noch auf seinem Hinterkopf zu halten. „Ja! Der Krieg hat schon längst angefangen, und Sie sind die Verstärkung der amerikanischen Streitkräfte. Denn der Feind wird erst aufgeben, wenn wir ausreichend viele seiner Mitmenschen getötet haben. Dann erst wird er sich unserer Macht unterwerfen und sein Haupt vor unserem voller Heiligkeit strahlenden Staat beugen. Also die Devise lautet: Töten – ungeachtet der Folgen! Ist das klar?!" Der letzte Satz ertönte mit einem Echo im Saal, denn er war leer.

Alle Offiziere waren verschwunden. General Pumbsky stand sprachlos vor dem Rednerpult in der Offizierskantine und fragte sich, wie lange er wohl schon für die leeren Stühle seine Zunge überanstrengte.

Als er schließlich wieder zu sich gekommen war, verließ er raschen Schrittes die Kantine und machte sich auf die Suche nach seinen Zuhörern. Er fand sie alle im Freizeitraum strahlend und lachend vor einem großen Fernseher sitzend vor. Der General lief vor Wut, die durch diese Kompromittierung verursacht wurde, rot an. Er öffnete seinen Mund um einen Befehl aus seinem Rachen dringen zu lassen, als ihn der Anblick des Unglaublichen daran hinderte. Einer der Männer hielt in seinen Armen ein Mädchenkleidchooquatacka.

„Das schenke ich meiner kleinen geliebten Tochter!" sagte dieser stolz und alle klatschen begeistert.

Dann rief ein anderer: „Und ich schenke der schönsten Frau auf der Welt, die rein zufällig mir das Jawort in der Kirche gegeben hat", die Offiziere lachten herzlich auf, „dies hier!" In seiner Hand tauchte ein Herzchooquatacka auf, das man überall aufstellen oder aufhängen konnte. Alle klatschten und jubelten.

„Was ...?" fing General Pumbsky an, doch sein Versuch einer Aussage verschluckte sich selbst unter der Wirkung dessen, was er sah.

„Das hier schenke ich meiner Freundin als Verlobungsgeschenk." prahlte ein weiterer Offizier. In seiner Hand tauchte ein strahlendes Kristallschatullenchooquatacka mit einem kostbaren Ringchooquatacka auf, der innen lag. „Sie muß nur noch ja sagen!" Alle lachten und schrien vor Freude.

„Nein, ich will meiner Freundin auch was schenken! Laßt uns den

Film noch einmal anschauen!“ rief einer der Offiziere und drückte auf die Wiedergabetaste des DVD-Players. Auf dem Bildschirm tauchte Greg Crane auf, der anfing zu erzählen.

„Elliot, die Idee mit dem Film von dir war wirklich Klasse!“ Alle blickten gebannt auf den Bildschirm.

General Pumbsky konnte kein Wort aus sich herausbringen – er war wie gelähmt. Er drehte sich weg und wollte gehen, um seinen Vorgesetzten um Pensionierung zu bitten, als einer der Offiziere rief: „General Pumbsky, schauen Sie doch mit uns! Das ist einfach unglaublich! Sie können auch etwas für Ihre Enkelkinder machen.“

CMN Embedded News
8. Dezember

„Ich befinde mich hier in der Gebirgsregion von Chua-Ghula. Unten liegt das Tal von Gilbatu, in dem sich die Chinesen in einer Stadt verschanzt haben und sich auf Teufel komm raus nicht ergeben wollen. Aber unsere Jungs sind tapfer und beschießen die Stadt schon seit Morgengrauen mit ihren ferngelenkten Waffensystemen. Punktgenau und zielgerecht schalten sie systematisch die Verteidigungslinie der Chinesen aus.“

Reporter im Studio: „Jordan, sind irgendwelche Menschen zu Schaden gekommen?“

„Gott sei Dank gab es heute keine Verluste auf unserer Seite, auf chinesischer Seite gibt es, wenn überhaupt, nur Kollateralschäden, die aufgrund des chinesischen Kapitulationsunwillens zu beklagen sind. Mein Name ist Jordan Arnold für ‚CMN – See Embedded News‘.“

Reporter im Studio: „Ich bedanke mich bei dir, Jordan! Präsident Macinroes Aufenthalt ist weiterhin ungeklärt. Vor sechs Tagen ist er spurlos verschwunden, der Verteidigungsminister vermutet sogar, er könnte zu den Feinden Amerikas übergelaufen sein und entweder mit

China oder seinen Verbündeten gemeinsame Sache machen. Gerade ereilt uns folgende Meldung: Der russische Präsident Ivan Dobrojewitsch hat heute angekündigt, er würde eine solche Bloßstellung Chinas nicht tolerieren und hat den USA ein Ultimatum gestellt. Wenn sich die Vereinigten Staaten innerhalb von drei Tagen nicht zurückziehen, würde Rußland auf Seiten Chinas in den Krieg ziehen."

Arizona
8. Dezember

„Du, Dan, das ist ja wie in ‚Apokalypse Now'! Ich glaube die bei CMN haben zu viele Kriegsfilme gesehen. Checken die denn nicht, daß die Chooquatackas schon längst überhandgenommen haben und ein Krieg nichts mehr verändern kann?"

„Kevin, wieso schaust du überhaupt noch diese Nachrichten? Die wollen doch nur unsere Aufmerksamkeit auf das Unwesentliche lenken. Komm jetzt, such nach TV Vision, denn dort werden sie gleich eine Wiederholung vom Chooquatacka-Video senden, und ich hab es immer noch nicht raus mit der Methode, wie man Chooquatackas macht!"

„Hast du nicht? Na du bist vielleicht ein Loser!" sagte Kevin und zeigte seinem Kumpel schon das fünfte Hologramm-Tigerchooquatacka heute.

Iowa
12. Dezember

Faith Macinroe ging zum Rednerpult hinüber. Die versammelten Menschen klatschten. Sie waren alle auf einer weiten Parkwiese zusammengekommen. Zur großen Verwunderung der Anwesenden trug die Präsidentengattin wie ein Hippie einen Blumenkranz auf dem Kopf.

„Meine sehr verehrten Damen und Herren! Ich möchte auch etwas zu diesem Event hier sagen." Sie lächelte, aber man konnte auch einen Zug Traurigkeit in ihrer Stimme vernehmen. „Ich stehe aus Protest gegen den Krieg hier und, um meinen Beitrag für eine Chooquatacka-Welt zu leisten!"

Kühler, winterlicher Wind wehte durch die Versammelten, doch sie jubelten begeistert.

„Wie Sie sehen, wird nichts gefilmt, und es ist auch niemand da, um unser Treffen zu verbieten. Wir sind hier an einer Bruchstelle der Geschichte: Die alte Welt aus Unterdrückern und Globalisierern ringt noch um ihr Überleben, aber wie schon meine Vorredner klargestellt haben, geht nun die Sonne für eine gesunde Welt auf, in der der individuelle Mensch zählt. Ich habe auf meinen Posten als First Lady verzichtet und war schon an vielen Orten, um zu helfen, den Frieden anzukündigen. Laßt euch insbesondere jetzt nicht von der Politik einnehmen, schaltet die Fernseher aus und hört auf gar keinen Fall auf die Massenmedien! Die staatliche Kontrolle hat wegen des herrschenden Chaos nachgelassen. Unsere Chance ist es jetzt, in jedem Stadtteil unsere eigenen Kleinchooquatackawirtschaften zu schaffen." Die Präsidentengattin hielt inne, und Tränen drangen in ihre Augen.

Für ein paar Sekunden wußte die Menge nicht, was geschah, doch plötzlich lief sie von dem Podest hinunter, während sie fortwährend nur „O Darling!" rief. Sie umarmte George Macinroe und sagte zu ihm: „Ich dachte, du wärest schon verschwunden! Ich dachte, ich würde dich nie wieder sehen!"

Die Menschen klatschten ergriffen, und eine Weile tat sich nichts. Dann stieg Mrs. Macinroe wieder zum Rednerpult hinauf und verkündete ganz gerührt: „Nun möchten wir im Namen der Freiheit für die Menschen der Vereinigten Staaten den Film von Greg Crane zeigen – als ersten Schritt in eine glückliche Welt!"

China, Kreis Yunnan
14. Dezember

Der Himmel war grau, die Landschaft trüb und leer. Alles war tot und mit Asche übersät. Ein paar kümmerliche Baumstämme ragten aus der Erde hervor. Es hätte wahrscheinlich keinen Menschen auf diesem Planeten gegeben, der sich zu dieser Zeit freiwillig an diesen Ort begeben hätte. So war auch niemand da, der über dieses Land hätte trauern können, alle waren fort. Niemand konnte erzählen, daß sich hier einmal ein saphirfarbener Fluß seinen Weg durch die grünen und gelben Felder bahnte.

Aber nicht nur diesen Ort hatte der Krieg vernichtet. In einiger Entfernung befand sich eine Division der amerikanisch-europäischen Armee. Und in der nahegelegenen Stadt wagten es die Menschen nicht, aus ihren Kellern herauszukommen, um den Sonnenuntergang zu bewundern. Sie warteten auf Unterstützung der Russen, die bald kommen sollten, oder auf den Tod. Wäre jemand in den Gassen unterwegs gewesen, hätte er ab und zu das Schreien eines Kindes gehört, das sich die Seele aus dem Herz weinte, weil es vergeblich nach seiner Mutter suchte. Dann tauchte plötzlich ein Junge aus dem Nichts auf, den das dreijährige Geschöpf als seinen Bruder erkannte, nahm es auf seinen Arm und rannte in ein Haus, um den Keller ausfindig zu machen. Kurz danach explodierte gleich in der Nähe eine Bombe, abgeworfen von einem Flieger der amerikanischen

Streitkräfte.

In dieser schweren Zeit, in der es für kaum jemanden noch eine Hoffnung gab, erschien am Horizont dieses leeren Landes eine der letzten chinesischen Divisionen, verstärkt durch die russischen Luftstreitkräfte. Die amerikanischen Soldaten hörten auf, den Inhalt ihrer Verpflegungspakete auf den Panzern zu verspeisen und bereiteten sich auf den Kampf vor. Die Flieger des Gegners flogen tief und begannen, die amerikanische Streitmacht zu beschießen. Aus der Ferne kamen die chinesischen Panzer immer näher. Nun waren es nur noch einige hundert Meter – ein kurzer Atemzug vor dem Aufeinandertreffen der Divisionen.

Doch plötzlich geschah etwas für beide Kriegsparteien sehr Unerwartetes. In der Mitte zwischen ihnen tauchte die Silhouette eines Mannes mit einem Eiswagen auf. Die Amerikaner dachten, jemand macht sich über sie lustig, und einige wollten schon auf die Gestalt schießen. Dann gab jedoch der General den Befehl, nicht zu feuern, denn dieser Mann, so hieß es, hätte die weiße Flagge gehißt.

„Heißt das, die Chinesen geben auf?" fragten sich die amerikanischen und europäischen Soldaten. Auch die Gegenseite hörte mit der geplanten Offensive auf und regte sich nicht. Alle Soldaten und Kommandanten warteten mit Unruhe auf das, was kommen sollte.

Von beiden Seiten begannen die Fronten immer näher zu kommen, und die Soldaten konnten erkennen, daß der Mann ein Megaphon vor den Mund hielt. Sie hörten ihn rufen: „Chooquatackas zu verschenken! Chooquatackas zu verschenken!"

Die sich bekriegenden Parteien waren vollkommen verdutzt. Einige stiegen aus ihren Panzern aus und gingen auf den Mann zu, und ein Kommandant schrie: „Aber es ist doch Krieg! Sie können doch jetzt nicht einfach hier umherspazieren und Chooquatackas verschenken!"

„Der Krieg ist zu Ende! Von nun an wird Frieden herrschen!" sagte Greg Crane durchs Megaphon. „Es gibt keinen Grund, Krieg zu führen, es gibt nämlich genug Chooquatackas für alle Menschen auf dieser Erde! Und ich werde es auch beweisen ..."

„Wir können weit und breit keine sich bekriegenden Kräfte entdecken“, sagte der Kopilot des Hubschraubers und schaute Sprüngli an, um ihm folgende Frage zu stellen: „Es wird langsam dunkel. Sollen wir in der nächstgelegenen Stadt landen und versuchen, bei den Einwohnern unseren Tank aufzufüllen?“

Sprüngli nickte kurz.

Das einzige, was sie nach fünfzehn Minuten am Horizont entdeckten, war ein kleines Dorf. Der Milliardär blickte neugierig durch die Luke und konnte ein flirrendes Leuchten entdecken. Danach tauchten Gestalten auf, die ihm zuwinkten. Sprüngli zuckte einmal mit der linken Augenbraue, dann noch einmal mit der rechten.

„Hier ist genug Platz! Landen Sie bitte!“ sagte er schließlich.

„Ich glaube nicht, daß ...“ entgegnete der Kopilot skeptisch.

„Ich habe gesagt, wir landen hier.“ befahl der Milliardär mit der Eindringlichkeit Schweizer Augen.

Die Gestalten stellten sich als Kinder heraus, die nun von dem Propeller des Hubschraubers fast weggeblasen wurden. Doch das schien ihnen zu gefallen, denn sie tanzten fröhlich im Winde.

Als Sprüngli ausstieg, rannte ihm ein kleines asiatisches Mädchen entgegen. „Kann ich deine Eltern sprechen?“ fragte der Schweizer intuitiv auf Englisch.

Das Mädchen guckte ihn jedoch nur mit schwarzen Augen an und faßte ihn schließlich an der Hand, um ihn in Richtung Dorf zu führen. Die anderen Kinder bildeten eine Karawane um sie herum und beobachteten den Ankömmling neugierig. Schließlich gelangten sie auf ein großes Feld, auf dem sich gewaltige bunte Formen in ihrer Farbenpracht ausdehnten und wieder zusammenzogen. Sie erinnerten ein wenig an Engel, oder an gute Waldgeister. Das war auf jeden Fall das, was Sprüngli zuvor aus dem Fenster gesehen hatte. Er wollte stehenbleiben und sich dieses Wunder genauer anschauen, doch das Mädchen zog ihn weiter, und die Kinder fingen an, empört chinesische Worte zu schreien.

Dann erschien vor dem Milliardär ein schneeweißes Gebäude. Das war offensichtlich der Ort, zu dem ihn die Kinder hinführten. Auf einer Art Veranda stand ein alter bärtiger Mann. In seiner chinesischen Tracht sah er aus wie aus einem exotischen Märchen. Dieser verbeugte sich zur Begrüßung vor Sprüngli. Der Schweizer tat es ihm nach.

„Was ..." Die Gebilde auf dem Feld hinter ihm waren das einzige, was dem Milliardär jetzt einfiel. „Was ist das?" fragte er und deutete wie ein Kind auf die Wunder.

Der Alte lächelte und sagte in Englisch: „Sie sind wahrhaftig reich ..."

Sprüngli schaute ihn prüfend an, es konnte doch nicht sein, daß dieser Chinese nach Geld fragte.

„Ich meine, Sie haben inneren Reichtum erlangt." ergänzte er.

Der Schweizer öffnete den Mund und fragte das, was ihn die ganze Zeit beschäftigte: „Sind das Engel?"

Der Alte lachte auf. „Sie wissen doch genau, was Sie da hinter sich haben. Das ist das, wofür Sie gekämpft haben."

„Chooquatackas?" entgegnete Sprüngli überrascht. Und eine weitere Frage lag auf seinen Lippen. „Aber wie ...? Ich habe doch Crane über fünfzig Kilometer von hier zurückgelassen."

Der Weise lächelte warm, oder war es die Wärme des untergehenden Sonnenlichtes, das das Gesicht des Alten orangefarben tönte? „Es gibt Dinge, die Ihnen verschlossen geblieben sind. Haben Sie sich denn nie überlegt, warum dieser Krieg in China stattfinden sollte? Warum Amerika und Europa das Land angegriffen haben, daß ihr Wirtschaftssystem durch die Währungsdifferenz und die niedrigen Produktionskosten absichert?"

Dem Milliardär war diese Frage ganz neu, er hatte sich tatsächlich nie darüber Gedanken gemacht.

„Nicht nur die unterdrückerischen Mächte taten etwas, um ihr Ziel zu erreichen. Es gibt überall Menschen, die dazu beitragen, daß sich die Welt verändert."

„Heißt das, Amerika hat China vor allem deswegen angegriffen, weil es die massenweise Entstehung der Chooquatackas bei Ihnen verhindern wollte?“

Der Alte schwieg geheimnisvoll.

Dann hörte Sprüngli ein Lachen hinter sich. Die Kinder spielten wieder mit den Engelchooquatackas. Er beobachtete sie kurz und wandte sich dann wieder seinem Gesprächspartner zu. Den Schweizer überkam eine unerwartete Überlegung. „Heißt das ..., ich meine, kennen Sie Greg Crane persönlich?“

Der Weise lächelte, und es schien, daß er in der Ferne, in die er blickte, eine Erinnerung erhaschte.

Als es dunkel wurde, baten die Kampfpiloten beider Seiten ihre Funkleitzentralen darum, irgendwelche Befehle nach dem offensichtlichen kurzen Waffenstillstand, hervorgerufen durch das Auftauchen einer nichtidentifizierbaren Person, zu erhalten. Anstatt einer Antwort sahen sie plötzlich ein wunderschönes Feuerwerk gen Himmel emporsteigen. Die Farben leuchteten und strahlten, als wären sie aus einer anderen Dimension. Es war ein Festmahl nicht nur für die Sinne, sondern auch für Geist und Seele. Die Bilder, die das Feuerwerk auf das nun mit Sternen bedeckte Firmament zauberte, waren so unterschiedlich wie die Menschen, die vor kurzem noch als Soldaten gegeneinander gekämpft haben. Doch nun dachte niemand mehr daran, was noch vor wenigen Augenblicken Gültigkeit hatte. Jetzt war jeder mit dem Zauber der Chooquatackas beschäftigt. Die Menschen aus der nahegelegenen Stadt krochen aus ihren Kellern und bewunderten das Geschehen über ihnen. Und keiner fürchtete sich mehr. Denn alle wußten, es gab Frieden.

Sitzung nach der Krise
Federal Reserve Bank
19. Dezember

Richard Plumpsburger: „Das ist nicht möglich! Die sich bekriegenden Armeen schließen eine nach der anderen Frieden ohne irgendeinen Befehl von oben. Das hat es noch nie gegeben! Amerikas Regierung ist am Zusammenbrechen, und die Banken sind leer. Wo ist unsere Macht geblieben?"

Samuel Johnson: „Die Menschen haben unseren Mechanismus durchschaut. Sie haben die Wahrheit entdeckt. Sie haben herausgefunden, daß nichts anderes für sie möglich ist, als zu kreieren, daß dies ihre wahre Natur ist."

Bernard Diamonde: „Obwohl wir uns soviel Mühe gegeben haben, die Menschen durch unser Schulsystem, unsere Regierung, unsere Medien und unsere Indoktrination irrezuführen und die energetische schwarze Wolke, den Egregor unserer Macht, zu füttern, haben die Menschen sich *gegen* unsere künstlich für sie erschaffene Realität entschieden. Sie haben den Code der Bewußtseinsblockade, die wir ihnen eingepflanzt hatten, geknackt und sich befreit."

Gordian Wertstein: „Früher haben wir die Spielregeln festgelegt. Wir waren die Erschaffer der menschlichen Welt. Doch heute hat sich alles geändert. Der Mensch ist weiser geworden und spielt bei unserem Spiel nicht mehr mit. Jeder hat nun seine eigene Welt."

Donald Richmond: „Wir haben versucht, den Erwachsenen das Spielespielen zu vereiteln. Überall, wo wir nur konnten, haben wir diesen natürlichen Spielimpuls, die Fähigkeit, seine Phantasie zu entwickeln, im Keim erstickt, und alles, was unsere Pläne gefährden konnte, als Märchen, Kinderkram sowie Unfug abgestempelt. Anstatt dessen haben wir den Erwachsenen neue Spiele gegeben – wir haben ihnen eine Welt zusammengebastelt, in der sie alles sein konnten, aber nur dank Alkohol, Fernsehen, Drogen und Geld – mit dem netten Nebeneffekt, daß diese das Bewußtsein noch mehr eintrübten. Doch die Menschen haben von selbst angefangen, spontan, unschuldig und verantwortlich eigene Spiele zu spielen."

Gordian Wertstein: „In dem Moment, wo sie sich vom Negativen abgewandt und für das Konstruktive entschieden hatten, haben sie die Fähigkeit entwickelt Chooquatackas zu machen."

Roger Silvermoon: „Meine sehr verehrten Herren, die Medusa wurde entlarvt, umgebracht, und aus ihrem Blute ist nun der Pegasus der Chooquatacka-Welt geboren. Die Show ist zu Ende."

Die Männer legten ihre Krawatten ab und saßen noch lange wortlos da. Später verließ einer nach dem anderen frustriert den Saal.

Heilongjiang, Nordchina
21. Dezember

‚Ich verstehe nicht, warum wir durch diese verfluchten Wälder ziehen müssen.' dachte sich General Hunt. ‚An vielen Orten hat der Krieg schon aufgehört, trotzdem gibt die Regierung unseren Divisionen den Befehl, weiterzukämpfen und noch dazu mitten im Wald eine Armee zu beseitigen. Wissen sie denn nicht, daß der Krieg keinen Sinn mehr macht?'

Die Geländepanzer kämpften sich durch das Geäst eines riesigen Waldes. Ein Tiger floh verschrocken vor dem lauten Geräusch.

„Luftaufklärung zu Bodentruppen!" dröhnte es durch die Kopfhörer. „General Hunt, wir haben sie erblickt, sie kommen direkt auf Sie zu! Zu Fuß. Sie haben die weiße Flagge gehißt. Ende."

„Hunt, das ist ein mieser Trick! Traue ihnen nicht!" versuchte Offizier Frogg den General per Funkspruch zu warnen.

„Es gibt Regeln, Frogg, und an diese sollte man sich halten." antwortete sein Vorgesetzter. „Aussteigen", befahl er dann den Panzersoldaten per Funk.

Hunt verließ seinen Panzer. Er ging vorsichtig voran, einige bewaffnete Soldaten folgten ihm, andere wußten nicht, was sie tun sollten und schauten verblüfft aus den Luken. Wieder andere blieben nach Froggs Befehl in ihren Fahrzeugen. Die Kampfhelikopter kreisten schußbereit über dem Wald.

Hunt ging einige Minuten, und dann sah er den chinesischen General, wie er ihm aus dem Geäst mit weißer Flagge entgegenkam. Ihm folgte die chinesische Armee, die ihre Waffen niedergelegt hatte.

„Schmeißt die Waffen auf die Seite!" befahl Hunt, seine Soldaten gehorchten.

Nun standen sich die befeindeten Generäle gegenüber, so daß die Atemluft, die sich durch die Kälte in Dampf umwandelte, eine Wolke bildete.

„Wieso kämpfen wir eigentlich gegeneinander, lieber amerikanischer Bruder?" fragte der chinesische General in perfektem Englisch.

„Das habe ich mich auch gefragt. Ich habe jedoch keine Antwort gefunden." Hunt runzelte die Stirn.

„Langsam wird mir etwas bewußt. Ich glaube, wir wurden alle betrogen. Im alten China hieß es, daß der Kaiser für das Volk da ist. Und die göttliche Vorsehung gab dem Menschen das Recht, einem schlechten Kaiser die Macht zu nehmen. Schaut euch doch um!"

In der Zwischenzeit waren immer mehr Soldaten hinzugekommen. Der chinesische General wandte sich an die Soldaten seines Gegners und an seine eigenen. Übersetzer machten sich an die Arbeit.

„Schaut euch um! Schaut euch um! Was seht ihr?" Die Soldaten blickten fragend zum chinesischen General auf. „Ich weiß nicht, was ihr seht, aber ich kann euch sagen, was ich sehe. Ich sehe ohne Ausnahme Menschen, die alle entzweit wurden. Sie wurden aufeinandergehetzt. Ich frage dich", er deutete auf einen der US-Soldaten, „was habe ich dir angetan?"

Der Soldat zuckte mit den Schultern, und dann lächelte er: „Nichts!" Auf der amerikanischen Seite fingen die Uniformierten an, eine Emotion zu zeigen – Freude.

„Hat irgendeiner meiner Leute hier in meiner Armee dir etwas angetan?" fragte der chinesische General erneut.

Der Soldat musterte die Menge und antwortete klar und deutlich: „Nein!" Eine Glückssträne rann über seine Wange. Die Uniformierten auf der chinesischen Seite wurden heiter.

„Hat irgendeiner meiner Leute irgend jemandem von euch etwas angetan?" Der chinesische General breitete seine Arme aus.

Der amerikanische Soldat wußte nur eine Antwort, die durch andere Stimmen unterstützt wurde: „Nein!" Nun lachten auch die Soldaten Chinas.

„Warum kämpfen wir dann gegeneinander?" fragte der chinesische General eindringlich.

Die Soldaten jubelten, die Menschen auf der einen Seite gingen auf die andere hinüber, so daß zwei unterschiedliche Gruppen anfingen, eine Einheit zu bilden.

Doch dann schlug es wie ein Blitz zwischen die noch zarte Verbindung unter den Völkern. „Ich weiß, was die Chinesen uns angetan haben!" dröhnte es aus einem Megaphon. Offizier Frogg wehrte sich gegen das Unvermeidbare. „Sie haben unsere Chooquatackas gestohlen!" brüllte er und blickte selbstzufrieden zum chinesischen General hinüber.

„Wer sind die Chinesen?" fragte dieser.

„Na, ihr!" brüllte Frogg.

„Tut mir leid, Towarisch, ich bin Russe!" mischte sich ein Soldat, der aus den chinesischen Reihen hervortrat, ein. Die Menge schwieg.

„Was hat das, was wir hier tun, mit Chooquatackas zu tun?" fragte der Anführer der chinesischen Streitkräfte.

„Ich meine ...", der Widersacher Frogg gab sich geschlagen, „eigentlich gar nichts." Doch dann fing er an zu erklären: „Es geht aber um strategische Punkte, um ..."

„Menschlichen Tod, menschliche Angst und vor allem um Kontrolle!" unterbrach ihn der chinesische General.

„Wie, was?" Frogg war verwirrt.

„Du kämpfst hier nicht, weil wir eure Chooquatackas gestohlen haben, denn eure Chooquatackas sind immer noch in Amerika, wir produzieren unsere eigenen!"

„Ja, aber unser Präsident ..."

„Wieso hören wir alle nur auf Autoritäten?" fragte der chinesische General, jedes Wort deutlich aussprechend.

„Weil sie uns regieren." entgegnete ein anderer Soldat der amerikanischen Armee.

„Weil wir uns regieren lassen." fügte der chinesische General hinzu.

„Die Autoritäten haben uns einen Grund für diesen Krieg vorgegaukelt." Hunt blickte in sein Inneres, und es dämmerte ihm langsam, was ihm sein chinesischer Freund mitteilen wollte. „Chooquatackas, Terrorismus, Kommunismus, Massenvernichtungswaffen, das alles ist nur Fassade, nicht ihr seid unsere Feinde, nicht ihr!" Er atmete tief und redete aufgeregter. „O mein Gott, unsere Feinde ... das sind ja unsere Regierungen! Das sind die korrupten Politiker und das sind die Banken! Das sind diejenigen, die ihren Vorteil aus diesem verfluchten Krieg ziehen, diejenigen, die uns gegeneinander kämpfen lassen!" Nun sprach er erleuchtet: „Der Feind des Menschen ist derjenige, der ihn gegen einen anderen Menschen aufhetzt!"

„Im Grunde genommen sind wir doch alle Brüder." Der chinesische General freute sich über die Erkenntnis Hunts, und ein warmes Lächeln erhellte sein Gesicht. „Die Regierungen haben uns Leid zugefügt, und wir haben es zugelassen. Wir hätten es nicht geschehen lassen dürfen, doch wir zogen es vor, blind zu bleiben. An der Idee Regierung ist jedoch nichts Falsches – es ist etwas Wunderbares, wenn ein guter Präsident oder König herrscht, der sein Leben dem Volk und dessen Entwicklung widmet. An jenem Tag jedoch, an dem sich die Regierungen für ihre eigenen Zwecke und Interessen gegen uns verschrieben hatten, fingen sie an, gegen das Wohl des Volkes zu handeln." Nun sprach er mit erhobener Stimme: „Ich rufe euch auf, aus Protest gegen diejenigen, die einen Nutzen aus unserem Leid ziehen, dieser Veranstaltung einen neuen Sinn zu geben. Vergeßt die Panzer, laßt die Helikopter landen, legt die Bomben nieder. Wir zeigen denjenigen, die es noch nicht wissen, wie man Chooquatackas macht!“

Die Soldaten warfen ihre Helme zu Boden. Aus den verfeindeten Staaten wurden Freunde, die sich mitten im Wald versammelt hatten, um sich gegenseitig das Kreieren von Chooquatackas beizubringen. Die Sprache war keine Barriere mehr, denn Freude drückt mehr aus, als jedes einzelne Wort.

Vom Himmel fallender Schnee bedeckte langsam die Panzer.

Epilog

New York City
22. Dezember

„Börsencrash. Ein verzweifelter Aktienhändler, der gerade durch den größten Börsencrash aller Zeiten sein ganzes Vermögen verloren hat, hat sich vom Empire State Building in den Tod gestürzt. Entsetzte Passanten starren den entstellten Körper voller Fassungslosigkeit an. Plündernde, raubende und devastierende Banden verwandeln die Geschäftsviertel New Yorks in ein Sodom und Gomorrha. Revoltierende Menschenmengen versammeln sich vor dem Weißen Haus und schmeißen vor Wut mit Steinen gegen das Regierungsgebäude. Jugendliche zünden Autos an und besaufen sich sinnlos mit Alkohol. Mein Name ist Matthew Sinclair von CMN. Ja, das sind entsetzliche Bilder, die ich Ihnen heute leider nicht präsentieren kann. Die führenden Wirtschaftsexperten kommen aus dem Staunen nicht heraus. Obwohl es heute um zwölf Uhr dreiundzwanzig zum größten Börsencrash aller Zeiten gekommen ist, passiert gar nichts! Rein gar nichts!“ Seine Stimme zitterte. „Die Makler begannen zu schweigen, sie schauten sich um, und dann verließen sie ohne viele Worte das Gebäude. Die New Yorker Börse ist nun leer, nicht mal eine Putzfrau ist gekommen, um die über dem Marmorboden verstreuten Aktiennotizen wegzufegen. Stille. Es ist vorbei.“ Matthew Sinclair sah aus wie ein Schauspieler, der zu lange auf der Bühne stehengeblieben war. „Das waren die letzten Nachrichten, meine sehr verehrten Damen und Herren. Ich erfahre gerade, daß niemand mehr da ist, um die Sendung fortzusetzen ...“ Der Reporter war sichtlich verstört, deswegen war es kein Wunder, daß er einen Freudschen Versprecher machte, den er aber gleich wieder professionell ausbügelte. „Sie sahen einen Beitrag von ‚CNN – See No News‘.“

Ein Junge warf mit einem Stein gegen den Fernseher, der im Schaufenster stand, und verhalf dem amerikanischen Fernsehen zum ehrenhaften Gnadentod.

Litauen
22. Dezember

Milda öffnete die Haustür.

„Ich habe es!“ rief Darius und winke ihr mit einer DVD in der Hand zu.

„Nein!“ rief Ona von hinten, und alle drei Mädchen begannen vor Aufregung zu schreien.

Währenddessen schloß Darius die Tür hinter sich zu. „Ruhig, Mädels! Es ist nur eine DVD, die wird euch schon nicht auffressen!“

Julija holte schnell ihren Laptop und mußte ihn erst einmal zur Seite legen, um den kleinen Wohnzimmertisch aufzuräumen, der mit Zeitungen überhäuft war.

„Hast du gehört, Darius, in Amerika herrscht Anarchie – der Staat ist total aus der Kontrolle geraten. Sämtliche Flüge aus Europa nach USA wurden annulliert.“ erzählte Ona aufgeregt.

„O das weiß ich schon seit langem, es ändert sich dort alles in einem rasanten Tempo. Manche Counties wie Grand Forks haben die Unabhängigkeit erklärt und eine neue Regierung gegründet. Andere haben sich für ein harmonisches und anarchistisches Zusammenleben entschieden. Unsere litauische Regierung wird auch nicht lange durchhalten. Nicht, wenn das hier“, er winkte wieder mit der DVD in der Hand, „weiterhin so leicht zu bekommen sein wird.“

„Hast du das schon gesehen?“ fragte Milda, die nun ein Kerzenchooquatacka im Ein-Meter-Format aus dem Nebenzimmer holte. Die Kerze wirkte, als wäre sie aus wirbelndem und farbigem Sand. „Aus der Schweiz! Die Kerze ist aus der Schweiz! Offensichtlich ist die Schweizer Grenze durchlässig."

„Wißt ihr nicht, daß das illegal ist?" fragte Darius mit gespielter Besorgnis.

„Nur solange der Staat sich halten kann und", sagte Julija, die schon fast alle Zeitschriften zusammengelegt hatte und nun eine mit der Schlagzeile „Chooquatacka – der Strukturenfresser!" hervorholte, „solange die Menschen den Zeitungen mehr Glauben schenken als der Realität."

„Auf jeden Fall zünde ich diese Kerze jetzt zur Feier des Tages, ähm, Abends – würde ich sagen –, an!" Milda tat dies mit einer festlichen Geste.

Ona wandte den Blick von der magisch leuchtenden Kerze ab und sagte noch zu Darius: „Außerdem habe ich auch schon an verschiedenen Orten Chooquatackas gesehen, zum Beispiel zuletzt eines in der Buchhandlung. Ich meine, es ist nicht mehr möglich, diese Welle aufzuhalten." Sie lächelte triumphierend.

Julija stellte den Laptop auf das Tischlein, und alle setzten sich gemütlich auf das alte Sofa.

„Vielleicht wäre es noch möglich, diese Bewegung aufzuhalten, solange ihr den Film nicht gesehen habt. Aber danach garantiere ich für gar nichts mehr!" Darius blickte teuflisch auf die Frauen und schob dann die DVD in den Komputer.

New York City
23. Dezember

Tausende und Abertausende waren es. Wie kleine Feen flogen sie vom Himmel und machten Wettrennen, wer als erster unten die Erde berührte. Der Himmel war weiß, und es schien, als würde das Schneien kein Ende nehmen. Susie schaute gebannt aus dem Fenster. Sie liebte den Schnee. Am liebsten wäre sie gleich hinausgerannt und hätte sich in ihm gewälzt, aber das konnte sie jetzt nicht. Denn bald würde ihr Papa nach Hause kommen, mit ihr zu Abend essen und sie ins Bett bringen. Ihr älterer Bruder war noch mit Mama unterwegs und würde erst spät am Abend zurückkommen, wenn sie schon längst schlief.

Plötzlich hörte Susie das Geräusch von Glöckchen. Das konnte nicht ihr Vater sein, er fuhr ja keinen Weihnachtsschlitten, sondern ein Autochooquatacka. ‚Moment mal', dachte Susie. ‚Weihnachtsschlitten, das bedeutet doch ... Weihnachtsmann!'

Sie wollte schon zur Tür rennen, doch dann erinnerte sie sich daran, daß der Weihnachtsmann erst morgen Nacht kommen würde und nicht heute. Außerdem war es ja noch hell. Was konnte es dann sein? Sie blickte zum Fenster zurück, da, wo noch die Spur ihrer Nase war, und klebte sie noch einmal an dieselbe Stelle. Von dieser Hausseite konnte sie jedoch nichts erspähen.

Sie rannte zum Küchenfenster hinüber und blickte auf die Straße. Da zog wirklich jemand einen Schlitten, er hatte eine rote Mütze, und sein Mantel war auch rot. Das war der Weihnachtsmann, aber ohne Rentiere. Vielleicht war er unterwegs, um zu schauen, wo brave Kinder lebten. Er durfte sie auf gar keinen Fall vergessen! Sie wünschte sich doch so sehnlichst ein Puppenchooquatacka!

Susie rannte schnell zur Haustür und wollte sie schon aufreißen, doch dann fiel ihr ein, daß sie die Tür Fremden nicht öffnen durfte, aber sie wollte doch so sehr. ‚Der Weihnachtsmann ist kein Fremder!' dachte sie sich. Sie öffnete vorsichtshalber langsam die Tür, und da stand der Mann mit dem roten Mantel. Nun kamen in ihr doch wieder Zweifel auf. Der sah zwar schon ein wenig aus wie der echte Weihnachtsmann, sein Bart war aber nicht weiß.

„Bist du der Weihnachtsmann?" fragte sie ihn.

„Heute bin ich es."

„Aber du siehst viel zu jung aus für den Weihnachtsmann", erwiderte Susie stirnrunzelnd.

„Kannst du dir nicht vorstellen, daß ich einen weißen Bart habe, oder muß ich alles selber machen?"

Sie machte die Augen zu und stellte sich es vor, und als sie sie wieder öffnete, war der Bart schneeweiß und wunderschön lang.

„Wie hast du das gemacht?“ fragte sie ihn.

„Nicht ich, sondern du hast das gemacht!“

„Ich bin doch kein Zauberer“, sagte Susie kopfschüttelnd.

„Warum nicht?“

„In meinen Träumen vielleicht, aber sonst nicht.“

„Wer hat dir das gesagt?“

„Niemand. So was weiß man halt.“

„Wer ist ‚man‘?“

Das Mädchen starrte ihn verdutzt an. „Wer ist ‚man‘“, überlegte sie und antwortete: „Ja, alle halt.“

„Wer sind alle – gehöre ich dazu?“ fragte der Wundermann.

„Ich glaube nicht ...“

„Aber du glaubst allen, daß du kein Zauberer bist.“

„Ich will es nicht, aber ich kann es keinem beweisen ...“

„Wieso willst du es beweisen?“

„Weil, wenn man es nicht beweisen kann, ist es nicht wahr, sagt meine Lehrerin.“ Das kleine Mädchen nickte aufgeregt.

„Dann ist deine Lehrerin, glaube ich, ein sehr trauriger Mensch, wenn sie daran glaubt. Ist sie denn ein Zauberer?“

„Nein.“

„Woher soll sie dann wissen, daß du kein Zauberer bist, wenn sie überhaupt keine Ahnung davon hat? Ist der Weihnachtsmann ein Zauberer?“

Susie dachte kurz nach und sagte: „Ja, doch.“

„Da ich heute der Weihnachtsmann bin, kann ich dir versichern, daß du einer bist. Und du darfst mir glauben, daß ich mich damit auskenne, schließlich bring ich ja auch die Rentiere zum Fliegen.“

Das Mädchen wußte nicht, was es sagen sollte. Da stand der Weihnachtsmann vor ihr und erlaubte ihr diejenige zu sein, die sie schon immer sein wollte. Es war ein Wunder.

„Heißt das, ich kann jetzt zaubern? Aber wie?“ fragte sie.

„Genauso wie du mir den Bart gezaubert hast. Stell dir etwas vor!“

Sie schloß die Augen und stellte sich ein Puppenchooquatacka vor, denn das war ja das, was sie sich am meisten wünschte. Und als sie sie wieder öffnete, hielt sie tatsächlich eine Puppe in den Händen.

„Wow, ich kann zaubern!" Susie war begeistert.

„Siehst du, ich habe es dir doch gesagt! Und nun möchte ich dir ein Geheimnis verraten, daß du an alle weitergeben darfst." Greg Crane begann zu flüstern: „Jeder ist ein Zauberer, und jeder kann Chooquatackas zaubern!"

Guangdong, China
Dezember

Zwei Kinder blickten mit verschmutzten und Tränen übersäten Gesichtern in den Himmel. Die dunkle Wolke löste sich und das blaue Firmament kam zum Vorschein.

„Der Krieg ist zu Ende" sagte Yong.

„Heißt das, uns tut niemand mehr weh?" fragte seine kleine Schwester.

„Nein, Jia. Nun wird alles wieder gut!" Er drückte sie an sich.

Sichuan, China
Dezember

Viele Frauen und Männer hatten sich im offenen Buddhatempel versammelt. Sie sangen gemeinsam das Lied der Freiheit und des Friedens. Anfangs hielten sie sich alle an den Händen und wogen sich im Winde hin und her. Die Säulen des Tempels vibrierten in dem an- und abschwellenden Schwingen der vielen Stimmen. Die Melodien waren von weitem zu hören, und als sich die Sonne langsam am Horizont schlafen legte, fielen ihre Strahlen in den glückdurchströmten Tempel. Jeder dieser Menschen war einmalig, und doch bildeten sie zusammen eine Einheit. Und dann geschah es: Tausende und noch mehr Töne nahmen Farbe an und flogen hoch über der Welt in sanften Wellen in alle Richtungen. Es waren Klangchooquatackas, die das Lied des Friedens und der Freiheit der Welt in farbigen Wolkenschleiern überbrachten.

Columbia
Dezember

George Macinroe wandte sich ab und sagte zur seiner Frau: „Weißt du was, Schatz, ich muß dir was gestehen."

„Ja, Darling?"

„Ich wollte niemals Präsident werden. Mein Dad hat mich dazu gezwungen, und ich habe es für unsere Kinder getan!"

„Ich verstehe."

„Darling! Ich habe immer davon geträumt, ein Golfspieler zu werden und in einem gemütlichen Haus ohne Beamte, nur ich und meine Familie, zu wohnen. Und davon, um das Haus herum einen Golfplatz zu haben." Er hatte Tränen in den Augen.

„O Darling, ich bin gerührt! Laß uns nach England ziehen – aber nur unter einer Bedingung!"

„Und die wäre? Ich werde alles tun, um sie zu erfüllen."

„Du mußt mir eines versprechen!"

„Ja, und was?"

„Wir laden Mr. Crane wieder zum Abendessen ein."

Beide lachten herzlich und umarmten sich. George Macinroe holte sein Golfballchooquatacka aus der Hosentasche und schmiß es in die Höhe. In der Luft leuchtete es wie ein Diamant. Er fing es mit seiner Hand wieder auf.

New York City
Januar

„Die Bomben haben den Ort, wo einst unsere Fabrik stand, in eine Wüste verwandelt.“ sagte Caroline mit einer so intensiven Sentimentalität, daß ihr eine Träne über die Wange kullerte. Andrew schloß sie tröstend in die Arme. „Wo meinst du, ist jetzt Greg? Denkst du, er wäre stolz auf uns?“ fuhr die ehemalige Managerin fort.

„Sicher!“ rief eine Stimme, und aus einem Bus stiegen einige der Mitarbeiter aus, die beschlossen hatten, Greg Cranes Mission zu erfüllen.

„Louis! Kate! Emma ...“ Caroline rief nacheinander die Namen der zu ihnen stoßenden ehemaligen Mitarbeiter.

„Ist das nicht ein wunderbarer Zufall!“ sagte Louis, wobei er das vorletzte Wort ganz besonders betonte.

„Es gibt keine Zufälle!“ stellte eine weitere Stimme fest, die die Straße entlangkam. Es war tatsächlich Greg Crane, der mit seinem Arm Lilian Sisley umschloß und sich ihnen näherte.

Die Versammelten waren einfach sprachlos, und es schien, daß es auch nichts zu sagen gab. Sie blickten alle auf die kahle Vertiefung und die Trümmer, die einst ihre Fabrik waren.

Und dann, ganz heimlich, so daß es die Versammelten erst nacheinander erblickten, wuchs aus dem Boden eine Blume. Danach ein Lächeln – es kam von Diann Florell. Die Blume jedoch vergrößerte sich, bis sie die Größe eines kleinen Baumes annahm. Ihre Ausstrahlung erwärmte die Herzen der Anwesenden. Der Blume folgte eine weitere Pflanze und ein anderes Lächeln, Christines Lächeln. Immer mehr Chooquatackas wuchsen hervor, bis sich ein kleiner strahlender Wald an dem Ort bildete, wo einst die Fabrik stand.

Kansas
März

Es war ein herrlicher Abend nach dem Gewitter. Die rotgelbe Sonne warf rosaviolette Farbtöne auf die sich aufteilenden Wolken.

Paul rannte durch die leeren Straßen von Atchison und rief: „Ich habe mich noch nie so frei gefühlt!" Er lachte so herzlich, daß der Klang durch die tropfenden Bäume schallte. Dann machte er einen Luftsprung und rannte tanzend und hüpfend weiter. In den Häusern herrschte eine abendliche Stille. In manchen Fenstern brannte schon das Licht.

„Leute, wir sind frei, huhu!" brüllte er lauter, als er jemanden auf einem Balkon der Kleinstadt sah. Plötzlich fing die feuchte Straße an zu funkeln, die warmfarbigen Sonnenstrahlen spielten die Ouvertüre der Nacht. Am Straßenrand tauchte ein Mädchen auf.

„July! July, wir sind frei!" Paul rannte in ihre Richtung und umarmte sie. Dann ergriff sie seine Hand, und sie gingen gemeinsam durch die menschenleere Straße. Die Dämmerung brach ein, und die Stadt erstrahlte langsam durch Tausende von Straßenlichterchooquatackas.

San Francisco, Kalifornien
April

„Schauen Sie, es ist nur dann möglich, eine eindrucksvollere Realität zu erschaffen, wenn Sie sich dem Leben zuwenden." erklärte Charis Oppenheimer einem Fußgänger, der ihr aufmerksam zuhörte. „Wenn Sie aber mit dem Tod auf Ihrer Seite kämpfen, stürzen Sie ins Nichts, denn es gibt nichts außer dem Leben! Viele Teufel haben versucht, unsere natürliche Begabung, kreativ zu sein, zu zerstören und uns in eine künstliche, durch Angst und Tod aufgebaute Welt zu zwängen. Doch das wird ihnen niemals wieder gelingen, und wissen Sie, warum nicht?“

„Warum?“ Kaum hatte der Fußgänger seine Frage gestellt, da kam auch schon die Tochter von Charis Oppenheimer angerannt und rief: „Mami, Mami, ein Schmetterling!“

Die Frau blickte umher, doch sie konnte keinen Schmetterling sehen. Unique kam ein Stückchen näher und stellte sich vor die Mutter.

„Wo ist denn der Schmetterling, mein Liebes?“ fragte Charis Oppenheimer und kniete zu ihrem Kind hinunter.

Ihre Tochter breitete die Hände in Brusthöhe flach aus. Die Luft über ihnen begann zu vibrieren. Ein leichtes Aufleuchten war zu sehen, und plötzlich erschien über Uniques Handflächen ein Schmetterling in Blau und Türkis, der sich kunstvoll in die Höhe schwang.

– ENDE –

Inhaltsverzeichnis:

Personenverzeichnis:

Aden – Lilians siebzehnjähriger Neffe, der bei ihr wohnt
Botha, Joshua – Millionär aus Michigan, türkisch-jüdischer Abstammung
Casey und Daniel (Roothfield) – Vorgesetzte eines Chooquatacka-House in Utah
Crane, Greg – Chooquatacka-Erfinder und Inhaber der Fabrik
Christine – Mitarbeiterin der Chooquatacka-Fabrik, Architekturexpertin
Christopher – Verkäufer einer Chooquatacka-Boutique in Missouri, der mit Dina arbeitet
Dina – Franchisenehmerin einer Chooquatacka-Boutique in Missouri
Douglas, Cliff – Berater des amerikanischen Präsidenten
Florell, Diann – Mitarbeiterin der Chooquatacka-Firma, Blumenexpertin
Francesco und Claudio – italienische Mafia
G. und sein Kompagnon – Elitespion des Mossad und sein Kollege
Godlevsky, Ralph – Gemüseverkäufer im Chooquatacka-House in Utah
Graddington, Andrew – erst Polizist, dann Produktmanager bei der Chooquatacka-Firma
Hupe, Melissa – Mitarbeiterin der Chooquatacka-Firma, Hausdekorationsexpertin
Jones, Mary – liebende Ehefrau von Peter Jones
Jones, Peter – Stellvertreter eines durchschnittlichen amerikanischen Bürgers, Ehemann von Mary Jones
Jones, Susie – Tochter von Peter und Mary Jones
Judy und Paul – verliebtes Paar
Julija mit Ona, Milda, Darius – litauische Studenten
Kevin und Dan – Aussteiger aus Arizona
Kicksley, Zak und Moore, Paula – Konstrukteure der Chooquatackatoren
Kimbald, Louis – Mitarbeiter der Chooquatacka-Firma

Kitherhouse, Emma – Sekretärin der Chooquatacka-Firma
Kralle – CIA-Agent, Chef von XR22
Kriecher – Sekretär des amerikanischen Präsidenten
Lynn – Freundin von Simon in New Jersey
Macinroe, Faith – Ehefrau des amerikanischen Präsidenten
Macinroe, George – Amerikanischer Präsident
Michael – zuvor Zone genannt, Freund von Michelle
Michelle – Freundin von Michael
Midday, Kate – Mitarbeiterin der Chooquatacka-Firma
Nick – Millionär, Freund von Joshua Botha
Oppenheimer, Charis und Unique – Mutter und Tochter
Pater Giovanni – italienischer katholischer Priester und Exorzist
Simon – Freund von Lynn in New Jersey
Rosenkranz – Auftragskiller
Sisley, Lilian – Geliebte von Greg Crane, Therapeutin
Sprüngli, Alexander – Schweizer Milliardär
Tastov, Frank – Mitarbeiter der Chooquatacka-Firma
Tone, Rudolph – Mitarbeiter der Chooquatacka-Firma
Winter, Caroline – Managerin der Chooquatacka-Firma
XR22 – Topkiller für Spezialfälle